Jonathan Kellerman

SHARON

Die Frau, die zweimal starb

Jonathan Kellerman

Sharon

Die Frau, die zweimal starb

Thriller

Aus dem Amerikanischen
von Dirk Muelder

Gustav Lübbe Verlag

Amerikanischer Originalverlag: Bantam Books
Originaltitel: Silent Partners

Aus dem Amerikanischen von Dirk Muelder

Umschlaggestaltung: Büro Hamburg / Tom Leifer,
unter Verwendung eines Fotos von Marc Trautmann
Satz: Kremerdruck GmbH, Lindlar
Gesetzt aus der 10 Punkt ITC Berkeley Oldstyle
der Linotype-Hell AG, Eschborn / Ts.
Druck und Einband: Franz Spiegel Buch GmbH, Ulm

Printed in Germany
ISBN 3-7857-0664-2

Für Bob Elias

Wenn die Reichen
die Armen zum Sterben einstellen könnten,
hätten die Armen ein schönes Leben.

Jiddisches Sprichwort

Mit besonderem Dank
an Steve Rubin, Bererly Lewis, Stuart Vener,
Damit Aftergood und Al Katz.

1

Ich habe Parties immer gehaßt und hätte unter normalen Umständen nie die am Samstag besucht.

Aber mein Leben war ein Scherbenhaufen. Ich nahm es nicht mehr so genau. Und landete in einem Alptraum.

Am Donnerstagmorgen war ich der gute Doktor, konzentrierte mich auf die Patienten und paßte auf, daß mein eigener Seelenmüll nicht die Arbeit verdarb.

Ich beobachtete den Jungen.

Er hatte noch nicht den Punkt erreicht, an dem er den Puppen die Köpfe abriß. Ich sah ihn die Spielzeugautos wieder aufheben und aufeinander zubewegen, bis sie unvermeidlich zusammenstießen.

»Peng!«

Das scheppernde Zusammenprallen von Metall auf Metall übertönte einen Augenblick das Winseln der Videokamera. Er warf die Autos beiseite, als ob sie ihm die Finger verbrannten. Eins landete auf dem Dach und schaukelte hin und her wie eine verunglückte Schildkröte. Er tippte mit dem Finger darauf, dann sah er, um Erlaubnis bittend, zu mir hoch.

Ich nickte, und er hob die Autos auf. Er drehte sie herum und prüfte die glänzenden Fahrgestelle, ließ die Räder surren, ahmte das Aufheulen von Motoren nach.

»Wuum wuum. Peng.«

Etwas über zwei Jahre, groß und stämmig für sein Alter, flüssige Bewegungen von der Art, die einen athletischen Helden vorausahnen ließen. Blondes Haar, Stupsnase, rosinenfarbene Augen, die mich an Schneemänner erinnerten, bernsteinfarbene Sommersprossen und Pausbacken.

Ein Kind, wie Norman Rockwell es gemalt haben könnte: ein Sohn, auf den jeder echte amerikanische Vater stolz wäre.

Das Blut seines Vaters war ein rostfarbener Fleck auf der mittleren Leitplanke irgendwo am Ventura Freeway.

»Wuum. Peng!«

In den sechs Sitzungen hatten wir sprachlich noch nicht mehr aus ihm herausbekommen. Ich wunderte mich darüber und über einen gewissen Stumpfsinn in seinen Augen.

Die zweite Kollision kam plötzlich, sie war härter. Er war sehr konzentriert. Bald kamen die Puppen an die Reihe.

Seine Mutter sah von ihrem Sitzplatz in der Ecke auf. Sie las seit zehn Minuten dieselbe Seite eines Taschenbuchs mit dem Titel »Programmiere Dich auf Erfolg!« Die Sprache ihres Körpers verriet, daß sie nicht so gleichgültig war, wie sie tat. Sie saß steif und hochnäsig auf ihrem Stuhl, kratzte sich am Kopf, zog an ihrem langen schwarzen Haar, als ob es Garn wäre, und wickelte es sich ununterbrochen hin und her um die Finger. Einer ihrer Füße tappte dazu einen Viervierteltakt, der das weiche Fleisch ihrer weißen, strumpflosen Wade zum Erzittern brachte, bis es unter dem Saum ihres Sommerkleides verschwand.

Beim dritten Zusammenstoß verzog sie das Gesicht. Sie ließ das Buch sinken und sah mich blinzelnd an. Fast hübsch – der Typ, der mit sechzehn, siebzehn aufblüht und dann rasch verwelkt. Ich lächelte sie an. Sie ließ sofort den Kopf sinken und kehrte zu ihrem Buch zurück.

»Peng!« Der Junge brummte, nahm in jede Hand ein Auto, stieß sie scheppernd zusammen und ließ sie sofort fallen, als sie einander berührten. Sie polterten über den Teppich in verschiedene Richtungen auseinander. Heftig atmend rannte er hinterher.

»Peng!« Er hob sie auf und warf sie hart auf den Boden. »Wuum!«

Er tat das alles noch ein paarmal hintereinander, dann warf er die Autos jäh beiseite und sah sich suchend in dem Zimmer um. Er suchte die Puppen, obgleich ich sie immer an demselben Platz ließ.

Konnte er sich nicht erinnern, oder wollte er es einfach nicht? In dem Alter konnte man nur mutmaßen.

Das hatte ich auch zu Mal Worthy gesagt, als er mir den Fall beschrieb und um ein Gutachten bat.

»Mit harten Fakten werde ich dir nicht dienen können.«

»Damit rechne ich auch gar nicht, Alex. Gib mir nur irgend etwas, womit ich arbeiten kann.«

»Was ist mit der Mutter?«

»Wie zu erwarten: ein Trümmerhaufen.«

»Bei wem ist sie in Behandlung?«

»Im Augenblick bei niemandem, Alex. Ich wollte ihr eine Therapie besorgen, aber sie weigert sich hinzugehen. Wenn du dich inzwischen um Darren kümmern könntest und die Mutter auch ein bißchen davon profitierte, hätte ich nichts dagegen. Weiß Gott, sie braucht Hilfe – in dem Alter und dann so ein Schock.«

»Wie bist du an den Fall gekommen?«

»Sie war seine zweite Frau. Er, der Vater des Kindes, hat bei mir als Hausmeister und Mädchen für alles gearbeitet. Ich hab' die Scheidung aus Gefälligkeit übernommen. Sie, die zweite Frau, erinnerte sich an mich und kam auf mich zurück. Ich habe mich dann ziemlich intensiv mit ihr beschäftigt, sie nach allem ausgefragt. War gut, das mal wieder zu machen. Also sag mir, was meinst du, kannst du ihn übernehmen? Obwohl er noch so jung ist?«

»Ich hab' schon Jüngere gehabt. Wie weit ist er sprachlich?«

»Ich habe ihn noch nichts sagen hören. Sie behauptet, vor dem Unfall hätte er schon ein paar kleine Sätze gesprochen, aber ich habe nicht den Eindruck, daß sie schon für sein Studium zu sparen angefangen hatte. Wenn du eine Einbuße hinsichtlich seines Intelligenzquotienten beweisen könntest, dann könnte ich das in Dollars übersetzen, Alex.«

»Aber mal –«

Er lachte übers Telefon. »Ich weiß, ich weiß, Mr. – pardon, *Dr.* Konservativ. Es liegt mir fern, dich zu –«

»Nett, mal wieder mit dir zu reden, Mal. Sag der Mutter, sie soll mich anrufen, damit wir etwas verabreden können.«

»– beeinflussen, wenn du ein Gutachten abgibst, ich weiß, daß das nicht gestattet ist. Während du dich mit dem Fall befaßt, darfst du dir allerdings ruhig mal durch den Kopf gehen lassen, was es für sie bedeutet, allein ein Kind aufzuziehen, keine Berufsausbildung und kein Geld zu haben. Und mit diesen Erinnerungen leben zu müssen. Ich habe gerade Fotos von dem Unfall gesehen – mir ist das Mittagessen hochgekommen. Es gibt da ein paar offene Fragen, Alex. Es lohnt sich, da mal nachzuhaken.«

»Dha!« Er hatte die Puppen gefunden. Drei Männer, eine Frau, einen kleinen Jungen. Kleine rosafarbene Puppen aus weichem Plastik mit leeren, arglosen Gesichtern, anatomisch korrekten Körpern und abnehmbaren Gliedern. Daneben noch zwei Spielzeugautos, größer als die anderen beiden, ein rotes und ein blaues.

Ich stand auf und schwenkte die Kamera, so daß sie auf den Tisch gerichtet war, dann hockte ich mich zu ihm auf den Boden.

Er nahm das blaue Auto und setzte die Puppen so wie immer hinein: einen Mann ans Steuer, den anderen daneben, die Frau hinter den Fahrer und das Kind in den Kindersitz. In dem roten Auto saß niemand. Eine Männerpuppe lag noch auf dem Tisch.

Er hob die Arme und ließ sie wieder sinken und faßte sich an die Nase. Er nahm das blaue Auto in die Hand, streckte den Arm weg von sich und sah anderswohin.

Ich klopfte ihm auf die Schulter. »Ist schon gut, Darren.«

Er atmete ein, blies Luft aus, hob das rote Auto auf und stellte beide Autos einander in einem halben Meter Abstand frontal gegenüber. Er holte wieder tief Luft, blies die Backen auf und schrie, dann stieß er die Autos zusammen, so fest er konnte.

Der mitfahrende Mann und die Frau landeten auf dem Teppich. Die Knabenpuppe sackte in ihrem Gurt in sich zusammen, der Kopf fiel nach vorn herunter.

Der Fahrerpuppe galt seine Aufmerksamkeit – sie lag auf der vorderen Sitzbank, am Herausfliegen dadurch gehindert, daß ein Fuß sich im Lenkrad verfangen hatte. Ächzend bemühte sich der Junge, sie herauszuziehen. Er zog und drehte, fing verzweifelt an zu brummen, aber schließlich gelang es ihm, sie loszubekommen. Er hielt sie von sich weg, betrachtete prüfend ihr Plastikgesicht und riß ihr den Kopf ab. Dann legte er ihn neben den des kleinen Jungen.

Ich hörte ein Ächzen vom anderen Ende des Zimmers und drehte mich um. Denise Burkhalter duckte sich wieder hinter ihr Buch.

Ohne auf ihre Reaktion zu achten, ließ der Junge den kopflosen Körper fallen, hob die Frauenpuppe auf, drückte sie an sich, legte sie hin. Dann kehrte er zu den Männerpuppen – dem geköpften Fahrer und dem Beifahrer – zurück. Er hob sie hoch über den Kopf und warf sie an die Wand, sah sie dagegenprallen und dann hinunterfallen.

Er sah die Knabenpuppe an, die im Sitz zusammengesackt war, und hob den danebenliegenden Kopf auf. Nachdem er ihn unter der Handfläche hin- und hergerollt hatte, warf er ihn beiseite.

Er ging auf die Männerpuppe zu, die noch unbewegt dasaß – den Fahrer in dem anderen Wagen – machte noch keinen Schritt, blieb stehen, erstarrte und wich dann zurück.

Im Zimmer war es still bis auf das Summen der Kamera. Mrs. Burkhalter blätterte eine Seite ihres Buches um. Der Junge stand eine Zeitlang unbeweglich da, dann überkam ihn ein so wilder Tätigkeitsdrang, daß es im Zimmer vor Spannung knisterte.

Er wiegte sich kichernd vor- und rückwärts, rang die Hände, winkte in der Luft herum, stotterte und spuckte. Er lief durchs Zimmer, trat gegen Bücherregale, Stühle, gegen den Schreibtisch, gegen die Scheuerleisten, kratzte mit den Fingernägeln an den Wänden und hinterließ kleine Fett- und Schmutzflecke. Sein Lachen wurde schriller, bis es einem heiseren Bellen Platz machte, auf das ein Tränenstrom folgte. Er warf sich auf den Boden und schlug eine Weile darauf herum, dann rollte er sich in Fötusposition zusammen, lag da und lutschte am Daumen.

Seine Mutter blieb hinter ihrem Buch sitzen.

Ich ging zu ihm hin und hob ihn auf.

Seine Muskeln waren verspannt, und er kaute verbissen auf dem Daumen. Ich hielt ihn auf dem Schoß, sagte ihm, alles sei okay, er sei ein guter Junge.

Er schlug die Augen auf und schloß sie dann wieder. Milchsüßer Atem vermischte sich mit dem nicht unangenehmen Geruch von Kinderschweiß.

»Willst du zu Mami?«

Schläfriges Nicken.

Sie hatte sich immer noch nicht bewegt. Ich sagte: »Denise.« Nichts. Ich wiederholte ihren Namen.

Sie steckte das Buch in ihre Handtasche, warf den Riemen über die Schulter, stand auf und nahm den Jungen.

Wir verließen die Bibliothek und gingen durch das Haus nach vorn zur Tür. Als wir ankamen, schlief er. Ich hielt ihr die Tür auf. Kühle Luft wehte herein. Ein milder Sommer, der heiß zu werden drohte. Aus der Ferne kam das Brummen eines Rasenmähers.

»Möchten Sie noch irgend etwas fragen, Denise?«

»Nöh.«

»Wie hat er diese Woche geschlafen?«

»Wie immer.«

»Sechs oder sieben Alpträume?«

»Ungefähr. Ich habe sie nicht gezählt – muß ich das immer noch?«

»Es wäre gut, wenn man wüßte, was in ihm vor sich geht.«

Keine Antwort.

»Der juristische Teil des Gutachtens ist fertig. Ich habe genug Informationen für Mr. Worthy. Aber Darren kämpft immer noch damit – völlig normal nach dem, was er erlebt hat.«

Keine Antwort.

»Diese Puppen«, sagte sie.

»Ich weiß. Es fällt einem schwer, ihm dabei zuzusehen.«

Sie biß sich auf die Lippe.

»Aber es hilft ihm, Denise. Vielleicht läßt es sich machen, daß Sie das nächste Mal draußen warten. Er hat jetzt den kritischen Punkt erreicht.«

Sie sagte: »Es ist weit bis hierher.«

»Starker Verkehr, was?«

»Ein Horror.«

»Wie lange haben Sie gebraucht?«

»Eine Stunde und fünfundvierzig Minuten.«

Von Tujunga nach Beverly Glen. Vierzig Minuten auf dem Freeway. Wenn man Freeways aushalten kann.

»Die Straßen da unten sind wohl sehr verstopft?«

»Hmhm. Und diese Kurven hier oben.«

»Ich weiß. Manchmal, wenn –«

Plötzlich ging sie auf Distanz. »Warum wohnen Sie hier, wo man Sie so schwer erreichen kann? Wenn Sie den Leuten helfen wollen, warum machen Sie's einem dann so verdammt schwer?«

Ich wartete einen Augenblick, bevor ich antwortete. »Ich weiß, Sie haben was durchgemacht, Denise. Wenn wir uns lieber in Mr. Worthys –«

»Ach, vergessen Sie's!« Und sie war zur Tür hinaus. Ich sah sie ihren Sohn über das Parkdeck und die Treppe hinuntertragen. Weil er schwer war, hatte sie einen watschelnden Gang. Sie wirkte so plump und unbeholfen, daß ich hinterherrennen und ihr helfen wollte. Statt dessen stand ich da und sah zu, wie sie sich abmühte. Sie schaffte es schließlich bis zu dem Mietwagen, fummelte lange mit einer Hand an der hinteren Wagentür herum, bis sie sie schließlich aufbekam. Sie bückte sich tief hinunter, und dann gelang es ihr, Darrens schlaffen Körper in den Kindersitz zu bugsieren. Sie warf die Tür mit einem Krachen zu, ging um den Wagen bis zur Fahrerseite herum und riß die Vordertür auf.

Sie steckte den Schlüssel ins Zündschloß, senkte den Kopf aufs Lenkrad hinunter und ließ ihn dort ruhen. So saß sie eine Weile da, bis sie den Motor anließ.

Ich ging in die Bibliothek zurück, schaltete die Videokamera ab, nahm die Kassette heraus, beschriftete sie und begann mit meinem Bericht. Ich arbeitete langsam, sogar mit noch größerer Präzision als gewöhnlich.

Das Unvermeidliche mußte verhindert werden.

Mehrere Stunden danach war das verdammte Ding fertig; der Helferrolle ledig, brauchte ich nun wieder selbst Hilfe. Ein Gefühl der Ohnmacht machte sich in mir breit, so unvermeidlich wie Ebbe und Flut.

Ich überlegte, ob ich Robin anrufen sollte, beschloß dann aber, es nicht zu tun. Mein letztes Gespräch mit ihr war alles andere als ein Vergnügen gewesen – verbissener Austausch von höflichen Redensarten, bis schließlich doch wieder die ganze Verletztheit und Wut hervorbrach.

»... deine Freiheit, Platz für dich selbst – ich dachte, das alles hätten wir hinter uns.«

»Aber ich *brauche* meine Freiheit, Alex.«

»Du weißt, was ich meine.«

»Nein, das weiß ich nicht.«

»Ich möchte bloß wissen, was du willst, Robin.«

»Ich habe es dir hundertmal erklärt, wie oft soll ich es noch tun?«

»Wenn du Platz für dich brauchst – zwischen uns liegen zweihundert Meilen. Fühlst du dich nun weniger unausgefüllt?«

»Es geht nicht um ausgefüllt oder unausgefüllt sein.«

»Worum denn dann?«

»Hör auf, Alex. Bitte.«

»Hör auf womit? Willst du mir das mal erklären?«

»Hör auf mit diesem Kreuzverhör! Du bist so aggressiv.«

»Was erwartest du denn von mir? Erst sollte es eine Woche sein, jetzt ist ein Monat daraus geworden. Wie lange soll ich denn nun noch warten?«

»Ich ... wollte, ich könnte dir das beantworten, Alex.«

»Irre – du läßt mich zappeln. Und was war mein großer Fehler? Daß ich mich zu sehr auf dich eingelassen habe? Okay, das läßt sich ändern. Glaub mir, ich kann so kühl sein wie Eis. Wie man von den Leuten Abstand hält, das habe ich in meiner Ausbildung gelernt. Aber wenn ich mich zurückziehe, wette ich zehn zu eins, daß du mir männliche Gleichgültigkeit vorwirfst.«

»Hör auf, Alex! Ich habe die ganze Nacht kein Auge zugetan und mit Aaron herumgesessen. Ich halte das jetzt einfach nicht mehr aus.«

»Was hältst du nicht mehr aus?«

»Alles, was du sagst. Es kommt mir vor, als wolltest du mich mit deinen Worten erschießen.«

»Wie sollen wir uns denn ohne Worte verständigen?«

»Wir werden uns jetzt überhaupt nicht verständigen können, also lassen wir es sein. Good bye.«

»Robin –«

»Sag good bye, Alex. Bitte. Ich möchte nicht einfach so den Hörer auflegen.«

»Dann laß es doch sein.«

Schweigen.

»Good bye, Robin.«

»Good bye, Alex. Ich liebe dich immer noch.«

Die Kinder des Schuhmachers gehen barfuß.

Der Seelenklempner erstickt an seinen eigenen Worten.

Die Depression verstärkte sich und schlug mich wie mit dem Hammer nieder.

Wäre gut gewesen, wenn ich jemanden zum Reden gehabt hätte. Die Liste meiner Freunde war verdammt kurz.

Robin stand ganz oben drauf.

Dann kam Milo.

Der war mit Rick zum Fischen in der Sierra. Aber selbst wenn er dagewesen wäre, hätte ich mich bei ihm nicht ausgeweint.

Mit den Jahren hatte sich zwischen uns ein gewisser Rhythmus entwickelt: Wir sprachen bei Bier und Brezeln über Mord und Wahnsinn und diskutierten über die Menschheit wie ein paar Anthropologen, die eine Schar wildlebender Paviane beobachteten.

Wenn der Horror über ihm zusammenbrach, kriegte Milo seinen Rappel, und ich hörte ihm zu. Wenn er Schluß machen wollte, quatschte ich so lange, bis er wieder Tritt faßte.

Trauriger Sack von einem Bullen, ich als Seelenklempner seine Krücke. Den Spieß umzudrehen war ich nicht bereit.

Die Post einer Woche lag auf dem Eßzimmertisch aufgestapelt. Ich hatte sie nicht geöffnet, mich vor den oberflächlichen Streicheleinheiten irgendwelcher Einladungen, Gutscheine und anderer Angebote gefürchtet, wie man im Handumdrehen glücklich werden kann. Aber ich brauchte in diesem Augenblick eine Ablenkung von meiner Bauchnabelschau, um nicht durchzudrehen.

Ich trug den Stapel ins Schlafzimmer, zog den Papierkorb ans Bett, setzte mich hin und fing an zu sortieren. Zuunterst lag ein lederfarbener Umschlag. Dickes Leinenpapier, eine Anschrift in den Holmby Hills und »falls Empfänger nicht erreichbar, bitte an den Absender zurücksenden«, alles in silberner Prägeschrift auf der hinteren Verschlußklappe.

Zu teuer für meinen Geschmack. Auf Kundenfang aus. Ich drehte den Umschlag herum, rechnete mit einem Adreßaufkleber aus dem Computer und fand meinen Namen und meine Anschrift in einer extravaganten Silberkalligraphie. Jemand hatte sich Zeit dafür genommen, alles bis ins kleinste perfekt zu machen.

Ich sah auf den Poststempel – zehn Tage alt. Machte den Umschlag auf und zog eine lederfarbene Einladungskarte mit Silberrand heraus, auf der in kalligraphischen Lettern stand:

LIEBER DOKTOR DELAWARE
SIE SIND HERZLICH EINGELADEN
ZU EINER
GARTENPARTY MIT DEN BESTEN
HOCHSCHULABSOLVENTEN UND MITGLIEDERN

DER UNIVERSITÄTSGEMEINDE
COCKTAILEMPFANG ZU EHREN VON
DOKTOR PAUL PETER KRUSE, BLALOCK-PROFESSOR DER
PSYCHOLOGIE UND HUMANENTWICKLUNG
ANLÄSSLICH SEINER ERNENNUNG ZUM DEKAN DES
FACHBEREICHS PSYCHOLOGIE

SAMSTAG, 13. JUNI 1987, 4 UHR NACHMITTAGS
SKYLARK
LA MAR ROAD
LOS ANGELES, CALIFORNIA 90077

UM ANTWORT WIRD GEBETEN.
FACHBEREICH PSYCHOLOGIE

Kruse als Dekan. *Stiftungsgelder,* höchste Anerkennung für ausgezeichnete Forschungstätigkeit.

Das paßte nicht zusammen; der Mann war alles andere als ein Forscher. Und obwohl es Jahre zurücklag, daß ich etwas mit ihm zu tun gehabt hatte, gab es keinen Grund zu der Annahme, daß er sich geändert und zu einem anständigen menschlichen Wesen entwikkelt hätte.

Damals hatte er als Ratgeber in allen Lebenslagen für eine Illustrierte geschrieben und als Liebling in Talkshows geglänzt, wozu er sich aufgrund seiner dazugehörigen Praxis in Beverly Hills und eines Repertoires von Banalitäten berechtigt fühlte, die er in einem pseudowissenschaftlichen Jargon von sich gab.

Eine Kolumne von ihm war einmal monatlich in einem Frauenmagazin erschienen, das in jedem Supermarkt auslag – die billige Wegwerfsorte mit der neuesten Wunderdiät zum Abnehmen, dicht gefolgt von Rezepten für Schokoladecremetorten und Ermahnungen, »man selbst« zu sein, kombiniert mit sexuellen IQ-Tests, die in allen, die sich dem Martyrium unterzogen, ein Gefühl der Unzulänglichkeit zurücklassen mußten.

Nun war Kruse also Professor geworden, der Stiftungsgelder verwaltete. Er hatte sich wenig Mühe gegeben, seine mangelhafte Forschungstätigkeit zu kaschieren – etwas, das mit menschlicher Sexualität zu tun hatte, aber nie auch nur das geringste Ergebnis brachte. Aber man hatte auch keine akademischen Wunderdinge von ihm erwartet, er hatte schließlich nicht zur Fakultät gehört, nur als »Gastdozent« mitgemacht. Einer von unzähligen Praktikern, die sich durch eine Verbindung mit der Universität akademische Ehren erhofften.

Diese Gastdozenten hielten gelegentliche Vorträge über ihre Spezialgebiete – in Kruses Fall war es Hypnose und eine manipulative Art von Psychotherapie gewesen, die er Kommunikationsdynamik nannte – und dienten den graduierten Studenten in den klinischen Semestern als Therapeuten und Tutoren. Eine hübsche Art von Arbeitsteilung, weil sie den »richtigen« Professoren Zeit für ihre Anträge auf Stiftungsgelder und für ihre Ausschußsitzungen ließ.

Als Gegenleistung erhielten die »Gäste« Parkplätze, Freikarten für Footballspiele und die Zulassung zum Fakultätsklub.

Von da zum Blalock-Professor. Unglaublich.

Wann hatte ich Kruse zum letztenmal gesehen? Ungefähr vor zwei Jahren auf dem Campus. Wir waren aneinander vorbeigegangen und hatten so getan, als bemerkten wir einander nicht.

Er im Maßanzug aus Tweed mit Lederflecken an den Ellbogen und die rauchende Bruyèrepfeife im Mund, an jedem Ellbogen eine Studentin, steuerte auf das Psychologie-Gebäude zu. Tiefgründiges vom Stapel lassend, während er an ihnen herumgrabschte.

Ich sah mir die Silberschrift noch mal genauer an. Cocktails um vier. Zu Ehren des Häuptlings.

Hatte wahrscheinlich etwas mit einer Holmby-Hills-Connection zu tun, aber trotzdem entzog sich das Ganze dem Versuch einer rationalen Erklärung.

Ich sah nach, wann die Party stattfinden sollte – in zwei Tagen –, und las dann noch einmal die Adresse unten auf der Einladung.

Skylark. Himmelslerche. Die ganz Reichen tauften ihre Häuser, als wären es Kinder.

La Mar Road, keine Hausnummer. Übersetzung: *Uns gehört die ganze Straße, ihr Bauern.*

Ich stellte mir die Szene in zwei Tagen vor: dicke Autos, schwache Drinks und öde Witzeleien auf dollargrünem Rasen.

Nicht meine Art von Vergnügen. Ich warf die Einladung in den Müll und vergaß Kruse. Vergaß die alten Zeiten.

Aber nicht lange.

2

Ich schlief schlecht und erwachte am Freitag schon bei Sonnenaufgang. Da ich an diesem Tag keine Patienten hatte, machte ich mich über die liegengebliebene Arbeit her: schickte Freund Mal per Boten das Videoband von Darren, schrieb ein paar andere Berichte zu Ende, bezahlte und verschickte Rechnungen, fütterte die Koi, fischte mit einem Netz den Dreck aus ihrem Teich und putzte das Haus, bis es glänzte. Mittags war ich mit allem fertig, und so blieb mir der Rest des Tages, um mich in meinem Elend zu suhlen.

Ich hatte keinen Appetit, versuchte zu joggen, wurde die Beklemmung in der Brust nicht los und gab nach einer Meile auf. Wieder daheim, schluckte ich so hastig ein Bier, daß mir das Zwerchfell weh tat, dann trank ich noch eins und nahm den Sechserpack ins Schlafzimmer mit. Ich saß im Unterzeug da und sah die Bilder über den Fernseher flimmern. Seifenopern: wie perfekt aussehende Leute leiden. Publikumsbeteiligung: wie real aussehende Leute verblöden.

Meine Gedanken schweiften ab. Ich starrte aufs Telefon, griff nach dem Hörer. Zog den Arm zurück.

Zuerst hatte ich geglaubt, das Problem hätte etwas mit ihrem Beruf zu tun – daß sie die High-Tech-Welt aufgegeben und sie gegen die mühselige, schlechtbezahlte eines Handwerkers eingetauscht hatte.

Robin war von einem Musikunternehmen in Tokio aufgefordert worden, mehrere ihrer handgefertigten Gitarren für die Massenproduktion zu adaptieren. Sie sollte nur die Details aufzeichnen, und ein Heer von Robotern würde dann den Rest erledigen.

Sie flogen sie erster Klasse nach Tokio, setzten sie in eine Suite im Okura-Hotel, bewirteten sie mit Suschi und Sake und schickten sie dann mit kostbaren Geschenken, auf Reispapier gedruckten Verträgen und Versprechungen auf eine lukrative Partnerschaft wieder nach Hause.

Trotz dieser Bemühungen lehnte sie schließlich ab, warum, erklärte sie mir nie, obwohl ich annehme, daß es etwas mit ihrer Herkunft zu tun hatte. Sie war als einziges Kind eines gnadenlos perfektionistischen Kunsttischlers aufgewachsen, der die Handarbeit vergötterte, und eines ehemaligen Showgirls, das in der Rolle der Betty Crocker verbitterte und gar nichts vergötterte. Als Tochter ihres Vaters gebrauchte sie ihre Hände, um dem Leben einen Sinn zu geben. Ertrug das College, bis ihr Vater starb, und ehrte ihn dann dadurch, daß sie das Studium abbrach und Möbel zu tischlern anfing. Schließlich fand sie als Instrumentenbauerin ihr perfektes Fachgebiet, formte und schnitzte Gitarren und Mandolinen und schmückte sie mit Einlegearbeiten.

Wir waren zwei Jahre lang ein Liebespaar, bevor sie sich einverstanden erklärte, mit mir zusammenzuleben. Aber auch dann hielt sie noch an ihrem Atelier im Künstlerviertel Venice fest. Nach ihrer Rückkehr aus Japan fing sie an, sich mir mehr und mehr zu entziehen. Wenn ich sie darüber ausfragte, sagte sie, sie müsse allerhand aufholen.

Ich akzeptierte es. Wir waren nie sehr lange zusammengewesen. In unserem Eigensinn und unserer Halsstarrigkeit ähnelten wir einander, und wir hatten beide schwer um unsere Unabhängigkeit gekämpft. Die Kreise, in denen wir uns bewegten, waren grundverschieden, wir trafen uns nur gelegentlich – manchmal rein zufällig – in leidenschaftlichen Zusammenstößen.

Aber die Zusammenstöße wurden immer seltener. Sie fing an, die Nächte im Atelier zuzubringen, behauptete, sie sei müde, lehnte meine Angebote ab, sie abzuholen und später wieder zurückzufahren. Ich hatte genug zu tun, so daß ich keine Zeit zum Nachdenken fand.

Nach einer Überdosis an menschlichem Elend hatte ich mich mit dreiunddreißig aus der Kinderpsychiatrie zurückgezogen und lebte bequem von meinen Investitionen in südkalifornische Grundstücke. Allmählich begann mir die klinische Arbeit zu fehlen, aber ich wollte mich nicht wieder in langfristige Psychotherapie verwikkeln. Ich beschränkte mich also auf Gutachten, mit denen mich Anwälte und Richter gelegentlich beauftragten – Beurteilungen in Sorgerechtsfragen, Traumafälle bei Kindern, vor kurzem ein Kriminalfall, der mich etwas über die Genesis des Wahnsinns gelehrt hatte.

Arbeiten, die kurzfristig zu erledigen und dann abgeschlossen waren. Die chirurgische Seite der Psychologie. Aber genug, daß ich mich als *Heiler* fühlte.

Nach Ostern kam es mal wieder zu einer Flaute, ich hatte viel Zeit, über mich nachzudenken – ganz allein für mich. Mir wurde klar, wie weit wir uns auseinandergelebt hatten, Robin und ich. Ich fragte mich, ob mir irgend etwas fehlte. Ich hoffte auf eine Spontanheilung und wartete darauf, daß sie mal wieder vorbeikäme. Als sie es nicht tat, lauerte ich ihr auf – paßte sie ab.

Sie zuckte die Achseln über meine Sorgen und Fragen, erinnerte sich plötzlich, daß sie etwas in ihrem Atelier vergessen hatte, und war weg. Anrufe dort lösten nur den Anrufbeantworter aus – sonst nichts. Wenn ich sie besuchte, wurde ich jedesmal furchtbar enttäuscht. Gewöhnlich war sie von traurig blickenden Musikern umgeben, die ziemlich kaputte Instrumente im Arm hielten und undefinierbare Bluesgesänge von sich gaben. Erwischte ich sie mal allein, bediente sie sich des Kreischens von Sägen und Drehbänken, des Zischens von Spritzpistolen, um eine Unterhaltung zu verhindern.

Zähneknirschend trat ich den Rückzug an und redete mir ein, ich dürfe nur nicht die Geduld verlieren. Paßte mich der Situation an, indem ich mir eine Menge Arbeit auflud. Ich verfaßte Gutachten, schrieb Berichte und stand als Sachverständiger vor Gericht wie ein Wahnsinniger. Aß mit Anwälten zu Mittag, verbrachte meine Zeit in Verkehrsstaus. Machte eine Menge Geld und hatte niemanden, für den ich es ausgeben konnte.

Als der Sommer kam, waren Robin und ich einander noch fremder geworden – höflich miteinander plaudernde entfernte Bekannte. Etwas mußte geschehen. Anfang Mai geschah es dann.

Ein vielversprechender Sonntagmorgen. Sie war am Samstag zu später Stunde vorbeigekommen, um ein paar alte Zeichnungen abzuholen, hatte schließlich die Nacht mit mir verbracht und mich mit einer fachlichen Entschlossenheit geliebt, die mich erschreckte, aber besser als nichts war.

Als ich aufwachte, streckte ich die Hand aus, um sie zu berühren, und spürte nur Bettwäsche. Geräusche drangen aus dem Wohnzimmer. Ich sprang aus dem Bett und traf sie angezogen, die Handtasche über der Schulter, auf dem Weg zur Tür.

»Guten Morgen, Baby.«

»Guten Morgen, Alex.«

»Gehst du?«

Sie nickte.

»Warum so eilig?«

»Ich habe eine Menge zu tun.«

»Am Sonntag?«

»Sonntag, Montag, spielt keine Rolle.« Sie legte die Hand auf den Türknauf. »Ich habe Saft gemacht, einen Krug voll, er steht im Kühlschrank.«

Ich ging zu ihr hinüber und legte die Hand auf ihr Handgelenk. »Bleib doch noch ein bißchen.«

Sie wich zurück. »Ich muß wirklich los.«

»Komm schon, gönn dir doch mal eine Verschnaufpause.«

»Ich brauche keine Verschnaufpause, Alex.«

»Bleib wenigstens noch ein bißchen, und laß uns reden.«

»Worüber?«

»Über uns.«

»Da gibt es nichts zu reden.«

Ihre Gleichgültigkeit war gezwungen, da brannten bei mir die Sicherungen durch. Monatelange Enttäuschung explodierte in einem wütenden Monolog.

Sie sei egoistisch. Von sich selbst besessen. Was das für ein Leben sei – mit einer Eremitin? Was hätte ich getan, um eine solche Behandlung zu verdienen? Dann folgte eine Liste all meiner Tugenden, jedes selbstlosen Dienstes, den ich ihr seit dem Tag unseres Kennenlernens erwiesen hatte.

Als ich damit fertig war, legte sie die Handtasche hin und nahm auf der Couch Platz. »Du hast recht. Wir müssen miteinander reden.«

Sie starrte aus dem Fenster.

Ich sagte: »Ich höre.«

»Ich versuche, meine Gedanken zu ordnen. Dir fällt das Reden leicht, es gehört ja zu deinem Beruf, Alex. Auf der Ebene kann ich mich nicht mit dir messen.«

»Niemand braucht sich mit irgend jemandem zu messen. Sprich einfach mit mir. Sag mir, was du denkst.«

Sie schüttelte den Kopf. »Ich weiß nicht, wie ich es ausdrücken soll, ohne weh zu tun.«

»Mach dir darüber keine Sorgen. Sprich's einfach aus.«

»Wie Sie meinen, Doktor.« Dann: »Tut mir leid, es fällt mir nun einmal sehr schwer.«

Ich wartete.

Sie ballte die Fäuste, streckte die Hände wieder aus. »Sieh dich in diesem Zimmer um – die Möbel, die Kunstgegenstände – alles genauso wie damals, als ich es zum erstenmal sah. Perfekt wie ein Bilderbuch – *dein* perfekter Geschmack. Fünf Jahre lang war ich bei dir in Pension.«

»Wie kannst du so etwas sagen? Du bist hier zu Hause.«

Sie wollte darauf antworten, schüttelte den Kopf und sah weg.

Ich stellte mich in ihre Blickrichtung und deutete auf den Eschenholztisch im Eßzimmer. »Das einzige Möbelstück, das mir etwas bedeutet! Weil *du* es gebaut hast.«

Schweigen.

»Ein Wort von dir, und ich mache aus dem allen Kleinholz, Robin. Wir fangen wieder ganz von vorn an. Zusammen.«

Sie stützte das Gesicht in die Hände und saß eine Weile so da, und schließlich hob sie den Kopf, mit nassen Augen. »Es geht hier nicht um Innenarchitektur, Alex.«

»Worum geht es *dann?*«

»Um *dich.* Darum, was du für eine Art von Person bist. Überwältigend. Erdrückend. Du hast mich nie gefragt, ob ich etwas anderes wollte als du – ob ich irgendwelche eigenen Ideen hätte.«

»Ich habe nie gedacht, daß es dir auf so etwas ankäme.«

»Ich habe niemals angedeutet, daß es mir darauf ankommt – es liegt auch an mir, Alex. Akzeptieren, mitmachen, sich in deine vorgefaßten Konzepte einpassen. Dabei war mein Leben eine einzige Lüge, wenn ich mich als stark und selbständig sah.«

»Du *bist* stark.«

Sie lachte belustigt auf. »Das hat mein Daddy immer zu mir gesagt: Du bist ein *starkes* Mädchen, ein schönes *starkes* Mädchen. Er bekam immer Wutanfälle, wenn ich kein Selbstvertrauen zeigte, dann brüllte er mich an und sagte mir wieder und wieder, ich sei anders als andere Mädchen. *Stärker* als sie. Stark hieß für ihn, daß man etwas mit den Händen tat, etwas schuf. In dem Alter, in dem andere Mädchen mit ihren Barbiepuppen spielten, erfuhr ich, wie man eine Bandsäge bedient. Die Knöchel hab' ich mir bis auf die Knochen abgeschmirgelt. Gelernt, wie man eine perfekte Gehrfuge baut. Das hieß *stark* sein. Jahrelang hab' ich's geglaubt. Und jetzt sitze ich hier und sehe mich endlich mal genau im Spiegel an und erblicke nur eine schwache Frau, die sich von einem Mann aushalten läßt.«

»Hatte der Aufenthalt in Tokio etwas damit zu tun?«

»Der Tokio-Aufenthalt hat mich zum Nachdenken gebracht darüber, was ich vom Leben will, und da habe ich gesehen, wie weit ich davon entfernt war – wie sehr ich immer jemand anderem gegenüber verpflichtet gewesen bin.«

»Baby, ich wollte dir nie Steine in den Weg legen –«

»Das ist das *Problem!* Ich bin ein verdammtes *Baby!* Hilflos und bereit, mich von Doktor Alex therapieren zu lassen.«

»Ich sehe dich nicht als Patientin«, sagte ich. »Ich liebe dich, Gott im Himmel.«

»Liebe«, sagte sie. »Was zum Teufel das auch heißen mag.«

»Ich weiß, was es für mich heißt.«

»Dann bist du einfach ein besserer Mensch als ich. Womit wir bei der Crux des Problems wären, klar? Doktor Perfekt. Dr. Problemlöser. Sieht gut aus, hat was auf dem Kasten, Charme, Geld, all diese Patienten denken, du bist Gott.«

Sie stand auf und ging hin und her. »Verdammt, Alex, als ich dich kennenlernte, hattest du Probleme – du warst ›ausgebrannt‹, voller Selbstzweifel. Du warst verletzlich, und *ich* konnte etwas für dich tun. Ich hab' dir da durchgeholfen, Alex. Ich war einer der Hauptgründe, daß du dich da durchgekämpft hast, ich weiß es.«

»Ja, du, und ich brauche dich *immer* noch.«

Sie lächelte. »Nein. Jetzt bist du geheilt, mein Liebling. Perfekt gestimmt. Und für mich gibt's nichts mehr zu tun.«

»Das ist der helle Wahnsinn. Ich habe Qualen ausgestanden, dich nicht mehr zu sehen.«

»Vorübergehende Reaktion«, sagte sie. »Du wirst schon damit fertig.«

»Du mußt mich für einen ziemlich oberflächlichen Kerl halten«, meinte ich.

Sie ging noch ein bißchen hin und her, schüttelte den Kopf. »Gott. Ich höre mich reden, und mir wird klar, daß ich einfach nur eifersüchtig bin, nicht wahr? Es ist kindische, dumme Eifersucht. Genauso wie früher mein Gefühl gegenüber Mädchen, die beliebter waren als ich. Aber ich kann nicht dagegen an – du bist rundum so verdammt perfekt: Läufst jeden Tag deine drei Meilen, duschst, arbeitest ein bißchen, löst deine Schecks ein, spielst Gitarre, liest deine Zeitungen. Fickst mich, bis wir beide kommen, dann schläfst du ein und grinst. Du kaufst die Tickets, wir fliegen nach Hawaii, machen Urlaub. Du kommst mit einem Picknickkorb, wir essen und trinken. Es ist ein Fließband, Alex, du drückst auf die Knöpfe, und wenn ich in Tokio eins gelernt habe, dann dies: Ich will kein Fließband. Das Verrückte daran ist ja, daß es ein herrliches Leben ist. Wenn ich dich ließe, würdest du ewig alles für mich tun, und mein Leben wäre ein einziger Traum mit Zuckerguß. Ich kenne viele Frauen, die dafür einen Mord begehen, aber für mich ist es nicht das richtige.«

Unsere Augen begegneten einander, ihr Blick tat mir weh, und ich wendete das Gesicht ab.

»O Gott«, sagte sie. »Ich quäle dich. Ich hasse das einfach.«

»Schon gut. Sprich weiter.«

»Das ist alles, Alex. Du bist ein wundervoller Mann, aber mein Leben mit dir jagt mir allmählich Angst ein. Ich bin in Gefahr zu verschwinden. Du hast von Heirat gesprochen. Wenn wir heirateten, verlöre ich sogar noch mehr von mir selbst. Unsere Kinder würden in mir jemanden sehen, der langweilig, deprimiert und verbittert ist. Währenddessen würde Daddy da draußen in der weiten Welt Heldentaten vollbringen. Ich brauche Zeit, Alex – Platz zum Atemholen. Um mir über das, was ich bin und was ich sein will, klarzuwerden.«

Sie bewegte sich zur Tür. »Ich muß jetzt gehen. Bitte.«

»Nimm dir soviel Zeit, wie du brauchst«, sagte ich. »Und soviel Platz, wie du brauchst. Nur – mach bitte nicht Schluß.«

Sie stand zitternd in der Türöffnung. Lief auf mich zu, küßte mich auf die Stirn und war weg.

Zwei Tage später kam ich nach Hause und fand einen Brief auf dem Eschenholztisch:

Lieber Alex,

bin in San Luis. Meine Kusine Terry hat ein Baby gekriegt. Ich will ihr helfen, bin in etwa einer Woche wieder da.

Haß mich nicht.

Gruß, R.

3

Einer der Fälle, die ich gerade abgeschlossen hatte, handelte von einem fünf Jahre alten Mädchen – Geisel in einem verbissenen Kampf um das Sorgerecht zwischen einem Hollywoodproduzenten und dessen vierter Frau.

Von ihren Anwälten zum Krieg ermuntert, war es den Eltern zwei Jahre lang nicht gelungen, eine Vereinbarung zu erzielen. Schließlich wurde es dem Richter zuviel, und er bat um ein Gutachten. Ich beschäftigte mich mit dem Mädchen und empfahl dann, man solle einen weiteren Psychologen beauftragen, sich die Eltern vorzunehmen.

Der Gutachter, den ich vorschlug, war ein früherer Studienkollege von mir namens Larry Daschoff, ein gewitzter Diagnostiker, dessen Wertvorstellungen ich respektierte. Larry und ich waren in all den Jahren gute Bekannte geblieben, überwiesen einander Patienten, wenn es sich so ergab, und trafen uns gelegentlich zum Essen oder zum Handball. Aber als Freund gehörte er zu einer oberflächlicheren Kategorie, und deshalb war ich überrascht, als er mich am Freitag abend um zehn anrief.

»Dr. D. Ist das Dr. D.?« rief er, lustig wie immer. Ein fürchterlicher Lärm herrschte im Hintergrund – quietschende Reifen und Schüsse aus einem Fernseher im Wettstreit mit Schreien, die an Kinder während der Pause auf einem Schulhof denken ließen.

»Hallo, Larry. Was ist los?«

»Was los ist? Brenda ist in der Bibliothek und paukt Jura für ihren Kurs im Schadensersatzrecht, und ich habe alle fünf Monster allein am Hals.«

»Die Freuden der Vaterschaft.«

»Oh, yeah.« Der Lärmpegel stieg. Eine Kinderstimme schrie: »Daddy! Daddy! Daddy!«

»Moment mal, Alex.« Er legte die Hand auf die Sprechmuschel, und ich hörte ihn sagen: »Warte, bis ich zu Ende telefoniert habe. *Nein,* nicht jetzt. Wenn er dich ärgert, laß ihn doch einfach in Ruhe. Nicht *jetzt,* Jeremy, ich will's nicht hören. Ich *telefoniere gerade, Jeremy.* Wenn du nicht ruhig bist, kriegst du *keine Donuts und mußt zwanzig Minuten früher ins Bett!*«

Er kam ans Telefon zurück. »Ich bin ein Fan der Aversionstherapie geworden, Alex. Zum Teufel mit Anna Freud und Bruno Bettelheim. Die haben sich wahrscheinlich beide in ihre Arbeitszimmer eingeschlossen, um ihre Bücher zu schreiben, während jemand anders ihre Kinder aufzog. Hat die alte Anna überhaupt Kinder gehabt? Ich glaube, sie ist mit Vater Freud verheiratet geblieben. Jedenfalls lasse ich mir gleich am Montag ein paar Stachelstöcke kommen, wie die Viehtreiber sie verwenden. Einen für jeden von ihnen, und einen stecke ich mir selbst in den Arsch dafür, daß ich Brenda ermuntert habe, ihr Studium wiederaufzunehmen. Wenn Robin mit so einer kreativen Idee kommen sollte, wechsle ja schnell das Thema.«

»Das werde ich bestimmt tun, Larry.«

»Alles okay bei dir?«

»Nur ein bißchen müde.«

Er war ein zu guter Therapeut, um nicht sofort zu merken, daß ich mit etwas hinterm Berg hielt. Ein zu guter Therapeut auch, um der Sache auf den Grund zu gehen.

»Jedenfalls habe ich deinen Bericht über die Featherbaugh-Schweinerei gelesen und bin mit dir in jeder Hinsicht einer Meinung. Bei solchen Eltern wäre das Waisenhaus für das Kind die beste Lösung. Wenn wir diese Möglichkeit mal ausschließen, bin ich auch der Ansicht, daß ein gemeinsames Sorgerecht für die Eltern wahrscheinlich immer noch der am wenigsten scheußliche Ausweg ist. Wollen wir wetten, wie sich das weiterentwickelt?«

»Nur wenn ich auf *schlimm* setzen kann.«

»Dann wird nichts draus.« Er entschuldigte sich wieder und brüllte, jemand solle den Fernseher leiser stellen. Nichts geschah, aber er bestand auch nicht darauf. »Die Leute sind wirklich im Eimer, was, Alex? Ist das nicht eine tolle Einsicht nach fünfzehn Jahren als Seelendoktor? Kein Mensch will mehr etwas tun – Gott weiß, ich komme keinen einzigen Tag an den Strand raus und Brenda ebensowenig. Wenn wir das all die Jahre durchhalten, sollten die anderen das auch können.«

»Für mich wart ihr immer das perfekte Ehepaar.«

»Jeden Augenblick ein Kind.« Er kicherte. »Bei uns ist es Ehe auf italienisch – *molto passione, molto* Schreio und Palavo. Kurz und gut, sie hält es wegen meiner unbestreitbaren erotischen Tüchtigkeit mit mir aus.«

»Ist das wahr?«

»*Ist das wahr?*« äffte er mich nach. »Alex, das war so eine typische Bemerkung eines verdammten Seelenklempners, ganz unter deinem üblichen glänzenden Niveau. Bist du sicher, daß bei dir alles okay ist?«

»Mir geht's großartig. Wirklich.«

»Wenn du's sagst. Jedenfalls, um auf den Hauptgrund meines Anrufs zu kommen. Hast du die Einladung zu Kruses toller Fete bekommen?«

»Sie schmückt den Boden meines Papierkorbs – glanzvoll genug?«

»Kommt ungefähr hin. Du gehst also nicht?«

»Du machst wohl Witze, Larry.«

»Weiß nicht so recht. Könnte doch Spaß machen auf so 'ne bizarre Art und Weise – man guckt sich mal die andere Hälfte der Menschheit an, darf vom Rand her als Mauerblümchen gemeine analytische Bemerkungen machen, während man seinen bourgeoisen Neid unterdrückt.«

Ich erinnerte mich an etwas. »Larry, warst du nicht mal eine Zeitlang Kruses Forschungsassistent?«

»Nicht *eine Zeitlang,* Alex. Nur für ein Semester – ja, ich gebe zu, ich will davon heute nichts mehr wissen. Die Untersuchung war ein total schwachsinniges Unterfangen. Meine Entschuldigung: Ich war pleite – jung verheiratet und hockte über meiner Dissertation, und mein Stipendium vom National Institute for Mental Health lief in der Mitte des Semesters aus.«

»Komm, gib's doch zu, Larry, es war ein dufter Job. Ihr Jungs habt den ganzen Tag nur rumgesessen und euch Pornos angeguckt.«

»Das ist nicht fair, Alex. Wir erforschten die Grenzen der menschlichen Sexualität.« Er lachte. »Und genauer gesagt: Wir haben den ganzen Tag herumgesessen und zugesehen, wie *Studenten* Pornofilme anguckten. Ach, diese geilen siebziger Jahre – könntest du dir heute so was vorstellen?«

»Ein tragischer Verlust für die Wissenschaft.«

»Katastrophal. Um die Wahrheit zu sagen, es *war* totaler Mist. Kruse ist nur deshalb damit durchgekommen, weil er Geld hereinbrachte – einen privaten Zuschuß –, damit er die Wirkung der Pornographie auf die sexuelle Erregung studieren konnte.«

»Ist etwas dabei herausgekommen?«

»Hauptsächlich eins: Fickfilme machen Studenten im dritten und vierten Semester geil.«

»Ich wußte das, als *ich* im dritten und vierten Semester war.«

»Du warst ein Spätzünder, Alex.«

»Hat er was darüber veröffentlicht?«

»Wo? Im *Penthouse?* Nee. Er hat sich mit den Ergebnissen in Talkshows interessant zu machen versucht – und Porno als gesundes sexuelles Ventil et cetera et cetera propagiert. Dann, in den ›verklemmten Achtzigern‹, vollzog er eine völlige Kehrtwendung, oder sagen wir, er analysierte seine Daten erneut. Fing an, Reden zu halten darüber, daß Porno die Gewalt gegen Frauen fördere.«

»Ein Supermann der Pornographie, unser neuer Dekan.«

»O ja.«

»Wie ist er denn so hoch geklettert? Larry? Er war doch mal ein Teilzeithelfer.«

»Ein Teilzeithelfer mit Vollzeit-Verbindungen.«

»Der Name der Stiftung – Blalock?«

»Du hast's erfaßt. Alte Knete – Stahl, Eisenbahnen – eine von diesen Familien, die jedesmal, wenn jemand westlich des Mississippi atmet, einen Penny verdient.«

»Was hat Kruse damit zu tun?«

»Nach dem, was ich gehört habe, hatte Mrs. Blalock ein Kind mit Problemen, Kruse war der Therapeut des Kindes. Muß ihm sehr geholfen haben, denn Mutti erfreut den Fachbereich seit Jahren mit ihrem Geldsegen – unter der Bedingung, daß Kruse das Geld verwaltet. Man hat ihn gefördert und ihm alles gegeben, was er haben will. Sein letzter Wunsch war Dekan, also, *voilà,* ist er's geworden.«

»Ämterkauf«, sagte ich. »Ich wußte nicht, daß es so schlimm geworden ist.«

»So schlimm und noch schlimmer, Alex. Ich halte immer noch diese Vorlesungen in Familientherapie, also habe ich genug mit dem Fachbereich zu tun, um zu wissen, daß die finanzielle Situation katastrophal ist. Weißt du noch, wie sie uns früher das Dogma von der reinen Forschung gepredigt haben und alles, was auch nur im entferntesten nach Praxisbezug aussah, tabu war? Wie der Rattenmann Frazier uns immerzu eingetrimmt hat, *relevant* wäre ein unanständiges Wort? Nun hat's diese Leute gründlich erwischt. Wer will schon Zuschüsse für die Erforschung des Augenzwinkerns von geschälten Hummern zahlen? Außerdem hatten sich kaum noch Studenten bei uns eingeschrieben – Psychologie liegt nicht mehr im Trend. Einschließlich meines Ältesten wollen sie heute alle Wirtschaftswissenschaften und Betriebswirtschaftslehre zum Hauptfach haben – *insider trading* heißt die Parole, nur wer im Wohlstand lebt, lebt angenehm. Das heißt: Ausgabenkürzungen, Entlassungen, leere Vorlesungssäle. Für neunzehn Monate hatten sie einen Einstellungsstopp – sogar die ordentlichen Profs ließen die Nasen hängen. Kruse bringt Blalock-Geld, er kriegt so einen Posten auf dem Silbertablett gereicht. Oder wie mein Ältester sagen würde: Geld ist angesagt, Dad. Bullshit groß im Kommen. Zum Teufel, sogar Frazier ist auf den Zug aufgesprungen. Wie ich hörte, bietet er jetzt per Kleinanzeigen Tonbänder an, per Postversand, mit denen man sich das Rauchen abgewöhnen soll.«

»Du nimmst mich auf den Arm.«

»Ich nehm' dich nicht auf den Arm.«

»Was weiß denn Frazier davon, wie man mit dem Rauchen aufhören kann? Von Menschen weiß er doch gar nichts.«

»Seit wann ist das wichtig? Jedenfalls – so sieht die Lage aus. Also, was den Sonnabend angeht: Ich habe jemanden gefunden, der sich morgen für drei Stunden um meine fünf Monster kümmert. Ich *könnte* die Zeit zum Gewichtheben nutzen oder mir das Footballspiel ansehen oder sonst was vergleichbar Aufregendes tun, aber der

Gedanke, mich fein zu machen und mit kostenlosen Drinks volllaufen zu lassen und in einem Vergnügungstempel in Holmby Hills *haute cuisine* zu genießen, klang gar nicht so übel.«

»Die Drinks sind aber bestimmt miserabel, Larry.«

»Besser als das, was ich jetzt gerade schlucke: verdünnten Apfelsaft. Sieht wie Pisse aus. Ist alles, was noch im Haus ist – habe einzukaufen vergessen. Seit zwei Tagen füttere ich die Kinder mit Cornflakes und Zucker.« Er seufzte. »Ich sitze in der Falle, komme nicht mehr raus. Letzte Zuckungen eines alten Holzfällers, eingeschneit in seiner Hütte, Kumpel. Komm mit zu der verdammten Party, und laß uns ein paar zynische Bemerkungen vom Stapel lassen. Ich nehme für uns beide die Einladung an. Bring Robin mit, und gib ein bißchen mit ihr an, damit die reichen Säcke merken, daß sie nicht alles für ihr Geld kaufen können.«

»Robin kann nicht kommen. Ist verreist.«

»Beruflich?«

»Ja.«

Pause.

»Hör zu, Alex, wenn du was vorhast, verstehe ich das.«

Ich überlegte und stellte mir noch einen Tag ganz alleine vor. Nach kurzem Zögern sagte ich: »Nein, ich komm' mit, Larry.«

Und setzte das Räderwerk in Gang.

4

Holmby Hills ist der teuerste Fleck in Los Angeles, ein winziges Einschiebsel der Superreichen zwischen Beverly Hills und Bel Air. Finanziell Lichtjahre von meiner Gegend entfernt, aber geographisch nur eineinhalb bis zwei Kilometer südlich gelegen.

Auf meiner Karte lag die La Mar Road mitten in dieser feinen Gegend – eine lange, gewundene, dünne Linie, die irgendwo oben in den Hügeln endete, von denen man über den Country Club von Los Angeles hinwegsah. Nicht weit von der Playboy-Residenz, aber ich nahm nicht an, daß Hefner zu dieser Fete eingeladen war.

Um Viertel nach vier zog ich einen federleichten Anzug an und machte mich zu Fuß auf. Der Verkehr war dicht auf dem Sunset Boulevard – Surfer und Sonnenanbeter, die vom Strand zurückkamen, einfältige Touristen mit Karten in den Händen auf dem Weg zu den Häusern der Stars. Fünfzig Meter in die Holmby Hills hinauf verwandelte sich alles in eine ländliche Idylle.

Die Grundstücke waren riesig, die Häuser lagen hinter hohen Mauern mit Toren und Alarmanlagen versteckt, hinter den Häusern wiederum lagen kleine Wälder. Nur die winzigsten Andeutungen von einem Schieferdach hier und einem mit spanischen Ziegeln gedeckten Türmchen dort über dem Grün verrieten, daß dort Menschen wohnten. Zu hören war nur das phlegmatische Knurren unsichtbarer Bluthunde.

La Mar tauchte hinter einer Biegung auf: ein den Berg hinaufführender einspuriger Asphaltstreifen, der in eine Wand von fünfzehn oder zwanzig Meter hohen Eukalyptusbäumen geschnitten war. Anstelle eines öffentlichen Verkehrszeichens hatte man eine lackierte Kiefernholztafel an einen der Bäume genagelt, darunter prangten die Embleme dreier Wach- und Schließgesellschaften und das rotweiße Wappen der bekannten privaten Polizeifirma Bel Air Patrol. Rustikal in das Schild eingebrannte Buchstaben sagten jedem, der es wissen wollte oder nicht: LA MAR. PRIVAT. KEINE DURCHFAHRT. Bei siebzig Stundenkilometern leicht zu verfehlen, obwohl der blaue Rolls Royce Corniche, der an mir vorbeizischte, ohne zu zögern hineinfuhr.

Ich folgte der Abgasfahne des Rolls. Nach sieben oder acht Metern stieß ich auf zwei dicke Torpfosten aus Feldsteinen mit einem weiteren Warnschild, auf dem PRIVATSTRASSE stand. Sie war auf beiden Seiten von einer zweieinhalb Meter hohen Mauer gesäumt, geschmückt von einem meterhohen schmiedeeisernen Zaun mit vergoldeten Spitzen. Den Zaun hinauf wuchs alle sieben Meter eine andere Kletterpflanze – englisches Efeu, Passionsblume, Geißblatt, Wisteria. Kontrollierter Überfluß, der sich als etwas Natürliches ausgab.

Hinter den Mauern erhob sich eine graugrüne Wand – weitere riesige, fünf Stockwerke hohe Eukalyptusbäume. Vierhundert Meter weiter wurde das Blätterwerk sogar noch dichter, die Zufahrtsstraße dunkler und kühler. Dicke Polster aus Moos und Flechten wuchsen auf dem Feldgestein der Mauern. Die Luft roch feucht und duftete sauber nach Menthol. Ein Vogel zirpte zaghaft, ließ aber dann das Zwitschern sein.

Die Straße machte eine Kurve, führte dann wieder geradeaus, und ihr Ende kam in Sicht: ein von einem schmiedeeisernen Tor verschlossener, riesiger steinerner Torbogen. In zwei Reihen hintereinander standen eine Unmenge von Wagen da, Chrom und Lack blitzten.

Als ich näher kam, sah ich, daß die Zweiteilung zweckdienlich war: In der einen Reihe standen die funkelnden Luxuskarossen; in der anderen billige Kleinwagen, Kombis und ähnliche plebejische Transportmittel. Anführer der Traummobile war ein makelloses weißes Mercedes-Coupé, eine jener Maßanfertigungen mit frisiertem Motor, Stoßstangenhörnern, Spoilern, Goldauflage und einem Nummernschild mit den Buchstaben PPK DR.

Helfer in roten Jacken hopsten um neuangekommene Wagen herum wie Flöhe auf einem Sommerfell, rissen Türen auf und steckten Autoschlüssel ein. Ich ging hindurch auf das Tor zu und fand es verschlossen. Seitlich an einem der Pfosten befand sich eine Sprechanlage, eine Kontrollanlage für den Wachdienst, ein Schlüsselschlitz und ein Telefon.

Eine der Rotjacken sah mich, streckte die Hand aus und sagte: »Schlüssel.«

»Keine Schlüssel. Ich bin zu Fuß hergekommen.«

Seine Augen wurden schmal. In der Hand hielt er einen überdimensionierten eisernen Schlüssel, der durch eine Kette mit einem Rechteck aus lackiertem Holz verbunden war. Ins Holz eingebrannt waren die Buchstaben V. TOR.

»*Wir* parken«, bestand er auf seiner Forderung. Ein schwarzhaariger, dunkelhäutiger Typ, dick, mit rundem Gesicht und einem fusseligen Kinnbärtchen, der mit einem Akzent sprach. Seine Hand bewegte sich vor mir hin und her.

»Kein Wagen«, sagte ich. »Bin zu Fuß gekommen.« Als sein Gesicht leer und ausdruckslos blieb, deutete ich pantomimisch mit den Fingern »gehen« an.

Er wandte sich einem anderen Diener zu, einem kleinen, mageren jungen Schwarzen, und flüsterte etwas. Beide starrten sie mich an.

Ich hob den Kopf zum Torbogen hinauf und sah SKYLARK in Goldbuchstaben glänzen.

»Dies ist das Haus von Mrs. Blalock, richtig?«

Keine Antwort.

»Die Universitätsparty? Dr. Kruse?«

Der mit dem Bärtchen zuckte die Achseln und trottete zu einem perlgrauen Cadillac hin. Der kleine Schwarze trat auf mich zu. »Haben Sie eine Einladung, Sir?«

»Nein. Ist eine nötig?«

»Ja – also!« Er lächelte und schien angestrengt nachzudenken. »Sie haben also keinen Wagen und keine Einladung.«

»Ich wußte nicht, daß man beide mitbringen muß.«

Er schnalzte mit der Zunge.

»Ist ein Wagen als Sicherheit oder Bürgschaft nötig?«

Sein Lächeln verschwand. »Sie sind den ganzen Weg zu Fuß gegangen?«

»Das stimmt.«

»Wo wohnen Sie denn?«

»Nicht weit von hier.«

»Nachbar?«

»Geladener Gast. Ich heiße Alex Delaware. Dr. Delaware.«

»Eine Sekunde.« Er ging zur Sprechanlage, nahm den Telefonhörer ab und redete. Er hängte den Hörer wieder auf, sagte wieder: »Eine Sekunde«, und rannte los, um die Türen eines überlangen weißen Lincoln zu öffnen.

Ich wartete und sah mich um. Etwas Braunes, Bekanntes fiel mir auf: ein wirklich jämmerliches Fahrzeug, das abgesondert von den anderen am Straßenrand stand. Ausgestoßen – in Quarantäne sozusagen.

Leicht einzusehen, weshalb: ein anstößiger Chevrolet-Kombi älteren Baujahrs voller Rostpockennarben und klumpigen Spachtelflecken. Seine Reifen brauchten Luft; der hintere Laderaum war mit zusammengerollten Kleidungsstücken, Schuhen, Pappkartons, Fast-Food-Behältern und zerdrückten Pappbechern vollgestopft. Auf der Heckscheibe gab ein gelber, achteckiger Aufkleber die Auskunft: ACHTUNG! INSASSEN SIND MUTIERTE INDIVIDUEN!

Ich mußte lächeln und bemerkte, daß das Schrottmobil so stand, daß man es nicht mehr herausfahren konnte. Ein Dutzend Wagen mußte hin und her bewegt werden, um es zu befreien.

Ein modisch schlankes Paar mittleren Alters stieg aus einem weißen Lincoln, und der Diener mit dem Bärtchen führte sie ans Eingangstor. Er steckte einen überdimensionalen Schlüssel in den Schlitz, drückte einen Code, und eine Eingangstür schwang auf. Ich schlüpfte mit hindurch und folgte dem Paar einen leicht ansteigenden Einfahrtsweg hinauf, der mit schwarzen Ziegeln gepflastert war, die aussahen wie Fischschuppen. Als ich an ihm vorbeiging, sagte der Diener »Hey«, aber ohne Nachdruck, und machte keine Anstalten, mich aufzuhalten.

Nachdem das Tor wieder ins Schloß gefallen war, deutete ich auf den armseligen Chevrolet und fragte verschwörerisch: »Der braune Kombi da – wissen Sie eigentlich, wem der gehört?«

Er kam ganz nah ans schmiedeeiserne Torgitter heran: »Nein. Wem?«

»Er gehört dem reichsten Mann auf dieser Party. Behandeln Sie den Wagen gut, der Eigentümer ist dafür bekannt, daß er dicke Trinkgelder gibt.«

Sein Kopf zuckte herum, und er starrte den Kombi an. Ich ging los. Als ich mich umsah, hatte er angefangen, die Wagen herumzumanövrieren, um einen Freiraum für den Chevrolet zu schaffen.

Hundert Meter hinter dem Tor hörte der Eukalyptuswald auf und wurde von einem englischen Rasen abgelöst, der bis auf Stoppeln gestutzt war und sich golfplatzartig in die Ferne erstreckte. Er war von kerzengeraden, kurzgeschnittenen italienischen Zypressen und Beeten mit mehrjährigen Pflanzen gesäumt. Die ferneren Bereiche des Geländes hatte man mit dem Bulldozer zu Hügeln und Tälern geformt. Die höchsten dieser Erhebungen lagen dort, wo das Anwesen den Horizont berührte. Einsame schwarze Kiefern und kalifornischer Wacholder ragten empor; sie waren so beschnitten, daß sie vom Wind zerzaust wirkten.

Ich erreichte den höchsten Punkt der Fischschuppen-Einfahrt. Herüber wehte Musik – Streicher, die ein Stück aus der Barockzeit spielten. Als ich mich der Kuppe näherte, sah ich einen großen alten Mann in einer Butlerlivree auf mich zukommen.

»Dr. Delaware, Sir?« Sein Akzent lag irgendwo zwischen London und Boston; seine Gesichtszüge waren weich und edelmütig, Tränensäcke wölbten sich unter seinen Augen. Die lose herabhängende Haut schimmerte lachsfarben. Auf seinem sonnengebräunten Schädel standen Büschel, die wie Korngrannen wirkten. Eine weiße Nelke schmückte seine Kleidung.

Hervorragende Besetzung.

»Ja?«

»Ich bin Ramey, Dr. Delaware, komme gerade, um Sie abzuholen, Sir. Bitte entschuldigen Sie die Ungelegenheiten, Sir.«

»Kein Problem. Ich schätze, die Diener sind an den Umgang mit Fußgängern nicht gewöhnt.«

Wir schritten über die Anhöhe hinweg. Mein Blick ging zum Horizont zu einem Dutzend Türmchen und Spitzen eines grünen Kupferplattendaches, einem Erdgeschoß und zwei Stockwerken aus weißem Stuck und grünen Fensterläden, Säulengängen, geschmückten Balkonen, Torbögen und Türen mit fächerförmigen Oberlichtern – alles in allem eine monumentale Hochzeitstorte, umgeben von ein paar Hektar grünem Zuckerguß.

Vor dem Palais erstreckten sich französische Gärten: Kieswege, wiederum Zypressen, ein Labyrinth aus Buchsbaumhecken, Brunnen aus Kalkstein, spiegelnden Teichen und anderen Wasserbecken sowie Hunderten von Rosenbeeten, so strahlend, daß sie zu fluoreszieren schienen. Partygäste, die langstielige Gläser umklammert hielten, wanderten die Pfade entlang und bewunderten die Pflanzen, bewunderten sich selbst in der spiegelnden Wasserfläche der Teiche.

Der Butler und ich gingen schweigend dahin. Kies spritzte von unseren Schuhspitzen und Hacken, die Sonne brannte erbarmungslos herunter, dick und warm wie schmelzende Butter. Im Schatten der größten Fontäne saß eine Schar grimmiger schwarzgekleideter Musiker – etwa von der Größe eines Symphonieorchesters. Ihr Dirigent, ein junger, langhaariger Asiate, hob den Taktstock, und die Spieler begannen ihren pflichtgemäßen Bach.

Die Streichinstrumente wurden durch Gläsergeklingel und einen Grundbaß der Konversation bereichert. Links von den Gärten lag ein riesiger, mit Platten ausgelegter Innenhof, der angefüllt war mit runden weißen Tischen, die im Schatten gelber Sonnenschirme standen. Auf der Mitte eines jeden Tisches fand sich ein Blumenarrangement aus Tigerlilien, purpurnen Schwertlilien und weißen Nelken. Ein gelbweiß gestreiftes Zelt, groß genug für einen Zirkus, enthielt eine lange weißlackierte Bar, in der ein Dutzend Barkeeper Schwerstarbeit verrichteten. Etwa dreihundert Gäste saßen an den Tischen und tranken. Rund hundertfünfzig drängten sich vor der Bar. Kellner kreisten mit Tabletts voll Drinks und Appetithäppchen.

»Kann ich Ihnen einen Drink besorgen, Sir?«

»Sodawasser wäre fein.«

»Entschuldigen Sie mich, Sir.« Ramey verschwand im Bargetümmel und tauchte Augenblicke später mit einem frostbeschlagenen Glas und einer gelben Leinenserviette wieder auf. Er überreichte mir das Ganze, gerade als ich den Innenhof erreichte.

»Hier, bitte, Sir. Bitte nochmals um Entschuldigung für die Ungelegenheit.«

»Kein Problem. Danke.«

»Möchten Sie etwas essen, Sir?«

»Im Augenblick nicht.«

Er verbeugte sich andeutungsweise und ging fort. Ich stand allein da, nippte an meinem Sodawasser und ließ die Augen über die Menge wandern auf der Suche nach einem freundlichen Gesicht.

Die Menge, das sah man sofort, zerfiel in zwei unterschiedliche Gruppen – eine gesellschaftliche Spaltung wie zuvor bei den Wagenreihen.

Die Bühnenmitte wurde von den großen Reichen, einer Versammlung wie von Schwänen, beherrscht. Tiefgebräunt und lässig in konservativer Haute couture, begrüßten sie einander mit lockeren Wangenküssen, lachten leise und diskret, tranken unentwegt und nicht so diskret und nahmen die ethnisch diffuse Masse, die am Rande saß, nicht zur Kenntnis.

Die Universitätsleute, verkrampft, randvoll mit nervösem Geplapper, schwatzten wie die Elstern. Sie fanden sich, grüblerisch veranlagt, in engen kleinen Cliquen zusammen und redeten hinter vorgehaltener Hand, während sie unstet hungrige Blicke in die Gegend warfen. Manche sahen verdächtig elegant in ihren Anzügen von der Stange und Partykleidern aus dem Sonderangebot aus; andere hatten sich betont schlicht gekleidet. Ein paar staunten immer noch über das Ambiente, aber die meisten begnügten sich damit, die Rituale der Schwäne mit einer Mischung aus unverhohlener Gier und analytischer Verachtung zu observieren.

Ich hatte mein Sodawasser halb ausgetrunken, als ein Raunen durch den Innenhof – durch beide Lager – ging. Paul Kruse war erschienen und winkte fröhlich seinen Gästen zu. Eine zierliche, entzückend aussehende silberblonde Frau in trägerlosem schwarzem Kleid und auf acht Zentimeter hohen Absätzen hing an seinem Arm. Sie war Anfang Dreißig, trug die Haare aber wie eine College-Ballkönigin – schnurgerade bis zur Taille hinunter, die Enden extravagant geringelt und gebauscht. Das schwarze Kleid paßte perfekt. Ein enganliegendes Brillantkollier schmückte ihren Hals. Sie hielt die Augen auf Kruse geheftet, während er sich winkend und Hände schüttelnd durch sein Publikum arbeitete.

Ich sah mir den neuen Dekan in aller Ruhe an. Inzwischen mußte er ungefähr sechzig sein, einer, der Mittelmäßigkeit mit Chemie und guter Haltung bekämpfte. Sein Haar war noch immer lang, die Farbe ein dubios wirkendes Korngelb, der Schnitt im New-Wave-Surfer-Stil, mit einer Strähne über einem Auge. Früher hatte er einem männlichen Fotomodell geähnelt, mit dem leicht rustikalen Aussehen, das auf Fotos hervorragend wirkte, aber nicht wiederzufinden war, wenn man denjenigen in Wirklichkeit sah. Kruses gutes Aussehen war noch immer da. Nur seine Gesichtszüge hatten etwas gelitten; die Kinnlinie wirkte nicht mehr ganz so kräftig, die Robustheit hatte sich in etwas ziemlich Schlabbriges und Zügelloses aufgelöst. Seine Bräune war so dunkel, daß er verbrannt wirkte wie ein Brot, das zu lange im Ofen gelegen hatte. So paßte er zu den Geldleuten, mit seinem Teint und auch mit seinem Maßanzug. Der Anzug war zwar federleicht, aber etwas Spießiges haftete ihm trotzdem an; denn die bekannten Lederflecken an den Ellbogen fehlten nicht – eine grobe Konzession ans Akademische. Ich sah ihn mit einem Mund voll Porzellankronen in die Menge blitzen, den Männern die Hände drücken und die Damen küssen und zur nächsten Gruppe von Bewunderern weitergehen.

»Schick, was?« sagte eine Stimme hinter mir.

Ich drehte mich um und sah hinab auf ein zweihundert Pfund schweres, dickes, rundes Fleischgebilde mit Boxernase und einem buschigen Schnurrbart, das in einem braunen Schottenmusteranzug nebst rosa Hemd, schwarzer gestrickter Krawatte und abgeschabten, billigen braunen Mokassins steckte und einen Meter sechsundsechzig groß war.

»Hallo, Larry.« Ich wollte gerade die Hand ausstrecken, als ich bemerkte, daß seine beiden Hände beschäftigt waren: die linke hielt ein Bierglas und die rechte einen Teller mit Hühnerkeulen, Frühlingsrollen und teilweise abgenagten Rippchen.

»Ich war drüben bei den Rosen«, sagte Daschoff, »und wollte rauskriegen, wie sie die so zum Blühen bringen. Wahrscheinlich düngen sie sie mit alten Dollarscheinen.« Er hob die Augenbrauen und deutete mit dem Kopf zum Herrenhaus hinüber. »Nette kleine Hütte.«

»Gemütlich.«

Er beäugte den Dirigenten. »Das ist Narahara, das *Wunderkind*. Kostet ein Vermögen.«

Er hob den Bierkrug an den Mund und trank. Ein Schaumrand bedeckte die untere Hälfte seines Schnurrbarts.

»Budweiser«, sagte er. »Ich hatte etwas Exotischeres erwartet. Aber wenigstens hat es die normale Stärke.«

Wir setzten uns an einen freien Tisch. Larry schlug die Beine mit Mühe übereinander und nahm noch einen größeren Schluck von seinem Bier. Die Bewegung ließ seine Brust ab- und seinen Bauch anschwellen, so daß die Knöpfe seiner Jacke stark beansprucht wurden. Er knöpfte sie auf und lehnte sich zurück. An seinem Gürtel war ein elektronischer Pieper befestigt.

Larry ist fast so breit, wie er groß ist, und watschelt; der Grund dafür scheint seine Fettleibigkeit zu sein. Aber in der Badehose sieht er so fest wie ein gefrorenes Stück Rindfleisch aus – eine seltsame Mischung aus überversorgten Muskeln und Fettpolstern, der einzige Bursche unter einem Meter achtzig, der als Verteidiger in der Footballmannschaft der Universität von Arizona gespielt hat. Im College habe ich ihn mal auf der Bank in der Turnhalle liegend eine Hantel von vierhundert Pfund stemmen sehen, ohne schwer zu atmen, worauf er schließlich noch ein paar einhändige Stemmübungen folgen ließ.

Er fuhr sich mit den Stummelfingern durchs Stahlwollehaar,

wischte sich den Schnurrbart ab und sah zu, wie Kruse sich charmant durch die Menge bewegte. Der neue Dekan kam näher an unseren Tisch – nahe genug, daß wir die Bewegungen zu seiner Konversation genau beobachten konnten, aber zu weit entfernt, als daß wir hätten hören können, was gesprochen wurde. Es war, als ob man einer Pantomime zusah. Einer Aufführung mit dem Titel *Partyspiele.*

»Dein Mentor ist gut in Form«, sagte ich.

Larry schluckte mehr Bier und streckte die Hände von sich. »Ich habe dir erklärt, daß ich völlig *pleite* war, Alex. Hätte für den Teufel persönlich gearbeitet – als Doktor Faustus zum Schleuderpreis.«

»Brauchst mir nichts zu erklären, Doktor.«

»Warum nicht? Es wurmt mich immer noch, daß ich bei dem Quatsch mitgemacht habe.« Mehr Bier. »Ein ganzes Semester damit versaut. Kruse und ich hatten eigentlich gar nichts miteinander zu schaffen – ich bezweifle, daß wir in der ganzen Zeit zehn Sätze miteinander geredet haben. Ich mochte ihn nicht, weil ich ihn für einen seichten, oberflächlichen Kerl und für einen Scharlatan hielt. Und er hatte was gegen mich, weil ich ein Mann war – der einzige unter lauter Assistentinnen.«

»Warum hat er dich dann beschäftigt?«

»Weil seine Forschungsobjekte Männer waren und man nicht damit rechnen konnte, daß sie sich entspannt Pornofilme ansehen würden, wenn ein Haufen Frauen herumhingen und sich Notizen machten. Sie hätten dann wohl auch kaum die Art Fragen beantwortet, die er ihnen stellte – wie oft sie masturbierten und was sie sich dabei vorstellten. Ob sie es in öffentlichen Toiletten taten. Wie oft und wen sie vögelten und wie lange sie brauchten, bis sie zum Orgasmus kamen. Was ihre tiefsitzende primäre Haltung gegenüber Leber aus der Konserve war.«

»Die Grenzen der menschlichen Sexualität«, sagte ich.

Er schüttelte den Kopf. »Das Traurige ist ja, daß es von Wert hätte sein können. Guck dir all die klinischen Daten an, die Masters und Johnson vorgelegt haben. Aber Kruse war es nicht ernst mit dem Sammeln von Daten. Es hat nur so getan, als ob.«

»Was sagten denn die Leute dazu, die das Geld gaben?«

»Das waren Privatleute – reiche Pornofreaks. Er versprach ihnen, ihrem Hobby die akademischen Weihen zu verschaffen.«

Ich drehte mich um und sah zu Kruse hinüber. Die Blondine im schwarzen Kleid schwankte auf ihren hohen Absätzen.

»Wer ist die Frau bei ihm?«

»Mrs. K. Erinnerst du dich nicht? Suzanne?«

Ich schüttelte den Kopf.

»Suzy Beinebreit? Das Gespräch des Fachbereichs?«

»Ich muß es verschlafen haben.«

»Du mußt *im Koma* gelegen haben. Sie war eine Berühmtheit auf dem Campus. Frühere Pornoschauspielerin, bekam ihren Spitznamen wegen ihrer … Gelenkigkeit. Kruse lernte sie im Laufe seiner ›Forschungen‹ bei irgendeiner Hollywoodparty kennen. Sie kann damals nicht älter als achtzehn oder neunzehn gewesen sein. Er verließ ihretwegen seine zweite – oder war's seine dritte Frau, wer weiß? Er sorgte dafür, daß sie sich in der Uni einschrieb, Hauptfach Englisch. Ich glaube, sie hat es drei Wochen lang durchgehalten. Klingelt's bei dir immer noch nicht?«

Ich schüttelte den Kopf. »Wann war das?«

»Neunzehnhundertvierundsiebzig.«

»Da war ich gerade in San Francisco – am Langley Porter.«

»Ach ja, du warst ja damals so im Streß – Praktikum und Dissertation im selben Jahr. Tja, durch deine Frühreife bist du vielleicht schneller auf dem Arbeitsmarkt gelandet als wir anderen, aber mit Suzy hast du wirklich was verpaßt. Es hieß, sie sei eine ganz besondere Nummer. Ich habe sogar mit ihr zusammengearbeitet – eine Woche lang. Kruse teilte sie mir zu, sie sollte das Sekretariat übernehmen. Sie konnte nicht tippen, brachte die Akten durcheinander. Im Grunde eine süße Biene. Aber irgendwie ein bißchen doof.«

Der Ehrengast nebst Gattin war näher gekommen. Suzanne Kruse tippelte hinter ihrem Mann her, als ob sie auf einer Schiene liefe. Sie sah verletzlich aus, knochige Schultern, der sehnige Hals vom Diamantkollier in zwei Teile zerschnitten, beinahe flache Brust, eingefallene Wangen und ein spitzes Kinn. Ihre Arme waren wohlgeformt, aber mager; knochige Hände endeten in langen, spindeldürren Fingern mit langen und rotlackierten Nägeln. Sie umklammerten den Arm ihres Gatten und bohrten sich in den Anzug.

»Muß wahre Liebe sein«, sagte ich. »Daß er ihr all die Jahre treu geblieben ist.«

»Wette lieber nicht darauf, daß es sich um eine gesunde Ehe handelt. Kruse kennt man als großen Schürzenjäger, und von Suzy weiß man, daß sie tolerant ist.« Er räusperte sich. »Unterwürfig.«

»Wortwörtlich?«

Er nickte. »Erinnerst du dich an die Parties, die Kruse damals in seinem Haus im Mandeville Canyon gab, in dem ersten Jahr nach seinem Eintritt in die Fakultät? Ach, du warst ja in San Francisco.« Er hielt ein, aß ein Stück Frühlingsrolle und sann nach. »Warte, ich glaube, 1975 gab er sie immer noch. Du warst 1975 wieder hier, nicht wahr?«

»Examen gemacht«, sagte ich. »Im Krankenhaus gearbeitet. Ich bin ihm einmal begegnet. Wir mochten einander nicht. Er hätte mich nicht zu sich eingeladen.«

»Niemand war *eingeladen*, Alex. Das war ein offenes Haus. Jeder kam und ging, wie er wollte.« Er faßte mir unters Kinn. »Du wärst wahrscheinlich sowieso nicht hingegangen, weil du ein *guter Junge* warst, immer so ernst bei der Sache. Ich bin auch nie weiter als bis zur Tür gekommen. Brenda warf nur einen Blick auf die Leute, als sie den Fußboden mit Speiseöl bestrichen, und zerrte mich gleich wieder hinaus an die frische Luft. Aber wer dabei war, sagte später, es wären nette Orgien gewesen, wenn man darauf steht, andere Seelenklempner zu vögeln. *Oh! Calcutta!* mit Versuchsanordnungen à la B. F. Skinner kombiniert – da läuft's einem kalt den Rücken runter, was? Und Suzy Beinebreit war eine der Hauptattraktionen – gefesselt, gezäumt, geknebelt und ausgepeitscht.«

»Woher weißt du das alles?«

»Campus-Tratsch. Alle wußten es – das war kein Geheimnis. Damals fand das keiner so irrsinnig ausgefallen. Vor Ansteckung brauchte man sich nicht zu fürchten – sexuelle Befreiung, Entfesselung des Es, Erweiterung der Grenzen des Bewußtseins et cetera et cetera. Sogar die Anhänger der radikalen Befreiung unter uns Studenten und Assis dachten damals, Kruse wäre auf dem Weg zum Durchbruch zu etwas *Sinnvollem*. Oder vielleicht genossen sie auch einfach die dominierende Rolle. Jedenfalls galt es als *philosophisch* akzeptabel, Suzy auszupeitschen, weil es irgendwie ihrem eigenen Bedürfnis entsprach.«

»Peitschte Kruse sie aus?«

»Alle taten es. Es war ein richtiges Gruppenerlebnis – jeder durfte mal. Da, sieh sie dir an, wie sie sich an ihm festklammert, als ginge es um ihr Leben! Wirkt sie nicht unterwürfig? Wahrscheinlich eine passiv-abhängige Persönlichkeit, perfekt passende Symbiose mit einem Machtgeilen wie Kruse.«

Auf mich wirkte sie verängstigt. Hielt sich an ihrem Mann fest, aber blieb im Hintergrund. Ich sah, daß sie einen Schritt vortrat und lächelte, wenn man sie ansprach, und dann wieder zurückwich. Schüttelte ihr langes Haar und prüfte ihre Nägel. Ihr Lächeln war so flach wie ein Abziehbild, und ihre dunklen Augen strahlten unnatürlich.

Sie bewegte sich, so daß die Sonne auf ihr Brillantkollier traf und darin funkelte. Mich erinnerte es an ein Hundehalsband.

Kruse wandte sich abrupt um, ergriff jemandes Hand, und seine Frau verlor das Gleichgewicht. Sie streckte den Arm aus, um sich festzuhalten, und bekam ihn beim Ärmel zu fassen, umklammerte ihn fester, schmiegte sich eng um ihn herum. Er knetete weiter ihre nackte Schulter, aber was die Aufmerksamkeit betraf, die er ihr zukommen ließ, hätte sie auch ebensogut ein Pullover sein können.

Liebe. Was zum Teufel das auch heißen mag.

»Geringe Selbstachtung«, sagte Larry. »Man muß schon ganz schön tief gesunken sein, um vor 'ner Kamera zu vögeln.«

»Glaub' ich auch.«

Er leerte sein Bierglas. »Werde mal losziehen, um es mir nachfüllen zu lassen. Kann ich dir was mitbringen?«

Ich hielt mein halbgefülltes Glas mit Sodawasser hoch. »Bin noch hiermit beschäftigt.«

Die Kruses waren in einem Kreis von unserem Tisch weggewandert, auf einen anderen zu, an dem geschwätzige Fakultätselstern saßen. Ein bißchen Smalltalk, dann brach er in Gelächter aus. Es klang rundum selbstzufrieden. Er sagte etwas zu einem jungen Assistenten, schüttelte ihm die Hand, während er die Augen über dessen hübsche junge Frau wandern ließ. Suzanne Kruse lächelte unentwegt.

Larry kam zurück. »So«, sagte er und machte es sich bequem. »Wie geht es dir denn nun?«

»Wunderbar.«

»Genau wie mir. Deshalb sind wir ja auch ohne unsere Frauen hier, stimmt's?«

Ich nippte an meinem Soda und sah ihn an. Er blieb mit mir in Augenkontakt, während er an seinem Hühnerbein zu nagen anfing.

Der Therapeutenblick. Sorgenschwanger.

Echte Sorge, aber ich wollte das nicht. Plötzlich durchfuhr es mich, und ich wäre am liebsten aufgesprungen – im Dauerlauf hinaus durchs steinerne Tor und hinweg aus dem Gatsby-Land.

Statt dessen igelte ich mich in meine Seelenklempnerfestung ein. Parierte seine Frage mit einer Gegenfrage.

»Wie macht sich Brenda in ihrem Jurastudium?«

Er wußte genau, was mit mir los war, antwortete aber trotzdem. »Gehört schon das zweite Jahr zu den besten zehn Prozent in ihrer Klasse.«

»Du mußt stolz auf sie sein.«

»Klar. Nur daß sie noch ein ganzes Jahr vor sich hat. Check mich mal nächstes Jahr um diese Zeit, und sieh nach, ob ich noch richtig ticke.«

Ich nickte. »Ich habe gehört, es sei eine ziemliche Quälerei.«

Sein Grinsen wurde kalt. »Eine Art Fäulnisprozeß, wenn da am Ende ein Jurist herauskommen soll. Als ob ein Lendenstück sich in Scheiße verwandelt. Meine Lieblingsunterhaltung ist, wenn sie nach Haus kommt und mich wegen des Haushalts und der Kinder ins Kreuzverhör nimmt.«

Er wischte sich den Mund ab und beugte sich zu mir herüber. »Zum Teil verstehe ich sie ja – sie ist intelligent, intelligenter, als ich es bin, ich hatte immer gedacht, daß sie sich für etwas anderes als Hausarbeit interessieren müßte. Sie selbst war es, die nein sagte, ihre eigene Mutter hatte Vollzeit gearbeitet und sie tagsüber zu Babysittern weggegeben, das nahm sie ihr übel. Sie wurde in unseren Flitterwochen schwanger, neun Monate später kam Steven zur Welt, danach die anderen – wie Nachbeben. Jetzt auf einmal muß sie sich selbst finden. Clara Darrow.« Er schüttelte den Kopf. »Das Problem ist das Timing. Hier siehst du mich, ich komme endlich an den Punkt, wo ich mich nicht mehr für Aufträge abzustrampeln brauche. Die Kollegen sind zuverlässig, die Praxis läuft wie von selbst. Das Baby kommt nächstes Jahr zur Schule, wir könnten uns mal freinehmen, eine Reise machen. Statt dessen ist sie zwanzig Stunden am Tag weg, während ich eine männliche Mami spiele.«

Er sah mich finster an. »Paß bloß auf, mein Freund – obwohl es mit Robin wahrscheinlich anders sein wird, sie hat schon ihren Beruf gehabt, jetzt fällt's ihr vielleicht nicht schwer, sich häuslich niederzulassen.«

Ich sagte: »Robin und ich haben uns getrennt.«

Er starrte mich an, schüttelte wieder den Kopf. Rieb sich das Kinn und seufzte. »Mist, tut mir leid. Seit wann denn schon?«

»Fünf Wochen. Vorübergehender Urlaub, der sich immer mehr in die Länge zieht.«

Er trank sein Bier aus. »Tut mir wirklich leid. Ich dachte immer, ihr beide wärt das perfekte Paar.«

»Das dachte ich auch, Larry.« Es würgte mich im Hals, und in der Brust brannte es. Ich war sicher, daß alle mich anstarrten, obwohl es niemand tat, als ich mich umsah. Nur Larry, dessen Augen sanft wie die eines Spaniels waren.

»Ich hoffe, es wird wieder«, sagte er.

Ich starrte in mein Glas. Das Eis war geschmolzen. »Ich glaube, ich hole mir was Stärkeres.«

Ich bahnte mir mit den Ellbogen einen Weg durch das Gedränge an der Bar und bestellte einen doppelten Gin Tonic, überlegte, ob der stark genug sein würde. Auf dem Weg zurück zum Tisch stieß ich fast mit Kruse zusammen. Wir sahen einander an. Seine Augen waren hellbraun mit grünen Flecken, die Iris ungewöhnlich groß. Sie weiteten sich – als er mich erkannte, wie ich sicher zu sein glaubte –, wandten sich dann aber von mir ab und konzentrierten sich auf etwas über meiner Schulter. Zugleich streckte er die Hand aus, packte meine fest, bedeckte sie mit seiner anderen und bewegte unsere Arme auf und nieder, während er ausrief: »Ist ja so nett, daß Sie kommen konnten!« Bevor ich eine Gelegenheit fand, ihm zu antworten, hatte er den Händedruck als Hebelbewegung benutzt, um sich an mir vorbeizukatapultieren, und drehte mich dabei halb um meine Achse, bevor er endlich meine Hand losließ und weiterging.

Politikerart. Ich hatte mich von einem Experten manipulieren lassen.

Wieder einmal.

Ich drehte mich um, sah seinen maßgeschneiderten Rücken weiterwandern, gefolgt von der breiten, schimmernden Silbermähne seiner Frau, die einen Kontrapunkt zu ihrem schmalen, enggewandten Podex bildete.

Die beiden gingen mehrere Schritte geradeaus, bis eine große, gutaussehende Frau in mittleren Jahren sie ansprach.

Schlank und makellos zurechtgemacht in einem blaßgelben, seidenen Cocktailkleid, an der Brust ein weißes Rosenbukett mit akkurat plazierten Brillanten, hätte sie die First Lady jedes Präsidenten sein können. Ihr Haar war kastanienbraun mit ein paar Silberfäden darin, zurückgekämmt und zu einem Knoten gebunden, der ein langes Gesicht mit vollen Kinnladen krönte. Ihre Lippen waren schmal, zu einem halben Lächeln geformt.

Das Lächeln einer High-School-Absolventin. Angeboren sicheres Auftreten.

Ich hörte Kruse sagen: »Hallo, Hope. Alles ist einfach wunderschön.«

»Danke, Paul. Wenn Sie einen Augenblick Zeit haben – hier sind ein paar Leute, die ich Ihnen gern vorstellen würde.«

»Natürlich, meine Liebe.«

Der Wortwechsel klang einstudiert, schien jeglichen Gefühls zu ermangeln und schloß Suzanne Kruse aus. Die drei verließen den Innenhof. Kruse und die First Lady Seite an Seite, die frühere Suzy Beinebreit in ihrem Schlepptau wie eine Dienerin. Sie gingen auf eine Gruppe von »Schwänen« zu, die im Widerschein des Sonnenlichts an einem der Teiche posierten. Ihr Eintreffen bewirkte, daß das Geplapper aufhörte und die Gläser abgestellt wurden. Eine Menge Handfleisch wurde gedrückt. Innerhalb von Sekunden lauschten die Schwäne alle hingerissen Dr. Kruse. Aber die Frau in Gelb zeigte sich gelangweilt. Sogar ärgerlich.

Ich kehrte zum Tisch zurück und nahm einen kräftigen Schluck Gin. Larry hob sein Glas und berührte meins.

»Ein Hoch auf die altmodischen Mädels, Alex. Mögen sie ewig leben und vögeln.«

Ich kippte den Rest des Gins hinunter und nuckelte am Eis. Ich hatte den ganzen Tag noch nichts gegessen, fühlte, wie ein leichtes Summen mich überkam, und schüttelte den Kopf, um ihn klarzubekommen. Bei dieser Bewegung geriet ein hellgelber Fleck in mein Blickfeld.

Die First Lady hatte Kruses Seite verlassen. Sie ließ die Augen prüfend über den Besitz wandern, ging ein paar Schritte geradeaus, hielt an und deutete mit dem Kopf auf einen gelben Punkt auf dem Rasen. Weggeworfene Serviette. Ein Kellner eilte herbei, um sie aufzuheben. Wie ein Kapitän am Bug seiner Fregatte schützte die Frau ihre Augen mit der Hand gegen die blendende Sonne und schaute über das Gelände. Sie lief zu einem der Rosenbeete, hob eine Blüte auf und betrachtete sie prüfend. Ein anderer Kellner, der eine Schere trug, war augenblicklich bei ihr. Einen Augenblick später steckte die Blüte in ihrem Haar, und sie schritt weiter.

»Ist das unsere Gastgeberin«, fragte ich, »die in dem blaßgelben Kleid?«

»Keine Ahnung, Alex. Ich verkehre eigentlich nicht in diesen Kreisen.«

»Kruse nannte sie Hope.«

»Dann ist sie's. Hope Blalock. Ewig sprudelnde Quellen.«

Einen Augenblick darauf sagte er: »Das ist mir ja eine schöne Gastgeberin. Merkst du, daß sie uns alle draußen läßt – keiner kommt ins Haus?«

»Wie Hunde, die noch nicht stubenrein sind.«

Er lachte, hob ein Bein vom Stuhl empor und machte mit den Lippen ein unanständiges Geräusch. Dann deutete er mit dem Kopf auf einen Tisch in unserer Nähe: »Da wir gerade vom Abrichten von Tieren sprechen, guck dir mal da die Elektrodenfreunde an!«

Acht oder neun Assistenten saßen um einen Mann Ende Fünfzig herum. Die Assistenten trugen vorwiegend Cordsamt und Jeans, die Frauen unter ihnen einfache baumwollene Hängekleider, glattes, strähniges Haar und Brillen mit Drahtgestellen. Ihr Mentor war kahlköpfig, krummbucklig und trug einen kurzgeschnittenen weißen Bart. Sein Anzug war aus einem erdfarbenen, juteartigen Stoff und mehrere Nummern zu groß. Er hing wie eine Mönchskutte an ihm herunter. Er redete pausenlos und zeigte mit dem Finger hierhin und dorthin. Die Assistenten hörten ihm mit glänzenden Augen zu.

»Der Rattenmann persönlich«, sagte Larry. »Und seine lustigen

Helfershelfer. Er lehrt sie wahrscheinlich gerade was Erotisches über den Zusammenhang zwischen einer durch Elektroschock herbeigeführten Stuhlentleerung und der für eine Stimulation notwendigen Stromstärke nach einer experimentell induzierten Frustration eines partiell verstärkten, in zeitlich weit auseinanderliegenden Versuchen erworbenen Fluchtimpulses. Beim gemeinen amerikanischen Eichhörnchen.«

Ich lachte. »Sieht aus, als ob er abgenommen hat. Vielleicht benutzt er seine eigenen Tonbänder.«

»Nein. Herzanfall voriges Jahr – deshalb hat er den Dekanatsjob aufgegeben und an Kruse weitergereicht. Mit den Tonbändern hat er danach angefangen. Ein verdammter Heuchler. Weißt du noch, wie er die Studenten in den klinischen Semestern zur Sau gemacht hat und zu sagen pflegte, wir sollten unseren Doktortitel doch ja nicht als ›Gewerbeschein für eine Privatpraxis‹ betrachten. Was für ein Armleuchter. Du solltest die Kleinanzeigen sehen, die er für sein albernes Nichtraucherbusiness laufen hat.«

»Wo sind die denn erschienen?«

»In Schundheften. Zweieinhalb Zentimeter im Quadrat schwarzweiß ganz hinten neben solchen für Militärakademien und Stecksheute-noch-in-den-Umschlag-und-gewinne-eine-Million und orientalischen Brieffreundschaften. Ich hab's auch nur entdeckt, weil einer meiner Patienten hingeschrieben und mir dann die Kassette mitgebracht hat. ›Mit der behavioristischen Methode können Sie sich das Rauchen tatsächlich abgewöhnen‹ und der Adresse des Rattenmanns gleich daneben, zusammen mit so einer schäbigen vervielfältigten Broschüre, in denen er seine Dankschreiben zitiert. Er hält auf dem verdammten Tonband tatsächlich einen schwülstigen Monolog, Alex, und er versucht, Leidenschaft in seine Stimme zu legen, als ob er sich all die Jahre mit Menschen und nicht mit Nagetieren beschäftigt hätte.« Er verzog das Gesicht vor Ekel. »Gewerbeschein.«

»Verdient er damit irgendwelches Geld?«

»Wenn ja, dann gibt er es bestimmt nicht für Kleidung aus.«

Larrys Elektronikgerät fing an zu piepen. Er nahm es vom Gürtel ab und hielt es einen Augenblick ans Ohr. »Der Service. Entschuldige mich, Alex.«

Er hielt einen Kellner an, fragte ihn nach dem nächsten Telefonanschluß, und man verwies ihn auf das große weiße Haus. Ich sah ihn durch den französischen Garten watscheln, dann stand ich auf, bestellte mir noch einen Gin Tonic, stand dann an der Bar und genoß meine Anonymität. Ich fing schon an, mich angenehm benebelt zu fühlen, als ich etwas hörte, das in mir einen Wecker losrasseln ließ.

Vertraute Töne, Modulationen.

Eine Stimme aus der Vergangenheit.

Ich sagte mir: Da mußt du dir etwas einbilden. Dann hörte ich die Stimme wieder und sah mich um.

Ich entdeckte sie – mehrere Schultern weiter.

Eine Reise mit der Zeitmaschine, die plötzlich mit einem Ruck endete. Ich versuchte, woandershin zu gucken, brachte es aber nicht fertig.

Sharon, entzückend wie eh und je.

Ich brauchte nicht nachzurechnen, wie alt sie war: vierunddreißig. Ihr Geburstag war im Mai. Am fünfzehnten – wie eigenartig, daß ich mich noch daran erinnerte ...

Ich ging näher heran und sah sie nun richtig: gereift, aber nicht weniger schön. Ein Gesicht wie eine Kamee.

Oval, feinknochig, saubere Kinnlinie. Das Haar, dicht, wellig, schwarz und glänzend wie Kaviar, aus einer hohen, makellosen Stirn zurückgebürstet, ergoß sich über eckige Schultern. Milchweiße Haut, unmodisch schüchtern gegenüber dem Sonnenschein. Hohe, zartgeformte Wangenknochen, natürlich gerötet mit runden Flekken staubiger Rosenfarbe. Kleine, enganliegende Ohren, in jedem eine einzelne Perle. Schwarze Augenbrauen, die sich über weit auseinanderstehenden tiefblauen Augen wölbten. Eine schmale, gerade Nase, mit sanft bebenden Nasenflügeln.

Ich erinnerte mich an das Gefühl ihrer Haut ... weiß wie Porzellan, aber warm, immer warm. Ich reckte den Hals, um sie noch besser zu sehen.

Sie trug ein knielanges marineblaues Leinenkleid, das locker saß. Erfolglose Tarnung: Die Konturen ihres Körpers kämpften gegen die Linien des Kleides an und gewannen. Volle, weiche Brüste, Wespentaille, runde, ausladende Hüften, lange Beine, wohlgeformte Knöchel. Ihre Arme waren glatte weiße Halme. Sie trug weder Ringe noch Armreifen, nur die Perlen an den Ohrläppchen und eine dazu passende Perlenhalskette, die auf ihrem Dekolleté lag. Blaue Pumps mit mittelhohen Absätzen, die ihre Größe von einem Meter siebzig noch um zweieinhalb Zentimeter erhöhten. In der einen Hand hielt sie eine passende blaue Tasche, die sie mit der anderen Hand streichelte.

Keinen Ehering.

Na und?

Wenn Robin an meiner Seite gewesen wäre, hätte ich sie nicht so lange angesehen.

Oder das versuchte ich mir einzureden.

Ich konnte die Augen nicht von ihr losreißen.

Ihre Augen ruhten auf einem Mann – auf einem der Schwäne, der alt genug war, daß er ihr Vater hätte sein können. Ein großes, von tiefen Furchen durchzogenes, dunkel gebräuntes Gesicht. Schmale, helle Augen, Bürstenhaar in der Farbe von Eisenspänen. Gut gebaut trotz seines Alters und makellos gekleidet in einem doppelreihigen blauen Blazer und grauen Flanellhosen.

Seltsam jungenhaft – einer von diesen jugendlichen, älteren Männern, die die besseren Klubs und Urlaubsorte bevölkern und mit jüngeren Frauen ins Bett gehen können, ohne daß man über sie kichert.

Ihr Liebhaber?

Ich starrte sie weiter an. Romantische Liebe schien es nicht zu sein, was sie bewegte. Die beiden standen abseits in einer Ecke, und sie redete auf ihn ein, versuchte, ihn von etwas zu überzeugen. Bewegte kaum die Lippen und wollte offensichtlich keine Aufmerksamkeit erregen. Er stand nur da und hörte zu.

Sharon bei einer Party, das paßte nicht zusammen. Sie hatte Parties genauso gehaßt wie ich.

Aber das war lange her. Menschen ändern sich. Das traf wahrscheinlich auch auf sie zu.

Ich hob mein Glas an die Lippen und sah sie am Ohrläppchen ziehen – manches blieb so.

Ich bewegte mich langsam näher heran, stieß gegen die gepolsterte Hüfte einer Matrone, die mich verärgert ansah, Entschuldigungen murmelnd, kam ich weiter vorwärts. Die Gäste an der Bar standen dicht wie eine Mauer. Ich zwängte mich zwischen ihnen hindurch und suchte einen Punkt, von dem aus ich sie beobachten konnte – möglichst nahe bei ihr –, aber ohne daß sie mich sah. Redete mir ein, es sei nur Neugier.

Plötzlich wandte sie den Kopf und erblickte mich. Sie erkannte mich wieder, und ihr Gesicht lief rosa an. Sie öffnete den Mund. Alles war wie damals. Wir tanzten.

Tanzten auf einer Terrasse. Ein Lichternest in der Ferne. Gewichtlos, formlos ...

Mir war schwindlig, ich stieß mit noch jemandem zusammen. Weitere Entschuldigungen.

Sharon sah mich immer noch an. Der Mann mit dem Bürstenhaarschnitt blickte in eine andere Richtung, wirkte nachdenklich.

Ich zog mich zurück, die Menge verschluckte mich, atemlos, mein Glas so fest umklammert, daß mir die Finger schmerzten, kehrte ich an den Tisch zurück. Ich zählte Grashalme, bis Larry wiederkam.

»Der Anruf war wegen des Babys«, sagte er. »Sie und die andere Kleine haben zu streiten angefangen. Sie hat einen Wutanfall gekriegt und will unbedingt nach Haus. Die Mutter von dem anderen Mädchen sagt, sie wären beide hysterisch – übermüdet. Ich muß sie abholen, Alex. Sorry.«

»Kein Problem. Mir reicht's jetzt hier auch.«

»Ja, war doch ziemlich schwülstig, nicht? Aber wenigstens habe ich einen Blick in die Halle des großen Hauses werfen können – ist groß genug zum Schlittschuhlaufen. Wir haben den falschen Beruf erwischt, Alex.«

»Was ist der richtige Beruf?«

»Du mußt es jung heiraten, das Geld, und dann kannst du dein Leben damit verbringen, es wegzupinkeln.«

Er warf einen letzten Blick auf das Haus und über Mrs. Blalocks Besitz. »Hör zu, Alex, es war schön, dich wiederzusehen – so von Mann zu Mann, bißchen Wut ablassen. Wollen wir nicht irgendwann in ein paar Wochen mal Billard spielen und zusammen mampfen? Wie wär's, im Fakultätsklub?«

»Klingt phantastisch.«

»Toll. Ich rufe dich an.«

»Freue mich drauf, Larry.«

Von unseren Lügen gestärkt, verließen wir die Party.

Er hatte es eilig, bot mir aber trotzdem an, mich nach Haus zu fahren. Ich sagte, ich ginge lieber zu Fuß, und wartete bei ihm, während der Diener mit dem Bärtchen die Schlüssel holte. Der Chevrolet-Kombi stand nun so, daß er sofort abfahren konnte. Und jemand hatte ihn gewaschen. Der Diener hielt die Tür auf und sagte dauernd »Sir«, während er wartete, daß Larry es sich bequem machte. Als Larry den Schlüssel ins Zündschloß steckte, schloß der Diener behutsam die Tür und hielt lächelnd die Hand hin.

Larry sah zu mir heraus. Ich winkte. Larry grinste, rollte das Fenster hoch und warf den Motor an. Ich schlenderte an den Autos vorbei und hörte das asthmatische Röcheln des Chevy, gefolgt von Flüchen in einer fremden Sprache. Dann ein Klappern und Quietschen, als der Wagen beschleunigte. Larry sauste vorbei, streckte die linke Hand heraus und winkte.

Ich war ein paar Meter gegangen, als ich jemanden rufen hörte. Ich dachte nicht, daß es mir galt, und setzte meinen Weg fort.

Dann wurde der Ruf lauter und deutlicher.

»Alex!«

Ich sah zurück über die Schulter. Marineblaues Kleid. Schwarze Haarmähne. Lange, weiße laufende Beine.

Sie holte mich ein, ihr Busen wogte, auf ihrer Oberlippe standen Schweißperlen.

»Alex! Du bist's wirklich. Ich kann's gar nicht glauben!«

»Hallo, Sharon. Wie ist es dir ergangen?« Dr. Witzig.

»Na, großartig.« Sie berührte ihr Ohr, schüttelte den Kopf. »Nein, du bist der einzige Mensch, dem ich nichts vorzumachen brauche. Nein, es ist mir nicht gut ergangen, überhaupt nicht.«

Die Leichtigkeit, mit der sie mich ins Vertrauen zog, das mühelose Hinweggehen über alles, was zwischen uns geschehen war, rief meine Abwehr hervor.

Sie kam näher. Ich roch ihren Duft – Seife und Wasser mit einer Andeutung von frischem Gras und Frühlingsblumen.

»Es tut mir leid, das zu hören«, sagte ich.

»Ach, Alex.« Sie legte zwei Finger auf mein Handgelenk. Ließ sie dort liegen.

Ich spürte ihre Leidenschaft, ein Energiestoß durchfuhr mich unterhalb der Gürtellinie. Plötzlich war ich steinhart. Und wütend darüber. Aber lebendig – zum erstenmal seit langer Zeit.

»Es ist so gut, dich zu sehen, Alex.« Diese Stimme, süß und sahnig. Die Mitternachtsaugen funkelten.

»Ich find's auch gut, dich zu sehen.« Es kam kehlig und heftig heraus, alles andere als gleichgültig, obwohl ich so gern gleichgültig gewesen wäre. Ihre Finger brannten ein Loch in mein Handgelenk. Ich nahm sie weg und steckte die Hände in die Taschen.

Wenn sie die Ablehnung spürte, ließ sie es sich jedenfalls nicht anmerken, ihre Arme fielen zur Seite herunter, und sie lächelte unentwegt weiter.

»Alex, es ist komisch, daß wir einander so zufällig treffen – außersinnliche Wahrnehmung. Ich wollte dich anrufen.«

»Weswegen?«

Ein Zungenspitzendreieck bewegte sich zwischen ihren Lippen und leckte den Schweiß weg, nach dem es mich gelüstet hatte. »Ein paar Fragen, die ... aufgetreten sind. Jetzt ist nicht der richtige Augenblick, aber wenn du mal Zeit fändest, darüber zu reden, wäre ich dir dankbar.«

»Über was für Fragen müßten wir denn noch nach all den Jahren reden?«

Ihr Lächeln war ein Viertelmond aus weißem Licht. Zu direkt. Zu breit.

»Ich hatte gehofft, daß du nicht mehr wütend sein würdest nach so langer Zeit.«

»Ich bin nicht wütend, Sharon. Ich wundere mich nur.«

Sie zauste an ihrem Ohrläppchen herum. Ihre Finger flogen vorwärts und streiften meine Backe, bevor sie herunterfielen.

»Du bist ein guter Kerl, Delaware. Bist du immer gewesen. Mach's gut.«

Sie drehte sich um und wollte gehen. Ich ergriff ihre Hand und hielt sie fest.

»Sharon, es tut mir leid, daß es dir nicht gutgeht.«

Sie lachte, biß sich auf die Lippe. »Nein, es geht mir wirklich nicht gut. Aber das ist nicht dein Problem.«

Während sie es sagte, kam sie näher, kam immer näher. Ich

merkte, daß ich sie an mich zog, aber nur mit ganz leichtem Druck, sie ließ sich von mir einholen.

Ich wußte in diesem Augenblick, daß sie alles tun würde, was ich wollte, und ihre Passivität rief eine seltsame Mischung von Gefühlen in mir hervor. Mitleid. Dankbarkeit. Freude, daß mich endlich jemand brauchte.

Das Gewicht zwischen meinen Beinen wurde unerträglich. Ich ließ ihre Hand fallen.

Unsere Gesichter waren nur Zentimeter voneinander entfernt. Meine Zunge stemmte sich gegen die Zähne wie eine Schlange, die in einem Glas gefangen ist.

Ein Fremder, der meine Stimme benutzte, sagte: »Wenn dir soviel daran liegt, können wir uns treffen und reden.«

»Es liegt mir sehr viel daran«, sagte sie.

Wir verabredeten uns für Montag zum Lunch.

5

Im gleichen Augenblick, als sie hinter dem Torgitter verschwand, wußte ich, daß es ein Fehler gewesen war. Aber ich war nicht sicher, daß ich ihn bedauerte.

Wieder zu Haus, rief ich den Auftragsdienst an und hoffte, daß ein Anruf von Robin angekommen war, etwas, das ein Bedauern in mir auslösen würde.

»Niemand für Sie, Dr. Delaware«, sagte die Frauenstimme am Telefon. Ich glaubte, Mitleid herauszuhören, und sagte mir, daß ich allmählich paranoid würde.

In jener Nacht ging ich mit einem Kopf voll erotischer Vorstellungen schlafen. Irgendwann am frühen Morgen kam ich im Traum zum Orgasmus. Ich wachte verklebt und wirr im Kopf auf und wußte schon, ohne daß ich weiter darüber nachzudenken brauchte, daß ich meine Verabredung mit Sharon nicht einhalten würde. Ich freute mich nicht drauf.

Ich tat dann, was ich jeden Morgen tat – duschen, rasieren, Kaffee herunterschlucken, Berichte diktieren –, und verbrachte noch ein paar weitere Stunden damit, Akten zu ordnen und Zeitschriften durchzublättern. Mittags rief Mal Worthy an und bat mich, den nächsten Mittwoch für einen Termin im Fall Darren Burkhalter zu reservieren.

»Arbeitest du denn sonntags, Mal?«

»Zweites Frühstück«, sagte er. »Warte auf einen Tisch. Das Böse gibt niemals Ruhe; die Guten kommen deshalb auch nie dazu. Auf der Gegenseite werden sieben Anwälte antanzen, Alex. Stell deshalb deinen Detektor ganz genau ein.«

»Warum so 'ne Armee?«

»Verschiedene Interessen. Die Versicherung des anderen Fahrers hat zwei von ihren besten Leuten in der City beauftragt; die Erben schicken auch einen. Der Betrunkene, der sie gerammt hat, war ein ziemlich erfolgreicher Bauunternehmer – da geht's um allerhand Mäuse. Ich habe dir von den Bremsen erzählt, deshalb kommen noch der Anwalt des Herstellers und außerdem der des Händlers hinzu, der für den Service des Wagens zuständig war. Das Restaurant, das ihm die Drinks verabreicht hat, schickt Anwalt Nummer sechs. Rechne noch den Bezirksanwalt hinzu, weil wir behaupten, die Beleuchtung sei unzureichend gewesen und um den Graben hätten nicht genügend Warnkegel herumgestanden, dann hast du zusammen sieben. Fühlst du dich nun eingeschüchtert?«

»Sollte ich?«

»Nein. Es kommt doch auf die Qualität und nicht auf die Quantität an, stimmt's? Wir erledigen es in meinem Büro, das gibt uns einen kleinen Heimvorteil. Ich fange damit an, daß ich deine Qualifikationen vorlese, und wie immer wird jemand mich unterbrechen, bevor es zu beeindruckend wird, und um dein Gutachten bitten. Du kennst das ja; du weißt, daß das Ganze der Suche nach den Fakten dienen und sich in einem höflichen Ton abspielen soll, aber ich werde dasein und dir Rückendeckung geben, wenn's eklig wird. Die Leute von der Versicherung werden wahrscheinlich mit dem größten Hammer kommen – ihre Haftpflicht hat recht klare Bestimmungen, und sie haben am meisten zu verlieren. Ich habe das Gefühl, daß sie, anstatt deine Informationen als solche anzugreifen, die Gültigkeit des frühkindlichen Traumas als Konzept in Frage stellen werden – ist es eine wissenschaftliche Tatsache oder nur Seelenklempner-Quatsch? Und selbst wenn: Wie dauerhaft ist der Schaden? Kannst du beweisen, daß eine traumatische Erfahrung im Alter von achtzehn Monaten den armen kleinen Darren lebenslänglich verkrüppeln wird?«

»Ich habe nie gesagt, daß ich das könnte.«

»Ich weiß das, und du weißt es, aber bitte sei am Mittwoch ein bißchen vorsichtig. Wichtige Tatsache ist: *Sie* können nicht beweisen, daß bei ihm alles wieder in Ordnung kommen wird. Und wenn wir damit vor Gericht gehen, glaub mir, dann werde ich, verdammt noch mal, dafür sorgen, daß die Beweislast ihnen zufällt. Eine Jury wird großes Mitleid mit so einem süßen Kerlchen haben, das von seinem Nickerchen im Auto aufwacht und den Kopf seines Vaters über die Rückenlehne hopsen und genau neben sich landen sieht. Die Videoaufzeichnung deiner Sitzungen mit ihm war eine wundervolle Idee, Alex. Das Kind kommt wunderbar verletzlich rüber. Vor Gericht würde ich denen das ganze Wahnsinnszeugs bis zum letzten Meter vorführen – und dazu die Polaroids vom Unfall. Nichts geht über einen blutigen Kopf, um die Sympathiesäfte zum Fließen zu bringen, hm?«

»Du hast recht.«

»Einer Jury wird gar nichts anderes übrigbleiben, als unseren Vorschlag zu akzeptieren, Alex. Verdammt noch mal – wie soll dieses Kind denn je wieder normal werden? Und laß uns ganz ehrlich sein: Kann jemand von uns garantieren, *daß* so etwas je wieder heilen wird? Die andere Seite weiß das. Sie haben auch schon die Möglichkeit eines Vergleichs angedeutet – lächerliche Beträge. Es geht jetzt also nur noch darum, wieviel und wann. Dein Job wird sein, die Sache so darzustellen, wie sie ist, aber werde nicht zu akademisch. Bleib einfach bei der guten alten Formel – nach deinem besten Wissen und Gewissen und so weiter, du bist der Psychologe, und wir werden's akzeptieren. Mein Versicherungsmathematiker macht schon Überstunden; ich möchte diese Schweinehunde so beim Kanthaken kriegen, daß sie dem guten Darren noch die Rente im Altersheim bezahlen müssen.«

Er machte eine Pause und fügte hinzu: »Das ist nur fair, Alex. Denises Leben ist ein Trümmerhaufen. Für jemanden wie sie die einzige Möglichkeit, das System zu schlagen.«

»Du bist der weiße Ritter, Mal.«

»Wurmt dich etwas?« Er klang echt besorgt.

»Nein, mir geht's wunderbar. Bin nur ein bißchen müde.«

»Wirklich?«

»Wirklich.«

Er sagte einen Augenblick lang nichts. »Also gut, solange wir uns verstehen.«

»Wir verstehen uns ausgezeichnet, Mal. Qualität, nicht Quantität.«

Er schwieg eine Zeitlang, dann sagte er: »Ruh dich aus, und paß gut auf dich auf, Doc. Ich möchte, daß du in Spitzenform bist, wenn du es mit den sieben Zwergen zu tun bekommst.«

Ich rief Sharon kurz nach zwölf an. Ein Anrufbeantworter ertönte – in diesem Jahr bekam ich es dauernd mit ihnen zu tun. (»Hallo, hier ist Dr. Ransom. Ich bin gerade nicht zu Hause, aber *sehr* an Ihrer Nachricht interessiert ...«)

Sogar ihre Tonbandstimme weckte Erinnerungen ... das Gefühl ihrer Finger auf meiner Wange.

Ganz plötzlich *mußte* ich sie loswerden und beschloß, es *sofort* zu erledigen. Ich wartete auf die Piepernummer für den Notfall, die Therapeuten regelmäßig am Ende durchsagen. Aber es kam keine.

Piep.

Ich sagte: »Sharon, hier ist Alex. Ich kann am Montag nicht. Viel Glück.«

Kurz und gut.

Dr. Herzensbrecher.

Eine Stunde später sah ich ihr Gesicht noch immer vor mir, eine blasse, hübsche Maske, die immer wieder auftauchte und verschwand.

Ich versuchte, die Vorstellung zu vertreiben, und dadurch wurde es noch schlimmer. Ich gab's auf, hing meinen Erinnerungen nach, nannte mich einen geilen Idioten, der das Denken dem kleinen Kopf überließ statt dem großen. Trotzdem versank ich immer tiefer in meinen Erinnerungen und fragte mich schließlich, ob es richtig gewesen war, die Verabredung abzusagen.

Um eins kam ich auf die Idee, die eine hübsche Maske durch eine andere zu verdrängen, und rief in San Luis Obispo an. Robins Mutter war am Apparat.

»Ja?«

»Hier ist Alex, Rosalie.«
»Ach. Hallo.«
»Ist Robin da?«
»Nein.«
»Wissen Sie, wann sie zurückkommt?«
»Sie ist ausgegangen. Mit Freunden.«
»Ach so.«
Schweigen.
»Wie geht's dem Baby?«
»Wunderbar.«
»Gut, ja, dann sagen Sie ihr bitte, daß ich angerufen habe.«
»Ja, mach ich.«
»Bye.«
Klick.

Das Privileg, eine Schwiegermutter zu besitzen, ohne den ganzen Papierkrieg.

Am Montag kämpfte ich mich durch die Morgenzeitung hindurch und hoffte, daß die Korruption und Gemeinheit der internationalen Politik die Trivialität meiner Probleme zum Vorschein bringen würde. Die Methode erwies sich so lange als wirkungsvoll, bis ich mit der Zeitung fertig war. Dann kehrte das alte Gefühl der Leere zurück.

Ich fütterte die Fische, ging in die Garage hinunter, startete den Seville und fuhr nach South Westwood, um ein paar Lebensmittel einzukaufen. Irgendwo zwischen den Tiefkühlfächern und den Regalen mit den Konservendosen sah ich, daß mein Korb leer war; ich verließ den Supermarkt, ohne irgend etwas zu kaufen.

Ein Häuserblock vom Markt entfernt befand sich ein Kinozentrum mit verschiedenen Programmen. Ich suchte mir einen Film aus, zahlte den herabgesetzten Preis und verkroch mich, so tief es ging, in meinem Sitz, zusammen mit kichernden Teenagerpaaren und einigen anderen einsamen Männern. Es war ein billiger Reißer ohne zusammenhängende Handlung und mit schwachsinnigen Dialogen. Ich ging mitten in einer schweißtriefenden Liebesszene zwischen der Heldin und dem flotten Psychopathen, der sie sich gerade zum Dessert nach dem Koitus zurechtschnipseln wollte, hinaus.

Draußen war es dunkel. Wieder ein Tag siegreich bezwungen.

Ich würgte einen Hamburger herunter und wollte gerade nach Hause fahren, als ich mich an die vorübergehend therapeutische Wirkung des Zeitunglesens erinnerte.

Abendzeitung. Eine neue Ausgabe. Ein blinder Verkäufer rief sie vom Bordstein am Wilshire Boulevard aus. Ich fuhr rechts ran, kaufte eine Zeitung, zahlte mit einem Dollarschein und wartete nicht auf das Wechselgeld.

Zu Haus angekommen, rief ich den Auftragsdienst an – eine unpersönliche Maschine wäre für den alten Alex nicht in Frage gekommen. Wieder keine Nachricht.

Ich zog mich bis auf die Shorts aus, nahm die *Los Angeles Times* und eine Tasse Pulverkaffee und legte mich ins Bett.

Wenig Neues in der Zeitung, das meiste hatte schon am Morgen dringestanden, zweiter Aufguß. Ich stopfte mich mit dem ganzen Schwindel und den tausend Ausflüchten voll. Die Zeilen verschwammen mir allmählich vor den Augen. Wunderbar, genau das richtige.

Dann gingen mir bei einer Story auf Seite zwanzig die Augen auf. Es war nicht mal eine Story, nur ein Füllsel: ein paar Zeilen neben dem Bericht eines Nachrichtendienstes über die soziologische Struktur der südamerikanischen Feuerameisen.

Aber die Titelzeile sprang mir ins Auge.

TOD DER PSYCHOLOGIN: SELBSTMORD?

Von Maura Bannon, eig. Bericht

Los Angeles. Wie die Polizei erklärte, rührte der Tod der heute früh in ihrem Haus in Hollywood Hills aufgefundenen Psychologin wahrscheinlich von einer selbst beigebrachten Schußverletzung her. Der Leichnam von Sharon Ransom, 34, wurde heute morgen im Schlafzimmer ihres Hauses im Nicolas Canyon entdeckt. Sie war offenbar irgendwann im Laufe der Sonntagnacht gestorben.

Ransom lebte allein in ihrem Haus am Jalmia Drive, in dem sie auch ihre Praxis hatte. Sie stammte aus New York City, studierte später in Los Angeles und erwarb 1981 ihren Doktortitel. Angehörige konnten nicht ermittelt werden.

Sonntag nacht. Nur ein paar Stunden nachdem ich sie angerufen hatte.

Etwas Kaltes, Übelriechendes wie Faulschlammgas stieg aus meinen Gedärmen auf, und die Blasen blubberten in meinem Hals. Ich zwang mich, den Artikel noch einmal zu lesen. Und noch einmal.

Nur ein paar Zeilen. Ein Lückenfüller ... Ich dachte an das schwarze Haar, die blauen Augen, das blaue Kleid, die Perlen. Das bemerkenswerte Gesicht – so warm, so lebendig.

Du bist der einzige Mensch, dem ich nichts vorzumachen brauche. Nein, es ist mir nicht gut ergangen. Überhaupt nicht.

Ein Hilferuf? Die angedeutete Vertraulichkeit hatte mich geärgert. Hatte mich daran gehindert, ihn wahrzunehmen.

Sie war mir doch gar nicht so verwirrt oder unglücklich vorgekommen.

Und warum hatte sie sich ausgerechnet mich ausgesucht? Was hatte sie in jenem Augenblick in mir gesehen, über all die Schultern der fremden Leute hinweg, das sie auf den Gedanken brachte, ich wäre der Richtige, an den sie sich wenden könnte?

Großer Fehler von ihr ... der alte Alex auf seine eigenen Bedürfnisse fixiert, weiche weiße Schenkel und Brüste wie Kissen, um sich darauf auszuruhen.

Nein, es ist mir nicht gut ergangen. Überhaupt nicht.

Es tut mir leid, das zu hören.

Mitleid aus dem Automaten nur gegen Rechnung.

Ich hatte sie eingeholt, an mich gezogen. Einen feuchten Dreck hatte ich mir aus ihren Problemen gemacht. Das Machtgefühl hatte ich genossen, als sie so auf mich zukam und wehrlos war.

Wenn dir soviel daran liegt, können wir uns treffen und reden ... und laß mich dir die Ohren abvögeln.

Es liegt mir sehr viel daran.

Ich riß die Seite aus der Zeitung heraus, zerknüllte sie und warf sie durchs Zimmer.

Ich schloß die Augen und versuchte zu weinen. Um sie, um mich, um Robin. Um Familien, die auseinanderfielen, um eine Welt, die auseinanderfiel. Kleine Jungen, die ihre Väter sterben sahen. Jeden auf der Welt, der es verdammt verdiente.

Die Tränen wollten nicht kommen.
Warte auf den Pieper.
Drück auf den Abzug.

6 Später, als der Schock etwas nachließ, fiel mir ein, daß ich sie schon einmal gerettet hatte. Vielleicht hatte sie daran gedacht und sich eine eigene Zeitmaschinenphantasie zusammengereimt.

Herbst 1974. Ich war vierundzwanzig, hatte gerade meinen Doktor gemacht und genoß es, daß man mich mit dem Titel anredete, obwohl ich noch immer so arm wie als Student war.

Ich war gerade vom Langley Porter Institute in San Francisco nach Los Angeles zurückgekehrt, um mein Forschungsstipendium am Western Pediatric Hospital zu beginnen. Ich betitelte mich zungenbrecherisch »National Institute for Mental Health, Dozent für klinische Psychologie und geistige Entwicklung« und arbeitete zugleich im Hospital und in der damit verbundenen medizinischen Fakultät. Mein Job bestand darin, Kinder zu behandeln, Assistenzärzte auszubilden, Forschung zu treiben und ein, zwei schriftliche Arbeiten zu verfassen, unter die der Chefpsychologe seinen Namen als Co-Autor setzen konnte.

Mein Gehalt belief sich auf 500 Dollar monatlich, und das Finanzamt hatte gerade festgestellt, daß das ein steuerpflichtiges Einkommen war. Es blieb kaum genug übrig für Miete und Nebenkosten eines schmuddeligen Junggesellenapartments an der Overland Avenue, allerbilligste Lebensmittel, Kleidung aus dem Discount, Bücher aus Trödelläden und den Unterhalt eines todkranken Nash Rambler. Gar nicht zu denken war an die Rückzahlung meiner Studiendarlehen aus acht Jahren und anderer unter Verschiedenes schon allzu lange abgehefteter Mahnungen. Ein paar Banken machten sich ein Vergnügen daraus, mir monatlich ihre Erinnerungen zu schicken.

Um nebenbei Geld zu verdienen, spielte ich nachts bei Tanzkapellen Gitarre, womit ich mich schon in San Francisco über Wasser gehalten hatte. Unregelmäßige Arbeit mit gelegentlicher Löhnung und Essen an der Bar, soviel ich zwischen den Auftritten herunterbekommen konnte. Ich ließ auch die Psychologische Fakultät an der Uni wissen, daß ihr berühmter Doktor für freiberufliche Unterrichtstätigkeit zur Verfügung stand.

Die Fakultät ignorierte mich bis zu einem Nachmittag im November, als eine ihrer Sekretärinnen meinen Namen über die Sprechanlage des Hospitals ausrufen ließ.

»Dr. Delaware bitte.«

»Hier ist Dr. Delaware.«

»Alice Delaware?«

»Alex.«

»Oh. Hier steht Alice. Ich dachte, Sie wären eine Frau.«

»Als ich letztes Mal nachgesehen habe, nicht.«

»Ich glaub's Ihnen ja. Jedenfalls – das ist hier was ganz Kurzfristiges, aber wenn Sie heute abend um acht Uhr Zeit haben, könnten wir Sie brauchen.«

»Ver-brauchen.«

»Wollen Sie nicht hören, worum es geht?«

»Warum nicht?«

»Okay, wir brauchen jemanden zur Beaufsichtigung von Kurs 305A – das klinische Praktikum für die graduierten Studenten im ersten und zweiten Jahr. Der Professor, der ihn leitet, wurde aus der Stadt abberufen, und keiner der üblichen Ersatzleute steht zur Verfügung.«

Bei mir war der Groschen gefallen. »Ja, gut, einverstanden.«

»Okay, Sie haben eine Zulassung, nicht wahr?«

»Erst ab dem nächsten Jahr.«

»Ach. Dann weiß ich nicht recht … Warten Sie bitte.« Einen Augenblick später: »Okay. Weil Sie keine Zulassung haben, ist die Bezahlung acht Dollar statt fünfzehn und wird einbehalten. Und dann müssen Sie zuerst mal ein paar Papiere ausfüllen.«

»Sie haben mich reingelegt.«

»Bitte?«

»Ich komme.«

Das klinische Praktikum ist eine Verbindung von Theorie und Praxis; eine Methode, um Seelenklempner, die sich in der Ausbildungsphase befinden, an den psychotherapeutischen Alltag zu gewöhnen.

Bei meiner Alma Mater begann der Prozeß früh: Schon in ihrem ersten Semester wurden die graduierten Studenten der klinischen Psychologie Patienten zugeteilt – Studenten, die der psychologische Beratungsdienst der Universität ihnen schickte, und arme Leute, die die kostenlose Behandlung an der Universitätsklinik in Anspruch nahmen. Die graduierten Studenten stellten ihre Diagnosen und behandelten die Patienten unter Aufsicht eines Fakultätsmitglieds. Einmal in der Woche zeigten sie, was sie an Fortschritten erzielt oder nicht erzielt hatten, den anderen graduierten Studenten und den Lehrkräften. Manchmal blieb es auf einer intellektuellen Ebene. Manchmal wurde es persönlich.

Psychologie 305A fand in einem fensterlosen Dachgeschoß im zweiten Stock des Gebäudes im Tudorstil statt, in dem das klinische Programm untergebracht war. In diesem Raum gab es kein Mobiliar, er war graublau gestrichen und mit einem fusseligen goldgelben Teppich ausgelegt. In einer Ecke standen ein paar schaumgummigepolsterte Baseballschläger von der Art, wie sie die Eheberater für gute, saubere Streitereien empfehlen. In einer anderen lagen in einem Haufen die Reste eines demontierten alten Lügendetektors.

Ich kam fünf Minuten zu spät. »Ein paar Papiere ausfüllen« hatte sich als ein Berg von Formularen herausgestellt. Sieben oder acht Studenten waren schon da. Sie hatten sich die Schuhe ausgezogen und saßen, standen und lagen entlang der Wände, schwatzten, rauchten oder machten gerade ein Nickerchen. Mich beachteten sie nicht. Der Raum roch nach ungewaschenen Socken, Tabak und Moder.

Zum größten Teil sahen sie wie ältere, gereiftere Semester aus – Flüchtlinge aus den Sechzigern in Ponchos, verwaschenen Jeans, Sweatshirts und mit indianischem Schmuck behängt. Ein paar trugen Straßenanzüge. Alle sahen sie ernst aus und als ob sie an einer schweren Last trügen – Studenten mit der Durchschnittsnote »sehr gut«, die wissen wollten, ob die Schinderei sich überhaupt lohnte.

»Hallo, ich bin Dr. Delaware.« Ich ließ den Titel mit Genuß von der Zunge rollen, auch mit etwas schlechtem Gewissen, weil ich mir wie ein Hochstapler vorkam. Die Studenten sahen mich von oben bis unten an, keineswegs beeindruckt. »Alex«, fügte ich hinzu. »Dr. Kruse kann nicht kommen, also übernehme ich es heute abend.«

»Wo ist Paul?« fragte eine Frau Ende Zwanzig. Sie war klein, mit früh ergrautem Haar, Omabrille und einem zusammengepreßten, mißbilligenden Mund.

»Er ist nicht in der Stadt.«

»Hollywood liegt doch in der Stadt«, sagte ein großer, bärtiger Mann mit einem großkarierten Hemd und Overall, der eine dicke dänische Bruyèrepfeife rauchte.

»Sie sind ein Assistent von ihm?« fragte die grauhaarige Frau. Sie war attraktiv, sah aber verkniffen aus, mit wütenden, nervösen Augen, eine Puritanerin im blauen Overall, starrte mich abschätzig an, erweckte den Eindruck, als ob sie gern andere Leute verurteilte.

»Nein. Ich habe ihn noch nie gesehen. Ich bin –«

»Ein neues Fakultätsmitglied!« proklamierte der Bärtige, als decke er eine Verschwörung auf.

Ich schüttelte den Kopf. »Ich habe gerade erst letzten Juni meinen Doktor gemacht.«

»Gratuliere.« Der Bärtige klatschte lautlos. Ein paar von den anderen ahmten ihn nach. Ich lächelte, hockte mich hin und nahm eine Lotusstellung nahe der Tür ein. »Was machen Sie denn hier üblicherweise?«

»Fälle werden vorgestellt«, sagte eine Schwarze. »Wenn nicht einer gerade in einer Krise steckt, die wir hier durchsprechen können.«

»Steckt irgendwer gerade in einer Krise?«

Schweigen. Gähnen.

»Also gut. Wer ist dran mit dem Vorstellen?«

»Ich«, sagte die Schwarze. Sie war untersetzt, mit einem hennaroten Afrohaarputz, der ihr rundes schokoladenfarbenes Gesicht wie ein Heiligenschein umgab. Sie trug einen schwarzen Poncho, Blue Jeans und rote Lackstiefel. Eine übergroße Tasche aus Teppichstoff lag quer auf ihrem Schoß. »Aurora Bogardus, zweites Studienjahr. Letzte Woche habe ich den Fall eines neunjährigen Jungen vorgestellt, der an nervösen Zuckungen leidet. Paul machte Vorschläge. Ich habe den Fall weiterverfolgt.«

»Bitte.«

»Um es gleich vorwegzunehmen, nichts hat gewirkt. Es wird schlimmer mit dem Kind.« Sie zog einen Notizblock aus ihrer Teppichtasche, blätterte, wiederholte noch einmal für mich die Geschichte des Falles und beschrieb dann ihren ersten Behandlungsplan, der gut überlegt wirkte, aber nicht angeschlagen hatte.

»Damit wären wir beim heutigen Stand«, sagte sie. »Irgendwelche Fragen?«

Zwanzig Minuten Diskussion folgten. Die Studenten gingen auf die sozialen Faktoren ein – die Armut der Familie und die häufigen Umzüge, die Angst, die das Kind wahrscheinlich durchmachte, weil es keine Freunde hatte. Jemand sagte, die Tatsache, daß es als schwarzes Kind in einer rassistischen Gesellschaft leben müsse, sei ein bedeutender Streßfaktor.

Aurora Bogardus wirkte angewidert. »Das ist mir durchaus klar. Aber trotzdem muß ich mich mit den verdammten Zuckungen als Verhaltensstörung auf einer behavioristischen Ebene beschäftigen. Je mehr er zuckt, um so wütender werden alle auf ihn.«

»Dann müssen es eben *alle* lernen, mit dieser Wut umzugehen«, sagte der Bärtige.

»Schön und gut, Julian«, sagte Aurora. »Inzwischen wird das Kind geächtet, ausgestoßen, verbannt, und ich muß dafür sorgen, daß etwas dagegen geschieht.«

»Das effektive Konditionierungssystem –«

»Wenn du zuhören würdest, Julian, hättest du mitbekommen, daß das effektive Konditionierungssystem nicht funktioniert hat. Auch nicht die Rollenmanipulationen, die Paul letzte Woche vorgeschlagen hat.«

»Was für Rollenmanipulationen?« fragte ich.

»Eine Veränderung der Programmierung. Es ist ein Teil seines therapeutischen Ansatzes – Kommunikationsdynamik. Die Familienstruktur durchschütteln, die Familienmitglieder dazu bringen, daß sie ihre Machtpositionen untereinander verändern, so daß sie für neue Verhaltensweisen offen sind.«

»Wie sollen sie sich verändern?«

Sie warf mir einen müden Blick zu. »Paul hat mir vorgeschlagen, ich soll die Eltern und Geschwister dazu bringen, daß sie auch zu zucken und zu zittern anfangen. Übertrieben stark. Er sagte, sobald das Symptom Teil der Familiennorm würde, verlöre es für den Jungen den Rebellionswert, und dann würde er es aus seinem Verhaltensrepertoire ausscheiden lassen.«

»Wieso das?«

Sie schüttelte den Kopf. »Das ist seine Theorie, nicht meine.«

Ich sagte nichts, sondern behielt einen neugierigen Gesichtsausdruck bei.

»Okay, okay«, sagte sie. »Paul zufolge sind Symptome Kommunikation. Wenn die Zuckungen nichts Einmaliges mehr wären, würde der Junge eine andere Methode finden müssen, um seine Rebellion mitzuteilen.«

Der Ansatz klang schlecht durchdacht und war möglicherweise grausam. Ich fing an, mich zu fragen, was dieser Dr. Kruse für ein Mensch war. »Ich verstehe.«

»Heh, ich dachte auch, es wäre Quatsch«, sagte Aurora. »Werde das Paul nächste Woche sagen.«

»Klar wirst du das«, sagte jemand.

»Paß mal genau auf.« Sie schloß den Notizblock und steckte ihn wieder in ihre Tasche. »Inzwischen zittert und zuckt dieser arme kleine Junge, und seine Selbstachtung geht den Bach runter.«

»Haben Sie an die Tourette-Krankheit gedacht?« fragte ich.

Sie tat meinen Einwurf mit einem Stirnrunzeln ab. »Natürlich. Aber er flucht nicht.«

»Nicht alle Tourette-Kranken fluchen.«

»Paul sagte, die Symptome paßten nicht in das typische Tourette-Muster.«

»Inwiefern?«

Noch ein müder Blick. Ihre Antwort nahm fünf Minuten in Anspruch und war eindeutig fehlerhaft. Meine Zweifel an Kruse wurden stärker.

»Ich meine immer noch, Sie sollten eine Tourette-Krankheit als Möglichkeit in Betracht ziehen«, sagte ich. »Wir wissen nicht genug über das Syndrom, als daß wir atypische Fälle ausschließen könnten. Ich rate Ihnen, den Jungen an einen Kinderneurologen zu überweisen. Haldol könnte angezeigt sein.«

»Ach du gute alte Schulmedizin!« sagte Julian. Er stopfte seine

Pfeife und entzündete sie wieder. Aurora bewegte die Kinnladen, als ob sie kaute.

»Was fühlst du jetzt?« fragte sie einer der anderen Männer. Er war schmalschultrig und dünn, mit rostrotem Haar, das zu einem Pferdeschwanz gebunden war, und einem herabhängenden, zotteligen Schnurrbart. Er trug einen zerknitterten braunen Cordanzug, ein Hemd mit heruntergeknöpftem Kragen, eine extrabreite Ripskrawatte, schmutzige Turnschuhe und sprach mit einer leisen, melodischen, einfühlenden Stimme. Salbungsvoll-ölig wie ein Beichtvater oder der Gastgeber einer Kinderveranstaltung. »Teile uns deine Gefühle mit, Aurora.«

»O Gott.« Sie wandte sich an mich: »Okay, ich werde tun, was Sie sagen. Wenn die gute alte Schulmedizin hilft, bin ich heilfroh.«

»Du klingst frustriert«, sagte die grauhaarige Frau.

Aurora wandte sich ihr zu. »Laß uns mit dem Quatsch aufhören und weitermachen, okay?«

Bevor Grauhaar antworten konnte, ging die Tür auf. Alle Augen wanderten hoch. Alle Augen fixierten etwas.

Ein schönes schwarzhaariges Mädchen stand im Türeingang und hielt einen Stapel Bücher im Arm. Ein Mädchen, keine Frau – sie sah mädchenhaft aus, konnte eine Studentin in den ersten Semestern sein, und einen Augenblick dachte ich, sie hätte sich in der Tür geirrt.

Aber sie trat ein.

Mein erster Gedanke war *Zeitverwerfung:* Ihre dunkle, verwundete Schönheit erinnerte an die einer Schauspielerin in einem jener schwarzweißen *films noirs,* die in den Spätvorstellungen liefen und in denen Gut und Böse ineinander übergehen – in denen die Bilder mit schlangenlinienartigen Jazzpartituren um die Herrschaft wetteifern und alles unklar und vieldeutig endet.

Sie trug ein engsitzendes, weiß paspeliertes rosa Strickkleid mit einem weißen Ledergürtel, rosa Pumps mit halbhohen Absätzen. Ihr Haar war gerollt und gelegt, und jede Strähne lag an ihrem Platz und glänzte. Ihr Gesicht war gepudert, und ihre Wimpern waren getuscht, ihre Lippen mit einem feucht aussehenden Rosa glänzend gemacht. Das Kleid reichte ihr bis zu den Knien. Die Beine, die man sah, waren schön geformt und in reines Nylon gehüllt. Ihr Schmuck war aus echtem Gold, ihre Nägel waren lang und poliert – der Farbton des Nagellacks identisch mit dem ihres Kleides, nur genau einen Ton dunkler.

Und Parfüm – dessen Duft die verbrauchte Luft des Raums durchschnitt: Seife und Wasser, frisches Gras und Frühlingsblumen.

Lauter Kurven und Hügel, porzellanenes Weiß und sandiges Rot, makellos kombiniert. Fast schmerzhaft fehl am Platz in diesem Meer von Jeans und Overalls, gewollter Freudlosigkeit und Langeweile.

»Suzy Creamcheese«, murmelte jemand.

Sie hörte es und zuckte zusammen und sah sich nach einem Platz zum Hinsetzen um. Kein Fleck war frei. Niemand bewegte sich. Ich rutschte beiseite und sagte: »Hier.«

Sie starrte mich an.

»Das ist Dr. Delaware«, sagte Julian. »Alex. Er hat die Riten und Rituale des Fachbereichs erduldet und ist ihnen offenbar unversehrt entkommen.«

Sie gab ein flüchtiges Lächeln von sich, setzte sich neben mich und zog die Beine unter sich. Ein Streifen ihres weißen Schenkels wurde sichtbar. Sie zog das Kleid über die Knie. Dadurch lag es enger über den Brüsten und betonte deren Fülle. Ihre Augen waren breit und strahlten mitternachtsblau, so dunkel, daß die Pupillen mit der Iris verschmolzen.

»Tut mir leid, daß ich zu spät komme«, sagte sie. Eine süße, samtweiche Stimme.

»Also, was gibt's sonst noch Neues?« fragte Grauhaar.

»Noch weitere Fälle zu besprechen?« fragte ich.

Niemand antwortete.

»Dann, nehme ich an, können wir zu neuem Material übergehen.«

»Was ist mit Sharon?« fragte der Pferdeschwanz und grinste die Neuangekommene an. »Du hast dich das ganze Semester noch nicht mitgeteilt, Sharon.«

Das schwarzhaarige Mädchen schüttelte den Kopf. »Ich habe wirklich nichts vorbereitet, Walter.«

»Was braucht man da vorzubereiten? Nimm einfach irgendeinen Fall, und laß uns von deiner Weisheit profitieren.«

»Oder wenigstens von Pauls Weisheit«, sagte Julian.

Gekicher, zustimmendes Nicken.

Sie zog an ihrem Ohrläppchen, wandte sich an mich und suchte Hilfe.

Der Witz über Kruse erklärte vielleicht die Spannung, die bei ihrem Eintreten aufgekommen war. Was auch immer seine therapeutischen Fähigkeiten bei der Rollenmanipulation sein mochten, dieser Dr. Kruse hatte es zugelassen, daß seine Gruppe von einer Günstlingswirtschaft vergiftet worden war. Aber ich als angeheuerte Hilfskraft hatte damit nichts zu schaffen.

Ich fragte sie: »Haben Sie in diesem Semester überhaupt schon einen Fall vorgestellt?«

»Nein.« Alarmiert.

»Haben Sie irgendeinen Fall, über den Sie gern diskutieren würden?«

»Ich ... ich glaube ja.« Sie warf mir einen eher mitleidigen als vorwurfsvollen Blick zu: *Sie tun mir weh, aber das ist nicht Ihre Schuld.*

Ein bißchen verunsichert sagte ich: »Dann fangen Sie bitte an.«

»Die Frau, über die ich sprechen könnte, kommt seit zwei Monaten. Sie ist eine neunzehnjährige Studentin im zweiten Jahr. Erste Tests zeigen, daß sie in jeder Hinsicht im Normalbereich liegt, nur ihre MMP-Depressionsskala ist etwas über dem Durchschnitt. Ihr Freund ist im vierten Studienjahr. Sie haben sich in der ersten Semesterwoche kennengelernt und gehen seither miteinander. Sie hat sich an das studentische Beratungszentrum gewandt wegen ihrer Probleme in ihrem Verhältnis –«

»Was für eine Art von Problemen?« fragte Grauhaar.

»Ein Kommunikationszusammenbruch. Am Anfang konnten sie miteinander reden. Später fingen die Dinge an sich zu verändern. Jetzt ist es ziemlich schlimm mit ihnen.«

»Drück dich mal genauer aus«, sagte Grauhaar.

Sharon dachte nach. »Ich bin nicht sicher, was du –«

»Ficken sie?« fragte Pferdeschwanz Walter.

Sharon wurde rot und sah auf den Teppich hinunter. Ein altmodisches Erröten – ich hatte nicht gedacht, daß es das noch gab. Einige der Studenten sahen ihretwegen peinlich berührt drein. Die anderen schienen es zu genießen.

»Ja oder nein?« fragte Walter. »Ficken sie?«

Sie biß sich auf die Lippe. »Sie haben Beziehungen, ja.«

»Wie oft?«

»Ich habe es wirklich nicht so genau verfolgt –«

»Warum nicht? Es könnte ein wichtiger Parameter ihrer –«

»Augenblick«, sagte ich. »Geben Sie ihr Gelegenheit, zu Ende zu sprechen.«

»Sie wird nie zu Ende sprechen«, sagte Grauhaar. »Wir haben das schon früher durchexerziert – terminale Abwehr. Wenn wir das nicht klar ansprechen und es ausrotten, wo es wächst, werden wir uns die ganze Sitzung lang im Kreis herumbewegen.«

»Es gibt nichts anzusprechen«, sagte ich. »Lassen wir *sie* die Tatsachen aussprechen. Dann diskutieren wir darüber.«

»Richtig«, sagte Grauhaar. »Wieder hat sich ein Beschützer gemeldet – du bringst es in ihnen heraus, Prinzessin Sharon.«

»Langsam, Maddy«, sagte Aurora Bogardus. »Laß sie reden.«

»Sicher, sicher.« Grauhaar verschränkte die Arme über der Brust, lehnte sich zurück, starrte sie an und wartete.

»Bitte«, sagte ich zu Sharon.

Sie hatte schweigend dagesessen, in ihren Gedanken fern dem Streit wie eine Mutter, die sich aus einem Gezänk zwischen Geschwistern heraushält. Nun fuhr sie dort fort, wo sie aufgehört hatte. Ruhig. Oder am Rande der Verzweiflung.

»Es hat einen Kommunikationszusammenbruch gegeben. Die Patientin sagt, sie liebt ihren Freund, aber sie hat das Gefühl, daß sie sich voneinander entfernen. Sie können nicht mehr über Dinge reden, über die sie früher zu diskutieren pflegten.«

»Zum Beispiel?« fragte Julian durch eine Rauchwolke.

»Ungefähr über alles.«

»Über *alles?* Was sie zum Frühstück wollten? Gefüllter Truthahn gegen Kartoffeln?«

»Damals ja. Es hat einen völligen Zusammenbruch gegeben –«

»*Zusammenbruch*«, sagte Maddy. »Du hast das Wort dreimal benutzt, ohne zu erklären, was du meinst. Versuche lieber zu *erläutern* als zu *wiederholen*. Wie sieht der Zusammenbruch aus?«

»Es ist schlimmer geworden«, sagte Sharon, und sie sagte es, als ob es eine Frage sein sollte.

Maddy lachte. »Ist ja toll. Jetzt ist alles sonnenklar.«

Sharon sprach leiser: »Ich weiß wirklich nicht, was du sagen willst, Maddy.«

Maddy schüttelte angewidert den Kopf und sagte zu niemandem im besonderen: »So 'ne Zeitverschwendung für diese Scheiße.«

»Ich schließe mich meiner Vorrednerin an«, sagte jemand.

»Bleiben wir bei dem Fall. Sharon, warum hat dieses Mädchen das Gefühl, daß das Verhältnis in die Brüche gegangen ist?« fragte ich sie.

»Wir haben mehrere Sitzungen lang darüber gesprochen. Sie behauptet, sie weiß es nicht. Zuerst dachte sie, er hätte kein Interesse mehr an ihr und ginge zu einer anderen Frau. Er bestreitet das – er verbringt seine ganze freie Zeit mit ihr zusammen, also glaubt sie, er sagt ihr die Wahrheit. Aber wenn sie zusammen sind, will er nicht reden und scheint ärgerlich auf sie zu sein – oder wenigstens hat sie das Gefühl. Es kam alles ganz plötzlich und wurde schlimmer.«

»Ist irgend etwas anderes in der Zeit geschehen?« fragte ich. »Irgendein mit Streß verbundenes Ereignis?«

Wieder ein Erröten.

»Haben sie in der Zeit angefangen, Sex miteinander zu haben, Sharon?«

Nicken. »Ungefähr dann.«

»Gab es sexuelle Probleme?«

»Das ist schwer zu erfahren.«

»Unsinn«, sagte Maddy. »Es wäre *leicht* festzustellen, wenn du deine Arbeit richtig angefaßt hättest.«

Ich wandte mich an sie: »Wie kommen *Sie* an diese Art von Information, Maddy?«

»Dadurch, daß ich *real* bin, mit der betreffenden Person eine Beziehung herstelle.« Sie tickte jeden Satz mit dem Finger weg. »Man muß die speziellen Abwehrmechanismen des Klienten kennen – auf die Abwehr vorbereitet sein und mitgehen. Aber wenn das nicht funktioniert: *Frontal ansprechen* und nicht nachgeben, bis der Klient einsieht, daß es einem ernst damit ist. Dann einfach drangehen an die Sache und das *Thema* anpacken, Himmel noch mal. Diese Frau kommt seit zwei Monaten zu ihr. Sie hätte das inzwischen alles klären können.«

Ich sah Sharon an.

»Ich habe es versucht«, sagte sie, und die Röte war immer noch vorhanden. »Wir haben über ihre Abwehrmechanismen gesprochen. Es braucht Zeit. Es gibt da Probleme.«

»*Seckschuelle* Probleme«, erklärte Maddy. »Nenn doch das Kind beim Namen, Honey. Nächstes Mal wird's leichter.«

Vereinzeltes Gelächter. Sharon schien es ruhig hinzunehmen. Aber ich behielt sie im Auge.

»Teile uns die Probleme mit«, drängte Walter sie, grinste und spielte mit seinem Pferdeschwanz.

»Sie sind ... sie ist unbefriedigt«, sagte Sharon.

»*Kommt* sie?« fragte Julian.

»Ich glaube nicht.«

»Glaubst nicht?«

»Nein. Nein. Sie ... tut es nicht.«

»Was tust du dann, um ihr zu *helfen,* daß sie kommt?«

Sie biß sich wieder auf die Lippe.

»Nun mal los«, sagte Maddy.

Sharons Hände fingen an zu zittern. Sie schlang sie ineinander, um es zu verbergen. »Wir haben ... wir haben darüber geredet ... ihre Angst zu verringern, sie zu entspannen.«

»Herrgott ja, mach nur immer die Frau verantwortlich«, sagte Maddy. »Wer sagt, daß es *ihr* Problem ist? Vielleicht liegt's an *ihm*. Vielleicht hat er einen Bammel. Oder Kurzschluß.«

»Sie sagt, er ist ... okay. Sie ist diejenige, die nervös ist.«

»Hast du es schon mal mit tiefer Muskelentspannung versucht?« fragte Aurora. »Mit systematischer Desensibilisierung?«

»Nein, nicht so systematisch. Es fällt ihr noch sehr schwer, darüber zu reden.«

»Warum, fragt man sich«, sagte Julian.

»Wir arbeiten nur erst mal daran, ruhig zu bleiben«, sagte Sharon. Es klang wie eine Selbstbeschreibung.

»Schwer, ruhig zu bleiben ohne primäre Themen«, sagte Walter beruhigend. »Haben sie oralen Sex gemacht?«

»Öh, ja.«

»Öh, wie?«

Sie sah hinunter auf den Teppich. »Das Übliche.«

»Ich weiß nicht, was das bedeutet, Sharon.« Er sah die anderen an. »Weiß es irgend jemand von euch?«

Allgemeines Lächeln und Kopfschütteln. Eine Raubvogelschar. Ich stellte sie mir in ein paar Jahren als vollausgebildete Therapeuten vor. Horror.

Sharon sah zu Boden und focht einen aussichtslosen Krieg mit ihren Händen aus.

Ich überlegte, ob ich eingreifen sollte, fragte mich, ob das die Norm der Gruppe verletzen würde, stellte fest, daß es mir gleich war. Aber wenn ich zu sehr den Beschützer spielte, würde ihr das langfristig mehr schaden.

Während ich überlegte, fragte Walter: »Was für oralen Sex?«

»Ich glaube, wir wissen alle, was oraler Sex ist«, sagte ich.

Seine Augenbrauen schossen hoch. »Tatsächlich? Ich frage mich. Fragt sich irgendwer von euch auch?«

»Das ist Quatsch«, sagte Aurora. »Habe zuviel zu tun.« Sie stand auf, hob ihre Teppichtasche hoch und ging hinaus. Drei oder vier andere folgten ihr rasch.

Die Tür schlug zu. Ein beklemmendes Schweigen folgte. Sharons Augen wurden feucht, und ihr Ohrläppchen war scharlachrot gezupft.

»Lassen Sie uns mit etwas anderem weitermachen«, sagte ich.

»Kommt nicht in Frage!« rief Maddy. »Paul sagt: Alle Griffe sind erlaubt – warum zum Teufel sollte sie die Ausnahme sein?« Ihre Wut schien sie vom Fußboden hochzuheben. »Warum kommt ihr immer jemand zu Hilfe, wenn sie in ihre Abwehrhaltung einsteigt und uns ausschließt?« Zu Sharon: »Das hier ist die *Wirklichkeit*, Honey, nicht irgendein Spiel von Heilsarmeeschwestern.«

»Das wäre ja nicht halb so schlecht«, schmunzelte Julian. Er sog ostentativ an seiner Pfeife.

»Lassen Sie das«, sagte ich.

Er lachte, als hätte er mich nicht gehört, streckte sich und kreuzte wieder, umgekehrt, die Beine.

»Sorry, Alex, kein Lassen-Sie-das«, informierte mich Walter. »Pauls Regeln.«

Eine Träne tropfte von Sharons Wange. Sie wischte sie weg. »Sie tun das Übliche.«

»Nämlich?«

»Saugen.«

»Ah«, sagte Walter. »Jetzt erfahren wir endlich mal was.« Er streckte die Hände aus, die Handflächen nach oben, die Finger gekrümmt. »Komm, komm, weiter.«

Die Geste wirkte lüstern. Sharon empfand es auch. Sie sah von ihm weg und sagte: »Das ist alles, Walter.«

»Tss, tss«, sagte Walter und hob seine Professorenpfeife. »Damit läßt sich nichts anfangen. Leckt *sie ihn?* Oder leckt *er sie?* Oder sind sie schon zum *gegenseitigen* Lecken, der alten 69-Brezel fortgeschritten?«

Sharons Hände flogen zu ihrem Gesicht. Sie hustete, um nicht loszuweinen.

»Nicht so zimperlich«, sagte Maddy.

»Genug«, bellte ich.

Maddys Gesicht lief dunkel an. »Da meldet sich wieder mal eine autoritäre Vaterfigur zu Wort.«

»Langsam«, meinte jemand. »Immer mit der Ruhe.«

Sharon erhob sich, nahm ihre Bücher und mühte sich ab, sie in den Griff zu bekommen, weiße Beine und raschelndes Nylon. »Es tut mir leid. Entschuldigt bitte.« Sie griff nach dem Türknauf, drehte ihn herum und rannte hinaus.

»Katharsis. Könnte ein Durchbruch sein«, erklärte Walter.

Ich sah ihn an und dann sie alle. Sah Raubvogellächeln, Selbstgefälligkeit, Blasiertheit. Und noch etwas. Ein Aufflackern von Angst.

»Ende der Sitzung«, sagte ich.

Ich holte sie ein, gerade als sie den Fußweg erreichte.

»Sharon?«

Sie lief weiter.

»Warten Sie eine Sekunde. Bitte.«

Sie blieb stehen, wandte mir den Rücken zu. Ich ging um sie herum, trat vor sie hin. Sie starrte aufs Pflaster hinunter, dann zum Himmel hinauf. Die Nacht war sternenlos. Ihr Haar war von der gleichen Farbe, so daß nur ihr Gesicht zu sehen war. Eine weiße, dahintreibende Maske.

»Es tut mir leid«, sagte ich.

Sie schüttelte den Kopf. »Nein, es war meine Schuld. Ich habe mich wie ein Baby benommen, völlig unangemessen.«

»Es ist nichts Unangemessenes daran, wenn man sich nicht in etwas hineinprügeln lassen will. Das sind ja ein paar wüste Typen. Ich hätte die Zügel straffer halten sollen und voraussehen müssen, worauf es hinauslief.«

Sie sah mir endlich in die Augen. Lächelte. »Es ist schon gut. Niemand konnte es voraussehen.«

»Ist es immer so?«

»Manchmal.«

»Dr. Kruse ist damit einverstanden?«

»Dr. Kruse sagt, wir müssen unsere eigenen Abwehrsysteme erkennen und niederreißen, bevor wir fähig sein werden, anderen zu helfen.« Sie lächelte ein bißchen. »Ich glaube, ich habe noch einen weiten Weg vor mir.«

»Sie werden sich großartig entwickeln«, sagte ich. »Auf lange Sicht ist dieses Zeugs irrelevant.«

»Es ist nett, daß Sie das sagen, Dr. Delaware.«

»Alex.«

Ihr Lächeln wurde breiter. »Vielen Dank, daß Sie sich um mich gekümmert haben, Alex. Ich glaube, Sie sollten jetzt lieber wieder zurück zum Unterricht gehen.«

»Der Unterricht ist beendet. Sind Sie wirklich okay?«

»Ich bin okay.« Sie verlagerte das Gewicht von einer Hüfte auf die andere und versuchte, die Bücher fester zusammenzufassen.

»Hier, lassen Sie mich Ihnen mit den Wälzern helfen.« Etwas in ihr brachte in mir den Ritter Lanzelot heraus. »Wo ist Ihr Wagen?«

»Ich gehe zu Fuß. Ich wohne im Studentenheim. In der Curtis Hall.«

»Ich kann Sie zur Curtis Hall fahren.«

»Es ist wirklich nicht nötig.«

»Es wäre mir ein Vergnügen.«

»Nun, dann«, sagte sie. »Dann gern.«

Ich ließ sie am Studentenheim heraus und verabredete mich mit ihr für den folgenden Sonnabend.

Sie wartete am Bordstein, als ich sie abholen kam, trug einen blauen Kaschmirpullover, einen schwarz-gelben Schottenrock, schwarze Kniestrümpfe und Halbschuhe mit flachen Absätzen. Ich öffnete ihr die Autotür. In der gleichen Sekunde, als meine Hand das Lenkrad berührte, lag ihre Hand darauf, warm und fest.

Wir aßen in einer der verräucherten, lauten Bier-und-Pizza-Buden zu Abend, wie man sie am Rande eines jeden Universitätsgeländes findet – der besten, die ich mir leisten konnte. Wir fanden einen Ecktisch, sahen uns Road-Runner-Cartoons an, aßen und tranken und lächelten einander zu.

Ich konnte nicht die Augen von ihr lassen, wollte mehr von ihr erfahren, eine unmögliche sofortige Vertrautheit zwischen uns herstellen. Sie fütterte mich häppchenweise mit Informationen über sich selbst: Sie war einundzwanzig, an der Ostküste aufgewachsen, hatte dort an einem kleinen Frauencollege Examen gemacht und war nach dem Westen gekommen, um hier ihre Ausbildung abzuschließen.

Als ich mich an die Anspielungen der anderen Studenten erinnerte, fragte ich sie nach ihrer Beziehung zu Kruse. Sie erkärte, er sei ihr Studienberater; so wie sie es sagte, klang es unwichtig. Als ich sie fragte, was er für ein Mensch sei, meinte sie, er wäre dynamisch und kreativ und wechselte dann wieder das Thema.

Ich ließ es sein, blieb aber neugierig. Nach der häßlichen Sitzung hatte ich mich nach Kruse erkundigt und erfahren, daß er einer der Klinikmentoren war, ein Neuankömmling, der sich bereits einen Ruf als Schürzenjäger und Angeber erworben hatte.

Nicht die Art von Mentor, die ich für jemand wie Sharon richtig gefunden hätte. Dann wiederum: Was wußte ich schon über sie? Darüber, was richtig für sie war?

Ich versuchte, mehr über sie zu erfahren. Sie wich flink meinen Fragen aus, ich bekam sie niemals richtig ins Visier.

Ich empfand einige Enttäuschung, verstand einen Augenblick lang die Wut der anderen Studenten. Dann erinnerte ich mich daran, daß wir uns gerade erst kennengelernt hatten; ich war ungeduldig, erwartete zu viel zu schnell. Ihre Haltung deutete auf vermögende Eltern, ein Aufwachsen in konservativen Kreisen und Geborgenheit. Genau die Art von familiärem Hintergrund, in dem es als gefährlich angesehen wurde, sofort Vertrautheit herzustellen.

Und doch streichelte ihre Hand die meine, und ihr Lächeln sagte offen, daß sie mich mochte. Sie gab sich überhaupt nicht kühl und abweisend.

Wir redeten über Psychologie. Sie kannte sich aus, lenkte aber immer zu meinem überlegenen Wissen ab. Ich spürte eine wirkliche Tiefe hinter ihrem Suzy-Creamcheese-Äußeren. Und noch etwas anderes: einen angenehmen Charakter. Eine damenhafte Feinheit, die mich angenehm überraschte in einer Zeit, in der sich der weibliche Zorn mit einem Schwall obszöner Redensarten als Befreiung ausgab.

Mein Diplom besagte, daß ich mit vierundzwanzig Jahren ein Doktor des Geistes, der Seele, des Bewußtseins und ein großer Kenner der menschlichen Beziehungen war. Aber Beziehungen, Verhältnisse machten mir immer noch angst, und Frauen machten mir immer noch angst. Seit meiner Pubertät hatte ich mich zu einer Lebensweise gezwungen, die aus Lernen, Jobben und wiederum Lernen bestand, so hatte ich mich mühsam aus dem Fabrikarbeiterfegefeuer heraufzuarbeiten versucht und gemeint, daß der menschliche Faktor sich irgendwann irgendwie in meine anderen Karriereziele einordnen würde. Aber immer neue Ziele tauchten auf, und mit vierundzwanzig hatte ich es noch immer nicht geschafft, und mein gesellschaftliches Leben beschränkte sich auf gelegentliche Begegnungen und einen gezwungenen Sex, der den Charakter gymnastischer Übungen hatte.

Mein letztes Rendezvous war über zwei Monate her – ein kurzes, mißlungenes Abenteuer mit einer hübschen, blonden, aus Kansas stammenden Assistenzärztin der Geburtshilfeabteilung. Sie lud mich zum Ausgehen ein, als wir zusammen in der Hospitalcafeteria Schlange standen. Sie schlug das Restaurant vor, zahlte selbst für ihr Essen, lud sich zu mir in mein Apartment ein, streckte sofort auf der Couch alle viere von sich, schluckte eine Quaalude-Pille und wurde ärgerlich, als ich mich weigerte, eine zu nehmen. Einen Augenblick darauf war ihr Ärger vergessen, sie war splitternackt und grinste und zeigte auf ihr Geschlecht: »Wir sind hier in L. A., Buster. Iß Pussy.«

Zwei Monate.

Und jetzt war ich hier und saß einer spröden Schönheit gegenüber, bei der ich mir wie Einstein vorkam und die sich den Mund sogar abwischte, wenn er sauber war. Ich berauschte mich an ihr. Im Kerzenlicht der Pizzeria kam mir alles an ihr wie etwas ganz Besonderes vor: daß sie Bier verschmähte und statt dessen lieber Seven-Up trank und wie ein Kind über das Mißgeschick von Wile E. Coyote lachte und Fäden heißen Käses zwischen den Fingern drehte, bevor sie ihn zwischen die makellosen weißen Zähne nahm.

Ein Aufleuchten ihrer rosa Zunge.

Ich konstruierte eine Vergangenheit für sie, die nach hohen angelsächsischen-puritanischen Werten roch: Sommerhäuser, Kotillons, Debütantinnenbälle, Jagden. Scharen von Verehrern ...

Der Wissenschaftler in mir schnippelte meine Phantasie in der Mitte durch: reine Mutmaßungen, du Superpsychologe. Sie hat dir ein paar Lücken gelassen – du füllst sie mit wilden Einbildungen auf.

Ich bohrte noch einmal nach, um herauszubekommen, wer sie war. Sie antwortete mir, ohne etwas von sich zu verraten, brachte mich dazu, daß ich wieder über mich selbst zu reden anfing.

Ich ergab mich der billigen Verlockung, aus meinem Leben zu erzählen. Sie machte es mir leicht. Sie war eine ausgezeichnete Zuhörerin, stützte das Kinn auf die Knöchel und sah unverwandt aus ihren riesigen blauen Augen zu mir auf, machte deutlich, daß jedes Wort, daß ich äußerte, ungeheuer *wichtig* war. Spielte mit meinen Fingern, lachte über meine Witze, warf das Haar zurück, so daß das Licht sich in ihren Ohrclips fing.

In jenem Augenblick war ich ein Gottesgeschenk für Sharon Ransom. Ich hatte mich nie zuvor so glücklich gefühlt.

Ohne all das hätte mich ihre Schönheit vielleicht erschlagen. Sogar in diesem lauten Schuppen, in dem es von entzückenden jungen Mädchenkörpern und hinreißenden Gesichtern wimmelte, war ihre Schönheit ein Magnet. Jeder vorübergehende Mann blieb offenbar stehen und verschlang sie mit den Augen, und die Frauen taxierten sie mit wütender Eifersucht. Sie merkte es nicht, ihre Augen hingen nur an mir.

Ich hörte mich Dinge sagen, die ich bis dahin in mir verschlossen gehalten oder an die ich seit Jahren nicht gedacht hatte.

Was für Probleme sie auch haben mochte, als Therapeutin war sie großartig.

Von Anfang an begehrte ich sie körperlich mit einer solchen Heftigkeit, daß es mich aufwühlte. Aber etwas an ihr – ihre Zerbrechlichkeit, die ich spürte oder mir einbildete – hielt mich zurück.

Während eines halben Dutzends unserer Begegnungen blieb ich keusch: Händehalten und zur guten Nacht ein Kuß auf die Wange, ein Atemzug ihres leichten, frischen Parfüms. Ich fuhr erregt, aber eigenartig zufrieden nach Haus und lebte von den Erinnerungen.

Als wir nach unserer siebten Verabredung zurück zu ihrem Dormitorium fuhren, sagte sie: »Setze mich noch nicht ab. Fahr um die Ecke.«

Sie zeigte mir eine dunkle, schattige Seitenstraße, die an einem der Sportplätze lag. Ich parkte. Sie beugte sich vor, schaltete die Zündung aus, nahm die Schuhe ab und kletterte über ihren Sitz hinüber in den Fond des Ramblers.

Ich folgte ihr nach hinten und war froh, daß ich den Wagen gewaschen hatte. Setzte mich neben sie, nahm sie in die Arme, küßte ihre Lippen, ihre Augen, den süßen Fleck unter ihrem Hals. Sie zitterte, wand sich. Ich berührte ihre Brust. Fühlte ihr Herz schlagen. Wir küßten uns weiter, tiefer, länger. Ich legte die Hand auf ihr Knie. Sie zitterte und sah mich an, ich glaubte, es sei Angst. Ich hob die Hand. Sie legte sie wieder hin, zwischen ihre Knie, keilte mich hinein in einen weichen, heißen Schraubstock. Dann breitete sie die Beine auseinander. Ich streichelte sie, Säulen weißen Marmors hinauf. Sie lag gespreizt da, hatte den Kopf zurückgeworfen, die Augen geschlossen, atmete durch den Mund. Keine Unterwäsche. Ich rollte ihren Rock hinauf, sah ein großzügiges Delta, seidenweich und schwarz wie Zobelfell.

»O Gott«, sagte ich und fing an, sie zu streicheln.

Sie hielt mich mit der Hand zurück und griff mit der anderen nach meinem Reißverschluß. Eine Sekunde später war ich frei und ragte zum Himmel auf.

»Komm zu mir«, sagte sie.

Ich gehorchte.

7 Da Milo nicht in der Stadt war, kam ich auf meinen anderen Verbindungsmann zur Polizei, Delano Hardy, zurück, einen eleganten schwarzen Detektiv, der manchmal als Milos Partner arbeitete. Ein paar Jahre zuvor hatte er mir das Leben gerettet. Ich hatte ihm zum Dank eine Gitarre gekauft, eine klassische Fender, die Robin restauriert hatte. Es war klar, wer wem was schuldete, aber vielleicht konnte er mir noch einmal helfen.

Der wachhabende Polizist in West-L. A. sagte mir, Detektiv Hardy käme erst am folgenden Morgen wieder zum Dienst. Ich überlegte, ob ich ihn zu Hause anrufen sollte, aber ich wußte, daß er sehr an seiner Familie hing und ständig mehr Zeit für seine Kinder herauszuschlagen versuchte. Deshalb ließ ich ihm eine Nachricht da, daß er mich anrufen solle.

Dann fiel mir jemand ein, der nichts dagegen haben würde, wenn man ihn zu Haus anrief. Ned Biondi war einer jener Journalisten, die ganz in ihrem Beruf aufgingen. Er hatte als Lokalreporter gearbeitet, als ich ihn kennenlernte, und sich seither zum stellvertretenden Chefredakteur weiterentwickelt, brachte aber dann und wann immer noch mal eine eigene Story unter.

Ned schuldete *mir* etwas. Ich hatte geholfen, den lebensgefährlichen Verfall seiner magersüchtigen Tochter aufzuhalten. Er hatte anderthalb Jahre gebraucht, um mich zu bezahlen, und dann seine persönliche Schuld mir gegenüber noch dadurch vergrößert, daß er von einer Reihe großer Stories profitierte, die ich ihm zuschob.

Kurz nach neun Uhr abends erreichte ich ihn in seinem Haus in Woodland Hills.

»Doc. Ich wollte Sie gerade anrufen.«

»Oh?«

»Ja, ich komme gerade aus Boston zurück. Anne-Marie läßt Ihnen liebe Grüße ausrichten.«

»Wie geht es ihr?«

»Immer noch magerer, als wir sie gern sähen, aber sonst großartig in Form. Sie hat diesen Herbst an der Schule für Sozialarbeit eine Ausbildung angefangen, hat außerdem einen Teilzeitjob und einen neuen Freund gefunden anstelle des Bastards, der sie sitzengelassen hat.«

»Viele Grüße von mir!«

»Werde ich ihr ausrichten. Was ist los?«

»Ich wollte Sie wegen einer Story in der heutigen Abendausgabe fragen. Selbstmord einer Psychologin, Seite –«

»Zwanzig. Was ist damit?«

»Ich kannte die Frau, Ned.«

»Ach Gott. Das ist hart.«

»Ist da noch mehr dran, als ihr abgedruckt habt?«

»Nicht daß ich wüßte. Es war eigentlich keine Reportage. Ich glaube, wir haben es von der Polizeipressestelle übers Telefon gekriegt – niemand ist von uns dagewesen. Wissen *Sie* vielleicht mehr darüber, was ich wissen sollte?«

»Überhaupt nichts. Wer ist Maura Bannon?«

»Junges Ding – nur 'ne Volontärin bei uns. Freundin von Anne-Marie, nebenbei. Sie macht ein Semester praktische Ausbildung – ein bißchen hier, ein bißchen da. Sie wollte, daß die Sache reinkommt – bißchen naives Mädchen, dachte, der Selbstmord der Seelenklemp-, äh, Psychologin wäre 'ne Nachricht wert. Diejenigen bei uns, die sich mit der wirklichen Welt auskennen, waren weniger beeindruckt, aber wir ließen sie's in den Computer stecken, um ihr einen Gefallen zu tun. Und dann hat die Nachrichtenredaktion es tatsächlich als Füller gebracht – die Kleine ist ganz stolz darauf. Soll ich ihr sagen, daß sie Sie anrufen soll?«

»Wenn sie mir etwas zu sagen hat.«

»Das bezweifle ich allerdings.« Pause. »Doc, die betreffende Dame – haben Sie sie sehr gut gekannt?«

Meine Lüge kam nach kurzem Nachdenken. »Nicht so sehr gut. Ich war nur schockiert, als ich den Namen von jemandem las, den ich kannte.«

»Glaub' ich«, sagte Ned, aber seine Stimme klang auf einmal leicht mißtrauisch. »Sie haben zuerst Sturgis angerufen, nehme ich an.«

»Er ist verreist.«

»Aha. Hören Sie mal, Doc, ich möchte nicht überempfindlich sein, aber wenn es etwas an der Dame gibt, das die Story interessant und spannend macht, würde ich's gern hören.«

»Es gibt da nichts, Ned.«

»Na gut. Tut mir leid, daß ich mal wieder schnüffeln mußte – Macht der Gewohnheit.«

»Ist schon okay. Bis bald wieder, Ned.«

Um halb elf ging ich im Dunkeln spazieren, schleppte mich die Schlucht bis Mulholland hinauf und lauschte den Heuschrecken und Nachtvögeln. Als ich eine Stunde später nach Hause kam, läutete das Telefon.

»Hallo.«

»Dr. Delaware, hier spricht Yvette von Ihrem Auftragsdienst. Ich bin froh, daß ich Sie erreiche. Vor zwanzig Minuten kam ein Anruf für Sie von Ihrer Gattin oben in San Luis Obispo. Sie hat eine Nachricht hinterlassen, ich soll's Ihnen unbedingt ausrichten.«

Ihre Gattin. Schlag-auf-den-Sonnenbrand. Sie machen seit Jahren denselben Fehler. Früher war's noch lustig.

»Was für eine Nachricht?«

»Sie sei unterwegs und schwer zu erreichen. Sie setzt sich mit Ihnen in Verbindung, sobald sie kann.«

»Hat sie eine Nummer hinterlassen?«

»Nein, hat sie nicht, Dr. Delaware. Sie wirken müde. Haben Sie zuviel gearbeitet?«

»So ungefähr.«

»Passen Sie auf sich auf, Dr. Delaware.«

»Sie auch.«

Unterwegs. Schwer zu erreichen. Es hätte eigentlich weh tun müssen. Aber ich fühlte mich erleichtert, als wäre ich eine Last los.

Seit Sonnabend hatte ich kaum an Robin gedacht. Hatte mich fast nur mit Sharon beschäftigt.

Ich kam mir wie ein Ehebrecher vor, beschämt, aber aufgekratzt.

Ich kroch ins Bett und umarmte das Kopfkissen. Um zwei Uhr fünfundvierzig morgens wachte ich auf, nervös und durcheinander. Nachdem ich etwas übergezogen hatte, stolperte ich zur Garage hinunter und startete den Seville. Ich fuhr nach Süden in Richtung Sunset, dann nach Osten durch Beverly Hills und Boystown, zur westlichen Spitze von Hollywood und Nicholas Canyon.

Zu dieser Stunde war sogar der Strip wie ausgestorben. Ich ließ die Fenster offen und die scharfe kalte Luft an meinem Gesicht nagen. Am Fairfax bog ich nach links ab, fuhr nach Norden und kam auf den Hollywood Boulevard.

Wenn man vom Boulevard spricht, denken die meisten Leute sofort entweder an die guten alten Zeiten mit Grauman's Chinese Theater, an die Stars, die da herumliefen, Premieren mit schwarzen Krawatten, eine neonüberflutete Nachtszene. Oder sie denken an die Straße, wie sie heute ist – dreckig und gemein, Tatort wahllos verübter Verbrechen.

Aber westlich davon, jenseits von La Brea, zeigt der Hollywood Boulevard ein anderes Gesicht: eine zwei Kilometer lange, von Bäumen gesäumte Allee, relativ anständige Wohngegend, guterhaltene Apartmenthäuser, alte, stattliche Kirchen und oberhalb von gutgepflegten Rasen nur wenig verfallene Villen. Auf diesen Vorortfleck herunter sieht man von einem Teil der Santa-Monica-Bergkette, die sich wie ein geknicktes Rückgrat durch L. A. windet. In dieser Gegend von Hollywood scheinen die Berge bedrohlich hervorzuquellen und sich gegen die brüchige Haut der Zivilisation anzustemmen.

Nicholas Canyon beginnt ein paar Querstraßen östlich von Fairfax, ein anderthalb Fahrspuren breiter, kurvenreicher Asphaltstreifen, der an der nördlichen Seite des Boulevards beginnt und neben einem im Sommer ausgetrockneten Bach herläuft. Kleine, rustikale Häuser liegen hinter dem Bach, versteckt hinter Buschwerk, zugänglich nur über selbstgebaute Fußbrücken. Ich kam an einer Pumpstation des Versorgungsunternehmens für Wasser und Energie vorbei, dessen hohe Bogenlampen ein gleißendes Licht abgaben. Genau hinter der Station befand sich ein sumpfiges Überflutungsgebiet der Wasserbehörde, das von einem Maschendrahtzaun umgeben war, dann folgten vereinzelte größere Häuser auf flacherem Grund.

Etwas Wildes rannte schnell über die Straße und tauchte im Buschwerk unter. Ein Coyote? Sharon hatte früher einmal erzählt, daß sie Coyoten gesehen hätte. Ich war mir nicht sicher gewesen, ob ich ihr glauben sollte.

Früher. Was zum Teufel glaubte ich denn zu gewinnen, wenn ich die alten Zeiten ausbuddelte? Indem ich an ihrem Haus vorbeifuhr wie ein verrückter Teenager, der einen Blick von seiner Geliebten zu erhaschen hoffte?

Dumm. Neurotisch.

Aber ich sehnte mich nach etwas Greifbarem, etwas, das mir versicherte, daß sie einmal wirklich dagewesen war. Daß ich da war. Ich fuhr weiter.

Der Nicholas Canyon knickte nach rechts ab. Die geradeaus weiterführende Straße nannte sich nun Jalmia Drive und verengte sich zu einer einzigen Fahrspur, die unter einem dichten Blätterdach noch dunkler aussah. Die Straße wand sich hin und her, fiel ab und endete schließlich ohne warnendes Straßenschild in einer von Bambuswänden umgebenen Sackgasse, von der mehrere schmale, tiefe Einfahrten führten. Die eine, die ich suchte, war durch einen weißen Briefkasten auf einem Pfosten und eine weiße Gittertür markiert, die schief an dem Pfosten hing.

Ich fuhr an den Straßenrand, parkte, stellte den Motor ab und stieg aus. Kühle Luft und nächtliche Geräusche. Das Tor war unverschlossen und wacklig, leicht einzudrücken, als Schutz vor Einbrechern genauso untauglich wie vor Jahren. Ich hob es hoch, damit es nicht über den Zement kratzte, sah mich um, erblickte niemanden. Schwenkte das Tor auf und ging durch. Ich schloß es hinter mir und fing an, den Zufahrtsweg hinaufzusteigen.

Auf beiden Seiten der Zufahrt waren Fächerpalmen, Paradiesvogelbäume, Yuccas und riesige Bananenbäume gepflanzt. Klassische kalifornische Landschaftsgärtnerei der fünfziger Jahre. Nichts hatte sich verändert.

Ich stieg weiter, überrascht, daß keinerlei Anzeichen auf Polizeipräsenz deuteten. Offiziell behandelte das Police Department von L. A. Selbstmorde so, als ob es Morde wären. Doch die Bürokraten der Polizei waren träge. So kurz nach dem Tod war die Akte sicher noch offen, und die Papierarbeit hatte kaum begonnen.

Es hätten Warnschilder dasein sollen, ein Cordon um den Schauplatz des mutmaßlichen Verbrechens herum, irgendeine Art von Markierung.

Nichts.

Dann hörte ich, daß jemand einen Automotor anließ, einen sehr hochtourigen Motor. Ich duckte mich hinter eine der Palmen und preßte mich in die Pflanzen hinein.

Ein weißer Porsche Carrera erschien oben in der Zufahrt und

rollte langsam in einem niedrigen Gang mit ausgeschalteten Scheinwerfern herunter. Er rollte wenige Zentimeter an mir vorbei, und ich erkannte das Gesicht des Fahrers. Klobig, um die Vierzig, mit Schlitzaugen und seltsam gefleckter Haut. Ein breiter schwarzer Schnauzbart streckte sich über dünne Lippen und bildete einen starken Kontrast zu dem föhngetrockneten schneeweißen Haar und den dichten weißen Augenbrauen.

Kein Gesicht, das man so leicht vergaß.

Cyril Trapp. *Captain* Cyril Trapp, Hauptkommissar der Mordabteilung von West L.A., Milos Boß, ein früher schwer trinkender Highlifer mit flexibler Ethik, jetzt wiedergeboren in eine religiöse Scheinheiligkeit und mit einer Wut im Bauch auf alles Außergewöhnliche.

Das ganze letzte Jahr hatte Trapp sein Bestes getan, um Milo zu zermürben – ein schwuler Bulle war wirklich außergewöhnlich. Engstirnig, aber nicht dumm, ging er raffiniert zu Werke, offene Schwulenhetze war nicht angesagt. Statt dessen gab er Milo den Titel eines »Spezialisten für Sexualverbrechen« und teilte ihm jeden Homosexuellenmord zu, der in West L.A. zu klären war. Exklusiv.

Das isolierte meinen Freund, zwängte ihn auf einen schmalen Lebensweg und tauchte ihn in eine Suppe aus flüssigem und geronnenem Blut: Strichjungen, die mordeten und gemordet wurden. Vermodernde Leichen, weil die Fahrer aus dem Leichenschauhaus sie aus Angst vor Ansteckung mit AIDS nicht abzuholen wagten.

Wenn Milo sich beklagte, wiederholte Trapp immer wieder, er bediene sich ja nur der Spezialkenntnisse Milos in Sachen »abweichende Subkultur«. Als er sich zum zweitenmal beklagte, bekam er eine Eintragung in seine Akte wegen Befehlsverweigerung.

Wenn Milo sich weiter dagegen wehren wollte, hätte er vor Anhörungskommissionen hintreten und einen Anwalt nehmen müssen – die Polizeischiedsstelle wollte mit solchen Sachen nichts zu tun haben und hätte ihn nicht unterstützt. Und unablässige Medienaufmerksamkeit wäre ihm sicher gewesen, man hätte aus Milo den »schwulen Polizisten auf dem Kreuzzug« gemacht. Dazu war er nun einmal nicht bereit. So stieß er seine Ruder durch den Schlamm, arbeitete wie ein Besessener und fing wieder an zu trinken.

Der Porsche verschwand die Einfahrt hinunter, aber ich konnte immer noch den Motor im Langsamgang tuckern hören. Dann das Quietschen der sich öffnenden Wagentür, tappende Füße, das Knarren des Tores. Endlich fuhr Trapp weg – ganz leise, wiederum im ersten Gang.

Ich wartete ein paar Minuten und trat aus dem Blätterwerk heraus, dachte über das nach, was ich gesehen hatte.

Ein Hauptkommissar, der einem Selbstmord nachging, wie er sich alle Tage ereignet? Ein Hauptkommissar von West L.A., der einen Selbstmord überprüfte, der in den Bereich des Polizeidepartments von Hollywood und nicht in seinen gehörte? Das ergab überhaupt keinen Sinn.

Oder war der Besuch etwas Persönliches? Daß er im privaten Porsche statt in einem Zivilstreifenwagen kam, ließ genau darauf schließen.

Trapp und Sharon, ob die etwas miteinander gehabt hatten? Zu grotesk, daß man darüber nachzudenken brauchte.

Zu logisch, um es auszuschließen.

Ich setzte meine Klettertour fort, erreichte das Haus und versuchte, nicht daran zu denken.

Nichts hatte sich verändert. Dieselben hohen Efeuböschungen, so hoch, daß sie das Haus zu verschlingen schienen. Die gleiche kreisförmige Zementplatte anstelle eines Rasens. In der Mitte der Platte ein erhöhtes rundes Beet, umrandet von Lavabrocken, aus denen zwei riesige Kokospalmen wuchsen.

Hinter den Palmen ein niedriges einstöckiges Haus – grauer Stuck, die Vorderfront fensterlos und glatt, abgeschirmt durch eine Fassade aus senkrechten Holzlatten und markiert mit einer übergroßen Hausnummer. Das Dach nur ganz leicht geneigt, beinahe flach und mit weißen Kieseln bedeckt. Nach einer Seite hin ein abgetrennter Autostellplatz. Kein Wagen, kein Anzeichen, daß jemand da wohnte.

Auf den ersten Blick ein häßliches Haus. Einer jener »modernen« Bungalows, die sich nach dem Krieg über L.A. ausgebreitet hatten und die mit den Jahren immer schlimmer aussahen. Aber ich wußte, daß es darin schön war. Ein nierenförmiges Schwimmbekken über dem Felsenabhang, der die nördliche Seite des Hauses umgab und den Eindruck erweckte, daß er in den Weltraum hineinragte. Glaswände, die einen atemberaubenden, ununterbrochenen Blick über den Canyon hinweg erlaubten.

Das Haus hatte mich mächtig beeindruckt. Das begriff ich erst Jahre später, als ich mir selbst ein ähnliches kaufte: fern oben auf einem Berg, Holz und Glas, eine Mischung aus Innen- und Außenwelt und eine geologische Vergänglichkeit, die charakteristisch für das Leben in einem Canyon in L. A. ist.

Die Eingangstür des Hauses war unauffällig in die mit Latten besetzte Fassade integriert. Ich versuchte, die Tür zu öffnen. Verschlossen. Sah mich um und bemerkte etwas anderes – ein Schild, das am Stamm einer der Palmen befestigt war.

Ich ging näher hin, um es mir anzusehen, und kniff die Augen zusammen. Gerade genug Licht, um die Buchstaben auszumachen:

ZU VERKAUFEN

Ein Maklerbüro mit einer Adresse in North Vermont im Bezirk Los Feliz. Darunter ein anderes kleines Schild. Der Name und die Telefonnummer des Verkäufers. *Mickey Mehrabian.*

Schon auf dem Markt, bevor die Leiche kalt war.

Trotz der bei Selbstmorden üblichen Routine – es mußte die schnellste Testamentsvollstreckung in der kalifornischen Geschichte sein.

Außer – das Haus hatte nicht ihr gehört. Aber sie hatte mir gesagt, es wäre ihres.

Sie hatte mir viel gesagt.

Ich prägte mir Mickey Mehrabians Nummer ein. Als ich zum Seville zurückkam, schrieb ich sie auf.

8

Am folgenden Morgen rief ich das Maklerbüro an. Mickey Mehrabian war eine Frau mit einer Stimme wie Lauren Bacall und einem leichten Akzent. Ich verabredete mich für eine Besichtigung des Hauses um elf Uhr und verbrachte die nächste Stunde mit Erinnerungen an das erste Mal, als ich es gesehen hatte.

Ich will dir etwas zeigen, Alex.

Eine Überraschung. Sie war voller Überraschungen gewesen.

Ich hatte gedacht, sie könnte sich vor Verehrern nicht retten. Aber sie war immer frei, wenn ich mit ihr ausgehen wollte, selbst bei ganz kurzfristigen Einladungen. Und als die Krise eines Patienten mich zwang, eine Verabredung zu versäumen, beklagte sie sich nicht. Sie drängte mich nie zu irgendeiner Verpflichtung oder Bindung – das am wenigsten anspruchsvolle menschliche Wesen, das ich je gekannt habe.

Wir liebten uns fast jedesmal, wenn wir zusammen waren, obwohl wir nie die Nacht zusammen verbrachten.

Zuerst wollte sie nicht zu mir mitkommen, wollte es auf dem Rücksitz des Wagens machen. Als wir uns mehrere Monate kannten, ließ sie sich erweichen, aber sogar wenn sie mit mir in meinem Bett lag, verhielt sie sich so, als ob es ein Rücksitz wäre – zog sich nie völlig aus, schlief nie ein. Nachdem ich ein paarmal aus meiner postkoitalen Betäubung erwacht war und sie völlig angezogen auf dem Bettrand sitzen und am Ohrläppchen zupfen gesehen hatte, fragte ich sie, was mit ihr los sei.

»Nichts. Ich bin nur ruhelos – bin ich immer gewesen. Es fällt mir schwer, woanders als in meinem eigenen Bett zu schlafen. Bist du mir böse?«

»Nein, natürlich nicht. Kann ich irgendwas tun?«

»Bring mich zurück. Wenn du soweit bist.«

Ich paßte mich *ihren* Bedürfnissen an: miteinander schlafen und dann nach Hause. Ein bißchen litt mein Vergnügen darunter, aber es blieb noch genug, daß ich's nicht missen mochte.

Ihr Vergnügen – der Mangel daran – ließ mir keine Ruhe, quälte mich. Sie führte alle Bewegungen leidenschaftlich aus, von einer Energie getrieben, von der ich nicht sicher war, ob sie erotischer Art war, denn sie kam nie zum Höhepunkt.

Nicht, daß sie nicht reagierte – sie wurde sofort feucht, war immer bereit, schien den Akt zu genießen. Aber der Orgasmus gehörte nicht zu ihrem Repertoire. Wenn ich fertig war, war sie es auch, hatte mir etwas gegeben, aber nicht sich selbst.

Ich wußte verdammt gut, daß das so nicht richtig war, aber ihre Lieblichkeit und Schönheit – das Aufregende, dieses Wesen zu besitzen, das jeder begehrte, wie ich sicher annahm – blendeten mich.

Eine pubertäre Phantasie, gewiß, aber ein Teil von mir war noch nicht so weit über die Pubertät hinaus.

Ihr Arm um meine Taille genügte, um mich zu erregen. Wenn ich nichts zu tun hatte, durchdrangen die Gedanken an sie meinen Kopf und Körper. Ich schob meine Zweifel beiseite.

Aber schließlich fand ich den Zustand doch unbefriedigend. Ich wollte soviel geben, wie ich bekam, weil ich sie wirklich sehr gern hatte.

Vor allem schrie mein männliches Ego natürlich nach Bestätigung. War ich zu schnell? Ich arbeitete daran, länger auszuhalten. Sie ritt und ritt, unermüdlich, als wären wir in einer Art athletischem Wettkampf begriffen. Ich versuchte es mit Zärtlichkeit, kam überhaupt nicht zurecht, schaltete um und betätigte mich wie ein Höhlenmensch. Experimentierte mit Positionen, klimperte auf ihr herum wie auf einer Gitarre, mühte mich auf ihr und unter ihr ab, bis ich vor Schweiß tropfte und mein Körper schmerzte, ging mit blinder Verehrung an ihr hinunter.

Nichts wirkte.

Ich erinnerte mich an die sexuellen Hemmungen, die sie im Praktikum vorgestellt hatte. An den Fall, der sie matt gesetzt hatte; Kommunikationszusammenbruch. *Dr. Kruse sagt, wir müssen unsere eigenen Abwehrsysteme erkennen und niederreißen, wenn wir anderen helfen wollen.*

Der Angriff auf ihre Abwehrmechanismen hatte bei ihr einen Tränenausbruch bewirkt. Ich mühte mich ab, einen Weg der Kommunikation zu finden, ohne sie zu verletzen. Dachte mir mehrere Reden aus und verwarf sie wieder, bis ich mich schließlich für einen sanften Monolog entschied.

Ich wählte einen möglichst günstigen Zeitpunkt für meine Rede: als wir uns ausgestreckt und gespreizt hinten im Rambler rekelten, noch zusammen, mein Kopf auf ihrer vom Sweater bedeckten Brust, ihre Hände streichelten mein Haar. Sie streichelte weiter, als sie mir zuhörte, dann küßte sie mich und sagte: »Mach dir über mich keine Gedanken, Alex. Mir geht es wunderbar.«

»Ich möchte, daß du auch Freude daran hast.«

»Oh, das habe ich, Alex. Ich mag's wahnsinnig gern.«

Sie fing an mit den Hüften zu wippen, machte mich größer dadurch, dann legte sie die Arme um mich, als ich in ihr weiter anschwoll. Sie zwang meinen Kopf herunter, erstickte die Worte, die aus meinem Mund kamen, mit ihrem Mund, verstärkte den Druck ihres Beckens und ihrer Arme, nahm mich auf, nahm mich gefangen. Reckte sich und verschlang mich und kreiste und ließ los, beschleunigte das Tempo, bis die Lust in langen, zuckenden Wellen aus mir herausgepreßt wurde. Ich schrie auf, wunderbar hilflos, fühlte mein Rückgrat zerspringen und meine Gelenke sich aus ihren Fassungen lösen. Als ich still war, fing sie wieder an, mein Haar zu streicheln.

Ich war immer noch erigiert, fing wieder an mich zu bewegen. Sie rollte unter mir weg, strich ihren Rock glatt, nahm eine Puderdose und richtete ihr Make-up.

»Sharon –«

Sie legte einen Finger auf meine Lippen. »Du bist so gut zu mir«, sagte sie. »Wundervoll.«

Ich schloß die Augen, trieb gedankenverloren dahin. Als ich sie wieder aufschlug, sah sie in die Ferne, als ob ich nicht da wäre.

Von dieser Nacht an gab ich die Hoffnung auf vollkommene Liebe auf und nahm sie egoistisch. Sie belohnte meine Willfährigkeit mit Ergebenheit und Unterwürfigkeit, obwohl ich derjenige war, der geformt wurde.

Der Therapeut in mir wußte, daß es falsch war. Ich benutzte die Rationalisierung des Therapeuten, um meine Zweifel zu zerstreuen: Es tat so gut zu stoßen; sie würde sich ändern, wenn sie soweit war.

Der Sommer kam, und mein Stipendium endete. Sharon hatte ihr erstes Jahr am Institut mit sehr guten Noten in allen wichtigen Prüfungen beendet. Ich hatte gerade mein Zulassungsexamen bestanden und ab Herbst einen Job im Western Pediatric Hospital angenommen. Zeit zu feiern, aber kein Einkommen bis zum Herbst. Die Mahnbriefe der Gläubiger hatten einen drohenden Ton angenommen. Als sich die Gelegenheit bot, endlich mal richtig Geld zu verdienen, griff ich zu: acht Wochen lang Auftritte mit einer Tanzband in San Francisco, drei Einsätze pro Abend, sechs Abende in der Woche im Mark Hopkins. Viertausend Dollar plus Zimmer und Essen in einem Motel in der Lombard Street.

Ich bat Sharon, mit mir nach San Francisco zu gehen, stellte mir vor: Frühstück in Sausalito, gutes Theater, Museum, Klettertour auf den Mount Tamalpais.

Sie sagte: »Ich käme so gern, Alex, aber ich muß mich um ein paar Dinge kümmern.«

»Was für Dinge?«

»Familienangelegenheiten.«

»Probleme daheim?«

Sie antwortete rasch: »Ach nein, nur das Übliche.«

»Das sagt mir überhaupt nichts«, sagte ich. »Ich habe keine Ahnung, was das Übliche ist, weil du nie von deiner Familie sprichst.«

Zärtlicher Kuß. »Es ist nur eine Familie wie jede andere auch.«

»Laß mich raten: Sie wollen dich wieder in die Zivilisation zurückholen, damit sie dich mit den Sprößlingen im Ort zusammenbringen können.«

Sie lachte, küßte mich wieder. »*Sprößlinge?* Kaum.«

Ich legte den Arm um ihre Taille und rieb Mund und Nase an ihr. »O ja, ich kann's jetzt sehen. In ein paar Wochen schlage ich die Zeitung auf und sehe dein Bild in den Nachrichten aus der Gesellschaft: Verlobt mit einem von diesen Kerlen mit wenigstens drei Namen und einer Karriere als Investmentbanker.«

Das brachte sie zum Kichern. »Ich glaube nicht, mein Lieber.«

»Und wieso nicht?«

»Weil mein Herz dir gehört.«

Ich nahm ihr Gesicht in die Hände, sah ihr in die Augen. »Stimmt das, Sharon?«

»Natürlich, Alex. Was denkst denn du?«

»Ich denke, nach all dieser Zeit kenne ich dich nicht sehr gut.«

»Du kennst mich besser als irgendwer.«

»Das heißt immer noch nicht sehr gut.«

Sie zog an ihrem Ohr. »Ich mag dich wirklich, Alex.«

»Dann lebe mit mir, wenn ich zurückkomme. Ich besorge uns eine größere, bessere Wohnung.«

Sie küßte mich, so tief, daß ich dachte, es bedeute Zustimmung. Dann zog sie sich zurück und sagte: »Es ist nicht so leicht.«

»Warum nicht?«

»Die Dinge sind so … kompliziert. Bitte, laß uns nicht jetzt darüber reden.«

»Also gut«, erwiderte ich. »Aber denke mal darüber nach.«

Sie leckte die Unterseite meines Kinns. »Ja. Denke mal über das hier nach.«

Wir fingen an, uns zu küssen. Ich drückte sie an mich, wühlte mich in ihr Haar, ihren Körper hinein. Es war, als tauchte ich in einen Bottich voll süßer Sahne.

Ich knöpfte ihre Bluse auf und sagte: »Du wirst mir wirklich fehlen. Du fehlst mir jetzt schon.«

»Das gefällt mir«, meinte sie. »Wir werden vieles nachholen im September.«

Dann fing sie an, den Reißverschluß an meinem Hosenschlitz aufzuziehen.

Um zehn Uhr vierzig fuhr ich los, um die Maklerin zu treffen. Der milde Sommer hatte schließlich dahinzuwelken begonnen, die Temperaturen stiegen über dreißig Grad, und die Luft roch wie Abgas aus einem Ofenrohr. Aber der Nicholas Canyon sah immer noch frisch aus – von der Sonne überstrahlt, voll ländlicher Geräusche. Schwer zu glauben, daß Hollywood mit all seinen Gaunern und Strolchen nur ein paar Meter entfernt lag.

Als ich am Haus ankam, war das Gittertor offen. Ich fuhr den Seville die Einfahrt hinauf und parkte ihn neben einem großen weinroten Fleetwood Brougham mit Chromdrahträdern, einer Telefonantenne hinten auf dem Dach und Kennzeichen von SELHOUS.

Eine große Dunkelbrünette stieg aus dem Wagen. Mitte Vierzig, aerobic-fest und gutaussehend in engen, gebleichten Jeans, hochhackigen Stiefeln und einem mit Bergkristall geschmückten, kragenlosen schwarzen Wildlederoberteil. Sie trug eine Schlangenlederhandtasche, große Modeschmuckklunker aus Onyx und Glas und eine Sonnenbrille mit sechseckigen blaugetönten Gläsern.

»Doktor? Ich bin Mickey.« Ein breites, automatisches Lächeln dehnte sich unter der Sonnenbrille aus.

»Alex Delaware.«

»Dr. Delaware?«

»Ja.«

Sie schob die Sonnenbrille zur Stirn hinauf, betrachtete die Dreckschicht auf dem Seville, dann meine Kleidung – alte Cordhosen, ausgebleichtes Arbeitshemd, Sandalen mit geflochtenem Oberteil.

Überprüfte mich in Gedanken wie ein Detektiv: *Sagt, er ist ein Doktor, aber die Stadt ist voll von Hochstaplern. Fährt einen Caddy, aber der ist acht Jahre alt. Noch so ein falscher Fuffziger, der den feinen Mann markiert? Oder jemand, der früher mal bessere Zeiten gesehen hat und jetzt ohne dasteht?*

»Herrlicher Tag«, sagte sie, eine Hand auf dem Türgriff, immer noch prüfend, immer noch mißtrauisch. Sich mit fremden Männern oben in den Bergen zu treffen mußte oft zu merkwürdigen Situationen führen.

Ich lächelte, versuchte harmlos auszusehen, sagte »Herrlich« und sah das Haus an. Im Tageslicht war das Déjà-vu sogar noch stärker. Mein persönliches Stück Geisterstadt. Unheimlich.

Sie verstand mein schweigendes Betrachten des Hauses als Mißfallen und erklärte: »Von innen hat man einen phantastischen Blick. Es ist wirklich charmant, großzügig geschnitten – ich glaube, ein Schüler von Neutra hat es entworfen.«

»Interessant.«

»Es ist gerade auf den Markt gekommen. Wir haben es noch nicht mal annonciert – ja, wie sind Sie denn überhaupt darauf gekommen?«

»Ich mochte den Nicholas Canyon schon immer«, sagte ich. »Ein Freund, der in der Nähe wohnt, hat mir erzählt, daß es zu haben ist.«

»Oh. Was für eine Art von Doktor sind Sie denn?«

»Psychologe.«

»Haben Sie sich den Tag freigenommen?«

»Den halben Tag. Einen der wenigen.«

Ich warf einen Blick auf die Uhr und versuchte, beschäftigt zu wirken. Das schien sie zu beruhigen. Ihr Lächeln kam wieder. »Meine Nichte möchte Psychologin werden. Sie ist ein sehr kluges kleines Mädchen.«

»Das ist toll. Ich wünsche ihr viel Glück.«

»Oh, ich glaube, wir sind selbst unseres Glückes Schmied, finden Sie nicht, Doktor?«

Sie zog Schlüssel aus ihrer Handtasche, und wir gingen zu der Haustür in der Lattenwand. Sie öffnete sich auf einen kleinen Hof –

ein paar Pflanzen in Töpfen, Glasstäbe, die im Wind klimperten, wie ich mich erinnerte, hingen über dem Türsturz, jetzt waren sie still in der heißen, unbewegten Luft.

Wir betraten das Haus, und sie begann ihr Spiel, alles gut eingeübte Verkaufsförderung.

Ich tat so, als hörte ich zu, nickte und sagte »Aha« und »Gut« an den richtigen Stellen, zwang mich zu folgen, anstatt zu führen, ich kannte das Haus ja besser als sie.

Das Innere roch nach Teppichreiniger und Desinfektionsmittel mit Kieferduft. Blitzsauber, man hatte Tod und Unordnung ausgetrieben. Aber für mich war es traurig und abstoßend, unerträglich bedrohlich, ein schwarzes Museum.

Der vordere Teil des Hauses war ein einziger großer, offener Raum, der Wohnzimmer, Eßecke, Arbeitsareal und Küche enthielt. Die Küche war ein frühes Deko-Massaker: avocadogrüne Schränke, korallenfarbene, hitzebeständige Plastiktisch- und Arbeitsplatten mit gerundeten Ecken, korallenfarbene, vinylbeschichtete Frühstücksecke. Die Einrichtung aus hellem Holz, synthetischen pastellfarbenen Stoffen und schwarzen, eisernen Spinnenbeinen – das stromlinienförmige Nachkriegszeugs, das aussieht, als könnte es jeden Augenblick abheben und wegfliegen. An den gemusterten beigefarbenen Gipswänden hingen Harlekinportraits und Mitbringsel von der See. Bücherborde auf Winkelstützen mit Psychologiewälzern. Dieselben wie damals.

Ein heller, kühler, lustlos wirkender Raum, aber die Lustlosigkeit ließ das Auge gen Osten wandern, auf eine Glaswand hin, die so sauber war, daß man sie nicht wahrnahm. Eine von Glasschiebetüren geteilte Fläche.

Davor eine schmale Terrasse mit einem Fliesenboden und einem weißen Eisengeländer am Rand, jenseits davon eine Landschaft aus Canyons, Bergen, blauem Himmel und Sommerurlaub. »Ist das nicht einmalig«, sagte Mickey Mehrabian und streckte einen Arm aus, als wäre das Panorama ein Bild, das sie gemalt hatte.

»Wirklich einzigartig.«

Wir gingen auf die Terrasse hinaus. Mir war schwindlig, ich erinnerte mich an einen Abend, an dem wir getanzt hatten, brasilianische Gitarren.

Ich will dir etwas zeigen, Alex.

Ende September. Ich kam nach L. A. zurück, sie war noch nicht da, ich war um 4000 Dollar reicher und höllisch einsam. Sie war verschwunden, ohne eine Adresse oder Telefonnummer zu hinterlassen; wir hatten einander nicht mal Postkarten geschrieben. Ich hätte wütend sein sollen, aber ich dachte nur an sie, als ich die Küstenstraße hinunterbrauste.

Ich fuhr geradewegs zur Curtis Hall. Eine Dame in ihrer Etage teilte mir mit, sie wäre ausgezogen und käme in diesem Semester nicht mehr zurück. Keine Adresse, keine Telefonnummer, über die man sie erreichen könnte.

Ich fuhr weg, zornig und unglücklich, nun war ich sicher: Ich hatte mich nicht geirrt. Sie hatten sie wieder zurückgelockt ins satte, wohlanständige Leben, mit reichen Jungs und neuem Spielzeug gefügig gemacht, sie würde nimmermehr wiederkehren.

Trostloser denn je sah mein Apartment aus. Ich verbrachte meine Zeit soweit wie irgend möglich anderswo, im Hospital, dort lenkten mich die Anforderungen meines neuen Jobs ein wenig ab. Ich übernahm so viele Fälle von der Warteliste, wie ich konnte, und meldete mich freiwillig für den Nachtdienst in der Unfallstation. Am dritten Tag tauchte sie in meinem Büro auf, glücklich sah sie aus, fieberte fast vor Freude.

Sie schloß die Tür. Tiefe Küsse und Umarmungen. Sie sagte, ich hätte ihr gefehlt, ließ meine Hände über ihre Rundungen wandern. Dann wich sie zurück, errötete und lachte. »Frei zum Lunch, Doktor?«

Sie führte mich zum Parkplatz des Hospitals, zu einem blitzenden roten Cabriolet, einem funkelnagelneuen Alfa Romeo Spider.

»Gefällt er dir?«

»Klar, der ist toll.«

Sie warf mir die Schlüssel zu. »Fahr du.«

Wir gingen in ein italienisches Lokal auf Los Feliz, hörten uns die Opernmusik an und aßen Cannelloni zum Nachtisch. Als wir wieder im Auto saßen, sagte sie: »Ich möchte dir etwas zeigen, Alex«, und dirigierte mich nach Westen, zum Nicholas Canyon.

Als ich die Einfahrt zu dem grauen Haus mit dem Kieselsteindach hinauffuhr, meinte sie: »Na, was sagst du dazu?«

»Wer wohnt denn hier?«

»Dein Liebling.«

»Hast du es gemietet?«

»Nein, es gehört *mir!*« Sie stieg aus dem Wagen und hüpfte zum Eingang.

Es überraschte mich, das Haus eingerichtet zu finden, noch mehr verwunderte mich der altmodische Stil der fünfziger Jahre. In unserer Zeit war Organisches Trumpf: erdhafte Töne, hausgemachte Kerzen und Batik. All dieses Aluminium und Plastikzeug, die stumpfen, kalten Farben wirkten deplaziert und ein bißchen komisch.

Sie glitt herum und strömte Eigentümerstolz aus, berührte und rückte zurecht, zog Vorhänge auf und enthüllte Glaswände. Der Blick ließ mich das Aluminium vergessen.

Ganz etwas anderes als eine Studentenbude. Ich dachte: ein Arrangement. Jemand hatte ihr das besorgt. Jemand, der alt genug war, daß er die Einrichtung in den fünfziger Jahren gekauft haben konnte.

Kruse? Sie hatte ihre Beziehung nie erklärt.

»Also, was denkst du, Alex?«

»Wirklich einmalig. Wie hast du denn das geschafft?«

Sie war in der Küche, goß Seven-Up in zwei Gläser. Machte einen Schmollmund. »Es gefällt dir nicht.«

»Nein, nein, doch. Es ist märchenhaft.«

»Deine Stimme klingt aber ganz anders, Alex.«

»Ich habe mich nur gerade gefragt, wie du dir das hast zulegen können. Finanziell.«

Sie warf mir einen theatralisch-düsteren Blick zu und antwortete mit einer Mata-Hari-Stimme: »Isch hab Geheimnis-Leben.«

»Aha.«

»Oh, Alex, sei doch nicht so verdrossen. Es ist nicht so, daß ich mit irgend jemandem *geschlafen* habe, um es zu bekommen.«

Das schockte mich. »Ich wollte nicht behaupten, daß du das getan hättest.«

Ihr Grinsen war boshaft. »Aber es ist dir durch den Kopf gegangen, süßer Prinz.«

»Keine Sekunde.« Ich sah hinaus in die Bergwelt. Der Himmel

war blaßblau über einem braunrosa Horizont. Noch eine Farbkombination aus den fünfziger Jahren.

»Nichts ist mir durch den Kopf gegangen«, erwiderte ich. »Ich war einfach nicht darauf vorbereitet. Ich sehe und höre den ganzen Sommer nichts von dir – und jetzt das hier.«

Sie reichte mir ein Glas Limonade, legte den Kopf auf meine Schulter.

»Es ist sagenhaft«, sagte ich. »Nicht so sagenhaft wie du, aber sagenhaft. Freue dich darüber.«

»Danke, Alex. Du bist so süß.«

Wir standen eine Weile da und nippten an unseren Getränken. Dann klinkte sie die Schiebetür auf, und wir traten hinaus auf die Terrasse. Ein schmaler weißer Raum, der über einen Abgrund hinausragte. Als ob man auf eine Wolke hinaustrat. Von den Canyons stieg der Kreidegeruch trockenen Buschwerks auf. In der Ferne sah man das durchgesackte, zersplitterte große HOLLYWOOD-Schild – eine Reklametafel für zerstörte Träume.

»Ein Schwimmbecken ist auch da«, sagte sie. »Auf der anderen Seite.«

»Möchtest du eintauchen?«

Sie lächelte und stützte sich aufs Geländer. Ich berührte ihr Haar, streckte die Hand unter ihren Pullover, massierte ihr Rückgrat.

Sie gab einen Laut von sich, der nach Zufriedenheit klang, lehnte sich zurück gegen mich, streckte die Hand nach hinten und streichelte meine Kinnlade.

»Ich glaube, ich *sollte* es erklären«, sagte sie. »Es ist nur etwas verwickelt.«

»Ich habe Zeit.«

»Hast du wirklich?« fragte sie, plötzlich aufgeregt. Sie wandte sich zu mir herum, hielt mein Gesicht zwischen den Händen. »Du mußt nicht sofort wieder ins Krankenhaus?«

»Nur lauter Meetings bis sechs. Ich muß erst um acht in der Unfallstation sein.«

»Herrlich! Wir können eine Weile hier sitzen und zusehen, wie die Sonne untergeht. Dann fahre ich dich zurück.«

»Du wolltest mir erklären –«, begann ich.

Aber sie war schon hineingegangen und hatte die Stereoanlage angeschaltet. Langsame brasilianische Musik setzte ein – sanfte Gitarrenklänge und leise Trommeln.

»Führe mich«, sagte sie, wieder auf der Terrasse. Sie schlang die Arme um mich. »Beim Tanzen soll der Mann führen.«

Wir wiegten uns zusammen, Bauch an Bauch, Zunge an Zunge. Als die Musik endete, nahm sie mich bei der Hand und führte mich durch ein kleines Foyer in ihr Schlafzimmer.

Wieder helle Möbel mit Glasplatten darauf, eine Stehlampe, ein niedriges, breites Bett mit einem quadratischen, hellen Kopfbrett. Darüber zwei schmale, hohe Fenster.

Sie zog die Schuhe aus. Als ich meine wegkickte, fiel mir etwas an den Wänden auf: plumpe, kindliche Zeichnungen von Äpfeln. Bleistift und Buntstift auf einem weißlichgrauen Papier. Aber unter Glas, gerahmt und fachmännisch mattiert.

Seltsam, aber ich verwendete nicht viel Zeit darauf, mich deshalb zu wundern. Sie hatte schwarze Vorhänge vor die Fenster gezogen, und der Raum war dunkel. Ich roch ihr Parfüm, fühlte ihre hohle Hand auf meinen Leisten.

»Komm«, sagte sie – eine körperlose Stimme –, und ihre Hände legten sich mit überraschender Kraft auf meine Schultern. Sie drückte mich aufs Bett, kam auf mich herunter und küßte mich heftig.

Wir umarmten uns und rollten, liebten uns voll bekleidet. Sie saß mit dem Rücken am Kopfbrett, die Beine gespreizt und hochgezogen, die Hände auf den Knien. Ich kniete vor ihr wie zu einem Gebet und spießte sie auf, während ich mich am oberen Rand des Kopfbretts festhielt.

Eine verkrampfte, rücksitzartige Position. Als es vorbei war, rutschte sie unter mir weg und sagte: »Jetzt werde ich es dir erklären. Ich bin eine Waise. Meine Eltern sind voriges Jahr gestorben.«

Mein Herz schlug immer noch wie wild. Ich sagte: »Tut mir leid –«

»Es waren wundervolle Menschen, Alex. Glänzende Unterhalter, sehr liebenswürdig und stets aufgeschlossen.«

Eine leidenschaftslose Art, über ihre toten Eltern zu reden, aber die Trauer konnte viele Formen annehmen. Wichtig war, daß sie *redete,* sich öffnete.

»Daddy war der Art Director eines großen Verlags in New York«, fuhr sie fort. »Mammi war Innenarchitektin. Wir wohnten in Manhattan, an der Park Avenue, und hatten ein Haus in Palm Beach und ein anderes auf Long Island – Southampton. Ich war ihr einziges kleines Mädchen.«

Den letzten Satz hatte sie mit besonderer Feierlichkeit ausgesprochen, als ob das Fehlen von Geschwistern eine Ehre ersten Ranges war.

»Sie waren sehr aktiv, reisten sehr viel zu zweit. Aber es machte mir nichts aus, weil ich wußte, daß sie mich sehr liebhatten. Letztes Jahr waren sie in Spanien, in der Nähe von Mallorca, verbrachten dort ihre Ferien. Sie fuhren von einer Party nach Haus, als ihr Wagen über eine Klippe abstürzte.«

Ich nahm sie in die Arme. Sie fühlte sich locker und entspannt an, sie hätte vom Wetter reden können. Da ich ihr Gesicht in der Dunkelheit nicht sehen konnte, horchte ich auf ein Stocken ihrer Stimme, schnelleres Atmen, irgendein Anzeichen von Kummer. Nichts.

»Du tust mir leid, Sharon.«

»Danke. Es war *sehr* hart. Deshalb wollte ich nicht über sie sprechen – ich konnte es einfach nicht bewältigen. Vom Verstand her weiß ich, das ist nicht die beste Art, um damit umzugehen; wenn es sich in einem aufstaut, führt es zu einem pathologischen Schmerz, und die Gefahr besteht, daß alle möglichen Symptome sich daraus entwickeln. Aber rein gefühlsmäßig konnte ich nicht darüber sprechen. Jedesmal, wenn ich es versuchte, konnte ich's einfach nicht.«

»Zwinge dich nicht. Jeder Mensch ist da verschieden.«

»Ja. Ja, das ist wahr. Ich erkläre dir nur, warum ich nicht über sie sprechen wollte. Warum ich es wirklich immer noch nicht möchte, Alex.«

»Ich verstehe.«

»Ich weiß.« Tiefer Kuß. »Du bist so richtig für mich, Alex.«

Ich dachte an die verkrampfte Art, in der wir uns gerade geliebt hatten. »Wirklich?«

»Aber ja. Paul –«

»Was ist mit Paul?«

»Nichts.«

»Paul findet es gut, daß du mit mir zusammen bist?«

»So ist das nicht, Alex. Aber ja. Ja, das tut er. Ich rede immer darüber, wie wundervoll du bist, und er sagt immer, er sei froh, daß ich jemand gefunden habe, der so gut für mich ist. Er mag dich.«

»Wir sind uns nie begegnet.«

Pause.

»Er mag, was ich ihm von dir erzählt habe.«

»Aha.«

»Was ist los, Alex?«

»Klingt, als hättet ihr, du und Paul, eine Menge miteinander zu bereden.«

Ich fühlte, wie sie die Hand ausstreckte und mich nahm. Sie drückte mich zärtlich, knetete mich. Diesmal reagierte ich nicht, und sie ließ die Finger hinabgleiten, ließ sie auf meinem Unterleib ruhen.

»Er ist mein Studienberater, Alex. Er beaufsichtigt meine Fälle. Das heißt, daß wir miteinander reden müssen.« Zärtliches Streicheln. »Laß uns nicht mehr über ihn oder irgend jemanden sonst reden, okay?«

»Okay. Aber ich bin immer noch neugierig, woher das Haus ist.«

»Das Haus?« fragte sie überrascht. »Oh. Das Haus. Erbschaft natürlich. Es gehörte ihnen. Meinen Eltern. Sie sind beide in Kalifornien geboren und haben hier gelebt, bevor sie nach dem Osten zogen – vor meiner Geburt. Ich war ihr einziges kleines Mädchen, also gehört es jetzt mir. Es hat eine Zeit gedauert, bis die Erbschaft geklärt war, es war so ein Papierkrieg. Darum konnte ich nicht mit nach San Francisco – ich mußte alles erledigen. Jedenfalls – jetzt habe ich ein Haus und etwas Geld – da ist eine Treuhandverwaltung im Osten, die sich drum kümmert. So habe ich den Alfa gekriegt. Ich weiß, er ist ein bißchen angeberisch, aber ich fand ihn hübsch. Was denkst du?«

»Er ist entzückend.«

Sie fuhr fort, sprach über den Wagen, Orte, zu denen wir damit fahren wollten.

Aber ich vermochte nur an eins zu denken: das Haus. Hier konnten wir zusammenleben. Ich verdiente jetzt gutes Geld, würde für die Nebenkosten, für alles aufkommen.

»Du hast jetzt eine Menge Platz«, sagte ich und knabberte an ihrem Ohr. »Genug für zwei.«

»O ja. Nach der beengten Studentenbude freue ich mich, daß ich mich hier ausbreiten kann. Und du kannst mich hier oben jederzeit besuchen, wann immer du willst. Wir werden viel Spaß miteinander haben, Alex.«

»... geräumig, vor allem für heutige Verhältnisse.«

Mickey Mehrabian beherrschte ihr Metier.

»Enorme Möglichkeiten, hieraus was zu machen, innenarchitektonisch eine Traumaufgabe, die Anordnung der Räume ist genial, und im Preis inbegriffen ist die gesamte Einrichtung. Einige dieser Stücke sind wirklich Deko-Klassiker – Sie können sie behalten oder verkaufen. Alles ist tipptopp. Es ist wirklich ein Schmuckstück, Doktor.«

Wir gingen durch die Küche und durch das kleine Foyer, das zu den Schlafzimmern führte. Die erste Tür war zu. Sie ging daran vorbei. Ich öffnete sie und trat ein.

»Nun«, sagte sie. »Dies war das große Schlafzimmer.«

Der Geruch nach dem Desinfektionsmittel war hier stärker, gemischt mit anderen industriellen Duftnoten: dem Salmiakgeist des Fensterputzmittels, dem stechenden Aroma des Insektizids – Malathion-Phosphat – und Seifenlauge. Ein giftiger Cocktail. Die Vorhänge hatte man entfernt; es blieb nur ein Wirrwarr von Schnüren und Rollen. Das ganze Mobiliar war fort, auch der Auslegeteppich. Man sah nun den von Reißnägeln verunstalteten Hartholzfußboden. Aus den beiden schmalen, hohen Fenstern blickte man auf Baumwipfel und Starkstromleitungen. Und kein Luftzug, nichts, was das chemische Gemisch verdünnte.

Keine Apfelzeichnungen.

Ich hörte ein Summen. Sie hörte es auch. Beide sahen wir uns im Zimmer um nach der Quelle des Geräuschs, fanden sie sofort:

Ein Stechmückenschwarm kreiste in der Mitte des Raums, eine mit Leben erfüllte Wolke, die ihre Grenzen amöbenhaft veränderte.

Genau über der Stelle.

Trotz der Versuche, die Aura des Todes wegzuwaschen, wußten die Insekten Bescheid – hatten es mit ihren kleinen Stechmückengehirnen genau erspürt, was sich in diesem Raum abgespielt hatte. An dieser Stelle.

Ich erinnerte mich an etwas, das Milo mir gesagt hatte. *Frauen töten in der Küche und sterben im Schlafzimmer.*

Mickey Mehrabian sah den Ausdruck in meinem Gesicht und mißverstand ihn als Zimperlichkeit.

»Die offenen Fenster zu dieser Jahreszeit«, sagte sie. »Kein Problem, das in Ordnung zu bringen. Dem Verkäufer liegt etwas daran, daß wir bald jemanden finden, er ist äußerst flexibel. Ich bin sicher, daß er keine Einwendungen erheben wird, wenn Sie verlangen, daß er noch Reparaturen übernehmen muß, bis die Sache beim Notar geregelt wird, Doktor.«

»Warum verkauft er oder sie denn das Haus?«

Das breite Lächeln erschien wieder. »Kein er oder sie – ein *es*, eigentlich. Eine Gesellschaft. Sie hat eine Menge Grundstücke, ist laufend im Geschäft.«

»Spekulanten?«

Ihr Lächeln gefror. »Das ist ein häßliches Wort, Doktor. Investoren.«

»Wer wohnt hier jetzt?«

»Niemand. Der Mieter ist vor kurzem ausgezogen.«

»Und hat das Bett mitgenommen?«

»Ja, nur die Schlafzimmereinrichtung gehörte ihr – ich *glaube*, es war eine Frau.« Sie senkte die Stimme zu einem verschwörerischen Geflüster: »Sie wissen, die Leute in L. A. kommen und gehen. Nun sehen wir uns die anderen Schlafzimmer an.«

Wir verließen das Todeszimmer. Sie fragte: »Leben Sie allein, Dr. Delaware?«

Ich mußte überlegen, bevor ich antwortete: »Ja.«

»Dann können Sie eins der Schlafzimmer als Arbeitsraum benutzen oder sogar als Sprechzimmer für Ihre Patienten.«

Patienten. In der Zeitung hatte gestanden, daß Sharon *ihre* Patienten hier empfangen hatte.

Ich fragte mich, was für Leute es gewesen sein mochten. Was für eine Wirkung ihr Tod auf sie haben konnte.

Dann fiel mir ein, daß es noch jemanden in ihrem Leben gab. Jemanden, auf den die Wirkung ungeheuer groß sein würde.

Meine Gedanken fingen an zu rasen. Ich wollte hier raus.

Aber ich ließ mir von Mickey noch Verschiedenes zeigen, ihr Verkaufsgelaber über mich ergehen, bis ich auf die Uhr sah und sagte: »Hoppla, ich muß los.«

»Meinen Sie, daß Sie uns ein Angebot machen wollen, Doktor?«

»Ich brauche Zeit, um darüber nachzudenken. Danke, daß Sie es mir gezeigt haben.«

»Wenn Sie etwas mit Panoramablick suchen, habe ich noch ein paar andere Objekte da, die ich Ihnen zeigen könnte.«

Ich tippte auf die Armbanduhr. »Sehr gern, aber ich kann jetzt im Augenblick nicht.«

»Warum vereinbaren wir nicht einen Termin für einen anderen Tag?«

»Nicht mal Zeit dafür«, sagte ich. »Ich rufe Sie an, wenn ich frei bin.«

»Fein«, sagte sie kühl.

Wir verließen das Haus, und sie schloß ab. Wir gingen schweigend zu unseren Wagen. Bevor sie die Tür ihres Fleetwood öffnen konnte, sahen wir etwas sich bewegen. Raschelnd sprang etwas durch das Gebüsch – ein Höhlen grabendes Tier?

Ein Mann schoß aus dem Buschwerk und fing an wegzulaufen.

»*Augenblick* mal!« rief Mickey und kämpfte mit sich selbst, um ruhig zu bleiben – ihre Horrorphantasien nahmen Gestalt an.

Der Mann drehte sich um, starrte uns an, stolperte, fiel hin und raffte sich wieder auf.

Jung. Wirres Haar. Wilder Gesichtsausdruck. Offener Mund wie in einem stummen Schrei. Erschrocken oder verrückt oder beides.

Patienten ...

»Das Tor«, sagte Mickey. »Es muß repariert werden. Bessere Sicherheit – kein Problem.«

Ich sah dem Mann nach, der weglief, und rief hinterher: »Bleiben Sie stehen!«

»Was ist los? Kennen Sie ihn?«

Er rannte schneller, verschwand um die Kurve der Zufahrt. Ich hörte einen Automotor anspringen, fing selbst an zu laufen, die Einfahrt hinunter. Kam gerade dort an, als ein kleiner, alter grüner Pritschenlastwagen vom Bordstein wegfuhr. Knirschendes Getriebe,

Schlangenlinien, viel zu schnell. Auf die Tür waren mit weißer Farbe irgendwelche Buchstaben gemalt, aber ich konnte sie nicht entziffern.

Ich lief zu meinem Wagen zurück, stieg ein.

»Wer ist das?« fragte Mickey. »Kennen Sie ihn?«

»Noch nicht.«

9

Es gelang mir, ihn einzuholen, ich blinkte mit den Scheinwerfern und hupte. Er ignorierte mich, schleuderte im Zickzack über die Straße, fuhr noch schneller. Dann wieder ein Knirschen des Getriebes, als er einen anderen Gang einlegen wollte. Der Wagen rollte im Leerlauf dahin, wurde langsamer, der Motor heulte auf, während er Gas gab, ohne die Kupplung loszubekommen. Er trat plötzlich auf die Bremse, und der Wagen hielt abrupt. Ich blieb hinter ihm, konnte ihn durch das Heckfenster der Fahrerkabine sehen, wie er sich abmühte und an der Kupplung zerrte.

Er würgte den Motor ab, startete, würgte ihn wieder ab. Der Wagen fing an im Leerlauf zu rollen, wurde etwas schneller, weil es bergab ging, der Mann bremste, ließ die Bremse sachte los, der Wagen kroch nur noch weiter.

Am eingezäunten Sumpf angekommen, ließ er das Lenkrad los und warf die Hände hoch. Der Wagen rutschte ein Stück, schwenkte herum und steuerte genau auf den Maschendrahtzaun zu.

Er stieß dagegen, aber nicht hart – dellte nicht mal den Kotflügel ein. Ich fuhr hinter ihm rechts ran. Die Räder des Pritschenwagens drehten sich eine Weile in der Luft, dann stockte der Motor, setzte aus.

Bevor ich Gelegenheit hatte, aus dem Wagen zu steigen, war er aus der Fahrerkabine gesprungen. Seine Arme hingen wie die eines Gorillas herab, in einer Hand hielt er eine Flasche. Ich verriegelte die Tür.

Er stand draußen neben mir, trat gegen die Reifen des Seville, drückte mit beiden Händen gegen meine Tür. Die Flasche war leer. Er hob sie hoch, als ob er damit mein Fenster zertrümmern wollte, sie rutschte ihm aus der Hand und segelte durch die Luft. Er sah sie wegfliegen, gab auf und sah mich an. Seine Augen waren wässrig, aufgequollen, rot gerändert.

»Bring ... dich ... um, du ... Arsch ... Mann.« Lallen, wilde Grimassen.

»Verdammter ... hinter mir her?«

Er schloß die Augen, schwankte, fiel vornüber, schlug mit der Stirn auf das Wagendach.

Hirnschaden, lebenslänglicher Säufer. Nur daß sein Leben nicht so lang gewesen war – er mochte gerade zweiundzwanzig oder dreiundzwanzig sein.

Er trat gegen den Wagen, wollte den Türgriff packen, faßte daneben und strauchelte. Kaum aus den Kinderschuhen heraus. Babybulldoggengesicht. Klein – einsfünfundsechzig bis siebenundsechzig –, aber stämmig, mit abfallenden Schultern und dicken, sonnenverbrannten Armen. Rotes, schulterlanges Haar, strähnig, ungekämmt, spärlicher weißblonder Bartwuchs. Pusteln und Pickel an Brauen und Wangen. Er trug ein T-Shirt mit großen Schweißflekken, Shorts aus abgeschnittenen Jeans und Tennisschuhe ohne Sokken.

»Verdammt, Mann«, sagte er und kratzte sich die eine Achselhöhle. Seine Hände waren stumpffingrig, zerkratzt, schorfig und dreckverkrustet.

Er schaukelte auf den Hacken vorwärts und rückwärts, verlor schließlich ganz das Gleichgewicht und landete auf dem Hintern.

So blieb er eine Weile. Ich rutschte über die Sitzbank und stieg an der Beifahrerseite aus dem Seville aus. Er sah, was ich tat, bewegte sich nicht, ließ die Augenlider wieder zufallen, als fehle ihm die Kraft, sie offenzuhalten.

Ich ging zu seinem Pritschenwagen. Dreißig Jahre alter Ford, schlechter Zustand. Zittrige weiße Buchstaben: D.J. RASMUSSEN, ZIMMEREI UND RAHMEN auf der Tür. Darunter eine Postfachnummer in Newhall. Auf der Ladefläche zwei Leitern, ein Werkzeugkasten und ein paar mit Metallteilen beschwerte Wolldecken.

Im Fahrerhaus lagen lauter leere Flaschen herum – Weinflaschen, Southern Comfort und mehrere Sorten Bierdosen.

Ich steckte den Zündschlüssel ein, entfernte die Verteilerkappe und kehrte dorthin zurück, wo er immer noch saß.

»Bist du D. J.?«

Glasiger Blick. Aus der Nähe roch er nach Gärstoffen und Erbrochenem.

»Was haben Sie hier oben gemacht?«

Keine Antwort.

»Wollten Sie ihr einen letzten Besuch abstatten? Dr. Ransom?«

Der glasige Blick schmolz dahin. Die richtige Spur.

»Ich auch«, sagte ich.

»Veeerdammter.« Gefolgt von einem fauligen Rülpser, der mich zurückweichen ließ. Er murmelte, versuchte einen Arm zu bewegen, konnte nicht. Schloß die Augen, schien Schmerzen zu haben.

Ich sagte: »Ich war ein Freund von ihr.«

Rülpser und Gurgeln. Er sah aus, als ob er sich jeden Augenblick übergeben würde. Ich trat noch ein paar Schritte zurück, wartete.

Ein unergiebiges, trockenes Würgen. Er schlug die Augen auf, starrte nirgendwohin.

»Ich war ihr Freund«, wiederholte ich. »Und Sie?«

Er stöhnte, würgte trocken.

»D. J.?«

»Oh, Mann … du bist …« Seine Stimme verlor sich.

»Was?«

»Verdammt … mein Kopf … Verdammter.«

»Ich will dich nicht ärgern«, sagte ich. »Versuche nur zu verstehen, warum sie tot ist.«

Mehr Stöhnen.

Er fuhr sich mit der Zunge über die Lippen, versuchte zu spukken und sabberte.

»Wenn sie mehr als nur eine Freundin war, könnte es für Sie härter sein«, sagte ich. »Eine Therapeutin zu verlieren kann sein, als ob man die Mutter verliert.«

»Verdammt.«

»War sie deine Ärztin, D. J.?«

»Verdammt.« Nach mehreren Anstrengungen gelang es ihm, sich aufzurichten und hinzustellen, er kam auf mich zu und fiel dann auf mich.

Schlaff wie ein Bündel Lumpen, mächtige, aber vom Saufen tote Arme, die keine Schläge mehr austeilen konnten. Ich stoppte ihn mit einer Hand, die ich ihm gegen die Brust drückte. Nahm seinen Arm und setzte ihn wieder hin.

Ich zeigte ihm die Verteilerkappe und die Schlüssel.

»Heh, Mann ... was ...«

»Du kannst unmöglich fahren. Ich behalte das, bis du mir zeigst, daß du wieder alle beisammen hast.«

»Verdammt.« Weniger überzeugt.

»Rede mit mir, D.J. Dann lasse ich dich in Ruhe.«

»Wo ... rüber ...?«

»Darüber, wie es war als Dr. Ransoms Patient.«

Übertriebenes Kopfschütteln. »Äääh ... nich ... verrückt.«

»Woher kanntest du sie?«

»Schlimm ... Rücken ...«

»Hast du große Schmerzen gehabt?«

»Schmerz ... verdammter Job.« Als er sich daran erinnerte, biß er sich auf die Lippe.

»Hat Dr. Ransom dir geholfen gegen die Schmerzen?«

Nicken. »Und ... dann ...« Er machte einen schwachen Versuch, an seine Schlüssel zu kommen. »Gib mir meinen Scheiß!«

»Nachdem sie deine Schmerzen behandelt hat, was dann?«

»Verdammter!« schrie er. Die Stränge an seinem Hals schwollen an, er boxte wild los, schlug daneben, versuchte aufzustehen, konnte den Hintern nicht vom Boden hochkriegen.

Nach der Behandlung ... Ich hatte etwas ausgelöst. Was war das? Ich überlegte.

»*Nix nach!* Verdammter! Nix nach, verdammt!« Er hob und senkte die Arme, fluchte, versuchte aufzustehen und krümmte sich zusammen.

»Wer hat dich an Dr. Ransom verwiesen? Wer hat dich zu ihr geschickt, D.J.?«

Schweigen.

Ich wiederholte die Frage.

»Veeerdammt.«

»Es gibt vielleicht noch mehr Patienten, Kranke, denen es so schlecht geht wie dir, D.J.«

Er lächelte ein krankes Lächeln, dann ein schwaches Kopfschütteln. »Äääh äääh.«

»Wenn wir rausfinden können, wer die Patienten zu ihr geschickt hat, können wir sie finden. Hilf ihnen.«

»Verdammt ... un... möglich ...«

»Jemand sollte sich um sie kümmern, D.J.«

»Ich bin ... bist du'n ... verdammter Robin Hood?«

»Ein Freund«, sagte ich. »Ein Psychologe wie sie.«

Er sah sich um, schien seine Umgebung zum erstenmal zur Kenntnis zu nehmen. »Wo bin ich?«

»An der Straßenseite. Gleich unterhalb von Dr. Ransoms Haus.«

»Wer bist'n du ... 'n verdammter Robin Hood?«

»Ein Freund. Wer hat dich zu ihr geschickt, D.J.?«

»Doktor.«

»Welcher Doktor?«

»Carmen.«

»Dr. Carmen?«

Er kicherte. »Carmen ... Doktor.«

»Carmens Doktor?«

Nicken.

»Wer ist Carmen?«

»Verdammt.«

»Wie heißt Carmens Doktor?«

Ein paar weitere Versuche, bevor er sagte: »Bev... Hills Jude ... Wein ...«

Ich war nicht sicher, ob er einen Namen nannte oder einen Drink wollte. »Wein?«

»Dr. Wein – verdammt.«

»Wein, etwas mit Wein? Wein*stein*? Wein*berg*?«

»Garten, wachsen, wachsen, wachsen.«

»Weingarden? Dr. Weingarden?«

»Großes ... Maul.«

Er sackte weg und fiel auf die Seite.

Ich stieß ihn an. Keine Reaktion mehr. Nachdem ich mir die Postfachnummer von der Tür des Pritschenwagens notiert hatte, suchte ich unter den Flaschen im Fahrerhaus herum, fand eine, die halbvoll war, und goß den Rest weg. Dann ließ ich die Luft aus zwei von den Reifen, nahm eine der Wolldecken von der Ladefläche, versteckte die Schlüssel unter den verbleibenden beiden und legte die Verteilerkappe in das unterste Fach seines Werkzeugkastens. Ich dachte, wenn er das alles herausfinden konnte, wäre er nüchtern genug zum Fahren. Dann breitete ich die Decke über ihn und ließ ihn dort, damit er seinen Rausch ausschlief.

Ich fuhr weg und nahm mir vor, ihn über die Postfachnummer in ein paar Tagen zu erreichen, um ihn zu ermutigen, sich eine neue Therapeutin zu suchen.

Weiß Gott, er brauchte Hilfe. Durch die alkoholische Betäubung war er ein potentiell gefährlicher Gewalttäter – einer von diesen unter Hochdruck stehenden, wirren jungen Bullen, die sich bis zum Bersten mit allem Mist der Welt vollpumpen, um dann irgendwann ganz plötzlich, ohne Vorwarnung zu explodieren und loszulegen – mit den Fäusten, mit Schlagringen, Ketten, auch mit Messern und Schießeisen.

Nicht gerade der typische Privatpatient. Wo hatte Sharon ihn aufgegabelt? Wie viele andere seinesgleichen hatte sie behandelt? Und wie viele Kranke gab es, die nun zu zerbrechen drohten, weil sie nicht mehr da war, um sie aufrechtzuerhalten?

Ich rief mir Rasmussens plötzlichen Wutausbruch ins Gedächtnis, als ich ihn fragte, was geschehen war, nachdem sie ihn von seinen Schmerzen befreit hatte.

Ein widerliches, unerklärliches Gefühl beschlich mich, das nicht weichen wollte, daß seine Beziehung zu Sharon über ein rein therapeutisches Verhältnis hinausgegangen war. Eine Bindung, die stark genug war, um ihn zu ihrem Haus zurückzulocken. Er suchte etwas dort. Was?

In den Fußstapfen von Trapp …

Konnte sie mit beiden geschlafen haben? Mir fiel ein, daß ich mir beim Anblick des alten Casanovas auf der Party dieselbe Frage gestellt hatte. Und bei Kruse schon vor Jahren.

Vielleicht ging das etwas zu weit – und ich phantasierte. Daß ich sexuelle Beziehungen sah, die nicht existierten, weil meine eigene Verwicklung mit ihr fleischlicher Art gewesen war.

Wie Milo sagen würde: *Das darfst du nicht so eng sehen, mein Freund.*

Aber ob eng oder nicht, ich konnte dieses Gefühl nicht abschütteln.

Ich kam um halb zwei nach Haus und fand Nachrichten von Maura Bannon, der Reporter-Volontärin, und Detektiv Delano Hardy vor. Del sprach gerade auf einer anderen Leitung, als ich anrief, also zog ich das Telefonbuch heraus und suchte einen Dr. Weingarden in Beverly Hills.

Es gab zwei dieses Namens, einen Isaac am Bedford Drive und einen Leslie, Roxbury Avenue.

Isaac war selbst am Apparat, als ich ihn anrief. Er klang wie ein alter Mann, mit einer sanften, freundlichen Stimme und einem Wiener Akzent. Als ich erfuhr, daß er Psychiater war, dachte ich sofort, er wäre mein Mann, aber er bestritt, Sharon oder Rasmussen zu kennen.

»Sie machen einen etwas verwirrten Eindruck, junger Mann. Kann ich irgend etwas für Sie tun?«

»Nein, danke.«

Ich rief die Praxis von Leslie Weingarden an. Die Sprechstundenhilfe sagte: »Dr. Weingarden ist gerade bei einer Patientin.«

»Könnten Sie ihm bitte sagen, daß es um Dr. Sharon Ransom geht?«

»Er ist eine *Sie.* Bleiben Sie am Apparat.«

Ich hörte ein paar Minuten lang Mantovani. Dann: »Frau Doktor kann nicht gestört werden. Sie sagte, ich soll Ihre Nummer aufschreiben, und sie ruft Sie zurück.«

»Könnten Sie mir nur sagen, ob Frau Dr. Weingarden Patienten an Dr. Ransom überweist?«

Zögern. »Ich habe keine Ahnung, Sir. Ich richte nur aus, was die Ärztin mir gesagt hat.«

Um Viertel nach zwei rief Del Hardy an.

»Hallo, Del. Wie geht's?«

»Viel zu tun. Bei dieser Hitze jetzt wird's noch mehr werden. Womit kann ich dir helfen?«

Ich erzählte ihm von Sharon, daß ich Cyrill Trapp gesehen hatte und von dem schnellen Verkauf des Hauses.

»Trapp, hm? Interessant.« Aber er klang nicht interessiert. Obwohl er einer von den wenigen Detektiven war, die ein freundliches Verhältnis zu Milo hatten, ging die Freundlichkeit nicht bis zur Freundschaft. Trapp war eine Last, die er nicht mittragen wollte.

»Nicholas Canyon ist Hollywood-Revier«, sagte er. »Also weiß ich nicht mal, wer da den Fall bearbeitet. Bei der Menge von Fällen, die es gibt, versuchen alle Reviere die Routinesachen schnell zu klären, da wird viel per Telefon erledigt.«

»So schnell?«

»Gewöhnlich nicht«, sagte er. »Aber man weiß nie.«

Ich schwieg.

»Sie war eine Freundin von dir?« fragte er.

»Ja.«

»Ich nehme an, ich könnte ein bißchen herumhorchen.«

»Dafür wäre ich dir wirklich dankbar, Del. In der Zeitung stand, es wären keine Familienangehörigen festgestellt worden. Aber ich weiß, daß sie eine Schwester hat – einen Zwilling. Ich habe sie vor sechs Jahren kennengelernt.«

Ich war ihr einziges kleines Mädchen. Von wegen. Noch eine Überraschung.

»Name?«

»Shirlee, mit zwei ›e‹. Sie war behindert und wohnte draußen in Glendale in einem Heim. South Brand, ungefähr eine Meile hinter der Galleria.«

»Name des Heims?«

»Ich war nur einmal dort, hab' keinen Namen gesehen.«

»Ich prüfe das nach.« Er sprach etwas leiser. »Hör mal, wegen der Trapp-Sache. Der Captain würde nicht an 'nem Selbstmord arbeiten, wenn kein Ruhm damit zu verdienen ist. Wenn er da oben war, war's wahrscheinlich was Persönliches – vielleicht wegen des Grundstücks. Manche Kollegen machen das, versuchen billig ranzukommen. Nicht besonders geschmackvoll, aber du weißt, wie es ist.«

»Donald Trump auf heißer Spur«, sagte ich.

Er lachte. »Du hast's erfaßt. Eine andere Möglichkeit – war das Opfer reich?«

»Sie kam aus einer Familie mit Geld.«

»Dann könnte es das sein«, sagte er. Seine Stimme klang erleichtert. »Jemand hat ein paar Knöpfe gedrückt; Anruf von oben, die Sache soll diskret behandelt werden und schnell vom Tisch. Trapp war früher beim Hollywood-Revier – vielleicht hat sich jemand an ihn erinnert, ihn um einen Gefallen gebeten.«

»Persönlicher Service.«

»Läuft andauernd so, auf dieser Schiene. Hauptsache beim Reichtum ist, daß man was hat, was sonst keiner hat, richtig? Heute kann sich jeder einen Mercedes auf Anzahlung kaufen. Drogen, Klamotten genauso. Aber Privatleben – das ist der letzte Luxus, den's in dieser Stadt noch gibt.«

»Okay.« Aber ich fragte mich, wer die Knöpfe gedrückt hatte. Dachte sofort an den alten Casanova auf der Party. Da kam ich mit Del nicht weiter, also dankte ich ihm noch einmal.

»Keine Ursache«, sagte er. »Was Neues von Milo gehört?«

»Nein. Du? Ich glaube, er ist am Montag wieder da.«

»Ich habe nichts von ihm gehört. Im Dienstplan steht, er muß am Montag wieder im Revier sein. Wie ich Milo kenne, rennt er ab Sonnabend oder Sonntag wieder in der Stadt herum und flucht. Wird auch Zeit, das Ungeziefer ist wieder mächtig aktiv.«

Nachdem er aufgelegt hatte, suchte ich im Branchenbuch nach einem Heim auf South Brand, fand aber nichts. Ein paar Minuten später rief Mal Worthy an, um mich an den Termin in seinem Büro morgen zu erinnern. Er schien sich über meinen Geisteszustand Sorgen zu machen und fragte mich dauernd, ob ich okay sei.

»Ich bin in Höchstform«, versicherte ich ihm. »Perry Mason könnte mich nicht in die Tasche stecken.«

»Mason war eine Flasche. Nimm dich vor diesen Versicherungshengsten in acht. Nebenbei, Denise sagt, weitere Sitzungen für Darren kommen definitiv nicht mehr in Betracht. Sie will sich selbst darum kümmern. Aber das bleibt unter uns. Offiziell wird das Kind für den Rest seines Lebens in Behandlung sein. Und darüber hinaus!«

»Wie geht's Darren?«

»Ziemlich unverändert.«

»Rede ihr zu, damit sie die Behandlung fortsetzen läßt, Mal. Wenn sie jemand anderen will, überweise ich sie.«

»Sie ist ziemlich resolut, Alex, aber ich will es weiter versuchen. Einstweilen bin ich mehr damit beschäftigt, ihr zu helfen, Essen auf den Tisch zu bringen. *Ciao.*«

Ich verbrachte die nächsten paar Stunden mit der Vorbereitung des Gutachtens und wurde vom Telefon unterbrochen.

»Dr. Delaware? Maura Bannon? *L.A. Times*?«

Sie klang ungefähr wie dreizehn, hatte eine hohe Stimme, lispelte etwas mit einem Neuengland-Akzent und verwandelte Feststellungen in Fragen.

»Hallo, Miss Bannon.«

»Ned Biondi hat mir Ihre Nummer gegeben. Ich bin so froh, daß Sie dran sind – ich würde gern wissen, ob wir uns treffen können?«

»Zu welchem Zweck?«

»Sie kannten Dr. Ransom, richtig? Ich dachte, Sie könnten mir vielleicht etwas Hintergrundinformation geben?«

»Ich glaube nicht, daß ich Ihnen helfen kann.«

»Oh.« Sie klang enttäuscht.

»Ich habe Dr. Ransom jahrelang nicht mehr gesehen.«

»Ach, ich dachte nur ... Nun, Sie wissen ja, ich versuche ein abgerundetes Bild zu geben, ein paar Zusammenhänge herzustellen. Für das Profil? Es ist so eine seltsame Sache, daß eine Psychologin sich so umbringt – Mann beißt Hund, Sie kennen doch das Prinzip? Die Leute würde es interessieren zu erfahren, wieso.«

»Haben Sie inzwischen mehr herausgekriegt als das, was Sie in Ihrem ersten Artikel gebracht haben?«

»Nein, Dr. Delaware. Gibt es da noch irgend etwas, das man wissen sollte? Wenn ja, wäre ich Ihnen sehr dankbar, es zu erfahren. Ich glaube, die Polizei hat mir nicht alles gesagt. Ich habe sie mehrmals angerufen, aber sie haben sich nicht wieder bei mir gemeldet.« Pause. »Ich glaube, daß sie mich nicht ernst nehmen.«

Privatleben – der letzte Luxus.

»Ich würde Ihnen gern helfen«, sagte ich. »Aber ich habe wirklich nichts hinzuzufügen.«

»Mr. Biondi sagte –«

»Wenn ich Mr. Biondi Veranlassung gegeben habe, etwas anderes anzunehmen, tut es mir leid, Miss Bannon.«

»Okay«, sagte sie. »Aber wenn Sie etwas herausbekommen, bitte lassen Sie es mich wissen?«

»Ich werde mein Bestes tun.«

»Danke, Mr. Delaware.«

Ich lehnte mich zurück, starrte aus dem Fenster und fühlte die Einsamkeit herankommen.

Elend liebt Gesellschaft – je größer das Elend des anderen ist, um so angenehmer die Gesellschaft. Ich rief die telefonische Auskunft in Newhall an und fragte nach der Nummer von D.J. Rasmussen. Keine Eintragung. Ich dachte an meine einzige andere Verbindung zu dem jungen Trinker und rief das Büro von Dr. Leslie Weingarden an.

»Ich wollte gerade Ihre Nummer wählen«, sagte die Sprechstundenhilfe. »Frau Doktor kann Sie nach ihrem letzten Patienten empfangen, so gegen sechs.«

»Ich brauche wirklich keinen Termin. Ich wollte nur ein Telefongespräch mit ihr führen.«

»Ich richte Ihnen nur aus, was sie gesagt hat, Mr. Delaware.«

»Sechs Uhr paßt mir gut.«

10

Leslie Weingardens Praxis befand sich in einem altmodischen zweistöckigen Gebäude im Herzen des medizinischen Viertels von Beverly Hills – rote Ziegel, weiße Gesimse und dunkelgrüne Markisen. Innen eine Eichenholztäfelung und ein rotgrün gemusterter Teppich. Im Adreßbuch standen mehrere Dutzend Mieter: Ärzte, Zahnärzte und eine Handvoll Psychologen und Psychiater.

Einer der Psychologen fiel mir auf: KRUSE, P.P. SUITE 300. Er paßte hierher – Seelenklempnerterritorium. Aber vor Jahren hatte seine Couch anderswo gestanden.

Leslie Weingardens Praxis lag im Erdgeschoß, nach hinten heraus. Auf ihrem Namensschild waren ihre Fachgebiete, innere Medizin und Frauenleiden, angegeben. Ihr Wartezimmer war klein und ebenso preiswert wie aufmunternd dekoriert – weißgraue Miniprinttapeten, gepolsterte, niedrige weiße Baumwollsessel und moderne dänische Tische, an den Wänden Kunstdrucke und eine eingetopfte Schefflera-Palme in einem Strohkorb. Keine Patienten; aber die Überbleibsel des Tages lagen herum: Kaugummipapier, eine leere Aspirinschachtel und eine gebrauchte Sandblattnagelfeile auf dem Kaffeetisch, aufgeschlagene Zeitschriften auf den Sesseln.

Ich klopfte an die Trennwand aus Glas, wartete mehrere Sekunden, bevor sie aufglitt. Eine Spanierin zwischen fünfzig und sechzig sah heraus: »Kann ich Ihnen helfen?«

»Dr. Delaware. Ich bin mit Dr. Weingarden verabredet.«

»Ich sage ihr, daß Sie hier sind.«

Ich wartete eine halbe Stunde, blätterte Zeitschriften durch, fragte mich, ob Kruses Ratgeberspalte in einer von ihnen erschienen war. Um halb sieben öffnete sich die Tür zum Praxisraum, und eine gutaussehende Frau um die Dreißig kam heraus.

Sie war zierlich, sehr schlank, mit eisgrauem kurzgeschnittenem Haar und einem hageren, aufgeweckten Gesicht. Sie trug baumelnde Ohrringe, eine weiße Seidenbluse, taubengraue Gabardinehosen mit Bügelfalten und graue Wildlederschuhe. Ein Stethoskop hing ihr um den Hals. Darunter lag eine schwere Goldkette. Ihre Gesichtszüge waren fein und regelmäßig, ihre Augen mandelförmig und dunkelbraun. Wie Robins. Sie trug kaum Make-up. Hatte es nicht nötig.

Ich stand auf.

»Mr. Delaware? Ich bin Dr. Weingarden.« Sie streckte die Hand aus, und ich schüttelte sie. Ihre Knöchel waren winzig, ihr Griff fest und trocken. »Was kann ich für Sie tun?«

»Sie haben Patienten an eine Psychologin namens Sharon Ransom weiterempfohlen. Ich weiß nicht, ob Sie es gehört haben, aber sie ist tot, hat am Sonntag Selbstmord begangen. Ich wollte mit Ihnen über sie reden. Darüber, wie man mit diesen Patienten in Kontakt kommen kann.«

Kein Anzeichen von Schock. »Ja, ich habe es in der Zeitung gelesen. Was haben Sie mit ihr und diesen Patienten zu tun?«

»Hauptsächlich ist es persönlich, ein bißchen auch beruflich.« Ich reichte ihr meine Karte.

Sie betrachtete sie. »Sie sind auch Psychologe. Dann sind Sie *Doktor* Delaware. Bea sagte mir *Mister*.« Sie steckte die Karte ein. »Waren Sie ihr Therapeut?«

Die Frage überraschte mich. »Nein.«

»Weil sie *wirklich* einen gebraucht hätte.« Stirnrunzeln. »Warum interessieren Sie sich so für ihre Patienten?«

»Ich habe heute einen von ihnen getroffen. D.J. Rasmussen. Er hat mir Ihren Namen genannt.«

Das ließ sie zusammenzucken, aber sie sagte nichts.

»Er war betrunken«, fuhr ich fort. »Stockbetrunken, wirklich sternhagelblau. Ich hatte so ein Gefühl, daß er labil und unberechenbar ist und jetzt Gefahr läuft, irgend etwas anzustellen. Möglicherweise gewalttätiger Art. Einen Therapeuten zu verlieren kann so sein, als ob die Eltern plötzlich nicht mehr da sind. Ich habe mich gefragt, wie viele von ihren anderen –«

»Ja, ja, natürlich. Ich verstehe das alles. Aber was ich noch immer nicht begreife, ist *Ihr* Interesse daran. Was haben Sie mit alledem zu tun?«

Ich überlegte, wie ich ihr am besten darauf antworten könnte. »Manches davon ist wahrscheinlich Schuldgefühl – schlechtes Gewissen. Sharon und ich kannten einander sehr gut – damals während der Ausbildung. Ich hatte sie jahrelang nicht mehr gesehen und traf sie zufällig bei einer Party am letzten Samstag. Sie schien Probleme zu haben und fragte mich, ob sie mit mir mal drüber reden könnte. Wir verabredeten einen Termin. Dann überlegte ich es mir anders und sagte am nächsten Tag ab. In der Nacht darauf brachte sie sich um. Ich frage mich noch immer, ob ich es hätte aufhalten können. Ich möchte weiteren Fällen dieser Art zuvorkommen, sie verhindern, wenn ich kann.«

Sie nestelte an ihrem Stethoskop herum und starrte mich an. »Das stimmt, oder? Sie arbeiten nicht für irgendeinen Winkeladvokaten?«

»Wie sollte ich?«

Sie lächelte. »Sie möchten also, daß ich mit allen Patienten in Kontakt trete, die ich eventuell an sie weiterempfohlen habe?«

»Und mir die Namen aller anderen Personen nennen, soweit sie Ihnen bekannt sind, die Patienten an Sharon überwiesen haben.«

Ihr Lächeln wurde kalt.

»Das dürfte schwierig werden, Dr. Delaware. Gar keine gute Idee – nicht, daß es so viele gewesen wären. Und ich habe keine Ahnung, wer sonst noch Patienten zu ihr geschickt hat. Obwohl sie mir gewiß leid tun.«

Sie hielt inne, schien nach Worten zu suchen. »Sharon Ransom war ein … Sie und ich … Nun, erzählen Sie mir mal zuerst etwas. Warum haben Sie die Verabredung mit ihr nicht eingehalten?«

»Ich wollte mich nicht auf sie einlassen. Sie ... sie war eine komplizierte Frau.«

»Das war sie bestimmt.« Sie sah auf die Armbanduhr, nahm das Stethoskop ab. »Also gut, ich werde jetzt telefonieren und mich über Sie erkundigen. Wenn Sie der sind, der Sie zu sein behaupten, können wir uns unterhalten. Aber ich muß erst etwas essen.«

Sie ließ mich im Wartezimmer, kam ein paar Minuten später wieder und sagte »Okay«, ohne mich anzusehen.

Wir gingen zu Fuß eine Querstraße entlang zu einem Café an der Brighton Street. Sie bestellte ein Roggensandwich mit Thunfisch und einen Kräutertee. Ich schob gummiartige Spiegeleier auf meinem Teller herum.

Sie aß schnell und ungezwungen, bestellte einen Eisbecher mit heißer Schokoladensoße zum Nachtisch, aß die Hälfte davon und schob den Teller weg.

Nachdem sie sich den Mund abgewischt hatte, sagte sie: »Als ich hörte, daß jemand wegen Sharon angerufen hatte, war dieses Würgen im Hals wieder da. Sie hat mir eine schöne Suppe eingebrockt. Lange ist es mit uns beiden nicht gutgegangen.«

»Was hat sie Ihnen eingebrockt?«

»Eine Sekunde.« Sie rief die Kellnerin herbei und bat um ein Nachschenken des Kräutertees. Ich bestellte Kaffee. Die Rechnung kam mit den Getränken.

Ich nahm sie. »Ich zahle.«

»Informationen kaufen?«

Ich lächelte. »Sie sprachen gerade von dem, was sie Ihnen eingebrockt hatte.«

Sie schüttelte den Kopf. »Also wirklich, ich weiß nicht, ob ich das alles jetzt vertiefen möchte.«

»Es bleibt unter uns«, sagte ich.

»Ärztliche Schweigepflicht?« fragte sie. »So als ob Sie mein Therapeut wären?«

»Wenn Ihnen das lieber ist?«

»Jetzt reden Sie wie ein richtiger Seelenklempner. Ja, das ist mir lieber. An solchen Geschichten kann man sich verdammt die Finger verbrennen – ärztliche Kunstfehler und so weiter.« Ihre Augen wurden hart. »Ich konnte es nicht verhindern, aber versuchen Sie das mal einem Geschworenengericht zu erzählen. Wenn ein Winkeladvokat so etwas in die Finger kriegt, dann geht er die ganze Liste durch und schießt jeden einzelnen Doktor an, der je im Korridor an dem Patienten vorbeigekommen ist.«

»Ein Gerichtsverfahren anzuheizen ist das letzte, was ich im Sinn habe«, sagte ich.

»Das letzte auch, was *ich* im Sinn habe, Sie sagen es!« Sie schlug so hart mit der Hand auf den Tisch, daß das Salzfaß hochhopste. »O verdammt! Sie hat mich reingelegt! Ich brauche nur daran zu denken, und schon kriege ich eine wahnsinnige Wut. Ja, es tut mir leid, daß sie tot ist, aber Trauer kann ich einfach nicht darüber empfinden. Sie hat mich ausgenutzt.«

Sie nippte an ihrem Tee.

»Ich habe sie erst letztes Jahr kennengelernt. Sie kam zu mir in die Praxis, stellte sich vor und lud mich zum Lunch ein. Ich wußte, worum es ihr ging – sie suchte Patienten und wollte, daß ich ihr welche überweise. Ist ja auch nichts Schlimmes dabei. Ich praktiziere auch erst seit etwas über einem Jahr und weiß, wie es ist, wenn man gerade anfängt. Und mein erster Eindruck von ihr war sehr positiv. Sie hatte Grips, konnte sich gut ausdrücken und schien eine erstklassige Ausbildung zu besitzen. Ihr Lebenslauf sah beeindrukkend aus; eine große und vielseitige klinische Praxis. Außerdem arbeitete sie im selben Haus – es ist immer eine gute Sache, wenn man sich Patienten gegenseitig überweist. Fast alle meine Patienten sind Frauen, die meisten würden lieber zu einer Therapeu*tin* gehen, also dachte ich mir, wir versuchen es mal. Die einzigen Bedenken, die ich hatte, betrafen ihr gutes Aussehen – ich fragte mich, ob das manche Patientinnen nicht eher abschrecken würde. Aber ich sagte mir, daß sei sexistisches Denken und fing an, ihr Patientinnen zu schicken – nicht so viele, Gott sei Dank. Es war nur eine kleine Praxis.«

»Befand sich ihre Praxis im zweiten Stock? Bei Dr. Kruse?«

»Genau. Nur, er war nie da, sie war ganz allein. Sie hat mich einmal mit hinaufgenommen – ein winziger Warteraum und das Behandlungszimmer. Sie war Kruses psychologische Assistentin oder so etwas, hatte eine Lizenz.«

»Ein Assistentenzertifikat.«

»Was auch immer. Alles war koscher.«

Psychologische Assistentin. Eine Übergangsposition, geschaffen, damit frischgebackene Doktoren unter Aufsicht eines zugelassenen Psychologen Praxiserfahrungen sammeln konnten. Sharon hatte ihren Doktortitel vor sechs Jahren erworben und hätte längst eine richtige Zulassung beantragen können. Ich fragte mich, warum sie es nicht getan hatte.

Was hatte sie in den sechs Jahren getrieben?

»Kruse hatte ihr diese tolle Empfehlung geschrieben«, fuhr die Frau fort. »Er war ein Fakultätsmitglied, also dachte ich, seine Empfehlung zählte etwas. Ich dachte wirklich, die Sache würde gut laufen. Ich war außer mir, als es schiefging.«

»Haben Sie ihren Lebenslauf noch?«

»Nein.«

»Erinnern Sie sich noch an irgend etwas darin?«

»Genau an das, was ich Ihnen erzählt habe. Wieso?«

»Ich versuche, ihr Leben zurückzuverfolgen. Wie hat sie Sie reingelegt?«

Sie warf mir einen abschätzigen Blick zu. »Sie meinen, das wissen Sie noch nicht?«

»Ich würde auf sexuelles Fehlverhalten tippen – daß sie mit ihren Patienten geschlafen hat. Aber Ihre meisten Patienten sind Frauen. War sie lesbisch?«

Sie lachte. »Lesbisch? Ja, ich kann mir vorstellen, wie Sie auf so etwas kommen. Ehrlich gesagt: Ich weiß nicht, *was* sie war. Ich bin in Chicago aufgewachsen – nichts in dieser Stadt überrascht mich mehr. Aber nein, sie hat nicht mit Frauen geschlafen – jedenfalls nicht, soweit ich weiß. Wir reden von *Männern.* Ehemännern von Patientinnen. Oder Freunden. Männer gehen nicht in eine Therapie, ohne daß man sie dazu zwingt. Die Frauen müssen alles für sie arrangieren – die Überweisung besorgen, den Termin vereinbaren. Meine Patientinnen baten mich darum, sie zu überweisen, und ich schickte ein halbes Dutzend zu Sharon. Sie dankte mir dafür, indem sie mit ihnen ins Bett ging.«

»Wie haben Sie es herausgekriegt?«

Sie machte ein angewidertes Gesicht. »Ich ging die Buchführung durch, sah mir meine faulen Kunden an, die Leute, die einfach nicht bezahlen wollten, und stellte fest, daß die meisten Frauen, deren

Ehemänner oder Freunde ich zu ihr geschickt hatte, nicht gezahlt hatten oder nicht mehr zur Behandlung erschienen waren. Das stach mir so in die Augen, weil es bei allen anderen Patienten viel besser aussah, sie hatten fast alle sofort bezahlt und hielten auch die Termine ein.

Ich fing an herumzutelefonieren, um festzustellen, was passiert war. Die meisten Frauen wollten mich nicht sprechen, manche hängten sogar auf. Aber zwei von ihnen haben geredet. Die erste gab mir mächtig Saures. Anscheinend hatte ihr Mann Sharon ein paarmal zur Behandlung aufgesucht – irgendwas mit Arbeitsstreß. Sie hatte ihm beigebracht, wie man sich entspannt, und das war's. Ein paar Wochen darauf rief sie ihn an und bot ihm eine Weiterbehandlung an. Kostenlos. Als er zu ihr in die Praxis kam, versuchte sie ihn zu verführen. So mit allem Drum und Dran – sie zog sich aus, stellen Sie sich das vor, mitten im Behandlungszimmer. Er ließ sie stehen, fuhr nach Haus und erzählte es seiner Frau. Sie war fuchsteufelswild, schrie mich an, ich sollte mich schämen, mich mit so einem gemeinen, verkommenen Weibsbild zusammenzutun. Die zweite war schlimmer. Sie hat nur geheult und geschluchzt.«

Sie rieb sich die Schläfen, nahm eine Aspirintablette aus der Handtasche und schluckte sie mit Tee herunter.

»Unglaublich, nicht wahr? Kostenlose *Weiterbehandlung*. Ich warte immer noch auf den großen Tritt in den Magen: Gerichtsverhandlung. Ich habe deshalb nächtelang wach gelegen.«

»Tut mir leid«, sagte ich.

»Nicht so leid wie mir. Jetzt kommen Sie und sagen, Rasmussen ist durchgedreht. Großartig.«

»Er war einer von diesen Männern?«

»O ja, ein richtiger Prinz. Seine Freundin war's, die geheult und geschluchzt hat. Eine meiner zufällig hereingeschneiten Patientinnen, nicht besonders intelligent, undefinierbare psychosomatische Beschwerden – sie brauchte jemanden, der sich um sie kümmerte. Ich lernte sie ein bißchen besser kennen, und dann erzählte sie mir von ihm – daß er zuviel trank, Drogen nahm, sie schlecht behandelte. Ich habe mir viel Zeit für sie genommen und ihr gut zugeredet, ihr klarzumachen versucht, was er für ein Versager war, ich fand, sie sollte ihm den Laufpaß geben. Das tat sie natürlich nicht. Eine von diesen passiven Typen; der Vater hatte sie mißbraucht, und nun blieb sie andauernd am Papa-Ersatz hängen. Dann sagte sie mir, der Armleuchter hätte sich bei der Arbeit verletzt, hätte Rückenschmerzen und wollte auf Schadenersatz klagen. Sein Anwalt hatte ihm sogar vorgeschlagen, er solle sich einen Psychiater suchen – ob ich einen wüßte. Ich dachte: Hier ist eine Chance, daß ihn jemand wieder zusammenstaucht, und schickte ihn zu Sharon, erzählte ihr von seinen Problemen. Junge, hat sie sich seiner angenommen. Wie haben Sie ihn kennengelernt?«

»Er war heute früh oben an ihrem Haus.«

»Oben an ihrem Haus? Sie hat so einem Schweinehund ihre Adresse gegeben? Was für eine Idiotin.«

»Sie hatte dort eine Praxis.«

»Ach ja – das hat in der Zeitung gestanden. Ist eigentlich logisch, denn sie hat ihre Praxis hier im Haus geräumt, nachdem ich sie wegen ihrer Techtelmechtel zur Rede gestellt hatte. Haben Sie eine Diagnose, was Rasmussen angeht?«

»Eine Persönlichkeitsstörung. Möglicherweise gewalttätige Neigungen.«

»Mit anderen Worten: ein gefährlicher Bursche. Na, großartig. Er ist das schwächste Glied in der Kette, ein Frauenhasser mit geringer Selbstbeherrschung. Und hat sich bestimmt schon einen Winkeladvokaten zugelegt. Wundervoll.«

»Er wird nicht wegen sexueller Belästigung klagen«, sagte ich. »Das tun Männer selten. Zu peinlich.«

»Frontalangriff auf den alten Machismo? Ich hoffe, Sie behalten recht. Bisher hat sich noch nichts gerührt. Aber das heißt nicht, daß sie nichts unternehmen werden. Selbst wenn mir die Quälerei bei Gericht erspart bleiben sollte – sie hat meinen Ruf schon mächtig angekratzt –, eine Patientin erzählt's zehn anderen weiter. Und keine von den Aussteigerinnen hat die Behandlung bezahlt – was schon allein bei den Laborrechnungen in die Tausende geht. Ich bin nicht etabliert genug, um solche Verluste so einfach abschreiben zu können – es herrscht eine Ärzteschwemme hier auf der West Side. Wo praktizieren Sie?«

»Auch hier. Aber ich behandle Kinder.«

»Oh.« Sie trommelte mit den Fingernägeln auf dem Rand ihrer

Teetasse herum. »Ich komme Ihnen wahrscheinlich ganz schön geldgierig vor, was? Da sitzen Sie und reden von Altruismus, Patienten retten wollen und all dem guten Hippokrates-Zeugs. Und ich denke nur an meine Rückendeckung. Aber ich entschuldige mich deswegen nicht, denn wenn *ich* nicht an mich selbst denke, wird es niemand sonst für mich tun. Als ich von der Northwestern-Uni zu meinem Praktikum am Harbor General Hospital hierherkam, lernte ich den großartigsten Kerl auf der Welt kennen, heiratete ihn drei Wochen später. Ein Drehbuchautor, der am Krankenhaus recherchierte, um das Elend dort kennenzulernen. Wumm! Liebe auf den ersten Blick. Plötzlich hatte ich ein Haus in Playa Del Rey, bis daß der Tod uns scheiden würde. Er sagte, er fände mich so toll, weil ich Ärztin wäre, schwor, er würde mich niemals verlassen. Zwei Jahre später verließ er mich. Räumte unser Bankkonto ab und ging mit irgendeinem Flittchen nach Santa Fe. Ich habe zwei Jahre gebraucht, um da wieder rauszukommen.«

Sie blickte in ihre Tasse, als wollte sie die Teereste ergründen. »Ich habe so wahnsinnig hart gearbeitet, um es bis hierher zu schaffen, und dann soll ich mir alles von so einer Nymphomanin kaputtmachen lassen – nein, ich werde diese Männer nicht anrufen, die sie gevögelt hat. Es sind große Jungs – sie können damit zurechtkommen. Haben's inzwischen wahrscheinlich in eine Eroberung verwandelt und freuen sich, was sie für tolle Hengste sind. Lassen Sie diese Hunde besser auch schlafen, Dr. Delaware. Und was Sharon angeht: Friede ihrer Asche.«

Sie hatte zuletzt immer lauter gesprochen. Die Leute starrten herüber. Sie merkte es und dämpfte ihren Tonfall. »Wie kann so jemand eigentlich Therapeutin werden? Werden die Leute bei Ihnen denn gar nicht gesiebt?«

»Nicht genug«, erwiderte ich. »Wie hat sie reagiert, als Sie sie damit konfrontierten?«

»Verrückt. Sie sah mich nur mit ihren großen blauen Augen an, die Unschuld vom Lande, als verstände sie gar nicht, wovon ich sprach, und fing dann mit ihren ›Ähs‹ und ›Ohs‹ an, als ob sie *mich* therapieren wollte. Als ich es heraus hatte, sagte sie ›Sorry‹ und ging weg. Keine Erklärung, gar nichts. Am nächsten Tag sah ich sie Kartons aus der Praxis tragen.«

»Als ihr Berater war Kruse gesetzlich für sie verantwortlich. Haben Sie mit ihm gesprochen?«

»Ich habe es versucht. Muß ihn wohl zwanzigmal angerufen haben. Ich habe ihm sogar eine Nachricht unter der Tür durchgeschoben. Er hat niemals darauf reagiert. Ich bekam eine ganz schöne Wut, dachte daran, eine Beschwerde einzureichen. Schließlich meinte ich dann aber: weg mit Schaden, habe es einfach sein lassen.«

»Sein Name steht noch immer auf der Tafel«, bemerkte ich. »Praktiziert er hier?«

»Wie schon gesagt: Ich habe ihn nie gesehen. Und als ich ihn suchte und mit dem Hausmeister sprach, sagte der, *er* hätte ihn auch noch nie gesehen. Ich wette zehn zu eins, daß Kruse die Praxis für sie eingerichtet hat. Sie hat ihn wahrscheinlich auch gevögelt.«

»Warum sagen Sie das?«

»Weil Vögeln das einzige war, was sie konnte. Wahrscheinlich hat sie sich ihren Doktor auch ervögelt.«

Ich dachte darüber nach, verlor mich in meinen Gedanken.

»Sie werden nicht weiter versuchen, die Patienten zu benachrichten, oder?« fragte sie.

»Nein«, sagte ich, und mein Entschluß fiel in diesem Augenblick. »Was Sie mir erzählt haben, zeigt das Ganze in einem anderen Licht. Aber wir sollten etwas im Fall Rasmussen tun. Der Mann ist eine Zeitbombe.«

»Soll er sich ruhig in die Luft sprengen – weg mit Schaden.«

»Und wenn er jemand anderem etwas antut?«

»Wie könnten Sie das verhindern?«

Ich wußte darauf keine Antwort.

»Hören Sie mal zu«, sagte sie. »Ich möchte mich ganz klar ausdrücken. Ich will *nichts* mehr damit zu tun haben – keinen Ärger mehr. Haben Sie mich verstanden?«

»Vollkommen.«

»Ich hoffe, daß das Ihr Ernst ist. Wenn Sie irgend etwas von dem, was ich gesagt habe, dazu benutzen, mich mit ihr in Verbindung zu bringen, werde ich abstreiten, daß ich es gesagt habe. Die Unterlagen über alle Patienten, die bei ihr waren, sind vernichtet. Wenn Sie meinen Namen erwähnen, werde ich Sie wegen Bruch der Schweigepflicht anzeigen.«

»Machen Sie sich keine Sorgen«, sagte ich. »Sie haben sich klar ausgedrückt.«

»Das hoffe ich sehr.« Sie riß mir die Rechnung aus der Hand und stand auf. »Ich zahle meine Rechnungen selbst, danke.«

11

Kostenlose Weiterbehandlung. Das erinnerte mich an etwas, das ich mit Mühe vergessen hatte.

Als ich nach Haus fuhr, fragte ich mich, wie viele Männer Sharon wohl belästigt hatte und wann das alles begonnen haben mochte. Es war mir nun unmöglich, an einen Mann in ihrem Leben zu denken, ohne eine fleischliche Verbindung anzunehmen.

Trapp. Der Casanova. D. J. Rasmussen. Alles ihre Opfer?

Ich fragte mich besonders Rasmussens wegen. Als sie starb – hatte er da noch Beziehungen zu ihr gehabt? Das könnte erklären, warum der Verlust ihn so hart getroffen hatte. Daß er sinnlos betrunken zu ihrem Haus gepilgert war.

Um dort einen anderen Pilger – mich – zu treffen.

Wie kann so jemand eigentlich Therapeutin werden? Werden die Leute bei Ihnen denn gar nicht gesiebt?

Ich hatte Sharon aus meinem Leben hinausgesiebt, hatte es lange dadurch begründet, daß ich mir selbst eingeredet hatte, ich wäre eben jung und unerfahren gewesen und zu naiv, als daß ich's besser hätte wissen können. Und doch war ich vor drei Tagen bei ihrem Anblick stark erregt gewesen und gierig darauf, sie wiederzusehen. Bereit, wieder … was anzufangen?

Daß ich nicht zu der Verabredung gegangen war, war ein schwacher Trost. Was wäre gewesen, wenn sie mich angerufen und mir mit so einem bestimmten Ton in der Stimme gesagt hätte, was für ein wundervoller Typ ich sei? Wäre ich dann fähig gewesen, dem Gefühl zu widerstehen, daß ich gebraucht wurde? Hätte ich die Gelegenheit verschmähen können, mir von ihrem »Problem« erzählen zu lassen und es vielleicht sogar zu lösen?

Ich wußte darauf ehrlich keine Antwort. Was eine Menge über meine Urteilskraft aussagte. Und meine geistige Gesundheit.

Ich verfiel in die für das Ego katastrophalen Selbstzweifel, die ich in der Analyse während meiner Ausbildung zum Therapeuten bewältigt zu haben glaubte: Was gab mir das Recht, anderer Leute Leben zu formen, wenn ich nicht mal mein eigenes in Ordnung zu bringen vermochte? Was machte mich zu einer Autorität für anderer Leute Kinder, wenn ich selbst nie ein eigenes aufgezogen hatte?

Dr. Fachidiot. Wen zum Teufel versuchte ich an der Nase herumzuführen?

Ich erinnerte mich an das Gute-Mutter-Lächeln meiner Analytikerin Ada Small. Leise, sanfte Stimme. Brooklyn-Akzent. Sanfte Augen. Bedingungslose Akzeptanz; sogar harte Botschaften von Freundlichkeit versüßt ...

... dein starkes Bedürfnis, immer die Kontrolle auszuüben, Alex. Es ist keine so ganz falsche Sache, aber wir werden an einen Punkt kommen, an dem wir uns damit beschäftigen müssen ...

Ada hatte mir viel beigebracht; ich konnte von Glück sagen, daß man sie mir zugeteilt hatte. Nun waren wir alle Kollegen, überwiesen einander gegenseitig Patienten, diskutierten über sie gemeinsam; es war lange her, seit ich »als Patient« an sie gedacht hatte. Könnte ich mich je wieder vertrauensvoll an sie wenden, um ihr meine Narben zu zeigen?

Sharon hatte mit ihrem Analytiker nicht soviel Glück gehabt. Paul Peter Kruse. Machtmensch. Pornograph. Chancengleichheit beim Auspeitschen. Ich konnte mir nur vorstellen, wie die »Analyse« bei ihm ausgesehen hatte. Und doch war sie noch lange nach dem Examen bei ihm geblieben als seine Assistentin, statt sich selbst eine Zulassung zu besorgen.

Hatte ihre schmutzige Arbeit in einem Raum getan, den er gemietet hatte. Das sagte genausoviel über sie wie über ihn aus, und ich mußte mich fragen, wer in ihrer Beziehung den Ton angegeben hatte.

Ausbeuter. Opfer.

Aber ihr letztes Opfer war sie selbst gewesen. Warum?

Ich zwang mich, nicht länger darüber nachzudenken, stieß Robins Gesicht in mein Bewußtsein. Wie sich das alles auch entwickeln mochte: Was wir einmal gehabt hatten, war echt gewesen. Realität.

Sobald ich nach Haus kam, rief ich in San Luis Obispo an.

»Hallo.«

»Hallo, Robin.«

»Alex? Mom sagte, du hättest angerufen. Ich habe mehrmals versucht, dich zu erreichen.«

»Ich komme gerade nach Haus. Mom und ich haben uns glänzend unterhalten.«

»Oh. Hat sie dir sehr zugesetzt?«

»Nicht mehr als sonst. Hauptsache ist: Wie behandelt sie dich?«

Sie lachte: »Ich komme mit ihr schon klar.«

»Wirklich? Du klingst, als ob du am Ende wärst.«

»Ich bin am Ende, aber das hat nichts mit ihr zu tun. Aaron ist ein wahnsinniger Schreihals – Terry kriegt die ganze Nacht kein Auge zu. Ich habe ihr geholfen – bin noch nie so fertig gewesen in meinem Leben.«

»Gut. Vielleicht sehnst du dich jetzt nach den guten alten Zeiten und kommst zurück.«

Schweigen.

»Wie auch immer«, sagte ich. »Ich dachte nur gerade mal, ich rufe dich an, um zu hören, wie es dir geht.«

»So lala. Und dir, Alex?«

»Blendend.«

»Wirklich?«

»Was willst du hören? Mittelprächtig?«

»Was ist los, Alex?«

»Nichts.«

»Du klingst, als ob dich etwas bedrückt.«

»Gar nichts bedrückt mich«, sagte ich. »Es war nur nicht so eine großartige Woche bisher.«

»Das tut mir leid, Alex. Ich weiß, du hast Geduld gehabt –«

»Nein«, sagte ich, »es hat nichts mit dir zu tun.«

»Oh?« Es klang eher verletzt als erleichtert.

»Jemand, den ich während meiner Ausbildungszeit kannte, hat sich umgebracht.«

»Wie furchtbar!«

»Ja, das ist es.«

»Hast du ihn gut gekannt?«

Das gab mir Zeit zum Nachdenken. »Nein. Nicht so gut.«

»Trotzdem«, sagte sie. »Wenn man so etwas hört, läßt es einen nicht mehr los.«

»Wie wär's, wenn wir das Thema wechseln.«

»Sicher – habe ich etwas Falsches gesagt?«

»Nein, nichts. Ich bin nur nicht in der Stimmung, darüber zu sprechen.«

»Natürlich«, sagte sie.

»Jedenfalls, ich lasse dich jetzt gehen.«

»Ich bin nicht in Eile.«

»Okay.«

Aber wir hatten uns nichts mehr zu sagen, und als ich den Hörer auflegte, fühlte ich mich leer. Und ich füllte die Leere mit Erinnerungen an Sharon.

In jenem zweiten Herbst blieben wir so etwas wie ein Liebespaar. Wenn es mir gelang, sie zu erreichen, sagte sie immer ja, hatte immer Interessantes zu erzählen, anregende Bruchstücke akademischen Wissens mitzuteilen. Sie flüsterte mir ins Ohr, rieb mir den Rücken, spreizte für mich die Beine mit derselben lässigen Art, wie sie ihren Lippenstift aufzutragen pflegte, bestand darauf, daß ich ihr Typ wäre, der einzige Mann in ihrem Leben. Aber sie zu erreichen war wahnsinnig schwer. Sie war selten zu Haus, deutete nie an, wo sie sich aufhielt.

Nicht, daß ich mich umbrachte, um herauszufinden, wo sie war. Das Krankenhaus nahm mich fünfzig Stunden in der Woche in Beschlag, und ich hatte abends Privatpatienten angenommen, um die Anzahlung für ein eigenes Haus zusammenzusparen. Ich beschäftigte mich fleißig damit, die Probleme anderer zu lösen und meine eigenen zu ignorieren.

Ein paarmal machte ich ihr unangekündigt einen Besuch, fuhr den ganzen Weg bis Jalmia hinauf und fand das graue Haus verschlossen, den Autostellplatz leer. Ich gab diese Versuche auf, sah sie wochenlang nicht. Aber eines Samstagnachts, als ich nach einem fürchterlichen Abend bei den Eltern eines erbarmungslos deformierten Neugeborenen im Stau auf dem Sunset Boulevard steckte, sehnte ich mich nach einer Schulter, an der ich mich ausweinen könnte. Wie eine Taube, die es zu ihrem heimatlichen Schlag zieht, drehte ich nach Norden ab zum Hollywood Boulevard und bog in den Nicholas Canyon ein. Als ich die Einfahrt hinaufkam, sah ich den Alfa Romeo dastehen.

Die Haustür war unverschlossen. Ich trat ein.

Das Wohnzimmer war hell erleuchtet, aber leer. Ich rief ihren Namen. Keine Antwort. Rief wieder. Nichts.

Ich sah in ihrem Schlafzimmer nach, erwartete fast, sie mit einem anderen Mann zusammen zu finden. Wollte es fast.

Aber sie war da, allein, saß mit gekreuzten Beinen auf dem Bett, splitternackt, die Augen geschlossen, als ob sie meditierte.

Ich war so oft in ihren Körper eingedrungen, aber dies war das erstemal, daß ich ihn unbekleidet sah. Sie war makellos, unglaublich schön. Ich bezähmte mich, berührte sie nicht, sondern flüsterte: »Sharon.«

Sie bewegte sich nicht.

Ich fragte mich, ob sie sich gerade in einem Zustand der Selbsthypnose befände. Ich hatte gehört, daß Kruse ein Meister der Hypnose sei. Hatte er ihr Privatstunden gegeben?

Aber sie sah eher verzweifelt als verrückt aus – runzelte die Stirn, atmete heftig, schnell und flach. Ihre Hände fingen an zu zittern. Ich bemerkte etwas in ihrer rechten.

Ein kleines schwarzweißes Foto, die altmodische Sorte mit gezähntem Rand.

Ich ging näher heran und sah es an. Zwei kleine, hübsche schwarzhaarige Mädchen, ungefähr zwei oder drei Jahre alt. Eineiige Zwillinge mit Shirley-Temple-Ringellöckchen saßen nebeneinander auf einer hölzernen Gartenbank. Klarer Himmel und mächtige Granitberge im Hintergrund. Postkartenberge, so perfekt, daß sie einem Berufsfotografen als Kulisse hätten dienen können.

Die Zwillinge wirkten ernst und feierlich. Zu feierlich und ernst für ihr Alter. Sie trugen den gleichen Cowboyanzug – Lederüberhosen, Fransen und Bergkristall – und hielten die gleichen Eiscremetüten in der Hand. Jede war genau die Kopie der anderen, bis auf einen kleinen Unterschied: Das eine Mädchen hielt ihre Tüte in der rechten Hand, das andere in der linken.

Spiegelverkehrte Zwillinge.

Ihre Gesichtszüge waren fertig ausgebildet, überreif.

Sharons Gesicht, zweimal.

Ich war ihr einziges kleines Mädchen.

Welch eine Überraschung.

Ich sah hoch zu ihr, berührte ihre bloße Schulter, erwartete die übliche leidenschaftliche Hitze. Aber ihre Haut fühlte sich kalt und trocken, seltsam unorganisch an.

Ich beugte mich hinab und küßte ihren Nacken. Sie sprang auf und schrie, als ob sie etwas gestochen oder gebissen hätte. Schlug mit den Fäusten um sich und fiel aufs Bett zurück, die Beine weit auseinander in einer hilflosen Karikatur eines sexuellen Willkommens, keuchte und starrte zu mir hinauf.

»Sharon …«

Sie sah mich an, als wäre ich ein Ungeheuer. Ihr Mund öffnete sich wie zu einem stummen Schrei.

Das Foto fiel zu Boden. Als ich es aufhob, sah ich, daß etwas auf die Rückseite geschrieben war: ein einziger Satz, mit fester Handschrift:

S. und S. Stille Partner.

Ich drehte das Foto um, sah wieder die Zwillinge an.

»Nein!« schrie sie, als sie aufsprang und auf mich zukam. »Nein, nein, nein! Haben, haben! Meins, mein! Haben!«

Wie mit Krallen schnappte sie nach dem Bild. Ihre Wut war ungeheuerlich, eine höllische Verwandlung. Sprachlos warf ich es aufs Bett.

Sie nahm es hastig, drückte es an die Brust, erhob sich und kroch auf allen vieren rückwärts, bis sie mit dem Rücken am Kopfbrett war. Ihre freie Hand schlug in der Luft zwischen uns herum, definierte ein Niemandsland. Ihr Haar hing ihr wirr um den Kopf. Medusawild. Sie richtete sich auf den Knien auf, schwankte und zitterte fürchterlich, ihre großen Brüste bebten.

»Sharon, was ist los?«

»Geh! Geh!«

»Liebling –«

»Geh! Raus! Geh! Geh! Raus! Geh!«

Schweiß floß an ihr herunter. Heiße rosa Flecken zeigten sich auf dem Schneeweiß ihrer Haut, als ob sie von innen her brannte.

»Sharon –«

Sie zischte mich an, dann wimmerte sie, krümmte sich wie ein Fötus zusammen und drückte das Foto ans Herz. Ich sah es mit jedem keuchenden Atemzug auf- und niedergehen. Trat einen Schritt vor.

»Nein! Raus! Raus!«

Der Blick in ihren Augen war mörderisch.

Ich lief rückwärts aus dem Raum, rannte aus dem Haus, mir war schwindlig, übel, wie nach einem plötzlichen Schlag in die Magengrube.

Klar, daß alles zwischen uns aus war.

Aber ich wußte nicht, ob das gut oder schlecht war.

12

Mittwoch früh war ich wieder in Beverly Hills, im Penthousebüro von Trenton, Worthy und La Rosa. Wartete, um mein Gutachten in dem rosenholzgetäfelten Konferenzzimmer abzugeben, das verschwenderisch mit abstrakter Kunst vollgestopft und mit butterfarbenen Ledersesseln und einem fußballförmigen Rauchglastisch möbliert war.

Mal saß neben mir, schmuddelig-schick in einem formlosen Silberseidenanzug, mit einem Fünftagebart und schulterlangem Haar. Hinter uns war eine Wandtafel auf einem Rosenholzgestell und ein Kofferständer mit einem kalbsledernen Reisekoffer – Mals Vorsprung auf dem Gebiet der Aktenhaltung. Ihm gegenüber saß eine Sekretärin mit einer Stenographiermaschine. Um sie herum saßen acht – nicht sieben – Anwälte.

»Versicherungsgesellschaft hat drei geschickt«, flüsterte er mir zu. »Die ersten drei da.«

Ich sah mir das Trio an. Jung, nadelgestreift und düster wie bei einem Begräbnis.

Ihr Sprecher war ein großer, vorzeitig kahler Bursche Anfang Dreißig namens Moretti. Er hatte ein sehr fleischiges, gespaltenes Kinn, breite Schultern und den Charme eines Feldwebels auf dem Kasernenhof. Eine von Mals Sekretärinnen servierte Kaffee und Brötchen, und während wir aßen, legte Moretti mir gegenüber Wert auf die Feststellung, daß er in Stanford im Hauptfach Psychologie studiert hatte. Er ließ die Namen prominenter Professoren fallen, versuchte erfolglos, mich in eine Fachsimpelei zu verwickeln und beobachtete mich mit scharfen braunen Augen über den Rand seiner Kaffeetasse hinweg.

Als ich meinen Bericht abgab, rückte er auf die Kante seines Stuhls vor. Als ich fertig war, redete er als erster. Die anderen Anwälte ließen ihn sprechen. Wie jedes Rudel hatten sie ihren Leitwolf gewählt und waren es zufrieden, sich zurückzulehnen und ihn die ersten Wunden reißen zu lassen.

Er erinnerte mich daran, daß ich gesetzlich verpflichtet war, die Wahrheit zu sagen, gerade so, als ob wir uns vor Gericht befänden, und daß andernfalls eine Strafe wie bei einem Meineid in Anwendung käme. Dann entnahm er seinem Aktenkoffer einen telefonbuchdicken Packen fotokopierter Artikel und machte eine Schau daraus, die Papiere auf dem Tisch zu stapeln, sie herumzuschieben und zu sortieren und die Ecken übereinanderzubringen. Er nahm den obersten Artikel ab und sagte: »Ich möchte Ihnen etwas vorlesen, Doktor.«

»Nur zu.«

Er lächelte. »Ich wollte Sie wirklich nicht um Ihre Erlaubnis bitten, Doktor.«

»Ich wollte sie Ihnen wirklich nicht geben.«

Das Lächeln verschwand. Mal stieß mich unterm Tisch an. Jemand hustete. Moretti starrte mich an, ich starrte zurück, dann setzte er eine Brille mit randlosen achteckigen Gläsern auf, räusperte sich und fing an zu lesen. Er beendete einen Absatz, bevor er sich an mich wandte. »Kennen Sie den Artikel, Doktor?«

»Ja.«

»Erinnern Sie sich an die Quelle?«

»Es ist die Einleitung zu einem Artikel, den ich 1981 im *Journal of Pediatrics* veröffentlicht habe. Im Sommer '81, glaube ich, im August.«

Er prüfte das Datum, sagte aber nichts darüber. »Erinnern Sie sich an den wesentlichen Inhalt dieses Artikels, Doktor?«

»Ja.«

»Können Sie ihn für uns zusammenfassen?«

»Der Artikel beschreibt eine Studie, die ich von 1977 bis Mitte

1980 durchgeführt habe, als ich am Western Pediatric Hospital arbeitete. Die Forschung wurde vom Nationalinstitut für geistige Gesundheit finanziert, und ich sollte die Wirkung chronischer Erkrankungen auf die Anpassung von Kindern an ihre Umgebung erforschen.«

»War es eine gut durchgeführte Studie?«

»Ich glaube, ja.«

»Sie glauben, ja. Sagen Sie uns, was Sie in dieser gut durchgeführten Studie getan haben – erklären Sie uns genau Ihren methodischen Ansatz.«

»Ich habe mehrere Tests durchgeführt, die die Anpassung kranker Kinder an ihre Umgebung ermitteln sollten, und zwar bei einer Gruppe von kranken Kindern und einer Kontrollgruppe von gesunden Kindern. Die Gruppen waren so zusammengesetzt, daß sie in bezug auf Gesellschaftsklasse, ehelichen Status der Eltern und Familiengröße übereinstimmten. Es gab keinen signifikanten Unterschied zwischen den Gruppen.«

»Keinen signifikanten Unterschied in der psychologischen Anpassung der Kinder in irgendeiner Hinsicht.«

»Das ist richtig.«

Moretti sah hinüber zur Sekretärin an der Stenographiermaschine. »Er spricht schnell. Haben Sie das?«

Sie nickte.

Wieder zu mir: »Für die von uns, die nicht mit dem psychologischen Jargon vertraut sind, spezifizieren Sie bitte, was ›kein signifikanter Unterschied‹ heißt.«

»Die Gruppen waren statistisch nicht zu unterscheiden. Die durchschnittlichen Werte bei diesen Tests waren ähnlich.«

»Durchschnittlichen?«

»Mittelwerte – die Fünfzigprozentmarke. Mathematisch ist es der beste Maßstab des Typischen, Repräsentativen.«

»Ja, natürlich, aber was *bedeutet* das alles?«

»Chronisch kranke Kinder können gewisse Probleme bekommen, aber chronisch krank zu sein macht sie nicht unvermeidlich neurotisch oder psychotisch.«

»Warten Sie mal einen Augenblick«, sagte Moretti und klopfte auf den Papierstapel. »Ich sehe hier nicht, daß irgendwelche Probleme erwähnt werden, Doktor. Ihr grundsätzliches Ergebnis lautete, daß kranke Kinder normal waren.«

»Das stimmt. Nur –«

»Sie drücken es hier ganz klar aus, Doktor.« Er hielt den Artikel hoch, blätterte ein Blatt weiter und bohrte den Zeigefinger drauf. »Genau hier in Tabelle 3. ›Spielberger-Angstzustandswerte, Rosenberg-Selbstachtungswerte, Achenbach-Anpassungswerte waren alle‹ – und ich zitiere wörtlich – ›innerhalb normaler Limits.‹ Mit anderen Worten: Diese Kinder waren nicht nervöser oder unsicherer oder neurotischer als ihre gesunden Altersgenossen, habe ich recht, Doktor?«

»Das fängt an, ein Streitgespräch zu werden«, sagte Mal. »Wir sind hier, um Fakten zu finden.«

»Quasifakten bestenfalls«, entgegnete Moretti. »Dies ist Psychologie, nicht Wissenschaft.«

»*Sie* haben den Artikel zitiert, Herr Kollege«, sagte Mal.

»Der Bericht Ihres Zeugen scheint seiner eigenen veröffentlichten Arbeit zu widersprechen, Herr Kollege.«

»Möchten Sie, daß ich Ihre Frage beantworte?« fragte ich Moretti.

Er nahm die Brille ab, lehnte sich zurück und schenkte mir ein Viertellächeln. »Wenn Sie können.«

»Lesen Sie die Erörterung der Untersuchung«, sagte ich. »Speziell die letzten drei Absätze. Ich habe mehrere Problemfelder aufgelistet, mit denen chronisch kranke Kinder ihr Leben lang zu tun haben – Schmerzen und Unbequemlichkeit, Unterbrechung des Schulunterrichts infolge Behandlung und Krankenhausaufenthalten, Veränderungen, die sowohl durch die Krankheit als auch durch die Behandlung herbeigeführt werden, soziale Stigmatisierung, übertriebene Fürsorglichkeit der Eltern. Im allgemeinen werden Kinder sehr gut mit diesen Problemen fertig, aber Probleme existieren immer noch.«

»Die Erörterung«, sagte Moretti. »Aha. Der Ort, an dem die Forscher ihre Mutmaßungen abladen. Aber Ihre eigenen *Daten* – Ihre *Statistiken* sagen etwas anderes. Wirklich, Doktor –«

»Mit anderen Worten«, unterbrach ihn Mal und wandte sich an mich: »Was Sie sagen, Dr. Delaware, ist, daß kranke Kinder und traumatisierte Kinder sich einem ständigen Strom von Herausforderungen gegenübersehen – und das Leben ist qualvoll für sie –, aber manche werden damit fertig.«

»Ja.«

Mal ließ den Blick den Tisch hinauf- und hinunterwandern, stellte Augenkontakt zu allen Anwälten außer Moretti her. »Kein Grund, ein Kind dafür zu bestrafen, daß es gut damit fertig wird, nicht wahr, meine Herren?«

»Wer ist hier der Zeuge?« schnauzte Moretti ihn an und fuchtelte mit der Kopie herum.

»Kein Grund, ein Kind dafür zu bestrafen, wenn es sich mit seinem Trauma beschäftigt«, sagte Mal.

»*Trauma?*« wiederholte Moretti. »Hier in diesem Artikel steht nichts von *traumatisierten* Kindern. Dieses sind chronisch kranke Kinder – *chronisch* wie in ›Langzeit‹. Darren Burkhalter hat einmal etwas erlebt. Er lebt nicht mit einem dauerhaften Schmerz, und keine dauerhafte körperliche Veränderung ist bei ihm eingetreten. Er ist sogar weniger als ein chronisch behindertes Kind verletzlich und hat überhaupt keine Probleme.«

Er erlaubte sich ein volles Lächeln.

Für ihn war alles nur ein Spiel. Ich dachte an kleine Jungen, die sich in engen Gassen darin üben, wer am weitesten pinkeln kann, und sagte: »Sie haben recht, Mr. Moretti. Chronisch kranke und traumatisierte Kinder sind sehr verschieden. Darum wunderte es mich von Anfang an, daß Sie aus dem Artikel zitiert haben.«

Ein paar von den anderen Anwälten lächelten.

»*Touché*«, flüsterte mir Mal ins Ohr.

Einer der anderen Anwälte flüsterte Moretti etwas ins Ohr. Der Leitwolf war nicht erfreut über das, was er hörte, aber er lauschte mit unbewegtem Gesicht und legte die Fotokopie beiseite.

»Gut, Doktor, lassen Sie uns über den Begriff des frühkindlichen *Traumas* reden. Ihre Schlußfolgerung, wenn ich Sie richtig verstehe, lautet, daß Darren Burkhalter wegen seiner Gegenwart bei einem Autounfall emotional sein Leben lang eine Art seelische Narbe mit sich herumtragen wird.«

»Sie verstehen mich falsch«, sagte ich. Moretti wurde rot. Mal hob die Augenbrauen und gab einen leisen Pfiff von sich.

»Also jetzt, Doktor –«

»Was ich gesagt *habe,* Mr. Moretti, war, daß Darren Burkhalter, als ich ihn untersuchte, für ein Kind seines Alters typische Traumasymptome aufgewiesen hat. Schlafstörungen, Alpträume, Phobien, Aggressivität, Hyperaktivität, Wutanfälle, Perioden verstärkter Anklammerung. Nach Aussagen seiner Mutter und der Kindergärtnerin in der Krippe hat er vor dem Unfall keine dieser Verhaltensweisen an den Tag gelegt. Es ist vernünftig anzunehmen, daß sie mit dem Unfall zu tun haben – obwohl ich das nicht mit harten Daten beweisen kann. Ob diese Probleme sich zu chronischen Behinderungen entwickeln werden, ist nicht klar, obwohl die Gefahr groß ist, wenn die Psychotherapie nicht fortgesetzt wird. Darren ist in seiner Sprachentwicklung zurückgeblieben – gegenüber dem Durchschnitt ist er mehrere Monate zurück. Wieviel davon mit dem Trauma zu tun hat, läßt sich unmöglich feststellen, aber es ist wohl angebracht, darüber nachzudenken, wenn wir die Zukunft dieses Kindes betrachten.«

»Es ist natürlich unmöglich, darüber mit Sicherheit zu urteilen«, sagte Moretti. »Soweit ich der Literatur auf Ihrem Gebiet gefolgt bin, ist Intelligenz primär genetisch bedingt. Der beste Indikator, wie der Intelligenzquotient eines Kindes aussehen wird, ist der Intelligenzquotient seines Vaters – Katz, Dash und Ellenberg, 1981.«

»Den IQ dieses Vaters wird man nie mehr testen«, sagte Mal.

»Statt dessen hatte ich verlangt, daß Mrs. Burkhalter sich einem IQ-Test unterziehen sollte, aber das haben Sie leider abgelehnt, Mr. Worthy.«

»Sie hat genug durchgemacht, Herr Kollege.«

»Wie auch immer«, sagte Moretti. »Schlußfolgerungen lassen sich immer noch aus dem ziehen, was wir von diesen Leuten wissen. Weder Mr. noch Mrs. Burkhalter haben die Highschool beendet. Beide waren sie Abbrecher, Aussteiger, haben Hilfsarbeiten verrichtet. Das weist auf eine unterdurchschnittliche genetische Begabung in dieser Familie hin. Ich würde nicht annehmen, daß Darren einen durchschnittlichen Intelligenzquotienten erreicht. Was meinen Sie, Dr. Delaware?«

»Es ist wohl kaum so einfach«, sagte ich. »Der IQ der Eltern ist ein besserer Indikator für den Intelligenzquotienten der Kinder als die meisten anderen Faktoren, aber er ist immer noch kein sehr *zuverlässiger* Indikator, wenn man berücksichtigt, daß er für weniger als zwanzig Prozent der Fälle gilt. Katz, Dash und Ellenberg betonen das in ihrer Nachuntersuchung 1983. Einer von jeweils fünf Faktoren, Mr. Moretti. Keine gute Wahrscheinlichkeit für eine Wette.«

»Sind Sie ein Glücksspieler, Doktor?«

»Nein. Deshalb habe ich den Fall übernommen.«

Die Sekretärin lächelte.

Moretti wandte sich an Mal. »Herr Kollege, ich rate Ihnen, diesen Zeugen darauf hinzuweisen, daß ein angemessenes Benehmen erforderlich ist.«

»Betrachten Sie sich als darauf hingewiesen, Dr. Delaware«, sagte Mal und kämpfte gegen ein Grinsen. Er ließ die Manschettenknöpfe aufblitzen und warf einen Blick auf seine Rolex. »Können wir fortfahren?«

Moretti setzte wieder die Brille auf und überflog ein paar Papiere. »Dr. Delaware«, sagte er und machte dann eine Pause, als koste er eine Pointe aus. »Nun, Dr. Delaware. Sie wollen wohl nicht behaupten, daß Darren Burkhalter ohne diesen Unfall vielleicht ein Kernphysiker geworden wäre, oder?«

»Niemand weiß, was Darren geworden wäre oder was er werden *wird*«, sagte ich. »Jetzt sehen die *Tatsachen* so aus, daß infolge eines ungewöhnlich schweren Traumas seine sprachliche Ausdrucksfähigkeit unterdurchschnittlich entwickelt und daß er einem großen Druck ausgesetzt ist.«

»Wie war seine sprachliche Ausdrucksfähigkeit vor dem Unfall entwickelt?«

»Seine Mutter berichtet, daß er zu sprechen anfing. Aber nach dem Trauma –«

»Seine Mutter«, unterbrach Moretti. »Und sie gründen Ihre Schlußfolgerungen auf dem, was sie Ihnen sagte.«

»Unter anderem.«

»Zum Beispiel auch auf Ihr Interview mit der Kindergärtnerin.«

»Zum Beispiel.«

»Die Kindergärtnerin ist Ihre *Expertin?*«

»Sie machte einen sehr glaubwürdigen Eindruck und kannte Darren sehr gut. Sie berichtete, daß die Eltern sehr engagiert gewesen seien, sehr liebevoll. Sein Vater insbesondere hätte sich für seine Entwicklung –«

»Ja, lassen Sie uns von seinem Vater reden. Gregory Joe Burkhalter war vorbestraft, wußten Sie das, Doktor?«

»Ja, das wußte ich. Eine Verurteilung wegen Diebstahls vor mehreren Jahren.«

»Ja, Diebstahl, Doktor. Und er hat eine Gefängnisstrafe abgesessen.«

»Worauf wollen Sie hinaus?« fragte Mal.

»Es geht darum, Mr. Worthy, daß Ihr *Experte* seine Meinung von einer Kindergärtnerin bezeugen läßt, die bei Gericht *nicht* als Expertin zugelassen wäre. Er möchte diesen Vater als eine bedeutende Intelligenzquelle für dieses Kind hinstellen und aufgrund des Todes des Vaters daraus einen materiellen und emotionalen Verlust ableiten. Dieser Vater war ein Krimineller, mit minimaler Ausbildung ...«

»Mr. Moretti«, sagte ich. »Sind Sie der Meinung, daß nur gut ausgebildete Eltern es wert sind, daß man um sie trauert?«

Er überging mich. »... während die *Daten* in diesem Fall tatsächlich einen sozial und emotional verarmten ...«

Er fuhr eine Weile so fort, seine Lautstärke und Sprechgeschwindigkeit nahmen immer mehr zu, er glühte förmlich vor Kampflust. Mal war auch an dem Turnier beteiligt, bereit zum Gegenstoß.

Wettpinkeln. Und die Wahrheit, zum Teufel mit der Wahrheit. Moretti fing langsam an, mir auf die Nerven zu gehen, und ich unterbrach ihn und rief, um mich gegen die Flut von juristischem Fachchinesisch zu behaupten: »Mr. Moretti, Sie sind ein klassischer Fall dafür, wie Halbwissen gefährlich sein kann.«

Moretti erhob sich halb aus seinem Sessel, fing sich, setzte sich wieder hin und entblößte die Zähne: »Bauen Sie eine Abwehrhaltung auf, Doktor?«

»Es sollte ein Meeting werden, bei dem die Fakten ermittelt werden sollten. Wenn Sie hören wollen, was ich zu sagen habe, fein. Wenn Sie Egospiele machen wollen, werde ich nicht meine Zeit verschwenden.«

Moretti schnalzte mit der Zunge. »Mr. Worthy, wenn dies ein Vorgeschmack auf sein Benehmen vor Gericht sein soll, bekommen Sie einen ganzen Berg von Schwierigkeiten, Herr Kollege.«

Mal sagte nichts. Aber er kritzelte auf seinen Notizblock: *Habe ich ein Ungeheuer geschaffen?* und deckte es dann mit der linken Hand zu.

Moretti entging das nicht: »Gibt's irgend etwas, das wir im Protokoll festhalten sollten, Herr Kollege?«

»Ich kritzel' nur so herum«, sagte Mal und fing an, eine nackte Frau zu zeichnen.

»Wir sprachen über Kindheitstraumata«, sagte ich zu Moretti. »Möchten Sie, daß ich auf das Thema eingehe, oder bin ich fertig?«

Moretti versuchte, ein amüsiertes Gesicht zu machen. »Sie dürfen auf das Thema eingehen, wenn Sie Ihrem Bericht noch etwas hinzuzufügen haben.«

»Da Sie falsche Schlüsse aus meinem Bericht gezogen haben, habe ich noch viel hinzuzufügen. Darren Burkhalter leidet unter einer posttraumatischen Streßreaktion, aus der sich langandauernde psychische Probleme entwickeln können. Kurze Spieltherapie und eine Beratung der Mutter haben zu einer gewissen Abschwächung der Symptome geführt, aber eine weitere Behandlung ist angezeigt.« Zu den anderen Anwälten. »Ich sage nicht, daß chronische psychische Probleme unvermeidlich sind, aber ich schließe es auch nicht aus. Kein vernünftiger Experte würde das tun.«

»Ach, um Gottes willen«, sagte Moretti, »das Kind ist zwei Jahre alt.«

»Sechsundzwanzig Monate.«

»Das bleibt sich gleich. Er war achtzehn *Monate* zum Zeitpunkt des Unfalls. Sie sagen mir, daß Sie bereit sind, vor Gericht zu gehen und unter Eid auszusagen, daß er, wenn er sechsundzwanzig Jahre alt ist, von einem Unfall psychisch betroffen sein könnte, der stattfand, als er ein Baby war?«

»Das genau sage ich. Eine so intensive und brutale traumatische Szene, die in seinem Unterbewußtsein weiterlebt –«

Moretti räusperte sich abschätzig: »Wie sieht ein Unterbewußtsein aus, Doktor? Haben Sie schon mal eins gesehen?«

»Trotzdem haben Sie eins, Mr. Moretti. So wie ich auch und jeder andere in diesem Raum. In einfachen Begriffen ausgedrückt: Das Unterbewußtsein ist ein psychischer Vorratsbehälter. Der Teil unseres Bewußtseins, in den wir Erfahrungen und Gefühle einlagern, mit denen wir nichts zu tun haben wollen. Wenn unsere Abwehr herabgesetzt ist, kippt der Behälter um, und ein Teil des aufbewahrten Materials fällt heraus – Träume, Phantasien, scheinbar irrationales oder sogar selbstzerstörerisches Verhalten, das wir Symptome nennen. Das Unterbewußte ist real vorhanden, Mr. Moretti. Es ist das, was *Sie* hier davon träumen läßt zu *gewinnen*. Ein großer Teil davon hat Sie motiviert, Anwalt zu werden.«

Das saß. Er gab sich Mühe, ruhig zu bleiben, aber seine Augen zuckten, seine Nasenflügel zitterten, und sein Mund zog sich so sehr zusammen, daß er spitz wurde.

»Danke für diese Einsicht, Doktor. Schicken Sie mir eine Rechnung – obgleich ich, wenn ich sehe, was Sie von Mr. Worthy verlangen, nicht weiß, ob ich Sie mir leisten kann. Bleiben wir aber vorläufig bei dem Unfall –«

»*Unfall* ist nicht das richtige Wort, um es zu beschreiben, was Darren Burkhalter erlebt hat. *Katastrophe* wäre angebrachter. Der Junge machte ein Nickerchen in seinem Wagen bis zu dem Augenblick des Zusammenstoßes. Das erste, was er sah, als er aufwachte, war der vom Rumpf getrennte Kopf seines Vaters, der über den Vordersitz flog und neben ihm landete, während die Gesichtszüge noch zuckten.«

Mehrere Anwälte verzogen schmerzhaft das Gesicht.

»Es fehlten nur ein paar Zentimeter, dann wäre er dem Jungen auf den Schoß gefallen«, sagte ich. »Darren muß gedacht haben, es wäre eine Art Puppe, weil er ihn aufzuheben versuchte. Als er die Hand wegzog und sah, daß sie voller Blut war – sah, was es wirklich war –, wurde er hysterisch. Und blieb volle fünf Tage lang hysterisch, Mr. Moretti, und schrie ›Dada!‹, völlig außer sich.«

Ich machte eine Pause, damit sie es sich einprägten. »Er wußte, was geschah, Mr. Moretti – er hat es in meiner Praxis jedesmal, wenn er da war, ausagiert. Er ist eindeutig alt genug, eine dauerhafte Erinnerung zu bilden. Ich zitiere Ihnen *dazu* Statistiken, wenn Sie wollen. Und diese Erinnerung wird nicht einfach verschwinden, bloß weil Sie es so wollen.«

»Eine Erinnerung, die Sie am Leben erhalten, indem sie ihn das immer und immer wieder durchmachen lassen«, sagte Moretti.

»Was Sie behaupten«, entgegnete ich, »ist also, daß die Psychotherapie seinen Zustand verschlimmert. Daß wir das Ganze einfach vergessen oder so tun sollen, als wäre es nie geschehen.«

»Doppelt *touché*«, flüsterte Mal.

Moretti bekam Glotzaugen. »*Ihre* Meinung wird hier geprüft, Doktor. Ich möchte, daß Sie dieses ganze Trauma-Gerede mit *Daten* untermauern.«

»Das tue ich gern.«

Ich hatte auch einen Stapel Artikel, zog sie heraus, zitierte die Literatur, warf ihm Zahlen an den Kopf und hielt eine etwas manische Vorlesung über die Entwicklung des Gedächtnisses bei Kindern und ihre Reaktion auf Katastrophen und Traumata. Ich benutzte die Tafel, um meine Ergebnisse zusammenzufassen.

»Bloße Verallgemeinerungen«, sagte Moretti.

»Möchten Sie etwas Objektiveres?«

Er lächelte. »Das wäre nett.«

»Na toll!«

Die Sekretärin rollte den Videomonitor herein, schob das Band in den Rekorder, dämpfte das Licht und drückte auf den Startknopf.

Als es vorbei war, Totenstille. Schließlich griente Moretti und sagte: »Planen Sie eine zweite Karriere im Filmgeschäft, Doktor?«

»Ich habe genug gesehen und gehört«, sagte einer der anderen Anwälte. Er schloß seinen Aktenkoffer und schob seinen Stuhl vom Tisch weg. Mehrere andere taten ein Gleiches.

»Noch irgendwelche Fragen?« fragte Mal.

»Nein«, antwortete Moretti. Aber er sah zufrieden aus, und mich packten Selbstzweifel. Er zwinkerte mir zu und salutierte. »Wir sehen uns vor Gericht, Doktor.«

Als sie weg waren, schlug Mal sich aufs Knie und vollführte einen kleinen Tanz.

»Genau getroffen, einfach großartig. Ich müßte ihre Angebote heute nachmittag bekommen.«

»Ich habe es stärker gebracht, als ich vorhatte«, sagte ich. »Der Idiot hat mich verrückt gemacht.«

»Ich weiß, du warst wundervoll.« Er fing an, seine Papiere einzusammeln.

»Was ist mit Morettis Abschiedsböller?« fragte ich. »Es sah so aus, als ob er sich aufs Gericht freute.«

»Reines Theater. Gesicht bewahren vor seinen Partnern. Er wird sich vielleicht als letzter melden und ein Angebot machen, aber glaub mir, *melden* wird er sich. Ist das ein Armleuchter, was? Hat einen enormen Ruf als knallharter Prozessierer, aber du hast es ihm so richtig gegeben – dein kleiner Seitenhieb über das Unterbewußte traf genau den Punkt, Alex.«

Er schüttelte den Kopf vor Ausgelassenheit und Schadenfreude. »Gott weiß, wie der den Arsch zusammenkneifen mußte, um sich nicht gleich hier in die Hosen zu machen. *Und ein großer Teil davon hat Sie motiviert, Anwalt zu werden.* Ich habe dir das nicht erzählt, aber Morettis Dad war eine große Kanone als Psychiater in Milwaukee, hat eine Menge Gutachten fürs Gericht gemacht. Moretti muß ihn gehaßt haben, weil er wirklich einen Piek auf Seelenklempner hat – darum hat man ihm diesen Auftrag hier gegeben.«

»Stanford und Psychologie im Hauptfach«, sagte ich. »Blablablablabla.«

Mal hob einen Arm in gespielter Angst. »Junge, du bist wirklich ein gemeiner Bastard geworden, nicht wahr?«

»Habe einfach den ganzen Quatsch satt«, sagte ich. Ich ging zur Tür. »Ruf mich mal eine Zeitlang nicht an, okay?«

»Heh, versteh mich nicht falsch, Alex, ich mache dir keine Vorwürfe. Es gefällt mir, ich meine: Ich find's einfach toll.«

»Ich fühle mich geschmeichelt«, sagte ich. Und überließ ihn seinem Triumph und seinen Kalkulationen.

Als ich nach Hause kam, klingelte das Telefon. Ich hob es im gleichen Augenblick wie die Frau vom Auftragsdienst ab, hörte Del Hardys Stimme nach Dr. Delaware fragen. Ich redete hinein und sagte dem Fräulein, ich übernähme den Anruf.

»Ich habe etwas herausbekommen«, sagte Del. »Konnte nicht viel Hilfe in Hollywood kriegen, aber ich habe mit einem von diesen Gerichtsmedizinern gesprochen. Hast du irgendwie Bedarf, so was zu hören?«

»Schieß los.«

»Okay, zuerst die Zeit des Todes – zwischen acht Uhr abends und drei Uhr früh am Sonntag. Zweitens Todesursache. 22-Kaliber-Kugel ins Gehirn. Ist genau in die Großhirnrinde eingedrungen und da herumkarbolzt, wie das bei einer Kleinkaliberkugel so ist, hat viel Schaden angerichtet. Drittens fanden sich große Mengen Alkohol und Barbiturate in ihrem System – so gut wie tödliche Dosierung. Der Gerichtsmediziner fand auch ein paar alte Narben zwischen ihren Zehen, die wie Einstiche aussahen. Hast du gewußt, daß diese Dame mit harten Drogen zu tun hatte?«

»Nein«, sagte ich. »Aber das war sicher lange her.«

»Ja. Die Leute verändern sich. Das hält uns so auf Trab.«

»Überdosis und eine Kugel«, sagte ich.

»Ernsthaftigkeit der Absicht«, erklärte Del. »Vor allem für eine Frau, obwohl sie, wenn sie ganz sicher hätte gehen wollen, die Kanone hätte ›essen‹ müssen, genau ins Rückenmark, löscht das Nervensystem aus und schneidet die Atmung ab. Aber die meisten Leute wissen das nicht, die sehen fern und denken, der Schläfenschuß ...« Er hielt ein. »Sorry.«

»Schon gut«, sagte ich. »Mit soviel Barbituraten in ihrem Körper – mußte sie da nicht zu schläfrig zum Schießen sein?«

»Nicht sofort«, entgegnete Del. »Nun, hier ist noch was Interessantes: Der Gerichtsmediziner sagte mir, sie hätten den Fall schnell über die Bühne gebracht, Befehl vom Boß – ihr üblicher Durchschnitt ist sechs bis acht Wochen um diese Jahreszeit. Es wurde ihnen auch gesagt, mit niemandem darüber zu reden.«

»Warum die Geheimnistuerei?«

»Der Pathologe hatte den Eindruck, daß es sich um reiche Leute handelte, die haben die kleinen Röllchen wie toll geschmiert; soll keine Wellen schlagen.«

»Das Revier hat Informationen an die Presse herausgegeben.«

»Kontrollierte Infos«, sagte Del. »Strategisches Denken. Wenn du *gar nichts* über etwas sagst und jemand bekommt heraus, daß du's zurückgehalten hast, fangen die Leute sofort an, von Verschwörung zu reden. Ihnen zu sagen, was *du* willst, ist sicherer, läßt dich offen und ehrlich erscheinen. Nicht, daß es viel zu erzählen gibt über diesen Fall – glatter Selbstmord, kein Hinweis auf irgendwelche faulen Tricks oder so. Was die Drogen-Kanonen-Kombination angeht, hatte der Pathologe zwei Szenarios: A: Sie hat Alkohol und Drogen geschluckt, um sich zu töten, es sich dann anders überlegt, wollte es schneller oder vielleicht dramatischer hinter sich bringen und nahm das Schießeisen. Leuchtet mir ein – Selbstmord ist 'ne Botschaft, stimmt's? Ihr Jungs habt uns das gelehrt: Letztes Statement an die Welt. Die Leute können ganz schön wählerisch werden, wie sie's planen, was?«

»Stimmt. Was ist B?«

»Drogen und Alkohol, um die Hemmungen abzubauen, genug Mut aufzubringen, um sich zu erschießen. Als sie sich voll genug fühlte, drückte sie auf den Abzug. Wie man's auch betrachtet, das Endergebnis ist dasselbe.«

»Hat sie einen Abschiedsbrief hinterlassen?«

»Nein. Eine Menge Leute tun's nicht. Stimmt's?«

»Stimmt.«

»Wie dieser Kanadier McWieheißternoch sagte: Das Medium kann die Message sein; es genügt schon.«

»Welcher Detective ist mit dem Fall beauftragt?« fragte ich.

»Jemand mit dem Namen Pinckley, ist gerade gestern ab nach Hawaii in den Urlaub.«

»Extra?«

»Würde ich nicht so laut sagen«, sagte Del. »Urlaub wird hier lange im voraus geplant. Pinckley ist ein großer Surfer – er war früher bei nationalen Ausscheidungen dabei. Er geht jedes Jahr um diese Zeit in Urlaub, um sich die Meisterschaften in Wiamea anzusehen. Ich habe Hollywood angerufen und es nachgeprüft – Dienstplan war schon vor Monaten festgelegt.«

»Wer hat's von Pinckley übernommen?«

»Es gibt nichts zu übernehmen. Der Fall ist abgeschlossen.«

»Was ist mit Trapps Besuch an ihrem Haus?«

Er senkte die Stimme. »Ich sagte, daß ich *etwas* herausgefunden hätte, erinnerst du dich? Dazu gehört nicht, daß ich in das Büro meines Chefs gehe und ihn in die Mangel nehme.«

»Okay, sorry.«

»Keine Ursache. Aber ich muß vorsichtig sein.«

»Sonst noch was, Del?«

Pause. »*Wie* gut, sagst du, hast du sie gekannt?«

»Ich habe sie vor sechs Jahren zum letztenmal gesehen.«

»Gut genug, um zu wissen, daß sie keine Nonne war?«

»Gut genug.«

»Okay. Wenn du ein naher Angehöriger oder ein Ehemann wärst, würde ich dir dies nicht erzählen. *Ich habe dir nichts gesagt, ist das klar?* Meine Quelle in Hollywood sagt, es geht ein Gerücht um im Revier, als sie zu ihrem Haus raufkamen, fand einer der Techniker einen Pornofilm versteckt unter der Matratze – nur ein kurzer Streifen. Aber *sie* war drauf. Sie war vielleicht eine Doktorin, aber sie hatte auch noch andere Talente.«

Ich sog die Luft ein.

»Alex?«

»Ist der Streifen immer noch in der Asservatenkammer, Del?«

»Nicht alles kommt in die AK.«

»Ach.«

»In so einem Fall ist es besser für die Dame. Was ist besser: Das Ding in irgendeiner Unterwäscheschublade von 'nem Polizisten rumliegen zu lassen, daß er sich's manchmal rausholt und privat durchnudelt, oder die Sache in die Zeitungen zu bringen: ›Doktorin führte Doppelleben‹? Weißt du, was sie damit machen würden? Ich meine, dieser Streifen ist kein Disney-Film.«

»Was war drauf?«

»Was du dir vorstellen würdest.«

»Könntest du dich genauer ausdrücken, Del?«

»Willst du es wirklich hören?«

»Schieß los.«

Er seufzte. »Okay. Erzählt hat man mir, daß es eines von diesen Onkel-Doktor-Spielen war. Du weißt schon: erst die Untersuchung, dann wird daraus Sex. Sie war die Patientin, irgendein Typ war der Doktor.« Pause. »Das ist alles, was ich weiß. Ich habe es *nicht* gesehen.«

»Hat sie noch etwas anderes hinterlassen? Patientenkarteien?«

»Ich habe nicht gefragt.«

»Was ist mit dem schnellen Verkauf des Hauses?«

»Da der Fall abgeschlossen ist, gibt es keinen Grund, nicht zu verkaufen.«

»Gehörte ihr das Haus?«

»Das habe ich nicht überprüft.«

»Was ist mit der Zwillingsschwester? Habt ihr sie gefunden?«

»Nein. Keine Shirlee Ransom in irgendeiner unserer Karteien, was nichts bedeuten will – sie war keine Kriminelle. Der Autoklub hatte ihren Namen auch nicht.«

»Sie hätte wohl kaum einen Wagen fahren können.«

»Wie auch immer. Die Suche nach Erben ist nicht unser Geschäft, Alex. Welcher Anwalt auch immer ihr Testament eröffnet, müßte 'ne private Detektivagentur bemühen. Und um deine nächste Frage zu beantworten: Nein, ich weiß nicht, wer das ist.«

»Okay«, sagte ich. »Danke für deine Zeit und Mühe.«

»Keine Ursache. Gebe ich gern her, wenn es möglich ist.«

Was eine höfliche Art war, mir zu sagen: ›Laß mich in Ruhe.‹

13

Ein Pornovideo.

Kruses »Forschungsgebiet«.

Erforschung der Grenzen der menschlichen Sexualität.

Larry hatte darüber gelacht, aber verlegen. Seine Arbeit für Kruse war eine Phase in seiner Karriere, die er vergessen wollte, das war klar. Jetzt mußte ich ihn wieder daran erinnern. Ich rief seine Praxis in Brentwood an, aber die private, an seinem Antwortdienst vorbei.

»Ich bin mit einem Patienten beschäftigt«, sagte er mit gedämpfter Stimme. »Ich rufe dich Viertel vor wieder an.«

Das tat er, genau um zwei Uhr fünfundvierzig, mampfte etwas und sprach zwischen den Bissen.

»Habe ich dir schon gefehlt, Alex? Was hast du auf dem Herzen?«

»Sharon Ransom.«

»Ja, ich habe davon gelesen. Oh, Gott, ich hatte vergessen – ihr wart ja früher ein Paar, was?«

»Sie war auf Kruses Party, Larry. Ich traf sie, als du weggingst, um anzurufen. Ich habe mit ihr am Tag, bevor sie starb, geredet.«

»Oh. Machte sie einen deprimierten Eindruck?«

»Ein bißchen ›down‹. Sie sagte, es liefe nicht so gut. Aber nichts Ernstes, nichts, was die Alarmklingel ausgelöst hat. Du und ich, wir wissen allerdings, was das nützt.«

»Ja, die gute, alte professionelle Intuition. Wir könnten auch ebensogut ein spiritistisches Ouija-Brett benutzen.«

Schweigen.

»Sharon Ransom«, sagte er. »Unglaublich. Sie war damals so toll.«

»War sie auch später noch.«

»Unglaublich«, wiederholte er. »Ich habe sie seit unserer Ausbildung nicht mehr gesehen, niemals auf irgendeinem Meeting oder Kongreß wiedergetroffen.«

»Sie lebte in L. A.«

»Geheimnisvolle Frau. Sie hat immer ein bißchen davon ausgestrahlt.«

»Hat sie an dem Pornoprojekt mitgearbeitet, Larry?«

»Nicht, als ich da war. Wieso?«

Ich erzählte ihm davon, daß sie Kruses Assistentin gewesen war. Und von dem Video.

»Willkommen in Hollyfick«, sagte er. Klang aber nicht so überrascht, und ich sprach ihn darauf an.

»Darum bin ich nicht überrascht, Alex. Bei jemand anderem vielleicht, aber nicht bei ihr.«

»Warum nicht?«

»Um die Wahrheit zu sagen, ich habe sie immer merkwürdig gefunden.«

»In welcher Hinsicht?«

»Nichts Auffallendes, aber etwas an ihr, das nicht richtig gestimmt war – wie ein schönes, aber schief hängendes Bild.«

»Du hast nie etwas zu mir gesagt.«

»Wenn ich dir gesagt hätte, daß ich dächte, deine Freundin wäre eine fragwürdige Persönlichkeit, hättest du mir dann ruhig zugehört und gesagt: ›Mensch, danke, Larry‹?«

»Nein.«

»Nein ist richtig. *Au contraire,* du wärst stocksauer gewesen, hättest wahrscheinlich nie wieder mit mir geredet. Nein, nein, Kinder. Onkel Larry hält den Mund. Erste Regel in der Therapie: Wenn du nicht sicher bist, sage nichts. Und ich *war* nicht sicher. Ich habe sie nicht förmlich diagnostiziert – es war nur ein Eindruck. Außerdem schienst du mit ihr Spaß zu haben, und ich sah dich nicht mit ihr verheiratet.«

»Warum?«

»Sie schien einfach nicht die Sorte zu sein, die heiratet.«

»Welche Sorte schien sie zu sein?«

»Die Sorte, die man sich nebenbei hält und deretwegen man sein Leben zerstört, Alex. Ich schätze, du warst zu clever dazu. Und ich habe mich nicht geirrt, oder?«

Pause.

Er sagte: »Laß mich dir eine Frage stellen, und nimm sie mir nicht übel: War sie gut im Bett?«

»Nicht wirklich«, sagte ich.

»Machte alles mit, aber hatte nicht wirklich Spaß dabei?«

Ich war überrascht. »Wie kommst du darauf?«

»Als wir über das Video sprachen, fiel mir ein, an wen sie mich erinnerte: an die Pornoschauspielerinnen, die Kruse in seinen Filmen hatte. Ich lernte sie kennen, als ich für ihn arbeitete. Diese Mädchen strömten alle Sex-Appeal aus und wirkten so, als ob sie aus Steinen Blut saugen könnten. Aber du hattest das Gefühl, daß es nur eine Lackschicht war, etwas, das mit dem Make-up abkam. Sinnlichkeit gehörte nicht zu ihren Persönlichkeiten – sie wußten, wie sie ihre Gefühle von ihrem Verhalten abspalten konnten.«

»Abspalten?« fragte ich. »Spaltung? Wie bei Borderline-Patienten, schizoiden Grenzfällen?«

»Genau. Aber versteh mich nicht falsch. Ich sage nicht, daß Sharon ein Grenzfall *war,* oder auch nur, daß alle Schauspielerinnen es waren. Aber sie und all diese Mädchen hatten ein paar Borderline-Eigenschaften an sich. Tippe ich da richtig?«

»Du triffst ins Schwarze«, sagte ich, verwundert über mich selbst. »Sie hatte typische Borderline-Eigenschaften. All diese Jahre habe ich das nicht kapiert.«

»Mach dich nicht verrückt, Alex. Du hast mit ihr *geschlafen* – littest an einem schweren Fall von Pussyblindheit. Ich würde nicht ausgerechnet von dir erwarten, daß du das bei ihr diagnostiziert hättest. Aber ich bin nicht überrascht, daß sie einen Pornofilm gemacht hat.«

Versteckte Persönlichkeitsstörung. Wenn Sharon diese Diagnose verdient hatte, war ich an einer Katastrophe vorbeigeschlittert.

Der Borderline-Patient ist der Alptraum des Therapeuten. Während meiner Ausbildung, bevor ich beschloß, mich auf Kinder zu spezialisieren, lernte ich mehr als genug von ihnen bei meiner therapeutischen Arbeit kennen.

Therapeutische Arbeit? Besser: Ich *versuchte,* sie zu behandeln. Denn bei Borderline-Patienten gibt es nie wirklich eine Besserung. Das Beste, was man tun kann, ist: ihnen helfen, weiter so dahinzuleben, ohne daß man sich in ihre Krankheit *hineinreißen* läßt.

Auf den ersten Blick wirken sie normal, manchmal sogar übernormal. Haben Jobs, bei denen sie unter Hochdruck stehen und Glanzleistungen vollbringen. Aber ihr Leben ist ein ständiger Drahtseilakt, Gesundheit und Wahnsinn liegen dicht beieinander. Sie sind unfähig, Beziehungen einzugehen, unfähig, Einsichten zu gewinnen, niemals frei von einem tiefsitzenden, wie Rost an ihnen nagenden Gefühl der eigenen Wertlosigkeit und einer Wut, die unvermeidlich in einen Akt der Selbstzerstörung überschwappt.

Sie sind die chronisch Deprimierten, entschlossen Süchtigen, zwanghaft von ihrer Umwelt Geschiedenen, die von einer emotionalen Katastrophe in die nächste stürzen. Betthopser, Leute, denen andauernd der Magen ausgepumpt werden muß, Autobahnbrükkenspringer und traurig dreinschauende, auf Bänken sitzende Menschen mit genähten Pulsadern und Narben an den Armen und seelischen Wunden, die sich niemals nähen lassen. Ihre Egos sind so empfindsam wie Zuckerwatte, ihre Psychen unwiederbringlich fragmentiert wie ein Puzzlespiel, bei dem wichtige Teilstücke fehlen. Sie spielen bereitwillig, munter und eifrig Rollen, sind hervorragende Darsteller in allen anderen Rollen als ihren eigenen, sehnen sich nach Vertrautheit und intimen sexuellen Beziehungen, aber lehnen sie ab, wenn sie sie finden. Manche von ihnen zieht es zur Bühne oder zum Film. Andere agieren ihre innere Unordnung auf subtilere Weise aus.

Niemand weiß, wie oder warum ein Mensch ein Borderline-Fall wird. Die Freudianer sagen, es käme vom emotionalen Liebesentzug während der ersten beiden Lebensjahre, die biochemische Schule gibt falscher Verdrahtung die Schuld. Keine der beiden Richtungen behauptet, ihnen viel helfen zu können.

Borderline-Patienten wandern von einem Therapeuten zum nächsten, hoffen, eine magische Pille oder Kugel gegen das niederschmetternde Gefühl der Leere zu bekommen. Sie greifen zu Tabletten und Pulvern, schlucken Beruhigungsmittel und Antidepressiva, Alkohol, sniffen und spritzen, rauchen Kokain, werfen sich Gurus und Himmelsreklamefritzen an den Hals. Jedem charismatischen Fiesling, der ihnen ein schnell wirkendes Mittel gegen das Wehweh verspricht. Und dann verbringen sie eine Zeit in psychiatrischen Einrichtungen und Gefängniszellen, machen sich prima, die Behandlung und der Aufenthalt scheinen Wunder gewirkt zu haben, du schöpfst Hoffnung, und dann krach – bis zur nächsten Enttäuschung, zum nächsten Ausflug in die Selbstzerstörung.

Sie ändern sich nie.

Ada Small hatte früher mal mit mir darüber gesprochen – das einzige Mal, daß ich je Wut in ihrer Stimme hörte.

Halte dich von ihnen fern, Alex, wenn du dich qualifiziert fühlen willst, kompetent sein willst. Die lassen dich jedesmal dumm aussehen. Du arbeitest mit ihnen, und du bemühst dich um ein gutes Verhältnis und Harmonie, und das geht Monate, sogar Jahre so, und du denkst schließlich, du hast es geschafft und bist jetzt soweit, ein bißchen Einsichtarbeit *zu machen. Vielleicht bekommst du auch wirklich eine Veränderung in Gang, die Einsicht scheint zu kommen, und dann hauen sie dich in die Pfanne, dann lassen sie dich im Stich. Du sitzt da und überlegst, was kannst du falsch gemacht haben, fragst dich, ob du den richtigen Beruf ergriffen hast. Dann denke dran: Es liegt nicht an dir – es liegt an ihnen. Sie können sich einen Augenblick glänzend aufführen – sagenhaft, ein voller Erfolg, und im nächsten hängen sie am Fenstersims und zappeln mit den Beinen.*

Am Fenstersims – draußen auf der Klippe.

Mehr als bei jedem anderen Psychiatriepatienten muß man bei Borderlinern mit Selbstmordgefahr rechnen. Und das sind die, bei denen es ›klappt‹.

»Ich habe immer bei den Schauspielerinnen gesessen und mit ihnen geredet«, sagte Larry. »Ein paar von ihnen lernte ich ein bißchen besser kennen und fing an, sie zu verstehen – ihre Promiskuität, wie sie es machten, was sie machten. In den Augen von Borderlinern kann Promiskuität, Herumvögeln, eine halbwegs anständige Art von Anpassung sein, die perfekte Spaltung. Einen Mann für die Freundschaft, einen anderen für die intellektuelle Stimulierung, einen dritten für den Sex. Zack, zack, zack – fein und sauber. Wenn dabei keine Intimität entsteht – egal – immer noch besser als Einsamkeit. Spalten ist auch eine tolle Methode, um abzuschalten, während sie sich reihenweise die Typen reinziehen. Mit dem Strippen ist es genauso. Nur ein Job. Wie sonst könnten sie es fertigbringen? Dann nach Haus und Makkaroni machen mit Käse und Kreuzworträtsel lösen. Die Schauspielerinnen gaben das zu: Als sie sich im Film agieren sahen, war es, als sähen sie jemand anderem zu.«

»Dissoziation, Zerfall der Persönlichkeit«, sagte ich.

»Par excellence.«

Ich dachte an Sharons zersplittertes Leben.

Die routinehafte, schließlich leidenschaftslose Art, wie sie liebte. Ihre Weigerung, mit mir zusammenzuleben, mit irgend jemandem zusammenzuleben. Die Gleichgültigkeit, mit der sie vom Tod ihrer Eltern gesprochen hatte. Daß sie dann den Beruf einer Psychologin ergriffen hatte, so als ob sie anderen Menschen helfen wollte, um dann ihre Patienten zu verführen. Die Universität zu beenden, sich aber nie eine Zulassung zu besorgen. Die grauenvolle Nacht, in der ich sie mit dem Foto von den Zwillingen angetroffen hatte.

Ich bin ihr einziges kleines Mädchen.

Die Lügen.

Das Video.

Daß sie sich mit einem fiesen Typ wie Kruse zusammengetan hatte.

»Hat Kruse seine Studentinnen je gefilmt, Larry?«

»Meinst du, *er* hat sie den Film mitmachen lassen?«

»Logisch. Er war ihr Studienberater. Er hatte sich doch auf Porno eingelassen.«

»Das schon. Nur daß seine Filme keine Kurzvideos, sondern halbstündige Spielfilme in Farbe und mit Ton waren. Sollten Ehepaaren mit sexuellen Disfunktionen eine Orientierungshilfe sein; mit einer Distanzierung am Anfang und einem Typ, der wie Orson Welles klang und im Kommentarton dazu plauderte, während der Zoom auf eine Schautafel zufuhr. Außerdem benutzte Kruse Schauspieler und Schauspielerinnen. Professionelle. Ich habe nie eine Studentin in irgendwelchem Filmmaterial von ihm gesehen.«

»Vielleicht gab's etwas, das du nicht gesehen hast.«

»Das gab es sicher. Aber hast du einen Hinweis, daß er sie gefilmt hat?«

»Nein. Nur so ein Gefühl im Bauch.«

»Was weißt du über das Video, außer der Tatsache, daß sie drauf war?«

»Soll eine Doktor-Patientin-Verführungsgeschichte sein. Beschrieben hat es mir jemand, der es selbst nie gesehen hat, und jetzt ist das Video verschwunden.«

»Du redest also im Grunde von einer Information aus dritter Hand – das alte Telefonierspiel. Du weißt schon: Bei jedem Weitersagen wird es besser. Vielleicht war sie doch nicht das Videomädchen.«

»Vielleicht.«

Pause. »Willst du es rausbekommen?«

»Wie?«

»Ich *könnte* dir vielleicht 'ne Kopie besorgen. Alte Kontakte noch vom Forschungsprojekt her.«

»Ich weiß nicht.«

»Ja«, sagte er. »Das *wäre* gemein – vergiß, daß ich davon geredet habe. Oh, das Licht ist gerade angegangen. Habe einen Patienten im Wartezimmer. Hast du sonst noch etwas auf der Seele?«

Ich rang mit meinen Gefühlen. Neugier – nein, sagen wir so, Delaware: Voyeurismus – in Verbindung mit Angst davor, noch mehr ekelerregende Wahrheiten zu erfahren.

Aber ich sagte: »Sieh mal zu, ob du den Film besorgen kannst.«

»Bist du sicher?«

Ich war nicht sicher, aber ich hörte mich ja sagen.

»Okay«, sagte er. »Ich melde mich wieder bei dir, sobald ich Bescheid weiß.«

Mein gestriges Gespräch mit Robin – meine Reizbarkeit, die Art, wie das Ganze verpufft war – quälte mich noch immer. Um vier rief ich sie an. Der letzte Mensch, mit dem ich reden wollte, antwortete.

»Ja.«

»Ich bin's, Rosalie.«

»Sie ist nicht hier.«

»Wann erwartest du sie zurück?«

»Sie hat nicht gesagt, wann sie kommt.«

»Also gut. Würdest du ihr bitte ausrichten –«

»Ich richte ihr gar nichts aus. Warum läßt du sie nicht in Ruhe? Sie möchte nicht mit dir zusammensein. Kann man das nicht deutlich spüren?«

»Ich werde es vielleicht, wenn ich von ihr höre, Rosalie.«

»Hör mal zu. Ich weiß, es heißt, du wärst schlau und all das, aber du bist nicht so schlau, wie du denkst. Du und sie, ihr denkt, ihr seid erwachsen, habt alles begriffen, braucht von niemandem Rat. Aber sie ist immer noch mein Kind, und ich mag es nicht, wenn Leute sie herumstoßen.«

»Du meinst, ich stoße sie herum?«

»Wenn der Schuh Ihnen paßt, Mister? Gestern, nachdem sie mit dir geredet hatte, war sie den ganzen Rest des Tages niedergeschlagen und deprimiert, so wie früher als Kind, wenn es nicht nach ihrem Willen ging. Gott sei Dank haben sich ein paar Freunde angemeldet, und vielleicht wird sie es nun endlich schön haben und es sich gutgehen lassen. Sie ist so ein gutes Mädchen, braucht nicht so ein Elend. Also, warum vergißt du nicht einfach alles?«

»Ich werde überhaupt nichts vergessen, ich liebe sie.«

»Der röhrende Hirsch. Worte. Vergiß es.«

Ich biß die Zähne zusammen. »Gib ihr nur die Nachricht, Rosalie.«

»Mach deine Drecksarbeit selbst.«

Peng.

Ich saß da, zitternd vor Wut, fühlte mich ganz abgeschnitten und hilflos. Wurde auf Robin wütend, daß sie sich wie ein Kind gängeln und beschützen ließ.

Dann wurde ich ruhiger und begriff: Robin hatte keine Ahnung, daß sie sich beschützen ließ, hatte keinen Grund, damit zu rechnen, daß ihre Mutter sie abschirmte. Die beiden hatten nie eine enge Beziehung gehabt. Daddy hatte dafür gesorgt. Jetzt versuchte Rosalie, ihre Mutterrechte wieder geltend zu machen.

Es tat mir Rosalies wegen leid, aber das half nur zum Teil gegen den Zorn. Und ich wollte immer noch mit Robin reden, um die Angelegenheit zu klären. Warum zum Teufel erwies sich das bloß als so verdammt schwierig?

Das Telefon war nicht das richtige Medium, um das zu erledigen. Wir brauchten dafür Zweisamkeit, nur sie und ich und die richtige Atmosphäre.

Ich rief bei zwei Fluglinien an, um zu erfahren, wann sie nach San Luis flogen. Beide Male hörte ich nur aufgezeichnete Ansagen. Als es an der Tür läutete, legte ich auf.

Es läutete wieder. Ich ging hin, sah durch den Spion und erblickte ein bekanntes Gesicht: groß, breit und klumpig, fast jungenhaft, wenn man von den Aknenarben absah, mit denen sein Gesicht übersät war. Widerspenstiges schwarzes Haar, leicht ergraut, aber modisch kurz geschnitten um die Ohren herum und im Nacken, lang gelassen oben auf dem Kopf und mit einer Kennedytolle, die ihm über flache, quadratische Brauen und Koteletten fiel, die bis zu den unteren Spitzen seiner fleischigen Ohrläppchen reichten. Er hatte eine große Nase mit hohem Rücken und ein Paar überraschend grüne Augen unter buschigen schwarzen Brauen. Bleiche, jetzt von der heißen rosa Lackschicht eines Sonnenbrandes bedeckte Haut, die an der Nase dunkelrot war und abpellte. Das Ganze eine düster scheinende, häßliche Mischung.

Ich machte die Tür auf.

»Vier Tage vor der Zeit, Milo? Sehnst du dich wieder nach der Zivilisation zurück?«

»Fisch«, sagte er, überhörte meine Frage und streckte eine metallene Kühlbox vor sich hin. Er starrte mich an. »Du siehst entsetzlich aus.«

»Ja, danke. Du selbst siehst wie Erdbeerjoghurt aus. Wenn man's von unten aufrührt.«

Er verzog das Gesicht zu einer Grimasse. »Es juckt überall wie der Teufel. Hier, nimm mal. Ich muß mich kratzen.«

Er drückte mir die Kühlbox an die Brust. Das Gewicht ließ mich zurücktaumeln. Ich trug sie ins Haus und stellte sie auf den Küchentresen. Er folgte mir hinein, ließ sich in einen Sessel fallen, streckte die langen Beine aus und wischte sich mit beiden Händen über das Gesicht, als wüsche er sich ohne Wasser.

»So«, sagte er und streckte die Arme aus. »Was meinst du? Gottverdammtes Jucken, was?«

Er hatte ein rotschwarz kariertes Hemd mit Schottenmuster an, sackartige Khakihosen, Schnürstiefel mit Gummisohlen und eine Fischweste aus Khaki mit ungefähr einem Dutzend Taschen mit Reißverschlüssen. Ein Fischermesser in einer Halterung hing an seinem Gürtel. Er hatte ein bißchen zugelegt – mußte so an die zweihundertzwanzig Pfund wiegen –, und das Hemd saß ihm eng am Leib, die Knöpfe schienen kurz vorm Abspringen.

»Verblüffend«, sagte ich.

Er knurrte und band die Riemen seiner Schnürstiefel los. »Rick«, sagte er. »Der hat mich zum Einkaufsbummel gezwungen. Er meinte dauernd, wir müßten alle Männer an Machismo übertreffen.«

»Ist es euch gelungen?«

»O ja. Wir waren so verdammt mutig, daß die Fische eine Scheißangst gekriegt haben. Die kleinen Blasebälger sprangen einfach aus dem Wasser raus und landeten, Zitronenscheiben im Maul, in unseren Bratpfannen.«

Ich lachte.

»Heh«, sagte er. »Man weiß immer noch, wie man's macht. Was ist denn los, Junge? Wer ist gestorben?«

Bevor ich antworten konnte, war er aufgestanden, machte das Hemd auf und holte zwei große, in Plastik gepackte Forellen heraus.

»Gib mir eine Pfanne, Doktor, Knoblauch und Zwiebeln – nein, das ist hier ein Schickimickihaushalt – *Schalotten.* Gib mir *Schalotten.* Hast du Bier da?«

Ich holte ein Grolsch aus dem Kühlschrank, öffnete es und gab es ihm.

»Übst du dich in meiner Gegenwart in Enthaltsamkeit?« fragte er mich, warf den Kopf in den Nacken und trank aus der Flasche.

»Im Augenblick mag ich nicht.« Ich gab ihm die Pfanne, ein Messer und ging zum Kühlschrank zurück, um darin herumzukramen, er war nahezu leer. »Hier ist die Butter. Keine Schalotten. Auch kein Knoblauch, nur das hier.«

Er sah sich die vertrocknete halbe Zwiebel in meiner Hand an. Nahm sie und sagte: »Tst, tst, Vernachlässigung des Haushalts, Dr. Chefkoch, ich werde dich bei der Lebensmittelkontrolle melden.«

Er nahm die Zwiebel, schnitt sie in der Mitte durch, und sofort fingen ihm die Augen an zu tränen. Er trat beiseite, rieb sich die Augen und sagte: »Noch besser, wir spielen Jäger und Sammler. Ich fange Sie und du kochst.«

Er setzte sich hin und arbeitete an seinem Bier. Ich hob eine Forelle auf und sah sie mir an. Sie war fachmännisch ausgenommen und gesäubert.

»Schön, was?« fragte er. »Lohnt sich, einen Chirurgen mitzunehmen.«

»Wo ist Rick?«

»Schläft mal 'n bißchen auf Vorrat, überall wo er kann. Er hat 'n 24-Stunden-Dienst in der Notaufnahmestation vor sich und danach gleich wieder die Samstagnachtschicht – Schüsse und die anderen normalen Verrücktheiten. Danach fährt er zur Sozialklinik rüber und berät AIDS-Patienten. Toller Kerl, was? Plötzlich lebe ich mit Dr. Schweitzer.«

Er lächelte, aber in seiner Stimme schwang Zorn und Ärger, und ich fragte mich, ob er und Rick wieder mal eine harte Zeit zusammen durchmachten. Ich hoffte nicht. Ich hatte weder die Kraft noch die Lust, mich damit zu beschäftigen.

»Wie war's da draußen in der freien Natur?« fragte ich.

»Was soll ich sagen? Wir haben den ganzen Pfadfinder-Camping-Trip durchgezogen, und mein Daddy wäre mächtig stolz auf mich. Fanden einen herrlichen Fleck nahe am Fluß, unterhalb der Stromschnellen. Am letzten Tag, als wir da waren, kam ein Kanu voll leitender Angestellter vorbeigeschwommen: Banker, Computerjockeys – du kennst den Typ. Das ganze Jahr spielen sie Mr. Beherrscht, und kaum sind sie von zu Hause weg, da drehen sie durch und verwandeln sich in einen Haufen Vollidioten. Jedenfalls, diese Lümmel kommen vorbei, stinkbesoffen und lauter als ein Überschallknall, sehen uns, ziehen die Hosen runter und zeigen uns den Mond.« Er lächelte böse. »Wenn sie wüßten, wem sie ihre Ärsche darboten, was? Panik auf dem Parteitag.«

Ich lachte und fing an, die Zwiebel zu braten. Milo ging zum Kühlschrank, nahm sich noch ein Bier heraus und kam mit ernstem Gesichtsausdruck zurück.

»Keins mehr drin«, sagte er. »Was ist los?«

»Ich muß einkaufen.«

»Hm.« Er griff unters Hemd und kratzte sich die Brust. Ging in der Küche auf und ab und fragte: »Wie geht's der lieblichen Miss Castagna?«

»Arbeitet viel.«

»Hm.« Er ging weiter auf und ab.

Die Zwiebeln wurden glasig. Ich tat mehr Butter in die Pfanne und legte die Forellen hinein. Sie zischten und brutzelten, und der Geruch von frischem Fisch füllte den Raum.

»Ah«, sagte er. »Nichts geht doch über 'n Freund daheim in der Küche. Putzt du auch die Fenster?«

»Warum bist du so früh zurückgekommen?« wollte ich wissen.

»Zuviel verdorbene Natur – es war zuviel. Irre, was man da draußen in der Wildnis über sein eigenes liederliches Ich erfährt. Scheint so, als ob wir beide zu sehr an dem ganzen Dreck in der Stadt hängen. Die schöne, saubere Luft da draußen und die herrliche Stille haben uns wahnsinnig gemacht.« Er trank mehr Bier, schüttelte den Kopf. »Du weißt, wie wir sind, himmlische Hochzeit, bis wir zuviel Zeit zusammen verbringen. Aber genug über die süße Agonie von Beziehungen. Wie sind die Forellen?«

»Fast fertig.«

»Paß auf, daß sie nicht anbrennen.«

»Möchtest du's selbst machen?«

»Ach Gott, ach Gott, wie empfindlich.«

Ich gab ihm anderthalb Forellen und tat den halben Fisch auf meinen Teller, füllte zwei Gläser mit Eiswasser und brachte sie an den Tisch. Ich hatte irgendwo eine Flasche Wein, aber sie war nicht gekühlt. Außerdem fühlte ich mich nicht zum Trinken aufgelegt, und das letzte, was Milo brauchte, war mehr Alkohol.

Er sah das Wasser an, als ob es verunreinigt wäre, aber trank es trotzdem. Nachdem er seinen Fisch in ein paar Augenblicken aufgegessen hatte, sah er meinen halben an.

»Willst du noch etwas von mir bekommen?« fragte ich.

»Nicht hungrig?«

Ich schüttelte den Kopf. »Ich habe gerade gegessen, bevor du kamst.«

Er sah mich lange an. »Schön. Reich mir's rüber.«

Als er die halbe Forelle aufgegessen hatte, sagte er: »Okay, erzähl mir, was dich ärgert.«

Ich überlegte, ob ich ihm von Robin erzählen sollte. Statt dessen sprach ich von Sharon und hielt dabei mein Versprechen, das ich Leslie Weingarden gegeben hatte, und ließ die Verführung der Patienten aus.

Er hörte zu, ohne einen Kommentar abzugeben. Stand auf, suchte im Kühlschrank nach einem Nachtisch und fand einen Apfel, den er mit vier Bissen verputzte.

Er wischte sich das Gesicht ab und meinte: »Trapp, hm? Bist du sicher, daß er es war?«

»Man kann ihn kaum übersehen mit diesem weißen Haar und der Haut.«

»Ja, die Haut«, sagte er. »Irgendeine seltsame Krankheit. Ich habe sie Rick beschrieben, und er hat mir den Namen gesagt, aber ich habe ihn wieder vergessen. Autoimmune Kondition – der Körper greift sich selbst an, indem er sein eigenes Pigment auffrißt. Kein Mensch weiß, woher sie kommt, aber in Trapps Fall habe ich eine Theorie: Arschloch so voller Gift, daß sein eigenes System es nicht mehr aushält. Vielleicht haben wir Glück, und er löst sich völlig auf.«

»Was sagst du dazu, daß er bei dem Haus war?«

»Schwer zu sagen. Ich würde nichts lieber tun, als was Belastendes über diesen Drecksack zu finden, aber das hier riecht nicht nach großem Skandal. Vielleicht hatten er und deine verstorbene Freundin etwas miteinander, und er ist noch mal zurück und hat nachgeschaut, ob keine Beweise gegen ihn liegengeblieben sind. Schleimige Art, aber nicht strafbar.« Er schüttelte den Kopf. »Wenn sie's mit ihm getrieben hat, muß sie echt 'ne Macke gehabt haben.«

»Und der schnelle Verkauf des Hauses?« fragte ich. »Und die Zwillingsschwester? Ich weiß, daß es sie gibt – oder gab –, weil ich sie vor sechs Jahren getroffen habe. Wenn sie noch lebt, wäre sie Sharons Erbin.«

»Sechs Jahre ist 'ne lange Zeit, Alex. Und wer sagt, *daß* man sie nicht gefunden hat? Del hat recht – das ist Sache des Notars. Natürlich, klar, es sieht nach Tarnung aus, es soll was vertuscht werden, aber das heißt nicht, daß es sich um einen saftigen Skandal handelt, mein Freund. So läuft das immer, wenn du mit den Geldleuten zu tun hast. Gerade letzten Monat hatten wir einen Kunstdiebstahl oben in Bel Air. Dreizehn Millionen Dollar Versicherungswert, französische Impressionisten, einfach futsch.« Er schnalzte mit dem Finger. »Der Privatkoch hatte es gemacht und rüber nach Monaco. Wir legten die Fahndung im Aktenordner ab; die Familie beauftragte Privatdetektive. Sie fanden die Bilder wieder; paar Monate später hatte der Chef einen Unfall mit kochendem Wasser.

Und da wir von Unfall reden, letzten April wurde die Teenagertochter von 'nem prominenten Hersteller sauer auf die Putzfrau, weil sie eine ihrer Zeitschriften weggeschmissen hatte, und klemmte der armen Frau die Hand in den Müllschlucker. Bye-bye fünf Fingerchen, aber die Angestellte überlegte es sich anders und stellte keinen Strafantrag. Ging früh in Rente – zehntausend pro Finger – und heim nach Guatemala. Dann gibt's noch die bekannte Talkshow, der Moderator ist ein unheimlich witziger und charmanter Junge. Seine Marotte ist, daß er sich einen ansäuft und Frauen krankenhausreif prügelt. Der Sender legt noch zwei Millionen im Jahr auf sein Gehalt drauf, um die Opfer zu entschädigen. Schon mal was davon gelesen? Jemals in den Sechsuhrmeldungen gesehen? Reiche Leute in ungemütlichen Situationen, Alex. Fegen es unter den Teppich und passen auf, daß nichts vor Gericht kommt. So läuft das die ganze Zeit.«

»Du willst mir also sagen: ›Vergiß das Ganze.‹«

»Nicht so schnell, einsamer Cowboy. Ich habe nicht gesagt, daß ich's *vergessen* wollte. Ich verfolge es. Aber aus persönlichen Gründen – die Chance, was Belastendes über Trapp in die Hände zu kriegen. Und an der Filmgeschichte weckt etwas meinen Spürsinn: Harvey Pinckley, der Kerl, der den Anruf abgefangen hat. Er war einer von Trapps Jungs, als Trapp in Hollywood war. Arschkriecher erster Klasse.«

»Del erweckt den Eindruck, als ob er okay wäre.«

»Del kannte ihn nicht. Aber ich. Außerdem: Del ist ein lieber Kerl, aber unsere Beziehung ist in letzter Zeit etwas frostig geworden.«

»Revierpolitik?«

»Eheprobleme – seine Frau macht ihm Kummer. Er ist sicher, daß sie fremdgeht. Da ist er ungemütlich geworden.«

»Tut mir leid, das zu hören.«

»Mir auch. Er war der einzige in der Abteilung, der mich je wie einen Menschen behandelt hat. Und versteh mich nicht falsch: Wir reißen uns nicht gegenseitig die Gurgeln raus. Aber andererseits ist er auch nicht sehr zugänglich. Wie auch immer, die Zeit scheint reif für eine kleine Infosammelaktion außer der Reihe. Ich brauche mich erst am Montag zurückzumelden, und Rick wird das ganze Wochenende lang entweder arbeiten oder schlafen.«

Er stand auf, ging umher. »Müßige Hände tun des Teufels Arbeit, Bürschchen. Es liegt mir fern, Satan versuchen zu wollen. Stell dir bloß nichts Dramatisches vor, okay?«

Ich nickte, brachte die Teller zum Spülbecken und fing an abzuwaschen.

Er kam herüber und legte seine große, fleischige Hand auf meine Schulter.

»Du guckst so trübe nach unten. Raus mit der Sprache, Alex. Diese Freundin war mehr als nur eine Freundin.«

»Vor langer Zeit, Milo.«

»Aber so wie du guckst, wenn du über sie redest, ist es noch keine alte Geschichte. Oder gibt's da noch was anderes an der Horrorstory, was dir nicht aus dem Kopf geht?«

»Nichts, Milo.«

Er nahm die Hand weg. »Vergiß eins nicht, Alex. Bist du fähig, noch mehr Sauzeug über sie zu hören? Weil nach dem, was wir jetzt schon wissen, die Schnüffelei nicht umsonst sein wird, wenn wir erst mal anfangen zu buddeln.«

»Kein Problem«, sagte ich und versuchte, einen unbekümmerten Eindruck zu machen.

»Hm«, sagte er und ging los, um sich noch ein Bier zu besorgen.

14

Als er weg war, blätterte meine Nonchalance ab. Wieviel Sauzeug wollte ich wirklich noch kennenlernen, wenn ich nicht mal begriffen hatte, was ich bereits wußte?

Kostenlose Weiterbehandlung.

Mich hatte sie auch weiterbehandelt.

Die Szene mit dem Foto von den Zwillingen hatte mich gründlich durcheinandergebracht, ich litt, konnte mich nicht auf die Arbeit konzentrieren. Drei Tage später rief ich sie an, keine Verbindung. Vier Tage später raffte ich mich auf und fuhr zurück zu dem Haus auf Jalmia. Niemand daheim. Ich erkundigte mich beim Fachbereich Psychologie, erfuhr, daß sie vorübergehend abwesend war. Keiner ihrer Professoren machte sich Sorgen wegen ihres Verschwindens. Sie mußte ihren Urlaub schon lange vorher beantragt haben – »Familienangelegenheiten«, hatte ihre Arbeit immer aufgeholt und erledigt, war eine Spitzenstudentin.

Als Kruse nach einer Woche, während der ich ihn dauernd anrief, immer noch nicht antwortete, sah ich seine Praxisadresse im Telefonbuch nach und fuhr hin. Es war ein vierstöckiges Gebäude aus eloxiertem Stahl und getöntem Glas mit einem lärmigen französischen Restaurant im Erdgeschoß, das in eine Straßencaféterrasse überging. Im Verzeichnis stand eine ausgefallene Mischung von Mietern: ungefähr ein Drittel Psychologen und Psychiater, der Rest verschiedene, mit dem Film zusammenhängende Interessen – Produktionsgesellschaften, Agenten, Publizisten, Personalberater.

Kruses Suite lag im obersten Stock. Seine Tür war abgeschlossen. Ich kniete mich hin, öffnete den Briefkastenschlitz und sah hinein. Dunkelheit. Ich stand auf und sah mich um. Eine andere Suite nahm den Rest der Etage ein – eine Firma namens Creative Image Associates. Deren Doppeltür war auch verschlossen.

Ich hing mit Klebeband einen Zettel unter Kruses Namensschild mit meinem Namen darauf und der Telefonnummer und bat ihn, sich so schnell wie möglich mit mir in Verbindung zu setzen, betreffs: S. R. Dann fuhr ich wieder zu dem Haus an der Jalmia hinauf.

Der Ölfleck auf dem Autostellplatz war trocken, das Laub welkte. Der Briefkasten war vollgestopft mit der Post wenigstens einer Woche. Ich blätterte die Briefumschläge durch und prüfte die Absender. Alles Werbung. Nichts, das etwas darüber aussagte, wohin sie gegangen war.

Am folgenden Morgen, vor dem Weg zum Krankenhaus, fuhr ich wieder beim Fachbereich Psychologie vorbei und suchte mir aus der Fakultätskartei Kruses Adresse heraus. Pacific Palisades. Ich fuhr an dem Abend hin und saß eine Weile da und wartete auf ihn.

Novemberende, kurz vor Thanksgiving, L.A.s beste Jahreszeit. Der Himmel war gerade dunkler geworden von einem El-Greco-Blau zu gleißendem Zinn, von Regenwolken geschwollen und wie mit Elektrizität aufgeladen.

Kruses Haus war groß, rosa und im spanischen Stil, lag an einer Privatstraße am Mandeville Canyon, nur ein kurzes Stück weiter unten waren die Küstenstraße und die hohen, krachenden Herbstwellen. Die Straße war schmal und steil, die Grundstücke sahen wie Herrensitze aus, aber Kruses Grundstück war offen, keine hohen Mauern oder Tore.

Die Psychologie hatte ihm gutgetan. Das Haus war elegant, mit siebzig Meter Gartenlandschaft zu beiden Seiten, geschmückt mit Veranden, Monterey-Dächern, handgedrechselten Holzgittern und Bleiglasfenstern. Eine schön gekrümmte schwarze Kiefer und ein Riesenbonsai warfen Schatten auf das Südende des Rasens. Ein paar brasilianische Orchideenbäume hatten den frischgemähten Rasen mit violetten Blüten besprenkelt. Eine halbkreisförmige Auffahrt, eingelegt mit marokkanischen Kacheln, schnitt ein umgekehrtes U durch das Gras.

Als es anfing zu dämmern, gingen farbige Außenlichter an und übergossen die Landschaft des Gartens mit einem gleißenden Licht. Kein Auto, kein Ton. Wieder diese Canyon-Abgeschiedenheit, dieses zurückgezogene Leben. Ich saß da, und es erinnerte mich an das Haus an der Jalmia – Einfluß des Meisters? Ich sann über Sharons Erbschaftsstory nach und fragte mich, ob Kruse sie aufgebaut hatte.

Ich fragte mich auch, was mit dem anderen kleinen Mädchen auf dem Foto geschehen sein mochte.

Er tauchte kurz nach acht auf, fuhr einen schwarzen Mercedes-Zweisitzer mit geöffnetem Dach. Er schoß die Einfahrt hinauf. Statt die Autotür zu öffnen, schwang er die Beine hinüber. Sein langes gelbliches Haar war perfekt windzerzaust; eine verspiegelte Sonnenbrille hing ihm an einer Goldkette um den Hals. Er trug keinen Aktenkoffer, nur eine kleine Umhängetasche aus Kalbsleder, die zu seinen Stiefeln paßte, ungefähr so groß wie eine Damenhandtasche. Eine graue Kaschmirjacke, darunter einen weißen, seidenen Rollkragenpullover, schwarze Hosen. Ein rotgerändertes schwarzes Seidentuch quoll aus seiner Brusttasche.

Als er auf die Haustür zusteuerte, stieg ich aus dem Rambler. Bei dem Knall, mit dem ich die Wagentür zuschlug, drehte er sich um. Er starrte mich an. Ich joggte zu ihm hin und trat in das künstliche Licht.

»Dr. Kruse. Ich bin Alex Delaware.«

Trotz meiner Zettelchen schien mein Name ihm nichts zu sagen.

»Ich bin ein Freund von Sharon Ransom.«

»Hallo, Alex. Ich bin Paul.« Halbes Lächeln. Seine Stimme klang gedämpft, aus der Brust kommend, moduliert wie die eines Diskjokkeys.

»Ich versuche, sie aufzustöbern«, sagte ich.

Er nickte, aber antwortete nicht. Sein Lächeln zog sich hin. Ich fühlte mich verpflichtet zu sprechen.

»Sie ist seit über zwei Wochen nicht mehr zu Hause gewesen, Dr. Kruse. Ich dachte, Sie wüßten vielleicht, wo sie ist.«

»Sie mögen sie«, stellte er fest, als beantworte er eine Frage, die ich nicht gestellt hatte.

»Ja.«

»Alex Delaware«, sagte er.

»Ich habe Sie mehrmals angerufen und Nachrichten an ihrer Praxistür hinterlassen.«

Großes Lächeln. Er warf den Kopf zurück. Die gelbe Mähne flog nach hinten und legte sich dann wieder über seine Stirn. Er nahm die Schlüssel aus dem Schulterbeutel.

»Ich würde Ihnen gern helfen, Alex, aber ich kann's nicht.« Er ging auf die Haustür zu.

»Bitte, Dr. Kruse ...«

Er hielt an, wandte sich um, sah über die Schulter, zwinkerte mir mit dem einen Auge zu und lachte wieder. Aber es kam mir wie ein saures Lippenverzerren vor, als ob mein Anblick ihn irgendwie krank machte.

Paul mag dich ... Er mag, was ich ihm von dir erzählt habe.

»Wo ist sie, Dr. Kruse?«

»Die Tatsache, daß sie Ihnen nichts gesagt hat, bedeutet etwas, finden Sie nicht?«

»Sagen Sie mir, ob sie okay ist. Kommt sie nach L. A. zurück oder ist sie endgültig weg?«

»Tut mir leid«, sagte er. »Ich darf mit Ihnen über nichts reden. Therapeutische Schweigepflicht.«

»Sind Sie ihr Therapeut?«

»Ich bin ihr Studienberater. Zu dieser Beziehung gehört auch mehr als nur ein bißchen Psychotherapie.«

»Wenn Sie mir sagen, ob es ihr gutgeht, würde das Ihre Schweigepflicht nicht verletzen.«

Er schüttelte den Kopf. Dann geschah etwas Seltsames mit seinem Gesicht. Dessen obere Hälfte musterte mich weiter kritisch – dichte, schwere blonde Augenbrauen und hellbraune, grüngefleckte Augen, die sich mit Intensität in meine bohrten. Aber von der Nase abwärts hing es schlaff herunter, und der Mund verzog sich zu einem närrischen, fast clownesken Grinsen.

Zwei Persönlichkeiten in einem Gesicht. Unheimlich wie eine Jahrmarktsattraktion und doppelt so beunruhigend, weil Feindseligkeit dahintersteckte, der Wunsch, jemanden lächerlich zu machen. Und zu beherrschen.

»Sagen Sie ihr, daß *ich sie* mag«, bat ich. »Sagen Sie ihr, was sie auch tut, ich mag sie immer noch.«

»Guten Abend«, sagte er. Und dann ging er ins Haus.

Eine Stunde später, wieder in meinem Apartment, hatte ich Wut, endlich wollte ich sie und ihren ganzen Scheiß aus meinem Leben rausspülen. Einen Monat darauf hatte ich mich mit der Einsamkeit und einer erdrückenden Arbeitslast abgefunden und tat so zufrieden, daß ich es selbst fast glaubte, als sie anrief. Elf Uhr abends. Ich war gerade nach Haus gekommen, hundemüde und hungrig. Als ich ihre Stimme hörte, schmolz ich dahin wie alter Schneematsch im Sonnenschein.

»Ich bin wieder da – ich will dir alles erklären«, sagte sie mir. »Triff mich in einer Stunde in meinem Haus. Ich mache es gut, ich versprech's.«

Ich duschte, zog frische Sachen an, fuhr zum Nicholas Canyon, vorbereitet darauf, ihr harte Fragen zu stellen. Sie wartete auf mich an der Tür in einem flammroten, knappen Jerseykleid.

In der Hand hatte sie einen Cognacschwenker mit irgend etwas Rosanem, nach Erdbeeren Duftendem. Es deckte ihren Duft zu – keine Frühlingsblumen.

Das Haus war hell erleuchtet. Bevor ich ein Wort sagen konnte, zog sie mich hinein, preßte den Mund auf meinen Mund, schlüpfte mit der Zunge zwischen meinen Zähnen durch und hielt uns zusammen, indem sie eine Hand fest gegen meinen Hinterkopf drückte. Ihr Atem roch scharf nach Alkohol. Es war das erstemal, daß ich sie irgend etwas anderes als Seven-Up trinken sah. Als ich es erwähnte, lachte sie und schleuderte das Glas in den Kamin. Es zersprang klirrend und ließ rosa Schlängelspuren auf der Wand zurück.

»Erdbeerdaiquiri, Liebling. Ich glaube, ich bin in einer tropischen Laune.« Ihre Stimme klang heiser, angesäuselt. Sie küßte mich wieder, heftiger und fing an, sich gegen mich zu schlängeln. Ich schloß die Augen, versank in der Alkoholsüße des Kusses. Sie machte einen Schritt von mir weg. Ich schlug die Augen auf, sah, wie sie sich aus dem roten Kleid pellte, Shimmy-Jazz tanzte und sich die Lippen leckte. Die Seide blieb auf ihren Hüften hängen, sie zog sie mit einer Handbewegung herunter, und das Kleid fiel zu Boden, nur ein schmales orangenes Band. Sie trat weg von mir, stellte sich vor mich hin, so daß ich sie ansehen konnte: ohne Büstenhalter, in schwarzem Hüftgürtel, Netzstrümpfen und hochhackigen Schuhe.

Sie streichelte ihren Körper.

Im Grunde war es eine billige Komödie: Frederick's in Hollywood; eine lächerliche Maskerade. Aber sie war alles andere als abstrakt, und ich stand da und war wie gelähmt.

Ich ließ es zu, daß sie auf eine geübte Weise strippte, die mich erregte und mir angst machte.

Zu schnell.

Zu professionell.

Wie viele Male schon?

Bei wie vielen Männern? Wer hat es ihr beigebracht?

Zum Teufel damit. Mir war's gleich – ich wollte sie. Ihre Hand tastete sich zu meinem Unterleib vor, Sharon knetete und knabberte.

Wir umarmten uns wieder, nackt. Ihre Finger strichen über meinen Körper, kratzten, hinterließen Striemen. Sie legte meine Hand zwischen ihre Beine, ritt auf meinen Fingern, ließ sie versinken.

»Juhh«, sagte sie, trat noch einmal einen Schritt zurück, tanzte eine Pirouette und bot sich dar.

Ich streckte die Hand nach dem Lichtschalter aus. Sie sagte: »Nein, laß es *hell*. Ich möchte es *sehen, alles* sehen.«

Erst jetzt merkte ich, daß die Vorhänge nicht zugezogen waren. Wir standen vor der Glaswand, angestrahlt, und gaben Hollywood ein kostenloses Schauspiel.

Ich schaltete das Licht aus.

»*Spielverderber*«, grinste sie und kniete vor mir. Ich griff in ihr Haar, wurde verschlungen, wirbelte rückwärts in einem Strudel voller Vergnügen. Sie lehnte sich zurück, um Atem zu holen, und sagte: »Komm, laß das *Licht* an, ich möchte es *sehen.*«

»Ins Schlafzimmer«, keuchte ich. Ich hob sie auf mit beiden Armen und trug sie über die Diele, sie küßte mich weiter und streichelte mich. Schlafzimmerlampen waren an, aber die hohen Fenster boten mehr Intimität.

Ich setzte sie auf der Bettdecke ab. Sie öffnete sich wie ein Buch auf der richtigen Seite. Ich legte mich auf sie.

Sie machte den Rücken rund und streckte die Beine in die Luft. Nahm mich auf und wippte mit den Hüften und hielt mich in Armeslänge von sich weg, damit sie sehen konnte, wie der Kolben unser Fleisch verschmolz.

Früher war sie so sittsam und voller Schamgefühl gewesen; die Veränderung war verblüffend schnell gekommen ...

»Du bist *in* mir, o Gott.« Sie kniff sich in die Brustwarzen, berührte sich, achtete darauf, daß ich es sah.

Sie ritt mich, zog meinen Penis heraus, nahm ihn in die Hand, rieb ihn übers Gesicht, nahm ihn zwischen die Brüste, wickelte ihn in den sanften Wirrwarr ihres Haars. Dann kam sie unter mich, zog mich fast herunter und berührte mit der Zunge meinen Anus.

Einen Augenblick später standen wir ineinander verklammert, sie mit dem Rücken zur Wand. Dann legte sie mich an den Fuß des Bettes und saß auf mir, starrte über meine Schulter in den Spiegel über der Kommode. Nicht zufrieden damit, stieß sie mich von sich und zog mich ins Badezimmer. Ich wußte sofort, warum – die hohen, verspiegelten Arzneischränke an beiden Wänden, deren Türen man öffnen und so stellen konnte, damit man sich auch von der Seite und von hinten sah. Nachdem sie die Bühne eingerichtet hatte, saß sie auf den kalten Kacheln des Waschpults, zitternd und mit einer

Gänsehaut, steckte meinen Schwanz wieder hinein, ihre Augen huschten hin und her.

Wir endeten schließlich auf dem Badezimmerfußboden, sie hockte über mir, berührte sich, strich mir mit der Vagina die Brust hinauf und hinunter, spießte sich dann wieder auf.

Als ich die Augen schloß, schrie sie »Nein!« und fingerte meine Lider auseinander. Schließlich verlor sie sich im Genuß, und die Lust überkam sie, sie öffnete den Mund weit und keuchte und grunzte. Schluchzte und schlug die Hände vors Gesicht.

Und kam.

Ich explodierte eine Sekunde später. Sie löste sich aus meiner Umarmung, leckte mich heftig und bewegte sich immer weiter, schlug hart gegen die Fußbodenfliesen und benutzte mich selbstisch, erreichte zum zweitenmal den Orgasmus.

Wir stolperten zurück ins Schlafzimmer und schliefen in einer Umarmung ein, mit brennenden Lichtern. Ich schlief; als ich aufwachte, fühlte ich mich betäubt wie unter Drogeneinfluß.

Sie war nicht im Bett. Ich fand sie im Wohnzimmer, das Haar hochgesteckt, in enge Jeans gekleidet, einen weiteren Erdbeerdaiquiri in der Hand. Sie las in einem Psychojournal, meiner Anwesenheit nicht bewußt. Ich sah sie einen Finger in das Schwenkglas stekken, ihn mit rosa Schaum bedeckt herausziehen und ablecken.

»Hallo«, sagte ich, lächelte und streckte mich.

Sie sah zu mir hoch. Ihr Gesichtsausdruck war eigenartig. Flach. Gelangweilt. Dann erhitzte sich ihr Gesicht und wurde häßlich.

Voller Verachtung.

»Sharon?«

Sie stellte den Drink auf den Teppich und stand auf. »Okay«, sagte sie. »Du hast gekriegt, was du wolltest, du Dreckschwanz. Jetzt zieh Leine, hau ab, mach, daß du rauskommst, du Sau. Verschwinde aus meinem Leben – bums ab!«

Ich zog mich hastig an, fühlte mich so wertvoll wie Krätze. Rannte an ihr vorbei, aus dem Haus, sprang in den Rambler. Mit zitternden Händen startete ich den Wagen und raste den Jalmia Drive hinunter.

Erst als ich wieder auf dem Hollywood Boulevard war, nahm ich mir Zeit zum Luftholen.

Aber das Luftholen tat weh, als ob ich vergiftet worden wäre. Ich wollte sie plötzlich vernichten. Ihr Gift aus meinem Blut mit Blutegeln entfernen.

Ich schrie.

Mörderische Gedanken im Kopf, raste ich durch die dunkle Straße, so gefährlich wie ein Betrunkener.

Ich kam auf den Sunset, an Nachtklubs und Discos und lächelnden Gesichtern vorbei, die mein Elend zu verhöhnen schienen. Aber als ich Doheny erreichte, war meine Wut einer nagenden Traurigkeit gewichen. Einem Ekel.

Das war es nun – keine Selbsttäuschungen mehr!

Das war *es*.

Die Erinnerung hatte mich in kalten Schweiß getaucht.

Weiterführende Behandlung.

Sie hatte sich auch weitergehend behandelt. Mit Pillen und einer Kanone.

15

Donnerstag früh rief ich Kruses Sekretariat in der Universität an, wußte nicht so recht, was ich zu ihm sagen würde. Er war nicht da; die Sekretärin hatte keine Ahnung, wann er zurückkommen würde. Ich sah im Telefonbuch wegen seiner Privatpraxis nach. Er hatte zwei Praxen: die eine auf Sunset und die andere, die er für Sharon gemietet hatte. Bei keiner von beiden eine Antwort. Immer dieselbe Musik. Ich kannte sie inzwischen auswendig. Ich dachte wieder daran, die Fluggesellschaften anzurufen, war nicht sehr begeistert von dem Gedanken, das Telefon noch weiter zu quälen.

Meine Gedanken wurden von einem Klopfen an der Tür unterbrochen – ein Bote mit einem Scheck von Trenton, Worthy und La Rosa und zwei großen, in Papier gewickelten Paketen, auch von der Anwaltsfirma.

Ich gab ihm ein Trinkgeld, und nachdem er gegangen war, öffnete ich die Pakete. Eins enthielt eine Kiste Chivas Regal, das andere eine Kiste Moët & Chandon.

Ein Trink-Geld für mich. Als ich mich noch fragte, warum, läutete das Telefon.

»Ist es angekommen?« fragte Mal.

»Vor einer Minute.«

»He-eh! Perfektes Timing, oder was? Trink nicht alles auf der Stelle weg.«

»Warum so großzügig, Mal?«

»Siebenstellige Einigung ist der Grund. All diese großen Juristen haben sich zusammengetan und beschlossen, es unter sich zu teilen.«

»Moretti auch?«

»Besonders Moretti. Die Versicherung übernimmt den größten Brocken. Er rief ein paar Stunden nach deinem Bericht an und versuchte nicht mal mehr zu handeln. Als er umgekippt war, ist der Rest wie ein Dominospiel abgelaufen, und die anderen haben auch gleich aufgesteckt. Denise und Darren haben gerade in der Lotterie gewonnen, Alex.«

»Freut mich für sie. Sorge auch dafür, daß sie beide Hilfe bekommen.«

»Reich zu sein sollte helfen; aber klar, ich werde sie beide drängen. Nebenbei: Nachdem wir uns auf eine Summe geeinigt hatten, bat mich Moretti um deine Nummer. Er war sehr beeindruckt.«

»Ich fühle mich geschmeichelt.«

»Ich habe sie ihm gegeben.«

»Er vergeudet seine Zeit.«

»Das dachte ich *auch*. Aber es war nicht an mir, ihm zu sagen, er soll sich das abschminken. Das ist dein Job. Ich nehme an, dein neues Ich wird's gern tun.«

Um eins ging ich aus dem Haus und versuchte es noch einmal im Einkaufszentrum. Als ich meinen Wagen durch den Laden schob, stieß er mit dem einer großen Frau mit kastanienbraunem Haar zusammen.

»Hoppla, sorry.« Ich befreite meinen Wagen, schob ihn aus dem Weg und wanderte zu den Tomaten hinüber.

»Tut mir auch leid«, sagte sie fröhlich. »Ist ja manchmal wie auf dem Freeway hier drin, nicht wahr?«

Der Markt war fast leer, aber ich sagte: »Das kann man wohl sagen.«

Sie lächelte mich mit ebenmäßigen weißen Zähnen an, und ich schaute genauer hin. Ende Dreißig oder guterhaltene Anfangsvierzigerin, eine dicke Matte zotteligen braunen Haars, das ein rundliches, hübsches Gesicht umrahmte. Stupsnase und Sommersprossen, Augen in der Farbe einer unruhigen See. Sie trug kurze blaue Shorts aus grobem Baumwolltuch, die lange braune Läuferinnenbeine ankündigten, und ein lavendelfarbenes T-Shirt, das dasselbe für hohe, scharfe Brüste tat. Um einen Fußknöchel eine dünne Goldkette.

»Was halten Sie hiervon?« fragte sie und reichte mir eine Warzenmelone. »Zu fest, um reif zu sein?«

»Nein, glaube ich nicht.«

»Gerade richtig, was?«

Breites Grinsen, ein Bein übers andere geschlagen. Sie streckte sich, und das T-Shirt rutschte hinauf, und ein braungebrannter, flacher Bauch kam zum Vorschein.

Ich rollte die Melone zwischen den Handflächen herum und klopfte ein paarmal darauf. »Genau richtig.« Als ich sie ihr zurückgab, berührten sich unsere Finger.

»Ich bin Julie.«

»Alex.«

»Ich habe dich schon früher hier gesehen, Alex. Du kaufst viel von diesem chinesischen Gemüse, wie?«

Ein Schuß ins Dunkle und daneben – aber warum nicht nett zu ihr sein? »Stimmt.«

»Ich liebe diesen *bok choy*«, sagte sie, als sie die Warzenmelone in den Händen wog. Sie legte sie in den Korb und wandte ihre Aufmerksamkeit einer in Plastik gewickelten Ananashälfte zu. »Mmm, alles sieht heute so gut und reif aus. Mmh.«

Ich tat ein paar Tomaten in die Tüte, wählte einen Salatkopf und ein Bündel Schalotten und wollte weitergehen.

»Anwalt?«

Ich lächelte und schüttelte den Kopf.

»Hm. Lassen Sie mich raten. Architekt?«

»Nein, ich bin Psychologe.«

»Wirklich? Ich *liebe* Psychologen. Meine haben mir soviel geholfen.«

»Das ist großartig, Julie.« Ich fing an, meinen Wagen wegzuschieben. »Nett, Sie kennengelernt zu haben.«

»Hören Sie mal«, sagte sie. »Ich bin gerade auf dieser Eine-Mahlzeit-pro-Tag-Reinigungsdiät – nur Lunch, eine Menge komplex gebundener Kohlehydrate –, und ich habe heute noch nichts gegessen. Ich bin fast verhungert. Da oben an der Ecke ist eine Pastabar. Darf ich Sie einladen? Würden Sie gern mitkommen?«

»Fürchterlich gern, Julie, aber ich kann nicht. Danke trotzdem.«

Sie wartete darauf, daß ich eine Bewegung machte. Als ich nichts tat, fiel ihr Gesicht herunter.

»Nehmen Sie's nicht persönlich«, sagte ich. »Es ist bloß gerade eine schlechte Zeit.«

»Klar«, sagte sie und riß den Kopf weg. Als ich ging, hörte ich sie murmeln: »Alle hübschen Männer sind schwul.«

Um sechs kam Milo vorbei. Trotz der Tatsache, daß er erst Montag auf die Wache zurückmußte, war er dienstbereit angezogen – schlabbriger Kreppleinenanzug, bügelfreies Hemd, grausame Krawatte und Wüstenstiefel.

»Habe den ganzen Tag Entdeckungsreisender gespielt«, fing er an, nachdem er sich ein Bier geholt und mich gelobt hatte, daß ich die Vorräte wieder aufgefrischt hatte. »Hollywood-Division, Leichenschauhaus, Aktensaal, Baubehörde, Amt für Sicherheit und Ordnung. Die Dame ist ein gottverdammtes Phantom. Ich würde zu gern wissen, was dahintersteckt.«

Er setzte sich an den Küchentisch. Ich nahm ihm gegenüber Platz und wartete darauf, daß er sein Bier austrank.

»Es ist, als ob sie noch niemals an eine Institution geraten wäre«, sagte er. »Ich mußte mich in Hollywood herumdrücken und so tun, als sähe ich was nach, während ich checkte, ob sie irgendwo vorkam. Nichts. Nichts auf Papier oder im Zentralcomputer. Ich konnte nicht mal herausbekommen, wer in der Nacht telefoniert hat, als sie starb, oder wer den Anruf entgegengenommen hat. Fehlanzeige auch beim Leichenbeschauer – kein Autopsiebericht, keine Aufzeichnungen über die Aufbewahrung im Kühlfach, Sterbeurkunde,

Freigabe, nichts da. Ich meine, das ist perfekte Tarnung, da soll etwas zugedeckt werden, aber das ist noch nichts Handfestes.«

Er fuhr sich mit der Hand über das Gesicht.

»Einer der beiden Pathologen«, sagte er, »ist ein Typ, den Rick vom Medizinstudium her kannte. Normalerweise kann ich ihn zum Reden bringen, inoffiziell gibt er mir die Resultate, bevor er sie in seinem Schlußbericht aufschreibt. Was er nicht aufschreiben kann, darüber spekuliert er herum. Ich dachte, er könnte mir wenigstens eine Kopie des Berichts geben. Keine Möglichkeit. Er hat einen riesigen Wirbel gemacht, um mir zu zeigen, daß kein Bericht da war. Machte mir klar, daß ich ihn nicht um irgendwas bitten dürfe, was mit diesem speziellen Fall zu tun hat.«

»Derselbe Pathologe, mit dem Del geredet hat?«

»Nein. Das war Itatani. Ich habe mit ihm zuerst gesprochen, und es war genau das Gleiche. Sie geben keine Infos raus in diesem Fall und bleiben hart. Also, ich finde das interessant.«

»Vielleicht war es kein Selbstmord.«

»Irgendwelche Gründe für die Annahme?«

»Sie hat viele Leute geärgert.«

»Nämlich?«

Ich erzählte ihm von den Patientenverführungen, ließ Leslie Weingardens Namen aus.

»Oh, großartig, Alex. Warum hast du mir das nicht gleich gesagt?«

»Es ist streng vertraulich. Ich darf dir keine weiteren Einzelheiten mitteilen.«

»O je.« Er stand auf, ging herum, setzte sich wieder hin. »Du sagst, ich soll dir 'n Loch schaufeln, aber du gibst mir keine Schaufel. Oh, Alex.« Er holte sich noch ein Bier. »Es ist schlimm genug, wieder zurück in Realitätscity zu sein, ohne den ganzen Tag rotieren zu müssen.«

»Ich wollte dich nicht auf eine wilde Entenjagd schicken.«

»Oink oink oink.«

Dann winkte er mit der Hand ab. »Na, na, wen nehm ich 'n da auf den Arm, ich hab's nicht für dich getan. Ich hab's für mich selbst gemacht. Trapp. Und ich glaube immer noch nicht, daß es hier einen großen Unbekannten gibt. Sharon Ransom hat sich selbst getötet.

Sie war schlecht drauf – was du mir gerade erzählt hast, deckt sich damit.«

Draußen auf der Klippe. Ich nickte. »Hast du etwas über die Zwillingsschwester herausgebracht?«

»Nee. Noch so ein Phantom. Keine Shirlee Ransom in irgendeiner unserer Listen oder denen anderer Behörden. Wenn du mir den Namen des Krankenhauses nennen könntest, in dem du sie gesehen hast, könnten wir die Geschäftsübertragungen und die Bankrotte durchgehen. Aber selbst dann würde es noch sehr schwer sein, einzelne Patienten aufzufinden.«

»Mit dem Namen kann ich nicht dienen, weil ich ihn nicht kenne, Milo. Wir wär's mit 'ner Durchsuchung der privaten Krankenhausakten?«

»Du sagst, Ransom war reich. Warum sollte ihre Schwester dann in diesen Akten sein?«

»Die *Eltern* waren reich, aber das ist Jahre her. Geld geht auch mal zu Ende. Außerdem ...«

»Außerdem – bei all den Lügen, die sie dir erzählt hat, weiß man nicht, was man glauben soll.«

Ich nickte.

»Gelogen hat sie, Junge, Junge. Zum Beispiel, daß ihr das Haus am Jalmia Drive gehörte. Das Grundstück ist urkundlich einer Gesellschaft übertragen, genau wie die Maklerin sagte. Einer Management Company namens Western Properties, die einer Holding Company gehört, die einer Savings-and-Loan-Kasse gehört, die der Magna Corporation gehört. Ich glaube, da endet es, aber ich würde nicht meine Hand dafür ins Feuer legen.«

»Magna«, sagte ich. »Ist das nicht Leland Beldings Unternehmen?«

»War, bis er starb. Keine Ahnung, wem es jetzt gehört.« Er schluckte Bier. »Das alte Milliardärswrack persönlich. Nun, so ein Kerl könnte einen ganz schönen Zauber anstellen. Aber er liegt schon wie lange unter der Erde? Fünf Jahre?«

»Ungefähr. Hat man nicht über seinen Tod gemunkelt? Daß er gar nicht tot wäre?«

»Wer hat gemunkelt? Der Typ, der das Buch geschrieben hat? Mit der Falschmeldung? Bringt sich um, nachdem der Fehler nachgewiesen war, ziemlich deutliches Zeichen, daß er Grund hatte, sich zu schämen. Nicht mal die Verschwörungsfreaks haben an so was geglaubt. Jedenfalls: Wem es auch gehören mag, die Corporation lebt weiter – der Mann vom Katasteramt sagte mir, sie sei der größte Landbesitzer westlich des Mississippi. Mit Tausenden von Parzellen. Ransoms Haus zufällig auch dabei. Bei so einem Hausherrn kannst du dir vorstellen, daß der Verkauf ziemlich schnell geht.«

Er trank sein Bier aus, stand auf, um ein drittes zu holen.

»Was macht deine Leber?« fragte ich.

»Der geht's wunderbar«. Er trank wieder. »Okay. Wo waren wir stehengeblieben? Magna. Krankenhausregister über ihre Schwester. Nun gut. Ich nehme an, es könnte einen Versuch wert sein, obwohl ich nicht weiß, was wir davon haben könnten, wenn wir sie fänden, und wieviel mehr wir dann wüßten. Wie behindert war sie?«

»Sehr.«

»Konnte sie sprechen?«

»Nein.«

»Irre.« Er wischte sich den Schaum von den Lippen. »Jetzt mache ich ein Interview mit dem Gemüse. Ich gehe in eine Salatbar. Ich werde jedenfalls den Jalmia Weg rauffahren und mit den Nachbarn quatschen. Vielleicht hat jemand bei dem Anruf mitgehört oder weiß irgendwas über sie.«

»Über sie und Trapp.«

»Das wäre schön.«

Er ging ins Wohnzimmer, knipste den Fernseher an, legte die Füße hoch und sah sich die Abendnachrichten an. Er schlief sofort ein. Und ich erinnerte mich an ein Schwarzweißfoto und dachte trotz allem, was er gesagt hatte, an Shirlee Ransom. Ich ging in die Bibliothek und rief Olivia Brickerman an.

»Hallo, Liebling«, sagte sie. »Ich komme gerade rein und fange an, Prinz Albert zu bedienen.«

»Störe ich dich gerade bei sonstwas oder so …?«

»Wie? Pflaumen und Haferkleie soll was sein? Warte einen Augenblick, ich bin gleich wieder da.«

Als sie zum Telefon zurückkam, sagte sie: »So, für heute abend ist er still.«

»Was macht Al?«

»Immer noch der Mittelpunkt auf jeder Party.«

Ihr Mann, ein Großmeister und früherer Schachredakteur der *Times,* war ein weißhaariger, weißbärtiger Herr, der wie ein Prophet aus dem Alten Testament aussah und von dem man wußte, daß er manchmal stundenlang nicht sprach.

»Ich leiste ihn mir immer noch für heißen Wüstensex«, sagte sie. »Also, wie geht es dir, mein Hübscher?«

»Phantastisch, Olivia. Und dir? Immer noch glücklich?«

»Im Augenblick komme ich mir gerade ziemlich verlassen vor. Erinnerst du dich noch, wie ich zu den tollen Typen kam? Der Junge meiner Schwester, Steve, der Psychiater, wollte mich aus der Beamtenhölle retten und setzte mich als Koordinator für Sozialleistungen ein. Das war okay für eine Woche, nicht besonders stimulierend, aber die Bezahlung war gut, keine Weinflaschenpenner, die mir auf den Schreibtisch kotzten, und ich konnte während der Mittagspause an den Pazifik. Dann kriegt Stevie plötzlich einen Posten in so einem Drogen-Mißbrauch-Hospital in *Utah.* Vom Skilaufen war er schon immer begeistert, jetzt ist es eine Art Religion. ›Wenn der Schnee schmilzt, muß ich auch wieder los, Tante Livvy.‹ Das ist ein Arzt, der das sagt. Yale. Der Kerl, der nach ihm gekommen ist, ist ein echtes Ekel. Er findet, Sozialarbeiterinnen stehen noch eine Stufe unter Sekretärinnen. Es kommt dauernd zu Reibereien. Wenn du also hören solltest, daß ich plötzlich in den Ruhestand getreten bin, dann sei nicht überrascht. Genug über mich. Wie ist's dir ergangen?«

»Mir geht's blendend.«

»Was macht Robin?«

»Ihr geht's sagenhaft«, sagte ich. »Immer beschäftigt.«

»Ich warte auf eine Einladung, Alex.«

»Früher oder später.«

»Früher oder später, hm? Aber bitte, solange ich noch auf Draht bin und es noch genießen kann. Willst du einen fürchterlichen Witz hören? Was ist das Gute an der Alzheimerschen Krankheit?«

»Was?«

»Man trifft jeden Tag neue Leute. Ist das nicht *fürchterlich?* Hat mein Boß mir erzählt. Glaubst du, daß er mir damit noch irgend etwas sagen wollte?«

»Wahrscheinlich.«

»Das glaube ich auch. Der Hundesohn.«

»Olivia, du mußt mir einen Gefallen tun!«

»Und ich dachte schon, du bist hinter meinem Körper her.«

Ich dachte an Olivias Körper, der demjenigen Alfred Hitchcocks ähnelte, und mußte lachen.

»Das auch«, sagte ich.

»Große Worte! Was brauchst du, Liebling?«

»Hast du immer noch Zugang zu den Krankenhausberichten?« fragte ich.

»Machst du Witze? Wir haben verschiedene: Medi-Cal, Medicare, Short-Doyle, Workman's Comp, CCS, AFDC, FDI, ATD – jede Art von Liste, die du dir vorstellen kannst, die ganze Alphabetsuppe durch. Diese Jungs verstehen was von Geld, Alex. Die wissen, daß sie quetschen können, bis es quietscht, die holen den letzten Cent raus aus einem Anspruch. Mein Boß ist nach dem Praktikum zurück auf die Schulbank und hat sich seinen Magister in Betriebswirtschaft geholt.«

»Ich versuche herauszubekommen, wo eine frühere Patientin von mir sich heute befindet. Sie war behindert, brauchte ständig Hilfe und lebte in einem kleinen Rehabilitationskrankenhaus in Glendale – auf South Brand. Der Laden ist nicht mehr da, und ich kann mich nicht mehr erinnern, wie er hieß. Klingelt's bei dir da irgendwie?«

»Brand Boulevard? Nein. Viele solcher Häuser gibt's nicht mehr. Alles wird zu Gesellschaften – diese schlauen Jungs haben es sicher einfach an irgendein Konglomerat in Minneapolis verkauft. Wenn sie völlig behindert ist, wäre das ATD. Falls teilweise und sie gearbeitet hat, könnte sie in FDI sein.«

»ATD«, sagte ich. »Käme auch Medi-Cal in Frage bei ihr?«

»Klar. Wie heißt diese Person?«

»Shirlee Ransom, mit zwei ›e‹. Vierunddreißig Jahre alt, mit einem Geburtstag im Mai. 15. Mai 1953.«

»Diagnose?«

»Sie war mehrfach behindert. Die Hauptdiagnosen waren wahrscheinlich neurologischer Art.«

»Wahrscheinlich? Ich dachte, sie war eine Patientin von dir?«

Ich zögerte. »Es ist kompliziert, Olivia.«

»Aha. Du begibst dich aber nicht aufs Glatteis?«

»Nichts dergleichen, Olivia. Es sind hier nur ein paar vertrauliche Mitteilungen im Spiel. Tut mir leid, ich darf dir nichts erzählen, und wenn es zuviel verlangt ist –«

»Hör auf mit diesen Redereien. Du forderst mich hier nicht zu einem Verbrechen auf.« Pause. »Stimmt's?«

»Stimmt.«

»Okay, was das Rankommen an die Daten angeht: Unser On-line-Zugang ist auf in Kalifornien behandelte Patienten beschränkt. Wenn diese Miss Ransom immer noch irgendwo in Kalifornien in Behandlung ist, kann ich dir die Information sofort beschaffen. Wenn sie heute außerhalb des Staates lebt, müßte ich mich an die Zentralkartei in Minnesota wenden, und das würde vielleicht sogar bis zu einer Woche dauern. Jedenfalls: Wenn sie Geld von der Regierung kriegt, besorge ich dir ihre Adresse.«

»So einfach?«

»Klar. Jeder ist im Computer. Wir stehen alle bei irgendwem auf der Liste. So ein Boß mit einem großen Zentralcomputer hat alles über dich – was du heute morgen zum Frühstück gegessen hast, Liebling.«

»Privatleben, der letzte Luxus«, sagte ich.

»Das ist deine Theorie. Pack sie ein, bring sie auf den Markt. Verdien eine Milliarde damit.«

16

Am Freitag morgen bestellte ich bei Sky West einen Flug nach San Luis für Samstag. Um neun Uhr morgens rief Larry Daschoff an und sagte, er hätte eine Kopie des Pornovideos.

»Ich habe mich geirrt. Kruse hat es gemacht – muß eine Art persönliche Befriedigung für ihn dabei sein. Wenn du sie immer noch sehen möchtest: Ich habe eineinhalb Stunden Zeit zwischen den Patienten«, sagte er. »Von zwölf Uhr bis halb zwei. Triff mich in dem Laden, und wir gucken uns 'ne Matinee an.«

Er nannte eine Adresse in Beverly Hills. Jetzt war es Zeit, die Wahrheit ans Tageslicht zu bringen. Mir war übel. Ein unreinliches Gefühl.

»Alex?«

»Ich komme.«

Die Adresse war am North Crescent Drive in den Beverly Hills Flats – der teuren Gegend, die sich vom Santa Monica Boulevard bis Sunset und von Doheny West bis zum Beverly Hilton Hotel erstreckt. Häuser in den Flats gibt es von abbruchreifen Zweiraumwohnungen, die in einer Arbeitersiedlung kaum auffallen würden, bis zu Herrenhäusern, groß genug, ein abgebrühtes Politikerego zu begeistern. Die abbruchreifen Wohnungen gehen für anderthalb Millionen weg. All das schnelle Geld hat eine Manie des Monumente-Errichtens erzeugt, die ohne die Fesseln der Tradition und des guten Geschmacks auskommt. Seltsame Blüten treibt es. Als ich Crescent hinunterfuhr, schien sich die Hälfte der Häuser gerade im Bau zu befinden.

Die Endprodukte hätten Disney stolz gemacht: Türmchengeschmücktes Schloß aus grauem Stein – ohne Burggraben, aber mit Tennisplätzen –, pseudomaurische Mini-Moschee, italienisch-holländisches Zuckerwerk, ein Haute-Gingerbread-Geisterhaus, postmoderne wildgeformte Phantasiegebilde.

Larrys Caravan stand draußen vor der erbsengrünen pseudofranzösischen, pseudo-rokoko Pseudo-Stadtwohnung mit Ramada-Inn-artigen Merkmalen: glitzergesprenkelte Stuckwände, unheimlich viele Mansarden, grün-rosa gestreifte Markisen, Dachzimmerfensterchen, olivgrüner Putz. Der Rasen war durch einen Zementweg in Felder geteilt, die von Efeu bedeckt waren. Aus dem Efeu sprossen blendendweiße Gipsstatuen – nackte Cherubim, die blinde Justiz in Agonie, eine Kopie der Pietà, ein losfliegender Karpfen. In der Einfahrt eine Flotille von Wagen, heißer roter '57 T-Bird, zwei Rolls-Royce Silver Shadows, einer in Silber, der andere in Gold, und ein kastanienbrauner Lincoln Town Car mit rotem Vinyldach und einem berühmten Designerlogo an den getönten Scheiben.

Ich parkte. Larry nickte und stieg aus dem Chevy. Er blickte auf das Haus und sagte: »Ganz schön erlesen, was, Alex?«

»Was sind das für Leute?«

»Sie heißen Fontaine – Gordon und Chantal. Sie haben ihr Geld irgendwo im Middlewest mit Gartenmöbeln verdient; die mit den Plastikschnüren und den Aluminiumrohren. Haben ihr Geschäft vor ein paar Jahren für ein Heidengeld verkauft und haben sich hier zur Ruhe gesetzt. Sie geben viel für Wohltätigkeitszwecke aus. Zu Thanksgiving-Tag Truthahn an die Armen, kommen an wie gutmütige Großeltern – was sie auch sind. Aber sie lieben Pornos. Ist fast eine Religion bei ihnen. Sie sind die privaten Geldgeber, von denen ich dir erzählt habe, die, die Kruses Forschungen finanziert haben.«

»Gute, einfache Leute, hm?«

»Wirklich, das sind sie. Nichts mit Sadomaso oder Kindern oder so. Nur guter, altmodischer Sex auf Celluloid – sie behaupten, es hätte ihre Ehe verjüngt, können missionarischen Eifer dabei entwickeln. Als Kruse seine Forschungen aufbaute, hörte er von ihnen und zapfte sie wegen einer Finanzierung an. Sie waren glücklich, daß die Welt endlich über den therapeutischen Nutzen der Erotika erführe, die sie mühelos hinhusteten – müssen schließlich ein paar tausend Eier gewesen sein. Du kannst dir vorstellen, wie sie sich gefühlt haben müssen, als er seine Meinung radikal änderte und den Puristen in die Hände spielte. Und sie standen immer noch unter Dampf. Als ich anrief, erinnerte Gordon sich an mich. Ich sei doch Kruses rechte Hand gewesen, und was ihn anginge, wäre Kruse der Auswurf, der Abschaum der Erde. Ich meine: Er hat sich richtig freigeredet. Eine Katharsis. Als er mal kurz Luft holte, machte ich ihm klar, daß ich auch kein großer Kruse-Fan war, und sagte ihm, hinter was wir her seien. Er beruhigte sich und meinte, ich könne bei ihm vorbeikommen. Ich glaube, die Idee, uns zu helfen, hat ihn richtig angemacht. Wie alle Fanatiker geben sie gern unheimlich an.«

»Weshalb, hast du gesagt, willst du den Film sehen?«

»Daß der Star tot sei und wir wären alte Freunde und wollten alles für die Erinnerung festhalten, was sie getan hatte. Sie hatten auch davon gelesen und dachten: Nun, es geht um ein Andenken für ihre Freunde.«

Das dreckige Schlüssellochgefühl war wieder da.

Larry sah mein Gesicht und fragte: »Angst?«

»Ein makabres Gefühl.«

»Klar ist's makaber. So ist das nun mal mit Andenken. Wenn du absagen willst, gehe ich rein und erkläre es ihnen.«

»Nein«, sagte ich. »Komm, wir machen's.«

»Versuche, nicht so gequält auszusehen«, sagte er. »Ich habe ihnen nämlich gesagt, du hättest das gleiche Hobby.«

Ich schielte, atmete heftig und röchelte. »Wie gefällt dir das?«

»Oskarverdächtig.«

Wir erreichten die Haustür, ein olivlackiertes Rechteck.

»Hinter der grünen Tür«, sagte Larry. »Sehr subtiler Scherz.«

»Weißt du genau, daß sie das Video haben?«

»Gordon ist sich sicher. Er sagte, sie hätten noch etwas, für das wir uns vielleicht auch interessierten.«

Er läutete, und es erklangen die ersten Noten eines »Bolero«, dann ging die Tür auf. Eine Filipina in weißer Hausmädchenuniform stand im Eingang, klein, um die Dreißig, Brille, das Haar in einem Knoten.

»Ja?«

»Dr. Daschoff und Dr. Delaware zu Mr. und Mrs. Fontaine.«

»Ja«, sagte das Hausmädchen. »Kommen Sie herein.«

Wir traten in einen acht Meter hohen Rundbau ein, der mit Schäferszenen ausgemalt war: blauer Himmel, grünes Gras, wuschelige Schafe, Heuhaufen, ein Schäfer, der unter den ausladenden Ästen einer Platane saß und Flöte spielte.

Vor dem Gemälde saß eine nackte Frau in einem Liegestuhl – fett, mittelalt, graue Haar, klumpige Beine. Sie hielt einen Schreibstift in der einen, ein Kreuzworträtselbuch in der anderen Hand, reagierte nicht auf unser Eintreten.

Das Dienstmädchen sah uns starren und klopfte mit dem Knöchel an den grauen Kopf.

Hohl.

Skulptur.

»Ein Original-Lombardo«, sagte sie. »Sehr teuer. Wie das …« Sie zeigte nach oben. Von der Decke hing etwas, das ein Calder-Mobile zu sein schien. Herumgewunden waren Weihnachtsbaumbirnen – ein selbstgebauter Kronleuchter.

»Eine Menge Geld«, erklärte das Hausmädchen.

Direkt vor uns lag eine mit smaragdgrünem Teppich ausgelegte Treppe, die nach links führte. Der Raum unter der Treppe endete vor einem hohen chinesischen Schirm. Auch die anderen Räume waren mit Schirmen vollgestopft.

»Kommen Sie«, sagte das Dienstmädchen. Sie wandte sich um. Ihre Uniform hatte keinen Rücken und war bis zur Hinternfalte ausgeschnitten. Eine Menge nackte braune Haut. Larry und ich sahen einander an. Er zuckte die Achseln.

Sie faltete einen Teil des chinesischen Schirms auf und führte uns durch einen sieben Meter langen Gang zu einem weiteren Vorhang. Aus ihrem Gang wurde ein Schlendern, und wir folgten ihr durch die Halle hindurch zu einer grünen Metalltür. In der Wand waren ein Schlüsselloch und ein Sicherungskasten. Sie legte die Hand darüber, während sie mit der anderen einen fünfstelligen Code drückte, einen Schlüssel hineinsteckte, ihn umdrehte – und die Tür ging auf. Wir betraten einen kleinen Fahrstuhl mit gestepptem Goldbrokat an den Wänden, auf dem kleine Elfenbeinschnitzereien mit Szenen aus dem Kamasutra hingen. Ein Knopfdruck, und wir sanken hinunter. Wir drei standen Schulter an Schulter. Das Mädchen roch nach Babypuder. Sie sah gelangweilt aus.

Wir kamen in einen kleinen, dunklen Vorraum und folgten ihr durch lackierte japanische Doppeltüren.

Auf der anderen Seite war ein hochwandiger, fensterloser Raum, wenigstens achthundert bis neunhundert Quadratmeter groß und mit schwarzem, lackiertem Holz getäfelt, still und kühl und kaum erleuchtet.

Als meine Augen sich an die Dunkelheit gewöhnt hatten, konnte ich Einzelheiten erkennen: Lesetische, Karteien, Schaukästen und Bibliotheksleitern, alles in demselben Ebenholzfinish. Über uns eine flache Decke aus schwarzem Kork. Unter uns dunkler, teppichbedeckter Fußboden. Das einzige Licht kam von den mit grünen Schirmen versehenen Bankierslampen auf den Tischen. Ich hörte das Summen der Klimaanlage. Sah Deckensprinkler, Rauchdetektoren. Ein großes Barometer an der Wand.

Ein Raum, dazu bestimmt, Schätze zu verbergen.

»Danke dir, Rosa«, sagte eine näselnde Stimme am anderen Ende des Raums. Ich kniff die Augen zusammen und sah menschliche Umrisse: einen Mann und eine Frau, die nebeneinander an einem der ferneren Tische saßen.

Das Mädchen verbeugte sich, drehte sich um und wackelte fort. Als sie weg war, sagte dieselbe Stimme: »Kleine Rosie Ramos – sie war ein echtes Talent in den Sechzigern. *PX Mamas. Ginza Girls. Choose One From Column X.*«

»Gutes Personal ist so selten heute«, flüsterte Larry. Laut sagte er: »Guten Tag zusammen.«

Das Paar stand auf und kam dann auf uns zu. Drei Meter entfernt wurden ihre Gesichter deutlich wie bei Filmschauspielern nach einer Aufblende.

Der Mann war älter, als ich erwartet hatte – siebzig oder nahe dran, klein und stämmig mit dichtem, glattem weißem Haar, das zurückgekämmt war, und einem Kinnladengesicht à la Xavier Cugat. Er trug eine Brille mit schwarzem Rahmen, ein weißes Guayabera-Hemd über braunen Hosen und Mokassins.

Sogar ohne Schuhe war die Frau fünfzehn Zentimeter größer als er. Ende fünfzig, schlank, mit feinen Gesichtszügen, einer eleganten Körperhaltung, kurzem pudelkopfrotem Wuschellockenhaar, das natürlich gelockt wirkte, und der etwas hellen, sommersprossigen Haut, die leicht blaue Flecke bekommt. Ihr Kleid war ein zitronengelbes thailändisches Seidengewand mit einem Drachenbild und einem Mandarinkragen. Sie trug apfelgrünen Jadeschmuck, hauchdünne schwarze Strümpfe und schwarze Ballettschuhe.

»Danke, daß Sie uns empfangen«, sagte Larry.

»Das Vergnügen ist ganz auf unserer Seite, Larry«, sagte der Mann. »Lange her. Entschuldigung, Sie sind jetzt *Doktor* Daschoff, nicht wahr?«

»Doktor phil.«, sagte Larry. »Kein besonderes Verdienst.«

»Nein, nein«, sagte der Mann und wackelte mit dem Finger. »Sie haben es verdient – seien Sie stolz!« Er schüttelte Larrys Hand. »Eine Menge Therapeuten gibt's ja in L.A. Kommen Sie gut zurecht?«

»Oh, Gordie, sei nicht so direkt«, warf die Frau ein.

»Mir geht's gut, Gordon«, sagte Larry. Dann wandte er sich an sie: »Hallo, Chantal. Lange her.«

Sie streckte die Hand aus. »Lawrence.«

»Dies ist Dr. Alex Delaware, ein alter Freund und Kollege. Alex, Chantal und Gordon Fontaine.«

»Alex«, sagte Chantal und knickste: »Entzückt.«

Sie nahm meine Hand in ihre beiden Hände. Ihre Haut war heiß, samtweich und feucht. Sie hatte große nußbraune Augen und eine festgezogene Kinnlinie. Ihr Make-up war dick, fast wie Kreide, konnte die Falten aber nicht verbergen. Und es war ein Schmerz in ihren Augen – sie lebte in der Vergangenheit, als sie ein Star gewesen war.

»Schön, Sie kennenzulernen, Chantal.«

Sie drückte meine Hand fest und ließ sie dann wieder los. Ihr Mann sah mich von oben bis unten an und fragte: »Sie haben ein fotogenes Gesicht, Doktor. Jemals als Schauspieler gearbeitet?«

»Nein.«

»Ich frage nur, weil es scheint, daß in L. A. jeder irgendwann in seinem Leben mal gespielt hat.« Zu seiner Frau: »Ein gutaussehender Junge, Liebes.« Er legte den Arm um ihre Schulter. »Dein Typ, würdest du nicht sagen?«

Chantal schenkte ihm ein kaltes Lächeln.

Gordon sagte mir: »Sie hat etwas für Männer mit krausem Haar übrig.« Er fuhr sich mit der Hand über sein eigenes glattes – hob die Perücke auf und enthüllte seinen nackten Skalp. »So wie meins früher mal war. Nicht wahr, Liebes?«

Er ließ das Haarteil sinken und klopfte es zurecht. »So, hat Larry Ihnen von unserer kleinen Sammlung erzählt?«

»Nur andeutungsweise.«

Er nickte. »Sie wissen, was die Leute sagen, daß das Erwerben von Kunst auch eine Kunst ist. Nun, das ist purer Blödsinn, aber man braucht eine gewisse Entschlossenheit, um sinnvoll Stücke zu erwerben, und wir haben wie der Teufel gearbeitet, um das zu schaffen.« Er streckte die Arme aus, als segne er den Raum. »Was Sie hier sehen, hat zwei Jahrzehnte gekostet, und ich will Ihnen nicht sagen, wie viele Dollars zusammengerechnet.«

Ich wußte, was ich zu sagen hatte: »Ich würde sie wahnsinnig gern sehen.«

Die nächste halbe Stunde verbrachten wir mit einem Rundgang durch den schwarzen Raum.

Jedes Genre der Pornographie war präsent, eine erstaunliche Fülle und Vielfalt, mit höchster Präzision katalogisiert und beschriftet. Gordon Fontaine eilte voraus, führte uns mit Begeisterung, in der Hand die Fernsteuerung, mit der er Lichter an- und ausschalten,

Schränke auf- und zuriegeln konnte. Seine Frau folgte ihm in einem Abstand, machte Larry und mir versteckte Andeutungen, lächelte viel.

»Schauen Sie mal.« Gordon rollte eine Lade auf, in der Drucke lagen, und band mehrere Mappen mit erotischen Lithographien auf, die man erkannte, auch ohne daß man die Signaturen las: Dali, Beardsley, Grosz, Picasso.

Wir gingen weiter zu einem mit einer Alarmanlage versehenen Glaskasten, der alte englische Handschriften auf Pergament enthielt, die mit kopulierenden Bauern und umhertollenden Farmtieren illuminiert waren.

»Prä-Guttemberg«, sagte Gordon. »Chaucersche Apokryphen. Chaucer war ein höchst sexueller Schriftsteller. Das bringen sie einem aber nicht in der High School bei.«

Andere Schubladen waren mit erotischen Skizzen aus der italienischen Renaissance und der japanischen Kunst gefüllt – Aquarelle mit Kurtisanen im Kimono und stoische Männer mit einem Haarknoten auf dem Kopf, die ein übertriebenes sexuelles Rüstzeug mit sich herumschleppten.

»Überkompensation«, sagte Chantal. Sie stieß meinen Arm an.

Man zeigte uns Auslagen mit Fruchtbarkeitssymbolen, erotische Holzdrucke, eheliche Hilfsmittel, antike Damenunterwäsche. Nach einer Weile verschwamm es mir vor den Augen.

»Diese da haben Brenda Allens Mädchen angehabt«, sagte Gordon und zeigte auf ein paar vergilbte seidene Teile. »Und diese roten da sind aus einem Bordell in New Orleans, wo Scott Joplin Klavier spielte.« Er streichelte das Glas. »Wenn sie nur sprechen könnten, was?«

»Wir haben auch eßbare«, sagte Chantal. »Dort, in einem gekühlten Kasten.«

Wir gingen schnell an immer mehr sexuellen Gerätschaften, Sammlungen von obszönen Partygags und Kuriositäten, gepfefferten Schallplattenaufnahmen und an dem vorbei, was Gordon zur »weltweit umfassendsten und schönsten Sammlung von Kunstpenissen« erklärte. »Sechshundertunddreiundfünfzig Stück, meine Herren, aus der ganzen Welt. Alles denkbare Material, von Affenbrotbaumholz bis poliertem Elfenbein.«

Eine Hand strich mir über den Po. Ich machte eine Vierteldrehung, sah Chantal lächeln.

»Unsere *bibliothèque*«, sagte Gordon und deutete auf eine Wand voll Bücherregalen.

Übergroße, in Leder gebundene Abhandlungen mit goldenen Rändern, zeitgenössische Hardcover- und Taschenbücher, Tausende von Zeitschriften, einige von ihnen immer noch eingeschweißt und versiegelt, mit Titelblättern, die nichts der Phantasie überließen – grandios geschwollene Männer, in Samen gebadete Frauen mit weit aufgerissenen Augen. Titel wie *Doppeldecker-Stewardess* und *Der Saft der Körper.*

Die Fontaines schienen viele der Modelle persönlich zu kennen und sprachen mit fast elterlicher Sorge über sie. (»Das ist Johnny Strong – er hat sich vor ein paar Jahren zurückgezogen und arbeitet jetzt als Versicherungsmakler oben in Tiburon.« »Guck, Gordie, das ist Laurie Ruth Shoan, die Milchkönigin persönlich.« Zu mir: »Sie hat Geld geheiratet. Ihr Mann ist ein richtiger Faschist, und sie mußte ganz prüde werden.«)

Ich versuchte, Mitgefühl zu heucheln.

»Vorwärts«, sagte Gordon, »auf zum *pièce de résistance.*«

Ein Klicken des fernen Moduls ließ eines der Bücherregale zurückgleiten. Dahinter lag eine mattschwarze Tür, die sich auf Gordons Tastendruck öffnete. Ein großer Vorführraum. Zwei Wände waren mit Regalen mit Blechbüchsen und Videokassetten bedeckt. Drei Reihen lederner Armsessel, drei Sessel pro Reihe. An der Rückwand aufgebaut eine blitzende Sammlung von Vorführgeräten.

»Das sind die saubersten Kopien, die Sie finden können«, sagte Gordon. »Jeder wichtige Sexfilm, der je gedreht wurde, alles ist auf Video da. Wir bemühen uns auch sehr um die Erhaltung der Originale. Unser Restaurator ist Spitze – zwanzig Jahre in dem Archiv eines der großen Studios gearbeitet, dann noch mal zehn im American Film Institute. Und unser Archivverwalter ist ein bekannter Filmkritiker, der ungenannt bleiben muß« – er räusperte sich –, »mangels Rückgrat.«

»Eindrucksvoll«, bemerkte ich.

»Wir hoffen«, sagte Chantal, »es einer der großen Universitäten zu vererben. Eines Tages.«

»Was meint sie mit ›eines Tages‹«, sagte Gordon, »sie meint, wenn ich nicht mehr lebe.«

»Ach, schscht, Gordie. Ich sterbe zuerst.«

»Kommt nicht in Frage, Darling. Du läßt mich nicht mit meinen Erinnerungen und meiner Hand allein.« Er winkte mit der fleischigen Flosse.

»Ach, geh, Gordon. Du kommst ganz gut allein zurecht.«

Gordon tätschelte ihre Hand. Die beiden tauschten verliebte Blicke.

Larry sah auf die Uhr.

»Natürlich«, sagte Gordon. »Ich bin pensioniert – ich stehe nicht mehr unter Zeitdruck. Sie wollten Shawnas Video sehen.«

»Shawna wer?« fragte ich.

»Shawna Blue. Das ist der Name, den Pretty Sharon auf dem Video benutzte.«

»Wir nannten sie Pretty Sharon«, sagte Chantal, »weil sie so ein hübsches, fast makelloses Ding war. Shawna Blue war ihr *nom d'amour.*« Sie schüttelte den Kopf. »Wie traurig, daß sie nicht mehr lebt – und ein Selbstmord!«

»Finden Sie das überraschend?« fragte ich.

»Natürlich«, sagte sie. »Sich selbst zu zerstören, wie furchtbar.«

»Wie gut kannten Sie sie?«

»Überhaupt nicht gut. Ich glaube, wir haben uns nur einmal getroffen – habe ich recht, Gordie?«

»Nur einmal.«

»Wie viele Filme hat sie gemacht?«

»Dieselbe Antwort«, sagte Gordon. »Nur einen, und es war kein kommerzielles Unterfangen. Er sollte für Bildungszwecke sein.«

Die Art, wie er *sollte* betonte, ließ mich nachfragen: »Klingt, als hätten Sie daran Zweifel.«

Er runzelte die Stirn. »Wir haben das Geld hergegeben unter der Voraussetzung, daß es etwas für Bildungszwecke wäre. Die Produktion selbst wurde von der erstklassigen Kakerlake P. P. Kruse geleitet. Er behauptete, es diente Forschungszwecken. Eine seiner Studentinnen wäre bereit, als Teil ihrer Hausarbeiten in einem erotischen Film mitzuspielen.«

»Wann war das?«

»1974«, sagte er. »Im Oktober oder November.«

Nicht lange, nachdem Sharon ihre Ausbildung angefangen hatte. Der Bastard hatte schnell gearbeitet.

»Es sollte ein Teil ihrer Forschungsarbeit sein«, fuhr Gordon fort. »Nun, wir waren ja nicht von gestern, aber wir fanden, es sei ein ziemlich fadenscheiniger Vorwand, doch Kruse versicherte uns, das wäre alles unglaublich im Kommen, zeigte uns schriftliche Genehmigungen der Universität. Er brachte sogar Sharon hierher zu uns mit, damit sie uns kennenlernte – das war das einzige Mal. Sie wirkte sehr lebhaft, sehr Marilyn – sogar das Haar. Sie bestätigte, es sei alles ein Teil ihrer Arbeit für den Kurs.«

»Marilyn«, sagte ich. »Wie Monroe.«

»Ja. Sie strahlte dieselbe Unschuld und zugleich Erotik aus.«

»War sie blond?«

»Platin«, sagte Chantal. »Wie Sonnenschein auf klarem Wasser.«

»Die Sharon, die wir kannten, hatte schwarzes Haar«, erklärte Larry.

»Davon weiß ich nichts«, sagte Gordon. »Kruse hat mich vielleicht belogen, als er sagte, wer sie sei. Er hat in allem anderen auch gelogen. Wir haben ihm unser Haus geöffnet, ihm freien Zugang zu unserer Sammlung eingeräumt, und er hat es dann an die Puritaner verhökert.«

»Vor Kirchengruppen hat er eine Rede gehalten«, sagte Chantal und stampfte mit dem Fuß auf. »Hat sich hingestellt und fürchterliche Dinge über uns gesagt – wir wären pervers und sexistisch. Wenn's einen Menschen gibt, der kein Sexist ist, dann ist es mein Gordie.«

»Er hat nicht unsere Namen genannt«, fügte Chantal hinzu, »aber wir wußten, daß er von uns sprach.«

»Seine eigene Frau war ein Pornostar«, sagte ich. »Wie hat er das denn den Kirchengruppen erklärt?«

»Suzy?« fragte Gordon. »Ich würde sie nicht einen Star nennen – adäquater Stil, aber strikt zweite Garnitur. Ich nehme an, er könnte immer angeben, er hätte sie aus einem sündigen Leben errettet. Aber wahrscheinlich brauchte er es nie zu erklären. Die Leute haben ein kurzes Gedächtnis. Nachdem sie geheiratet hatte, hörte Suzy auf zu arbeiten und verschwand aus dem Blickfeld. Er hat sie wahrscheinlich in eine gelehrige, kleine Hausfrau verwandelt – er ist der Typ, wissen Sie, will andere beeinflussen.«

Ich wiederholte etwas, das Larry bei der Party gesagt hatte: *Machtbesessen.*

»Vorwärts«, sagte Gordon. Er ging zur Rückseite des Raums und fing an, sich an einem Projektor zu schaffen zu machen.

»Man hat Kruse gerade zum Dekan der Psychologischen Fakultät ernannt«, sagte ich.

»Skandalös«, meinte Chantal. »Daß da aber auch niemand aufpaßt!«

»Sollte man eigentlich denken«, sagte ich.

»Alles eingelegt«, rief Gordon von hinten. »Bitte Platz nehmen allerseits.«

Larry und ich setzten uns in die erste Reihe; Chantal nahm zwischen uns Platz. Im Raum wurde es finster; die Leinwand ein totes Weiß.

»*Check-up!*« kündigte er an. »In der Hauptrolle die verstorbene Miss Shawna Blue und der verstorbene Mr. Michael Starbuck.«

Die Leinwand füllte sich mit tanzenden Fusseln, gefolgt von flakkernden Countdownzahlen. Ich saß stocksteif da und hielt den Atem an, sagte mir, ich sei ein Idiot gewesen herzukommen. Dann tanzten schwarzweiße Bilder vor mir herum, und ich verlor mich in ihnen.

Eine Tonspur gab es nicht, nur das Surren des Projektors war zu hören. Buchstabenreihen – weiße Schreibmaschinenschrift auf einem körnigen schwarzen Untergrund – verkündeten:

CHECK-UP
STARRING
SHAWNA BLUE
MICKEY STARBUCK
A CREATIVE IMAGE ASSOC. PRODUCTION

Creative Image. Ein Name an einer Tür, Kruses Nachbarn im Bürohaus am Sunset Boulevard. Schließlich doch kein Nachbar, sondern die beiden Gesichter von Dr. K ...

DIRECTED BY
PIERRE LE VOYEUR

Ein zittriger Schwarzweißschwenk über das Untersuchungszimmer eines Arztes – die altmodische Sorte, emaillierte Becken, hölzerner Untersuchungstisch, Augentafel, Chintzvorhänge, ein Quadrat mit sechs gerahmten Diplomen an der Wand.

Die Tür ging auf. Eine Frau kam herein.

Die Kamera folgte ihr, verbrachte lange Zeit auf dem Schaukeln der Pobacken.

Jung und schön und gut gebaut, mit langem, gewelltem Platinhaar. Sie trug ein äußerst knappes, tief ausgeschnittenes Jerseykleid.

Schwarzweißfilm, aber ich wußte, daß das Kleid farbig war.

Eine flackernde Großaufnahme zeigte ihr schönes Gesicht mit dem Schmollmund.

Sharons Gesicht. Trotz der Perücke, kein Zweifel daran.

Mir war übel, und ich bereute, daß ich gekommen war. Starrte auf die Kamera, wie ein Kind einen zerquetschten Käfer anstarrt.

Die Kamera fuhr zurück. Sharon tanzte eine Pirouette, sah in den Spiegel, zupfte an ihrem Haar. Dann ein schneller Zoom – noch mehr Schmollmund, große Augen starren hinaus, den Zuschauer an.

Bohren sich in meine.

Eine Ganzaufnahme, Schwenk auf Hintern, ein paar schnelle Schwenke vom Mund zu den Händen, zum Busen.

Schauderhaft, das Billigste vom Billigen. Aber auf perverse Art magisch – *sie* war wieder zum Leben erwacht da oben –, sie lächelte und winkte, unsterblich gezeugt in Licht und Schatten. Ich mußte mich bezähmen, nicht die Hände auszustrecken, um sie zu berühren. Wollte sie plötzlich aus der Leinwand herausreißen und zurückziehen in die Zeit. Sie retten.

Ich klammerte mich an die Armlehnen. Mein Herz klopfte, Rauschen in den Ohren wie Winterflut.

Sie streckte sich, träge und lässig, und leckte sich die Lippen. Die Kamera ging so nah heran, daß ihre Zunge wie eine riesige Meeresschnecke aussah. Mehr Großaufnahmen: feuchte weiße Zähne. Eine zielbewußte Beugung vorwärts, aufblitzende Busenfalte. Mondkrater-Brustwarzenlandschaft. Hände, die Brüste streichelten und zwickten.

Sie wand sich schlangengleich, stellte sich zur Schau, genoß es offensichtlich, im Rampenlicht zu stehen.

Laß das Licht an. Ich will es sehen. Alles.

Ich dachte an die Spiegel im Badezimmer und fing an zu schwitzen. Schließlich half es, sich auf die Zappligkeit und das unablässige Zoomen zu konzentrieren – so wurde sie für mich wieder zu etwas Zweidimensionalem.

Ich atmete aus, schloß die Augen, wollte einen gewissen Abstand wahren. Bevor ich ganz eingeatmet hatte, fiel etwas auf mein Knie und blieb dort liegen – Chantals Hand. Ich sah sie aus dem Augenwinkel heraus an. Sie starrte geradeaus, den Mund leicht geöffnet.

Ich tat nichts, hoffte, sie würde nicht anfangen zu suchen. Ließ den Blick wieder auf die Leinwand zurückkehren.

Sharon vollführte einen langsamen, gewundenen Striptease, pellte sich herunter bis zu einem schwarzen Hüftgürtel, Netzstrümpfen und hochhackigen Schuhen – eine Frederick's-of-Hollywood-Parodie –, berührte sich, bog sich, spreizte die Beine und kniete, alles für die Kamera.

Ich sah ihre Hände sich bewegen. *Spürte sie.*

Aber etwas stimmte nicht. Etwas mit ihren Händen …

Je mehr ich darüber nachdachte, was es war, um so weiter entfernte es sich. Ich gab's auf, dachte, ich würde es leichter erfahren, wenn ich nicht verkrampft danach suchte.

Die Kamera wurde gynäkologisch, bewegte sich aufwärts, zentimeterweise.

Sharon, jetzt auf dem Untersuchungstisch, streichelte sich, sah hinunter auf ihre Scham.

Die Kamera schwenkte zum Türknopf, als er sich drehte. Die Tür ging auf. Ein großer, dunkler, breitschultriger Mann kam herein, mit einem Notizblock. Ende Dreißig, langer weißer Mantel, Kopflampe und Stethoskop. Ein schmales, hungriges Gesicht – Schlitzaugen, gebrochener Nasenrücken, schmale Lippen und breiter Mund. Fünfuhrbartschatten. Die Augen flitzten unruhig umher, es waren die Augen eines Einbrechers auf dem Raubzug. Er hatte sich die Haare so stark eingecremt, daß sie wie geputzte Schuhe glänzten, und einen Mittelscheitel gezogen. Ein bleistiftstrichschmaler Moustache bedeckte seine ganze Oberlippe.

Klassiker: Gigolo trifft eine dumme Blondine.

Er starrte Sharon an, hob die Augenbrauen, spielte für die Kamera einen Straßenräuber.

Sie zeigte auf ihre Scham, tat so, als ob sie etwas schmerzte.

Er kratzte sich am Kopf, zog seinen Notizblock zu Rate, dann legte er ihn hin und nahm das Stethoskop ab. Er stand über sie gebeugt, kniete sich nieder und tat den Kopf zwischen ihre Beine, bohrte und stocherte. Sah hoch, zuckte die Achseln.

Sie zwinkerte die Kamera an, stieß seinen Kopf hinunter, wand und krümmte sich.

Er hob den Kopf, tat, als ringe er um Luft. Sie stieß ihn wieder hinunter. Der Rest war vorhersagbar – Großaufnahme seiner Hose mit der Erektion drin, sie drückte ihn hinunter, saugte die Fingerspitzen ihrer einen Hand.

Sie stieß ihn weg, zerrte an seinem Reißverschluß. Die Hose fiel herunter auf die Knöchel. Sie zog ihm die Jacke aus. Er trug kein Hemd; trug nur eine Krawatte. Sie zog an der Krawatte, bis er schwankte. Nahm ihn oral mit weit aufgerissenen Augen und schluchzte.

Als er auf den Tisch kam und sie bestieg, fingen Chantals Finger an, spinnenhaft meinen Schenkel heraufzuspazieren. Ich legte die Hand darauf, verhinderte weiteren Vormarsch, drückte sie freundlich und legte sie dann vorsichtig in ihren Schoß zurück. Sie gab keinen Ton von sich, bewegte keinen Muskel.

Komische schnelle Positionswechsel. Großaufnahmen von ihren beiden Gesichtern, die verzerrt waren. Er sagte etwas – gab ihr das Stichwort –, eine Reihe von schnellen Stößen, Rückzug, der milchige Beweis des Orgasmus flog durch die Luft.

Sie nahm etwas vom Bauch ab, leckte sich die Finger.

Zwinkerte wieder der Kamera zu.

Leere Leinwand.

Ein Check-up, der ausartete. Weiterbehandlung …

Ich rang nach Luft, war wütend. Traurig.

Der Raum blieb zum Glück dunkel.

»Nun«, sagte Gordon. »Das war's.«

Chantal stand rasch auf, glättete ihr Kleid. »Entschuldigen Sie mich. Ich habe zu tun.«

»Alles in Ordnung, Darling?«

»Einfach toll, Dearie.« Sie küßte ihn auf die Wange, knickste und sagte: »Schön, Sie wiedergesehen zu haben, Lawrence. War nett, Sie kennenzulernen, Dr. Delaware.« Sie verließ den Raum.

»Der verstorbene Mickey Starbuck«, sagte ich. »Wie hat es ihn erwischt?«

Gordon starrte noch immer seiner Frau hinterher. Ich mußte die Frage wiederholen.

»Kokainüberdosis, vor mehreren Jahren. Der arme Mickey wollte den Durchbruch in den richtigen Film schaffen, aber er schaffte ihn nicht – es gibt da eine fürchterliche Diskriminierung von Sexfilmstars. Er fuhr schließlich Taxi. Eine empfindliche Seele, wirklich ein feiner junger Mann.«

»Zwei Schauspieler, zwei Selbstmorde durch Überdosis«, bemerkte Larry. »Klingt nach Pech.«

»Unsinn«, sagte Gordon scharf. »Sexfilme sind ein Geschäft, wie alles im Showbusiness. Zerbrechliche Egos, instabil, große Aufschwünge, große Abstürze. Manche Leute schaffen's nicht.«

»Die Produktionsgesellschaft?« fragte ich. »Creative Image Associates – ein Ableger Kruses?«

Gordon nickte. »Protektion. Komisch von mir, nicht zu merken, daß etwas faul war, als er es aufzog – wenn er wirklich eine Genehmigung der Universität hatte, warum brauchte er dann noch einen Deckmantel? Als ich das fertige Produkt sah, wußte ich, was er getan hatte, aber ich habe ihn nicht zur Rede gestellt – er war der Doktor, der Experte. Ich hielt ihn für brillant, für einen Visionär. Ich dachte, er wäre ernsthaft engagiert.«

»Was hat er getan?«

»Setzen Sie sich, und ich zeige es Ihnen.« Er kehrte in den hinteren Teil des Vorführraums zurück, der Raum wurde wieder dunkel, und ein anderer Film kam auf die Leinwand.

Er hatte weder einen Titel, noch wurden die Darsteller genannt, es war nur grobkörniges Material mit einer zappligen Handlung, die Kameraarbeit noch amateurhafter als bei dem ersten, aber deutlich dessen Inspirationsquelle.

Die Szene: die Praxis eines Arztes, dieselbe Art von Einrichtung, dasselbe Quadrat mit gerahmten Diplomen.

Die Stars: eine tolle Frau mit gewelltem Blondhaar, langen Beinen, knackige Figur, aber etliche Zentimeter kleiner als Sharon, feinknochiger, das Gesicht etwas voller.

Ähnlich genug, daß sie Sharons Zwillingsschwester hätte sein können.

Zwillingsschwester. Shirlee. Nein, das war unmöglich. Die Shirlee, die ich kennengelernt hatte, war seit ihrer Kindheit verkrüppelt ...

Wenn Sharon die Wahrheit erzählt hatte.

Großes Wenn.

Film Nummer zwei flackerte wie frühes Kintopp: Striptease, Haarzupfen, ein großer Mann kam zur Tür herein.

Großaufnahme von ihm; um die vierzig, glänzendes Haar, bleistiftdünner Oberlippenbart. Weißer Mantel, Stethoskop, Notizblock.

Eine vage Ähnlichkeit mit dem verstorbenen Mickey Starbuck, aber nichts Auffallendes.

Und kein Grinsen. Der Arzt schien wirklich überrascht beim Anblick der nackten Blondine, die auf dem Tisch alle viere von sich streckte.

Auch keine Sprunghaftigkeit der Handlung. Eine feste Kameraposition, volle Totalen und gelegentliche Nahaufnahmen, die weniger der Erotik als der Identifizierung der Darsteller dienten.

Seiner Identifizierung.

Die Blondine erhob sich und rieb sich an dem Doktor. Zeigte sich, kniff sich in die Brustwarzen, stellte sich auf die Fußspitzen und leckte an seinem Hals.

Er schüttelte den Kopf, zeigte auf die Armbanduhr.

Sie drückte ihn an sich, wiegte sich in den Hüften.

Er wich wieder zurück, dann ließ die Spannung seines Körpers nach – als ob etwas auftaute. Er ließ sich streicheln.

Sie übernahm.

Dann der ganze Fortlauf wie in Sharons Film.

Aber anders.

Weil dieser nicht gestellt war. Der Doktor spielte nicht.

Kein Straßenräuber für die Kamera, weil er nicht wußte, *daß* da eine Kamera war.

Sie kniete vor ihm.

Die Kamera konzentrierte sich auf sein Gesicht.

Echte Leidenschaft.

Sie lagen auf dem Tisch.

Er verlor sich in ihr, sie behielt die Kontrolle.

Die Kamera konzentrierte sich auf sein Gesicht.

Versteckte Kamera.

Ein Dokumentarfilm – die Aufnahmen eines Voyeurs, durchs Fenster. Ich schloß die Augen, dachte an etwas anderes.

Die schöne Blondine bewegte sich wie eine Hure.

Sharons Zwillingsschwester – aber aus einer anderen Zeit. Sein Alfalfa-Haarschnitt und Oberlippenbart waren authentisch.

Aus der Zeit …

»Wann ist das gedreht?« fragte ich Gordon, der hinter mir saß.

»Neunzehnzweiundfünfzig«, sagte er mit erstickter Stimme, als nähme er mir die Unterbrechung übel.

Der Doktor bockte und biß die Zähne zusammen. Die blonde Frau winkte mit ihm wie mit einer Flagge. Blinzelte in die Kamera.

Leere Leinwand.

»Sharons Mutter«, sagte ich.

»Ich kann's nicht beweisen«, sagte Gordon und kam nach vorn zu mir. »Aber bei der Ähnlichkeit müßte sie es sein, nicht wahr? Als ich Pretty Sharon kennenlernte, erinnerte sie mich an jemanden. Ich wußte nicht, an wen, hatte diesen Film lange nicht mehr gesehen – seit Jahren nicht mehr. Er ist ziemlich selten, kostbares Stück in meiner Sammlung. Wir versuchen, sie vor unnötiger Beanspruchung zu schützen.«

Er hielt ein, wartete.

»Wir danken Ihnen, daß Sie ihn uns gezeigt haben, Mr. Fontaine.«

»War mir ein Vergnügen. Als ich Kruses Endprodukt sah, fiel mir ein, an wen sie mich erinnerte. Kruse muß es auch gemerkt haben. Wir ließen ihm vollen Zutritt zu unserem Vorführraum und der ganzen Sammlung, und er hat viel Zeit darin verbracht. Er entdeckte Lindas Film und versuchte, ihn nachzuäffen. Mutter und Tochter –

ein spannendes Thema, aber er hätte ehrlich damit umgehen sollen.«

»Wußte Sharon von dem ersten Film?«

»Das kann ich Ihnen nicht sagen. Ich habe sie nur ein einziges Mal gesehen.«

»Linda wer?« fragte Larry.

»Linda Lanier. Sie war eine Schauspielerin – oder wollte eine sein. Eins von den hübschen jungen Mädchen, die Hollywood nach dem Krieg überschwemmt haben – tun sie immer noch, nehme ich an. Ich glaube, sie bekam einen Vertrag bei einem der großen Studios, aber sie hat nie wirklich gearbeitet.«

»Falsche Art von Begabung?« fragte Larry.

»Wer weiß? Sie blieb nicht lange genug da, als daß irgendwer es rausfinden könnte. Das betreffende Studio gehörte Leland Belding. Sie endete schließlich als eins seiner Partymädchen.«

»Das Milliardärswrack«, sagte ich. »Die Magna Corporation.«

»Ihr seid beide zu jung, euch daran zu erinnern«, sagte Gordon, »aber er war was, damals: Renaissancemensch – Flugzeuge, Raketen, Schiffahrt und Bergbau. Öl. Und Film. Er erfand eine Kamera, die sie heute noch benutzen. Und einen Sicherheits-Hüftgürtel im Flugzeugdesign dazu.«

Ich fragte: »Mit Partymädchen meinen Sie Prostituierte?«

»Nein, nein, mehr so etwas wie Hostessen. Er hat eine Menge Parties gegeben. Da ihm das Studio gehörte, kam er leicht an hübsche Mädchen heran, und er stellte sie als Hostessen ein. Die Puritaner versuchten, daraus was zu machen, aber sie konnten nie irgendwas beweisen.«

»Und was ist mit dem Arzt?«

»Er war ein *richtiger* Arzt. Der Film war auch real – die *vérité* ist fast überwältigend, nicht wahr? Es ist die Originalkopie, die einzige, die noch existiert.«

»Wo haben Sie sie her?«

Er schüttelte den Kopf. »Geschäftsgeheimnis, Doktor. Möge es genügen, wenn ich sage, daß ich sie schon lange habe und daß sie mich einiges gekostet hat. Ich könnte Kopien ziehen lassen, um meine ganze Investition, plus Gewinn, wieder herauszuholen, aber das würde eine Flut von Reproduktionen auslösen und den historischen Wert des Originals verringern, und ich weigere mich, meine Grundsätze zu verbiegen.«

»Wie hieß der Mann, der den Arzt spielte?«

»Sie wissen, es war ein echter Arzt –« Er hielt ein. »Aber ich weiß seinen Namen nicht.«

Eine Lüge. Fanatiker und Voyeur, der er war, hatte er sicher alle Details zu seinem Schatz zusammengetragen.

Ich sagte: »Der Film war Teil einer Erpressung, nicht wahr? Der Arzt war das Opfer.«

»Lächerlich.«

»Was denn sonst? Er wußte nicht, daß man ihn filmte.«

»Typischer Hollywoodscherz«, sagte er. »Der gute alte Errol Flynn bohrte Löcher in die Wände seiner Badezimmer und filmte seine Freundinnen mit 'ner versteckten Kamera.«

»Schäbig«, murmelte Larry.

Gordons Gesicht verdunkelte sich. »Tut mir leid, daß Sie so denken, Dr. Daschoff. Es war alles gesunder Spaß.«

Larry sagte nichts.

»Nichts für ungut«, sagte Gordon und hielt die Vorführraumtür für uns auf. »Ich bin sicher, meine Herren, Sie müssen zurück zu Ihren Patienten.«

Er führte uns durch den schwarzen Raum und zum Fahrstuhl.

»Was ist aus Linda Lanier geworden?« fragte ich.

»Wer weiß?« sagte er. Dann fing er an, über die Beziehung zwischen kulturellen Normen und Erotika zu schwafeln, und setzte die Vorlesung fort, bis wir sein Haus verließen.

17

»Habe ihn noch nie so gesehen«, sagte Larry, als wir wieder auf dem Bürgersteig waren.

»Sein Glaubenssystem ist erschüttert«, sagte ich. »Er sieht sein Hobby gern als etwas Harmloses, wie Briefmarkensammeln. Aber man braucht keine Briefmarken, um jemanden zu erpressen.«

Er schüttelte den Kopf. »Es war unheimlich, Sharon zuzusehen, aber der zweite Film war was anderes – was wirklich Böses. Der arme Kerl vögelt rum, und es ist sein Filmdebüt.«

Wieder ein Kopfschütteln. »Erpressung. Mist, die Sache wird immer schwieriger, Alex. Um alles noch schlimmer zu machen, bekam ich heute morgen einen Anruf von einem alten Studienkollegen: Ein Typ, den Brenda und ich beide im College kannten, auch als Seelenklempner geendet – Verhaltenstherapeut, hatte eine riesige Praxis draußen in Phoenix. Der vögelte seine Sekretärin, sie gab ihm den Tripper; er gab ihn an seine Frau weiter, und sie schmiß ihn raus, fing an, in der ganzen Stadt schlecht über ihn zu reden, machte die Praxis kaputt. Vor ein paar Tagen geht er in das Haus, legt erst sie und dann sich selbst um. Spricht nicht sehr für unseren Beruf, wie? Gewußt, wie man Tests durchführt und eine Dissertation schreibt, und schon hat man sein Diplom. ›Schicken Sie uns Ihren Scheck, wir verlängern Ihre Genehmigung.‹ Niemand prüft die Leute auf Psychopathologien.«

»Vielleicht machen die Psychoanalytiker es richtig«, sagte ich. »Ihre Kandidaten müssen eine lange Analyse durchstehen, bevor sie sich qualifizieren dürfen.«

»Komm, Alex. Denk an all die Analytiker, die du getroffen hast, die total verrückt und unheimlich sind. Und alle hatten wir unsere Trainingstherapien. Jemand kann den Ying-yang rauftherapiert haben und trotzdem ein gemeiner Mensch geblieben sein. Wer weiß, vielleicht sind wir von Anfang an suspekt. Ich las gerade diesen Artikel, Untersuchung über Familiengeschichten von Psychologen und Psychiatern. Eine Menge von ihnen hatten schwer deprimierte Mütter.«

»Ich habe es auch gelesen.«

»Auf mich paßt das bestimmt«, sagte er. »Auf dich auch?«

Ich nickte.

»Siehst du, das ist es. Als Kinder mußten wir uns um unsere Mamis kümmern, und so haben wir gelernt, hypererwachsen zu sein. Dann, wenn wir aufwachsen, suchen wir uns erneut depressive Personen aus, um für sie zu sorgen – das an sich ist nicht schlecht, wenn wir durch unseren ganzen eigenen Kram durchgestiegen wären. Aber wenn wir das nicht sind … Nein, da gibt's keine einfachen Antworten, Alex. Soll halt ein jeder auf sich selbst aufpassen.«

Ich brachte ihn zu seinem Caravan. »Larry, könnte Sharons Film etwas mit Kruses Forschung zu tun haben?«

»Unmöglich.«

»Was ist mit den Papieren von der Universität, die Gordon gesehen hat?«

»Schwindel«, sagte er. »Und unlogisch – auch damals hätte sich keine Universität soweit kompromittiert. Kruse hat ihm irgendwelchen Mist gezeigt; Gordon glaubte es, weil er es glauben wollte. Außerdem hat Kruse niemals Formulare für irgend etwas benutzt – er und der Fachbereich litten unter gegenseitiger Apathie. Sie nahmen das Geld, das er hereinbrachte, gaben ihm ein Labor im Keller, das sonst niemand wollte, wollten gar nicht wissen, was er vorhatte. Verglichen mit den Täuschungsexperimenten, die die Sozialpsychologen machten, klang sein Zeug harmlos.« Er hielt an, sah gequält aus. »Was zum Teufel suchte er, als er sie so gefilmt hat?«

»Wer weiß? Das einzige, was ich mir vorstellen kann, ist eine radikale Therapie. Um sich durch die Sünden der Mütter durchzuarbeiten.«

Er dachte darüber nach. »Ja. Vielleicht. Die Art von Horrorszene kann ich mir bei ihm gut vorstellen: totale Kontrolle des Privatlebens des Patienten, Marathonsitzungen, Regressionshypnose – die Abwehr abbauen. Wenn sie herausgefunden hat, daß ihre Mutter eine Prostituierte war, konnte er ihren schwachen Punkt ausnutzen.«

»Was ist, wenn sie's herausfand, weil Kruse es ihr gesagt hat?« fragte ich. »Er hatte Zugang zum Archiv der Fontaines, könnte Filme durchgesehen und Linda Laniers Video entdeckt haben. Ihre Ähnlichkeit mit Sharon war groß – er kombinierte richtig. Dann, als er wegen der Lanier nachforschte, erfuhr er ein paar unangenehme Einzelheiten, vielleicht sogar etwas mit Erpressung. Sharon hat mir etwas über reiche, elegante Eltern vorgeschwindelt. Sieht aus, als ob sie sich vor der Realität versteckte. Kruse kann ihr den Film gezeigt haben, als sie unter Hypnose stand, hat ihn dazu benutzt, sie ganz zu zerbrechen, völlig seiner Kontrolle zu unterwerfen. Dann schlug er ihr eine Methode vor, wie sie sich durch das Trauma durcharbeiten konnte – indem sie einen Film von sich selbst drehte – kathartisches Rollenspiel.«

»Hundesohn, verdammter«, fluchte er. Dann: »Sie war ein smartes Mädchen, Alex. Wie konnte sie darauf reinfallen?«

»Smart, aber verkorkst – die Borderlinecharakteristiken, von denen wir gesprochen haben. Und du selbst hast mir ja erzählt, wie überzeugend Kruse wirkte – er hatte radikale Liberale soweit gebracht, daß sie meinten, eine Frau auszupeitschen sei etwas Edles. Das waren Frauen, die er *zufällig* kannte. Er war Sharons Studienberater, ihr Trainingstherapeut, und sie blieb bei ihm, nachdem sie ihren Doktor gemacht hatte, dann als seine Assistentin. Ich habe die Beziehung zwischen ihnen nie richtig verstanden, aber ich glaube, sie war intensiv. Der Film wurde gedreht, bald nachdem sie nach L. A. gekommen war, was heißt, daß er sie von Anfang an in seiner Gewalt hatte.«

»Vielleicht kannte er sie schon davor«, sagte er.

»Vielleicht.«

»Therapie plus Spritzen.« Er sah böse aus. »Unser verehrter Fachbereichsleiter ist ein echter Prinz.«

»Meinst du, die Universität würde seine Methoden gutheißen?«

»Ihn mal ein bißchen verpfeifen?« Er zupfte sich am Schnurrbart. »Brenda sagte mir, die Gesetze gegen Verleumdung seien ganz verdammt verwickelt. Kruse hat Geld – er könnte uns jahrelang mit Gerichtsverfahren die Hölle heiß machen –, und wie es auch ausginge, wir wären am Ende die Dummen. Bist du zu so etwas bereit?«

»Ich weiß es nicht.«

»Also, ich nicht. Soll die Universität doch ihre verdammte Detektivarbeit selbst erledigen.«

»Soll doch jeder auf sich selbst achtgeben?«

Er legte die Hand auf den Türgriff, sah eingeschnappt aus. »Sieh mal, Alex, du bist schon fast im Ruhestand, bist dein eigener Herr, hast eine Menge Freizeit und kannst dir Pornofilme ansehen. Ich habe fünf Kinder, eine Frau, die Jura studiert, Bluthochdruck und eine Hypothek abzustottern. Verzeih mir, daß ich nicht den Kreuzritter spielen möchte, okay?«

»Okay«, sagte ich. »Schon gut.«

»Glaub mir, die Realität zerquetscht mir immer mal wieder die Eier.«

Er stieg in den Wagen.

»Wenn ich irgendwas tue«, sagte ich, »lasse ich dich außen vor.«

»Guter Gedanke.« Er sah auf die Uhr. »Muß dringend los. Kann nicht sagen: ein Begeisterungsschrei pro Minute; aber es war gewiß mal was anderes.«

Zwei Filme. Noch eine Beziehung zu einem toten Milliardär.

Und zu einem als Therapeut getarnten Amateurfilmproduzenten.

Ich fuhr nach Haus, entschlossen, Kruse zu erreichen, bevor ich am nächsten Tag nach San Luis flog. Der Bastard würde reden, so oder so. Ich versuchte es wieder in seinem Büro. Immer noch keine Antwort. Ich wollte die Sammelnummer der Universität anrufen, als das Telefon läutete.

»Hallo.«

»Dr. Delaware, bitte.«

»Am Apparat.«

»Dr. Delaware, hier spricht Dr. Leslie Weingarden. Ich habe hier Probleme, bei denen Sie mir vielleicht behilflich sein könnten, dachte ich.«

Sie würgte diesen Satz hervor, als stünde sie kurz vorm Zusammenbruch.

»Was für Probleme, Dr. Weingarden?«

»Hat mit unserem Gespräch zu tun«, sagte sie. »Ich möchte lieber nicht am Telefon darüber reden. Würde es Ihnen was ausmachen, irgendwann heute nachmittag in meine Praxis hinunterzukommen?«

»Geben Sie mir zwanzig Minuten«, sagte ich.

Ich wechselte das Hemd, band eine Krawatte um, rief meinen Auftragsdienst an und erfuhr, daß Olivia Brickerman eine Nachricht hinterlassen hatte.

»Sie sagte, ich soll Ihnen ausrichten, das System sei im Eimer, was auch immer das heißen mag«, sagte die Frau. »Sie besorgt Ihnen das, was Sie haben wollen, sobald es wieder im Angebot ist.«

Ich dankte ihr und hängte auf. Zurück nach Beverly Hills.

Zwei Frauen saßen lesend im Warteraum. Keine schien guter Laune zu sein.

Ich klopfte an die Trennscheibe. Die Sprechstundenhilfe kam herum und ließ mich ein. Wir gingen an mehreren Untersuchungszimmern vorbei, blieben an einer Tür stehen, auf der PRIVAT stand, und klopften. Eine Sekunde später öffnete sie sich teilweise, und Leslie schlüpfte heraus. Sie war vollkommen zurechtgemacht, jedes Haar lag an seinem Platz, sah aber hohlwangig und verängstigt aus.

»Wie viele Patienten sind da, Bea?«

»Nur ein paar. Aber eine meckert dauernd herum.«

»Sag ihnen, ich mußte zu einem Notfall – ich bin, so schnell ich kann, wieder da.«

Bea ging. Leslie sagte: »Lassen Sie uns von der Tür weggehen.« Wir gingen den Korridor hinunter. Sie lehnte sich an eine Wand, atmete aus und faltete die Hände.

»Wollte, ich rauchte noch«, sagte sie. »Vielen Dank fürs Kommen.«

»Was ist los?«

»D. J. Rasmussen. Er ist tot. Seine Freundin ist drin, völlig aufgelöst. Sie kam vor einer halben Stunde, gerade nach der Mittagspause, und brach im Wartezimmer zusammen. Ich habe sie hier hereingebracht, bevor die anderen Patientinnen kamen, und bin seither mit ihr beschäftigt. Ich habe ihr eine Spritze mit Valium gegeben – zehn Milligramm. Das schien sie eine Weile zu beruhigen, aber dann fing sie wieder an zu toben. Wollen Sie immer noch helfen? Meinen Sie, Sie können irgend etwas tun, indem Sie mit ihr reden?«

»Wie ist er gestorben?«

»Carmen – die Freundin – sagte, er hätte die letzten Tage viel getrunken. Mehr als sonst. Sie hatte Angst, daß er brutal zu ihr werden könnte, weil das sein übliches Verhalten war. Aber statt dessen fing er an zu heulen, tief deprimiert fing er an zu erzählen, was er für ein böser Mensch wäre, all die schrecklichen Dinge, die er getan hätte. Sie versuchte, mit ihm zu reden, aber er wurde immer trauriger und trank weiter. Heute früh wachte sie auf und fand tausend Dollar in bar auf seinem Kopfkissen mit noch ein paar persönlichen Fotos von ihnen beiden und einem Brief, auf dem ›Good bye‹ stand. Sie sprang aus dem Bett, sah, daß er seine Kanonen aus dem Schrank genommen hatte, aber konnte ihn nicht finden. Dann hörte sie seinen Lastwagen starten und rannte hinaus zu ihm. Der Pickup-Lastwagen war voller Kanonen, und er hatte schon wieder zu trinken angefangen – sie konnte es riechen. Sie versuchte, ihn aufzuhalten, aber er schob sie beiseite und fuhr ab. Sie stieg in ihr Auto und folgte ihm. Sie leben draußen in Newhall – offenbar gibt es da eine Menge Canyons und Serpentinen. Er fuhr mit über hundertfünfzig die engen Windungen hinauf. Sie kam nicht mit und verpaßte eine Biegung. Aber sie holte ihn wieder ein und blieb hinter ihm und sah ihn über die Böschung gehen. Der Pickup überschlug sich, landete am Grund und explodierte. Genau wie im Fernsehen, sagte sie.«

Leslie kaute auf einem Fingernagel.

»Weiß die Polizei davon?«

»Ja. Sie hat sie angerufen. Sie stellten ihr ein paar Fragen, nahmen ihre Aussage auf und sagten ihr, sie solle nach Haus gehen. Nach dem, was sie erzählt hat, schienen sie nicht sehr betroffen. D. J. war überall in der Gegend als Unruhestifter bekannt, er hatte eine lange Vorstrafenliste wegen Trunkenheit am Steuer. Sie behauptet, einer der beiden hätte gemurmelt: ›Die Straßen sind jetzt sicherer.‹ Das ist alles, was ich weiß. Können Sie ihr helfen?«

»Werd's versuchen.«

Wir betraten ihr privates Büro – klein, Bücherregale, Kiefernholzschreibtisch und zwei Stühle, hübsche Poster an den Wänden, Pflanzen, Souvenirbecher, Fotowürfel. In einem der Sessel saß eine rundliche junge Frau mit einer schlechten Hautfarbe. Sie trug ein weißes T-Shirt, braune Stretchhosen und flache Sandalen. Ihr Haar war lang und schwarz mit blonden Streifen und wirr; ihre Augen sahen rot gerändert und verquollen aus. Als sie mich erblickte, drehte sie sich weg und bedeckte das Gesicht mit den Händen.

Leslie sagte: »Carmen, das ist Dr. Delaware. Carmen Seeber.«

Ich setzte mich in den anderen Sessel. »Hallo, Carmen.«

»Carmen, Dr. Delaware ist Psychologe. Du kannst mit ihm reden.«

Und damit verließ Leslie das Zimmer.

Die junge Frau verbarg weiterhin ihr Gesicht, weder bewegte sie sich, noch sprach sie. Nach einer Weile sagte ich: »Dr. Weingarden hat mir von D. J. erzählt. Es tut mir sehr leid.«

Sie fing an zu schluchzen, ihre runden Schultern bebten.

»Kann ich irgendwas für Sie tun, Carmen? Irgend etwas, das Sie brauchen?«

Mehr Schluchzen.

»Ich habe D.J. einmal getroffen«, sagte ich. »Er schien ein sehr unglücklicher Mensch zu sein.«

Ein Tränenstrom.

»Es muß schwer für Sie gewesen sein, mit ihm zusammenzuleben bei all der Trinkerei. Aber trotzdem fehlt er Ihnen sehr. Es ist kaum zu glauben, daß er fort ist.«

Sie fing an zu schwanken, krallte die Hände ins Gesicht.

»O Gott!« schrie sie. »O Gott! O Gott, hilf mir! O Gott!«

Ich klopfte ihr auf die Schulter. Es schauderte sie, aber sie rückte nicht weg.

Wir saßen eine Weile so da, sie rief Gott um Hilfe an, ich nahm ihre Trauer in mir auf, fütterte sie mit kleinen Sympathiehäppchen. Sorgte für Taschentücher und eine Tasse Wasser, sagte ihr, nichts von allem sei ihre Schuld, sie hätte ihr Bestes getan, niemand hätte es besser machen können. Daß es okay war zu fühlen, Schmerz zu empfinden.

Schließlich blickte sie hoch, wischte sich die Nase und sagte: »Sie sind ein netter Mann.«

»Danke.«

»Mein Vater war ein netter Mann. Er ist gestorben, wissen Sie.«

»Tut mir leid.«

»Da war ich noch 'n kleines Mädchen, im Kindergarten, wissen Sie. Ich kam nach Haus mit Zeugs, was wir für Thanksgiving gemacht hatten – Papiertruthähne und Pilgerhüte, und ich sah, wie sie ihn mit der Ambulanz wegfuhren.«

Schweigen.

»Wie alt sind Sie, Carmen?«

»Zwanzig.«

»Sie haben mit zwanzig schon eine Menge durchgemacht.«

Sie lächelte. »Schätze ich auch. Und jetzt Danny. Er war auch nett, wissen Sie, obwohl er so gemein wurde, wenn er trank. Aber im tiefsten Innern war er nett. Er hat mir keinen Ärger gemacht, wissen Sie, ist mit mir ausgegangen, hat mir alles mögliche Zeugs besorgt.«

»Seit wann kannten Sie sich?«

Sie dachte nach. »Seit ungefähr zwei Jahren. Ich fuhr diesen Verkaufswagen, wissen Sie. An all den Bauplätzen vorbei, und auf einem Bauplatz war Danny und baute Fensterrahmen ein.«

Ich nickte aufmunternd.

»Er mochte Burritos«, sagte sie. »Wissen Sie, Fleisch und Kartoffeln, aber keine Bohnen – bei Bohnen mußte er pupen, und das machte ihn dann so ärgerlich, wissen Sie. Ich dachte, er wäre nett, deshalb habe ich ihm immer Kleinigkeiten geschenkt, und der Boß hat es nie gemerkt. Dann fingen wir an zusammenzuleben, wissen Sie.«

Sie starrte mich an wie ein Kind.

Ich lächelte.

»Ich hab' nie, nie gedacht, daß er's tun würde, wissen Sie.«

»Sich umbringen?«

Sie nickte. Tränen rannen ihre pickligen Wangen hinunter.

»Hatte er schon vorher mal über Selbstmord gesprochen?«

»Wenn er trank und dann ganz vollgekifft war, wissen Sie, da legt' er immer los, was das Leben für ein Mist wäre, und es wäre besser, tot zu sein, wissen Sie, er wollte es irgendwann mal machen, wollte es allen zeigen. Dann, als er sich den Rücken weh getan hatte – die Schmerzen, wissen Sie, und keine Arbeit mehr – da hatte er eine miese Laune. Aber ich dachte nie ...« Sie brach wieder zusammen.

»Man konnte es nicht wissen, Carmen. Wenn jemand beschließt, sich umzubringen, gibt es keine Möglichkeit, ihn aufzuhalten.«

»Ja«, sagte sie zwischen dem Luftholen. »Danny konnte man nicht aufhalten, wenn er sich etwas in den Kopf gesetzt hatte, da gab's nichts. Er war ein richtiger harter Hintern, wissen Sie, und stur. Ich wollte ihn heute morgen aufhalten, aber er ging einfach weiter, als ob er mich nicht hörte, wissen Sie, voll und, wissen Sie, wie 'ne Fledermaus, die aus der ... Hölle rausschießt.«

»Dr. Weingarden sagte, daß er über ein paar schlimme Dinge gesprochen hätte, die er getan hatte.«

Sie nickte. »Er war ganz schön down. Sagte, er wäre ein armer Sünder, wissen Sie.«

»Wissen Sie, weshalb er so zerknirscht war?«

Achselzucken. »Er war immer bei Schlägereien dabei, wissen Sie, er verprügelte Leute in den Bars – nicht so schlimm, aber er hat ein paar Leuten weh getan.« Sie lächelte. »Er war klein, aber hart, wissen Sie, rauflustig. Und er rauchte gern Haschisch und trank, dann wurde er richtig streitsüchtig – aber er war ein guter Typ, wissen Sie. Er hat nie was wirklich Schlimmes angestellt.«

Ich wollte ihr soziales Umfeld kennenlernen und fragte sie nach Familienangehörigen und Freunden.

»Ich hab' keine Familie«, sagte sie. »Danny hatte auch keine. Und wir hatten keine Freunde, wissen Sie. Ich meine, mir hat es nichts ausgemacht, aber Danny mochte keine Leute – vielleicht, weil sein Papa ihn immerzu geschlagen und so wütend auf die Welt gemacht hatte, wissen Sie. Darum hat er ...«

»Hat er was?«

»Ihn abgeschafft.«

»Er hat seinen Vater umgebracht?«

»Als Kind – Notwehr! Aber die Bullen haben ihm 'ne Nummer angehängt und in den Jugendarrest gesteckt, bis er achtzehn war. Er kam raus und machte sich selbständig, aber er mochte keine Freunde. Er mochte nur mich und die Hunde – wir haben zwei Rottweilermischlinge, Dandy und Paco. Sie haben sehr an ihm gehangen. Sie haben den ganzen Tag lang geheult, denen muß er furchtbar fehlen.«

Sie weinte lange.

»Carmen«, sagte ich, »Sie machen schwere Zeiten durch. Es wird Ihnen helfen, wenn Sie jemanden haben, mit dem Sie reden können. Ich würde Sie gern bei einem Doktor anmelden, einem Psychologen wie mir.«

Sie sah hoch. »Ich könnte mit Ihnen reden.«

»Ich ... ich mache gewöhnlich nicht diese Art von Arbeit.«

Sie schürzte die Lippen. »Es liegt an der Knete, was? Sie nehmen keine wie mich, stimmt's?«

»Nein, Carmen, ich bin ein Kinderpsychologe. Ich arbeite mit Kindern.«

»O ja, ich verstehe«, sagte sie mit mehr Trauer als Zorn. Als ob es eine weitere große Ungerechtigkeit in ihrem Leben war.

»Die Person, an die ich Sie verweisen möchte, ist sehr nett, sehr erfahren.«

Sie machte einen Schmollmund und rieb sich die Augen.

»Carmen, wenn ich mit ihr über Sie spreche und Ihnen ihre Nummer gebe, werden Sie sie dann anrufen?«

»Eine Sie?« Sie schüttelte wild den Kopf. »Kommt nicht in Frage. Ich will keine Ärztin.«

»Warum nicht?«

»Danny hatte eine Ärztin. Sie hat mit ihm rumgemacht.«

»Rumgemacht?«

Sie spuckte auf den Boden.

»Sie wissen schon, *gebumst*. Er hat immer gesagt: ›Scheiße, Carmen, wir haben's nie gemacht.‹ Aber einmal war er von ihr zurückgekommen und hatte diesen Blick, wissen Sie, und roch nach Liebe – ekelhaft. Ich will nicht darüber reden. Will keine Ärztin in meinem Fall – Ärztin: Ärger.«

»Frau Dr. Weingarden ist eine Dame.«

»Das ist was anderes.«

»Frau Dr. Small, zu der ich Sie schicken möchte, ist auch anders, Carmen. Sie ist über fünfzig, sehr freundlich, würde nie etwas Unehrliches tun.«

Sie sah wenig überzeugt aus.

»Carmen, ich bin selbst bei ihr gewesen.«

Sie verstand nicht.

»Carmen, sie war meine Ärztin.«

»Ihre? Wofür?«

»Manchmal muß man mit jemandem reden. Allen geht das so. Jetzt versprechen Sie mir, daß Sie einmal zu ihr gehen. Wenn Sie sie nicht mögen, besorge ich Ihnen jemand anderen.« Ich zog eine Karte mit meiner Telefonnummer heraus und gab sie ihr.

Sie schloß eine Hand darum.

»Ich glaube nur nicht, daß es richtig ist«, sagte sie.

»Was?«

»Daß sie mit ihm gebumst hat. Ärzte sollten das doch besser wissen, nicht wahr?«

»Sie haben völlig recht.«

Das überraschte sie, als ob ihr zum erstenmal im Leben jemand recht gegeben hatte.

»Manche Ärzte sollten keine Ärzte sein«, sagte ich.

»Ich meine«, sagte sie, »ich könnte klagen oder was.«

»Sie brauchen niemanden zu verklagen, Carmen. Wenn Sie von Dr. Ransom sprechen, sie ist tot. Sie hat sich auch umgebracht.«

Ihre Hand flog zum Mund. »O mein Gott, ich habe es nicht ... ich meine, ich hab's mir *gewünscht,* wissen Sie, aber ich hab es nicht ... Jetzt ist es ... o mein Gott.«

Sie bekreuzigte sich, preßte die Hände gegen die Schläfen, sah zur Decke.

»Carmen, nichts von alledem ist Ihre Schuld. Sie sind ein Opfer.«

Sie schüttelte den Kopf.

»Ein Opfer. Ich möchte, daß Sie das verstehen.«

»Ich – ich verstehe nichts.« Tränen. »Das ist alles zu, wissen Sie ... ich versteh's nicht.«

Ich beugte mich vor, fühlte ihre Angst. »Carmen, ich bleibe hier solange bei Ihnen, wie Sie mich brauchen. In Ordnung, Carmen?«

Nicken.

Eine halbe Stunde verging, bis sie sich wieder im Griff hatte, und als sie ihre Tränen trocknete, schien sie auch etwas Würde wiedererlangt zu haben.

»Sie sind sehr nett«, sagte sie. »Ich bin okay. Sie können jetzt gehen.«

»Was ist mit Frau Dr. Small, der Therapeutin, zu der Sie gehen wollen?«

»Ich weiß nicht.«

»Nur einmal.«

Schwaches Lächeln. »Okay.«

»Versprochen?«

»Versprochen.«

Ich nahm ihre Hand, hielt sie einen Augenblick fest, dann ging ich zum Schreibtisch nach vorn und sagte Bea, sie solle ein Auge auf sie haben.

Ich benutzte ein Telefon in einem leeren Untersuchungszimmer, um Ada anzurufen. Das Fräulein von ihrem Auftragsdienst sagte mir, sie sei gerade auf dem Weg zu einer Sitzung.

»Es ist ein Notfall«, sagte ich und wurde durchgestellt.

»Alex«, sagte Ada. »Was ist los?«

»Ich habe eine junge Frau in der Krise, die du dir so bald wie möglich anschauen mußt. Es ist keine Privatpatientin, aber wenn du die Einzelheiten kennst, wirst du, glaube ich, zustimmen, daß es wichtig ist, sie zu behandeln.«

»Erzähl mir.«

Als ich durch war, sagte sie: »Wie schrecklich. Du hast recht getan, mich anzurufen, Alex. Ich kann bleiben und sie um sieben bei mir empfangen. Kann sie es bis dann hierher schaffen?«

»Ich werde sehen, daß sie es schafft. Vielen Dank, Ada.«

»Keine Ursache, Alex. Auf mich wartet ein Patient, also darf ich nicht trödeln.«

»Ich verstehe. Nochmals vielen Dank.«

Ich ging zurück zu dem Privatbüro und gab Carmen die Nummer.

»Es ist alles arrangiert«, sagte ich. »Frau Dr. Small erwartet Sie um sieben heute abend.«

»Okay.«

Ich drückte ihr die Hand und ging, traf Leslie zwischen den Untersuchungszimmern und sagte ihr, was ich arrangiert hatte.

»Was haben Sie von ihr für einen Eindruck?«

»Ziemlich zerbrechlich und immer noch unter dem betäubenden Schock. Die nächsten Tage können schlimm werden. Sie hat niemanden, der sie unterstützt. Es ist wichtig für sie, daß sie zu jemandem geht.«

»Klingt logisch. Wo ist die Praxis dieser Therapeutin?«

»Brentwood. San Vincente, nahe Barrington.« Ich gab ihr die Adresse und den Termin.

»Wunderbar. Ich wohne in Santa Monica. Ich fahre gegen halb sieben von der Praxis weg. Ich bringe sie selbst hin. Bis dann werden wir ihre Babysitter sein.« Ein kurzes Zögern. »Diese Person, von der Sie sprechen, ist gut?«

»Die Beste. Ich war selbst bei ihr.«

Das bißchen »selbst« hatte Carmen beruhigt, aber ihre Ärztin irritierte es.

»Kalifornische Offenheit«, kommentierte sie. Dann: »O Gott, tut mir leid. Sie sind wirklich nett gewesen, sind sofort hergekommen – ich bin bloß eine totale Zynikerin geworden. Ich weiß, daß es nicht gesund ist. Ich muß mich so weit bringen, daß ich den Menschen wieder vertraue.«

»Ist nicht leicht«, sagte ich und dachte an mein eigenes bröckliges Vertrauen.

Sie nestelte an ihrem Ohrring. »Hören Sie, ich möchte Ihnen wirklich danken, daß Sie hergekommen sind. Sagen Sie mir, wieviel Ihre Gebühr ausmacht, und ich schreibe Ihnen sofort einen Scheck.«

»Vergessen Sie's«, sagte ich.

»Nein, ich bestehe darauf. Ich zahle für mich selbst.«

»Kommt nicht in Frage, Leslie. Ich habe nie eine Bezahlung erwartet.«

»Sind Sie sicher? Ich möchte, daß Sie wissen, daß ich nicht auf Ausbeutung aus bin.«

Sie machte ein unglückliches Gesicht. Nahm das Stethoskop ab und wechselte es von der einen in die andere Hand.

»Ich weiß, als Sie zum erstenmal hier waren, habe ich einen ziemlich brutalen Eindruck auf Sie gemacht, so geldgierig und ganz allein. Ich kann nur sagen: Das bin ich eigentlich gar nicht. Ich wollte all die Patienten anrufen, habe es immerzu im Kopf herumgewälzt. Ich werfe mir nicht Rasmussens Tod vor – er war eine Zeitbombe. Es fragte sich nur, wann sie platzt. Aber ich habe dabei begriffen, daß ich Verantwortung übernehmen, lernen muß, mich wie eine Ärztin zu verhalten. Als ich Sie mit Carmen alleingelassen habe, bin ich zum Telefon gegangen und habe begonnen anzurufen. Ein paar von den Frauen habe ich erreicht. Sie klangen okay, sagten, ihre Männer wären auch okay, was, wie ich hoffe, stimmt. Es ging eigentlich besser, als ich dachte – sie waren weniger feindselig als das erstemal. Vielleicht habe ich einen Durchbruch geschafft, ich weiß es nicht. Aber wenigstens habe ich einen Kontakt hergestellt. Ich werde es weiter versuchen, bis ich alle erreicht habe, ganz gleich, was dabei herauskommt.«

»Für das, was es wert ist, tun Sie das Richtige.«

»Es ist eine Menge wert«, sagte sie mit plötzlicher Intensität. Dann sah sie verlegen aus und blickte zur Tür von einem der Untersuchungszimmer. »Nun, ich muß los, versuche, die Patienten zu halten, die ich habe. Nochmals vielen Dank.«

Zögern.

Sie stellte sich auf die Zehenspitzen, küßte mich auf die Wange. Überrascht bewegte ich den Kopf, und unsere Lippen streichelten einander.

»Das war kindisch von mir«, sagte sie.

Bevor ich ihr sagen konnte, daß es das nicht war, ging sie zu ihrer Patientin.

18

Es war kurz vor fünf, als ich die Universität erreichte. Das Psychologiegebäude leerte sich, und nur eine Sekretärin war noch im Fachbereichsbüro. Ich ging schnurstracks zum Dienstplan der Fakultät und blätterte darin, ohne daß sie etwas dazu sagte. Vielleicht lag es an meiner Cordjacke. Kruse stand in dem Verzeichnis schon als Dekan drin, sein Büro hatte die Nummer 4302. Ich notierte mir seine Wohnanschrift – dasselbe Haus in den Pacific Palisades.

Ich stürmte die vier Treppen hinauf, mir plötzlich der Tatsache bewußt, daß meine Kraft zurückgekehrt war, zum erstenmal seit langer Zeit fühlte ich mich von einem Ziel durchdrungen, rechthaberisch und voll Zorn.

Nichts ist so gut wie ein Feind, um die Seele zu reinigen.

Sein Sprechzimmer lag am Ende einer langen weißen Halle. Eine geschnitzte Mahagonidoppeltür hatte das sonst beim Fachbereich übliche Sperrholz ersetzt. Der Eingang war mit einem Tuch verhängt und der Fußboden von Sägemehl bedeckt. Aus dem Innern hörte man die Leute sägen und hämmern.

Die Türen waren nicht verschlossen. Ich ging in das vordere Büro hinein und sah Arbeiter Parkett legen und eine Mahagonitäfelung anbringen, andere standen auf Leitern und malten die Wände mit einem satten, leuchtenden Weinrot an. Man war dabei, an den Wänden Messingleuchter anzubringen, die die Neonröhren an der Decke ersetzen sollten, und ein in Plastikfolie eingepackter Ledersessel stand da. Die Luft roch nach angesengtem Holz, Klebstoff und Farbe. Auf dem Fußboden stand ein Transistorradio, aus dem Countrymusik plärrte.

Einer der Arbeiter sah mich, schaltete seine Säge ab und kam die Trittleiter herunter. Er war Ende Zwanzig, mittelgroß, aber stämmig, mit enormen Schultern. Ein buntes Tuch hing aus der hinteren Tasche seiner schmutzigen Jeans, und auf dem schwarzen Kraushaar trug er eine Baseballmütze mit hochgekipptem Schirm. Sein schwarzer Bart war weiß vor Staub, ebenso wie seine haarigen, muskulösen Popeye-Arme. An seinem Zimmermannsgürtel, der tief an seinen Hüften herabhing, klapperte allerhand Werkzeug, als er herbeistolziert kam.

»Professor Kruse?« fragte er mit einer hohen, jungenhaften Stimme.

»Nein, ich suche ihn selbst.«

»Verdammt, das tun wir alle hier. Sie wissen, wo Sie ihn erreichen können – sagen Sie ihm, er soll sofort herkommen, pronto. Hier sind ein paar Teile angekommen, deren Abmessungen nicht stimmen. Ich weiß nicht, ob sie es sich mal wieder anders überlegt haben oder was, aber wir kommen bald nicht mehr weiter, wenn nicht jemand antanzt und es aufklärt, und der Boß ist auch nicht im Büro, gerade hinter'm andern Auftrag her.«

»Wann haben Sie Kruse zuletzt gesehen?« fragte ich ihn.

Er zog das bunte Tuch aus der Tasche und wischte sich das Gesicht ab.

»Letzte Woche, als wir die Pläne ausgelegt und die groben Arbeiten und die Waschräume gemacht haben. Wir sind erst seit gestern wieder hier, weil das Material nicht früher geliefert wurde. Alle haben sich wer-weiß-wie angestrengt, weil alles ungeheuer schnell gehen sollte. Und jetzt gibt's wieder andere Probleme. Die lassen sich dauernd was Neues einfallen.«

»Wer sind *die?*«

»Kruse und seine Frau. Sie wollten vor 'ner Stunde hiersein und alles mit uns durchgehen, aber sie sind nicht gekommen. Keiner geht ans Telefon. Wenn der Boß aus Palms Springs zurückkommt, wird er eine Heidenwut haben, aber ich weiß nicht, was wir tun sollen, wenn der Kunde sich nicht blicken läßt.«

»Sie arbeiten nicht für die Universität?«

»Wir? Teufel, nein. Chalmers Innenarchitektur, Pasadena. Das ist alles Maßarbeit hier, neue Kacheln für die Waschräume, Kassettendecke im großen Büro, eine Menge Holz, antike Möbel, Perserteppiche, falscher Kamin mit Marmoreinfassung.« Er rieb den Zeigefinger am Daumen. »Das kostet.«

»Wer bezahlt das?«

»Sie – die Kruses. Alle Kosten. Man sollte denken, die kämen mal her.«

»Sollte man eigentlich denken.«

Er stopfte das Tuch in die Hosentasche zurück. »Leicht verdientes Geld wohl, hm? Ich wußte gar nicht, daß Professoren so dickes Geld verdienen. Sie sind auch einer?«

»Ja, aber nicht hier. Auf der anderen Seite der Stadt.«

»Besseres Footballteam auf der anderen Seite«, sagte er. Er nahm die Mütze ab, kratzte sich am Kopf und lächelte breit. »Sie spionieren hier für die andere Seite?«

Ich lächelte zurück. »Suche nur Dr. Kruse.«

»Ja, wenn Sie ihn sehen, sagen Sie ihm bitte, er soll sich hier melden, oder wir sind morgen woanders. Haben nur noch einen halben Tag zu tun mit zwei Leuten. Boß macht das nicht mit.«

»Ich werde das tun, Mr. ...«

»Rodriguez. Gil Rodriguez.« Er hob ein Stückchen Abfallholz vom Boden auf und benutzte einen stumpfen Bleistift, um seinen Namen und die Telefonnummer daraufzukratzen. »Ich bin nebenbei auch Freiberufler – Wände, trockenlegen, Malerei und Stukkaturen. Kann alles richten, wo kein Computer drin ist. Und wenn Sie irgendwelche Footballtickets haben, die Sie verkaufen wollen, würde ich sie Ihnen gern abnehmen.«

Der Verkehr auf Sunset war zähflüssig. Als ich nach Bel Air kam, war die Steinschlucht mit Straßenarbeiten verbarrikadiert, was die Situation noch schlimmer machte, und die Sonne ging schon hinter den Palisaden unter, als ich Kruses Haus erreichte. Die gleiche Tageszeit wie bei meinem ersten Besuch, aber kein dunkelgraublauer Himmel; dieser war unschuldig babyblau und ging überm Pazifik in ein Wolkenweiß über.

Nach dem, was Rodriguez mir erzählt hatte, erwartete ich eine leere Auffahrt. Aber zwei Wagen parkten vor dem Haus: der maßgeschneiderte weiße Mercedes mit dem Nummernschild PPK PHD, den ich bei der Party gesehen hatte, und ein alter bohnensuppenbrauner Toyota. Ich ging an ihnen vorbei, klopfte an die Haustür, wartete, klopfte wieder, lauter, drückte dann auf die Klingel.

Ich konnte das Glockenspiel hören, jeder, der im Haus war, mußte es auch hören. Aber niemand kam. Dann sah ich hinunter und bemerkte den Berg Post, der feucht und gewellt auf den Treppenstufen lag. Sah den schmiedeeisernen Briefkasten vollgestopft mit Zeitschriften und Korrespondenz.

Ich läutete wieder, sah mich um. Zur einen Seite lag der halboffene Hofgarten, bepflanzt mit Immergrün und Bougainvilleen-Kletterpflanzen. Er endete an einem Gartentor mit rundem Oberteil aus verwitterten Planken.

Ich ging zu dem Tor und stieß dagegen. Es ging auf. Ich schritt hindurch zur Rückseite des Besitzes, an der Südseite des Hauses lang, kam unter ein hölzernes Laubendach und fand mich in einem großen, nach hinten liegenden Garten – sanft gewellter Rasen, hohe, große Bäume, abwechslungsreich in freien Formen gestaltete Blumenbeete, aus Felsen geformtes Schwimmbecken mit Quelle und Badehäuschen, dahinter die glasige Fläche eines Wasserfalls.

Ich hörte ein Klicken. Der Garten lag in ein sanftes farbiges Licht getaucht da, und das Schwimmbecken leuchtete saphirn. Lebenskünstler.

Kein Licht kam aus dem Haus, aber eine in einer Birke aufgehängte rosige Glühbirne beleuchtete einen Innenhof mit einer Markise und einem Fußboden aus mexikanischen Fliesen. Mehrere Gruppen eleganter Teakmöbel. Auf einem Tisch Sonnenöl, zerknüllte Badetücher auf ein paar Stühlen, sahen aus, als lägen sie schon eine Weile da. Ich roch Schimmel. Dann etwas Stärkeres. Ein Windstoß unterbrach ...

Eine der Terrassentüren war offen. Weit genug, daß der Gestank herausströmen konnte. Breit genug, daß man hineinkonnte.

Ich legte ein Taschentuch über Nase und Mund und steckte den Kopf weit genug hinein, daß ich ein rosafarbenes Horrorszenario sehen konnte. Mit dem Taschentuch in der Hand ertastete ich einen Lichtschalter.

Zwei Leichen lagen auf einem Berberteppich, kaum noch als menschliche Wesen zu erkennen, wenn die Kleidung nicht gewesen wäre, die die Reste ihrer Torsos bedeckten.

Ich würgte, sah weg, sah nach oben, Balkendecke, überladene Möblierung. Geschmackvoll. Guter Dekorateur.

Dann wieder hinunter auf den Horror ...

Ich starrte auf den Teppich. Versuchte, mich durch das verdammte Ding abzulenken. Soundso viel Knoten. Makellos. Bis auf die schwarz werdenden Flecke …

Einer der Körper trug einen Badeanzug mit rosa Blumenmuster. Der andere ursprünglich weiße Speedo-Shorts und ein pfauenblaues, mit roten Orchideen gemustertes Hawaiihemd.

Der leuchtende Stoff hob sich von dem klebrigen, bräunlichgrünen Fleisch ab. Gesichter in Klumpen öligen, von Kratern gezeichneten Fleisches verwandelt. Von blondem Haar bedecktes Fleisch. Auf beiden. Das Haar an der mit Bikini bekleideten Leiche heller, viel länger. An den Rändern braun verkrustet.

Ich würgte wieder, drückte mir das Taschentuch auf Mund und Nase, hielt den Atem an, fühlte, daß ich zu ersticken anfing, und trat von den Leichen zurück.

Aber beim Hinausgehen, rückwärts, hatte ich durch die geöffnete Tür das Ende des Raums, eine Wendeltreppe mit gekachelten Stufen, erblickt.

Hintertreppe. Eisengeländer.

Auf der obersten Stufe lag noch ein faulender Haufen.

Rosa Hauskleid. Etwas, das wie schwarzes Haar aussah. Noch mehr Verwesung, noch ein schwarzer Fleck, der die Treppe hinuntergeflossen war wie ein bösartiges Spielzeug.

Ich drehte mich um und rannte los, am Schwimmbecken vorbei, über federndes Gras zu einem Beet mit in der Nacht erleuchteten Blumen, alle künstlich blau und malvenfarben. Beugte mich hinab und roch ihren Duft.

Süß. Zu süß. In meinen Eingeweiden drehte es sich. Ich versuchte, mich zu übergeben, aber ich brachte es nicht fertig.

Ich lief an der Seite des Hauses entlang, durch den Hofgarten, über den Rasen vor dem Haus.

Leere Straße, stille Straße. All das Grauen, aber niemand, der es mit mir teilte.

Ich kletterte in den Seville zurück, saß im Wagen und roch den Tod. Schmeckte ihn.

Schließlich gelang es mir loszufahren, obwohl der Gestank nicht wegging, ich fuhr nach Süden, Mandeville hinunter, dann den Sunset hinauf nach Osten. Wünschte mir eine Zeitmaschine, irgendwas, mit dem ich die Uhr zurückdrehen könnte …

Ganz weit zurück ...

Aber war bereit, mich mit einer starken Zigarre, einem Telefon und einer freundlichen Stimme zufriedenzugeben.

19

Ich fand eine Apotheke und eine Telefonzelle in Brentwood. Milo hob nach dem ersten Läuten ab, hörte, was ich zu sagen hatte, und stellte fest: »Ich wußte, es gab Gründe für mich, so früh wieder nach Hause zu kommen.«

Zwanzig Minuten später kam er zum Sunset, Ecke Mandeville, heraufgefahren und folgte mir zurück zum Mordhaus.

»Bleib du hier«, sagte er, und ich wartete im Seville, zog an einer billigen Panatela, während er herum – hinter's Haus ging. Eine Weile später tauchte er wieder auf, wischte sich die Stirn ab. Er setzte sich auf den Beifahrersitz, holte eine Zigarre aus meiner Hemdtasche und steckte sie an.

Er blies ein paar Rauchringe, fing dann an, meine Aussagen aufzunehmen, kühl und professionell. Nachdem er mit mir bis zu meiner Entdeckung der Leichen gekommen war, legte er den Schreibblock hin und fragte: »Warum bist 'n du hergekommen, Alex?«

Ich erzählte ihm von dem Pornovideo, D.J. Rasmussens Tod, dem Wiederauftauchen von Leland Beldings Namen.

»Kruses Hand ist fast überall drin.«

»Nicht viel Hand mehr übrig«, sagte er. »Die Leichen haben eine Weile dagelegen.« Er legte den Schreibblock weg. »Irgendwelche Vermutungen, wer's war?«

»Rasmussen war ein explosiver Typ«, sagte ich. »Seinen Vater umgebracht. Die letzten Tage redete er, er wäre ein Sünder, hätte etwas Fürchterliches getan. Das hier könnte es sein.«

»Warum sollte er Kruse umlegen?«

»Ich weiß es nicht. Vielleicht, weil er Kruse vorwarf, er sei schuld an Sharons Tod – er hing pathologisch an ihr, sexuelle Beziehung.«

Milo dachte nach. »Was hast 'n du da drin angefaßt?«

»Den Lichtschalter – aber ich habe ein Taschentuch benutzt.«

»Was sonst noch?«

»Das Tor ... das ist alles, glaube ich.«

»Überlege noch mal ganz genau.«

»Mehr weiß ich nicht.«

»Laß uns noch einmal jeden deiner Schritte durchgehen.«

Als wir es hinter uns hatten, sagte er: »Geh nach Hause, Alex.«

»Wär's das?«

Blick auf die Timex. »Das Morddezernat wird gleich hiersein. Geh los. Verschwinde, bevor die Party beginnt.«

»Milo –«

»Geh los, Alex. Laß mich meinen verdammten Job tun.«

Ich fuhr weg, schmeckte durch die Schärfe des Tabaks immer noch Verwesungsgeruch.

Alles, was Sharon berührt hatte, verwandelte sich in Tod.

Ewig auf dem psychologischen Trip, entdeckte ich mich dabei, daß ich mich fragte, was sie wohl zu dem gemacht hatte. Was für ein frühkindliches Trauma. Dann fiel mir etwas ein: wie sie in der abscheulichen Nacht agiert hatte, als ich sie mit dem Foto von den Zwillingen antraf. Ihr Wutanfall, ihr Schreien, dann ihr Zusammenbruch und Zusammenkrümmen in Fötusstellung. So ähnlich wie Darren Burkhalter bei mir in der Praxis. Reaktionen auf den Horror in seinem Leben, die ich mit Video aufgenommen und dann einem Raum voll Anwälten vorgeführt hatte, ohne die Übereinstimmung zu sehen.

Frühkindliches Trauma.

Vor langer Zeit hatte sie es mir erklärt. Danach die Präsentation eines zärtlichen, liebevollen Verhaltens. Wenn man zurückblickte, eine gutinszenierte Zurschaustellung. Hatte sie nur Theater gespielt?

Es war im Sommer '81, in einem Hotel in Newport Beach, inmitten eines Schwarms von Psychologen, beim Kongreß. Eine Cocktailbar mit Aussicht auf den Hafen – getönte Panoramaglasscheiben – rotgefleckte Wände, Rollsessel. Dunkel und leer und mit einem Geruch nach der Party vom Abend zuvor.

Ich saß an der Bar und starrte aufs Wasser hinaus, sah dolchscharfe Jachten die Oberfläche eines Hafens aus geblasenem Glas ritzen. In der Hand ein Bier und Clubsandwich, während ich mit einem Ohr auf das Geschwätz des Barkeepers hörte.

Er war ein kleiner Spanier mit Spitzbauch, schnellen Händen und einem kupfernen Indianergesicht. Ich sah ihn Gläser mit einer Maschine spülen.

»Schlimmer als ich je gesehen, ganz ohne Zweifel, Sir. Vergleichen Sie das mal mit den Vertretern – Versicherungen, Computer und was immer – Vertreter trinken massenhaft. Piloten auch.«

»Ein tröstender Gedanke«, sagte ich.

»Ja, die Vertreter und die Piloten. Aber ihr Psychos? Das können Sie vergessen. Sogar die Lehrerinnen, die wir letzten Winter hatten, waren besser, und mit denen war wirklich nicht viel los. Nun gucken Sie sich das hier an. Tot.«

Er drehte eine Flasche Perlzwiebeln auf, ließ die Flüssigkeit rauslaufen und schüttete die kleinen Kugeln auf einen Teller. »Wie viele seid ihr denn auf dem Bums?«

»Paar Tausend.«

»Paar Tausend.« Er schüttelte den Kopf. »Guck dir das hier an. Seid ihr alle zu sehr damit beschäftigt, andere Leute zu analysieren, dürft keinen Spaß haben?«

»Vielleicht«, sagte ich und dachte daran, wie langweilig der Kongreß gewesen war. Aber Kongresse waren immer langweilig. Zu diesem war ich nur gekommen, weil man mich gebeten hatte, ein Manuskript über Kindheitsstreß abzuliefern.

Das Papier war verlesen, die unvermeidlichen, läppischen Fragen waren gestellt und beantwortet, und ich suchte ein bißchen Einsamkeit, bevor ich wieder zurück nach L. A. und zur Nachtschicht im Kinderkrankenhaus fuhr.

»Vielleicht solltet ihr Leute euch mal selbst studieren, großer Meister. Analysiert mal, warum ihr keinen Spaß mögt.«

»Gute Idee.« Ich legte Geld auf die Bar: »Trinken Sie einen auf mein Wohl.«

Er starrte die Scheine an. »Klar, danke.« Er steckte sich eine Zigarette an, goß sich ein Bier ein und beugte sich zu mir herüber.

»Ich bin jedenfalls für leben und leben lassen. Wenn jemand keinen Spaß haben will, okay. Aber wenigstens reinkommen und was bestellen, verstehen Sie, was ich meine? Sie wollen nichts trinken? Dann sollen sie es *analysieren*. Aber was bestellen und 'n Trinkgeld dalassen. Was für den arbeitenden Menschen.«

»Auf den arbeitenden Menschen«, sagte ich und hob mein Glas. Als ich es absetzte, war es leer.

»Nachfüllung, Doc? Auf's Haus.«

»Ich nehme eine Cola.«

»Zahlen. Ein Rum und eine Cola, ohne Rum kein Bumm.«

Er stellte die Cola auf den Bartresen und wollte gerade etwas sagen, als die Tür zum Vorraum aufging und Geräusche aus der Lobby herüberklangen. Seine Augen wanderten nach hinten, und er sagte: »O lala.«

Ich sah über die Schulter nach hinten und erblickte eine Frau in Weiß. Lange Beine, gute Figur, schwarze Mähne. Sie stand in der Nähe des Zigarettenautomaten und bewegte den Kopf hin und her, als erforsche sie ein unbekanntes Territorium.

Sie kam mir bekannt vor. Ich drehte mich um, sie genauer anzusehen.

Sharon. Tatsächlich Sharon. In einem Leinenkostüm, passende Handtasche und Schuhe.

Sie sah mich und winkte, als ob wir verabredet wären.

»Alex!«

Ganz plötzlich war sie an meiner Seite. Seife und Wasser, frisches Gras ...

Sie setzte sich auf den Hocker neben mich, kreuzte die Beine und zog den Rock über die Knie.

Der Barkeeper zwinkerte mir zu. »Drink, Ma'am?«

»Seven-Up, bitte.«

»Ja, Ma'am.«

Nachdem er ihr den Drink hingestellt hatte und weggegangen war, sagte sie: »Du siehst großartig aus, Alex. Ich mag den Bart.«

»Spart man morgens Zeit.«

»Ich finde ihn hübsch.« Sie nippte, spielte mit ihrem Rührer. »Ich höre lauter gute Dinge über dich, Alex. Schon früh die feste Anstellung und so viele Publikationen. Ich habe ein paar von deinen Artikeln gelesen. Eine Menge daraus gelernt.«

»Freut mich zu hören.«

Schweigen.

»Ich hab' endlich promoviert«, sagte sie. »Vorigen Monat.«

»Herzlichen Glückwunsch, Frau Doktor.«

»Danke. Ich habe länger gebraucht, als ich gedacht hatte. Aber ich war mit der klinischen Arbeit beschäftigt und bin nicht dazu gekommen, die Dissertation so fleißig zu schreiben, wie ich's hätte tun sollen.«

Wir saßen schweigend da. Ein paar Meter entfernt von uns pfiff der Barkeeper »La Bamba«, während er mit dem Eisstampfer herumklirrte.

»Schön, dich zu sehen«, sagte sie.

Ich antwortete nicht.

Sie berührte meinen Arm. Ich starrte ihre Finger an, und sie nahm sie weg.

»Ich wollte dich sehen«, sagte sie.

»Wozu?«

»Ich möchte erklären –«

»Du brauchst mir nichts zu erklären, Sharon. Es ist vorbei.«

»Für mich nicht.«

»Kleine Meinungsverschiedenheit. Auffassungssache.«

Sie kam näher heran: »Ich weiß, ich habe alles verdorben.« Sie sagte es mit einem Flüstern, als bliebe ihr die Luft weg. »Glaub mir, ich weiß es. Aber das ändert nichts an der Tatsache, daß du nach all den Jahren noch immer bei mir bist. Schöne Erinnerungen, besondere Erinnerungen. Positive Energie.«

»Selektive Wahrnehmung«, entgegnete ich.

»Nein.« Sie rückte näher heran, berührte wieder meinen Ärmel. »Wir hatten wunderschöne Zeiten zusammen, Alex. Das lasse ich nie los.«

Ich sagte nichts.

»Alex, so wie wir ... wie das geendet hat. Ich habe mich schrecklich benommen. Du mußtest denken, ich sei psychotisch – was geschehen ist, *war* eine Psychose. Wenn du wüßtest, wie oft ich dich anrufen wollte, um es dir zu erklären –«

»Warum hast du es nicht getan?«

»Weil ich ein Feigling bin. Ich laufe vor den Dingen weg. Das ist so meine Art – du hast das sofort beim ersten Mal gemerkt, als wir uns kennenlernten im Praktikum.« Ihre Schultern fielen herab. »Manches ändert sich nie.«

»Vergiß es. Wie ich sagte, es ist vorbei.«

»Was wir hatten, war etwas Besonderes, Alex. Und ich habe zugelassen, daß es zerstört wurde.«

Ihre Stimme wurde leiser, aber sie rang immer nach Luft, wenn sie sprach. Der Barkeeper sah interessiert herüber. Ich schaute ihn strafend an.

»Du hast es zugelassen?« fragte ich. »Das klingt ziemlich passiv.«

Sie wich zurück, als hätte ich ihr ins Gesicht gespuckt. »In Ordnung«, sagte sie. »*Ich* habe es zerstört. *Ich* war verrückt. Es war eine verrückte Zeit in meinem Leben – denk nicht, daß ich's nicht tausendmal bereut habe.«

Sie zog an ihrem Ohrläppchen. Ihre Hände waren glatt und weiß. »Alex, daß ich dich hier heute treffe, ist kein Zufall. Ich besuche nie Kongresse, hatte nicht vor, zu diesem zu kommen. Aber als ich das Heft mit der Post bekam und deinen Namen im Programm sah, wollte ich dich plötzlich wiedersehen. Ich habe deine ganze Rede hindurch im Saal gesessen und dann hinten gestanden. Wie du gesprochen hast – deine Menschlichkeit. Ich dachte, ich hätte eine Chance.«

»Eine Chance wozu?«

»Für Freundschaft, um die bösen Gefühle zu vergessen.«

»Betrachte sie als vergessen. Mission beendet.«

Sie beugte sich vor, so daß unsere Lippen sich fast berührten, klammerte sich an meine Schulter und flüsterte: »Bitte, Alex, sei nicht nachtragend. Laß mich dir was zeigen.«

Tränen waren in ihren Augen.

»Mir was zeigen?« fragte ich.

»Eine andere Seite von mir. Etwas, das ich noch nie jemandem gezeigt habe.«

Wir gingen vors Hotel, warteten auf die Hoteldiener, die die Wagen parkten.

»Jeder im eigenen Wagen«, sagte sie und lächelte. »Damit du jederzeit flüchten kannst, wenn du möchtest.«

Die Adresse, die sie mir gab, befand sich südlich von Glendale, am anderen Ende der Stadt, wo die Gebrauchtwagenplätze, Absteigen, Ramschläden samt Fixerlöffel lagen. Eine halbe Meile nördlich, auf Brand Street, baute man die Glendale Galleria, ein ziegelsteinernes Schmuckstück und Beweis für die Verschönerung der Innenstadt – dort unten aber war *Boutique* immer noch ein unanständiges Fremdwort.

Sie kam vor mir an, saß in dem kleinen roten Alfa vor einem einstöckigen braunen Stuckgebäude. Es sah wie ein Gefängnis aus – schmale versilberte und vergitterte Fenster, die Eingangstür eine Fläche aus poliertem Stahl, keine Pflanzen außer einem einzelnen durstigen Liquidambarbaum, der seinen spärlichen Schatten auf ein Teerpappedach warf.

Sie empfing mich an der Tür, dankte mir, daß ich gekommen war, dann drückte sie auf einen Knopf in der Mitte der Stahltür. Ein paar Augenblicke später öffnete ein untersetzter kohlschwarzer Mann mit kurzem Haar und einem Korkenzieherkinnbart. Er trug einen Brillanten in einem Ohr, eine hellblaue Uniformjacke über einem schwarzen T-Shirt und Jeans. Als er Sharon sah, blitzten seine Goldkronen.

»Guten Tag, Frau Dr. Ransom.« Seine Stimme war hoch und sanft.

»Guten Tag, Elmo. Das ist Dr. Delaware, ein Freund von mir.«

»Schön, Sie kennenzulernen, Sir.« Zu Sharon: »Sie ist hübsch zurechtgemacht und wartet auf Sie.«

»Das ist großartig, Elmo.«

Er ging beiseite, und wir betraten ein Wartezimmer mit einem rötlichen Linoleumfußboden, möbliert mit orangefarbenen Plastikstühlen und grünen Tischen. Auf der einen Seite befand sich ein Büro mit der Aufschrift ANMELDUNG. Wir gingen daran vorbei und kamen zu einer anderen Stahltür, auf der KEIN EINTRITT stand. Elmo wählte einen Schlüssel von einem großen Bündel aus und öffnete.

Wir betraten ein furchtbares Krankenzimmer: ein langer, hoher Raum, mit Stahlblech verschlossene Fenster und eine fluoreszierende Decke, die ein kaltes, fades Tageslichtimitat ausstrahlte. Die Wände waren mit Planen aus smaragdgrünem Vinyl bedeckt, die Luft war heiß, und es roch widerlich.

Und überall Bewegung. Ein Zufallsballett.

Dutzende von Körpern zuckten, schaukelten, brutal mißhandelt von der Natur und dem Los, das sie gezogen hatten. Erstarrt oder in endlos wiederkehrende Bewegungen gefangen. Schlaffe, sabbelnde Münder. Bucklige, zerbrochene Rückgrate, verwachsene und fehlende Gliedmaßen. Aus zerfetzten Chromosomen und entgleisten Nervenbahnen geborene Verrenkungen und Grimassen, noch schlimmer gemacht dadurch, daß diese Patienten jung waren – Teenager und junge Erwachsene, die nie die Vergnügungen der vermutlich ewigen Jugend kennengelernt hatten.

Einige von ihnen klammerten sich an Krücken und maßen ihren Fortschritt in Millimetern. Andere, verkrampft und steif wie Gipsfiguren, waren widerspenstig und kämpften gegen die Gebundenheit an Rollstühle an. Die Traurigsten von ihnen lagen zusammengesunken und schlaff wie wirbellose Tiere in hochrandigen Wagen und Karren, die wie überdimensionale Kinderkarren aussahen.

Wir gingen an einem Meer aus glasigen Augen vorbei, die so unbeweglich wie Plastikknöpfe waren. An Gesichtern vorbei, die aus der ledernen Sicherheit schützender Kopfbandagen heraufstarrten, ein Publikum mit leeren Gesichtern, ungestört vom leisesten Flakkern eines Bewußtseins.

Eine Galerie der Deformationen – grauenhafte Zurschaustellung von all dem, was mit den Menschen schiefgehen konnte, wenn sie das Licht der Welt erblickten oder nicht erblickten.

In einer Ecke des Raums plärrte ein Fernseher auf einer Konsole mit voller Lautstärke eine Publikumsshow. Die einzigen Zuschauer waren ein halbes Dutzend Wärter in blauen Jacken. Sie beachteten uns nicht, als wir vorbeigingen.

Aber die Patienten bemerkten uns. Wie magnetisiert, schwärmten sie auf Sharon zu, begannen sich um sie zu sammeln, rollten und hoppelten umher. Bald waren wir von ihnen umringt. Die Wärter rührten sich nicht.

Sharon griff in die Handtasche, nahm eine Handvoll Gummibonbons heraus und fing an, Süßigkeiten zu verteilen. Kaum war eine Schachtel leer, kam die nächste dran. Dann wieder eine.

Sie verteilte auch noch eine andere Art von Süßigkeit, küßte mißgestaltete Köpfe, drückte verkrüppelte Körper an sich. Rief Patienten beim Namen, sagte ihnen, wie gut sie aussähen. Sie konkurrierten miteinander um ihre Gunstbeweise, riefen entzückt etwas aus, berührten sie, als ob sie etwas Zauberhaftes wäre.

Sie wirkte glücklicher, als ich sie je gesehen hatte: *vollständig*. Eine Bilderbuchprinzessin, die über ein Königreich der Verkrüppelten herrschte.

Schließlich, als die Gummibonbons verteilt waren, sagte sie: »So, das ist alles, Leute. Muß gehen.«

Brummen, weinen, noch ein paar Minuten vergingen mit tätscheln und drücken. Ein paar Wärter kamen herbei und fingen an, die Patienten zusammenzutreiben. Schließlich gelang es uns, ihnen zu entkommen. Fortsetzung des Chaos.

Elmo sagte: »Die lieben Sie wirklich.« Sharon schien es nicht zu hören.

Wir drei gingen bis zum Ende des großen Raums, zu einer Tür, auf der INTERNE ABTEILUNG stand und die mit einem eisernen Ziehharmonikagitter geschützt war, das Elmo aufschloß. Noch eine Schlüsseldrehung, die Tür öffnete und schloß sich hinter uns, und alles war still.

Wir gingen einen Korridor hinunter, der mit derselben gräßlich grünen Vinylfarbe gestrichen war, kamen an ein paar leeren, nach Krankheit und Verzweiflung geradezu riechenden Krankenzimmern und einer Tür mit einem Maschendrahtglasfenster vorbei, durch das man mehrere stämmige Mexikanerinnen sah, die in einer dampfenden Großküche werkten, einen weiteren grünen Gang entlang und schließlich zu einer Stahltür, an der PRIVAT stand.

Auf der anderen Seite eine neue Umgebung: Plüschteppich, gedämpfte Beleuchtung, tapezierte Wände, parfümierte Luft und Musik – die Beatles, interpretiert von einem einschläfernden Streichorchester.

Vier Räume mit dem Schild PRIVAT. Vier Eichenholztüren mit Messinggucklöchern darin. Elmo schloß eine auf und sagte »Okay«.

Der Raum war beigefarben und mit Lithographien von französischen Impressionisten ausgehängt. Auch hier Plüschteppiche und sanfte Beleuchtung. Eichenholztäfelung bis zur Decke. Gute Möbel, ein antiker Schreibtisch mit Spiegel, ein paar robuste Eichensessel. Zwei großzügige, oben mit Bögen versehene Fenster, vergittert und mit undurchsichtigen Scheiben, aber mit einem Chintzvorhang und Tüllgardinen. Der Raum roch wie eine Wiese. Aber mein Interesse galt nicht den Feinheiten der Dekoration.

In der Mitte des Raums stand ein Krankenhausbett mit einer perlig rosa glänzenden Decke drauf, die einer schwarzhaarigen Frau bis zum Kinn reichte.

Die Haut war grauweiß, ihre Augen waren riesig und dunkelblau – von derselben Farbe wie Sharons, aber mit einem Film bedeckt und unbeweglich, gerade hinauf gegen die Decke gerichtet. Ihr schwarzes, volles Haar lag ausgebreitet auf einem dicken, mit Spitzen besetzten Kissen. Das Gesicht, das es umrahmte, war eingefallen, staubtrocken und sah wie ein Gipsabdruck aus. Ihr Mund stand offen – ein schwarzes, von Zahnstummeln umrandetes Loch.

Eine schwache Bewegung wellte die Bettdecke leicht. Flacher Atem, dann nichts, die Wiederbelebung von einem Quieken wie dem eines Gummitiers angekündigt.

Ich betrachtete ihr Gesicht. Weniger ein Gesicht als die Skizze eines solchen – anatomisches Gerüst, des schmückenden Fleisches beraubt.

Und irgendwo mitten in den Ruinen eine Ähnlichkeit. Eine Andeutung von Sharon.

Sharon hielt sie im Arm, wiegte sie, küßte ihr Gesicht.

Quiek!

Auf einem Rolltisch neben ihrem Bett standen ein Krug und Gläser, daneben lagen ein Schildpattkamm und ein Satz Bürsten mit passendem Maniküreзeug. Lippenstift, Papiertücher, Make-up, Nagellack.

Sharon deutete auf den Krug. Elmo füllte das Glas mit Wasser und reichte es ihr, dann ging er.

Sharon hielt der Frau den Rand des Glases an die Lippen. Etwas von dem Wasser rann hinunter. Sharon wischte die bleiche Haut ab und küßte sie.

»Es ist so gut, dich zu sehen, Liebling«, sagte sie. »Elmo sagt, du machst dich prima.«

Die Frau blieb ungerührt, ihr Gesicht weiß wie eine Eierschale. Sharon gurrte mit ihr und wiegte sie hin und her. Die Bettdecke glitt herab, und ein mattes Bündel von einem Menschen wurde sichtbar, der in ein rosa Flanellnachthemd gehüllt war, qualvoll verkrampft, zu zerbrechlich, um lebensfähig zu sein. Aber der Atem hörte nicht auf.

»Shirlee, wir haben Besuch. Er heißt Dr. Alex Delaware. Er ist ein netter Mann. Also, darf ich Ihnen Miss Shirlee Ransom vorstellen? Meine Schwester. Meine Zwillingsschwester, meine stille Partnerin.«

Ich stand einfach nur da.

Sie streichelte das Haar der Frau. »Klinisch ist Shirlee taub und blind – minimale kortikale Funktionen. Aber ich weiß, daß sie die Menschen fühlt, daß sie eine unterbewußte Vorstellung von ihrer Umgebung hat. Ich kann es spüren, sie gibt kleine Vibrationen ab. Du mußt auf ihrer Wellenlänge sein, sie unmittelbar berühren, um diese Schwingungen zu fühlen.«

Sie nahm meine Hand und legte sie auf eine kalte, trockene Stirn.

Sie wandte sich an Shirlee und sagte: »Ist das nicht wahr, Liebling? Du *weißt,* was vor sich geht, *nicht* wahr? Du *summst* ja heute ganz schön. Sag was zu ihr, Alex.«

»Hallo, Shirlee.«

Nichts.

»Da«, sagte Sharon. »Sie summt.«

Sie hatte nicht aufgehört zu lächeln, aber in ihren Augen standen Tränen. Sie ließ meine Hand los und sagte zu ihrer Schwester: »Alex *Delaware,* Liebling. Von dem ich dir erzählt habe, Shirl. So hübsch, nicht? Hübsch und gut.«

Ich wartete, während sie mit der Frau redete, die nicht hören konnte. Sie sang, plapperte über Mode, Musik, Rezepte, Tagesereignisse.

Dann faltete sie die Decke zurück, rollte das rosa Nachthemd hinauf und legte Hühnergerippe frei, Stockbeine, spitze Knie, schlaffe, spachtelkittgraue Haut – die Überreste einer so fürchterlich verfallenen Frau, daß ich wegsehen mußte.

Sharon drehte ihre Schwester vorsichtig um und suchte nach wunden Stellen. Knetete sie und streichelte sie, massierte sie, bog Arme und Beine auseinander und wieder zusammen, drehte die Kinnlade hin und her, sah hinter ihre Ohren, bevor sie sie wieder zudeckte.

Nachdem sie sie wieder unter die rosa Bettdecke gesteckt und das Kissen aufgerichtet hatte, bürstete sie Shirlees Haar mit hundert Strichen ihrer Schildpattbürste, wischte ihr das Gesicht mit einem feuchten Waschlappen ab, puderte ihre eingefallenen Wangen, trug Make-up auf und Rouge.

»Ich möchte, daß sie so damenhaft wie möglich aussieht. Für ihre Moral. Ihren weiblichen Selbstwert.«

Sie hob eine schlaffe Hand, prüfte Nägel, die überraschend lang und gesund waren. »Die sehen gut aus, Shirl!« An mich gewandt, sagte sie: »Ihre sind so gesund! Sie wachsen schneller als meine, Alex. Ist das nicht merkwürdig?«

Später saßen wir im Alfa, und Sharon weinte eine Zeitlang. Dann fing sie an zu sprechen, mit der gleichen tonlosen, flachen Stimme, mit der sie mir vom Tod ihrer Eltern erzählt hatte.

»Wir wurden als eineiige Zwillinge geboren und waren absolut identisch miteinander. Kopien voneinander – ich meine, kein Mensch konnte uns unterscheiden.« Sie lachte. »Manchmal wußten wir selbst nicht mehr, wer wer war.«

Ich erinnerte mich an das Foto von den beiden kleinen Mädchen und sagte: »Ein Unterschied: spiegelverkehrt identisch.«

Da schien es sie zu durchzucken. »Ja. Das – sie ist eine Linkshänderin; ich bin Rechtshänderin, und die Richtung unserer Haarwirbel ist auch entgegengesetzt.«

Sie sah von mir weg, klopfte auf das Holzlenkrad des Alfas. »Komisches Phänomen, spiegelverkehrte eineiige Zwillinge – vom wissenschaftlichen Standpunkt aus betrachtet, biochemisch macht es überhaupt keinen Sinn. Wenn in zwei Individuen dieselbe genetische Struktur vorhanden ist, sollte es eigentlich überhaupt keinen Unterschied geben, richtig? Geschweige eine Umkehrung der Gehirnhälften.«

Ihre Augen bekamen einen träumerischen Ausdruck, und sie schloß sie.

»Ich danke vielmals, daß du mitgekommen bist, Alex. Es bedeutet mir wirklich viel.«

»Ich bin froh.«

Sie nahm meine Hand. Ihre zitterte.

»Sprich weiter«, bat ich. »Du sagtest gerade, wie ähnlich ihr beiden wart.«

»Kopien«, sagte sie. »Und unzertrennlich. Wir liebten einander von ganzem Herzen. Wir lebten füreinander, taten alles zusammen, weinten hysterisch, wenn irgendwer uns trennen wollte, bis es schließlich niemand mehr versuchte. Wir waren mehr als nur Schwestern. Mehr als nur Zwillinge. Wir waren Partnerinnen. Seelische Partnerinnen – wir teilten uns *ein* Bewußtsein. Als ob eine von uns nur in Gegenwart der anderen ganz sein konnte. Wir hatten unsere eigenen Sprachen; zwei Sprachen: eine gesprochene und eine auf Gesten und heimlichen Blicken beruhende. Wir hörten nie auf, miteinander zu kommunizieren – sogar, wenn wir schliefen, streckten wir uns aus, um einander zu berühren. Und wir hatten die gleichen Eingebungen und Vorstellungen.«

Sie hielt ein. »Das klingt in deinen Ohren vielleicht ungewohnt. Man kann es kaum jemandem erklären, der selbst nie einen Zwilling gehabt hat, Alex, aber glaub mir: Alle diese Geschichten, die man sich über den Synchronismus der Gefühle erzählt, sind wahr. Auf jeden Fall trafen sie auf uns zu. Sogar jetzt wache ich manchmal mitten in der Nacht mit Bauchschmerzen oder einem Krampf im Arm auf. Ich rufe Elmo an und höre, daß Shirlee eine schlechte Nacht gehabt hat.«

»Das klingt mir gar nicht ungewohnt. Ich habe davon gehört.«

»Danke, daß du das sagst.« Sie küßte meine Wange. Zupfte am Ohrläppchen. »Als wir klein waren, hatten wir ein wunderbares Leben zusammen. Mami und Daddy, die große Wohnung an der Park Avenue – all die Zimmer und Schränke und riesigen Wandschränke. Wir versteckten uns so gern – versteckten uns so gern vor der Welt. Unser Lieblingsspielplatz aber war das Sommerhaus in Southampton. Das Grundstück war seit Generationen im Besitz meiner Familie. Viele Hektar Gras und Sand. Eine große, alte weiße Bruchbude mit knarrenden Fußböden und Korbmöbeln, die auseinanderkrachten, staubigen, krummen alten Läufern und einem Kamin aus Feldsteinen. Ich saß gern oben auf einem Felsen mit Blick übers Meer, von dem es hierhin und dorthin hinunter ans Wasser ging. Nichts Besonderes – nur ein paar gequälte alte Kiefern und von Teer verschmierte Dünen. Der Strand machte einen Mondsichelbogen, so groß und naß und voll von Muschelspritzern. Es war da ein Steg, an dem Ruderboote vertäut lagen – es tanzte auf den Wellen, schwappte gegen all das verquollene Holz. Es erschreckte uns, aber auf eine nette Art – wir erschreckten uns so gern, Shirl und ich.

Im Herbst hatte der Himmel immer diesen schönen Grauton mit silbrig gelben Löchern, wo die Sonne durchbrach. Und der Strand war voll von Hufeisenkrebsen und Einsiedlerkrebsen, von Quallen und Tang, den das Meer in riesigen Knäueln anspülte. Wir warfen uns da immer gern hinein und wickelten uns in das schleimige Zeug und taten so, als wären wir zwei kleine Seejungfrauprinzessinnen in seidenen Kleidern und mit Perlenhalsketten.«

Sie hielt an, biß sich auf die Lippe, sagte: »Ganz am Südende des Besitzes war ein Schwimmbecken. Groß, rechteckig, blaue Kacheln, auf den Boden waren Seepferdchen gemalt. Mammi und Daddy hatten sich nie so richtig entschließen können, ob sie ihr Schwimmbekken drinnen oder draußen haben wollten, also hatten sie einen Kompromiß geschlossen und ein Haus darübergebaut – weißes Lattenwerk mit einem zurückziehbaren Dach und Brennefeu, der durch die Latten wuchs. Wir benutzten es viel im Sommer, wurden ganz salzig im Ozean und spülten es dann mit frischem Wasser ab. Daddy brachte uns bei, wie man schwimmt, als wir zwei waren, und wir lernten es schnell – wie die kleinen Kaulquappen, so sagte er immer.«

Sie machte wieder eine Pause, um Luft zu holen. Ein langes Schweigen folgte, und ich begann mich zu fragen, ob sie alles erzählt hatte. Als sie weitersprach, war ihre Stimme schwächer.

»Als der Sommer vorbei war, kümmerte sich keiner mehr so recht um das Schwimmbecken. Die Hausmeister machten es nicht immer richtig sauber, und das Wasser wurde ganz grün und fing zu stinken an. Shirl und mir war es verboten hinzugehen, aber das machte es nur noch reizvoller. Sobald wir frei waren, rannten wir sofort hin, guckten durch die Lattenwand, sahen all das glibbrige Zeug im Wasser und stellten uns vor, es wäre eine Lagune voll Ungeheuern. Häßlichen Ungeheuern, die jeden Augenblick aus dem Schlamm kommen und uns angreifen konnten. Wir stellten fest, daß der Geruch davon kam, daß Ungeheuer ihre Ausscheidungen in das Wasser abließen – Ungeheuerwürste.« Sie lächelte, schüttelte den Kopf. »Schön widerlich, was? Aber genau die Art Phantasie, denen Kinder sich hingeben, um ihre Ängste zu meistern, stimmt's?«

Ich nickte.

»Das einzige Problem war, Alex, daß unsere Ungeheuer herauskamen.«

Sie wischte sich die Augen, steckte den Kopf aus dem Fenster und atmete tief durch.

»Tut mir leid«, sagte sie.

»Ist okay.«

»Nein, ist es nicht. Ich hatte mir vorgenommen, mich zusammenzureißen.« Wieder tiefes Atmen. »Es war ein kalter Tag. Ein grauer Samstag. Herbstende. Wir waren drei Jahre alt, trugen die gleichen Wollkleider mit dicken Strickstrümpfen und funkelnagelneue Lackschuhe, die wir unbedingt anziehen wollten. Dafür versprachen wir unserer Mammi, daß wir sie nicht im Sand zerkratzen würden. Es war unser letztes Wochenende auf der Insel bis zum Frühling. Wir waren länger dort geblieben als vorgesehen – die Heizung des Hauses war unzureichend, und nachts kam die klamme Kälte vom Ozean herauf, diese Art Ostküsten-Eiseskälte, die einem bis in die Knochen fährt und nicht wieder herausgeht. Der Himmel war so voll Regenwolken, daß er fast schwarz aussah – er roch wie ein alter Penny, so wie der Himmel am Meer immer vor einem Sturm riecht.

Unser Chauffeur war in den Ort gefahren, um vor der Fahrt zurück nach Manhattan den Wagen vollzutanken und den Motor einstellen zu lassen . Die übrigen Helfer waren fleißig damit beschäftigt, das Haus für den Winter zu verschließen. Mami und Daddy saßen im Sonnenzimmer, in Schals eingewickelt, nahmen einen letzten Martini zu sich. Shirl und ich waren losgerannt, von einem Zimmer zum anderen, und amüsierten uns damit, auszupacken, was eingepackt war, loszubinden und aufzumachen, was man zugebunden und zugemacht hatte, wir kicherten und alberten herum und probierten unsere Macht aus. Unsere Lust aufs Unsinnmachen war besonders groß, weil wir wußten, daß wir so bald nicht wiederkommen würden, und deshalb wollten wir an diesem Tag bis zum letzten Augenblick herumtoben. Schließlich hatten die Helfer und Mami genug von uns. Sie packten uns in dicke Mäntel ein und zogen uns Galoschen über unsere neuen Schuhe und schickten uns mit einer Nanny an den Strand zum Muschelsuchen.

Wir rannten hinunter ans Meer, aber es war Flut. Das Wasser hatte alle Muscheln weggespült, und der Tang war zu kalt zum Spielen. Als die Nanny anfing, mit einem der Gärtner herumzuflirten, schlichen wir uns weg, geradewegs zum Badehaus.

Das Tor war geschlossen, aber nicht verriegelt – das Schloß lag am Boden. Einer der Hausmeister hatte angefangen, das Becken zu leeren und zu säubern – überall lagen Bürsten und Netze, Chemikalien und Algenkumpen herum –, aber er war nicht da. Er hatte abzuschließen vergessen. Wir schlichen uns hinein. Es war dunkel darin – nur Quadrate schwarzen Himmels sahen oben zwischen den Latten durch. Das schmutzige Wasser wurde mit einem Schlauch aus dem Becken abgesaugt, der zu einer Kiesgrube lief. Ungefähr drei Viertel waren noch drinnen – säuregrün und Blasen schlagend, und schlimmer stinkend als je zuvor. Schwefelgas gemischt mit all den Chemikalien, die der Hausmeister hineingekippt hatte. Wir fingen an zu husten und brachen dann in ein Gelächter aus. Das war *wirklich* ungeheuer – wir fanden es ganz toll.

Wir taten so, als kämen die Ungeheuer aus dem Glibber heraus, fingen an, einander um das Becken herumzuhetzen, kreischten und kicherten, machten Ungeheuergesichter, rannten schneller, immer schneller, steigerten uns in eine Raserei hinein – in einen *hypnotischen* Zustand. Alles verschwamm vor unseren Augen – wir sahen nur noch uns.

Der Beton war glitschig von all den Algen und den schleimigen, seifigen Chemikalienresten. Unsere Galoschen waren glatt, und wir fingen an zu schlittern. Das machte uns auch großen Spaß, wir taten so, als wären wir auf einer Eisbahn und rutschten darauf herum. Es war herrlich, wir hatten unser Vergnügen, verloren an den Augenblick, in dem wir uns auf unser inneres Wesen konzentrierten – als ob wir ein einziges Ich wären. Rund herum glitten wir, jauchzten und schlitterten dahin. Dann ganz plötzlich sah ich Shirl einen großen Satz machen und immer weiterrutschen, sah einen schrecklichen Ausdruck in ihr Gesicht kommen, als sie die Arme hochwarf auf der Suche nach dem Gleichgewicht. Sie rief um Hilfe. Ich wußte, daß das kein Spiel mehr war, und rannte los, um sie festzuhalten; aber ich landete auf dem Hintern, gerade als sie einen entsetzlichen Schrei ausstieß und, die Füße zuerst, in das Becken fiel.

Ich rappelte mich hoch, sah ihre Hand herausgucken, ihre Finger krümmten sich, streckten sich wieder, ich warf mich ihr entgegen, konnte sie aber nicht erreichen, fing an zu weinen und nach Hilfe zu schreien. Ich stolperte wieder, fiel noch einmal auf den Hintern, kam schließlich hoch und rannte zum Beckenrand. Die Hand war weg. Ich schrie ihren Namen – die Nanny kam. Wie sie aussah – die Überraschung, der Schreck, als sie hereingekommen war, fielen mir auf, und ich mußte immer daran denken, und ich schrie immer weiter, als die Nanny mich fragte, wo Shirl wäre. Ich konnte nicht antworten. Ich mußte immerzu an sie denken, ich war sie geworden. Ich *wußte,* daß sie ertrank, fühlte selbst das Würgen und Ersticken, schluckte das faulige Wasser, das mir in der Nase und im Mund und in den Lungen steckte!

Die Nanny schüttelte mich, gab mir Ohrfeigen ins Gesicht. Ich keuchte, aber irgendwie gelang es mir, auf das Schwimmbecken zu zeigen.

Dann waren Mami und Daddy da, einige von den Helfern. Die Nanny sprang rein. Mami schrie ›Mein Kind, mein Kind!‹ – biß sich in die Finger – sie bluteten überall auf ihrem Kleid. Die Nanny plantschte herum und schlug um sich, kam prustend wieder empor, voller Schlamm. Daddy kickte die Schuhe weg, riß sich die Jacke vom Leib, sprang ins Becken und tauchte. Einen Augenblick darauf kam er mit Shirlee in den Armen herauf. Daddy versuchte es mit künstlicher Beatmung. Mami keuchte immer noch – an ihren Fingern *lief* das Blut herunter. Die Nanny lag auf dem Boden und sah selbst tot aus. Die Helferinnen schluchzten. Die Hausmeister starrten uns an. Mich starrten sie an, dachte ich. Sie warfen es *mir* vor! Ich fing an zu heulen und stürzte mich auf sie, um sie zu zerkratzen … Jemand sagte: ›Bringt sie weg!‹ Und alles wurde schwarz.«

Als sie die Geschichte erzählte, brach ihr der Schweiß aus. Ich gab ihr ein Taschentuch. Sie nahm es ohne Kommentar, wischte sich das Gesicht ab und sagte: »Ich wachte in der Park Avenue auf. Es war der nächste Tag; jemand muß mir ein Beruhigungsmittel gegeben haben. Sie sagten mir, Shirlee wäre gestorben, begraben. Nichts wurde mehr über sie gesagt. Mein Leben war verändert, leer – aber ich will nicht darüber reden. Sogar jetzt kann ich noch nicht darüber sprechen. Es genügt zu sagen, daß ich mich wieder aufbauen mußte.

Neu aufbauen mußte. Ich mußte lernen, ein neuer Mensch zu sein. Eine Partnerin ohne Partnerin. Ich akzeptierte es allmählich, lebte in meinem Kopf, fern von der Welt. Irgendwann hörte ich auf, an Shirlee zu denken – hörte bewußt und absichtlich auf. Ich machte alles mit, was man so mitmacht. War ein gutes Mädchen. Bekam gute Zensuren. *Wurde nie laut.* Hob nie die Stimme. Aber innerlich war ich leer – etwas fehlte mir. Ich beschloß, daß ich Psychologin werden wollte. Um zu erfahren, warum das so war. Ich kam hierher nach Kalifornien, lernte dich kennen, fing an, wirklich zu leben. Dann veränderte sich alles – Mami und Daddy starben. Ich mußte zurück in den Osten, mit dem Anwalt reden. Er war nett. Ein hübscher, väterlicher Mann – ich erinnerte mich vage an ihn, von Parties her. Er ging mit mir aus, in die russische Teestube, und erzählte mir von meinem Stiftungsfonds, dem Haus, redete eine Menge über *neue Verantwortung,* aber wollte nicht heraus mit der Sprache und sagen, worin sie bestand. Als ich ihn fragte, was er meinte, machte er ein unglückliches Gesicht, rief nach der Rechnung.

Wir verließen das Restaurant und gingen die Fifth Avenue hinunter, an all den feinen Läden vorbei, die Mami immer so gemocht hatte. Wir gingen schweigend mehrere Querstraßen weit miteinander, und dann erzählte er mir von Shirlee. Daß sie nicht gestorben war, sondern sich im Koma befunden hatte, als Daddy sie aus dem Becken herausholte, und in dem Zustand geblieben war – beschädigt, mit minimaler Hirntätigkeit. Die ganze Zeit hatte ich sie für tot gehalten, während sie in einem Pflegeheim in Connecticut gelebt hatte. Mami war eine vollendete Dame, sehr fein, aber nicht stark, sie konnte mit Unglück nicht umgehen.

Der Anwalt sagte, es müsse auf mich wie ein Schock wirken, es täte ihm leid, daß man mich belogen hätte, aber Mami und Daddy hätten es für das beste gehalten. Nun allerdings lebten sie nicht mehr, und da ich die nächste Verwandte sei, trüge ich nun gesetzlich für sie Verantwortung. Nicht, daß mich das belasten müßte. Er, der Anwalt, und seine Firma würden die gesetzliche Verantwortung oder Pflegschaft übernehmen, alle ihre finanziellen Angelegenheiten regeln, ihren Stiftungsfonds verwalten, so daß ihre Unterbringungskosten weiterhin bezahlt würden. Es bestehe überhaupt keine

Notwendigkeit, daß sich in meinem bisherigen Leben etwas veränderte. Er hatte Papiere für mich, die ich unterschreiben sollte, und alles würde erledigt.

Ich bekam eine solche Wut, wie ich sie bei mir nie für möglich gehalten hätte, und fing an, ihn anzuschreien in seinem Büro an der Fifth Avenue, verlangte, sie zu sehen. Er versuchte, es mir auszureden, sagte, ich sollte warten, bis der Schock abgeklungen wäre. Aber ich bestand darauf. Ich mußte sie sofort sehen.

Er rief eine Limousine. Wir fuhren nach Connecticut. Das Haus war groß, und es sah nett aus, so ein altes steinernes Herrenhaus, gepflegter Rasen, eine große Sonnenveranda, Schwestern in gestärkten Trachten, Ärzte mit deutschen Akzenten. Aber sie brauchte mehr als das – sie brauchte ihre Partnerin. Ich sagte, sie käme mit mir zusammen nach Kalifornien, er solle sie innerhalb einer Woche abreisefertig machen.

Er versuchte, mich wieder davon abzubringen. Sagte, er hätte so etwas schon gesehen: Schuldgefühle bei Überlebenden. Je mehr er redete, um so wütender wurde ich. Der arme Mann. Und da ich volljährig geworden war, blieb ihm keine Wahl. Ich kam zurück nach L. A. Nun hatte ich einen Zweck im Leben und kam mir sehr rechtschaffen vor. Edel. Nicht mehr nur eine Studentin unter anderen, in der Ausbildungsmühle gefangen, *ich* war eine Frau mit einer Aufgabe. Aber in dem Augenblick, in dem ich in mein Zimmer im Studentenwohnheim kam, wurde mir bewußt, wie *riesig* die Aufgabe war. Ich wußte: Mein Leben würde nie wieder so wie vorher sein, nie wieder normal werden. Ich ging damit um, indem ich aktiv blieb, den Anwalt herumkommandierte, in das Haus zog, Papiere unterschrieb. Versuchte mir einzureden, daß ich mein Leben im Griff hätte. Ich fand dieses Krankenhaus. Es sieht außen nicht großartig aus, aber sie behandeln sie hier wirklich gut. Elmo ist phantastisch, hundertprozentig nur auf sie konzentriert.«

Sie hob meine Hand an die Wange, dann legte sie sie in ihren Schoß und hielt sie fest.

»Nun du, Alex. Wie du in diesen Schlamassel gekommen bist. Der Abend, an dem du mich gefunden hast, wie ich das Foto in der Hand hatte, war kurz nachdem sie Shirlee hergeflogen hatten. Was für eine Arbeit, sie nur aus dem Flugzeug heraus und in einen Krankenwagen zu kriegen. Ich hatte tagelang nicht geschlafen, war nervös und erschöpft. Das Foto war in einem Karton mit anderen Familienpapieren gekommen; es war an dem Tag, an dem Mammi starb, in ihrer Handtasche gewesen.

Ich fing an, es anzustarren, verlor mich darin, fiel hinein wie Alice ins Loch: Ich versuchte alles im nachhinein zu verstehen, mich an die schönen Tage zu erinnern. Aber ich war so wütend, daß man mich belogen hatte, daß mein ganzes Leben ein Betrug gewesen war – jeder Augenblick von Lügen gefärbt. Mir war schlecht, Alex. Kotzübel. Sterbensmies. Mein Magen kam hoch. Als ob mich das Foto packte – auffraß, wie das verdreckte Schwimmbecken Shirlee aufgefressen hatte. Ich drehte durch. Fühlte mich tagelang völlig ausgebrannt. Ich hing nur noch an einem Faden, als du kamst.

Ich hatte dich nicht gehört, Alex. Erst als du über mir standest. Und du schienst wütend zu sein – du verurteiltest mich. Mißbilligung. Als du das Foto vom Boden aufhobst und anguckte st, war es, als griffest du mich an – als drängtest du dich in meinen privaten Schmerz hinein. Ich wollte den Schmerz, meinen Schmerz ganz für mich – wollte *etwas* ganz für mich. Ich bin einfach durchgedreht. Es tut mir so leid.«

Ich erwiderte den Druck ihrer Hand. »Es ist okay.«

»Die nächsten paar Wochen waren fürchterlich, ein Alptraum. Ich machte mir Sorgen, was ich getan hatte mit dir und mir, aber ehrlich gesagt, war ich innerlich zu leer, um irgend etwas dagegen zu tun, hatte ein viel zu schlechtes Gewissen – Schuldgefühle –, weil ich mich nicht dazu kriegen konnte, daß ich mir *mehr* Gedanken darüber machte. Ich hatte soviel am Hals. Meine Wut auf meine Eltern, weil sie mich belogen hatten, meinen Kummer, sie zu verlieren, meine Wut auf Shirlee, daß sie so beschädigt wiederkam und sie nicht auf meine Liebe reagieren konnte. Damals merkte ich es noch nicht, daß sie vibrierte und mit mir zu kommunizieren versuchte. So viele Veränderungen auf einmal, Alex. Wie ein Wirrwarr von kreuz und quer laufenden Drähten, die in meinem Gehirn brannten. Ich brauchte Hilfe.«

»Kruse.«

»Trotz dem, was du von ihm denkst, hat er mir geholfen, Alex. Er hat mir geholfen, daß ich wieder zu mir kam. Und er sagte mir, du würdest kommen und mich suchen, so daß ich erfuhr, daß dir etwas an mir lag. Mir lag sehr viel an dir, darum zwang ich mich schließlich, mit dir zusammenzugehen, obwohl Paul sagte, ich wäre noch nicht so weit. Und er hatte recht. Ich benahm mich wie eine Nymphomanin, weil ich mich wertlos fühlte, außer Kontrolle, ich hatte so ein Gefühl, daß ich dir was schuldete. Bei dem Sexgehampel meinte ich, ich hätte die Situation unter Kontrolle. Als ob ich aus meiner Person heraustäte und eine neue übernähme. Aber nur für kurze Zeit. Später, während du schliefst, widerte mich an, was ich getan hatte, du widertest mich an. Ich lud meinen Ärger auf dir ab, weil du da warst.«

Sie sah weg. »Und weil du *gut* warst. Ich habe ruiniert, was wir hatten, weil ich Güte nicht aushalten konnte, Alex. Ich fand nicht, daß ich Güte verdiente. Und nach all den Jahren bedauere ich das immer noch.«

Ich saß da, versuchte, alles zu begreifen.

Sie bewegte sich zu mir herüber und küßte mich. Allmählich nahm der Kuß an Hitze und Tiefe zu, und wir preßten uns aneinander, griffen nacheinander, unsere Zungen tanzten. Dann zogen wir uns beide voneinander zurück.

»Sharon –«

»Ja, ich weiß«, sagte sie. »Nicht schon wieder. Wann könntest du dich je in Sicherheit fühlen.«

»Ich –«

Sie legte einen Finger auf meine Lippen.

»Du brauchst es mir nicht zu erklären, Alex. Es ist vorbei. Ich wollte dir nur zeigen, daß ich nicht ganz schlecht bin.«

Ich blieb still, sagte nicht, was mir durch den Kopf ging. Daß wir vielleicht wieder von vorn anfangen könnten – langsam. Vorsichtig. Jetzt, da wir beide erwachsener geworden waren.

Sie sagte: »Ich lasse dich jetzt gehen.«

Wir fuhren jeder in seinem Wagen weg.

Als ich aus Kruses Haus zurück war, saß ich im Dunkeln in meinem Wohnzimmer und überlegte. Park Avenue, Southampton-Sommer. Mami und Daddy. Meistens im Sonnenzimmer. Feine-Familie-Ausschneidespiel.

Nur ein häßlicher, kleiner Zelluloidfetzen sagte, daß Mammi alles andere als fein gewesen war. Das Partymädchen eines reichen Mannes, das vor der Kamera geliebt und den Film wahrscheinlich für Erpressungszwecke benutzt hatte.

... daß mein ganzes Leben ein Betrug gewesen war – jeder Augenblick von Lügen gefärbt.

Ich dachte an Shirlee Ransom. Fragte mich, ob irgendwas an der Geschichte stimmte.

Wenn sie ihre Zwillingsschwester liebte – wie konnte sie sich dann umbringen, einen hilflosen Krüppel verlassen?

Es sei denn, Shirlee war auch tot.

S und S, stille Partnerinnen.

Ein Paar. Zwei kleine Mädchen, hübsch, mit schwarzem Haar. Berge im Hintergrund, Eiskegel in entgegengesetzten Händen.

Spiegelbildzwillinge. *Sie ist eine Linkshänderin, ich bin Rechtshänderin.*

Plötzlich wurde mir etwas klar: Was mich an dem Pornovideo gestört hatte – etwas paßte nicht zusammen.

Sharon war Rechtshänderin – aber im Film – streichelnd, knetend – bevorzugte sie die Linke.

Bei dem Sexgehampel hatte ich das Gefühl, ich hätte die Situation unter Kontrolle. Als ob ich aus meiner Person heraustrāte und eine neue übernähme.

Umschalten? Versuch mit einer neuen Identität?

Die linke Hand. *Sinestra. Sinister.* Böse, drohend, unheilvoll, schlimm, finster, unheimlich, link. Manche primitiven Kulturen betrachteten sie als schlecht. Böse.

Setzt eine blonde Perücke auf und wurde *ein schlechtes Mädchen*, ein linkshändig-sinistres ...

Mit einemmal störte mich etwas an der Geschichte vom Ertrinken – etwas, das mich vor sechs Jahren nicht gestört hatte, als ich ihr glauben wollte: die Einzelheiten, die lebhaften Eindrücke.

Zu komplex für eine Dreijährige. Zuviel Erinnerung für einen Dreikäsehoch.

Einzelheiten vorher eingeprägt. Gut vorbereitete Lüge? Hatte jemand sie dabei geführt? Ihre Erinnerungsfähigkeit verstärkt?

Etwa durch Hypnose.

Etwa durch den Meisterhypnotiseur Paul Kruse? Den Amateurfilmemacher. Den professionellen Wundertäter.

Jetzt war ich sicher, daß er genug gewußt hatte, um manche leeren, weißen Flecke auszufüllen. Er war mit dem Wissen gestorben. Widerwärtig, blutig, zwei andere hatte er mitgenommen.

Ich wollte mehr denn je wissen, warum.

20

Ich fühlte mich infiziert, Träger irgendeiner grauenhaften Krankheit, sagte meinen Flug nach San Luis ab. Schaltete den Fernseher ein und schuf so eine elektronische Beziehung zur Welt.

Der Kruse-Mord war obenan in den Elf-Uhr-Nachrichten komplett mit Einstellungen vom Mordhaus und Fotos von Paul und Suzanne aus besseren Tagen. Das dritte Opfer wurde als Lourdes Escobar, 21, identifiziert, sie stammte aus El Salvador und hatte bei den Kruses als Dienstmädchen gearbeitet. Ihr Bild zeigte eine junge Frau mit einem offenen Gesicht, schwarzen Zöpfen und dunklen, schmelzenden Augen.

Unschuldiges Opfer, erklärte der Reporter, senkte die Stimme, sprach von Mitgefühl. Den Bürgerkriegswirren ihrer Heimat entflohen, getrieben vom Traum nach einem besseren Leben, nur um dann den gewaltsamen Tod mitten in der verführerischen Luxuswelt der Stadt der Engel kennenzulernen …

Diese Art Philosophiererei bedeutete, daß er nicht viel wußte.

Ich schaltete vor und zurück zwischen den Kanälen, hungrig auf Fakten. Alle drei Nachrichtensendungen waren identisch im Stil und Mangel an Substanz: Reporter, die zu den Moderatoren statt zum Publikum redeten; laut fragten sie sich, ob einer von Kruses Patienten zum Mörder geworden sein könnte oder ob es nur einer dieser L. A.-typischen Zufallsmorde wäre.

Ich hörte mir die Vorhersagen an, daß nun wieder ein Run auf die Waffengeschäfte losgehen würde. Der Reporter hielt eine Hand ans Ohr, sagte: »Einen Augenblick. Wir haben ein Statement von der Polizei.«

Die Kamera schwenkte zu Cyril Trapp, der sich räusperte. Sein

Hemd war TV-blau. Sein weißes Haar strahlte wie ein Stahlhelm. Unter den Scheinwerfern hatte seine gefleckte Haut die Farbe von schmutzigen Laken. Sein Schnurrbart wackelte, als er sich in die Wange biß. Er nahm Augenkontakt mit der Kamera auf und las ein vorbereitetes Statement vor, daß die gesamten Kräfte des Los Angeles Police Departments nun in Bewegung gesetzt werden sollten, um diese scheußlichen Morde zu klären. Ein festes Lächeln. Ein Händedruck. Er sagte: »Mehr können wir Ihnen im Augenblick nicht mitteilen«, und ging weg.

Der Reporter fuhr fort: »Da habt ihr's, Keith und Kelly. Die Livereportage vom Ort des ...«

Ich schaltete den Apparat ab. Fragte mich, warum Trapp an der Mordszene auftauchte, und wartete, daß Milo anrief und mir sagte, was war. Als er um eins noch nicht angerufen hatte, zog ich mich aus und schlüpfte unter die Bettdecke, mit trockenem Mund und so gespannt, daß mein Gaumen mir weh tat. Ich versuchte Tiefatmung, aber statt mich zu entspannen, geriet ich in einen superwachen Zustand, in dem ich mit aufgerissenen Augen dalag. Ich umarmte das Kissen, als ob es eine Frau wäre, versuchte meinen Kopf mit angenehmen Bildern zu füllen. Es kamen keine. Schließlich gegen Morgen gelang es mir einzuschlafen.

Am nächsten Morgen rief ich Milo auf der Wache an und hörte, er sei immer noch im Urlaub. Niemand antwortete bei ihm zu Haus.

Ich las die Morgenzeitung. Anders als Sharons Tod, behandelte man die Kruse-Morde als ernsthafte Nachrichten – eine Titelzeile DOKTOR UND GATTIN ERMORDET AUFGEFUNDEN lief oben über die ganze dritte Seite. Darunter stand der Name eines Redaktionsmitarbeiters, Dale Conrad, den ich kannte, weil er mal – ziemlich schludrig, wie ich meinte – Stories aus der Verhaltenspsychologie gebracht hatte.

Das Stück über Kruse war keine Ausnahme. Trotz der vielen Spalten und Zeilen hatte Conrad nichts über die Morde gebracht, was nicht schon in den Abendnachrichten vom Vortag gewesen war. Zum größten Teil behandelte der Artikel Kruses Biographie. Er war zum Zeitpunkt des Todes sechzig Jahre alt gewesen, doppelt so alt wie seine Frau – die der Artikel nur als »eine frühere Schauspielerin« beschrieb. Geboren war er in New York City, von Haus aus Geld.

Als Offizier in Korea hatte er zu einer Einheit der psychologischen Kriegsführung gehört, seinen Doktor an einer Universität in Südflorida gemacht und sich mit Hilfe gesellschaftlicher Beziehungen und seiner Zeitungs-Ratgeberseite eine lukrative Praxis in Palm Beach aufgebaut, bevor er nach Kalifornien zog. Seine jüngste Beförderung zum Dekan wurde erwähnt und sein Vorgänger, Professor Milton Frazier, mit den Worten zitiert, er sei entsetzt über den sinnlosen Tod eines geschätzten Kollegen.

Der Tod von Lourdes Escobar kam im allerletzten Absatz: »Ebenfalls gefunden wurde der Leichnam der Haushälterin ...«

Ich legte die Zeitung hin. New York, geerbtes Geld, gesellschaftliche Beziehungen, das alles erinnerte mich an die erlogene Lebensgeschichte von Sharon.

Hatte sie sie von Anfang bis Ende erfunden? Gescheiterte Starmutter oder nicht, sie hatte wie ein reiches Mädchen gelebt – die Kleidung, der Wagen, das Haus. Vielleicht war die Vorstellung des Callgirls in Erfüllung gegangen.

Oder vielleicht hatte sie es auf eine andere Weise erlangt. Der Tochter eine ganze Canyonseite vermacht, die früher dem Milliardär gehört hatte, der sie beschäftigte. Die immer noch der Corporation des Milliardärs gehörte und gleich am Tag nach Sharons Tod auf den Markt kam.

Zu viele Fragen. Ich bekam Kopfschmerzen.

Ich zog mich an, fand einen Notizblock und ein paar Stifte und verließ das Haus. Fuhr die Schlucht hinunter, überquerte Sunset und betrat den Campus der Universität am Nordende. Es war zwanzig Minuten nach elf, als ich durch die Türen der Forschungsbibliothek trat.

Ich ging sofort zur Nachschlageabteilung, spielte mit MELVYL, dem Computerindex, und fand zwei Bücher über Leland Belding im Bibliotheksbesitz.

Das erste war ein Band von 1949 mit dem Titel *Zehn Magnaten*. Das zweite war *Der amputierte Milliardär* von Seaman Cross. Überrascht, weil ich gedacht hatte, alle Exemplare wären eingezogen worden, schrieb ich die Katalognummern auf und fing an, etwas über Lanier, Linda, zu suchen, fand nichts.

Ich verließ den Computer und machte etwas »Low-tech«-Forschung. Zwei Stunden verbracht mit dem Durchblättern der Bände des Zeitschriftenindexes. Auch hier nichts über Linda Lanier, aber über hundert Artikel über Leland Belding, beginnend in der Mitte der dreißiger und bis in die mittleren siebziger Jahre. Ich wählte aus, was ich für ein repräsentatives Dutzend Erwähnungen hielt, nahm den Fahrstuhl hinauf zum Hauptmagazin und fing an, die Quellen herauszusuchen. Um halb drei saß ich in einer Lesekabine im dritten Stock, umgeben von Stapeln gebundener Magazine.

Die ersten Sachen über Belding fand ich in Zeitschriften aus dem Flugzeugbau, der Magnat war damals Anfang Zwanzig. Belding wurde als technisches und finanzielles Wunderkind gefeiert, als meisterhafter Designer von Flugzeugen und Zubehör mit drei Patenten für jedes Jahr seines Lebens. Dasselbe Foto wurde in allen Artikeln verwendet. Es gehörte den L. Belding Industries: Der junge Erfinder sitzt im Cockpit eines seiner Flugzeuge, Fliegerbrille und Helm auf, seine Aufmerksamkeit gilt dem Instrumentenbrett. Ein hübscher Mann, aber mit einem kalten Gesichtsausdruck.

Beldings enormer Reichtum, seine Frühreife, das jungenhafte, gute Aussehen und seine Schüchternheit machten ihn zu einem natürlichen Medienhelden, und der Ton der ersten populären Magazine klang nach Verehrung. Ein Artikel bezeichnete ihn als »beste Partie des Jahres 1937«. Ein anderer nannte ihn: das Beste, was Amerika je als etwaigen Kronprinzen hervorgebracht hat.

Ein Bericht in *Collier's* faßte vor dem Krieg noch einmal zusammen, warum er so berühmt war: 1910 reich geboren, einziges Kind einer Erbin aus Newport, Rhode Island, und eines Ölspekulanten in Texas, der ein Gentlemanrancher geworden war.

Ein zweites offizielles Foto von der Corporation: Belding wirkte verängstigt vor der Kamera, stand, die Hemdsärmel bis zu den Ellbogen aufgerollt, einen großen Schraubenschlüssel in der Hand, neben einem gigantischen gußeisernen Maschinenteil. Mit Dreißig hatte er ein mönchähnliches Aussehen angenommen – hohe Stirn, sensibler Mund, dicke Brillengläser, die die Intensität runder, dunkler Augen nicht verbergen konnten. Ein moderner Midas, dem Artikel nach das Beste, was Amerika an Genialität besaß, in Verbindung mit guter, altmodischer harter Arbeit. Obwohl Kind reicher Eltern, hatte Belding nie zugelassen, daß ihn der Reichtum blind machte; er war für 24-Stunden-Tage und hatte keine Angst, sich die Hände dreckig zu machen. Er hatte eine fotografische Erinnerung, kannte seine Hunderte von Angestellten beim Namen, aber er mochte keine Narren, hatte keine Zeit für die Frivolität der »Cocktail-Meute«.

Sein idyllisches Leben als einziger Sohn war jäh auf grausame Art beendet, als seine Eltern nach einer Party auf der Fahrt zu der von ihnen gemieteten Villa auf Ibiza bei einem Autounfall ums Leben gekommen waren.

Noch so ein Fall. Ich hörte auf zu lesen. Versuchte mir das vorzustellen. Als ich es nicht schaffte, las ich weiter.

Zum Zeitpunkt des Unfalls war Belding neunzehn gewesen, ein Senior-Student in Stanford, Hauptfächer Physik und Ingenieurswesen. Er brach das Collegestudium ab, kehrte nach Houston zurück, um das Erdölgeschäft seiner Eltern weiterzuführen, und expandierte gezielt in die Bohrgeräteproduktion für die Ölförderung, verwendete Design, das er sich als Student ausgedacht hatte. Ein Jahr später: Ausweitung in den Schwermaschinenbau, nahm Flugunterricht, bewies, daß er ein geborener und nun auch noch qualifizierter Pilot war. Begann sich dem Flugzeugbau zu widmen. Innerhalb von fünf Jahren beherrschte er die Flugzeugindustrie, überflutete den Markt mit technischen Neuerungen.

1939 konsolidierte er seine Holdings in der Magna Corporation (Pressemitteilung der Corporation: »... hätte Mr. Belding in Stanford promoviert, wäre es mit *magna cum laude* geschehen.«) und zog von Texas nach Los Angeles, wo er die Firmenzentrale errichtete, nebst einem Flugzeugmontagewerk und einem Privatflugplatz auf fünfzehnhundert Morgen Land in einem Vorort namens El Segundo.

Gerüchte, daß er an die Börse gehen wollte, ließ die Finanzexperten aufhorchen. Aber die Einführung fand nie statt, und die Wallstreet bedauerte das lauthals und schalt Lee Belding einen Cowboy, der irgendwann mal mehr abbeißen würde, als er aufessen könne. Belding hatte nichts dazu zu sagen, setzte seine Expansion in alle Gebiete fort – Schiffahrt, Eisenbahnen, Grundbesitz, Hoch- und Tiefbau.

Er bekam den Auftrag für einen Anbau ans Arbeitsministerium in Washington, D.C., baute billigen Wohnraum in Kentucky, eine Armeebasis in Nevada, dann hielt er den Mob und die Gewerkschaften schadlos, um die Casbah zu bauen, das größte und teuerste Spielkasino von Las Vegas.

Mit dem Erreichen seines dreißigsten Lebensjahrs hatte er den Wert des Ererbten verdreißigfacht, war einer der fünf reichsten Männer in Amerika und definitiv deren geheimnisvollster, weigerte sich, Interviews zu geben, und mied offizielle Anlässe. Die Presse verzieh ihm: Daß er sich so versteckte, machte ihn nur um so interessanter, und die Leute wollten mehr über ihn wissen.

Privatleben, der letzte Luxus ...

Erst nach dem Zweiten Weltkrieg wurden die Flitterwochen zwischen Amerika und Leland Belding getrübt. Während die Nation ihre Toten begrub und arbeitende Leute sich einer ungewissen Zukunft gegenübersahen, fingen linkslastige Journalisten an, darauf hinzuweisen, daß Belding den Krieg benutzt hatte, um Milliardär zu werden, während er bequem versteckt in seinem Penthouse im Magna-Firmenzentrum saß.

Anschließende Schnüffeleien ergaben: Zwischen 1942 und 1945 hatte sich der Wert der Magna Corporation vervierfacht. Infolge erfolgreicher Angebote bei der Ausschreibung von Tausenden von Lieferungen an das Verteidigungsministerium war Magna zum führenden Hersteller von Bombern, Leitsystemen für Flugzeuge, Luftabwehrgeschützen, Panzern und Halbkettenfahrzeugen, sogar von Proviant und Uniformen avanciert.

Ausdrücke wie *Räuberbaron, Profitgeier* und *Ausbeuter des arbeitenden Volkes* begannen in den Leitartikeln aufzutauchen. Kommentatoren erklärten, Lee würde immer nur nehmen, doch niemals gebe er etwas: ein von sich selbst besessener Geizhals ohne den geringsten Funken Patriotismus. Ein Journalist wies darauf hin, daß er niemals etwas für wohltätige Zwecke spendete, keinen Penny in Kriegsanleihen angelegt hatte.

Gerüchte über Korruption folgten bald – Andeutungen, daß er nicht all diese Aufträge bekommen hatte, weil er das preiswerteste Angebot machte. Anfang 1947 wurden die Andeutungen zu Anklagen und substantiell genug, daß der U. S.-Senat sich damit befaßte. Man berief einen Untersuchungsausschuß ein, den man beauftragte, die Entwicklungsgeschichte von Leland Beldings Kriegsgewinnen unter die Lupe zu nehmen und das innere Getriebe der Magna Corporation zu zergliedern. Belding mißachtete das Wutgeschrei und wendete seine Talente dem Film zu, kaufte ein Studio und erfand eine mit der Hand gehaltene Filmkamera, die die Filmindustrie zu revolutionieren versprach.

Im November 1947 hielt der Unterausschuß des Senats eine öffentliche Anhörung ab.

Ich fand eine Zusammenfassung der Sitzung in einem Businessmagazin – konservativer Standpunkt, keine Bilder, etwas kleiner Druck und trockene Prosa.

Aber nicht trocken genug, um die pikante Art des Hauptvorwurfs gegen Belding zu tarnen.

Daß er weniger Industriekapitän als ein Topklassenzuhälter sei.

In der Untersuchung des Unterausschusses hieß es, er hätte mit »wilden Parties« bei den Beamten des Kriegsausschusses um Aufträge geworben und die Einkäufer und Abgeordneten auf diese Weise eingewickelt. Diese Feten fanden in mehreren abgelegenen Häusern in den Hollywood Hills statt, die die Magna Corporation ausdrücklich als »Partywohnungen« gekauft hatte. Dort wurden »Herrenabendfilme« gezeigt, es gab sowohl genug zu trinken als auch eine gewisse Menge »Marihuana« und tanzende und schwimmende, nackte »junge Frauen mit loser Moral«, die sich zur Schau stellten.

Diese Frauen, beschrieben als »professionelle Partymädchen«, waren hoffnungsvolle Nachwuchsschauspielerinnen, ausgewählt von dem Mann, der Beldings Studio leitete, einem »früheren Unternehmensberater« namens William Houck »Billy« Vidal.

Die Anhörungen zogen sich mehr als sechs Monate lang hin. Was wie eine saftige Zeitungsstory ausgesehen hatte, fing allmählich an zu schrumpfen. Der Unterausschuß zeigte sich unfähig, Zeugen für die angeblichen Parties zu finden. Beldings Konkurrenten, die Hörensagen kolportierten, brachen im Kreuzverhör zusammen. Und der Milliardär weigerte sich, vor dem Unterausschuß zu erscheinen mit der Begründung, er setze sonst die nationale Sicherheit aufs Spiel, und das Verteidigungsministerium bestätigte das.

Billy Vidal erschien – von teuren Anwälten begleitet. Er bestritt, daß seine Rolle gewesen sei, Frauen für Leland Belding zu besorgen, bezeichnete sich selbst als erfolgreichen, in Beverly Hills ansässigen

Managementberater für die Filmindustrie, schon bevor er Belding kennengelernt hatte, und legte Dokumente vor, die es bewiesen. Seine Freundschaft mit dem jungen Magnaten hatte während ihres Studiums in Stanford begonnen, und er hatte Lee Belding bewundert und verehrt. Aber er bestritt, an irgend etwas Illegalem oder Unmoralischem beteiligt gewesen zu sein. Eine Legion von Charakterzeugen bestätigte, daß er ein anständiger Mensch war. Vidal wurde entlassen.

Als die Vorladung der Buchhalter von Magna von der Firma ebenfalls nicht beachtet wurde und wiederum sowohl das Verteidigungs- als auch das Außenministerium aus Gründen nationaler Sicherheit Leland Belding unterstützte, war der Unterausschuß am Ende seines Lateins und gab seinen Geist auf.

Die Senatoren wahrten das Gesicht, indem sie Leland einen leichten Tadel aussprachen, seine gar nicht hoch genug einzuschätzenden Beiträge für die nationale Verteidigung erwähnten, aber vorschlugen, er solle seine Geschäftsunterlagen in Zukunft sorgfältiger aufbewahren. Dann beauftragten sie ihren Stab, einen Bericht über die Resultate der Untersuchung zu schreiben, und beendeten durch Handaufheben die Existenz des Unterausschusses. Zyniker meinten in Anbetracht der Anklage, da Kongreßmitglieder auf Beldings Partyliste gestanden hätten, wäre die ganze Geschichte nur wieder mal ein Beispiel für den Fuchs als Wächter des Hühnerhauses gewesen. Aber inzwischen war Gras darüber gewachsen, nun war das Land reif für den Optimismus und den Aufbau und entschlossen, es sich die nächsten zehn Jahre verdammt gutgehen zu lassen. Wenn ein paar mutige Schurken ein bißchen Highlife gemacht hatten – laß sie doch.

Partywohnungen. Eine Filmbeziehung. Herrenabendfilme. Ich wollte mehr darüber erfahren, wie der schüchterne Belding sich als flotter Playboy aufgeführt hatte.

Bevor ich zur Katalogabteilung zurückkehren konnte, um etwas über William Houck Vidal herauszusuchen, plärrte die Ankündigung, die Bibliothek schlösse in fünfzehn Minuten, über den Lautsprecher an der Decke. Ich sammelte meine beiden Bücher und so viele ungelesene Zeitschriften, wie ich konnte, ein, sauste zum Fotokopierer hinüber und verbrachte die nächsten zehn Minuten mit dem Einwerfen von Zehncentstücken. Dann ging ich hinunter und benutzte meine Fakultätskarte, um die Bücher auszuleihen. Mit meinen Schätzen beladen, steuerte ich nach Haus.

21

Ein weißer VW-Käfer stand in der Einfahrt und blockierte den Seville. Eine junge Frau mit hängenden Schultern lehnte daran und las ein Buch.

Als sie mich erblickte, sprang sie auf.

»Hallo! Dr. Delaware?«

»Ja?«

»Mr. Delaware? Ich bin Maura Bannon. Von der *Times*. Mit der Dr.-Ransom-Story. Ich wollte fragen, ob ich mal mit Ihnen reden könnte – nur eine Minute?«

Sie war groß und dürr wie eine Bohnenstange mit einem langen, sommersprossigen Gesicht, das unfertig wirkte. Sie trug einen gelben Trainingsanzug und weiße Turnschuhe. Ihr Pagenkopf war orange gefärbt mit rosa Einsprengseln von derselben Farbe wie die Wimpern an ihren hellbraunen Augen. Ihre oberen Schneidezähne hatten in der Mitte einen zahnstocherbreiten Zwischenraum und ragten über den Unterkiefer vor.

Das Buch in ihrer Hand war Wambaughs *Echo in der Dunkelheit*, und sie hatte an verschiedenen Stellen lange gelbe Lesezeichen hineingelegt. Ihre Nägel sahen abgekaut aus.

»Wie haben Sie herausbekommen, wo ich wohne, Miss Bannon?«

»Wir Reporter haben unsere Wege.« Sie lächelte. Dadurch sah sie ungefähr wie zwölf aus.

Als sie merkte, daß ich nicht zurücklächelte, sagte sie: »Es gibt zwei Vorgänge über Sie bei der Zeitung. Von vor ein paar Jahren. Als Sie geholfen haben, jemanden einzufangen, der Kinder belästigte.«

Privatleben, der letzte Luxus. »Aha.« Ned Biondi setzte auf Nummer sicher. Hatte sie in alles eingeweiht.

»Ich konnte an den Artikeln über Sie sehen, daß Sie ein engagierter Mensch sind«, sagte sie. »Jemand, der sich nicht für dumm verkaufen läßt. Und genau das versucht man mit mir.«

»Wer?«

»Meine Bosse. Alle. Erst sagen sie mir, ich soll die Ransom-Story vergessen. Jetzt, als ich sie bitte, die Kruse-Morde übernehmen zu dürfen, geben sie sie diesem Dale Conrad – ich meine: Der Bursche geht nie von seinem Schreibtisch weg. Er hat ungefähr soviel Drive wie ein Faultier. Als ich Mr. Biondi zu erreichen versuchte, sagte mir seine Sekretärin, er wäre nicht in der Stadt – ab nach *Argentinien,* zu einem *Spanisch*kurs. Dann gab sie mir einen Auftrag: Ich soll die Geschichte eines Reit- und Springpferdes schreiben – in *Anaheim* draußen!«

Eine milde, warme Brise wehte von irgendwoher durch die Schlucht. Die Lesezeichen in ihrem Buch flatterten.

»Interessante Lektüre?« fragte ich und hielt meine eigenen Bücher so, daß man die Titel nicht erkennen konnte.

»Faszinierend. Ich möchte über Verbrechen schreiben – in den Kern von Gut und Böse reinkommen. Also muß ich mich auf Themen stürzen, bei denen es um Leben und Tod geht. Ich dachte, ich schließe mich den besten Leuten an – dieser Mann, als Bulle, hat eine gesunde Basis von Erfahrungen. Und die Leute in diesem Fall sind so wahnsinnig interessant – nach außen hin respektabel, aber innerlich völlig verrückt. Wie die Leute in diesem Fall.«

»In welchem Fall?«

»Eigentlich sind's mehrere Fälle. Dr. Ransom. Dr. Kruse. Zwei Psychologen starben in derselben Woche – zwei Psychologen, die miteinander zu tun hatten. Wenn es in ihrem Leben eine Beziehung gab, vielleicht auch in ihrem Tod? Was bedeutet, daß Ransom ermordet worden sein könnte, meinen Sie nicht?«

»Was hatten sie miteinander zu tun?«

Sie machte eine Geste mit dem Zeigefinger, als ob sie mich ausschimpfen wollte. »Aber, aber! Kommen Sie, Mr. Delaware, Sie wissen, wovon ich rede. Ransom war eine von Kruses Studentinnen. Mehr als das – die beste. Er war ihr Doktorvater.«

»Woher wissen Sie das?«

»Quellen. Dr. Delaware, tun Sie doch nicht so. Sie haben mit ihr zusammen studiert. Sie kannten *sie,* also war es gut möglich, daß Sie *ihn* auch kannten, stimmt's?«

»Sehr gründlich recherchiert.«

»Ich tue nur meine Arbeit. Könnten Sie nun bitte mit mir sprechen? Ich gebe diese Story nicht auf.«

Ich fragte mich, wieviel sie wirklich wußte und was ich mit ihr tun sollte.

»Möchten Sie 'n Kaffee?« fragte ich.

»Haben Sie Tee?«

Als wir im Haus waren, sagte sie: »Kamille, wenn Sie haben«, und fing sofort an das Dekor zu inspizieren.

»Hübsch. Sehr L. A.«

»Danke.«

Ihr Blick flog zu dem Papierstapel und der nicht geöffneten Post auf dem Tisch, und sie schnüffelte herum. Ich merkte, daß das Haus schal und unbewohnt roch.

»Leben Sie allein?« fragte sie.

»Im Augenblick.« Ich ging in die Küche, legte mein Forschungsmaterial in den Geschirrschrank, bereitete ihr eine Tasse Tee und mir eine Tasse Pulverkaffee, tat alles auf ein Tablett mit Sahne und Zucker und brachte es ins Wohnzimmer. Sie saß halb, halb lag sie auf dem Sofa. Ich setzte mich ihr gegenüber.

»Genau gesagt war ich nicht hier auf dem Campus, als Dr. Kruse herkam. Ich hatte mein Examen im Jahr davor gemacht.«

»Zwei Monate vorher«, sagte sie. »Im Juni 1974. Ich habe auch *Ihre* Dissertation gefunden.« Sie wurde rot, merkte, daß sie ihre »Quellen« preisgegeben hatte, und versuchte es dadurch auszubügeln, daß sie ein strenges Gesicht machte. »Ich wette immer noch, daß Sie ihn gekannt haben.«

»Haben Sie die Dissertation von Ransom gelesen?«

»Nur überflogen.«

»Wovon handelte sie?«

Sie bewegte ihren Teebeutel auf und nieder, sah zu, wie das Wasser in ihrer Tasse dunkel wurde. »Warum beantworten Sie mir nicht erst mal ein paar Fragen, bevor ich Ihre beantworte?«

Ich dachte daran, wie die Kruses im Tod ausgesehen hatten. Lourdes Escobar. D.J. Rasmussen. Lauter Leichen und Beziehungen zum großen Geld. Schmierig.

»Miss Bannon, es ist nicht in Ihrem Interesse, diesem Fall nachzugehen.«

Sie stellte die Tasse hin. »Was soll *das* denn bedeuten?«

»Die falsche Frage zu stellen könnte gefährlich werden.«

»Oh!« sagte sie und rollte die Augen. »Ich kann's nicht glauben. Sexistische Projektion?«

»Sexismus hat nichts damit zu tun. Wie alt sind Sie?«

»Das ist nicht relevant.«

»Doch, das ist es, was Erfahrung angeht.«

»Dr. Delaware«, sagte sie und stand auf. »Wenn Sie mich nur so von oben herab behandeln, haue ich ab.«

Ich wartete.

Sie setzte sich wieder hin. »Zu ihrer Information: Ich habe *vier Jahre* lang als Reporterin gearbeitet.«

»Bei Ihrer Collegezeitung?«

Sie wurde rot, diesmal tiefer rot, so daß die Sommersprossen verschwanden. »Ich glaube, Sie wissen, daß im College ganz schön was los ist. Wegen meiner Nachforschungen wurden zwei Angestellte eines Buchladens wegen Unterschlagung gefeuert.«

»Gratuliere. Aber wir reden jetzt von einer ganz anderen Ebene. Es wäre nicht nett, wenn man Sie in einer Kiste zurück nach Boston schicken würde.«

»Ach, hören Sie doch *auf*«, sagte sie, aber es war Angst in ihren Augen. Sie maskierte es, indem sie beleidigt tat. »Ich glaube, ich habe mich in Ihnen geirrt.«

»Glaube ich auch.«

Sie ging zur Tür. Blieb stehen. »Das ist mies, aber was soll's?«

Scharf auf die Story. Ich hatte ihren Appetit nur geweckt.

Ich sagte: »Sie haben vielleicht recht – daß es eine Verbindung zwischen den beiden Todesfällen gibt. Aber an diesem Punkt habe ich nur Vermutungen, nichts, über das es sich zu reden lohnt.«

»Vermutungen? Sie haben schon herumgeschnüffelt? Wieso?«

»Das ist etwas Persönliches.«

»Waren Sie in sie verliebt?«

Ich trank Kaffee. »Nein.«

»Was ist denn daran so persönlich?«

»Sie sind eine sehr neugierige junge Dame.«

»Hat mit der Gegend zu tun, Dr. Delaware. Und wenn's so gefährlich ist, warum ist es dann für *Sie* okay, wenn Sie schnüffeln?«

»Ich habe Verbindungen zur Polizei.«

»Verbindungen zur Polizei? Das ist ein Witz. Die Bullen sind's doch, die den Fall vertuschen wollen. Daß Gras drüber wächst. Ich hab's herausbekommen – durch *meine* Verbindungen –, daß sie beim Ransom-Fall ein totales Watergate verhängt haben: Nachrichtensperre. Alle Gerichtsakten sind verschwunden – es ist, als ob es die Ransom nie gegeben hätte.«

»Meine Verbindung ist anders. Ein Außenseiter. Ehrlich.«

»Der schwule Typ von dem Kinderbelästigungsfall?«

Das überraschte mich.

Sie sah selbstzufrieden aus. Eine Elritze im Teich unter lauter Barrakudas.

Ich sagte: »Vielleicht können wir zusammenarbeiten.«

Sie schenkte mir etwas, das ein hartes, wissendes Lächeln sein sollte. »Ach, jetzt Streicheleinheiten? Aber warum sollte ich mit Ihnen einen Deal machen?«

»Weil Sie sonst, ohne Deal, gar nichts erreichen – darauf können Sie Gift nehmen. Ich habe eine Information entdeckt, an die Sie nie darankommen würden, Zeugs, mit dem Sie in der jetzigen Form nichts anfangen können. Ich werde die Sache weiterverfolgen. Sie bekommen die Exklusivrechte von allem, was ich herauskriege – *wenn* eine Veröffentlichung uns selbst nicht in Gefahr bringt.«

Sie sah empört aus. »Ach, das ist ja großartig! Der große, starke Tapfere darf ruhig jagen gehen, aber die Squaw muß im Tipi bleiben?«

»Machen Sie mit, oder lassen Sie es sein, wie Sie wollen, Maura.« Ich begann die Tassen wegzuräumen.

»Das gefällt mir nicht«, sagte sie.

Ich winkte Lebewohl. »Dann gehen Sie und tun Sie, was Sie wollen. Sehen Sie zu, was Sie herauskriegen.«

»Sie hauen mich in die Pfanne, Sie sind auf dem Machttrip!«

»Sie wollen über Verbrechen schreiben? Ich biete Ihnen eine Chance – keine Garantie –, an eine Geschichte heranzukommen, die von Verbrechen handelt. Und noch so lange zu leben, daß Sie sie im Druck sehen können. Sonst müßten Sie so weitermachen wie bisher und würden am Ende entweder gefeuert und per Touristenklasse nach Hause expediert, oder sie kämen überhaupt nur im gleichen Zustand wie die Kruses und ihr Dienstmädchen im Laderaum wieder heim.«

»Von dem Dienstmädchen redet niemand«, sagte sie.

»Weil sie *entbehrlich* ist, Maura. Kein Geld, keine Verbindungen – menschlicher Abfall direkt auf den Komposthaufen.«

»Das ist gemein«, sagte sie.

»Es ist keine Detektivstory für Teenager.«

Sie tappte mit dem Fuß, kaute auf einem Daumennagel.

»Darf ich's aufschreiben?« fragte sie.

»Was aufschreiben?«

»Worüber wir uns geeinigt haben. Einen Vertrag. Ich kriege Ihre Infos zuerst.«

»Ich hatte Sie für eine Journalistin gehalten, nicht für eine Anwältin.«

»Regel Nummer eins: absichern!«

»Falsch, Maura. Regel Nummer eins: nie Spuren hinterlassen.«

Ich trug das Tablett in die Küche. Das Telefon läutete. Bevor ich rangehen konnte, hob sie im Wohnzimmer ab. Als ich zurückkam, hielt sie den Hörer in der Hand und lächelte. »Sie hat aufgelegt.«

»Wer ist ›sie‹?«

»Eine Frau. Ich habe ihr gesagt, sie soll warten, ich hole Sie her. Sie sagte: ›Vergiß es.‹ Klang verärgert.« Schelmisches Lächeln. »Eifersüchtig.« Achselzucken. »Sorry.«

»Sehr geschickt von Ihnen, Maura. Gehört der völlige Mangel an Benehmen zu Ihrer Berufsausbildung?«

»Sorry«, wiederholte sie und sah diesmal so aus, als ob es ihr wirklich leid täte.

Eine Frau. Ich deutete auf die Tür. »Leben Sie wohl, Miss Bannon.«

»Hören Sie, das *war* wirklich ungehörig. Es *tut* mir leid.«

Ich ging zur Tür und hielt sie auf.

»Ich *sagte,* es tut mir leid.« Pause. »Okay. Vergessen Sie den Vertrag. Ich meine, wenn ich mich nicht auf Sie verlassen kann, würde mir ein Stück Papier auch nicht helfen, oder? Also verlasse ich mich auf Sie.«

»Ich bin gerührt.« Ich drehte den Türknauf herum.

»Ich *sage* doch, ich gehe.«

Ich sagte: »Zeit für Streicheleinheiten?«

»Okay, okay, was wollen Sie von mir dafür?«

»Dreierlei. Erstens versprechen Sie mir, daß Sie sich heraushalten.«

»Für wie lange?«

»Bis ich sage, daß keine Gefahr mehr besteht.«

»Unakzeptabel.«

»Ich wünsche Ihnen einen schönen Tag, Maura.«

»Scheiße. Was wollen Sie?«

»Bevor wir uns weiter unterhalten, muß eines klar sein«, sagte ich. »Keine Besuche ohne vorherige Anmeldung, keine Lauschangriffe, keine hübschen, kleinen Einfälle.«

»Ich hab's verstanden.«

»Wer ist Ihr Kontakt bei Gericht? Wer hat Ihnen von der fehlenden Akte erzählt?«

Sie war schockiert. »Wieso denken Sie, daß es jemand – ein Mann oder eine Frau – bei Gericht ist?«

»Sie haben gerichtliche Daten erwähnt.«

»Leiten Sie davon nicht zuviel ab«, sagte sie und versuchte, rätselhaft auszusehen. »Wie auch immer, meine Quellen nenne ich nicht.«

»Sagen Sie ihm oder ihr, er oder sie soll vorsichtig sein. Wegen ihrer persönlichen Sicherheit.«

»Fein.«

»Versprochen?«

»*Ja.* War das Nummer zwei?«

»Eins B. Zwei ist: Sagen Sie mir alles, was Sie über die Verbindung zwischen Ransom und Kruse erfahren haben.«

»Nur, was ich Ihnen schon gesagt habe. Die Dissertation. Er war ihr Berater und Doktorvater. Sie hatten eine Praxis zusammen in Beverly Hills.«

»Ist das alles?«

»Das *ist* alles.«

Ich betrachtete sie lange, bis ich beschloß, ihr zu glauben.

Sie fragte: »Was ist drei?«

»Wovon handelte die Diss?«

»Ich sagte doch schon: Ich habe sie nur überflogen.«

»Aber was stand drin?«

»Es war etwas über Zwillinge – Zwillinge und multiple Persönlichkeiten und Ego-Integrität, glaube ich. Sie hat eine Menge Fachausdrücke benutzt.«

»Drei heißt: Machen Sie mir eine Fotokopie.«

»Kommt nicht in Frage. Ich bin nicht Ihre Sekretärin.«

»Einverstanden. Bringen Sie sie dorthin zurück, wo Sie sie gefunden haben – wahrscheinlich in der psychologischen Bibliothek der Universität –, und ich mache mir selbst eine Kopie.«

Sie hob eine Hand. »Ach, was soll's, zum Kuckuck. Ich ziehe Ihnen morgen eine Kopie.«

»Keine überraschenden Besuche«, erinnerte ich sie. »Schicken Sie sie mir per Post. Expreß.«

Ich schrieb ihr meine Postanschrift auf und gab ihr den Zettel. Sie legte ihn zwischen die Seiten ihres Wambaugh-Buchs.

»Mist«, sagte sie. »Sind Sie bei Ihren Patienten auch immer so autoritär?«

Ich sagte: »Wir sind uns einig. Und arbeiten zusammen.«

»Sie haben gut reden. Ich soll mich auf Ihre Versprechungen verlassen.«

Sie machte ein zerknirschtes Gesicht. »Plaudern Sie mal lieber ein bißchen, Dr. Delaware. Ich schreibe meine Story nämlich so oder so.«

»Wenn ich etwas erfahre, das man veröffentlichen kann, bekommen Sie's als erste.«

»Und noch was«, sagte sie, schon halb zur Tür hinaus. »Ich bin kein verdammter Teenager. Ich bin einundzwanzig. Seit gestern.«

»Alles Gute zum Geburtstag. Und mögen noch viele weitere hinzukommen.«

Nachdem Sie weggefahren war, rief ich San Luis Obispo an. Robin war dran.

»Hallo, ich bin's«, begrüßte ich sie. »Warst du das vor ein paar Minuten?«

»Wie bist du darauf gekommen?«

»Die Person, die abgehoben hat, sagte, da wäre eine wütende Frau am anderen Ende der Leitung.«

»Die Person?«

»Eine junge Reporterin, die mir wegen eines Interviews auf den Wecker geht.«

»So um die zwölf?«

»Einundzwanzig. Vorstehende Oberkieferschneidezähne, Sommersprossen, Lispeln.«

»Warum soll ich dir glauben?«

»Weil ich ein Heiliger bin. Es ist toll, von dir zu hören. Ich wollte anrufen – jedesmal, wenn ich auflege, bedauere ich, wie sich die Unterhaltung entwickelt hat. Denke an all die richtigen Dinge, die ich hatte sagen wollen, aber es ist zu spät.«

»So ein Gefühl habe ich auch dabei, Alex. Mit dir zu reden ist, als ob man durch ein Minenfeld geht. Als ob wir zusammen eine tödliche Mischung ergeben: Man darf uns nicht zusammenlassen, sonst geht einer von uns in die Luft.«

»Ich weiß«, sagte ich. »Aber ich glaube fest daran, daß es nicht so sein muß. Denn es war nicht immer so.«

Sie sagte nichts.

»Doch, Robin, es war gut.«

»Natürlich war – vieles wunderbar. Aber es gab immer Probleme. Vielleicht waren es alles meine – ich habe zuviel für mich behalten. Tut mir leid.«

»Vorwürfe, Selbstvorwürfe helfen nicht. Ich möchte alles besser machen, Robin. Ich bin bereit, daran zu arbeiten und mir Mühe zu geben.«

Schweigen.

Dann sagte sie: »Ich bin gestern in Daddys Werkstatt gewesen. Mami hat sie so gelassen, wie sie war, als er starb. Jedes Werkzeug an seinem Platz, wie ein Museum. Das Joseph Castagna Memorial. Sie ist nun einmal so – gibt nie irgendwas auf, *handelt* nie mit etwas. Ich habe mich eingeschlossen, habe stundenlang dringesessen und den Lack und den Sägemehlstaub gerochen und an ihn gedacht. Dann an dich. Wie ähnlich ihr beide wart: wohlmeinend, liebevoll, aber dominant – so stark, daß ihr *alles* übernahmt. Alex, er hätte dich gemocht. Es hätte einen Konflikt gegeben – zwei Bullen, die mit den Hufen scharren und schnauben –, aber schließlich hättet ihr beide zusammen lachen können.«

Sie mußte selbst lachen, dann weinte sie.

»Als ich dasaß, merkte ich, daß etwas von dem, was mich an dir angezogen hatte, diese Ähnlichkeit mit Daddy war. Sogar körperlich: das Kraushaar, die blauen Augen. Als er noch jünger war, sah er hübsch aus, genauso hübsch wie du. Ganz schön profunde Einsicht, was?«

»Manchmal sieht man so etwas nicht. Gott weiß, was ich alles übersehen habe.«

»Glaub' ich. Aber ich komme mir einfach blöd vor. Ich meine: Da hab' ich geredet und geredet über Unabhängigkeit und Zu-mir-selbst-finden und es nicht gut gefunden, daß du stark bist und dominierst, und währenddessen habe ich die ganze Zeit gewollt, daß man sich um mich kümmert, daß mein Daddy für mich da ist ... Gott, er fehlt mir so sehr, Alex, und *du* fehlst mir auch, und es kommt alles zusammen in einem großen Schmerz.«

»Komm nach Haus zurück«, sagte ich. »Wir schaffen es.«

»Ich möcht' es ja, aber ich tu's nicht. Ich habe Angst, daß alles wieder so wird wie zuvor.«

»Wir werden es anders machen.«

Sie antwortete nicht.

Eine Woche zuvor hätte ich sie gedrängt. Jetzt, da mich noch andere Dinge stark beschäftigten, sagte ich: »Ich möchte dich jetzt sofort wiederhaben, aber du mußt tun, was für dich richtig ist. Laß dir Zeit.«

»Ich bin dir wirklich dankbar, daß du das sagst, Alex. Ich liebe dich.«

»Ich liebe dich auch.«

Ich hörte ein Knarren, drehte mich um und sah Milo. Er salutierte und zog sich hastig aus der Küche zurück.

»Alex?« fragte sie. »Bist du noch da?«

»Es ist gerade jemand reingekommen.«

»Die kleine Miss Vorstehender-Oberer-Schneidezahn?«

»Der große Mr. Sturgis.«

»Sag ihm viele liebe Grüße von mir. Und er soll aufpassen, daß er sich Ärger vom Hals hält.«

»Mache ich. Alles Gute.«

»Dir auch, Alex. Ich meine es. Ich rufe dich bald an. Bye.«

»Bye.«

Er war in der Bibliothek, blätterte durch meine Psychobücher, tat so, als ob er es interessant fände.

»Hallo, Sergeant.«

»Hoppla, Verzeihung«, sagte er. »Sorry, aber die gottverdammte Tür stand offen. *Wie oft habe ich dir das schon gesagt*?«

Er erinnerte an einen alten Schäferhund, der auf den Teppich gepinkelt hat. Plötzlich wollte ich ihm über die Peinlichkeit hinweghelfen.

»Kein Geheimnis«, erklärte ich. »Vorübergehende Trennung. Sie ist oben in San Luis Obispo. Wir schaffen es. Aber du hattest dir das wahrscheinlich auch schon gedacht, stimmt's?«

»Ich hatte so meine Ahnungen. Du sahst betreten aus. Und du hast nicht so wie sonst über sie geredet.«

»Also sprach Detektiv Milo Sturgis.« Ich ging zu meinem Schreibtisch hinüber und fing an, sinnlos Papiere zurechtzurücken.

Er sagte: »Hoffe, ihr zwei kommt klar. Ihr beide wart ein nettes Paar.«

»Vermeide bitte die Vergangenheitsform«, erwiderte ich scharf.

»Hoppla, nochmals sorry. *Mea culpa*. Mia Farrow.« Er schlug sich auf die Brust, aber sah echt beschämt aus.

Ich ging zu ihm und klopfte ihm auf den Rücken. »Vergiß es, großer Junge. Laß uns über was Angenehmeres reden. Mord zum Beispiel. Ich habe heute herumgeschnüffelt. Und was Interessantes ausgebuddelt.«

»Dr. Riech?« fragte er und verhielt sich mir gegenüber genauso überheblich, wie ich mich Maura gegenüber verhalten hatte.

»In der Bibliothek, Milo. Nicht im Straßenkampf.«

»Bei dir ist alles möglich. Jedenfalls, erzähl mir deine Geschichte, ich erzähl dir meine. Aber nicht mit trockenem Mund.«

Wir gingen zurück zur Küche, tranken ein paar Bier und aßen dazu eine Packung Sesambrotstangen. Ich erzählte ihm von Sharons Phantasiekindheit – der Ostküsten-Highsociety –, die so an Kruses erinnerte, dem tödlichen Autounfall der Eltern wie bei Leland Belding.

»Als trüge sie Fragmente aus dem Leben anderer Menschen zusammen, um sich ein eigenes daraus zu bauen, Milo.«

»So?« fragte er. »Was soll das bedeuten, außer daß sie eine verstockte Lügnerin war?«

»Wahrscheinlich steckt ein ernsthaftes Identitätsproblem dahinter. Wunscherfüllungsphantasie – vielleicht wurde sie als Kind mißbraucht oder alleingelassen. Daß sie ein Zwilling war, spielte auch eine Rolle dabei. Und die Belding-Verbindung ist mehr als ein Zufall.«

Ich erzählte ihm von den Parties, die Belding dem Verteidigungsausschuß gegeben hatte. »Abgelegene Häuser in Hollywood Hills. Das auf Jalmia paßt in die Beschreibung. Ihre Mutter arbeitet auf den Parties rund um die Uhr. Fünfunddreißig Jahre später lebt Sharon in einem solchen Haus.«

»Also, was willst du sagen? Der alte Magna-Boß war ihr Vater?«

»Das würde sehr wohl die hochgradige Vertuschung erklären, aber wer weiß? So wie sie die Wahrheit verdreht hat, glaube ich überhaupt nichts mehr.«

»Bullenart, so zu denken«, sagte er.

»Ich habe ein paar Bücher über Belding ausgeliehen – darunter *Der amputierte Milliardär.* Vielleicht wird etwas darin was wert sein.«

»Das Buch ist ein Schwindel, Alex.«

»Manchmal hängt am Schwindel ein Stück Wahrheit dran.«

Er kaute an einer Brotstange und sagte: »Vielleicht. Wie hast du es aufgetrieben? Ich dachte, die verdammten Dinger wären alle eingezogen.«

»Ich habe die Bibliothekarin gefragt. Offenbar bekommen große Bibliotheken Vorausexemplare, eingezogen werden nur die in Buchläden und beim kommerziellen Vertrieb. Jedenfalls hat's dort seit 1973 begraben gelegen, sehr wenig ausgeliehen.«

»Seltenes Zeichen von gutem Geschmack beim Leserpublikum«, meinte er. »Sonst noch was?«

Ich erzählte ihm von meiner Begegnung mit Maura Bannon.

»Ich glaube, ich habe sie überzeugt, und sie hält sich raus, aber sie hat eine Quelle bei Gericht.«

»Ich weiß, wer es ist.«

»Du machst Witze.«

»Nein. Daß du's mir sagst, klärt etwas. Vor 'n paar Tagen war da dieser Medizinstudent, drittes Studienjahr, von der S.C., und rotierte durchs Gericht. Hat zu viele Fragen wegen kürzlicher Selbstmorde gestellt, schien an den Akten herumzuschnüffeln. *Meine* Quelle hat mir davon erzählt. Er hatte Angst, es wäre jemand von der City, der herumspionierte.«

»Schnüffelt er noch immer?«

»Nein! Rotation ist vorbei, der Junge ist da raus. Wahrscheinlich nur ein Boyfriend, der angeln geht für ein bißchen Weißer-Ritter-Sex von Lois Lane junior. Jedenfalls hattest du recht, ihr einen Dämpfer zu geben, daß sie sich lieber raushalten soll. Diese ganze Geschichte wird immer unheimlicher, und da *wird* kräftig dran gedreht. Gestern erschien Trapp am Kruse-Haus, schon bevor die Spurensicherung auftauchte, lächelte gemein und fragte mich, wieso ich davon gehört hätte, der ich doch offiziell noch im Urlaub sei. Ich sagte ihm, ich wäre früher wieder dagewesen und hätte an meinem Schreibtisch im Revier gesessen und irgendwelche Papierarbeit erledigt, als ein anonymer Anruf ankam, in dem von einer Viecherei an der Kruse-Adresse die Rede war. Total schwachsinnig, nicht mal der dümmste Polizeianwärter würde auf so etwas hereinfallen. Aber Trapp ging der Sache nicht weiter nach, dankte mir für meine Initiative und sagte, er würde den Fall übernehmen.«

Milo knurrte, knackte mit den Fingergelenken. »Armleuchter hat mich zu seinem Assistenten ernannt.«

»Ich habe ihn in den Nachrichten gesehen.«

»War das nicht eine Schau? Quark mit 'ner großen Portion Soße. Und nun kommt's. Es wird vermutet, Trapp wollte ganz auf den Sex-Fanatiker-Trip heraus. Aber diese Frauen lagen nicht so, wie Sexualmordopfer liegen – nicht so wie ich sie gesehen habe –, keine gespreizten Beine oder sexuellen Posen, keine re-arrangierte Kleidung. Und soweit meine Quelle bei Gericht mir sagen kann, wenn man den Zustand der Leichen berücksichtigt: keine Strangulierung oder Verletzung.«

»Wie sind sie gestorben?«

»Geschlagen und erschossen – was zuerst kam, kann man nicht mehr feststellen. Hände auf den Rücken gefesselt, eine einzige Kugel ins Genick.«

»Hinrichtung.«

»Davon würde *ich* ausgehen.«

Er lud seinen Zorn an der Brotstange ab, kaute und wischte sich Krümel vom Hemd. Dann trank er sein Bier aus und ging, um sich noch eins aus dem Kühlschrank zu holen.

»Was weiter?« fragte ich.

Er setzte sich hin, kippte den Kopf zurück und goß Bier in die Kehle. »Eine Todeszeit kann aufgrund der Verwesung nicht exakt ermittelt werden, aber in einem Raum mit Klimaanlage, trotz der offenen Tür, müssen sie da schon eine Zeitlang gelegen haben. Sie waren aufgedunsen, die Haut pellte ab, Flüssigkeitsverlust, das hieß eher Tage als Stunden. Meine Quelle tippt auf vier bis zehn Tage. Aber wir wissen, daß die Kruses letzten Samstag noch am Leben waren, so verringert sich der Zeitraum auf vier bis sieben Tage.«

»Heißt das, man kann sie vor oder nach Sharons Tod umgebracht haben?«

»Stimmt. Und wenn es *vorher* war, könnte ein gewisses Szenario deine Rasmussen betreffende Theorie bestätigen. Ich habe seinetwegen die Sheriffstationen in Newhall angerufen. Er war bei ihnen wohl bekannt: ein widerlicher Säufer, Krawallmacher, sehr kurze Sicherung, x-mal wegen Körperverletzung festgenommen, und er hat seinen Alten umgelegt – hat ihn totgeprügelt und dann noch immer in ihn hineingeschossen. Wir wissen jetzt, daß er was mit der Ransom hatte, aber nicht gleichberechtigt, oder? Er war ein Problemfall – wahrscheinlich die Hälfte von ihrem Intelligenzquotienten, sie manipulierte ihn, trieb ihre Psychospiele mit ihm. Stell dir vor, sie hat irgendeinen kleinen Zorn auf Kruse, erwähnt das Rasmussen gegenüber. Sie brauchte gar nicht so direkt zu sein – *geh hin, und bring den Schweinehund um.* Nur mal eine Andeutung, eine Klage darüber, wie Kruse ihr weh getan hätte – vielleicht unter Hypnose. Du sagtest, sie verstand etwas von Hypnose, nicht wahr?«

Ich nickte.

»Damit hat sie Rasmussen wahrscheinlich immer entspannt. Er suchte selbst so eine Weißer-Ritter-Pussy, ging hin und spielte den königlichen Scharfrichter.«

»Die Ermordung des Vaters noch einmal wiederholt«, sagte ich.

»Ach, ihr Seelenklempner.« Sein Lächeln verschwand. »Das Dienstmädchen und die Frau von Kruse starben, weil sie sich zur falschen Zeit am falschen Ort befanden.«

Er hörte auf zu sprechen. Das Schweigen brachte mich auf etwas anderes.

»Was überlegst du?«

»Sie hat den Auftrag für diese Morde gegeben.«

»Nur ein Szenario«, sagte er. »Nur eine Hypothese.«

»Wenn sie so kalt war, warum sollte sie sich dann umbringen?«

Er zuckte die Achseln. »Ich dachte, du könntest mir bei der Frage helfen.«

»Das kann ich nicht. Sie hatte Probleme, aber sie war nicht grausam.«

»All die Patienten zu bumsen war keine Wohltätigkeitsveranstaltung.«

»Sie war nie offen grausam.«

»Die Menschen verändern sich.«

»Ich weiß, aber ich kann sie einfach nicht als Mörderin sehen, Milo. Das paßt nicht.«

»Dann vergiß es«, erwiderte er. »Es ist alles theoretisch. Ich kann dir zehn solche Geschichten in ebenso vielen Minuten erzählen. Und so weit wollen wir gehen, in Anbetracht der Beweislage – zu viele unbeantwortete Fragen. Zum Beispiel: Gibt es Tonbandaufnahmen aus der Zeit zwischen dem Tod der Kruses und Ransoms Tod, aus denen hervorgeht, daß Rasmussen und Ransom eine Beziehung hatten? Newhall nach Los Angeles kostet Zuschlag. Normalerweise sollte man den Anruf leicht zurückverfolgen können, wenn es ihn gegeben hat, nur daß die Akten, als ich sie suchte, herausgenommen und versiegelt worden waren, kleine Gefälligkeit meines Arbeitgebers. Und wer hatte ursprünglich den Tod der Ransom berichtet? Normalerweise brauchte ich nur in ihre Akte zu sehen, aber die verdammte Akte war nicht da. Kleine Gefälligkeit meines Arbeitgebers.«

Er stand auf, fuhr sich mit der Hand über das Gesicht und ging in der Küche hin und her.

»Ich war heute früh oben bei ihrem Haus, wollte mit ihren Nachbarn sprechen, sehen, ob irgendwer von ihnen angerufen hatte. Hab' sogar herausgefunden, wer gegenüber auf der anderen Seite des Canyons lebt, ob sie irgendwas gesehen oder gehört, vielleicht mal mit dem Fernglas rübergeglotzt hatten. Null. Zwei der vier Häuser in ihrer Sackgasse waren unbewohnt – Eigentümer verreist. In dem dritten wohnt diese alte freiberufliche Künstlerin, olles Mädchen, macht ihre Kinderbücher, eingeschlossen, schwere Arthritis. War sehr hilfsbereit. Problem ist, von ihrem Haus kann man nicht sehen, was in Ransoms Haus vor sich geht – man sieht nur die Einfahrt. Von keinem der Häuser aus eine gute Sicht.«

»Gute Partyarchitektur.«

»Hmm«, sagte er. »Von ihrem Garten aus konnte die Künstlerin jedenfalls sehen, wer kam und ging. Gelegentliche Besucher – Frauen und Männer, unter ihnen Rasmussen – kamen und gingen wieder nach etwa einer Stunde.«

»Patienten.«

»Das nahm sie an. Aber all das hörte vor etwa einem Jahr auf.«

»Zur gleichen Zeit, als man sie erwischt hat, daß sie mit ihren Patienten schlief.«

»Vielleicht wollte sie sich zurückziehen. Nur Rasmussen – an ihm hielt sie fest. Er kam weiter, nicht oft, aber bis vor einem Monat erinnerte sich die Künstlerin, den kleinen grünen Lastwagen gesehen zu haben. Sie beschrieb auch einen Mann, der nach Kruse klang – er blieb länger, einmal mehrere Stunden, aber ihn hat sie nur ein oder zweimal gesehen. Was nicht viel bedeutet. Sie ist nicht so gut auf den Beinen – er war vielleicht auch öfter da. Ein anderes interessantes Detail: Auf ein Foto von Trapp hat sie nicht reagiert. Ihn hatte sie noch nie gesehen. Was bedeutet, daß er wahrscheinlich keiner von Ransoms Liebhabern war. Und wenn der Bastard die Untersuchung geführt hat, hat er nicht mal mit den Nachbarn geredet, das erste, was man tut. Summa summarum: Der Schleimbeutel hängt in der Vertuschungsaktion drin. Und ich bin raus aus dem Fall. Verdammt, Alex, da tut mir mein Adrenalin weh.«

»Es gibt noch andere Fragen«, sagte ich. »Deine Theorie beruht auf irgendeiner Art von Feindschaft zwischen Sharon und Kruse. Sie *hatte* Probleme – sie hat mir das auf der Party gesagt. Aber nichts deutet darauf, daß sie mit Kruse zu tun hatten. Als sie starb, war sie immer noch als seine Assistentin eingetragen. Sie kam ihm zu *Ehren* auf die Party, Milo. Ich habe sie streiten sehen – mit dem älteren Mann, von dem ich dir erzählt habe. Aber ich habe keine Ahnung, wer er ist.«

»Was noch?« fragte er.

»Es sind noch mehrere andere Faktoren zu berücksichtigen: Belding, Linda Lanier, der erpreßte Arzt, wer es auch sein mag. Und Shirlee, der fehlende Zwilling – ich habe Olivia Brickerman angerufen, hab versucht, mir Zugang zur Krankenhauskartei zu verschaffen. Der Computer war zusammengebrochen. Ich hoffe, daß bald etwas kommt.«

»Warum bist du so scharf hinter ihr her? Selbst wenn du sie finden solltest – sprechen kannst du doch nicht mit ihr.«

»Vielleicht kann ich jemanden finden, der sie kennt – der sie beide kannte. Ich glaube nicht, daß wir Sharon verstehen werden, ohne daß wir mehr über Shirlee wissen, über das Verhältnis zwischen ihnen beiden. Sharon sah in Shirlee mehr als eine Schwester – sie waren psychologische Partner, Hälften eines Ganzen. Zwillinge können Identitätsprobleme entwickeln. Sharon hat sich dieses Thema – oder etwas Ähnliches – für ihre Dissertation ausgesucht. Zehn zu eins, daß sie über sich selbst schrieb.«

Das gab ihm eine Pause.

»Häng deine schmutzige Wäsche raus, und du kriegst dafür 'n Doktor? Das gilt als koscher?«

»Überhaupt nicht. Aber sie hat es geschafft, um viele Dinge herumzukommen.«

»Nun«, sagte er. »Dann suche du weiter nach deinem Zwilling. Erwarte nur nicht zuviel.«

»Und du?« fragte ich.

»Ich habe noch eineinhalb Tage, bis Trapp mir einen neuen Bombenauftrag gibt. Da es sich um ein fünfunddreißig Jahre altes Thema handelt, kann er uns vielleicht über diese Sache aufklären. Weil er das damals miterlebt hat. Problem: Er ist unberechenbar, und wir sind nicht gerade seine Freunde.«

Er stand auf, schlug sich auf den Schenkel. »Was soll's, zum Teufel, ich versuch's, ruf dich morgen an. Lies inzwischen fleißig diese Bücher und Zeitschriften. Onkel Milo macht mit dir ein Pop-Quiz, wenn du's am wenigsten erwartest.«

22

Ich verbrachte den Rest des Tages mit dem Studium der Biographie von Leland Belding und begann, wo ich aufgehört hatte, mit der Einstellung der Senatshearings.

Sofort auf den erwähnten Tadel hin warf sich der Milliardär aufs Filmgeschäft, nannte sein Studio um in Magnafilm, schrieb Drehbücher, führte Regie und produzierte eine Reihe von Schlachtsagas – kantige, individualistische Helden meutern gegen das Establishment und bleiben schließlich Sieger. Die Kritik nannte sie mechanisch und fade. Das Publikum blieb weg.

1949 kaufte er einen Branchendienst in Hollywood, feuerte den Filmkritiker und setzte seinen eigenen Jasager ein, kaufte eine Reihe von Kinos und füllte sie mit seinem Produkt. Weitere Verluste. 1950 zog er sich mehr denn je zurück, und ich fand ihn in den nächsten beiden Jahren nur zweimal erwähnt: Magnas Patentantrag auf einen aluminiumverstärkten Hüftgürtel, der Fettpolster wegdrückte, aber das Wackeln verstärkte. Das Gerät kam als Magna-Korsar auf den Markt. Die amerikanischen Hausfrauen wollten ihn nicht.

Ende 1952 tauchte er wieder auf, plötzlich ein neuer Mensch – ein öffentlicher Leland Belding, der Premieren und Parties besuchte, Starlets zu Ciro begleitete, in den Trocadero, den Mocambo. Der eine neue Reihe von Filmen produzierte – seichte Komödien, schwer beladen mit Doppelsinnigkeiten.

Er zog von seiner »kargen« Wohnung im Magna-Firmenzentrum um zu einem Grundstück in Bel Air. Baute sich den stärksten Privatjet der Welt, gepolstert mit Leopardenfell und getäfelt mit antikem Walnußholz aus einem jahrhundertealten französischen Schloß, das er bis auf den Grund abreißen ließ.

Er kaufte lastwagenweise alte Meister, überbot den Vatikan bei religiösen, aus Palästina geplünderten Schätzen. Riß Rennpferde, Jockeys, Trainer, einen ganzen Rennplatz an sich. Ein Baseballteam. Einen ganzen Personenzug, den er in eine rollende Partywohnung verwandelte. Er erwarb eine Flotte maßgeschneiderter Wagen: Duesies, Cords, Packards und Rolls-Royce. Die drei größten Brillanten der Welt, Auktionshäuser voll antiker Möbel, mehr Casinos in Vegas und Reno, eine Sammlung von Wohnsitzen von Kalifornien bis New York.

Zum erstenmal in seinem Leben begann er etwas für wohltätige Zwecke zu spenden – riesige Beiträge, demonstrativ für Krankenhäuser und wissenschaftliche Forschungsstätten, unter der Bedingung, daß sie nach ihm benannt würden und daß er bei der Personalpolitik mitzureden hätte. Er gab luxuriöse Bälle, um Geld für die Oper, das Ballett, das Symphonieorchester aufzutreiben.

Die ganze Zeit über sammelte er einen Harem: Schauspielerinnen, Erbinnen, Ballerinas, Schönheitsköniginnen. Der begehrenswerteste Junggeselle hatte endlich seine Identität gefunden.

Oberflächlich gesehen ein radikaler Persönlichkeitswechsel. Aber in *Vogue* beschrieb ein Autor eine Fete, die Belding für das Metropolitan Museum of Art gab. Und Belding selbst »stand am Rand, lächelte nicht und zappelte herum, beobachtete die Festlichkeiten eher, als daß er daran teilnahm. Er kam diesem zugegebenermaßen zynischen Autor wie ein kleiner Junge vor, den man in ein Zimmer voller Süßigkeiten eingesperrt hat – so viel Süßigkeiten, daß er den Appetit auf Süßes verloren hat.«

Bei all den Parties erwartete ich etwas über William Houck Vidal zu finden. Aber da war nichts, nicht mal ein kleines Foto, daß man annehmen könnte, der ehemalige »Unternehmensberater« habe an der Metamorphose seines Bosses teilgenommen. Vidal wurde während der frühen fünfziger Jahre nur einmal in einem Businessmagazin erwähnt, in dem etwas über einen neuen Kampfbomber stand. Ein Zitat von »W. Houck Vidal, Senior-Vizepräsident und Leiter von Magna«.

Ein Mann entwickelte sich vom Geschäftsmann zum Playboy. Der andere ging den umgekehrten Weg. Es war, als ob Belding und Vidal sich auf einer Art psychischen Wippe sitzend gegenseitig hochschaukelten.

Als tauschten sie ihre Identität.

Dann, Anfang 1955, hörte alles auf.

Belding sagte eine Gala für die Krebsgesellschaft ab, tauchte völlig unter. Dann begann, was eine Zeitschrift »den größten Räumungsverkauf in der Geschichte« nannte. Die Häuser, Wagen, Juwelen und andere Zeichen fürstlichen Lebenswandels wurden mit großem Gewinn verkauft. Sogar das Filmstudio – Spitzname Magnaflop – brachte auf dem Grundstücksmarkt Millionen.

Die Presse fragte sich, was Beldings neue Phase sein würde. Aber es kam nichts mehr, und als klar wurde, daß der Verschwindeakt permanent war, schrieb man immer weniger darüber, und in den sechziger Jahren kam Belding oder Magna nur noch in finanziell oder technisch orientierten Magazinen vor.

Die sechziger Jahre: Oswald. Ruby. Hoffman und Rubin. Stokely und Rap. Kein Engpaß an Schauspielern, die bereit waren, sich vor der Kamera auszuziehen. Niemand kümmerte sich um den reichen Einsiedler, der früher mal schlechte Filme gedreht hatte.

1969 wurde von Leland Beldings Tod »irgendwo in Kalifornien nach einer längeren Krankheit« berichtet. In Übereinstimmung mit dem Testament des Junggesellen übernahm eine Gruppe führender Magna-Angestellter die Leitung von Magna, und der Vorstandsvorsitz ging an William Houck Vidal.

Und das war's. Bis 1972, als ein früherer Reporter, Zeilenschinder und Ghostwriter namens Seaman Cross ein Buch vorlegte, das eine nicht autorisierte Biographie von Leland Belding sein sollte. Cross zufolge hatte der Milliardär seinen Tod vorgetäuscht, um »den wahren Frieden« zu finden. Nun, nach siebzehnjähriger Meditation in der Einsamkeit, hätte er festgestellt, daß er der Welt etwas zu sagen hätte, hätte Cross zu seinem Sprachrohr gewählt und ihm Hunderte von Interviews für ein vorgeschlagenes Buch gewährt, bis er es sich plötzlich anders überlegt und das Projekt abgesagt hätte.

Cross schrieb das Buch trotzdem zu Ende, nannte es *Der amputierte Milliardär* und bekam einen »kräftigen sechsstelligen Vorschuß«. Während seines sehr kurzen Lebens hatte es Furore gemacht.

Nicht meine Art von Lesefutter. Ich hatte damals nicht so darauf geachtet. Aber jetzt verschlang ich es, legte es nicht eher weg, als bis ich es durchhatte.

Cross vertrat die These, eine persönliche Tragödie Anfang der fünfziger Jahre – eine Tragödie, über die zu sprechen Belding sich weigerte, aber die, wie Cross annahm, romantischer Art war – habe den jungen Milliardär in eine manische Playboyphase katapultiert, gefolgt von einem schweren geistigen Kollaps und mehreren Jahren Erholung in einer privaten Nervenheilanstalt. Der Mann, der da herauskam, war »ein von Phobien geplagter, paranoider, von sich selbst besessener Anhänger einer absurden persönlichen Philosophie aus östlicher Religion, militantem Vegetariertum und einem Individualismus à la Ayn Rand, der bis zum Extrem getrieben wird.«

Cross behauptete, Belding mehrmals persönlich gesprochen zu haben – in einer hermetisch verschlossenen geodätischen Kuppel irgendwo draußen in der Wüste, die der Milliardär nie verließ. Die Transportmethode war dramatisch. Cross wurde – immer mit einer Augenbinde und immer mitten in der Nacht – zu einem Hubschrauberlandeplatz weniger als eine Stunde außerhalb von L. A. gefahren – anscheinend El Segundo –, dann für ungefähr zwei Stunden zur Kuppel geflogen und kurz vor Anbruch der Morgendämmerung wieder nach Hause geschafft.

Die Kuppel war mit einem elektronischen Kommunikationspult ausgerüstet, mittels dessen Belding seine internationalen geschäftlichen Interessen, Luft- und Wasserreinigungssysteme (die Magna für NASA entwickelt hatte), automatischen Staubsauger und chemische Desinfektion kontrollieren konnte – ein verzweigtes Netzwerk aus Rohren, Ventilen und Schächten, durch die Post, Nachrichten, sterile Nahrung und Getränke hereinkamen und die Abfälle hinausgingen.

Niemand außer Belding durfte in der Kuppel sein: keine Fotos oder Zeichnungen waren erlaubt. Cross war gezwungen gewesen, seine Interviews von einer Kabine auf Rädern aus durchzuführen, die vor einer Sprechanlage außerhalb der Kuppel stand.

»Wir unterhielten uns«, so schrieb er, »mittels eines Zweiwegmikrofons, das Belding kontrollierte. Wenn er wollte, daß ich ihn sah, erlaubte er mir einen Blick durch ein Plastikfenster – ein Bild, das er aber durch Berühren eines Knopfes schwarz machen konnte. Er bediente sich dieser Methode öfters, um mich für das Stellen einer falschen Frage zu bestrafen. Er entzog mir seine Aufmerksamkeit, bis ich um Verzeihung bat und versprach, mich anständig zu benehmen.«

So absurd das auch war – die merkwürdigste Stelle in Cross' Erzählung enthielt die Beschreibung Beldings:

> Abgemagert fast wie ein Auschwitzbewohner, mit Vollbart, einer langen, verfilzten Matte aus grauem Haar, das ihm den halben

> Rücken herunterhing, um den runzligen Hals zahllose Kristallketten und riesige Kristallringe an jedem Finger. Die Nägel dieser Finger waren glänzend schwarz lackiert, spitzgeschliffen und schienen fast fünf Zentimeter lang. Seine Hautfarbe war ein unheimliches Grünlichweiß. Seine Augen, hinter dicken rosiggetönten Gläsern, quollen heraus und wanderten unablässig hin und her und blinzelten wie die Augen einer Fliegen fangenden Kröte.
>
> Aber am unheimlichsten fand ich seine Stimme – flach, mechanisch, eines jeden Gefühls entleert. Eine Stimme ohne Menschlichkeit. Sogar jetzt noch schaudert's mich, wenn ich daran denke.

Cross' Haltung in dem ganzen Buch war eine der Faszination durch das Morbide. Er konnte seinen Widerwillen gegen den Milliardär nicht verbergen, aber ebensowenig konnte er sich von ihm losreißen. Weiter schrieb er:

> Regelmäßig unterbrach Belding unsere Sitzungen, um rohes Gemüse zu knabbern, große Mengen sterilisierten Wassers zu trinken, sich dann voll in Sicht des Autors hinzuhocken und Darm und Blase in einen Messingtopf zu entleeren, den er auf einer altarartigen Plattform aufzubewahren pflegte. Sobald der Topf genau fünfzehn Minuten auf dem Altar gestanden hatte, entfernte er ihn und leerte ihn in einen Müllschlucker aus. Während er sich entleerte, breitete sich ein selbstzufriedener, fast religiöser Ausdruck auf seinem hageren Raubvogelgesicht aus, und obwohl er sich weigerte, über dieses Ritual zu diskutieren, war mein Eindruck, wenn ich darüber nachdenke: Selbstverehrung, der logische Höhepunkt eines Lebens voller ungezügeltem Narzismus und Macht.

Die zweite Hälfte des Buchs war ziemlich langweilig. Kreuzzugspredigt gegen die Schwäche einer Gesellschaft, die so ein Ungeheuer wie Belding hervorbringen konnte, Mitschriften von Beldings philosophischen Ergüssen über den Sinn des Lebens – eine kaum verständliche Mischung aus Hinduismus, Nihilismus, Quantenphysik und Sozialdarwinismus, einschließlich Anklagen gegen »geistig-moralische Zwerge, die die Schwäche vergöttern«.

Die Biographie endete mit einem letzten editorischen Ausbruch:

> Leland repräsentiert alles, was falsch am Kapitalismus ist. Er ist das groteske Ergebnis einer Konzentration von zuviel Geld und zuviel Macht in den Händen eines offenbar fehlbaren und verdrehten Mannes. Er ist der Imperator der Zügellosigkeit und Maßlosigkeit, ein fanatischer Menschenverächter, der in anderen Lebensformen nichts als potentielle Quellen bakteriologischer oder virologischer Ansteckung sieht. Sein hauptsächliches Interesse gilt seinem eigenen Körper auf einer korpuskulären Ebene, und er würde nichts lieber tun, als auf einem Planeten zu leben, der von allem pflanzlichen und tierischen Leben »befreit« wäre, außer jenen Organismen, die noch gebraucht wurden, um das, was von dem verdorbenen Leben von Leland Belding bleibt, zu erhalten.

Der amputierte Milliardär war ein gutgehütetes Geheimnis des Verlegers gewesen und hatte sogar die Magna Corporation überrascht. Es erregte Aufsehen und stand sofort oben auf der Bestsellerliste der Sachbücher. Die Taschenbuchausgabe erreichte einen Rekordumsatz. Magna verlor keine Zeit und verklagte Cross und seinen Verlag, behauptete, das Buch sei ein Schwindel und eine Verleumdung, sie legten medizinische und juristische Dokumente vor, daß Leland Belding in der Tat Jahre vor dem Zeitpunkt gestorben war, an dem Cross mit ihm gesprochen zu haben behauptete. Reporter wurden zu einem Begräbnisplatz bei der Firmenzentrale gebracht, ein Leichnam wurde exhumiert und als Beldings identifiziert. Cross' Verleger wurde nervös und bat den Autor, seine Materialien vorzulegen.

Cross beruhigte ihn und hielt an der Seite seines Verlegers trotzig eine Pressekonferenz ab, vor einem öffentlichen Tresor in Long Beach, Kalifornien, in dem er dreißig Kartons mit Notizen aufbewahrte, viele angeblich von Leland Belding signiert und datiert. Verzweifelt fing er an zu suchen und legte alte Schulaufsätze, Steuerbescheide, Stapel gebundener Zeitungen, Einkaufslisten – den Abfall eines Lebens vor, das bald ruiniert sein sollte.

Kein Wort über Belding. Der Horror von Cross war in einer Großaufnahme festgehalten, als er erklärte, man hätte sich gegen ihn verschworen. Aber als die Polizei bei ihrer Untersuchung feststellte, daß niemand außer dem Autor den Tresor betreten, und sein Verleger zugab, daß er die angeblichen Notizen nie gesehen hätte, war es um Cross' Glaubwürdigkeit geschehen.

Sein Verleger, öffentlich gedemütigt und mit einem Gegner konfrontiert, der reich und hart genug war, ihn in den Bankrott zu treiben, entschloß sich rasch zur außergerichtlichen Einigung: Ganzseitige Anzeigen erschienen in den bedeutenden Zeitungen und baten die Magna Corporation sowie das Andenken an Leland Belding um Verzeihung. Sofort hörte der Verkauf des Buchs auf, und alle zu den Läden und Vertrieben geschafften Exemplare wurden zurückgerufen. Der Riesenvorschuß für die Taschenbuchausgabe an den anderen Verlag zurückgezahlt.

Der Verleger verklagte dann Cross, verlangte die Rückzahlung *seines* Vorschusses plus Zinsen plus Schadensersatz. Cross lehnte ab, nahm sich Anwälte, reichte Gegenklage ein. Der Verleger stellte Strafantrag wegen Betrugs und falscher Aussage vor einem New Yorker Bezirksgericht.

Cross wurde festgenommen, legte Einspruch gegen die Auslieferung ein, verlor, wurde zurück in den Osten geschafft und fünf Tage lang auf Riker's Island inhaftiert. Während der Zeit behauptete er geschlagen und homosexuell vergewaltigt worden zu sein. Er versuchte, seinen Bericht über diese Leidenszeit an verschiedene Magazine zu verkaufen, aber keins war interessiert.

Auf Kaution freigelassen, fand man ihn eine Woche später in einem gemieteten Zimmer in der Ludlow Street in New Yorks Lower East Side mit dem Kopf im Gasofen, auf dem Boden ein Abschiedsbrief, in dem er zugab, daß das Buch eine Fiktion, ein gewagter Schwindel war.

Er sei dieses Risiko eingegangen, hätte geglaubt, Magna wäre zu publikumsscheu, um ihm Schwierigkeiten zu machen, er hätte niemandem weh tun wollen, und es täte ihm leid, wenn er's doch getan haben sollte.

Noch ein Toter.

Ich kehrte zu den Zeitschriften zurück, suchte nach einem Bericht über den Schwindel, fand einen langen Artikel in *Time,* zusammen mit einem Foto von Cross in Handschellen und in Polizeigewahrsam. Daneben war ein Bild von William Houck Vidal.

Man hatte den Vorstandsvorsitzenden von Magna fotografiert, als er aus dem Gerichtssaal gerade die Treppe herunterkam, ein breites Lächeln im Gesicht, die Finger einer Hand zum Victory-Zeichen gestreckt.

Ich kannte das Gesicht. Groß und quadratisch und tiefbraun gebrannt. Engstehende helle Augen, ein paar blonde Haare noch in dem Bürstenschnitt.

Gesicht aus einem Country Club.

Das Gesicht – fünfzehn Jahre jünger – des Mannes, den ich mit Sharon bei der Party gesehen hatte. Des alten Casanovas, den sie von etwas zu überzeugen versuchte.

23

Ich erreichte Milo am nächsten Morgen und berichtete ihm, was ich erfahren hatte.

Er sagte eine Zeitlang nichts, dann: »Ich habe um elf eine Geschichtsstunde. Vielleicht können wir noch ein paar mehr Dinge in einen Zusammenhang bringen.«

Er kam zehn nach zehn. Wir stiegen in den Seville, und er dirigierte mich auf Sunset nach Osten. Der Boulevard war sonntags leer, sogar auf dem Strip. Nur kleine Ansammlungen von Brunchern und Rockern mit Federhaaren hockten in Straßencafés, mischten sich mit Kokshuren, Callgirls und Callboys und versuchten, die vergangene Nacht abzuschütteln.

»Gesund«, meinte Milo. Er zog eine Zigarre heraus, sagte: »Du bist schuld, daß ich wieder damit angefangen habe«, steckte sie an und blies seifig aussehenden Rauch aus dem Fenster.

»Was ist das? Panama?«

»Transsylvanien.« Er paffte enthusiastisch. Innerhalb von Sekunden war der Wagen vernebelt.

Wir fuhren an La Brea, an Western vorbei. Dort gab es keine Cafés mehr, nur noch Schnellimbißbuden, Pfandleihen und Discountläden. Durchs Fenster kam Gelächter und Radiomusik, gewürzt mit

Ausbrüchen auf spanisch. Familien schlenderten den Bürgersteig entlang – Eltern, die jung genug waren, selbst noch Kinder zu sein, und von Horden schwarzhaariger Cherubim begleitetet wurden.

»Das ist ja toll«, sagte ich.

Er nickte. »Die Auslese – ich meine das ehrlich. Die armen Teufel geben alles, was sie haben, den verdammten *coyotas,* werden vergewaltigt, beraubt und ausgezogen bis aufs Hemd, während sie es über die Grenze herüber zu uns zu schaffen versuchen. Dann behandeln wir sie wie Ungeziefer und schicken sie zurück, als ob das verdammte Land nicht auf Einwanderung aufgebaut wäre – Teufel, wenn meine Vorfahren sich nicht auf ein Dampfschiff begeben und durch Kanada hereingekommen wären, würde ich irgendwo im County Cork Kartoffeln buddeln.« Er dachte drüber nach. »Hab' Postkarten vom County Cork gesehen. Vielleicht besser dort.«

Wir kamen durch die Krankenhausstraße zwischen Edgemont und Vermont, dann an den Western Pediatrics vorbei, wo ich einen so großen Teil meines Lebens verbracht hatte.

»Wo wollen wir hin?« fragte ich.

»Fahr immer weiter.« Er zerdrückte die Zigarre im Aschenbecher. »Hör mal, da gibt's noch etwas, das ich dir sagen sollte. Nachdem ich dich gestern verlassen hatte, bin ich nach Newhall raus und habe mit Rasmussens Dame gesprochen – Seeber.«

»Wie hast du sie gefunden? Ich habe dir nie ihren Namen gesagt.«

»Keine Sorge. Deine Unschuld ist intakt. Die Sheriffs in Newhall haben ihr Statement über den Unfall. Da stand ihre Adresse.«

»Was macht sie?«

»Scheint sich gut erholt zu haben – hat schon einen neuen Typ bei sich wohnen. Mageren Casanova mit Junkie-Augen und entzündeten Armen, er dachte, ich käme ihn hochnehmen, und war schon halb aus dem Fenster, bevor ich ihn beruhigen konnte.«

Er streckte sich, gähnte. »Jedenfalls habe ich sie gefragt, ob Rasmussen in letzter Zeit viel gearbeitet hat. Sie sagt nein, durch seine schlechte Laune hätte er zu oft Ärger gekriegt. Niemand wollte mit ihm zusammenarbeiten. Sie hat sich beide die letzten sechs Monate mit dem Imbißwagen durchgebracht. Dann hab' ich das Thema von den tausend Piepen angeschnitten, die er ihr auf dem Kissen dagelassen hat, und sie hat sich fast die Hosen naßgemacht. Obwohl der Sheriff ihr das Geld freigegeben hat, hat sie Angst, daß ich es konfisziere – was noch übrig ist. Wahrscheinlich hat sich der Junkie das meiste davon in den Arm geschaufelt.

Ich beruhige sie, sage ihr, wenn sie mitmacht, kann sie's behalten, den ganzen *Rest* auch. Sie sieht mich an, als will sie sagen: ›Wo haben Sie das mit dem Rest her?‹ Volltreffer. Ich frage, wieviel sind's denn, Carmen? Raus damit. Sie druckst herum und so, stellt sich fürchterlich an – gibt sich wirklich wahnsinnig Mühe, aber sie hat nun mal wenig Willenskraft, und sie platzt mit der ganzen Sache heraus: D. J. hatte kürzlich eine Menge Geld an Land gezogen, warf damit um sich, kaufte teure Teile für seinen Lastwagen. Sie weiß wirklich nicht genau, wieviel es ist – nicht wahr? Aber sie hat, nicht wahr, noch mal viertausendvierhundert in einer seiner Socken gefunden.«

»Wie lange ist ›kürzlich‹ her?«

»Ein paar Wochen. Wenigstens eine Woche, bevor alle anfingen zu sterben.«

Ich fuhr immer weiter, am Silverlake District und am Echo Park vorbei, auf den westlichen Rand der City zu, wo Wolkenkratzer aus einem Gewirr von Freeway-Schluchten und dunklen Hintergassen ragten und silbrig und bronzefarben vor einem Himmel standen, der wie ein dreckiger Hosenboden aussah.

»Wenn's Killerlohn war«, sagte er, »dann weißt du, was das bedeutet: Vorsatz – jemand hat den Kontrakt geplant. Das Komplott aufgebaut.«

Er sagte mir, ich solle in einer unmarkierten Gasse, die vom Sunset nach Norden hinaufkletterte, links abbiegen – sie lag eingetunnelt zwischen zwei Baumateriallagern. Wir kamen an bis zum Rand vollgestopften Abfallcontainern, mit Graffiti beschrifteten Rückwänden, Bergen von weggeworfenem Sperrholz, beschädigten Jalousien und zerhackten Packkisten vorbei. Noch eine Viertelmeile, und wir schlängelten uns auf rissigem Asphalt zwischen von Unkraut überwachsenen Grundstücken durch.

Am hinteren Rand mehrerer dieser Grundstücke gab es wacklige Hütten, die wirklich aussahen, als würden sie jeden Augenblick umfallen. Die Gasse endete in einer Gabelung und im Dreck. Vierzig oder fünfzig Meter weit stand als Endpunkt der Sackgasse eine Wand aus Aschenblöcken. Links noch mehr totes Gras, rechts gute Sicht auf den Freeway.

»Park hier«, sagte Milo.

Wir stiegen aus. Sogar bis hier oben hinauf toste der Verkehr von der Kreuzung.

Die Aschenblockmauer war von Stacheldraht gekrönt. In den Block hineingeschnitten war eine oben abgerundete Holztür, die mit der Zeit und von den Elementen rauh gekratzt war. Kein Schloß, keine Klinke. Nur ein in Holz gebetteter, rostiger Eisendorn, schleifenförmig umwickelt von einem Lederriemen. Von dem Riemen herab hing eine alte, verrostete Kuhglocke. Ein Kachelschild über der Tür sagte: RUE DE OSCAR WILDE.

Ich sah zu dem Stacheldraht hoch und fragte: »Wo sind die Geschütztürme?«

Milo runzelte die Stirn, hob einen Stein auf und warf ihn gegen die Kuhglocke. Sie gab einen blechernen Ton von sich.

Ganz plötzlich kam von der anderen Seite der Mauer der anschwellende Lärm von Tierlauten: Hunden, Katzen – eine ganze Meute. Und Bauernhofgegacker: Hennen. Ziegengemecker. Die Tiere kamen näher, wurden lauter – so laut, daß sie fast das Geheul des Freeways übertönten. Die Ziegen waren am lautesten. Ich mußte an Voodooriten denken, und es kribbelte mir im Nacken.

»Sag nicht, ich hab' dich nie irgendwohin mitgenommen, wo's interessant ist«, sagte Milo.

Die Tiere kratzten an der anderen Seite der Mauer. Ich konnte sie riechen.

Milo rief laut: »Hallo!«

Nichts. Er wiederholte die Begrüßung, hämmerte mehrere Male an die Kuhglocke.

Schließlich war eine weinerliche, krächzende Stimme zu hören; ob männlich oder weiblich, war nicht zu bestimmen: »Wer zum Kuckuck ist denn da?«

»Milo.«

»So? Was soll ich machen? Bringst du mir 'n Mouton Rothschild mit zum Knacken?«

»Mach doch erst mal die Tür auf.«

»Wie kommst du denn auf die Idee?«

Aber die Tür ging doch auf. Ein alter Mann stand im Eingang, der nur weiße Boxershorts, einen roten Seidenschal um den Hals und auf der unbehaarten Brust ein langes Muschelhalsband trug. Hinter ihm hopste und quiekte ein Heer von Vierbeinern und wühlte den Staub auf: Dutzende von Hunden ungewisser Herkunft, ein paar kriegsverletzte Kater und im Hintergrund Hühner, Gänse, Enten, Schafe, mehrere schwarze nubische Ziegen, die Staub leckten und unsere Hosenaufschläge und Manschetten anzuknabbern versuchten.

»Laß das«, sagte Milo und schlug um sich.

Der alte Mann sagte: »Ruhig«, ohne Nachdruck. Er kam und schloß die Tür hinter sich.

Er war mittelgroß und sehr mager, schlaff, mit sehnigen Armen und knotigen, krampfadrigen Beinen, schmalen, hängenden Großmutterbrüsten und einem vorquellenden Bauch. Seine Haut war so sonnenverbrannt, daß sie die Farbe von Bourbon angenommen hatte und ölig schimmerte. Das Haar auf seinem Kopf war knausrig weißer Flaum, als ob er seine kahle Platte mit Klebstoff bestrichen und dann in Baumwolle getaucht hätte. Er hatte ein schwaches Kinn, eine große Hakennase und eng beieinanderliegende Augen, die so stark schielten, daß sie wie geschlossen aussahen. Ein zottliger Fu-Manchu-Schnauzer hing ihm von beiden Seiten des Mundes herab, ein paar Zentimeter tiefer als die Kinnlinie.

Er sah uns an, runzelte die Stirn und spuckte auf den Boden.

Gandhi mit Gastritis.

»Hallöchen, Ellston«, sagte Milo. »Schön, dich in deiner gewohnten guten Laune anzutreffen.« Der Lärm seiner Stimme setzte Hundegebell in Gang.

»Sei doch ruhig. Du machst mir wieder die Tiere scheu. Das machst du immer.« Der alte Mann kam auf mich zu und starrte mich an, ließ die Zunge über die Innenwand seiner Backe streichen, kratzte sich am Kopf. Er gab eine seltsame Mischung von Gerüchen von sich: Kinderzoo, französisches Kölnischwasser, Salbe mit Menthol.

»Nicht schlecht«, sagte er schließlich. »Aber Rick war hübscher.«

Er berührte meine Schulter. Ich wurde unwillkürlich starr. Sein Starren wurde härter, und er spuckte wieder.

Milo kam näher zu mir. »Das ist Dr. Alex Delaware. Er ist ein Freund von mir.«

»Noch ein Doktor?« Der alte Mann schüttelte den Kopf und wandte sich mir zu. »Sag mir eins, Lockenkopf: Was sehen diese aufstrebenden Medizinerhengste bloß in einem häßlichen, plumpen Sack wie ihm?«

»Freund«, sagte Milo. »Wie in Freundschaft. Er ist nicht schwul, Ellston.«

Der alte Mann hob ein schwaches Handgelenk, ruderte damit gezielt in der Luft herum und sagte:

»Natürlich ist er das nicht, Liebling.« Der alte Mann schlang den Arm um mich. »Was für ein *Doktor* sind Sie, Dr. Alex?«

»Psychologe.«

»Uh!« Er zog ihn schnell weg, streckte die Zunge heraus und krächzte voller Verachtung: »Ich *mag* euch Typen nicht, immer nur analysieren, immer nur urteilen.«

»Ellston«, sagte Milo. »Du hast mir schon soviel Mist am Telefon erzählt, ich hab' keinen Appetit mehr drauf. Wenn du helfen willst, fein. Wenn nicht, ist es auch fein, und wir lassen dich weiter Farmer John spielen.«

»So ein rüder Sack«, sagte der alte Mann. Zu mir: »Er ist ein fickriger, rüder Sack. Voller Wut. Weil er immer noch nicht akzeptiert hat, was er ist. Meint, er kann mit alldem umgehen, indem er den *Poli-zisten* spielt.«

Milos Augen blitzten.

Die Augen des alten Mannes öffneten sich weit als Reaktion darauf. Die linke Iris war blau; die rechte milchig vom grauen Star.

»Ts, ts, unser armer *Gendarm* ist böse. Empfindlichen Nerv getroffen, du Sack? Gut. Es gibt nur eine Situation, in der du halbwegs wie ein Mensch aussiehst: Wenn du stinksauer bist. Dann wirst du nämlich *echt*.«

»›Ich mag euch Typen nicht, immer nur analysieren, immer nur urteilen‹«, machte Milo ihn nach. Zu mir: »Genug von diesem Mist. Wir hauen ab.«

»Wie du willst«, sagte der alte Mann, aber es war Sorge in seiner

Stimme. Ein eigensinniges Kind, das es mit seinen Eltern zu weit getrieben hatte.

Wir gingen zurück zum Wagen. Bei jedem Schritt, den wir gingen, bellten die Hunde lauter.

Der alte Mann schrie: »Dummer Sack! Keine Geduld! Hat er nie gehabt.«

Milo ignorierte ihn.

»Zufällig, du Sack, bin ich über das von dir angeschnittene Thema ungewöhnlich gut unterrichtet. Ich habe sogar den Rattenbastard *kennengelernt.*«

»Richtig«, sagte Milo über die Schulter. »Und Jean Harlow gebumst.«

»Naja, vielleicht habe ich das auch getan.« Einen Augenblick später: »Wieviel ist denn übrigens für mich drin?« Der alte Mann erhob die Stimme, damit man ihn über dem Lärm der Tiere hörte.

Milo blieb stehen, zuckte die Achseln, drehte sich um. »Goodwill?«

»Ha!«

»Plus hundert für deine Zeit. Aber vergiß es.«

»Du fickriger Kerl hättest aber wenigstens anständig sein können!« schrie der alte Mann.

»Ich hab's versucht, Ellston. Versuch's immer noch.«

Der alte Mann stand mit den Händen an den Hüften da. Seine Boxershorts flatterten, und sein Haar wehte wie Zuckerwatte.

»Du hast's nicht genug versucht! Wo war die Vorstellung? Eine anständige Vorstellung, so wie es sich gehört?« Er schüttelte die Faust, und sein loses Fleisch tanzte.

Milo knurrte und drehte sich um: »Eine Vorstellung würde dich glücklich machen?«

»Sei kein Esel, Sturgis. Aufs Glücklichsein hab' ich's schon lange, lange nicht mehr abgezielt. Aber es würde mich fickrigen alten Mann *befriedigen.*«

Milo fluchte leise vor sich hin. »Komm«, sagte er zu mir. »Noch ein Versuch.«

Wir gingen zurück. Crotty sah weg von uns, bewegte die Kinnladen und versuchte, seine Würde zu wahren. Die Boxershorts hinderten ihn daran.

»Ellston«, sagte Milo. »Das ist Dr. Alex Delaware. Alex, darf ich dir Mr. Ellston Crotty vorstellen.«

»Nicht ganz korrekt«, tadelte ihn der alte Mann.

»*Detective* Ellston Crotty.«

Der alte Mann streckte die Hand aus. »Detective *Erster Klasse* Ellston J. Crotty junior. Los Angeles Police Department, Central Division, pensioniert.« Wir schüttelten einander die Hand. Er wölbte die Brust vor. »Sie sehen das As von der Sitte vor sich, Dr. Lockenkopf. Ist mir ein Vergnügen, Ihre fickrige Bekanntschaft zu machen.«

Die Tiere folgten uns, als ginge es zur Arche Noahs. Ein selbstgebauter Pfad aus Eisenbahnschwellen und Betonquadraten entlang ungepflegten Hecken und krank aussehenden Zwergzitrusbäumen führte zu einem kleinen, mit Teerpappe gedeckten Haus und einer breiten Veranda, die mit Kisten und Kasten und alten Maschinenteilen besät war. Neben dem Haus stand ein alter Dodge Coupé aufgebockt. Vom Haus sah man auf einen flachen halben Morgen eines mit feinem Maschendraht umgebenen Hühnerhofs, der zahlreichen weiteren Ziegen und Hühnern als Auslauf diente. Hinten an dem Grundstück befand sich ein baufälliges Hühnerhaus.

Der Bauernhofgeruch war sehr stark geworden. Ich sah mich um. Keinerlei Nachbarn, nur Himmel und Bäume. Wir standen auf einem Berg. Nach Norden sah man durch den Smog die Andeutung eines Gipfels. Ich konnte noch immer den Freeway hören, der einen Baß zum hellen Kikeriki der Hühner bildete.

An einen der Zaunpfosten lehnte ein Sack mit Futterkorn. Crotty steckte die Hand rein, warf eine Handvoll Korn auf den Hof und sah die Vögel herbeirennen.

»Fickrige, gierige Bastarde«, sagte er, dann gab er ihnen noch etwas.

Old MacDonalds Farm am Rande des städtischen Dschungels.

Wir kletterten die Veranda rauf.

»Das ist alles fickrig illegal hier«, sagte Crotty stolz. »Verletzt alle fickrigen Verordnungen und Bestimmungen, die du dir vorstellen kannst. Aber meine Kumpels unten am Hügel sind alles Illegale, die in nicht zugelassenen Bruchbuden leben. Habe meine frischen Eier und hasse die Behörden – Teufel, wenn *die* auf Rattenjagd gehen. Ich bezahle ihren kleinen Kids was dafür, daß sie mir den Hühnerstall saubermachen, zwei Dollar die Stunde – mehr als sie sonst je zu sehen kriegen. Sie denken, ich bin so eine Art fickriger großer weißer Vater.«

»Großer weißer Hai«, murmelte Milo.

»Was sagst du?«

»Manche von den Kids sind ziemlich auf Draht.«

»Nun, davon weiß ich nichts, aber sie wissen, wie sie ihre kleinen Tuschies abarbeiten müssen, und so bezahl ich sie dafür. Alle denken sie, ich bin das größte fickrige Ding seit der Erfindung des geschnittenen Brots. Ihre Mamacitas sind so dankbar, sie bringen mir was zu essen, in Aluminiumfolie eingewickelt – sie sind verrückt auf Aluminiumfolie. Gutes Zeug auch, kein Fast-Food-Shit – Menudo und süße Tamales, wie du sie früher auf Alvarado kriegtest, bevor die Corporationficker alles übernommen haben.«

Er stieß eine Fliegendrahttür auf, ging ins Haus und ließ sie zuschlagen. Milo fing sie auf. Wir gingen hinein.

Das Haus war klein und unbeleuchtet, so voll Gerümpel, daß man kaum hineinkam. Wir drückten uns an Stapeln von alten Zeitungen, Bergen von Kartons und Obstkisten aus rohem Holz, Kleiderhaufen, einem mit grauer Grundfarbe gestrichenen Piano, drei Bügelbrettern und darauf einer Sammlung von Radioweckern in verschiedenen Zuständen der Demontage vorbei. Die Möbel, die es schafften, in dem Wirrwarr zu existieren, waren billig, dunkles Holz und Sessel mit Riesenpolstern und in Sesselschoner verpackt. Billiger Ramsch, Ladenhüterausverkauf.

Der Fußboden war graugetretenes Kiefernholz, an verschiedenen Stellen an Trockenfäule zersplittert. Ein Kaminsims über dem aus Ziegelsteinen gemauerten Kamin trug zumeist angeschlagene Porzellanfiguren mit fehlenden Gliedmaßen. Die Uhr auf der Kaminwand sagte Coca-Cola. Sie war auf fünfzehn nach sieben stehengeblieben.

»Setzt euch«, sagte Crotty. Er wischte Zeitungen von einem Armsessel und sank hinein. Eine Staubwolke erhob sich und legte sich wie Tau.

Milo und ich räumten ein Sofa mit zerbrochenen Sprungfedern, schufen unseren eigenen Staubwirbel.

Crotty räusperte sich. Milo zog die Brieftasche heraus und

reichte ihm mehrere Scheine. Der alte Mann zählte sie, fächerte sie auf, schloß die Hand darüber. »Okay, machen wir's schnell. Belding. Leland, A. Kapitalistisches Schwein, zuviel Geld, keine Moral, latent schwul.«

Ich fragte: »Wie können Sie das wissen?« und hörte Milo stöhnen.

Crotty wandte sich mir zu. »Weil ich 'n fickriger Experte bin, was latent schwul angeht, Dr. Psychologie. *Sie* haben vielleicht ein Diplom, aber ich habe die Erfahrung.« Er grinste und fügte hinzu: »Praktische Erfahrung, mein Junge. Mit der Hand.«

»Bleiben wir bei Belding«, sagte Milo.

Crotty hörte nicht auf ihn: »Laß mich dir sagen, Lockenkopf, wenn ich eins weiß, dann was Latente sind. Dreißig Jahre lang hab' ich so ein fickriges Leben gelebt.«

Milo gähnte und schloß die Augen.

»Er 's zu fickrig, es langweilt ihn«, sagte Crotty. »Dabei müßte gerade er zuhören, wenn überhaupt wer. Man sollte doch eigentlich annehmen, jemand in seiner Position kommt angekrochen zu mir, kniet vor mir nieder und bittet mich um meine gesammelte Weisheit. Statt dessen – woher kenne ich den Sack überhaupt? Halbtot in der Notaufnahme, der süße Rick massiert mir's Herz und bringt mich ins Leben zurück. Und dann kreuzt dieser Sack auf, macht auf Macker mit dem großen Schleppnetz, glotzt auf die Uhr und will wissen, wann Rick frei ist. Fickrige Schönheit und das Monster.«

Er ging zu Milo zurück, schimpfte ihn mit dem Zeigefinger aus und sagte: »Du warst immer schon unsensibel. Da ging's bei mir um Leben und Tod, und du konntest an nichts anderes als deinen Schwanz denken.«

»Mach's nicht so lebensgefährlich, Ellston. Du hattest Magenbeschwerden. Du hattest Blähungen. Zuviel *menudo,* zuwenig Ballaststoffe.«

»Das sagst du.« Zu mir: »An dem hast du die nächsten paar Jahre zu tun, Seelenklempner. Ein riesenfickriger Berg Arbeit sitzt da neben dir, mein Junge, du wirst Jahre brauchen, um wenigstens durch die oberen Schichten seiner Verleugnung durchzukommen.«

»Belding«, sagte Milo. »Oder gib mir das Geld zurück.«

»Belding«, wiederholte Crotty. »Ein Kapitalist. Gemein. Bösartig. *Weil* er latent war. Ich weiß, was das aus einem Menschen macht.« Er stand auf, sah über eine Ansammlung von Kästen auf dem Boden, kniete sich vor einer von ihr hin und suchte mit beiden Händen darin herum.

»Jetzt geht's los«, sagte Milo.

Crotty zog eine mit braunem Stoff bespannte Kladde heraus, flippte durch die Seiten, wischte sich die Stirn, setzte sich dann neben mich und zeigte drauf.

»Da.«

Seine Fingerspitze lag neben dem Foto eines jungen Mannes in Polizeiuniform. Schwarzweiß, Sägezähnerand, genau wie das von Sharon und Shirlee.

Der junge Mann trug eine Polizeiuniform, stand neben einem Streifenwagen in einer von Palmen gesäumten Straße. Seine Gesichtszüge waren fein, beinahe mädchenhaft, die Augen groß und rund. Unschuldig. Dickes, welliges, in der Mitte gescheiteltes Haar, Leberfleck auf der rechten Wange. Ein hübscher Junge – einer, der leicht was in die süße Visage bekommt wie der junge Monty Clift.

»Guck mal da«, sagte Crotty und deutete auf ein anderes Foto auf der Seite. Derselbe Mann in Zivil stand neben dem Dodge, den ich gerade vorm Haus gesehen hatte. Er trug Sportkleidung und hatte den Arm um die Taille eines Mädchens gelegt. Sie trug ein Büstenhalter-Oberteil und Shorts, gut gebaut. Ihr Gesicht war mit einem Kugelschreiber ausgekratzt.

»Ich war ein richtiger Spießer damals«, sagte Crotty. Er riß das Buch weg, klappte es zu und warf es auf den Boden.

»Die sind von 1945. Ich kam gerade aus Uncle Sams Navy, hatte mir Bänder im Pazifik verdient, dachte, ich wäre Gottes Geschenk für Frauen, und sagte mir immer, diese kleinen Episoden auf dem Schiff mit dem Koch – schwitzender schwedischer Fleischkloß – wären nur ein schlechter Traum gewesen. Obwohl es sich mit ihm so angefühlt hatte, wie Liebe sich anfühlen sollte – und all die Schwächlinge hatten mehr Spaß als ich gehabt.«

Er klopfte sich auf die Brust. »Ich war so süß wie Mary Pickford, aber ich versuchte mir einzureden, daß ich der fickrige Gary Cooper wäre. Was gab's für 'n überkompensierenden Macho also Besseres zu tragen als eine blaue Uniform mit Knüppel.«

Er lachte. »Am gleichen Tag, wo ich meine Entlassungspapiere bekam, bewarb ich mich bei der Polizei. Am Tag, wo ich die Akademie absolviert hatte, dachte ich, ich wäre König Heterohengst persönlich. So 'n blauer Bulle, der hat keine Probleme. Die Führung sah mich einmal an und wußte, wo sie mich hinschicken mußte: als Lockspitzel in die Toilette am MacArthur Park, bis alle Schwulen mich da kannten, dann schwule Bars observiert, Sonderauftrag, drüben in Hollywood. Ich war große Klasse, habe mehr Schwule abräumen helfen als jeder andere Köder. Ich war ein Goldjunge, wurde befördert, der Sitte zugeteilt, verbrachte die nächsten zehn Jahre meines Lebens damit, noch *mehr* Schwule hochgehen zu lassen – ließ mich selbst hochgehen, soff's jede Nacht weg. Ich wurde in Rekordzeit Detektiv, aber war nichts weiter als ein fickriger Köder – küßte so viele traurige Bubis, daß ich Hornhaut auf den Lippen bekam. Die Sitte war von mir begeistert. Ich war ihre fickrige Geheimwaffe, klapperte mit meinen Schlafzimmeraugen, brachte private Parties oben in den Hills zum Platzen, trieb die Schwulen in den farbigen Distrikten zusammen, das bot anderen Polizisten wieder Gelegenheit zum Einschlagen von Krausköpfen.«

Er streckte die Hand aus, packte meinen Kragen, öffnete sein gesundes Auge weit. Er schwitzte und schien bleich geworden zu sein, obwohl man es bei dem trüben Licht nicht genau sehen konnte.

»Weißt du, warum ich so fickrig war, Lockenkopf? Weil ich tief unten in mir nicht spielte. Schlambam, raus auf die Straße, dann kamen die anderen Sittenschweinebullen mit ihren Totschlägern und ihren Knüppeln. Wieder ein Fleischwagen voll Schwule ins Bezirksgefängnis ab, schwarzblau geschlagen und kotzen Blut. Ab und zu hängte sich einer von ihnen in der Zelle auf. Die Jungs von der Sitte sagten dann immer: ›Weg mit Schaden, da wär'n wir wieder einen los von denen.‹ Weniger Arbeit. Ich lachte immer am lautesten, schlug am schnellsten zu.«

Der Schnauzbart zitterte. »Zehn Jahre lang war ich am Angriff auf schwule Männer beteiligt und wenn sie ermordet wurden, niemals fragte ich mich, wieso ich jede Nacht nach Haus ging und mir die Eingeweide aus dem Leib kotzte und Gin soff, bis ich die Leber krachen hören konnte.«

Er ließ meinen Kragen los. Milo sah anderswohin, starrte ins Leere.

»Weil ich mich selbst auffraß, darum«, sagte Crotty. »Bis ich einen Urlaub im Süden da unten machte in Tijuana. Komme über die Grenze, suche nach *action,* trinke mir einen Rausch an in einer Cantina, während ich sehe, wie ein Esel eine Frau besteigt, stolpere raus und sage einem Taxifahrer, er soll mich zu einem Hurenhaus bringen. Aber dem Taxifahrer machte ich nichts vor. Er fuhr mich zu 'ner gammligen Bude am Stadtrand draußen, Wände aus Pappe, türkis angemalt, Hühner draußen vor der Tür und drinnen. Vierundzwanzig Stunden später *wußte* ich, wer ich war, wußte, daß ich in der Falle saß. Was ich nicht wußte, war, wie ich herauskommen sollte.«

Er faltete das Geld zusammen, dann wieder auseinander und zerknüllte es schließlich in der Faust. »Keinen Mut zum schnellen Selbstmord, ich schluckte die Soße weiter runter. Ein Jahr später erst – im Februar – bot sich die Gelegenheit. Jemand hatte der Sitte 'n Tip wegen 'ner großen Soiree draußen in Cahuenga gegeben – Absinthtrinker und Dancing Boys, 'ne Jazzband aus lauter Schwulen und Männer im Fummel, die Marihuana kifften. Ich segelte rein in Matrosenbluse mit dem breiten Ausschnitt, weißt du, rotem Schal – *diesem* fickrigen Schal. Es vergehen keine dreißig Sekunden, und schon hab' ich mir einen Fisch geangelt – gutaussehenden blonden Jungen, aus guter Familie, rosige Wangen. Nehm ihn mir raus, achte darauf, daß die Tür offen blieb, ließ ihn mich küssen und stand dann da und versuchte, nicht zu weinen, als sie ihn verprügelten. Sie sind in das fickrige Haus reingedonnert und haben alles *verwüstet,* aber ich saß nur am Rand da, verdiente Anerkennung, weil ich den blonden Jungen hatte hochgehen lassen.«

Er hielt ein, wischte sich wieder die Braue. »Früh am nächsten Morgen war ich auf der Wache, um meine Anzeige gegen ihn zu schreiben und weiterzureichen, aber sie waren weg und er auch. Ich wurde stinksauer, prüfte es nach und erfuhr, daß er der Sohn von 'nem Stadtrat war, Sportas, bester Highschoolabsolvent seines Jahrgangs, hatte die Abschiedsrede gehalten. Zweites Studienjahr in Harvard, Wirtschaftswissenschaften. Der Alte hatte alle Hebel in Bewegung gesetzt und ihn rausgeholt. Ich bekam meine ehrenhafte Entlassung, volle Pension plus noch einen Batzen Geld in bar für *Invalidität* im gegenseitigen Interesse. Der blonde Kid ging zurück nach Boston, heiratete Geld, bekam selber vier Kids, leitete eine

Bank. Ich kaufte El Rancho Illegalo hier, lernte mich selbst kennen, versuchte zehn Jahre ungeschehen zu machen, indem ich anderen half – gab meine Weisheit denen weiter, die sie annahmen.« Er starrte Milo an, der ihn ignorierte, wandte sich dann wieder an mich: »Happy end, stimmt's, Dr. Psychologie?«

»Schätze ja.«

»Dann schätzt du *falsch,* denn genau in diesem Augenblick liegt der blonde Kid ausgestreckt auf einem Sanatoriumsbett draußen in Altadena und stirbt an AIDS, fickriges Skelett. Stirbt, Frauchen und die vier Kids wollen nichts damit zu tun haben, als ob's ein obszöner Anruf wär. Ich habe es durch die AIDS-Hilfe rausgefunden, weil ich im Netzwerk mitarbeite, hab' ihn gesehen. Gestern hab' ich ihn gesehen und ihm die fickrigen *Windeln* gewechselt.«

Milo räusperte sich, und Crotty wandte sich zu ihm herum.

»Gott verhüte, daß *du* in dem Netzwerk mitarbeiten solltest, du Sack. Vielleicht streckst du doch mal die Hand aus, hilfst jemandem. Verdammt soll der Gedanke sein, daß du *deine* Leber krachen läßt, weil du nicht weißt, wer du bist.«

»Belding«, sagte Milo und holte seinen Notizblock heraus. »Deshalb sind wir hier, darüber wollen wir reden.«

»Ach«, sagte Crotty angewidert.

Niemand sprach eine Weile.

»Mr. Crotty«, sagte ich. »Warum meinen Sie, daß Belding latent homosexuell war?«

Der alte Mann hustete, winkte mit der Hand. »Ach, wer, zum Teufel, weiß das schon. Vielleicht war er's nicht. Vielleicht rede ich lauter Mist. Eins kann ich dir sagen: Ein Hengst war er nicht, trotz all dem Trara, das die Zeitungen um ihn machten, wenn er sich mit diesen Schauspielerinnen traf. Ich habe ihn kennengelernt. Bei 'ner Party. Er mietete sich aus Sicherheitsgründen immer Bullen, die dienstfrei hatten. Und manchmal waren sie auch im Dienst – die Polizei tat alles für ihn, küßte ihm den reichen Hintern, bis er strahlte.«

»Drück dich bitte etwas genauer aus«, sagte Milo.

»Ja, richtig. Okay, einmal, muß damals 1949 oder 1950 gewesen sein, wurde ich von einem Fall von Kinderbelästigung abgezogen und einer seiner Parties draußen in Bel Air zugeteilt – Prioritäten, eh? Große Wohltätigkeitssache, volles Orchester, alles nur die besten Leute, mampfen und bechern, so ein Gedränge, und eine Menge Frauenfleisch, kräftiges Gerangel in der Garderobe. Aber alles, was Hengst Belding tat, war, alle anderen beobachten. Wie 'ne fickrige Kamera auf Beinen. Ich weiß noch, wie ich dachte, was für ein kalter Bastard er war – repressiv. Latent.«

»Das meintest du damit, daß du ihn kennengelernt hättest?«

»Ja. Wir haben die fickrigen Hände geschüttelt, okay?«

»Warum haben Sie ihn gemein und bösartig genannt?« fragte ich.

»Ich nenne Mörder so.«

»Wen hat er ermordet?« fragte Milo.

Crotty wischte sich die Braue und hustete. »Tausende, der Lump. Die er mit seinen fickrigen Flugzeugen bombardiert hat.«

Milo sah angewidert aus. »Danke für den politischen Kommentar. Möchtest du uns noch irgendwas über Belding erzählen?«

»Ich habe euch eine Menge erzählt.«

»Was ist mit seinem Spezi, Vidal?«

»Billy, der Zuhälter? Er war auch auf der Party. Sehr glatt. Gutes Gebiß. Erstklassige Zähne.«

»Noch irgend etwas außer dem Zustand seiner Zähne?«

»Er war's, der Belding die Mädchen beschaffte, hieß es.«

»Was ist mit den Parties für den Verteidigungsausschuß?« fragte Milo. »Deretwegen der Senat ihn unter die Lupe genommen hat. Hat die Polizei bei denen auch Wache geschoben?«

»Sollte mich nicht überraschen. Wie gesagt, die Polizei tat alles für ihn.«

»Nenne Namen«, sagte Milo und hielt den Stift bereit.

»Es ist 'ne fickrige Zeit her, du Sack.«

»Hör mal, Ellston, ich habe dir keine hundert gezahlt für Sachen, die ich im Umkleideraum hören kann.«

Milo fuhr sich mit der Hand übers Gesicht. Ein Knoten in seiner Kieferlinie schwoll an.

»Okay, okay«, sagte Crotty. »Die beiden, von denen ich sicher bin, daß Belding sie in der Tasche hatte, waren zwei Mistkerle namens Hummel und DeGranzfeld. Arbeiteten bei der Sitte, als ich dazukam, als Schädelknacker. Bald darauf bekam Hummel einen neuen Job als Fahrer des Chefs. Ein Jahr später war er Leutnant draußen in Newton, was eine höllische Gemeinheit war, denn er war ein rassistisches Schwein, ging gern die Main Street runter und schlug die farbigen Huren zu Brei. Trug Schweinslederhandschuhe; sagte, er wolle Ansteckung vermeiden.«

»Woher weißt du, daß er und der andere Typ Beldings Jungs waren?«

»Das war klar aus der Art, wie schnell sie befördert wurden, ohne es zu verdienen – sie hatten Beziehungen. Und beide waren sie immer gut angezogen, aßen gut. DeGranzfeld hatte ein großes Haus draußen in Alhambra, Pferde, Obstplantagen. Du brauchtest nicht Sherlock zu sein, um zu sehen, daß jemand sie in der Tasche hatte.«

»Gab es noch viele andere Taschen außer Beldings?«

»Laß mich doch mal ausreden, fickriger Sack. Später schieden beide aus dem Polizeidienst aus und fingen an, für Belding zu arbeiten, wahrscheinlich zum sechsfachen Gehalt und mit allen Schmiergeldern, die sie sonst noch einstecken konnten.«

»Vornamen«, sagte Milo und schrieb.

»*Royal* Hummel. *Victor* DeGranzfeld – Sticky Vicky nannten wir ihn. Er war eine Niete, eine Flasche, der absolute Schleimer, zu feige, körperlich, aber genauso sadistisch wie Hummel. Als er bei der Sitte war, ging er für die ganze Abteilung mit der Tüte rum, sammelte die Beiträge von allen fliegenden Buchmachern und Zuhältern ein oder koordinierte die Sache. Als Hummel nach Newton kam, holte er DeGranzfeld nach als Kommissar für den Tagesdienst. Ganz dicke Freunde, wahrscheinlich selbst latent. Später wählte man sie beide aus und setzte sie als Chefs ins Rauschgiftdezernat – das war Anfang der fünfziger Jahre, als die große Drogenpanik war und die Führung wußte, daß sie einen größeren Etat bekam, wenn sie ein paar Leute spektakulär hochgehen ließ.«

»Gut«, sagte Milo. »Laß uns über die Häuser reden, die Belding besaß – die Partywohnungen. Weißt du, wo irgendwelche davon gelegen haben?«

Crotty lachte. »Partywohnungen? Ist das nicht süß? Wo hast du denn das her, du Lump? *Party*wohnungen! Das waren *Fick*wohnungen – alle nannten sie so, weil Mr. Leland Belding sie dafür benutzte. Da brachte er die hohen Tiere und die Bonzen hin, hatte einen Stall voll Mädchen, die nur darauf lauerten, daß ihnen die

Würmer aus der Nase gezogen wurden, und die unterschrieben auch alles, was man ihnen vorlegte, auf der fickrigen gepunkteten Linie. Und, nein, ich weiß nicht, wo welche liegen. *Dahin* hat man mich nie eingeladen.«

Er stand auf, ging um eine Wand aus Pappkartons herum und dann durch einen Türeingang zu dem, was ich für die Küche hielt.

Milo sagte: »Sorry, daß du dir seine Lebensgeschichte anhören mußtest.«

»Ist schon okay. Sie war interessant.«

»Nicht nach dem tausendsten Mal.«

»Zerreißt du dir über mich das Maul?« Crotty war aus der Küche herausgekommen, starrte uns an, ein Glas Wasser in der einen Hand, die andere zu einer Faust geballt.

»Nein«, erwiderte Milo. »Bewundere nur das Dekor.«

»Hah!« Der alte Mann machte seine freie Hand auf – darin lagen eine Menge Pillen.

»Vitamine«, sagte er und schluckte ein paar davon. Er spülte sie herunter, zog ein Gesicht, schluckte noch mehr und rieb sich den Bauch. »Ich werde müde. Haut ab, zum Teufel, und laßt mich ein bißchen ausruhen.«

»Der Hahn ist noch nicht am Ziel«, sagte Milo.

»Mach schnell.«

»Ich habe ein paar Namen für dich. Schauspielerin namens Linda Lanier, soll eins von Beldings Mädchen gewesen sein. Und ein Arzt, den sie auf einem Fickfilm gebumst hat – beschreib ihn, Alex.«

Als ich es tat, verlor Crotty Farbe, und er stellte das Glas auf eine Lattenkiste. Wischte sich die Stirn, schien das Gleichgewicht zu verlieren und stützte sich mit den Händen auf die Rückenlehne eines kleinen, mottenzerfressenen Sofas. Er blies die Backen auf.

»Nun sag schon, Ellston«, bohrte Milo.

»Warum stocherst du in dem toten Briefhaufen 'rum, du Sack?«

Milo schüttelte den Kopf. »Du kennst die Regeln.«

»Sicher, sicher. Hier reinkommen und mich ausquetschen und dann ein paar Krümel hinwerfen.«

»Für einen Hunderter läßt man sich schon ausquetschen«, sagte Milo, aber er zog die Brieftasche heraus und gab dem alten Mann mehr Geld.

Crotty machte ein überraschtes Gesicht. Er starrte die Scheine an.

»Linda Lanier«, sagte Milo. »Und der Doktor in dem Film.«

»In Beziehung zu Belding?« fragte Crotty.

»In Beziehung zu wem oder was auch immer. Spuck's aus, Ellston. Dann lassen wir dich in Ruhe, damit du von deinem Schweden träumen kannst.«

»Du solltest solche Träume kennen«, sagte Crotty. Er sah zu Boden, rieb sich den Schnurrbart, kreuzte die Beine. »Linda Lanier. Ja was. Es ist alles ein Kreislauf, eh? Wie bei meinem kleinen blonden Bankier und allem anderen in dieser fickrigen Welt.«

Er streckte sich, stand auf, ging zu dem grauen Piano, setzte sich, schlug ein paar Tasten an. Das Instrument war schrecklich verstimmt. Er holte einen dissonanten Boogie-Woogie mit der linken Hand heraus, mit der rechten zufällige hohe Töne.

Dann, so jäh, wie er begonnen hatte, hörte er auf und sagte: »Das ist unheimlich komisch, Lump. Wenn ich es nicht besser wüßte, würde ich jetzt von *Schicksal* und so was reden – nicht, daß ich dich in meinem Schicksal haben wollte.« Er spielte mehrere Takte eines langsamen Blues, ließ die Hände seitlich herabfallen. »Lanier und der Doktor – du sagst, sie haben es im Film gemacht?«

Milo nickte und deutete auf mich. »Er hat's gesehen.«

»Sie war hübsch, stimmt's?«

Ich sagte: »Ja, das war sie.«

»Komm«, sagte Milo. »Spuck's *aus*.«

Crotty schenkte ihm ein mattes Lächeln. »Ich hab dich angeschwindelt, du Sack. Als du mich gefragt hast, ob Belding ein Killer gewesen wäre. Ich habe Ausflüchte gemacht. Ich wußte nämlich nicht, hinter was du her bist. Ich meinte es zwar wörtlich, aber ich wollte damit nicht anfangen – nichts, das ich je beweisen könnte.«

»Du brauchst überhaupt gar nichts zu beweisen«, sagte Milo. »Sag mir einfach nur, was du weißt.« Er blätterte noch mehr Scheine hin. Crotty schnappte sie sich.

»Dein Doktor«, sagte er, »klingt genau wie ein gewisser Neurath. Dr. med. Donald Neurath. Du hast ihn bis aufs i-Tüpfelchen beschrieben, Lockenkopf, und ich weiß, daß er und Linda Lanier was miteinander hatten.«

»Woher weißt du das?« fragte Milo.

Crotty schien sich nicht wohl zu fühlen.

»Los, Ellston.«

»Okay, okay. Eine meiner Aufgaben – wenn ich keine Schwulen jagte – bestand in der Bearbeitung des Kratzerklubs – illegale Abtreibungen. Damals gab's für ein Mädchen mit Problemen drei verschiedene Wege: Kleiderbügelhaken, einen Schlachter im weißen Kittel oder einen gutmütigen Arzt, der es für dicke Kohle nach der Sprechzeit machte. Neurath war einer von den Gutmütigen – von denen gab es viele. Aber es war immer noch strafrechtlich ein Verbrechen, also gutes Schmiergeldpotential für die Polizei.

Es gab eine Gruppe von Ärzten, die abtreiben durften – wir nannten sie den Kratzerklub –, so um die zwanzig Ärzte etwa, respektable Herren mit etablierter Praxis. Die haben einen Prozentsatz von ihren Einkünften abgegeben und hatten dadurch Schutz durch die Sitte und die Garantie, daß mit Außenseitern, die nicht zum Klub gehörten, hart umgesprungen wurde, wenn man sie erwischte. Und das lief gut. Da war dieser Typ, ein Osteopath draußen im Valley, der einem von den geschützten Ärzten das Geschäft wegzunehmen drohte, indem er nur halb soviel fürs Auskratzen nahm. Eine Woche nachdem er angefangen hatte, flog er auf – haben eine Polizistin hingeschickt, die zufällig gerade schwanger war. Keine Freilassung auf Kaution, der blieb im Bezirksgefängnis bei den schweren Fällen. Während er drinsaß, haben sie ihm die Praxis angezündet und seiner Tochter auf dem Heimweg von der Schule Angst eingejagt.«

»Hübsch«, sagte Milo.

»So war's damals. Bist du sicher, daß es jetzt viel besser ist?«

»Bist du sicher, daß dieser Neurath auch im Klub war?«

»Ich weiß es, weil ich Geld von seiner Praxis abgeholt habe. Große, todschicke Praxis auf dem Wilshire Boulevard nahe Western.« Er hielt ein, starrte Milo an. »Das stimmt. Ich hab' auch das Geld abgeholt. Nicht meine angenehmste fickrige Aufgabe, aber ich hatte genug im Kopf, als daß ich mir nicht auch noch Gedanken über diese Zahlung machen wollte, was geschieht, geschieht nun mal. Teufel, heute kann so eine Dame in die Klinik gehen und geht ausgekratzt wieder raus, 'ne halbe Stunde später. Also was war schon dabei?«

Milo sagte: »Rede weiter.«

Crotty warf ihm einen sauren Blick zu. »Wir erledigten unser Geschäft nach Büroschluß; keiner in der Nähe. Ich fuhr mit dem Fahrstuhl zu seiner Praxis rauf, achtete darauf, daß mir keiner folgte, gab das verabredete Klopfzeichen an der Tür. Sobald ich drin war, redete keiner von uns – wir taten so, als ob es gar nicht passierte. Er gab mir einen braunen Umschlag; ich zählte oberflächlich durch, und weg war ich.«

»Was für eine Art von Doktor war er?«

»Geburtshilfe. Nette kleine Ironie, eh? Der Herr schenket uns das Leben, und er nehmet es uns hinweg, was?«

»Was ist mit ihm und Lanier?«

»Eines Abends, nachdem ich die Beute abgeholt hatte, ging ich den Block runter zu diesem chinesischen Laden, um mir 'n Magu und Reiswein einzupfeifen, bevor ich wieder auf Wache gehe. Ich sitze hinten in einer Nische, da kommt Neurath mit dieser platinblonden Zuckerpuppe rein. Es war dunkel; sie haben mich nicht gesehen. Sie hatte ihn untergehakt – sie sahen ganz hübsch eng befreundet aus.

Sie nahmen einen Tisch schräg gegenüber auf der anderen Seite des Raums, saßen nahe beieinander, redeten ziemlich viel. Die alte Seitensprung-Routineschau, nur sah diese Biene echt elegant aus, das war keine Gammlerin. Ein paar Minuten darauf steht sie auf, um zur Damentoilette zu gehen, und ich bekomme sie richtig ins Visier. Und da erkenne ich sie, an ihrem Gesicht – von Beldings Party. Sie hatte ein schwarzes Kleid getragen, rückenfrei und mit sehr wenig vorn, mit 'ner Menge Nerzbesatz. Der Nerz brachte mich auf die Idee, daß sie 'ne reiche Göre sein müßte. Ich hab' sie nicht wieder vergessen, weil sie so toll, einfach toll war. Perfektes Gesicht, wunderbarer Körper. Und elegant. Klasse.«

Er sah hoch zu mir. »Ich bin nicht ohne Gefühle Frauen gegenüber, Dr. Psychologie. Schätze die Spezies wahrscheinlich viel mehr als die meisten Heterohengste.«

»Was noch?« fragte Milo.

»Das ist alles. Sie haben ein paar Drinks zu sich genommen und sind dann abgeschwirrt – bestimmt in irgendein Motel. Keine große Sache. Dann, ungefähr ein Jahr später, ist das Gesicht von der Puppe in allen Zeitungen. Und je mehr ich davon höre, um so neugieriger werde ich.«

Er hustete wieder, kratzte sich das Zwerchfell. »Da war diese Drogenrazzia, allerhand Schießerei. Sie kam dabei um mit noch einem Typ, der ihr Bruder war, wie sich herausstellte. Den Zeitungen nach waren die beiden große Rauschgifthändler. Sie eine Vertragsschauspielerin in Beldings Studio – hat nie einen einzigen Film gemacht, und man wertete es als einen Beweis, daß es sich nur um eine Tarnung handelte. Nichts davon, daß die meisten Schauspielerinnen nie etwas spielten und daß sie ein Partymädchen gewesen war – kein Wort davon im Druck. Der Bruder arbeitete auch im Studio, als Hilfsarbeiter. Sie waren beide kleine Fische. Trotzdem gelang's ihnen, die Miete von einer sehr feschen Wohnung in der Fountain Street zu bezahlen – zehn Räume –, sie hatten einen eleganten Wagen und lebten ein fickriges Highlife. Die Zeitungen machten sehr viel davon her, was für Pelze und was für Schmuck sie hatte, schließlich waren's arme junge Leute gewesen aus Texas – Texas Crackers. Sie hieß mit richtigem Namen Eulalee Johnson. Der Bruder war ein widerlicher kleiner Punk namens Cable, er kochte die fliegenden Buchmacher ab, hängte sich an die Nutten, kam aber nie sehr weit – alles nur kleine Sachen. Nicht gerade 'ne Kanone als Puscher, hm, Sack? Aber die Führung gab's weiter an die Zeitungen, und die Zeitungen fraßen es wie Zuckerwerk. Dreihunderttausend Dollar Verkaufswert reines Heroin in der Wohnung gefunden – war damals eine ganze Menge. Der normale Leser hat es geschluckt.«

»Du nicht.«

»Hölle, nein. Soviel Smack puschte damals keiner südlich von Fresno ohne Mobverbindungen – Cohen oder Dragna. Mit Sicherheit keine Texascrackers von nirgendwoher. Ich habe mir das Blatt vom Bruder angesehen – Trunkenheit und unordentliches Benehmen, unanständige Ausdrücke, Diebstahl, die brutale Tour, ein Schläger. Kinkerlitzchen. Keine Beziehungen zu irgendwem – niemand auf der Straße hatte ihn je mit Marihuana in der Tasche gesehen. Das Ganze roch übel. Und daß Hummel und DeGranzfeld geschossen haben, ließ es zum Himmel stinken.«

»Warum hast du's gecheckt, Ellston?«

Crotty lächelte. »Suche immer nach 'm Hebel, du Sack, aber da hatt' ich selbst Angst. Da wollt' ich nicht dran rühren. Trotzdem hat's mir im Hals gesteckt, im Kropf. Und jetzt rührst du's wieder auf, ist das nicht entzückend?«

»Wie lief denn das ab?« fragte Milo.

»Jemand soll dem Rauschgiftdezernat per Telefon einen Tip gegeben haben von einer Riesenmenge H in der Wohnung in Fountain Street. Hummel und DeGranzfeld nahmen den Anruf entgegen, brachten ein paar Bullen zur Unterstützung mit, ließen aber die Uniformen draußen warten, während sie sich das Gelände besahen. Alles ruhig an der Westfront und dann bäng, bäng, bäng. Die Uniformierten stürzen herein. Beide Johnsons werden auf dem Wohnzimmerfußboden in Stücke zerschossen; Hummel und DeGranzfeld stellen fest, welch gigantische Menge man gefunden hat. Die Führung gibt bekannt: Sie klopften an die Tür und sprangen mit feuernden Kanonen rein. Hübsch, was? Ein Partymädchen und ein kleiner Herumtreiber nehmen's mit der Drogenpolizei auf.«

»Gab es eine Untersuchung wegen der Schießerei?« fragte Milo.

»Sehr komisch, Sack.«

»Obwohl eine Frau erschossen wurde? Da ist der Durchschnittsbürger doch gewöhnlich empfindlich.«

»Das war 1953. McCarthy-Fieber, Höhepunkt der Drogenpanik. Durchschnittsbürger hatte Angst wegen Rauschgift auf jedem Schulhof. Und die Führung machte die Lanier zur großen Dealerin, Riesendrogenumsatz und Satans fickrige *Braut.* Hummel und DeGranzfeld wurden nicht nur nicht verhört, sondern sie waren auch die Helden des Tages – der Bürgermeister heftete ihnen Bänder an.«

Das war 1953. Kurz bevor Leland Belding sich in einen Playboy verwandelt hatte.

Das Jahr, in dem Sharon und Shirlee geboren wurden.

»Hat Linda Lanier irgendwelche Kinder hinterlassen?« fragte ich.

»Nein«, sagte Crotty. »Daran würde ich mich erinnern. Es hätte in den Zeitungen gestanden – menschliches Interesse und so. Warum? Gibt's da Angehörige, die auf Rache aus sind?«

»Rache gegen wen?« fragte Milo.

»Belding. Er muß hinter dem Überfall gesteckt haben.«

»Wie kommst du darauf?«

»Hummel und DeGranzfeld waren seine Jungs; Lanier war sein Partymädchen – die Zehnzimmerwohnung in der Fountain Street zu bezahlen war für ihn soviel, als ob du mir 'n Mittagessen löhnst oder ich dir. Als ich herumfragte, kam ich drauf, daß die Lanier mehr als nur ein Partymädchen gewesen sein kann – man wußte, daß sie Beldings Privatbüro auf dem Studiogelände betrat und ein paar Stunden blieb und glücklich wegging. Das wußten *Jungs im Büro,* aber es wurde nie gedruckt. Ich dachte, sie hätten irgendwas miteinander gehabt, sie hatte Belding ernsthaft verletzt, beleidigt oder gekränkt, und er mußte sie loswerden.«

»Verletzt, beleidigt oder gekränkt – womit?« fragte Milo.

»Wer weiß? Vielleicht hat sie ihn wegen irgendwas gedrängt, ihm zugesetzt. Vielleicht hatte ihr blöder Bruder Hand an den Falschen gelegt.«

»Der Doktor – Neurath – könnte ihr Zuckerdaddy gewesen sein«, sagte Milo.

Crotty schüttelte den Kopf. »Neurath hatte Geldsorgen. Seine Frau war eine zwanghafte Glücksspielerin; er stand immer wieder bei den Kredithaien auf der Liste – darum hatte er ja überhaupt mit den Überstunden angefangen. Und noch etwas: Laniers Haus auf Fountain Street gehörte Belding.«

Milo und ich sahen einander an.

Crotty sagte: »Dem Bastard gehörte mal halb L. A.«

»Neurath war ein Geburtshelfer«, sagte ich. »Vielleicht kam Linda Lanier deshalb zu ihm.«

»Schwanger?« fragte Crotty. »Setzte Belding wegen der Vaterschaft unter Druck? Sicher, warum nicht?«

Milo fragte: »Wie bald nach der Schießerei sind Hummel und Wie-heißt-er-noch aus dem Dienst geschieden?«

»Nicht lange danach, vielleicht ein paar Monate später. Und man empfahl sie sehr, und sie wurden befördert. Nun sag mir mehr über den Film, in dem Lanier und Neurath zu sehen waren.«

»Arzt-und-Sprechstundenhilfe-Spiel«, erklärte ich. »Der Arzt wußte nicht, daß er gefilmt wurde.«

»Erpressung?« fragte Milo. »Der Bruder?«

»Könnte sein«, sagte Crotty.

»Warum sollten sie Neurath erpressen?«

»Wer weiß? Vielleicht der Kratzerklub, vielleicht weil seine Frau spielte. Beides könnte seinem Ruf geschadet haben – er hatte eine gutgehende bürgerliche Praxis, nette, pummelige Matronen aus dem Hancock Park kamen zu ihm in den gynäkologischen Stuhl.«

»Gibt's ihn noch?«

»Wer weiß?«

»Was ist mit Hummel und DeGranzfeld?«

»DeGranzfeld starb vor ein paar Jahren, nachdem er nach Nevada gegangen war. Affäre mit 'ner verheirateten Frau, Ehemann kriegte Wutanfall. Soviel ich weiß, ist Hummel noch immer in Vegas. Eins ist sicher: Er hat Schlag bei der Führung, oder jedenfalls hatte er ihn vor ein paar Jahren.«

»Wieso?« fragte Milo.

»Er hatte einen Neffen, so einen richtigen Faschistenkotzbrokken, soff rum, flog beinahe aus der Akademie, der Bullenarsch – Familientradition. Er war vor ein paar Jahren in diesen Raubüberfallskandal der Polizei von Hollywood verwickelt, ging haarscharf an einer Untersuchung vorbei. Nichts, nur eine Versetzung zu den Ramparts. Da auf einmal ist der Typ ein wiedergeborener Christ, wird zum Hauptkommissar befördert, West L. A. –« Er hielt ein, starrte Milo an, grinste wie ein Kind am Weihnachtsmorgen.

»Also, so sieht das aus.«

»Was?« fragte Milo unschuldig.

»Du Sack bist ein schlauer Hund. Du holst dir den Abschaum, was? Endlich mal 'ne gute Tat nach alldem.«

24

Danach war Crotty bemüht um uns, bot Kaffee und Kuchen an, aber wir dankten ihm und lehnten ab, ließen ihn im Eingang stehen unter der Kuhglocke, umgeben von seinen Tieren.

»Quirliger alter Kerl«, sagte ich, als wir wieder im Wagen saßen.

»Große Töne«, meinte Milo. »Der spuckt so herum, seit sie ihn positiv getestet haben.«

»Oh.«

»Ja. Die Pillen waren keine Vitamine – ist so 'ne Art Immunitätsstärkungsdiät, die er von seinem Netzwerk hat. Er ist vor 'n paar Jahren mit 'ner Hepatitis fertig geworden, nun meint er, er ist zäh genug, daß er's diesmal wieder schafft.« Pause. »Deshalb habe ich Witze gemacht.«

Es dauerte eine Zeitlang, den Seville in der Gasse umzudrehen. Als wir ein paar Meilen auf Sunset gefahren waren, sagte Milo: »Trapp. Zahlt seinem Onkel alte Schulden zurück.« Einen Augenblick darauf: »Muß rausfinden, was er da treibt.«

»Vielleicht einen Mord, damit er wie ein Selbstmord aussieht?«

»Du kommst immer wieder darauf zurück, und wär' das nicht nett? Aber wo sind die Beweise?«

»Belding und Magna waren erfahren darin, wie man Morde vertuscht.«

»Belding ist tot.«

»Magna lebt weiter.«

»Was? Eine Verschwörung der Corporation? Der alte Buhmann aus Chrom und Glas?«

»Nein«, erwiderte ich. »Es sind immer Menschen. Letzten Endes sind's immer Menschen.«

Mehrere Blocks weiter sagte er: »Die Kruse-Morde hat niemand anders als Morde hinzustellen versucht.«

»Schwer, das mit drei Leichen zu machen – daß es wie Selbstmord aussieht –, also will Trapp auf Sexualtäter hinaus. Und vielleicht war der Mord an Kruse gar nicht auf dem Programm – wenn Rasmussen das gemacht hat, wie wir überlegt haben.«

Milos Gesicht wurde hart. Wir kamen an der Vine Street vorbei. Hollywood kam allmählich aus dem Bett. Der Cinerama Dome zeigte einen Spielberg-Film, und die Schlangen erstreckten sich rund um den Block. Ein paar Blocks weiter waren lauter Stundenmotels und nervös aussehende Straßennutten, die auf Einsamkeit und sauberes Blut setzten.

Milo starrte sie an, wandte sich ab, lehnte sich gegen den Sitz zurück und sagte: »Ich könnte einen Drink gebrauchen.«

»Zu früh für mich.«

»Ich habe nicht gesagt, daß ich einen *will*. Ich sagte, ich könnte einen *gebrauchen*. Beschreibung eines Zustands.«

»Oh.«

Als wir an La Cienega bei rotem Licht hielten, fragte er: »Was hältst du von Crottys Theorie? Lanier und ihr Bruder erpressen Belding und Neurath.«

»Mit dem Video hat man Neurath wirklich eins ausgewischt.«

»Das Video. Wo, sagten diese Pornofreaks, hätten sie es her?«

»Das haben sie nicht gesagt. Sagten nur, es wäre teuer gewesen.«

»Das möcht' ich wetten«, sagte er. Dann: »Laß uns mal nachsehen, vielleicht können wir aus denen etwas mehr rausholen.«

Ich fuhr nach Beverly Hills und bog auf Crescent links ab. Die Straßen waren leer; Leute, die Zwei-Millionen-Häuser abreißen, um Fünf-Millionen-Häuser hinzubauen, neigen dazu, drinzubleiben und mit ihren Sachen zu spielen.

Wir fuhren vor der grünen Monstrosität des Fontaineschen Hauses vor und stiegen aus.

Die Fenster waren mit Jalousien verschlossen. Leere Einfahrt. Keine Antwort auf Milos Läuten. Er versuchte es wieder, wartete mehrere Minuten, bevor er zum Wagen zurückging.

Ich sagte: »Letztes Mal waren vier Wagen hier. Sie sind nicht einfach nur zum Brunch weg.«

Bevor er antworten konnte, erregte ein ratterndes Geräusch von einem der Nachbarhäuser unsere Aufmerksamkeit. Ein kräftiger, dunkelhaariger Junge von ungefähr elf Jahren fuhr mit seinem Skateboard die Einfahrt hinauf und hinunter, wobei er einem Mercedes-Trio auswich.

Milo winkte ihm zu. Der Junge stoppte, stellte seinen Walkman ab und starrte uns an.

Milo ließ seine goldene Polizeimarke aufblitzen, und der Junge gab seinem Board einen Tritt und rollte zu uns herüber. Er drückte eine Klinke am Eingangstor, rollte durch und kam angerast.

»Hallo«, sagte Milo. Der Junge sah auf die Hundemarke.

»Beverly Hills Cop?« fragte er mit starkem Akzent. »Du Dandy.«

Er hatte einen schwarzen, stachligen Haarputz und ein schmeichlerisches rundes Gesicht. Seine Zähne steckten in Plastikspangen. Ein feiner schwarzer Flaum wölkte seine Wangen. Er trug einen roten Nylonpullunder, geschmückt mit dem Slogan SURF OR DIE, und rotgeblümte Hosen, die ihm bis über die Knie hinabreichten. Sein Board war graphitschwarz und mit Aufklebern bepflastert. Er drehte dessen Räder und lächelte uns unverwandt an.

Milo steckte die Marke weg und fragte: »Wie heißt du, mein Sohn?«

»Parvizkhad, Bijan. Sechste Klasse.«

»Gut, dich kennenzulernen, Bijan. Wir versuchen die Leute hier nebenan zu finden. Hast du sie in letzter Zeit gesehen?«

»Mr. Gordon. Klar.«

»Richtig. Und seine Frau.«

»Sie sind weg.«

»Weg wohin?«

»Reise.«

»Eine Reise wohin?«

Der Junge zuckte die Achseln. »Sie haben Koffer genommen – Vuitton.«

»Wann war das?«

»Samstag.«

»Samstag – gestern.«

»Klar. Sie gehen weg, lassen Wagen wegbringen. Ein großer Lastwagen. Zwei Rolls-Royce, Gangsterweißwandreifen-Lincoln und klassischer T-Bird.«

»Sie haben alle Wagen auf einen großen Lastwagen getan?«

Nicken.

»War ein Name auf dem Lastwagen?«

Unverständnis im Blick.

»Buchstaben«, erklärte Milo. »An der Seite des Lastwagens.«

»Ach. Klar. Rote Buchstaben.«

»Weißt du, was die Buchstaben sagten?«

Kopfschütteln. »Was ist 'n mit ihnen? Koks? Killer?«

Milo unterdrückte ein Lächeln, beugte sich vor und hielt sein Gesicht neben das des Jungen. »Tut mir leid, Sohn, das kann ich dir nicht sagen. Es ist geheim.«

Mehr Verwunderung.

»Geheime Information, Bijan. Geheim.«

Die Augen des Jungen leuchteten auf. »Ach. Secret Service. Walter PPK. Bond. James Bond.«

Milo sah ihn ernst an.

Der Junge musterte mich genauer. Ich biß mir auf die Lippe, um nicht loszulachen.

»Sag mir, Bijan«, fragte Milo, »wann wurden die Wagen am Samstag weggebracht?«

Der Junge gestikulierte mit der Hand, schien Sprachschwierigkeiten zu haben: »Null-sieben-null-null Uhr.«

»Sieben Uhr morgens?«

»Morgens, ja klar. Mein Vater zum Büro. Ich bringe ihm Mark Cross.«

»Mark Cross?«

»Seine Aktentasche«, schlug ich vor.

»Klar«, sagte der Junge. »Nappaleder. Exklusives Styling.«

»Du hast deinem Vater um sieben Uhr morgens die Aktentasche gebracht und sahst dabei, daß Mr. Gordons Wagen auf einem Lastwagen weggebracht wurden. Also hat dein Vater das Ganze auch gesehen.«

»Klar.«

»Ist dein Vater jetzt zu Haus?«

»Nein. Büro.«

»Wo ist sein Büro?«

»Century City.«

»Wie heißt der Name von seinem Geschäft?«

»Par-Cal-Developers«, sagte der Junge und gab auch eine Telefonnummer an, die Milo aufschrieb.

»Was ist mit deiner Mutter?«

»Nein. Sie hat nichts gesehen. Schläft noch.«

»Hat noch irgendwer außer dir und deinem Vater es gesehen?«

»Nein.«

»Bijan, als die Wagen weggebracht wurden, wo waren da Mr. Gordon und seine Frau?«

»Nur Mr. Gordon. Sehr ärgerlich über Wagen.«

»Ärgerlich?«

»Immer, über Wagen. Einmal ich werfe Spalding, trifft Rolls-Royce, er wird ärgerlich, schreit. Immer ärgerlich. Wegen Wagen.«

»Hat jemand einen seiner Wagen beschädigt, als sie weggeschafft wurden?«

»Nein, natürlich nicht. Mr. Gordon springt herum, schreit rote Männer an, sagt vorsichtig, vorsichtig. Idiot, nix kratz. Ärgerlich immer über Wagen.«

»Rote Männer«, sagte Milo. »Die Männer, die die Wagen wegbrachten, trugen rote Kleidung?«

»Klar. Wie Pit Crew. Indianapolis.«

»Overalls«, murmelte Milo, während er mitschrieb.

»Zwei Männer. Großer Lastwagen.«

»Okay, gut. Du machst das prima, Bijan. Was ist passiert, nachdem die Wagen auf dem Lastwagen weggebracht worden waren – was geschah dann?«

»Mr. Gordon geht ins Haus. Kommt raus mit Frau und Rosie.«

»Wer 's Rosie?«

»Das Dienstmädchen«, sagte ich.

»Klar«, sagte der Junge. »Rosie trägt die Vuittons.«

»Die Vuit ... – die Koffer.«

»Klar. Und einen langen Koffer für Flugzeug. Nicht Vuitton – vielleicht Gucci.«

»Okay. Was ist dann passiert?«

»Taxi kommt.«

»Erinnerst du dich an die Farbe des Taxis?«

»Klar. Blau.«

»Beverly Hills Cab Company«, sagte Milo und nahm es auf.

»Alle stiegen in Taxi«, sagte der Junge.

»Alle drei?«

»Klar. Und Vuittons und vielleicht Gucci in Kofferraum. Ich renne raus und winke, aber sie nicht zurückgewinkt.«

Milo gab dem Jungen ein Autogramm auf die Nikes, eine Visitenkarte mit seinem Namen, Adresse und Telefonnummer und ein Blatt von seinem Polizeischreibblock von der Los Angeles Police Division. Wir winkten zurück, als er winkte, und ließen ihn die leere Straße hinauf- und hinunterskaten.

Ich kam östlich vom Sunset Park wieder in den Verkehr hinein. Der Park war voll Touristen, die um die sprühenden Fontänen herumwanderten und sich im Schatten der blühenden Bäume verbargen. Ich sagte: »Samstag. Sie sind am Tag vor der Entdeckung der Kruse-Morde abgefahren. Sie wußten genug, um Angst zu haben, Milo.«

Er nickte. »Ich werde die Taxigesellschaft anrufen und herauszufinden versuchen, wer die Wagen transportiert hat – sehen, ob ich sie auf diese Art aufspüren kann. Werde bei der Post nachfragen für den unwahrscheinlichen Fall, daß sie dort eine Nachsendeadresse hinterlassen haben – aber man weiß nie. Den Vater des Jungen auch anrufen, obwohl ich bezweifle, daß er soviel wie der junge Bijan gesehen hat. Kid ist schlau, würdest du nicht auch sagen?«

»Darauf kannst du deine Ralph Laurens wetten«, sagte ich. Und zum erstenmal nach langer Zeit lachten wir.

Aber es verblaßte schnell wieder, und als wir zu Hause ankamen, waren wir beide mürrisch.

»Widerlicher Fall«, sagte Milo. »Zu viele Tote, zu lange her.«

»Vidal lebt noch«, sagte ich. »Sieht sogar verdammt robust aus.«

»Vidal«, sagte Milo und grunzte. »Wie hat ihn Crotty genannt – Billy, den Zuhälter? Von da bis zum Vorstandsvorsitzenden. Steiler Aufstieg.«

»Mit scharfen Spikes ging's vielleicht schneller«, sagte ich. »Und ein paar Köpfen zum Drauftreten.«

25

Mein Plan war, am Montag morgen zurück in die Bibliothek zu gehen und mehr über Billy Vidal und den Rauschgiftfund bei Linda Lanier herauszubekommen. Aber der Postbote kam um zwanzig nach acht zu mir und brachte mir ein Päckchen. Darin war ein großformatiges, in dunkelgrünes Leder gebundenes Buch. Unter einem Gummiband lag ein Blatt Papier auf dem Buchdeckel mit den Worten: »Hier habe ich meinen Teil unserer Abmachung eingehalten. Hoffe, Sie werden es ebenso tun. M. B.«

Ich nahm das Buch mit in die Bibliothek und las das Titelblatt:

DER STILLE PARTNER:
IDENTITÄTSKRISE UND EGODISFUNKTION
IM FALL EINER MULTIPLEN PERSÖNLICHKEIT
MIT PSEUDO-ZWILLINGS-MASKIERUNG,
EINE KLINISCH-WISSENSCHAFTLICHE UNTERSUCHUNG

von
Sharon Jean Ransom

Eine Dissertation im
Fachbereich Psychologie
der Universität von Südkalifornien.
In teilweiser Erfüllung der
Voraussetzungen für den Grad eines
Doktors der Philosophie
(Psychologie)

Juni 1981

Ich blätterte um zur Widmung:

Für Shirlee und Jasper, die mir mehr bedeutet haben, als sie sich je vorstellen könnten, und für Paul, der mich sicher von der Dunkelheit zum Licht geführt hat.

Jasper?

Freund? Geliebter? Noch ein Opfer?

Auf der Seite mit den Danksagungen wiederholte Sharon ihren Dank an Kruse, gefolgt von einer kursorischen Erwähnung der anderen Mitglieder ihres Ausschusses: der Professoren Sandra J. Romansky und Milton F. Frazier.

Ich hatte noch nie von Romansky gehört, nahm an, sie könnte zur Fakultät gekommen sein, als ich weg war. Ich holte mein American Psychological Association Directory heraus und fand sie als Beraterin im öffentlichen Gesundheitsdienst in einem Krankenhaus in Amerikanisch-Samoa. In ihrer Biographie war eine einjährige Gastdozentur an der Universität während des akademischen Jahrs 1981–82 erwähnt. Ihre Berufung war für das Fach Frauenstudien erfolgt, beim Fachbereich Anthropologie. Im Juni 1982 war sie eine frischgebackene Doktorin der Philosophie gewesen. Sechsundzwanzig Jahre alt – zwei Jahre jünger als Sharon. Das »outside member«, das in jedem Ausschuß erlaubt war. Gewöhnlich wählte sich der Prüfling jemanden mit netten Umgangsformen und nicht zuviel Ahnung im Prüfungsfach.

Ich könnte versuchen, sie aufzufinden, aber das Adreßbuch war drei Jahre alt und sie konnte inzwischen längst woanders hingezogen sein.

Außerdem gab es da eine bessere, näher daheim gelegene Informationsquelle.

Kaum zu glauben, daß der »Rattenmann« einverstanden gewesen war, in diesem Ausschuß zu sitzen. Frazier, ein hartgesottener Experimentalist, hatte immer alles abgrundtief verachtet, was irgendwie mit Patienten zu tun hatte, und betrachtete die klinische Psychologie als den »weichen Unterleib der Verhaltensforschung«.

Er war während meiner Studienzeit Dekan gewesen, und ich erinnerte mich noch, wie er auf das »Rattengesetz« gepocht hatte – daß alle Absolventen, bevor sie sich auf ihren Doktor der Philosophie vorbereiteten, ein volles Jahr tierisches Verhalten studierten. Die Fakultät hatte das in einer Abstimmung abgelehnt, aber eine Forderung wurde angenommen: daß zu allen Forschungen für das Doktorat unbedingt auch Experimente – Kontrollgruppen, Manipulation von Variablen – gehören sollten. Fallstudien waren absolut verboten.

Aber genau danach klang diese Studie.

Mein Auge fiel auf die letzte Zeile auf der Seite:

... und tiefen Dank Alex, der mich sogar dann noch, wenn er abwesend ist, inspiriert.

Ich blätterte die Seite so ungestüm um, daß sie fast zerriß. Begann den Anfang des Dokuments zu lesen, das Sharon das Recht eingebracht hatte, sich Doktor zu nennen.

Das erste Kapitel war eine sehr zähe Lektüre – ein qualvoll ausführlicher Rückblick auf die Literatur über Identitätsentwicklung und die Psychologie von Zwillingen, voller Fußnoten und Zitaten und dem Jargon, den Maura Bannon erwähnt hatte. Ich dachte: Darüber ist die Studentenreporterin nicht weggekommen.

Im zweiten Kapitel beschrieb Sharon eine Patientin, die sie J. nannte, eine junge Frau, die sie sieben Jahre lang behandelt hatte und deren »einzigartige Pathologie und ideative Prozesse strukturelle, funktionale und interaktive Charakteristiken besitzen, die zahlreiche bisher als orthogonal diagnositizierte Grenzen überschreiten und einen signifikanten neuristischen und pädagogischen Wert für das Studium der Identitätsentwicklung, das Verschwimmen der Egogrenzen und den Gebrauch von hypnotischen und hypnagogischen regressiven Techniken in der Behandlung idiopathischer Persönlichkeitsstörungen darstellen«.

Mit anderen Worten: J.'s Probleme waren so ungewöhnlich, daß Therapeuten daraus lernen könnten, wie das Bewußtsein arbeitete.

J. wurde als eine junge Frau Ende Zwanzig aus der Oberklasse beschrieben. Gut ausgebildet und intelligent, war sie nach Kalifornien gekommen, um eine Karriere in einem nicht genauer bezeichneten Beruf einzuschlagen, und sie stellte sich Sharon zur Behandlung vor, weil sie unter niedriger Selbstachtung, Depressionen, Schlaflosigkeit und Gefühlen eines »Hohlseins« litt.

Aber am beunruhigsten war, was J. ihre »verlorenen Stunden« nannte. Dann erwachte sie manchmal aus langem Schlaf und fand sich allein an unbekannten Orten wieder – durch Straßen wandernd oder in ihrem Wagen am Rande einer Landstraße parkend, im Bett in einem billigen Hotel oder am Tresen eines primitiven Kaffeeladens.

Abgerissene Tickethälften und Quittungen von Autoverleihern in ihrer Handtasche deuteten darauf hin, daß sie zu diesen Orten geflogen oder gefahren war, obwohl sie sich nicht mehr daran erinnerte. »Keine Ahnung« mehr von dem, was sie während gewisser Perioden getan hatte, die sich, wie Kalenderüberprüfungen ergaben, über jeweils drei bis vier Tage erstreckten. Es war, als hätte man ganze Zeitblöcke aus ihrem Leben gestohlen.

Sharon diagnostizierte diese zeitlichen Verwerfungen korrekt als sogenannte »Fugue-Zustände« – »Wandertrieb« oder »Poriomanie«. Ebenso wie Amnesie – Gedächtnisverlust – und Hysterie ist auch die Fugue – oder das dranghaft unwiderstehliche Wandern oder triebhafte Fortlaufen bei den sogenannten epileptoiden Psychopathien – eine dissoziative Reaktion, ein buchstäbliches Abspalten der Psyche bei Ängsten und Konflikten. Ein dissoziativer Patient, konfrontiert mit einer Welt, die voller Streß ist, stößt sich selbst aus dieser Welt aus und flüchtet.

In der Hysterie wird der Konflikt auf ein körperliches Symptom abgeleitet – Pseudolähmung, Blindheit –, und der Patient trägt oft eine *belle indifference* zur Schau. Eine Apathie, was die Behinderung angeht. Als ob es einer anderen Person geschähe. In der Amnesie und der Fugue finden tatsächlich eine Flucht und ein Gedächtnisverlust statt. Aber in der Fugue ist die Auslöschung kurzzeitig, der Patient erinnert sich, wer er oder sie vor der Flucht war, ist voll *in touch,* wenn er oder sie herauskommt. Was dazwischen geschieht, bleibt ein Geheimnis.

Mißbrauchte und vernachlässigte Kinder lernen es früh, sich dem Horror gegenüber abzuschotten, und wenn sie dann aufwachsen, kommen bei ihnen oft dissoziative Symptome vor. Dasselbe gilt für Patienten mit fragmentierten oder verschwommenen Identitäten. Narzisten. Borderlinern.

Als J. zu Sharon in die Praxis kam, waren ihre Fugues so häufig – fast einmal eine in jedem Monat –, daß sie eine Angst davor entwickelte, das Haus zu verlassen und sich mit Barbituraten die Nerven zu beruhigen versuchte.

Sharon nahm detailliert ihre Geschichte auf, testete sie auf frühere traumatische Erlebnisse. Aber J. bestand darauf, sie hätte eine Kindheit wie im Bilderbuch erlebt – alle Annehmlichkeiten des Lebens, weltgewandte, attraktive Eltern, die sie liebten und bewunderten, bis zu dem Tag, an dem sie bei einem Autounfall ums Leben kamen.

Alles war wundervoll gewesen, darauf beharrte sie; also gab es keinen vernünftigen Grund, daß sie diese Probleme hatte. Es würde eine kurze Therapie werden – nur ein Einstellen des Motors sozusagen, und dann würde sie wieder laufen.

Sharon stellte fest, daß diese Art der extremen Verleugnung eine Konstante beim dissoziativen Verhalten war. Sie hielt es für unklug, J. damit zu konfrontieren, schlug ihr statt dessen eine sechsmonatige Probezeit für eine Psychotherapie vor, und als J. sich weigerte, eine Verpflichtung auf so lange Zeit einzugehen, war Sharon mit einer Zeit von drei Monaten einverstanden.

J. versäumte ihre erste Stunde und die nächste auch. Sharon versuchte, sie anzurufen, aber die Nummer, die sie ihr gegeben hatte, war nicht angeschlossen. Die nächsten drei Monate hörte sie nichts von J., nahm an, daß die junge Frau es sich anders überlegt hätte. Dann eines Abends, nachdem Sharon den letzten Patienten verabschiedet hatte, kam J. in die Praxis gestürmt, weinte, halb bewußtlos vor Betäubungsmitteln und bettelte, daß sie sie empfangen möge.

Sharon brauchte eine Zeitlang, um sie zu beruhigen und ihre Geschichte zu hören: Überzeugt, daß sie nur dringend eine Veränderung ihrer Umgebung brauchte (»eine gewollte Flucht« kommentierte es Sharon), war sie nach Rom geflogen, hatte in der Via Veneto eingekauft, in feinen Restaurants gespeist und sich wunderbar amüsiert, bis sie mehrere Tage später mit zerrissenen Kleidern, halbnackt, zerschunden und wund, Gesicht und Körper mit einer klebrigen Kruste getrockneten Samens bedeckt, in einer verdreckten Seitenstraße von Venedig aufwachte. Sie nahm an, daß man sie vergewaltigt hätte, konnte sich aber an nichts erinnern. Nachdem sie geduscht und sich angezogen hatte, nahm sie das nächste Flugzeug zurück in die USA und fuhr vom Flugplatz direkt zu Sharon in die Praxis.

Sie sah jetzt ein, daß sie etwas falsch gemacht hatte, aber sie brauchte dringend Hilfe. Und war bereit, alles zu tun, was nötig wurde.

Trotz dieser Einsicht entwickelte sich diese Behandlung nicht störungsfrei. J. verhielt sich der Psychotherapie gegenüber ambivalent. Sie wechselte hin und her zwischen einer Vergötterung Sharons und unflätigen Beschimpfungen. In den nächsten beiden Jahren wurde klar, daß J.'s Ambivalenz ein »Kernelement ihrer Persönlichkeit, etwas Grundlegendes in ihrer Charakterstruktur« darstellte. Sie zeigte zwei verschiedene Gesichter: das des hungrigen, herumgestoßenen Waisenkindes, das kommt und um Hilfe bittet, Sharon mit göttlichen Attributen ausstattet, sich mit einer Flut von Komplimenten und Geschenken bei ihr einzuschmeicheln sucht; und das wutschnaubende, mit gemeinen Redensarten um sich werfende Straßenmädchen, das behauptete: »Ich bin dir ja scheißegal ... Du machst das nur, um dich auf meine Kosten an irgendeinem miesen Powertrip aufzugeilen.«

Gute Patientin, schlechte Patientin. J. wechselte allmählich immer leichter zwischen den beiden Persönlichkeiten hin und her, und nach dem zweiten Therapiejahr kam es während einer einzigen Sitzung mehrmals zu einer solchen, *Shift* genannten Verschiebung oder Veränderung.

Sharon stellte ihre ursprüngliche Diagnose in Frage und zog eine andere in Erwägung:

Multiple personality syndrome – oder Symptomenkomplex der innerhalb eines Individuums mehrfach oder vieldeutig ausgeprägten Persönlichkeit. Die seltenste aller Störungen, die endgültige Dissoziation, der unheilbare Persönlichkeitszerfall, wie man annahm. Obwohl J. keine zwei unterschiedlich ausgeprägten Persönlichkeiten aufwies, erweckten ihre Shifts aber doch den Eindruck, als handle es sich um ein sogenanntes latent multiples Syndrom, einen latent vorhandenen Symptomenkomplex, und die Beschwerden, deretwegen sie in die Behandlung kam, klangen sehr ähnlich denen *multipler* Patienten, die sich ihrer Krankheit nicht bewußt waren.

Sharon hielt Rücksprache mit ihrem Berater und Doktorvater – dem hochgeschätzten Professor Kruse –, und er schlug vor, die Hypnose als Mittel der Diagnose zu benutzen. Aber J. weigerte sich, eine Hypnose mitzumachen, sie schreckte davor zurück, sich Sharon so völlig auszuliefern. Außerdem, so sagte sie, gehe es ihr prima, und sie sei sicher, daß sie schon fast ganz geheilt sei. Und sie sah viel besser aus: Die Fugues waren nicht mehr so stark gewesen, und die letzte hatte vor drei Monaten stattgefunden. Sie war frei von Barbituraten und besaß eine höhere Selbstachtung. Sharon gratulierte ihr, vertraute sich aber mit ihren Zweifeln Kruse an. Er riet ihr, abzuwarten und dann weiterzusehen.

Zwei Wochen danach beendete J. die Therapie. Fünf Wochen später kam sie – um zehn Pfund abgemagert und wieder drogenabhängig – zu Sharon in die Praxis, hatte eine sieben Tage lange Fugue hinter sich, an deren Ende sie sich – nackt, mit leerem Tank, ohne ihre Handtasche und eine leere Tablettenröhre in der Hand – gestrandet in der Mojave-Wüste wiedergefunden hatte. Alle Mühe war anscheinend umsonst gewesen.

Sharon hatte zwar recht behalten, aber sie brachte »tiefe Enttäuschung über J.'s Regression« zum Ausdruck.

Wieder einmal schlug sie Hypnose vor. J. reagierte mit Wut, klagte Sharon an, sie sei »lüstern auf Gedankenkontrolle. Du bist ja nur neidisch und eifersüchtig, weil ich so schön und sexy bin und du eine vertrocknete alte Schachtel. Du hast mir gar nichts Gutes getan, wie komme ich also dazu, mich dir auszuliefern?«

J. stampfte aus der Praxis und rief, sie habe »diesen Scheiß satt« und würde sich »einen anderen Seelenklempner suchen«. Drei Tage später war sie wieder da, bis oben voll von Barbituraten, verlottert und von der Sonne verbrannt, kratzte sich die Haut ab und weinte, sie hätte »diesmal wirklich alles versaut« und war bereit, alles zu tun, damit der in ihrem Innern nagende Schmerz wegging.

Sharon fing mit der Hypnosebehandlung an. J. war ein vorzügliches Subjekt – Hypnose ist ja an sich Dissoziation. Die Ergebnisse waren aufsehenerregend, dramatisch – und fast sofort da.

J. litt in der Tat an einem *multiple personality syndrom*. In der Trance tauchten zwei Identitäten auf: J. und Jana – eineiige Zwillinge in einem Körper sozusagen. Vollkommene Ebenbilder, aber psychologisch gegensätzlich gepolt.

J. war wohlerzogen, eine gepflegte Erscheinung, Erfolgstyp, obwohl etwas zur Passivität neigend. Sie mochte andere Leute, und trotz der unerklärten Absencen aufgrund der Fugues gelang es ihr, Hervorragendes zu leisten in einem Beruf, der mit Menschen zu tun hat. Sie hatte »altmodische Auffassungen« über Sex und Romantik – glaubte an die wahre Liebe, Ehe und Familie, absolute Treue –, aber gab zu, mit einem Mann sexuell aktiv zu sein, an dem ihr sehr viel lag. Diese Beziehung aber war aufgrund des Eingreifens ihres anderen Ichs beendet worden.

J. war zurückhaltend – Jana laut und ungezogen, bevorzugte gefärbte Punkperücken, Kleidung, »bei der man was von meiner Schönheit sieht«, und dicke, grelle Schminke. Fand nichts dabei, wenn jemand »sein Koks snifft und ab und zu mal 'nen Downer einschmeißt«, und trank gern ... Erdbeerdaiquiris. Sie gab an, »nur für den Augenblick dazusein – so 'ne total süße, schöne saftige Lucy, eingewickelt in geile Town-and-Country-Schnüre, was das, was drinnen ist, nur noch um so heißer macht«. Sie mochte sexuelle Promiskuität, erinnerte sich an eine Party, bei der sie Stimulanzmittel genommen und nacheinander in einer Nacht Verkehr mit zehn Männern gehabt hatte. Männer, lachte sie, waren Schwächlinge, Primitive. Affen. Von ihren Lüsten beherrscht. »Von *denen* kann ich so viele haben, wie ich will – wie meine Pussy will.«

Kein »Zwilling« erkannte die Existenz des anderen an. Sharon sah, wie ihre Patientin gegen ein zweites Ego einen erbitterten

Kampf führte. Und trotz Janas Neigungen zu spektakulären Auftritten schien es die anständige, wohlerzogene J. zu sein, die in diesem Wettstreit gewann.

J. nahm etwa fünfundneunzig Prozent des Bewußtseins der Patientin ein, diente ihr in der Öffentlichkeit als Identität, trug ihren Namen. Aus den fünf Prozent, die Jana für sich in Anspruch nahm, stammten die Probleme, mit denen die Patientin zu tun hatte.

Jana, so theoretisierte Sharon, tauchte immer in Zeiten hohen Stresses auf, wenn das Abwehrsystem der Patientin schwach war. Die Fugues waren kurze Perioden, in denen sie, Jana, tatsächlich »da war«. Sie tat dann Dinge, die J.'s Vorstellung von sich selbst als »vollkommener Lady« kraß zuwiderliefen.

Allmählich tauchte Jana in der Hypnose immer mehr auf und fing schließlich an zu beschreiben, was während der »verlorenen Stunden« geschah.

Den Fugues ging ein heftiger Drang nach vollständiger körperlicher Flucht voraus. Ein fast sinnlicher Druck, »einen Satz zu machen, abzuhauen«. Impulsive Reisen folgten bald: Die Patientin setzte ihre Perücke auf, stieg in ihre »Partykleider«, sprang in ihren Wagen, los zum nächsten Freeway –, um dann manchmal ziellos, ohne Karte, Hunderte von Meilen zu fahren – »ich höre nicht mal Musik, nur das Summen von meinem eigenen heißen Blut, das durch den Körper gepumpt wird«.

Manchmal »brachte« sie der Wagen zum Flugplatz, wo sie mit der Kreditkarte einen Flug irgendwohin buchte. Zu anderen Zeiten fuhr sie mit dem Wagen über Land. In beiden Fällen endeten ihre Spritztouren gewöhnlich mit Ausschweifungen: ein Ausflug nach San Francisco, der seinen Höhepunkt in einer drei Tage langen Orgie – »Methsniffen und Gruppensex mit einem Haufen Rockern – im Golden Gate Park« fand. Pillenschmeißen in einer Disko in Manhattan, gefolgt von Heroinspritzen an einem Schießstand in der South Bronx. Orgien in verschiedenen europäischen Städten, Stelldicheins mit Obdachlosen und menschlichen Wracks aller Art und schwachsinnigen Stadtstreichern.

Und eine »echte Gruppensexszene«. Pornographische Filme »irgendwo unten in Florida gedreht. Da haben wir's getrieben wie die Superstars«.

Die »Parties« hatten immer mit einem durch Drogen herbeigeführten Blackout geendet, dann zog Jana sich zurück, und J. wachte auf und wußte nichts von dem, was ihr »Zwilling« getan hatte.

Die Fähigkeit, sich zu spalten, war das Problem der Patientin, stellte Sharon fest, und darauf richtete sie ihren therapeutischen Ansatz. J.'s Ego mußte integriert werden, die »Zwillinge« kamen einander immer näher, sollten aufeinanderprallen, dann eine Art Wiederannäherung erreichen und schließlich zu einer einzigen, voll funktionierenden Identität verschmelzen.

Ein potential traumatischer Prozeß, gab sie zu, dessen Vorhandensein sonst durch keine nennenswerten klinischen Untersuchungen zu belegen war. Sehr wenige Therapeuten behaupteten, schon einmal multiple Persönlichkeiten zusammengefügt zu haben, so daß die Aussicht auf Erfolg gering schien. Aber Kruse ermutigte sie, unterstützte ihre Theorie, daß diese Multiplen, da sie »eineiige Zwillinge« seien, einen gemeinsamen »seelischen Kern« besitzen und einer Verschmelzung zugänglich sein müßten.

Während der Hypnose fing sie an, J. mit kleinen Häppchen von Jana bekannt zu machen: kurze Blicke durchs Autofenster auf eine Autobahn, ein Straßenschild oder Hotelzimmer, das Jana erwähnt hatte. Schnappschüsse neutralen Materials, das leicht zurückgezogen werden konnte, wenn die Angst der Patientin zu groß wurde.

J. ertrug das gut – keine äußeren Anzeichen von Angst, obwohl sie auf das Material von Jana durchgehend nicht reagierte und Sharons Vorschlag ablehnte, sich diese Einzelheiten nach Hypnose ins Gedächtnis zurückzurufen. Die folgende Sitzung: ebenfalls keine Erinnerung, überhaupt gar keine Reaktion. Sharon versuchte es wieder. Nichts. Sitzung auf Sitzung. Eine leere Wand. Trotz der vorangegangenen Ansprechbarkeit und Suggestibilität war sie völlig unkooperativ. Entschlossen wohl, daß die »Zwillinge« einander nie begegnen sollten.

Überrascht vom Widerstand der Patientin fragte sich Sharon, ob sie sich vielleicht geirrt hatte in der Annahme, das Zwillingsverhältnis erleichtere die Integration. Vielleicht war genau das Gegenteil wahr. Die Tatsache, daß J. und Jana körperlich eine Gesamtheit, aber psychologisch spiegelverkehrte Kopien waren, hatte ihre Rivalität intensiviert.

Sie fing an, die Psychologie der Zwillinge zu erforschen, vor allem der eineiigen, Kruse zu Rate zu ziehen, kam dann mit einem anderen Ansatz: Sie hypnotisierte die Patientin weiter, aber unterließ fortan jegliche Versuche einer Integration. Statt dessen übernahm sie eine aktivere Rolle, plauderte einfach mit der Patientin über scheinbar harmlose Themen: weibliche Geschwister, Zwillinge, Eineiige. Führte durch leidenschaftslose Diskussionen – gab es tatsächlich eine spezielle Bindung zwischen Zwillingen und wenn ja, welcher Art war sie? Wie erzog man Zwillinge am besten? Wieviel der Ähnlichkeit von Eineiigen wurde durch Vererbung, wieviel durch Gene verursacht?

Sie nannte es »mit dem Widerstand im Rücken surfen«. Notierte sorgfältig die Körpersprache der Patientin und ihre Sprechtöne, synchronisierte ihre eigenen mit den Bewegungen der Patientin.

Sie »erforschte die versteckte Botschaft« – nach Dr. P. P. Kruses Theorie der Kommunikationsdynamik.

Das ging noch mehrere Monate lang so; bei oberflächlichem Hinsehen: nichts als zwei Freundinnen, die sich unterhalten. Aber die Patientin reagierte auf diesen Strategiewechsel, indem sie tiefer denn je in Hypnose versank. Sie wies eine so tiefe Suggestibilität auf, daß sie eine völlige Unempfindlichkeit der Haut gegenüber Feuer entwickelte und ihre Atmung an diejenige Sharons anpaßte. Bereit schien für direkte Suggestion. Aber Sharon zögerte noch.

Dann, während der vierundfünfzigsten Sitzung, rutschte die Patientin spontan in die Rolle der Jana und fing an, eine wilde Nacht zu beschreiben, die sich in Italien abgespielt hatte – eine Party in einer privaten Villa in Venedig, bevölkert von unheimlichen grinsenden Gestalten und mit stetem Nachschub an Alkohol und Drogen.

Zuerst nur mal wieder so eine Orgiengeschichte Janas, alle ekelerregenden Einzelheiten genüßlich ausgebreitet, daß einem beinahe schlecht wurde. Dann folgte jedoch etwas ganz anderes.

»Meine Schwester ist da«, sagte Jana verwundert. »Ein blödes Mauerblümchen in der Ecke da auf dem häßlichen Holzstuhl.«

Sharon: »Was ist das für ein Gefühl?«

»Eine wahnsinnige Angst. Männer lutschen an ihren Nippeln – nackt, haarig. Paviane – sie schwärmen über sie her, stecken Dinger in sie rein.«

Sharon: »Was für Dinger?«

»Ihre Dinger. Ihre schmutzigen, widerlichen Dinger. Sie tun ihr weh und lachen, und da ist die Kamera.«

Sharon: »Wo ist die Kamera?«

»Da, auf der anderen Seite des Raums. Ich bin – o nein, ich hab' es. Ich will alles sehen; die Lichter sind alle an. Aber sie mag es nicht. Aber ich filme sie sowieso. Ich kann nicht aufhören.«

Als sie fortfuhr, die Szene zu beschreiben, zitterte und versagte Janas Stimme. Sie beschrieb J. mit den Worten: »Genauso als ob … *sieht* genau wie ich aus – nur unschuldiger. Sie war immer unschuldiger. Sie gehen wirklich an sie ran. Ich fühle …«

Sharon: »Was?«

»Nichts.«

Sharon: »Was hast du empfunden, Jana? Als du sahst, was mit deiner Schwester geschah?«

»Nichts.« Pause. »Schlecht.«

Sharon: »Sehr schlecht?«

»Ein … bißchen schlecht.« Wütender Ausdruck. »Aber es war ihr eigener Fehler! Man muß wissen, was man tut, vorher, stimmt's? Sie hätte gehen sollen, wenn sie nicht mitspielen wollte, stimmt's?«

Sharon: »Hatte sie die Wahl, Jana?«

Pause. »Was meinst du?«

Sharon: »Hat J. die Wahl gehabt, ob sie zu der Party gehen wollte oder nicht?«

Langes Schweigen.

Sharon: »Jana.«

»Ja. Ich habe dich gehört. Erst dacht' ich: Ja, klar hat sie das! Jeder hat die Wahl. Dann …«

Sharon: »Was dann?«

»Ich weiß nicht – ich meine, ich kenne sie wirklich nicht. Ich meine: Wir sind genau gleich, aber an ihr ist etwas, das … ich weiß es nicht. Es ist so, als ob wir – ich weiß nicht – mehr als Schwestern sind. Ich weiß nicht, was das richtige Wort ist, vielleicht Teil – vergiß es.«

Pause.

Sharon: »Partnerinnen?«

Jana, jäh erregt: »Ich sagte: Vergiß es, genug von diesem Scheiß.

Laß uns über was anderes reden, was Spaß macht, was *ich* bei der Party gemacht habe.«

Sharon: »Also gut, was *hast* du gemacht?«

Jana, erstaunt, nach einem langen Schweigen. »Ich weiß ... nicht. Au, es war sowieso wahrscheinlich langweilig – *jede* Party, zu der *sie* geht, muß ja schlimm sein.«

Das war ein kleiner Durchbruch, den Sharon nicht gefährden wollte. Sie ließ Jana weiterreden, wartete, bis ihr ganzer Ärger heraus war, beendete dann die Sitzung, sicher, daß ein Durchbruch stattgefunden hatte. Zum erstenmal seit mehr als drei Jahren hatte J. es den Zwillingen gestattet zu koexistieren und einen neuen möglichen Schlüssel geliefert: Das Wort *Partnerinnen* schien eine starke emotionale Ladung zu besitzen. Sharon beschloß, das weiterzuverfolgen, und brachte das Thema beim nächstenmal auf, als sie J. hypnotisierte.

»Was war das, Doktor? Was haben Sie gesagt?«

Sharon: »Partnerinnen. Ich schlug vor, daß Sie und Jana etwas mehr als nur Schwestern sind. Oder auch Zwillinge: Vielleicht sind Sie Partnerinnen. Psychologische Partnerinnen.«

J. ist nachdenklich, still, fängt an zu lächeln.

Sharon: »Was ist so komisch?«

»Nichts. Ich glaube, Sie haben recht – oder meistens.«

Sharon: »Aber siehst *du* es ein?«

»Ich nehme an, ja. Obwohl, wenn sie meine Partnerin ist, ist sie wirklich eine sehr *stille*. Wir reden nie. Sie weigert sich, mit mir zu sprechen.« Pause. Ihr Lächeln wird breiter. »Stille Partner. Was ist denn unser Geschäft?«

»Das Geschäft des Lebens.«

J. amüsiert: »Ich glaube auch.«

Sharon: »Würdest du gern mehr darüber sprechen? Darüber, eine stille Partnerin zu sein?«

J.: »Ich weiß nicht. Ich glaube, ja ... Vielleicht nicht. Nein. Sie ist so gemein und unangenehm, ich kann sie hier wirklich nicht gebrauchen. Wechseln wir das Thema, wenn's Ihnen nichts ausmacht.«

J. kam nicht zur nächsten Sitzung, nicht zur übernächsten. Als sie schließlich wiederkam, zwei Monate später, schien sie sich besonnen zu haben. Sie behauptete, ihr Leben sei großartig und sie brauche nur eine Feineinstellung ihrer Psyche.

Sharon nahm die Hypnosetherapie wieder auf, setzte ihren Versuch, die »Zwillinge« zusammenzubringen, fort. Fünf weitere Monate Enttäuschung, während Sharon sich allmählich an den Gedanken zu gewöhnen begann, daß sie eine Versagerin war. Sie fragte sich, ob eine andere Therapeutin J.'s Bedürfnisse nicht vielleicht besser erfüllen könnte, »eine mit mehr Erfahrung, ja, vielleicht ein Mann«.

Aber Kruse ermutigte sie fortzufahren, riet ihr, sich mehr auf die nonverbale Manipulation zu verlassen.

Noch einen Monat lang blieb die Situation unverändert, dann verschwand J. erneut.

Fünf Wochen später war sie wieder da – platzte in Sharons Praxis, als Sharon gerade mit einer anderen Patientin sprach, beschimpfte die Frau: »Idiotin, deine Probleme zählen nicht einen Scheißdreck«, und scheuchte sie aus der Praxis.

Trotz Sharons Versuch, die Situation zu meistern, rannte die andere Patientin schreiend hinaus. Sharon sagte J., das solle sie nie wieder tun. J. wurde Jana und warf Sharon an den Kopf, sie sei »eine böse, egoistische Fotze. Du bist eine verdammte manipulierende Fotze, die mir alles wegnehmen will, was ich besitze, alles, was ich bin. Alles, was du willst, ist, mich aussaugen, bis auf den letzten Tropfen!«

Und nachdem sie Sharon gedroht hatte, sie würde sie verklagen und ruinieren, rannte sie aus der Praxis.

Und kam nie wieder.

Ende der Behandlung. Zeit für die erfolglose Therapeutin, noch mal drüber nachzugrübeln.

Hundert Seiten Diskussion der Ergebnisse. Hundert Seiten Begründung, und das an einem Montagmorgen. Der Endpunkt: Sharon begreift, daß ihr Versuch, J. und Jana zu versöhnen, von Anfang an zum Scheitern verurteilt war, weil die »Zwillinge erbitterte Feinde sind; der Triumph des einen verlangt den Tod des anderen – einen psychologischen Tod, aber einen, der so heftig und lebensentscheidend sein kann, daß er dem körperlichen gleichkommt«.

Statt die Integration zu suchen, das begriff sie jetzt, hätte sie lieber an der Stärkung der guten Identität von J. arbeiten, sich mit dem guten Zwilling zusammentun sollen, um die »destruktive, in flagranter Weise verwirrte Jana« zu vernichten.

»In der Psyche dieser jungen Frau«, so schloß sie, »ist kein Platz für irgendeinen Partner, geschweige denn für konflikthaltige stille Partner, wie sie die Spaltungen ihrer Persönlichkeit darstellen. Die Natur der menschlichen Identität ist so beschaffen, daß das Geschäft des Lebens ein einsamer Prozeß sein muß. Manchmal einsam, aber bereichert durch die Stärke und Befriedigung, die aus der Selbstbestimmung eines voll integrierten Ichs kommt. Wir werden allein geboren, und wir sterben allein.«

Eine Hölle von einem Fall. Wenn's je ein Fall war.

Ich kannte J. Ich hatte sie geliebt, mit ihr draußen auf der Terrasse getanzt.

Ich kannte auch Jana, hatte sie Erdbeerdaiquiris gegen den Kamin werfen, sich aus ihrem flammenfarbenen Kleid schlängeln und alles mit mir machen sehen, was sie wollte.

Ein Kapitel aus der Psychologie der Zwillinge, aber nirgendwo hatte Sharon schriftlich angedeutet, daß sie selbst eine Zwillingsschwester besaß. Ihre eigene stille Partnerin.

Verleugnung? Betrug?

Autobiographie.

Sie hatte ihre eigene gequälte Psyche ergründet, eine Fallgeschichte erfunden und als Doktorarbeit durchgebracht.

Ich blätterte sie durch. Irgend so eine Avantgardetherapie?

Genau wie das Pornovideo.

Kruse war ihr Doktorvater gewesen.

Es stank nach Kruse.

Aber was war mit Shirlee? Der wirklichen stillen Partnerin? Hatte Sharon sie einer stummen, dunklen Welt überlassen?

Und wer zum Teufel war »Jasper«?

Und tiefen Dank Alex, der mich sogar dann noch, wenn er abwesend ist, inspiriert.

Die spröde, passive, damenhafte J. Altmodische Ansichten über Sex und Romantik ... obwohl sie tatsächlich sexuell aktiv mit einem Mann gewesen war, an dem ihr sehr viel lag ... die Beziehung endete durch die Intervention Janas.

Ich wog die Dissertation in der Hand. Über vierhundert Seiten pseudowissenschaftliche Seelensuche. Alles gelogen.

Wie zum Teufel war sie damit durchgekommen?

Ich dachte, ich wüßte, wie ich das herausbekommen könnte.

26

Bevor ich ging, rief ich bei Olivia im Büro an.

»Sorry, Darling, die Krankenhauskartei ist immer noch nicht verfügbar. Vielleicht heute abend.«

»Okay, danke. Ich rufe später wieder an.«

»Ach, noch was – das Krankenhaus, nach dem du gefragt hast in Glendale? Ich habe mit einer Freundin von mir gesprochen, die bei den Glendale-Adventisten gearbeitet hat, und sie hat gesagt, es gäbe da ein Haus auf Brand mit dem Namen Resthaven Terrace, das kürzlich zugemacht hätte. Sie hätte früher mal dort gearbeitet und die Buchführung für die Krankenhauskartei gemacht.«

»Kürzlich zugemacht? Ganz?«

»Das hat Arlene gesagt.«

»Wo kann ich Arlene erreichen?«

»St. John's in Santa Monica. Stellvertretende Leiterin des Sozialdienstes. Arlene Melamed.«

Sie gab mir die Nummer und sagte: »Du bist wirklich scharf drauf, dieses Shirlee-Mädchen zu finden, stimmt's?«

»Es ist kompliziert, Olivia.«

»Das ist es immer bei dir.«

Ich rief Arlene Melameds Büro an und benutzte Olivias Namen, um bei ihrer Sekretärin durchzukommen. Sekunden später sagte eine Frau mit einer kräftigen Stimme und einem slawischen Akzent: »Mrs. Melamed.«

Ich stellte mich vor und erzählte ihr, ich versuchte, eine frühere Patientin von mir wiederzufinden, die in Resthaven Terrace gewesen war.

»Wann behandelt, Doktor?«

»Vor sechs Jahren.«

»Das war vor meiner Zeit. Ich habe erst vor einem Jahr angefangen.«

»Diese Patientin war mehrfach behindert, ein Pflegefall. Sie kann sehr wohl vor einem Jahr noch dortgewesen sein.«

»Name?«

»Shirlee Ransom, Shirlee mit ee.«

»Sorry, da läutet's bei mir nicht, aber das will nicht viel heißen. Ich habe an keinem Fall gearbeitet. Nur Papiere sortiert. In welcher Abteilung war sie?«

»In einem Privatzimmer – nach hinten raus.«

»Da kann ich Ihnen mit Sicherheit nicht helfen, Doktor. Ich habe nur mit dem öffentlichen Gesundheitssystem zu tun gehabt und mich um die Abrechnungen gekümmert.«

Ich dachte einen Augenblick nach. »Sie hatte einen Pfleger, einen Mann namens Elmo. Schwarz, muskulös.«

»Elmo Castlemaine.«

»Sie kennen ihn?«

»Nachdem Resthaven schloß, kam er und arbeitete für mich bei den Adventisten. Ein sehr feiner Mann. Unglücklicherweise hatten wir Budgetsorgen und mußten ihn gehen lassen – er hatte keinen ausreichenden Schulabschluß, der Personalchef war nicht damit zufrieden.«

»Haben Sie eine Ahnung, wo er jetzt arbeitet?«

»Nach der Entlassung kriegte er einen Job in einem Altersheim in der Fairfax-Gegend. Ich habe keine Ahnung, ob er da noch ist.«

»Erinnern Sie sich an den Namen *des* Hauses?«

»Nein, aber Moment mal. Er steht in meinem Adressenverzeichnis. Er war so ein netter Mann. Ich wollte mit ihm in Kontakt bleiben, falls sich irgendwas ergab. Ach, hier ist er: Elmo Castlemaine, King Solomon Manor, Edinburgh Street.«

Ich schrieb die Adresse und Telefonnummer auf und sagte: »Mrs. Melamed, wann hat Resthaven geschlossen?«

»Vor sechs Monaten.«

»Was war Resthaven für ein Haus?«

»Ich bin nicht sicher, ob ich weiß, was Sie meinen.«

»Wer hat's geleitet?«

»Eine Corporation. Angeblich im ganzen Land existierende Gesellschaft namens ChroniCare – ihr gehörte eine Reihe von solchen Einrichtungen überall an der Westküste. Schick aussehende Angelegenheit, aber sie haben das mit der Leitung in Resthaven nie geschafft.«

»Mit der klinischen Arbeit?«

»Mit der Verwaltung. Klinisch waren sie guter Durchschnitt. Nicht die Besten, aber weit entfernt von den ganz Schlimmen. Finanziell war das Ding ein Desaster. Die Buchhaltung war total im Eimer. Sie suchten sich unfähige Bürohilfskräfte und kamen auch nicht im entferntesten dahinter, wie sie das ganze Geld eintreiben könnten, das der Staat dem Unternehmen schuldete. Ich kam dazu und sollte beim Aufräumen mithelfen, aber es war eine unmögliche Aufgabe. Es gab niemanden, bei dem ich mich informieren konnte – die Zentrale war draußen in El Segundo, und niemand rief jemals zurück. Es war wirklich so, als ob es sie nicht interessierte, Geld einzunehmen.«

»Nachdem es geschlossen wurde – wohin sind die Patienten gekommen?«

»In andere Hospitäler, nehme ich an. Ich bin vorher weggegangen.«

»El Segundo«, sagte ich. »Wissen Sie, ob das Haus einer größeren Corporation gehörte?«

»Würde mich nicht überraschen«, meinte sie. »Heutzutage ist's doch überall so.«

Ich dankte ihr, rief meinen Börsenmakler Lou Cestare in Oregon an und fand bestätigt, daß ChroniCare eine Tochter der Magna Corporation war.

»Aber bilde dir nicht ein, du könntest von der Gesellschaft Aktien kaufen, Alex. Die sind nie auf den Markt gegangen.«

Wir plauderten eine Weile, dann drückte ich auf die Gabel und wählte das King Solomon Manor. Der Pförtner bestätigte, daß Elmo Castlemaine dort immer noch arbeitete. Aber er war mit einem Patienten beschäftigt, könnte im Augenblick nichts ans Telefon kommen. Ich hinterließ ihm eine Nachricht, daß er mich wegen Shirlee Ransom anrufen solle, und fuhr zum Campus.

Ich kam um zwei in Milton Fraziers Büro. Die Karte draußen auf der Tür war nicht mit Bürozeiten beschriftet. Auf ein Klopfen kam keine Antwort, aber die Tür war nicht zugeschlossen. Ich öffnete sie und fand den »Rattenmann« in einem steifen Tweedanzug und mit randloser Halbbrille über seinen Schreibtisch gebeugt. Mit einem gelben Filzstift unterstrich er Teile eines Manuskripts. Die Jalousien an den Fenstern waren zum Teil vorgezogen und tauchten den Raum in ein fahles Licht. Fraziers Bart war wüst zerzaust, als ob er darin herumgerupft hätte.

Mein »Hallo, Professor!« rief einen finsteren Blick in seinem Gesicht hervor und ein Winken seiner Hand, das ebensogut »Kommen Sie rein« wie »Gehen sie zum Teufel« bedeuten konnte.

Ein Stuhl mit steifer Lehne stand vor seinem Schreibtisch. Ich setzte mich darauf und wartete, während Frazier weiterhin unterstrich, er tat es mit unschönen, schlitzenden Bewegungen. Der Tisch war von Manuskriptstapeln bedeckt. Ich beugte mich vor und las das oben liegende. Ein Lehrbuchkapitel.

Er editierte etwas; ich wartete. Das Büro hatte beigefarbene Wände, ungefähr ein Dutzend Diplome und Zertifikate, doppelreihige metallene Bücherregale auf rissigem Vinylboden. Kein maßgeschneidertes Design für diesen Fachbereichschef. Auf dem Regal aufgereiht standen Bechergläser – Tiergehirne in Formaldehyd. Das Zimmer roch nach altem Papier und feucht nach Nagetieren.

Ich wartete lange. Frazier beendete ein Manuskript, hob ein anderes vom Stapel und fing an, daran zu arbeiten. Er brachte weitere gelbe Markierungen an, schüttelte den Kopf, drehte seine Barthaare, zeigte keine Absicht, aufhören zu wollen.

»Alex Delaware«, sagte ich. »Absolvent von 1974.«

Er schoß abrupt hoch, starrte mich an, strich sich die Jackenaufschläge glatt. Sein Hemd bauschte sich; seine Krawatte war ein handgemalter Horror, gerade uralt genug, um wieder modern zu sein.

Er betrachtete mich. »Hmm. Delaware. Kann nicht sagen, daß ich mich erinnere.«

Eine Lüge, aber ich ließ sie durchgehen.

»Ich dachte, Sie wären ein Student«, sagte er. Als ob das seine Mißachtung mir gegenüber erklärte. Die Augen wieder auf dem Manuskript, fügte er hinzu: »Wenn Sie auf eine außerordentliche Professur aus sind, müssen Sie damit warten. Ich empfange niemanden ohne vorherige Anmeldung. Verlagstermin.«

»Neues Buch?«

Kopfschütteln. »Revidierte Ausgabe meiner *Paradigmata.*« Blätter, blätter.

Paradigmata des Lernens der Wirbeltiere. Seit dreißig Jahren sein Anspruch auf Ruhm.

»Zehnte Auflage«, fügte er hinzu.

»Gratuliere.«

»Ja nun, ich glaube, Glückwünsche sind angebracht. Dennoch bedauert man es beinahe, sich der Mühen einer neuen Ausgabe zu unterziehen, wenn deren Lästigkeit offenbar wird – schneidende Bemerkungen kommerziell motivierter Verleger, neue Kapitel müßten hinein, ganz ungeachtet des Mangels an Rigorosität, mit dem sie erarbeitet, oder der Kohärenz, mit der sie dargestellt sind.«

Er schlug auf den Manuskriptstapel. »Als ich diesen Mist lesen mußte, wurde mir klar, wie tief die Standards gesunken sind. Der nach 1960 ausgebildete amerikanische Psychologe hat keine Ahnung mehr davon, wie man eine anständige Untersuchung durchführt, auch nicht die Fähigkeit, einen grammatikalisch korrekten Satz zu schreiben.«

Ich nickte. »Verdammte Schande, wenn der Standard sinkt. Dann passieren auf einmal alle Arten von sonderbaren Dingen.«

Er sah auf, verärgert, aber hörte zu.

Ich sagte: »Sonderbare Dinge wie dieser unqualifizierte Partygockel, der zum Dekan wurde.«

Das saß. Frazier hörte mit dem Textmarkieren auf und sah mich an – aber sein Augenkontakt war unstet. »In Anbetracht der Umstände ist das eine besonders rüde Bemerkung.«

»Verändert nicht die Tatsachen.«

»Was haben Sie nun auf dem Herzen, Doktor?«

»Wie hat Kruse alle Regeln verbiegen können?«

»Ihre Frage ist ausgesprochen geschmacklos«, meinte er. »Was wollen Sie?«

»Nennen Sie mich einen besorgten Anhänger der Alma Mater.«

Er sog an den Zähnen. »Jegliche Klagen, die Sie eventuell gegen Professor Kruse gehabt haben, sind durch seinen viel zu frühen Tod hinfällig geworden. Wenn es Ihnen wirklich, wie Sie sagen, um den Fachbereich geht, werden Sie meine Zeit oder die von jemand anderem nicht mit trivialen persönlichen Dingen in Anspruch nehmen.

Wir sind alle entsetzlich beschäftigt – diese ganze furchtbare Geschichte hat das Getriebe gewaltig aufgehalten.«

»Das möcht' ich wetten. Vor allem der Mitglieder der Fakultät, die mit all dem Blalock-Geld rechneten. Kruses Tod hat die Existenz von Ihnen allen in Gefahr gebracht.«

Er legte den Textmarker hin, kämpfte darum, die Hand ruhig zu halten.

Ich sagte: »Da man Ihnen den Teppich unter den Füßen weggezogen hat, kann ich mir vorstellen, daß Sie jetzt Ihre zehnte Auflage losschlagen.«

Steife, roboterhafte Bewegungen. Er lehnte sich auf seinem Stuhl zurück und versuchte, entspannt zu wirken, aber er war seelisch am Boden. »Sie glauben, Sie sind so 'n schlauer Junge, was? Das haben Sie schon immer geglaubt. Immer überall mit dem Kopf durch die Wand.«

»Und ich dachte, Sie erinnerten sich nicht an mich.«

»Ihre rüde Art hat mein Gedächtnis erschüttert, junger Mann. Ich erinnere mich jetzt sehr genau an Sie – der Vorwitzige, der es in drei Jahren schaffte. Falls Sie es noch nicht wissen: Ich war dagegen, Sie früher Examen machen zu lassen, obwohl Sie Ihre Scheine hatten. Ich hatte das Gefühl, daß Sie noch nicht reif waren. Offenbar hat der Lauf der Zeit dieses Problem noch immer nicht gelöst.«

Ich rückte auf die Vorderkante meines Stuhls vor, nahm den gelben Marker auf und legte ihn hin. »Es geht nicht um meine Reife, Professor. Es geht um den bemitleidenswerten Zustand *Ihrer* Ethik. Daß Sie die Fakultät an den Meistbietenden verkaufen. Wieviel hat Kruse gezahlt, damit Sie ihm den Posten abtraten? Haben Sie das Geld alles auf einmal gekriegt oder in monatlichen Raten? Per Scheck oder Kreditkarte? Oder hat er es Ihnen in bar in einer großen braunen Tüte gebracht?«

Er wurde bleich, fing an sich von seinem Stuhl zu erheben, sank wieder darauf hinunter und drohte mir mit einem wackligen Finger: »Passen Sie auf, was Sie sagen! Werden Sie nicht unverschämt!«

»Unverschämt«, sagte ich, »ist der schnelle Dollar per Postversand, wo man sich angeblich das Rauchen abgewöhnt, so etwas für die armen Idioten. Was für einer wissenschaftlichen Rigorosität mußten Sie sich unterziehen, um so was auszubrüten?«

Er machte den Mund auf und dann wieder zu, bewegte Kopf und Schultern auf eine Art, daß die Kleidung ihn zu verschlingen schien. »Sie haben keine Ahnung von der Situation. Kein bißchen.«

»Dann klären Sie mich auf. Wieviel wurde gezahlt?«

Er drehte sich auf seinem Stuhl herum, starrte tausend Bücher an, tat, als untersuche er den Rücken eines Bandes.

»Wenn Sie verstopft sind«, sagte ich, »lassen Sie mich mal Ihre Ventile einstellen. Kruse hat Ihren kleinen Versuch als freier Unternehmer finanziert – das ganze Geld für die Anzeigen, den Druck, die Klischees. Entweder von seinem eigenen Geld, oder er hat Mrs. Blalock angezapft. Wieviel war es – zehntausend? Fünfzehntausend? Er gab für seine Sommergarderobe mehr aus. Aber für Sie wäre es ein größeres finanzielles Risiko.«

Er sagte nichts.

»Zweifellos war er es, der den Betrug vorgeschlagen hat«, sagte ich. »Anzeigen hinten in das Heft, in dem er seinen Leserbriefkasten hatte.«

Immer noch Schweigen. Aber er war blaß geworden.

»Rechnen Sie dazu den Nonstopzufluß an Blalock-Geld für Ihre akademische Forschung, und es war für Sie beide ein gutes Geschäft. Keine Betteleien mehr um Stiftungsgelder und keine Wichtigtuerei mehr für Sie. Und Kruse bekam den Lehrstuhl, sofortige Respektabilität. Um Klatsch und Eifersüchteleien zu vermeiden, arrangierte er wahrscheinlich auch für die anderen Fakultätsmitglieder eine Finanzierung. All ihr rigorosen Forscher hingt ohne ihn in der Luft – müßtet *eigene* Forschung betreiben. Obwohl ich damit rechne, daß die übrigen Herren Professoren überrascht sein werden, wieviel Kruse Ihnen extra an Schmiergeld gezahlt hat – Zeit für ’ne tolle Fakultätssitzung, finden Sie nicht, Professor?«

»Nein«, sagte er matt. »Es gibt nichts, dessen ich mich schämen muß. Meine Behandlung für Raucher beruht auf gesunden Prinzipien der Verhaltensforschung. Private Stiftungsgelder für Forschungen zu erlangen ist eine seit langem ehrwürdige Tradition. In Anbetracht unserer nationalen Wirtschaft ist es gewiß die Welle der Zukunft.«

»Sie waren nie an der Zukunft interessiert, Frazier. Kruse hat Sie weitergeschoben.«

»Warum reden Sie so, Delaware? Greifen Sie den Fachbereich an? Wir haben Sie zú dem gemacht, was Sie sind.«

»Ich spreche nicht vom Fachbereich. Nur von Ihnen. Und Kruse.«

Er machte Wiederkäubewegungen mit den Lippen, als ob er das richtige Wort herauszubringen versuchte. Als er schließlich sprach, war seine Stimme matt.

»Sie werden hier keinen Skandal entdecken. Alles ist durch ordentliche Kanäle gelaufen.«

»Ich bin bereit, diese Hypothese zu testen.«

»Delaware –«

»Ich habe heute früh ein faszinierendes Dokument studiert, Frazier. ›Der stille Partner: Identitätskrise und Egodisfunktion im Fall einer multiplen Persönlichkeit‹ et cetera. Läutet es da bei Ihnen?«

Er sah wirklich leer im Gesicht aus.

»Die Doktorarbeit von Sharon Ransom. Dem Fachbereich vorgelegt in teilweiser Erfüllung. Und angenommen per Abstimmung. Studie eines Einzelfalls, kein Fetzen empirische Forschung – eine klare Verletzung aller Regeln, die *Sie* durchgeboxt hatten. Sie haben Ihren Namen unter das verdammte Ding gesetzt. Wie ist die Kandidatin damit durchgekommen? Wieviel hat Kruse Ihnen gezahlt, damit Sie das akzeptierten?«

»Manchmal«, sagte er, »kommt man einander entgegen.«

»Das ging über Entgegenkommen hinaus. Das war Betrug.«

»Ich verstehe einfach nicht, was Sie eigentlich –«

»Sie hat von sich *selbst* geschrieben. Von ihrer eigenen Psychopathologie. Es als Fallgeschichte maskiert und als Forschung ausgegeben. Was, meinen Sie, würde der Aufsichtsrat der Universität davon halten? Vom Ethikausschuß der American Psychological Association ganz zu schweigen. *Time* und *Newsweek*.«

Was von seiner Haltung bis dahin noch geblieben war, zerbrach, und seine Gesichtsfarbe wurde übel. Ich erinnerte mich an etwas, was Larry über einen Herzanfall gesagt hatte, und fragte mich, ob ich zu weit gegangen war.

»Gott«, sagte er, »verfolgen Sie das bitte nicht weiter. Ich wußte nicht – eine Verirrung. Ich versichere Ihnen, daß es nie wieder geschehen wird.«

»Stimmt. Kruse ist tot.«

»Lassen Sie die Toten *ruhen,* Delaware. Bitte!«

»Alles, was ich will, sind Informationen«, sagte ich leise. »Geben Sie mir etwas Wahrheit, und die Sache ist vergessen.«

»Was? Was wollen Sie wissen?« Bettelte fast.

»Die Verbindung zwischen Ransom und Kruse.«

»Ich weiß nicht viel darüber. Das ist die Wahrheit Gottes. Nur daß sie sein Schützling war.«

Ich erinnerte mich, wie bald nach Sharons Eintreffen Kruse sie gefilmt hatte.

»Er hat sie mitgebracht, stimmt's? Ihre Bewerbung unterstützt.«

»Ja, aber –«

»Woher hat er sie mitgebracht?«

»Wo er auch her war, nehme ich an.«

»Woher denn?«

»Florida.«

»Palm Beach?«

Er nickte.

»War sie auch aus Palm Beach?«

»Ich habe keine Ahnung –«

»Wir könnten auf ihrer Anmeldung nachsehen.«

»Wann hat sie ihren Abschluß gemacht?«

»Einundachtzig.«

Er hob den Telefonhörer auf, rief die Fachbereichsverwaltung an und murmelte ein paar Aufträge. Einen Augenblick später runzelte er die Stirn und sagte: »Sind Sie sicher? Noch mal nachsehen.« Schweigen. »Ja, ja.« Er legte auf und sagte: »Ihre Karte ist weg.«

»Wie bequem.«

»Delaware –«

»Rufen Sie die Registratur an.«

»Alles, was sie haben könnten, wäre eine Kopie.«

»Auf der Kopie steht auch die vorher besuchte Lehranstalt.«

Er nickte, wählte eine Nummer, kanzelte eine Angestellte ab und wartete. Dann benutzte er den gelben Marker, um etwas in eine Spalte des Manuskripts zu schreiben, und legte auf. »Nicht Florida. Long Island, New York. Die Lehranstalt hieß: Forsythe Teachers College.«

Ich benutzte sein Papier und seinen Stift, um das aufzuschreiben.

»Nebenbei«, sagte er, »ihre Zensuren waren hervorragend – als Undergraduate und als Graduate. Lauter Sehr Gut. Kein Anzeichen, das auf irgendwas anderes als ausgezeichnete wissenschaftliche Leistungen hindeutete. Sie wäre vielleicht auch ohne seine Hilfe sehr gut vorangekommen.«

»Was wissen Sie noch über sie?«

»Warum müssen Sie das alles wissen?«

Ich blickte ihn an, sagte nichts.

»Ich hatte nichts mit ihr zu tun«, sagte er. »Aber Kruse hatte ein persönliches Interesse an ihr.«

»Wie persönlich?«

»Wenn Sie etwas annehmen – etwas Korruptes, also davon weiß ich nichts.«

»Warum sollte ich so etwas annehmen?«

Er zögerte, sah von Übelkeit befallen aus. »Es ist kein Geheimnis, daß er gewisse ... Neigungen hatte. Körperlicher Art.«

»Waren diese Neigungen auf Sharon Ransom gerichtet?«

»Nein, ich ... Das ist nichts, worauf ich sehr viel achte.«

Ich glaubte ihm. »Glauben Sie, daß diese Neigungen ihr geholfen haben, lauter Sehr Gut zu bekommen?«

»Absolut nicht. Das ist einfach –«

»Wie hat er es geschafft, sie hereinzubringen?«

»Er *hat* sie nicht hereingebracht. Er hat sie gesponsert. Ihre Zensuren waren einfach *perfekt*. Seine Unterstützung war da nur ein zusätzlicher Faktor zu ihren Gunsten – nichts Ungewöhnliches. Fakultätsmitglieder haben immer schon Kandidaten sponsern dürfen.«

»Ordentliche Fakultätsmitglieder aber nur«, sagte ich. »Wann haben klinische Assoziierte jemals so eine Macht gehabt?«

Ein langes Schweigen. »Ich bin sicher, daß Sie die Antwort darauf wissen.«

»Sagen Sie es mir trotzdem.«

Er räusperte sich, als wollte er im nächsten Augenblick losspukken. Stieß ein einziges Wort aus: »*Geld*.«

»Blalock-Geld?«

»Und auch sein eigenes – er kam aus einer wohlhabenden Familie, verkehrte in denselben Kreisen wie Mrs. Blalock und ihresgleichen. Sie wissen, wie selten diese Art Kontakte unter Akademikern sind, vor allem in einer staatlichen Universität. Man sah in ihm mehr als nur einen gewöhnlichen klinischen Assoziierten.«

»Ein klinischer Assoziierter mit einem Training in psychologischer Kriegsführung.«

»Wie bitte?«

»Ach, lassen Sie«, sagte ich. »Also war er Ihre Brücke zwischen Welt und Wissenschaft.«

»Das stimmt. Daran ist doch nichts Verwerfliches, oder?«

Ich erinnerte mich, was Larry über Kruses Behandlung eines der Blalock-Kinder gesagt hatte. »War seine Beziehung zu Mrs. Blalock gesellschaftlicher Art?«

»Soweit ich weiß. Bitte, Delaware, machen Sie doch nicht irgend etwas Geheimnisvolles aus alledem und dann mit ihr als Mittelpunkt. Der Fachbereich litt unter akutem Geldmangel, Kruse brachte beträchtliche Fonds mit und versprach uns, er werde seine Beziehungen nutzen, um eine reichliche Ausstattung von Mrs. Blalock zu erhalten. Er hat sein Versprechen erfüllt. Als Gegenleistung boten wir ihm eine unbezahlte Professur an.«

»Unbezahlt, was das Gehalt anging. Aber er konnte die Räume und Einrichtungen benutzen. Für seine pornographische Forschung. Forschung und Lehre.«

Er zuckte mit dem Gesicht. »Es war nicht so einfach. Der Fachbereich hat sich nicht einfach zurückgelegt wie eine Hure. Er brauchte Monate, um seine Ernennung zu bestätigen. Die Senioren der Fakultät debattierten erregt darüber – es gab eine signifikante Opposition, zu der ich übrigens auch gehörte. Dem Mann fehlte es ganz an akademischen Nachweisen. Seine Beratertätigkeit in dieser Illustrierten war dafür ein Ärgernis. Aber ...«

»Aber schließlich siegte der Eigennutz.«

Er zupfte und drehte an seinen Barthaaren, ließ sie knistern. »Als ich von dieser seiner ... Forschung hörte, begriff ich, daß es ein Fehler in der Einschätzung gewesen war, ihn hineinzulassen – aber nun war es unmöglich wieder rückgängig zu machen, ohne eine feindliche Publicity zu schaffen.«

»So haben Sie ihn statt dessen zum Dekan gemacht.«

Er spielte weiter mit seinem Bart. Mehrere brüchige weiße Haare regneten auf den Tisch herunter.

»Zurück zum Doktorat der Ransom«, sagte ich. »Wie hat es die Prüfungen des Fachbereichs passiert?«

»Kruse kam zu mir und bat mich, daß wir auf die Regel des experimentellen Jahres bei einer seiner Studentinnen verzichteten. Als er mir sagte, sie wolle eine Fallstudie vorlegen, lehnte ich sofort ab. Er gab nicht nach, wies auf ihre hervorragenden akademischen Leistungen hin. Sagte, sie sei eine ungewöhnlich geschickte Klinikerin – er schnitt wahrscheinlich auf – und der Fall, den sie präsentieren wollte, sei einzigartig, in mehrfacher Hinsicht für die weitere wissenschaftliche Forschung von großer Bedeutung.«

»Von wie großer?«

»Man könnte sie in einem der wichtigen Journale veröffentlichen. Dennoch gelang es ihm nicht, mich zu überreden. Aber er hörte nicht auf, mich zu bedrängen, kam fast täglich deswegen zu mir ins Büro, unterbrach mich in meiner Arbeit, um seine Sache zu vertreten. Schließlich gab ich auf.«

Schließlich. So wie in der Sache mit dem Geld. »Als Sie die Dissertation lasen, haben Sie da Ihre Entscheidung bedauert?«

»Ich hielt die Arbeit für Blödsinn, aber nicht anders als jede andere klinische Studie. Die Psychologie sollte man im Labor lassen, getreu ihren wissenschaftlichen Wurzeln, nie hätte man sie in all diesen schlecht definierten Therapiequatsch hineinziehen dürfen. Lassen Sie die Psychiater in diesem albernen Zeug herumwühlen.«

»Sie hatten keine Ahnung, daß es autobiographisch war?«

»Natürlich nicht! Wie sollte ich? Ich habe sie nicht gesehen, außer einmal, bei ihrer mündlichen Prüfung.«

»Muß eine harte Prüfung gewesen sein. Kruse und Sie als sein Okaystempel. Und ein Außenseitermitglied: Sandra Romansky. Erinnern Sie sich an sie?«

»Nicht im mindesten. Wissen Sie, in wie vielen Ausschüssen ich sitze? Wenn ich die geringste Ahnung von irgendeiner Unkorrektheit gehabt hätte, hätte ich eingegriffen, darauf können Sie sich verlassen.«

Ein Trost.

Er sagte: »Ich war nur am Rande beteiligt.«

»Wie gründlich haben Sie die Arbeit gelesen?« fragte ich.

»Überhaupt nicht gründlich«, sagte er, als suche er nach mildernden Umständen. »Glauben Sie mir, Delaware, ich habe das verdammte Ding kaum durchgeblättert.«

Ich ging zum Fachbereichsbüro hinunter, sagte der Sekretärin, ich arbeitete für Professor Frazier, prüfte die Kartei nach und sah, daß Ransoms Karte fehlte, rief die Telefonauskunft von Long Island an, um mir die Nummer des Forsythe Colleges geben zu lassen. Die Verwaltung dort bestätigte, daß Sharon Jean Ransom die Schule von 1972 bis 1975 besucht hatte. Sie hatten nie von Peter Paul Kruse gehört.

Ich rief den Auftragsdienst an. Nichts von Olivia oder Elmo Castlemaine. Aber Dr. Small und Detective Sturgis hatten angerufen.

»Der Detective sagte, Sie sollten ihn nicht anrufen, er würde sich wieder melden«, sagte mir das Fräulein. Sie kicherte. »*Detective.* Sie haben mit irgendwas Spannendem zu tun, Dr. Delaware?«

»Kaum«, sagte ich. »Nur das Übliche.«

»Ihr Übliches ist wahrscheinlich ›Hochspannung‹ verglichen mit meinem, Dr. Delaware. Ich wünsche Ihnen einen schönen Tag.«

Ein Uhr dreiundvierzig. Ich wartete sieben Minuten und rief Ada Small an, dachte mir, daß ich sie zwischen ihren Patienten erwischte. Sie hob ab und sagte: »Alex, danke, daß du so schnell zurückrufst. Die junge Frau, die du zu mir geschickt hast, Carmen Seeber? Sie kam zweimal, ließ sich dann beim dritten Mal nicht mehr sehen. Ich habe sie mehrmals angerufen, sie schließlich zu Haus erwischt und versucht, mit ihr darüber zu reden. Aber sie reagierte ziemlich abwehrend, behauptete immer wieder, es ginge ihr gut und sie brauche keine Therapie mehr.«

»Es geht ihr gut, klar. Lebt mit einem Fixer zusammen und gibt ihm wahrscheinlich jeden Penny, den sie hat.«

»Woher weißt du das?«

»Von der Polizei.«

»Aha.« Pause. »Jedenfalls danke für die Überweisung. Es tut mir leid, daß es nicht geklappt hat.«

»Ich sollte um Entschuldigung bitten. Du hast mir einen Gefallen getan.«

»Ist schon gut, Alex.«

Ich wollte sie fragen, ob Carmen irgend etwas über D. J. Rasmussens Tod gesagt hatte, aber ich wußte selbst, daß sie wegen der Schweigepflicht nichts verraten könnte.

»Ich versuch' nächste Woche, sie anzurufen«, sagte sie. »Aber ich bin nicht optimistisch. Du und ich, wir kennen die Kraft des Widerstandes.«

Ich dachte an Denise Burkhalter. »Wir können es nur versuchen.«

»Stimmt. Sag mir, Alex, wie geht es *dir*?«

Ich antwortete zu schnell: »Einfach großartig. Warum?«

»Wenn ich mich irre, bitte verzeih mir. Aber beide Male, als wir in letzter Zeit gesprochen haben, klangst du ... angespannt. Auf vollem Brenner.«

Der Ausdruck, den ich in der Therapie benutzt hatte, um die Hitze und Impulsivität zu beschreiben, die mich in Streßsituationen überkamen. Was Robin immer *hyperspace* genannt – und wo sie mir mit ihrer Sanftheit rausgeholfen hatte ...

»Nur ein bißchen müde, Ada. Es geht mir gut. Danke der Nachfrage.«

»Freut mich zu hören.« Wieder eine Pause. »Wenn du jemanden brauchst, um drüber zu reden, weißt du, daß ich für dich da bin.«

»Ja, Ada. Danke, und paß auf dich auf.«

»Du auch, Alex. Paß *gut* auf dich selbst auf.«

Ich ging zum Nordende des Campus und blieb für eine Tasse Kaffee am Automaten stehen, bevor ich in die Forschungsbibliothek ging.

Wieder beim Zeitschriftenkatalog. Ich fand nichts über William Houck Vidal außer Businesszitaten vor dem Prozeß wegen des *Amputierten Milliardärs*. Ich ging weiter in die Vergangenheit zurück und fand einen Artikel in der *Time* über die Senatshearings wegen der Sache mit dem Verteidigungsausschuß unter dem Titel »Hollywood gegen den District of Columbia. Skandalgerüchte« – ein Stück, das mir bei der Zusammenstellung des Blalock-Materials entgangen war.

Vidal war gerade vor dem Ausschuß aufgetreten, und die Zeitschrift versuchte, seine Vergangenheit zu durchleuchten.

Ein Porträtfoto zeigte ihn mit weniger Falten, dichtem blondem Haar. Einem strahlenden Lächeln – die guten Zähne, an die Crotty sich erinnert hatte. Und wissenden Augen. Vidal wurde als »ein Angehöriger der oberen Zehntausend« beschrieben, »der sich mit Scharfsinn, Beziehungen und viel Charme eine lukrative Position als Berater beim Film erredet hat«. In Hollywood wurde gemunkelt, er habe Leland Belding überredet, ins Filmgeschäft einzusteigen.

Beide Männer hatten Stanford besucht. Im zweiten Studienjahr hatte Vidal einem Herrenclub als Vorsitzender gedient, dem Belding ebenfalls angehörte. Aber ihre Beziehung galt nicht als besonders intensiv: Der künftige Milliardär mochte keine Organisationen und hat nie an einer einzigen Veranstaltung teilgenommen.

Ihr Umgang miteinander wurde 1941 vertrauensvoller. Vidal diente als »Mittelsmann« in einem Geschäft zwischen Belding und den Blalock Industries, die die Magna Corporation mit Kriegsstahl zum Discountpreis belieferten.

Vidal stellte Leland Belding Henry Abbot Blalock vor; er konnte das so gut, weil Blalock sein Schwager war und Vidals Schwester, die frühere Hope Estes Vidal, geheiratet hatte.

Die Vidals wurden als einige der letzten Abkömmlinge einer alten, ehrwürdigen Familie beschrieben – Abstammung von der Mayflower, aber dahingeschwundenes Vermögen. Henry Blalock, in London geboren, Sohn eines Kaminkehrers, war nach seiner Heirat mit Hope in die gute Gesellschaft des Blauen Buchs 1943 eingelassen worden; der Name Vidal klang immer noch nach was. *Time* fragte sich, ob William »Billy« Vidals damalige Probleme mit dem Senat daran etwas ändern würden.

Billy und Hope, Bruder und Schwester. Es erklärte Vidals Anwesenheit auf der Party, aber nicht seine Beziehung zu Sharon. Nicht, worüber sie gesprochen hatten …

Ich suchte nach weiteren Erklärungen der Blalocks, fand nichts unter Hope, ein paar geschäftliche Nachrichten unter Henry Blalock. Sein Vermögen stammte aus dem Geschäft mit Stahl, Eisenbahnen und Grundbesitz. Anders als Belding war er den Schlagzeilen ferngeblieben.

1953 war er neunundfünfzigjährig auf Safari in Kenia an einem Herzanfall gestorben und hatte eine trauernde Witwe, die frühere Hope Estes Vidal, hinterlassen. Beiträge an die Herzstiftung statt Blumen ...

Keine Erwähnung von Nachkommenschaft. Was war mit dem Kind, das Kruse behandelt hatte? Hatte die Witwe wieder geheiratet? Ich blätterte das Verzeichnis durch, fand eine einzige Nachricht mit einem Datum sechs Monate nach Henry Blalocks Tod: Verkauf der Blalock Industries an die Magna Corporation für eine nicht genannte Summe, wie es hieß, preiswert. Der Niedergang der Blalockschen Holdings wurde festgestellt, und man machte dafür eine mangelhafte Anpassung an sich verändernde Realitäten, vor allem die wachsende Bedeutung der Luftfracht, verantwortlich.

Was das hieß, war klar. Beldings Flugzeuge hatten Blalocks Eisenbahnen veralten helfen. Dann war Magna gekommen und hatte sich die Beute einverleibt.

Obwohl man aus dem Anblick der Häuser Hope Blalocks schließen mußte, daß noch ein Beträchtliches vorhanden war. Ich fragte mich, ob Bruder Billy wieder »Mittelsmann« gespielt und darauf geachtet hatte, daß ihre Interessen gesichert waren.

Noch eine Stunde des Blätterns brachte nichts weiter. Ich wollte auch anderswo noch nachschlagen, ging ins Erdgeschoß hinunter und fragte die Bibliothekarin bei der Auskunft, ob im Magazin auch Prominentenlisten vorhanden seien. Sie sah nach und erklärte, das Blaue Buch von Los Angeles werde in der Spezialabteilung aufbewahrt, die an dem Tag geschlossen war.

Meine Gedanken rutschten die gesellschaftliche Leiter hinunter, noch eine Bruder-Schwester-Geschichte. Ich blieb im Freihandmagazin und versuchte, Zeitungsberichte über den Drogenfund bei Linda Lanier aufzustöbern.

Es war schwerer, als ich dachte. Von allen am Ort erschienenen Zeitungen hatte nur die *Times* ein Register, und das begann erst 1972. Das Register der *New York Times* ging bis 1851 zurück, enthielt aber nichts über Linda Lanier.

Ich ging zu den Zeitungslagern im ersten Stock – Bänke voll Schubladen und Reihen von Mikrofilmmaschinen. Zeigte meine Fakultätskarte, füllte Formulare aus, bekam Spulen.

Ellston Crotty hatte von 1953 als dem Jahr der Beschlagnahme gesprochen. Angenommen, daß Linda Lanier Sharons Mutter gewesen war, mußte sie am Tage von Sharons Geburt – 15. Mai – am Leben gewesen sein, was die Zeitspanne weiter einengte. Ich blätterte mich durch den Frühling 1953, fing an mit der *Times* und hielt den *Herald, Mirror* und die *Daily News* in Reserve.

Ich brauchte über eine Stunde, um die Geschichte zu finden. 9. August. Die *Times,* nie besonders für Verbrechensberichte, brachte es in der Mitte des ersten Teils, aber die anderen Zeitungen hatten es auf die erste Seite gesetzt, zusammen mit gedrechselter Prosa, Fotos der getöteten »Rauschgifthändler« und der Polizisten, die sie getötet hatten.

Die Artikel stimmten mit Crottys Erzählung überein, minus seinem Zynismus. Linda Lanier/Eulalee Johnson und ihr Bruder, führende »Heroinschmuggler«, hatten bei einer Razzia auf Beamte des Rauschgiftdezernats gefeuert und waren bei der Gegenwehr der Polizisten getötet worden. In einer »Blitzaktion« hatten die Detektive Royal Hummel und Victor DeGranzfeld einem der schamlosesten Drogenringe in der Geschichte von L. A. ein Ende gemacht.

Die Fotos zeigten grinsende Detektive, die neben Packen weißen Pulvers knieten. Hummel war breit und bullig, in einem hellen Anzug und trug einen Strohhut mit weißem Rand. Ich meinte, eine Andeutung von Cyrill Trapp in der hakenförmigen Kinnlade und den schmalen Lippen zu entdecken. DeGranzfeld war birnenförmig, mit einem Schnauzbart und Schlitzaugen, trug einen gestreiften Zweireiher und einen dunklen Stetson. Er sah verlegen aus, als ob sein Lächeln eine Hochstapelei wäre.

Ich brauchte das Bild von Linda Lanier/Eulalee Johnson nicht lange zu betrachten, um die blonde Sexbombe wiederzuerkennen, die ich Dr. Donald Neurath hatte verführen sehen. Das Foto war von hervorragender Qualität, die Arbeit eines Profis in einem Studio – die Art von windzerzauster Frisur mit Halbprofilpose auf Hochglanz, die Möchtegernschauspielerinnen für Publicityaktionen bevorzugen.

Sharons Gesicht in einer Platinperücke.

Cable Johnson war in einem Polizeifoto aus dem Bundesgefängnis verewigt, das ihn als einen gemein aussehenden, schlechtrasierten Verlierer mit Augensäcken und einer fettigen Entenarschfrisur präsentierte. Die Augen waren träge, aber ein bißchen Härte und Überlebensschläue steckte auch darin. Gerissenheit eher als Intelligenz. Die Art, die es kurze Zeit mal schafft, aber dann immer wieder einem aufgeblasenen Selbstgefühl und der Unfähigkeit zur Selbstbeherrschung zum Opfer fällt.

Sein Vorstrafenregister wurde als »lang« bezeichnet und enthielt Verhaftungen wegen Erpressung – er hatte versucht, von kleinen Buchmachern in East Los Angeles Geld zu »pumpen« –, Trunkenheit in der Öffentlichkeit, ungebührliches Benehmen, Diebstahl. Eine traurige, aber banale Litanei, nichts, das die Etikettierung durch die Zeitungen als »Rauschgifthändler der Spitzenkategorie, skrupellos, gerissen und auf den Tod entschlossen, die Stadt mit illegalen Drogen zu überschwemmen«, stützen könnte.

Anonyme Polizeiquellen wurden zitiert, in denen es hieß, die Johnsons wären mit »mexikanischen Mob-Elementen« verbunden. Sie waren in der texanischen Grenzstadt Port Wallace aufgewachsen, »einem harten Pflaster, beim Rauschgiftdezernat als Eingangspforte für braunes Heroin bekannt«, und eindeutig mit der Absicht nach L. A. gezogen, diese Substanzen an die Schulkinder von Brentwood, Pasadena und Beverly Hills zu verhökern.

Als Teil ihres Plans nahmen sie Jobs in einem nicht genannten Filmstudio an, Cable als Handlanger, Linda als Vertragsschauspielerin für kleine Nebenrollen. Das gab ihnen die Tarnung für »Drogenhandel innerhalb der Filmgesellschaft, einem Teil der Bevölkerung, der schon lange für seinen Hang zu illegalen Drogen und nicht konformistischen Angewohnheiten bekannt war«. Beide waren bekannt als Anhänger »linkslastiger Parties, die auch von notorischen Kommunisten und Taugenichtsen besucht wurden«.

Drogen und Bolschewismus, Hauptdämonen der fünfziger Jahre. Genug, um das Erschießen einer schönen jungen Frau genießbar zu machen – bewundernswert.

Ich betrachtete noch ein paar weitere Filmspulen durch die Maschine. Nichts, das Linda Lanier und Leland Belding verband, kein Wort über Partywohnungen.

Und nichts über Kinder. Einzelne oder Zwillinge.

27

Alte Geschichten, alte Verbindungen, aber die Stränge verwirrten sich, wenn man sie zu verknüpfen versuchte, und ich war einem Verständnis Sharons noch nicht näher – wie sie gelebt hatte und woran sie gestorben war – und so viele andere auch.

Um halb elf rief Milo an und trug zur Verwirrung bei.

»Bastard Trapp hat keine Zeit verloren, mich mit Papier einzudecken«, sagte er. »Abgelegte Fälle aufräumen, eine Idiotenarbeit. Ich habe geschwänzt und statt dessen herumtelefoniert, bis mir die Ohren weh taten. Dein Fräulein Ransom war der Wahrheit gegenüber schwer allergisch. Keine Geburtsurkunde in New York, keine Ransoms in Manhattan – nicht in Park Avenue oder irgendwelchen anderen teuren Wohngegenden – bis Ende der vierziger Jahre zurückverfolgt. Long Island dasselbe. Southampton ist ein kleiner Ort, die Polizei dort sagt, keine Ransoms im Telefonbuch, keine Ransoms haben je in den großen Häusern gelebt.«

»Sie ist dort ins College gegangen.«

»Forsythe. Nicht genau dort – aber in der Nähe. Wie hast du's rausgekriegt?«

»Durch die Kopie ihrer Immatrikulation. Und *du?*«

»Sozialversicherung. Sie hat sie 1971 beantragt, ihr College als Adresse angegeben. Aber es ist das erstemal, daß ihr Name irgendwo auftaucht – als ob sie bis dahin nicht existiert hätte.«

»Wenn du irgendwelche Kontakte in Palm Beach, Florida, hast, versuch's, Milo. Kruse hat da bis 1975 praktiziert. Als er nach L. A. zog, brachte er sie mit.«

»Hmm. Ich bin dir voraus. Über *ihn* habe ich eine Menge Papier gefunden. Geboren in New York – Park Avenue übrigens. Große Wohnung, die er 1968 verkaufte. In der Verkaufsurkunde war eine Adresse in Palm Beach angegeben, und ich habe da unten angerufen. Mit den Kollegen in den reichen Städtchen kommt man nicht so leicht klar – sind sehr darauf bedacht, ihre Bürger zu schützen. Ich habe ihnen gesagt: Ransom wäre Opfer eines Einbruchs – wir hätten ihr Zeugs gefunden und wollten es ihr zurückgeben. Sie sahen nach. Aber nichts, Alex. Also haben Kruse und sie anderswo zusammengefunden. Und da wir von Kruse sprechen: Er war nicht die große Psychotherapiekanone, die du beschrieben hast. Ich habe meine Quelle beim Finanzamt gestreichelt wegen Kruses Steuererklärung. Der Knabe hat mit seiner Praxis nur ein Einkommen von dreißig Mille im Jahr gehabt – bei hundert Dollar die Stunde sind das nur fünf oder sechs Stunden pro Woche. Nicht der typische vielbeschäftigte Seelenklempner. Weitere fünf Mille verdiente er mit Schreiben. Der Rest, noch mal 'ne halbe Mille, war Einkommen aus Investments: Aktien und Festverzinsliche, Grundstücksanteil und kleines geschäftliches Unternehmen namens Creative Image Associates.«

»Pornofilme.«

»Er hat es als ›Produzent und Hersteller von Material zur Gesundheitserziehung‹ deklariert. Er und seine Frau waren die einzigen Anteilseigner, schrieben fünf Jahre lang rote Zahlen und gaben dann auf.«

»In welchen Jahren?«

»Laß mich sehen. Ich hab's hier: 1974 bis 1979.«

Sharons letztes Jahr im College und ihre ersten vier Jahre in der Fachausbildung.

»Läuft raus auf einen reichen Knaben, der von seinem Erbe lebt, Alex, und ein bißchen herumstümpert.«

»Ein bißchen herumstümpert in anderer Menschen Leben«, sagte ich. »Bei der Armee hat er psychologische Kriegsführung gelernt.«

»Was das auch wert sein mag. Als Sanitäter habe ich eine Menge von der psychologischen Kriegsführung der Armee mitgekriegt. Meistens wertloser Quatsch. Die Vietkong haben gelacht – Werbefirmen machen's besser. Jedenfalls stellt sich die Ransom am Ende als deine grundlegende Phantomlady heraus mit reichem Gönner. Praktisch gesehen könnte sie 1971 vom Himmel gefallen sein.«

»Martinis im Sonnenzimmer.«

»Was ist das?«

»Nicht wichtig«, sagte ich. »Hier ist noch eine Möglichkeit. Ich habe mir angesehen, was die Zeitungen über die Lanier/Johnson-Drogenrazzia geschrieben haben. Linda und ihr Bruder waren aus Südtexas – einem Ort namens Port Wallace. Vielleicht gibt es dort unten Akten.«

»Vielleicht«, entgegnete er. »Irgendwas in den Zeitungen, das Crotty uns nicht erzählt hat?«

»Nur daß man, von der Drogensache abgesehen, die Angst vor der Roten Gefahr geschürt hat – die Johnsons sollen zu Parties mit den Subversiven gegangen sein. Bei der Stimmung im Lande hatte man so die öffentliche Meinung hinter sich, wenn man es auf eine Schießerei ankommen ließ. Hummel und DeGranzfeld wurden mit Samthandschuhen angefaßt.«

»Onkel Hummel«, sagte er. »Ich habe Vegas angerufen. Er lebt noch, arbeitet immer noch für Magna – Sicherheitschef in der Casbah und zwei anderen Kasinos, die der Company gehören. Wohnt in einem großen Haus im besten Teil der Stadt. Sündenlohn, was?«

»Noch was zum Draufrumkauen«, sagte ich. »Billy Vidal und Hope Blalock sind Bruder und Schwester. Vidal hat Deals zwischen Blalocks Mann und Belding gedeichselt. Nachdem Blalocks Mann gestorben war, kaufte Magna sie billig auf. Nach Beldings Tod wurde Vidal Vorstandsvorsitzender bei Magna. Mrs. Blalock finanzierte Kruse – angeblich, weil er eines von ihren Kindern behandelt hatte. Aber sie scheint keine Kinder zu haben.«

»Gott«, sagte er. »Hast du je das Gefühl gehabt, Alex: Wir spielen das Spiel von jemand anderem nach den Spielregeln von jemand anderem? In jemandes anderem gottverdammtem Stadion?«

Milo war einverstanden, sich jetzt um Texas zu kümmern, und ich, sagte er, bevor er auflegte, sollte auf Rückendeckung achten.

Ich wollte wieder Olivia anrufen, aber es war kurz vor elf; sie und Albert waren schon zu Bett, so wartete ich bis neun am nächsten Morgen, rief ihr Büro an, und man sagte mir, Mrs. Brickerman sei heute morgen geschäftlich in Sacramento und würde in Kürze zurückerwartet.

Ich versuchte, Elmo Castlemaine in den King Solomon Gardens zu erreichen. Er war wieder auf Schicht, mit einem Patienten beschäftigt. Ich stieg in den Seville und fuhr zum Fairfax District und der Edinburgh Street.

Das Altersheim war eines von einem Dutzend kastenförmigen zweistöckigen Gebäuden entlang einer schmalen, baumlosen Straße.

King Solomons Gardens hatte keine Gärten, nur eine bis zum

Dach reichende Dattelpalme mit massigem Stamm links von der Doppelglaseingangstür. Das Gebäude war weiß mit stahlblauen Simsen. Eine mit blauem Astroturf bedeckte Rampe diente als Zugang anstelle einer Eingangstreppe. Zement war dort, wo der Rasen hätte sein sollen, hospitalgrün gestrichen und mit Klappstühlen möbliert. Alte Leute saßen mit Sonnenschirmen, Taschentüchern und Gummistrümpfen versehen da, fächelten sich Luft zu, spielten Karten oder starrten einfach so ins Leere, in den Weltraum.

Ich fand einen Parkplatz halbwegs in der Nähe des Altersheimes und ging zurück, als ich einen untersetzten Schwarzen auf der anderen Straßenseite entdeckte, der einen Rollstuhl schob. Ich beschleunigte meinen Schritt und bekam einen besseren Blick: weiße Jacke über Bluejeans. Kein Korkenzieherbart, kein Ohrring. Der Schädel fast völlig kahl, der dickliche Körper weich. Das Gesicht breiter, Doppelkinn, aber er war der, den ich in Resthaven getroffen hatte.

Ich überquerte die Straße und holte ihn ein. »Mr. Castlemaine?«

Er hielt, drehte sich um. Eine alte Frau saß im Rollstuhl. Sie reagierte überhaupt nicht. Trotz der Hitze trug sie einen zum Hals hinauf zugeknöpften Pullover und eine indianische Jacke auf den Knien. Ihr Haar war dünn und brüchig, schwarz gefärbt. Eine Brise blies hindurch, legte weiße Flecke der Schädelhaut frei. Sie schien zu schlafen, ihre Augen waren offen.

»Das bin ich.« Dieselbe hohe Stimme. »Nun, wer sind Sie denn?«

»Alex Delaware. Ich habe Ihnen gestern eine Nachricht hinterlassen.«

»Das hilft mir nicht viel. Ich kenne Sie immer noch nicht besser als vor zehn Sekunden.«

»Wir haben uns vor Jahren – vor sechs Jahren – kennengelernt. In Resthaven Terrace. Ich kam mit Sharon Ransom. Auf Besuch zu ihrer Schwester Shirlee.«

Die Frau im Rollstuhl fing an zu schnüffeln und zu wimmern. Castlemain beugte sich hinab, tätschelte ihren Kopf, zog ein Taschentuch aus den Jeans und tupfte ihr die Nase ab. »Nun, nun, Mrs. Lipschitz, es ist okay, er kommt und holt Sie.«

Sie machte einen Schmollmund.

»Beruhigen Sie sich, liebe Mrs. Lipschitz, Honey, Ihr Kavalier kommt, machen Sie sich keine Sorgen.«

Die Frau hob das Gesicht. Sie hatte scharfe Züge, zahnlos, faltig wie eine weggeworfene Einkaufstüte. Ihre Augen waren hellbraun und stark geschminkt. Ein hellroter Fleck Lippenstift war über den runzligen Riß eines Mundes geschmiert. Irgendwo hinter Falten und Verfall, der Maske der Kosmetika leuchtete ein Funken Schönheit.

Ihre Augen füllten sich mit Tränen.

»Och, Mrs. Lipschitz«, sagte Castlemaine.

Sie zog sich die Decke bis zum Mund, fing an, auf dem rauhen Stoff herumzukauen.

Castlemaine wandte sich mir zu und sagte leise: »Sie erreichen ein gewisses Alter, da können sie nicht mehr warm werden, egal, was für Wetter. Kriegen nie mehr die volle innere Wärme.«

Mrs. Lipschitz schrie auf. Ihre Lippen versuchten ein Wort zu formen, schließlich gelang es ihr: »Party!«

Castlemain kniete neben ihr, zog die Decke sachte von ihrem Mund weg und stopfte sie um sie herum fest. »Du gehst auf die Party, Liebling, aber du mußt aufpassen, daß du dir mit den Tränen nicht das Make-up kaputtmachst, okay?«

Er legte zwei Finger unters Kinn der alten Dame und lächelte. »Okay?« Sie sah zu ihm auf und nickte.

»Gu-ut. Und wir sehen heute hübsch aus, Liebes. Voll aufgedonnert und wild drauf.«

Die alte Frau hielt eine verschrumpelte Hand hoch. Eine dicke schwarze schloß sich über ihr.

»Party«, sagte sie.

»Sicher, da gibt's eine Party. Und du bist so hübsch, Clara Celia Lipschitz, daß du die Schönste auf der Party sein wirst. All die hübschen Jungs werden sich in der Schlange aufstellen, um mit dir zu tanzen.«

Ein Tränenstrom.

»Na, komm, C. C., jetzt ist aber Schluß. Er kommt, er bringt dich zu der Party – Sie müssen so gut wie möglich aussehen.«

Mehr Anstrengungen, um zu sagen: »Spät.«

»Nur ein bißchen spät, Clara Celia. Er ist wahrscheinlich in 'nen Verkehrsstau geraten – Sie wissen schon, ich habe Ihnen erzählt, wie das ist, wenn sie aus allen Richtungen kommen und nichts mehr geht. Oder vielleicht hat er an einem Blumenladen gehalten, um Ihnen ein schönes Bouquet zum Anstecken zu kaufen. Hübsches rosa Orchideenbouquet, wie Sie es mögen, er weiß das.«

»Spät.«

»Nur ein bißchen«, wiederholte er und schob den Rollstuhl wieder weiter. Ich schloß mich ihm an.

Er fing an zu singen, leise, mit einem schönen Tenor, so hoch, daß er an Falsett grenzte. »Now C., C.C. Rider. C'mon *see,* baby, what you have *done* ...«

Die Musik und das fortwährende Rollen der Gummiräder auf dem Bürgersteig verschmolzen zu einem Wiegenliedrhythmus. Der Kopf der alten Frau fing an hin- und herzuschlenkern.

»... C.C. Lipschitz, see what *you* have done ...«

Wir hielten unmittelbar gegenüber dem King Solomon an. Castlemaine sah nach links und rechts und schob den Rollstuhl über den Bordstein.

»... you made the all the handsome boys *love* you ... and now your man has *come.*«

Mrs. Lipschitz schlief. Er schob sie über den grünen Zement, grüßte einige der anderen alten Leute, kam zum Rand der Rampe und sagte mir: »Warten Sie hier. Ich komme zu Ihnen zurück, sobald ich fertig bin.«

Ich stand herum, wurde von einem dickbäuchigen alten Mann in ein Gespräch verwickelt, der ein gutes Auge hatte und eine Kriegsveteranenmütze trug; er behauptete, er hätte mit Teddy Roosevelt am San Juan Hill gekämpft, wartete dann streitlustig, als rechne er damit, daß ich es bezweifelte. Als ich es nicht tat, begann er eine Vorlesung über die US-Politik in Lateinamerika und war zehn Minuten später, als Castlemaine wiederkam, mitten drin.

Ich schüttelte die Hand des alten Mannes, sagte ihm, es wäre sehr interessant gewesen.

»Ein kluger Junge«, sagte er Castlemaine.

Der Pfleger lächelte. »Das bedeutet wahrscheinlich, Mr. Cantor, daß er Ihnen nicht widersprochen hat.«

»Was heißt widersprochen? Es *ist*, wie es ist, man muß diese Scheißliberalen an der Kandare halten, sonst nehmen sie einem die Butter vom Brot.«

»Es ist nun so, daß wir gehen müssen. Mr. Cantor.«

»Ja, wer hält Sie denn auf? Gehn Sie. Gehn Sie weg.«

Wir gingen zurück über den grünen Zement.

»Wie wär's mit einer Tasse Kaffee?« fragte ich.

»Trinke keinen Kaffee. Lassen Sie uns ein Stück gehen.« Wir bogen nach links in die Edinburgh ein und schlenderten an noch mehr alten Leuten vorbei. An schwitzenden Fenstern und Kochgerüchen, trockenen Rasen und modrigen Hauseingängen.

»Ich erinnere mich nicht an Sie«, sagte er. »Nicht an eine bestimmte Person. Ich erinnere mich, daß Dr. Ransom mit einem Mann gekommen ist, weil es nur einmal geschah.« Er sah mich von oben bis unten an. »Nein. Ich kann nicht sagen, daß ich mich erinnere, daß *Sie* es waren.«

»Ich sehe anders aus«, sagte ich. »Hatte einen Bart, längeres Haar.«

Er zuckte mit den Achseln. Ich merkte, daß er nichts über Sharons Schicksal erfahren hatte, biß die Zähne zusammen und sagte: »Dr. Ransom ist tot.«

Er blieb stehen, legte beide Hände aufs Gesicht. »Tot? Seit wann?«

»Seit einer Woche.«

»Wie?«

»Selbstmord, Mr. Castlemaine. Es stand in den Zeitungen.«

»Lese nie Zeitung – habe schon genug schlechte Nachrichten vom Leben. O nein, so ein liebes, wundervolles Mädchen. Ich kann's nicht glauben.«

Ich sagte nichts.

Er schüttelte immer weiter den Kopf.

»Was hat sie so tief bedrückt, daß sie losgehen und so was tun mußte?«

»Das möchte ich rausfinden.«

Seine Augen waren feucht und blutunterlaufen. »Sind Sie ihr Mann?«

»Ich war's, vor Jahren. Wir hatten einander lange nicht mehr gesehen, trafen uns auf 'ner Party. Sie sagte, etwas mache ihr Sorgen. Ich habe nie erfahren, was es war. Zwei Tage später war sie *tot.*«

»O Herrgott, das ist einfach furchtbar.«

»Tut mir leid.«

»Wie hat sie's getan?«

»Tabletten. Und ein Schuß in den Kopf.«

»O Gott. Das ergibt überhaupt keinen Sinn, daß jemand, der so schön und reich ist, so was tut. Den ganzen Tag fahre ich die Alten herum – sie schwinden so langsam dahin, verlieren die Fähigkeit, irgendwas für sich selbst tun zu können, aber sie klammern sich am Leben fest, nichts als Erinnerungen, was sie noch in Gang hält. Dann wirft jemand wie Dr. Ransom alles weg.«

Wir gingen weiter.

»Macht einfach keinen Sinn«, wiederholte er.

»Ich weiß«, sagte ich. »Ich dachte, Sie könnten mir helfen, etwas Sinn hineinzubekommen.«

»Ich? Wie?«

»Indem Sie mir sagen, was Sie von ihr wissen.«

»Was ich weiß«, sagte er, »ist nicht viel. Sie war eine feine Frau, ich fand, sie sah immer so glücklich aus, behandelte mich immer gut. Sie hing sehr an ihrer Schwester – das sieht man nicht so oft. Manche sind zuerst ganz nobel, haben ein schlechtes Gewissen, daß sie den geliebten Menschen weggeben, schwören bei Gott, daß sie ihn laufend besuchen und sich um *alles* kümmern werden. Aber nach 'ner Zeit, wenn sie nichts zurückbekommen, werden sie's müde und kommen immer seltener. Viele von ihnen verschwinden völlig. Aber nicht Dr. Ransom – sie war immer da für die arme Shirlee. Jede Woche, regelmäßig wie ein Uhrwerk, Mittwochnachmittags von zwei bis fünf. Manchmal zwei- oder dreimal die Woche. Und sie hat nicht nur dagesessen – sie hat sie gefüttert und zurechtgemacht und dem armen Mädchen ihre Liebe geschenkt und nichts zurückbekommen.«

»Hat Shirlee jemals anderen Besuch bekommen?«

»Nicht einen einzigen, abgesehen von dem Mal, als sie mit Ihnen kam. Nur Dr. Ransom, wie ein Uhrwerk. Sie war die beste Familienangehörige von jemandem von diesen Leuten, die ich je gesehen habe; sie hat gegeben und nichts bekommen. Ich habe es sie ständig tun sehen bis zu dem Tag, an dem ich dort aufhörte.«

»Wann war das?«

»Vor acht Monaten.«

»Warum haben Sie aufgehört?«

»Weil sie mich entlassen wollten. Dr. Ransom hat's mir vorher gesagt, daß sie das Haus zumachen würden. Sie sagte, sie dankte mir für alles, was ich für Shirlee getan hätte, es tat ihr leid, daß sie sie nicht mitnehmen konnte, aber Shirlee würde weiterhin gute Pflege erhalten. Sie sagte, ich hätte es sehr gut gemacht. Dann gab sie mir fünfzehnhundert Dollar in bar, um mir zu zeigen, daß sie es ernst meinte. Daran können Sie sehen, was für ein Mensch sie war. Es ergibt keinen Sinn, daß sie so deprimiert gewesen sein soll.«

»Also wußte sie, daß Resthaven schließen würde?«

»Und sie hatte recht. Ein paar Wochen später bekamen alle einen Formbrief, Entlassung. *Liebe Angestellte.* Eine Freundin von mir hat auf der Station gearbeitet – ich warnte sie, aber sie hat mir nicht geglaubt. Als es passierte, bekam sie keinerlei Nachricht, keine Abfindung, nur ein Bye-bye, Charlie, wir sind bankrott. Aus dem Geschäft und du auch.«

»Haben Sie eine Ahnung, wohin Dr. Ransom Shirlee gebracht hat?«

»Nein, aber glauben Sie mir, es muß was Gutes gewesen sein – sie liebte das Mädchen, behandelte sie wie eine Königin.« Er hielt ein und machte ein grimmiges Gesicht. »Wenn sie tot ist – wer kümmert sich dann um das arme Ding?«

»Ich weiß es nicht. Ich habe keine Ahnung, wo sie ist. Niemand weiß es.«

»O Gott. Das klingt allmählich traurig.«

»Ich bin sicher, daß sie gut aufgehoben ist«, sagte ich. »Die Familie hat Geld – hat sie viel von ihrer Familie gesprochen?«

»Mit mir nicht.«

»Aber Sie wußten, daß sie reich war?«

»Sie bezahlte die Rechnungen bei Resthaven, also mußte sie es sein. Außerdem sah man ihr sofort an, daß sie Geld hatte – wie sie sich anzog und wie sie sich bewegte. Daß sie eine Doktorin war.«

»Dr. Ransom zahlte die Rechnungen?«

»So stand's oben auf der Krankenkarte: *Alle finanzielle Korrespondenz ist an Dr. Ransom zu richten.*«

»Was stand noch auf der Karte?«

»Die ganze Behandlung. Eine Zeitlang ließ Dr. Ransom sogar

eine Sprachtherapeutin kommen, aber das war Zeitverschwendung – Shirlee war weit vom Sprechen entfernt. Dasselbe mit 'ner Blindenlehrerin. Dr. Ransom hat wirklich alles versucht. Sie liebte das Mädchen – ich kann einfach nicht verstehen, wieso sie sich umbringt und das arme Ding ihrem Schicksal überläßt.«

»Stand eine Vorgeschichte auf der Karte?«

»Nur von ganz am Anfang und eine Zusammenfassung aller Probleme, geschrieben von Dr. Ransom.«

»Geburtstag und -ort?«

Er schüttelte den Kopf.

»Hatten noch irgendwelche anderen Doktoren mit Shirlees Pflege zu tun?«

»Nur Dr. Ransom.«

»Keine Mediziner?«

»Was denken Sie denn, was sie war?«

»Sie war eine Psychologin. Hat sie Ihnen gesagt, sie wäre Ärztin?«

Er dachte eine Weile nach. »Wenn ich mir's richtig überlege: Nein, das hat sie nie behauptet. Aber wie sie sich um Shirlee kümmerte, Anordnungen für die Therapeuten schrieb, hielt ich das für selbstverständlich.«

»Shirlee muß körperliche Beschwerden gehabt haben. Wer hat sich darum gekümmert?«

»Man sollte denken, daß sie unter Beschwerden gelitten hätte, aber das Komische war, trotz all ihrer Probleme war sie kerngesund, hatte ein gutes, starkes Herz, einen guten Blutdruck, freie Lungen. Alles, was man mit ihr machen mußte, war, sie umdrehen, füttern, wechseln, trockenlegen, und dann konnte das ewig so weitergehen mit ihr.« Er sah zum Himmel auf, schüttelte den Kopf. »Frage mich, wo sie ist, das arme Ding.«

»Hat Dr. Ransom je über den Unfall gesprochen?«

Seine Augenbrauen rundeten sich. »Von was für einem Unfall?«

»Dem Ertrinken, durch das Shirlees Probleme entstanden sind.«

»Jetzt komm ich nicht mehr mit.«

»Sie ertrank, als sie ein kleines Kind war. Dr. Ransom hat mir davon erzählt und sagte, dadurch wäre Shirlees Hirnschaden entstanden.«

»Davon weiß ich nichts, mir hat sie etwas ganz anderes erzählt – das arme Mädchen wäre so geboren.«

»Blind, taub und verkrüppelt geboren?«

»Genau, mit allen Behinderungen. ›Multiple angeborene Defekte.‹ Gott weiß, ich hab' es oft genug gesehen, so stand es in Dr. Ransoms Zusammenfassung.« Er schüttelte den Kopf. »›Multiple angeborene Defekte.‹ Armes Ding war so zur Welt gekommen, hatte überhaupt nie 'ne Chance gehabt.«

Es war kurz vor zwölf. Ich fuhr zu einer nahe gelegenen Tankstelle und benutzte den öffentlichen Fernsprecher, um Olivias Büro anzurufen. Mrs. Brickerman, erfuhr ich, war aus Sacramento zurück, wurde heute aber nicht mehr im Büro erwartet. Ich rief ihre Privatnummer an, ließ es zehnmal klingeln und wollte gerade auflegen, als sie den Hörer aufnahm – außer Atem.

»Alex, ich komme gerade rein. Buchstäblich. Vom Flugplatz. Habe heute den ganzen Morgen bei einem Arbeitsfrühstück mit Senatsbeamten verbracht und versucht, von ihnen für uns mehr Geld zu bekommen. Was für ein trauriger Haufen. Wenn irgendwer von ihnen je eine Idee gehabt haben sollte – hat er die vor langer Zeit verkauft. Billig.«

»Ist mir peinlich, dich zu stören«, sagte ich. »Aber ich frage mich, ob –«

»Das System war wieder in Ordnung. Ja, das ist es, seit heute früh. Und nur um dir zu zeigen, wie sehr ich dich liebe, habe ich mich mit dem Hauptcomputer in Sacramento in Verbindung gesetzt und deine Shirlee Ransom gesucht. Sorry, nichts. Ich habe eine Person dieses Namens, selbst Schreibweise, gefunden. Aber in den Akten der staatlichen Krankenfürsorge. Geburtsdatum 1922, nicht 1953.«

»Hast du eine Adresse von ihr?«

»Nein. Du hast mir 1953 gesagt. Ich dachte nicht, du wärst an einer älteren Bürgerin interessiert.«

»Versteh ich«, sagte ich.

»*Bist* du interessiert?«

»Könnte sein ... ja, wenn es nicht zuviel –«

»Also gut, also gut. Laß mich erst mal dieses Kostüm ausziehen, und dann rufe ich das Büro an und versuche meine Assistentin dazu zu kriegen, daß sie ihre Computerphobie überwindet. Es wird eine Weile dauern. Wo kann ich dich wieder erreichen?«

»Ich rufe von einem Münzfernsprecher an.«

»Ach, so geheimnisvoll? Alex, was hast du *vor?*«

»Ich grabe Knochen aus.«

»Uh. Welche Nummer hast du da?«

Ich las sie ihr vor.

»Das ist in *meiner* Nähe. Von wo rufst du an?«

»Tankstelle auf Melrose nahe Fairfax.«

»Oh, um Gottes willen, du bist zwei Minuten entfernt! Komm herüber und sieh zu, wie ich High-Tech-Detektivin spiele.«

Das Haus der Brickermans war klein, neu weiß angemalt mit einem »spanischen« Ziegeldach. Die Einfahrt entlang waren schmale Petunienbeete angelegt, drin stand Olivias mammutartiger Chrysler New Yorker.

Sie hatte die Tür offengelassen. Albert Brickerman saß in Bademantel und Hausschuhen im Wohnzimmer und starrte auf ein Schachbrett. Er grunzte als Antwort auf meinen Gruß. Olivia war in der Küche, machte Rührei. Sie trug eine weiße Plisseebluse und einen marineblauen Rock Größe 58. Ihr Haar war hennafarben gekräuselt, ihre Wange dick und rosig. Sie war Anfang sechzig, aber ihre Haut war so glatt wie die eines jungen Mädchens. Sie umarmte, drückte mich an ihren gepolsterten Busen.

»Was sagst du?« Sie deutete mit den Händen auf ihren Rock.

»Sehr seriös.«

Sie lachte, drehte das Feuer unter den Eiern herunter. »Wenn mein sozialistischer Papa mich jetzt sehen könnte. Kannst du dir vorstellen, in meinem Alter in die ganze Yuppie-Puppie-Geschichte reingezogen zu werden?«

»Du brauchst dir nur immer wieder zu sagen, daß du *innerhalb* des Systems arbeitest, um es zu verändern.«

»O ja, natürlich.« Sie drängelte mich zum Küchentisch. Holte mit einem Löffel die Eier aus der Pfanne, legte getoastetes Roggenbrot und zerschnittene Tomaten hin, füllte Becher mit Kaffee. »Ich geb' mir noch ein Jahr, vielleicht zwei. Dann die Kurve kratzen und ein paar ernsthafte Reisen – nicht daß Prinz Albert sich je bewegen würde, aber ich habe eine Freundin, die hat letztes Jahr ihren Mann verloren. Wir wollen nach Hawaii, Europa, Israel. Pilgerfahrten.«

»Klingt großartig.«

»Klingt großartig, aber du bist kribblig, willst an den Computer.«

»Wenn es dir paßt.«

»Ich rufe jetzt an. Es wird eine Zeit dauern, bis Monica im System ist.«

Sie rief ihre Assistentin an, sagte ihr, was sie tun sollte, wiederholte es, legte auf. »Drück die Daumen. Inzwischen laß uns essen.«

Wir waren beide hungrig und schlangen das Essen wie die Wölfe hinunter. Ich fing gerade meine zweite Portion Rühreier an, als das Telefon läutete.

»Okay, Monica, das ist okay. Ja. Tippe SRCH hinein, lauter große Buchstaben. Gut. Jetzt tippst du M Strich großes C großes R, dann zweimal auf den RETURN-Knopf drücken. Jetzt CAL. C-A-L, also alles in großen Buchstaben, vier, drei, fünf, sechs, Strich, null, null, neun. Gut. Dann großes L, Strich, großes W, Strich, eins, Strich, zwei, drei, sechs. Okay? Versuch's noch mal. Ich warte ... gut. Nun drück noch mal auf RETURN, dann auf HOME ... Unter der Sieben ... Nein, drück den Kontrollknopf, während du es tust – auf der linken Seite des Geräts, CTRL. Ja, gut. Nun, was kommt jetzt auf den Bildschirm? Gut. Okay, jetzt tippe den folgenden Namen hinein. Ransom, ja, *ransom* wie beim Kidnapping ... was? Nichts, vergiß es. R-A-N-S-O-M. Komma, Shirlee. Mit zwei e am Ende statt einem e-y. S-H-I-R-L-E-E ... Okay, gut. Was kommt auf dem Schirm? ... Okay, laß es so stehen, und ich hole mir einen Stift, und du sagst mir das Geburtsdatum und die Anschrift.«

Sie fing an zu schreiben. Ich stand auf und las über ihre Schulter hinweg.

Ransom, Shirlee. DOB: *1/1/22*
Rural Route 4, Willow Glen, Ca. 92399.

»Okay, danke, Monica.«

Ich sagte: »Frag sie nach einem Jasper Ransom.«

Sie sah fragend zu mir hoch, sagte: »Monica, lösch noch nicht den Schirm. Tippe ADD SRCH. Warte auf das Blinkzeichen ... Hast du es? Okay, jetzt Ransom, derselbe Name wie vorher, Komma Jasper ... Nein. J... Richtig. Jasper. Gut ... Tatsächlich? Okay, gib mir das Geburtsdatum.«

Sie schrieb: DOB 12/25/20. *Dieselbe Adresse.*

»Nochmals danke, Monica. Hast du noch viel zu tun? ... Dann geh früh. Wir sehen uns morgen.« Sie legte auf. »Zwei ältere Ransoms für den Preis von einem, Liebling.«

Sie sah wieder auf das Blatt und deutete auf die Geburtsdaten. »Neujahr und Weihnachten. Hübsch. Wie oft kommt so etwas vor? Wer sind diese Leute?«

»Ich weiß es nicht«, sagte ich. »Willow Glen. Hast du eine Karte von Kalifornien?«

»Brauchen wir nicht. Ich war dort. Es ist draußen auf dem Land – San Bernadino County, nahe Yucaipa. Als die Kinder klein waren, bin ich mit ihnen da zum Apfelpflücken rausgefahren.«

»Apfelpflücken?«

»Äpfel, Liebling? Kleine, rote, runde Dinger? Zum kraftvoll Zubeißen. Warum überrascht dich das?«

»Ich wußte nicht, daß da unten Äpfel wachsen.«

»Das war mal früher so. Und eines Tages sind wir hingefahren, und nichts mehr war davon da – all die Gelände, auf denen man pflücken konnte, waren geschlossen, die Bäume tot oder im Begriff abzusterben. Wir reden vom Land, Alex. Da gibt's nichts draußen. Außer Mrs. Neujahrstag und Mr. Weihnachten.«

28

Der San Bernadino Freeway trieb mich vorwärts wie eine Erbse durch ein Kindergewehr vorbei an Industrieparks, Wohnblöcken und Autoparkplätzen, die breiter waren als manche kleine Stadt. Kurz hinter Pomona und dem Rummelplatz des County veränderte sich die Landschaft allmählich, es folgten Ranchen, Hühnerfarmen, Lagerhäuser und Frachthöfe. Parallel zur Südseite des Freeways liefen Eisenbahngleise. Geschlossene Güterwagen von Cotton Bowl und Southern Pacific standen rostend auf den Gleisen. Das hintere Drittel des Zuges bestand aus einem Transport funkelnder, kleiner japanischer Wagen hinter Maschendraht.

Ein kurzer Ausbruch architektonischen Tatendrangs hinter Claremont, und dann war alles still.

Ich fuhr an kahlen, von der Sonne verbrannten Hügeln, kleinen Farmen und Ranchen, abschüssigen Feldern mit Futterpflanzen und Pferden vorbei, die schlaff in der Hitze grasten. Die Ausfahrt nach Yucaipa verengte sich zu einer einzigen Fahrspur, die an einem Traktorfriedhof entlanglief. Ich fuhr langsamer und kam an einer Reihe von Trailern mit Aluminiumseiten entlang, an denen »Das Große Einkaufszentrum« stand, einer nicht in Betrieb befindlichen Taco-Imbißbude und einem verrammelten Laden mit der Aufschrift »Sehr seltene Antiquitäten«.

Das Ortsschild von Willow Glen befand sich an einem Pfosten zusammen mit einem zwanzig Meilen südlich gelegenen Bibelcollege und einem Landwirtschaftsdepot des Staates Kalifornien. Der Richtungspfeil zeigte mir den Weg über eine Bogenbrücke und eine rasiermessergerade Straße, die wieder Farmland durchschnitt – Zitrus- und Avocadopflanzungen, wacklige Ställe und unbebaute Felder. Breite Streifen blanker brauner Fläche unterbrachen Kriechpflanzenbeete; Tanzschuppen mit Blechdächern und Kirchen aus Aschenblocksteinen waren umgeben von dem granitenen Schmuck der San-Bernadino-Berge.

Die Berge verblaßten in der Ferne von lederfarben nach lavendelgrau, die obersten Gipfel verschwammen im perlweißen Nebel des Himmels. Hitze, die aus dem Tiefland aufstieg, verwischte die Konturen der Kiefern, die sich an die Bergabhänge klammerten. Es waren breitgeränderte Silhouetten entstanden, die an das Auslaufen von Tinte auf Löschpapier erinnerten.

Die Willow Glen Road stellte sich als linker Ausläufer eines Boulevardendes mitten im Niemandsland heraus, eine scharfe Biegung vorbei an einem zersplitterten Reklameschild, das frische Lebensmittel pries, und einer längst verlassenen »Jumbo Turkey Ranch«. Der Wagen mit dem geschlossenen schwarzen Dach schlängelte die Berge hoch, dann in sie hinein. Die Luft wurde kühler, reiner.

Nach zehn Meilen erschienen ein paar Apfelbaumplantagen: frisch bestellte kleine Gärten, dahinter jeweils ein Holzhaus. Umgeben von Stacheldraht und den Wind brechenden Weiden, von niedrig gestutzten Apfelbäumen mit breiten Gabelungen, ideal zum

Handpflücken. Kirschengroße Früchte versteckten sich unter Baldachinen aus Blättern. Die Ernte schien noch gut zwei Monate fern. Selbstgemachte Schilder an Pfählen, die man in die Erde gerammt hatte, hießen Selbstpflücker willkommen, aber es schien kaum Obst für einen einzigen Tag an den Bäumen zu sein. Als die Straße anstieg, bestimmten immer mehr verlassene Obstplantagen die Landschaft – größere, staubige Flächen voll von toten Bäumen, manche von ihnen gefällt, andere zu gliederlosen grauweißen Stacheln verwittert.

Der Asphalt endete an zwei telegrafenstangengroßen Pfosten, zwischen die das Banner der Handelskammer gespannt war, an den Pfosten befanden sich Abzeichen von Serviceclubs. Zwischen den Pfosten hing an einer Kette ein Schild mit der Aufschrift WILLOW-GLEN-DORF, 432 Einwohner.

Ich hielt, sah an dem Schild vorbei. Das Dorf schien nicht mehr zu sein als ein winziges ländliches Einkaufszentrum im Schatten von Weiden und Kiefern und vor einem leeren Parkplatz. Die Bäume gingen am entfernten Ende des Parkplatzes auseinander, und die Straße lief auf der zusammengepreßten Erde fort. Ich fuhr hinein, parkte und stieg in der sauberen, trockenen Hitze aus.

Das erste, was mir ins Auge fiel, war ein großes schwarzweißes Lama, das in einem kleinen Gehege Heu knabberte. Hinter dem Gehege stand ein kleines, rot angemaltes und weiß abgesetztes Holzhaus. Das Schild über dem Eingang verkündete: WILLOW-GLEN-VERGNÜGUNGSZENTRUM UND STREICHELZOO. Ich suchte nach einer menschlichen Behausung, entdeckte keine. Winkte dem Lama, und es starrte mich wiederkäuend an.

Eine Handvoll anderer Gebäude, alle klein, alle aus Holz, mit Schindeln gedeckt, ungestrichen und miteinander durch Holzplankenwege verbunden. DAS PARADIES VON HUGH, DEM HOLZSCHNITZER. DER VERZAUBERTE WALD / ANTIKGESCHÄFT. GROSSMUTTERS SCHATZKISTE, GESCHENKE UND SOUVENIRS. Alles fest verrammelt.

Der Boden war von Kiefernnadeln und Weidenblättern bedeckt. Ich ging durch, suchte immer noch nach Gesellschaft, entdeckte etwas Weißes und eine Rauchsäule, die hinter dem Laden des Holzschnitzers aufstieg. Niedrig hängende Äste nahmen mir den Blick.

Ich ging an ihnen vorbei und sah eine Reihe von verwitterten Holzbuden zusammenmontiert unter einem einzigen, funkelnagelneuen roten Dach. Als ich näher kam, wurde die Luft süßlich – die schwere Süße des Honigs gemischt mit dem säuerlichen Aroma von Äpfeln. Die Bäume hörten auf, und ich stand auf einer Lichtung.

Eine der Buden trug ein Schild APFELPRESSE & CIDER, eine andere BLÜTENKLEEHONIG. Aber der süße Rauch kam aus dem nächsten Haus, es war mit grünen Fensterläden versehen und trug den Namen GOLDEN DELICIOUS CAFE. OBSTKUCHEN. COCKTAILS. Die Fassade des Cafés bestand aus weißgestrichenen Planken und Buntglasfenstern – Fenstern geschmückt mit schwarzen Ästen, rosaweißen Blüten, grünen, roten und gelben Äpfeln. Die Tür war offen. Ich ging hinein.

Im Innern war alles blitzblank und weißgestrichen – Picknicktische und -bänke, ein weißer Deckenventilator, der heiße, honigsüße Luft herumblies, ein Tresen mit Hartplastikbeschichtung und drei weiße Synthetik-Barhocker, hängende Pflanzen, eine alte Messingladenkasse und ein kopiertes Werbeplakat für einen Astrologen in Yucaipa. Eine junge Frau saß hinter dem Tresen, trank Kaffee und las ein Biologielehrbuch. Eine Durchreiche hinter ihr gestattete einen Blick auf die blinkende Küche.

Ich setzte mich hin. Sie sah auf. Neunzehn oder zwanzig, mit einer Himmelfahrtsnase, kurzgeschnittenem, lockigem blondem Haar und großen, dunklen Augen. Sie trug eine weiße Bluse und schwarze Jeans, war schlank, aber mit runden Hüften. Auf einem apfelgrünen Anstecker an ihrer Bluse stand WENDY.

Sie lächelte. Maura Bannons Alter. Weniger intellektuell zweifellos, aber irgendwie älter als die Reporterin.

»Hallo. Was kann ich Ihnen bringen?«

Ich zeigte auf ihren Kaffeebecher. »Wie wär's erst mal damit für den Anfang?«

»Klar. Sahne und Zucker?«

»Schwarz.«

»Möchten Sie eine Speisekarte?«

»Ja, bitte.«

Sie gab mir ein Plastikbüchlein. Die Auswahl überraschte mich. Ich hatte mit Hamburger und Pommes frites gerechnet, aber es war ein Dutzend Gerichte aufgeführt, manche von ihnen kompliziert zu kochen, ein bißchen *nouvelle cuisine,* bei allen fanden sich Buchstaben für den richtigen Wein dazu: C für Chardonay, JR für Johannisberg Riesling. Hinten eine volle Weinkarte – französische und kalifornische Weine guter Qualität wie auch am Ort hergestellter Apfelwein, beschrieben als »leicht und fruchtig, ähnlich in Blume und Geschmack dem Sauvignon Blanc«.

Sie brachte den Kaffee. »Etwas zu essen?«

»Wie wär's mit einem Apfelpflücker-Mittagessen?«

»Klar.« Sie wandte mir den Rücken zu, öffnete den Kühlschrank und verschiedene Schubladen und Fächer, klapperte ein bißchen herum, legte ein Besteck und eine Leinenserviette auf den Tresen und servierte mir einen Teller mit perfekt zerschnittenen Äpfeln und dicken Keilen aus Käse, mit Minze garniert.

»Hier bitte«, sagte sie und legte eine Vollweizensemmel und in Blumenform gepreßte Butterstücke dazu. »Der Ziegenkäse ist wirklich gut, den macht eine Baskenfamilie in der Nähe von Loma Linda. Organisch gefütterte Tiere.«

Sie wartete.

Olivias Eier lagen mir noch im Magen. Ich nahm einen kleinen Bissen. »Phantastisch.«

»Danke. Ich studiere im College, wie man Essen präsentiert, möchte eines Tages mal meinen eigenen Laden führen. Hier arbeite ich als Teil meiner unabhängigen Studien.«

Ich deutete auf das Lehrbuch. »Sommerschule?«

Sie verzog das Gesicht. »Examen. Prüfungen sind nicht meine Spezialität. Noch mehr Kaffee?«

»Klar.« Ich nippte. »Heute 'n bißchen ruhig.«

»Das ist immer so. Während der Pflücksaison, September bis Januar, bekommen wir eine Handvoll Touristen an den Wochenenden. Aber es ist nicht wie früher. Die Leute wissen von der Kirschenlese in Beaumont, aber wir haben nicht viel Reklame. Es war mal ganz anders – das Dorf wurde 1867 gebaut; die Leute fuhren mit Körben voll Spartanern und Jonathans nach Haus. Aber Leute aus der Stadt sind gekommen und haben etwas von dem Land aufgekauft. Haben sich nicht drum gekümmert.«

»Ich habe tote Obstgärten auf dem Weg herauf gesehen.«

»Ist das nicht traurig? Äpfel brauchen Pflege, genau wie kleine Kinder. All diese Ärzte und Anwälte aus L. A. und San Diego haben die Obstgärten wegen der Steuer gekauft und dann einfach sterben lassen. Wir haben versucht – meine Familie und ich – den Ort wieder in Schwung zu bringen. Vielleicht kommt bald im *Register* von Orange County ein Artikel über uns – das würde bestimmt was nützen. Inzwischen fangen wir den Postversand mit Marmelade und Honig an, es läuft schon ganz gut. Außerdem koche ich für die Rangers und Landwirtschaftsbeamten, die hier durchkommen, führe meine unabhängigen Studien durch. Sind Sie beim Staat?«

»Nein«, sagte ich. »Was ist mit dem Lama?«

»Cedric? Er gehört uns – meiner Familie. Das ist unser Haus hinter seinem Stall – unser Dorfhaus. Meine Mutter und Brüder sind jetzt gerade darin und planen den Zoo. Wir werden im nächsten Sommer einen voll ausgebauten Streichelzoo haben. Das hält die kleinen Kinder beschäftigt, so daß die Eltern einkaufen können. Cedric ist ganz zahm. Dad hat ihn eingehandelt – er ist Arzt, hat eine chiropraktische Praxis unten in Yucaipa. Da leben wir den größten Teil der Zeit. Da war dieser Zirkus, der hier durchgekommen ist – Zigeuner oder so etwas in diesen bemalten Wagen, mit Akkordeons und Tonbandgeräten. Sie haben oben auf einer der Wiesen kampiert, den Hut herumgereicht. Einer der Männer hat sich während der Akrobatik den Rücken verrenkt. Dad hat ihm geholfen, aber der Typ konnte nicht zahlen, also hat Dad Cedric genommen. Er mag Tiere. Dann kamen wir auf die Idee mit dem Streichelzoo. Meine Schwester studiert Haustierwirtschaft in Cal Poly. Sie wird ihn leiten.«

»Klingt großartig. Gehört Ihrer Familie das ganze Dorf?«

Sie lachte. »Wenn's nur so wäre. Nein, nur das Haus und Cedrics Stall und diese Läden hier hinten. Die Läden nach vorn heraus gehören anderen Leuten, aber sie sind nicht so oft hier. Die Großmutter von dem Geschenkladen ist letzten Sommer gestorben, und ihre Familienangehörigen haben noch nicht entschieden, was sie tun wollen. Niemand glaubt, daß die Terrys Willow Glen wieder hochbringen, aber wir werden es bestimmt versuchen.«

»Das Einwohnerschild sprach von 432. Wo sind die anderen alle?«

»Ich glaube, die Zahl ist zu hoch, aber es gibt hier noch mehr Familien – ein paar Pflanzer, der Rest arbeitet unten in Yucaipa. Sie sind alle auf der anderen Seite des Dorfs. Sie müssen durchfahren.«

»An den Bäumen vorbei?«

Noch ein Lachen. »Ja. Es ist leicht zu verfehlen, oder? Ist hier so täuschend aufgebaut.« Sie sah auf meinen Teller. Ich reagierte, indem ich gierig zu essen anfing und ihr den halbvollen Teller zurückschob. Sie war unbeeindruckt. »Wie wär's mit Obstkuchen? Ich habe gerade vor zwanzig Minuten einen gebacken.«

Sie sah mich so gespannt an, daß ich »klar« sagte.

Sie setzte ein riesiges Kuchenquadrat vor mich hin, zusammen mit einem Löffel, und sagte: »Er ist so dick, daß ist besser als eine Gabel.« Dann füllte sie den Kaffeebecher und wartete wieder.

Ich steckte einen Löffel voll Kuchen in den Mund. Hätte ich Hunger gehabt, wäre er herrlich gewesen: dünne, zuckrige Kruste, knusprige Apfelstücke in leichtem Sirup, gewürzt mit Zimt und Sherry, noch immer warm. »Der ist phantastisch, Wendy. Sie haben eine großartige Zukunft als Küchenchefin.«

Sie strahlte. »Oh, danke vielmals, Mister. Wenn Sie noch ein Stück möchten, gebe ich es Ihnen umsonst, auf Kosten des Hauses. Hab' soviel, meine Brüder, diese Ferkel, fressen ihn mir sonst doch nur weg, ohne sich zu bedanken.«

Ich tätschelte meinen Bauch. »Mal sehen, wie ich das schaffe.«

Als ich mir mehrere weitere Stücke einlöffelte, sagte sie: »Wenn Sie nicht beim Staat sind, was führt Sie her?«

»Ich suche jemand.«

»Wen?«

»Shirlee und Jasper Ransom.«

»Was wollen Sie denn von denen?«

»Sie sind mit einer Freundin von mir verwandt.«

»Wie verwandt?«

»Ich bin nicht sicher. Vielleicht Eltern.«

»Kann keine sehr gute Freundin sein.«

Ich legte den Löffel hin. »Es ist kompliziert, Wendy. Wissen Sie, wo ich sie finden kann?«

Sie zögerte. Als ihre Augen meinen begegneten, waren sie hart vor Mißtrauen.

»Was ist los?« fragte ich.

»Nichts. Ich mag's einfach, wenn die Leute die Wahrheit sagen.«

»Wieso denken Sie, daß ich das nicht getan habe?«

»Sie kommen hier herauf und reden von Shirlee und Jasper, daß sie vielleicht die Eltern von jemandem wären, fahren den ganzen Tag, nur um Grüße auszurichten.«

»Das stimmt.«

»Wenn Sie eine Ahnung hätten, wer –« Sie unterbrach sich, sagte: »Ich will nicht unfreundlich sein. Sagen wir nur: Ich wußte nicht, daß sie irgendwelche Verwandten hätten, nicht in den fünf Jahren, in denen ich hier lebe. Besucher auch nicht.«

Sie sah auf die Armbanduhr, tippte mit dem Finger auf den Tresen. »Sind Sie fertig, Mister? Weil ich schließen muß, Studium wartet.«

Ich schob meinen Teller weg. »Wo ist die Rural Route Four?«

Sie zuckte die Schultern, ging zum Tresen und nahm ihr Buch.

Ich stand auf. »Was bin ich Ihnen schuldig?«

»Fünf Dollar genau.«

Ich gab ihr einen Fünfer. Sie nahm ihn an der Ecke, vermied es, meine Hand zu berühren.

»Was ist, Wendy? Warum sind Sie verärgert?«

»Ich weiß, wer Sie sind.«

»Wer bin ich?«

»Der Mann von der Bank. Jetzt wollen Sie den Rest des Dorfes auch noch aufkaufen genau wie bei Hugh und Großmutter. Die anderen Eigentümer mit süßem Gerede betrunken machen und alles billig an sich reißen, damit Sie's dann später in eine *Ferienhaussiedlung* oder so etwas verwandeln können.«

»Sie sind eine sagenhafte Köchin, Wendy, aber nicht so wild als Detektivin. Ich habe nichts mit irgendwelchen Banken zu tun. Ich bin ein Psychologe aus L. A. Ich heiße Alex Delaware.« Ich zog meine Ausweise aus der Brieftasche: Führerschein, Psychologielizenz, Mitgliedskarte der medizinischen Fakultät. »Hier, sehen Sie selbst.«

Sie tat gelangweilt, prüfte die Papiere aber genau. »Okay. Na und? Selbst wenn Sie der sind, der Sie zu sein scheinen, was wollen Sie hier?«

»Eine alte Freundin von mir, ebenfalls Psychologin, ist kürzlich gestorben. Sie hat keine Verwandten hinterlassen. Einige Anzeichen deuten darauf, daß sie mit Shirlee und Jasper Ransom verwandt ist. Ich habe ihre Adresse gefunden, dachte, sie würden vielleicht mit mir reden wollen.«

»Wie ist diese Freundin gestorben?«

»Selbstmord.«

Sie wurde blaß. »Wie alt war sie?«

»Vierunddreißig.«

Sie sah weg, beschäftigte sich mit den Bestecken.

»Sharon Ransom«, sagte ich. »Schon mal von ihr gehört?«

»Noch nie. Nie gehört, daß Jasper und Shirlee Kinder haben, Punkt. Sie irren sich, Mister.«

»Vielleicht«, sagte ich. »Vielen Dank für den Lunch.«

Sie rief mir nach: »Ganz Willow Glen ist Rural Route Four. Fahren Sie am Schulhaus vorbei, ungefähr eine Meile. Da ist eine alte, verlassene Presse. Da biegen Sie nach rechts ab und immer geradeaus. Aber Sie vergeuden Ihre Zeit.«

Ich fuhr aus dem Dorf hinaus, ertrug etwa fünfzig Schlaglöcher, bevor der Erdboden ebener wurde und das Schild RURAL ROUTE 4 auftauchte. Ich fuhr an mehreren Obstgärten und einer Anzahl Heimstätten mit ausufernden Holzhäusern vorbei, die mit niedrig hängenden Stangen abgesperrt waren, dann kam eine Flagge an einem Fahnenmast, die das zweistöckige Schulhaus kennzeichnete, das wie ein Milchkarton geformt war und in der Mitte eines von Eichen beschatteten und von Blättern bestreuten Spielplatzes lag. Der Spielplatz ging in den Wald über, der Wald in die Berge. Briefkästen mit Namensschildern standen entlang der Straße: RILEYS SELBSTPFLÜCKEREI UND KÜRBISSE (GESCHLOSSEN). LEIDECKER. BROWARD. SUTCLIFFE …

Ich fuhr an der verlassenen Apfelpresse vorbei, bevor ich mir dessen gewahr wurde, setzte zurück und parkte am Straßenrand. Von fern sah sie nur wie ein Schrotthaufen aus: Wellblechseitenwände mit Rostblasen, nach innen einsackend, nur noch Ränder des Teerpappendachs und altersschwache Dachsparren waren zu sehen sowie mannshohes Unkraut, das zum Licht strebte. Um das Gebäude herum war der Boden eingesunken und mit Maschinenteilen, totem Holz und Unkraut bedeckt, das die Sonne erreicht hatte und zu Sommerstroh getrocknet war.

Biegen Sie nach rechts ab und immer geradeaus.

Ich sah keine Straße, keinen Eingang, erinnerte mich an Wendys Mißtrauen und fragte mich, ob sie mich wohl in die Irre geschickt hatte.

Ich ließ den Motor laufen und stieg aus. Vier Uhr, aber die Sonne brannte noch immer vom Himmel herunter, und innerhalb von ein paar Augenblicken schwitzte ich. Die Straße war still. Es roch wie nach Stinktier. Ich beschattete die Augen, blickte umher und entdeckte schließlich einen kahlen Fleck im Unkraut – die dünne Linie eines Trampelpfads, der an der Presse entlanglief. Ein glänzender Eindruck im Stoh, wo Gummiräder das Gewirr schließlich besiegt hatten.

Ich dachte daran zu gehen, wußte aber nicht wie weit. Ich ging zum Wagen zurück und fuhr rückwärts, bis ich eine abschüssige Stelle fand und vorwärts in das Feld hinunterfuhr.

Der Seville war kein guter Geländewagen, er rutschte und schleuderte auf dem glatten Stroh. Schließlich faßten die Reifen, und ich kam auf den Weg hinauf. Ich fuhr den Wagen zentimeterweise vorwärts, an der Presse vorbei, in einem Meer von Unkraut. Die Senke stellte sich als ein Feldweg heraus, und ich fuhr schneller, kreuzte ein breites Feld. Am entfernten Ende war ein Wald aus Trauerweiden. Zwischen den hängenden Blättern der Bäume Andeutungen von Metall – weitere Wellblechhäuser.

Shirlee und Jasper Ransom schienen nicht von der gastfreundlichen Sorte.

Wendy hatte es für unwahrscheinlich gehalten, daß sie je Eltern gewesen waren, hatte lieber den Mund gehalten, als zu erklären, warum.

Wollte nicht »unfreundlich« sein.

Oder hatte sie Angst gehabt?

Vielleicht war Sharon vor ihnen geflüchtet – von diesem Ort geflohen –, aus gutem Grund, hatte Phantasien von einer reinen und perfekten Kindheit ausgebildet, um sich gegen eine Realität abzuschirmen, die zu schrecklich ist, als daß sie sie ertragen könnte.

Ich fragte mich, worauf ich mich einließ. Meine eigene Jasper/Shirlee-Phantasie schwamm an mir vorüber: mammuthafte ländliche Mutanten, zahnlos und mit glasigen Augen, in schmierigen

Overalls, umgeben von einer Meute geifernder Köter mit Fangzähnen, und meine Ankunft begrüßten sie mit einer Schrotladung.

Ich hielt an, lauschte auf Hunde. Stille. Ich sagte mir, eine weniger lebhafte Phantasie sei besser, und gab Gas.

Als ich die Weiden erreichte, gab es keine Stelle, an der ich mit dem Wagen hinein konnte. Ich schaltete die Zündung aus, stieg aus, ging unter die herabhängenden Zweige und durch das Wäldchen. Hörte Wasser plätschern. Eine Stimme etwas summen, das keine Melodie war. Dann kam ich zur Wohnung von Jasper und Shirlee Ransom.

Zwei Baracken auf einem schmalen Stück Erdboden. Zwei winzige, primitive Gebäude, die Seiten aus unregelmäßig geschnittenem Holz und das Dach mit Blech gedeckt. An Stelle von Fenstern: Wachspapier. Zwischen den Baracken stand ein hölzernes Außenklo mit einem sichelförmigen Loch in der Tür. Eine Wäscheleine aus Hanf war zwischen dem Toilettenhaus und einer der Baracken gespannt. Ausgeblichene Kleidungsstücke hingen an der Leine. Hinter dem Toilettenhaus stand ein Wassertank auf Metallklammern, daneben ein kleiner Stromgenerator.

Die Hälfte des Besitzes war mit Apfelbäumen bepflanzt – ungefähr ein Dutzend Setzlinge, ganz junge Bäume, an Stangen gebunden und mit Schildern versehen. Eine Frau stand da und bewässerte sie mit einem Gartenschlauch, der am Wassertank hing. Wasser tropfte ihr zwischen den Fingern herunter, und es sah aus, als ob sie urinierte und die Bäume mit ihrer eigenen Körperflüssigkeit tränkte. Das Wasser platschte auf den Boden, kam in einem dreckigen Wirbel zur Ruhe, verwandelte sich in Schlammsuppe.

Sie hatte mich nicht gehört. In den Sechzigern, untersetzt, sehr klein – ein Meter achtundvierzig oder fünfzig –, graues, zum Pagenkopf geschnittenes Haar und breite, teigige Gesichtszüge. Sie kniff die Augen zusammen, ihr Mund stand offen und betonte die herabhängenden Backen. Ein Haarbüschel sproß an ihrem Kinn. Sie trug einen einteiligen Kittel aus blauem bedrucktem Material, das einem Bettbezugsstoff ähnelte. Der untere Saum war uneben. Ihre Beine waren weiß und dick, puddingweich und unrasiert. Sie packte den Schlauch mit beiden Händen, als ob es eine lebendige Schlange wäre, und konzentrierte sich auf das Bewässern.

»Hallo«, sagte ich.

Sie drehte sich um, kniff die Augen mehrmals zusammen, hob den Schlauch dabei an. Das Wasser spritzte gegen den Stamm eines Setzlings.

Ein Lächeln. Treuherzig. Harmlos.

Sie winkte mit der Hand, versuchsweise, wie ein Kind, das einen fremden Menschen trifft.

»Hallo«, wiederholte ich.

»Hullo.« Ihre Aussprache war schlecht.

Ich kam näher. »Mrs. Ransom?«

Das erstaunte sie.

»Shirlee?«

Mehrfaches schnelles Nicken. »Da' bin'. Shirlee.« In ihrer Aufregung ließ sie den Schlauch fallen, und er fing an, herumzuwirbeln und zu spritzen. Sie versuchte ihn zu greifen, schaffte es nicht, bekam einen Wasserstrahl genau ins Gesicht, schrie auf und warf die Hände hoch. Ich bekam die verdreckte Gummischlange zu fassen, bog sie herum, wusch sie ab und gab sie ihr zurück.

»Danke, Sir.«

»Shirlee, ich heiße Alex. Ich bin ein Freund von Sharon.«

Ich bereitete mich auf einen Ausbruch von Schmerz und Trauer vor, bekam ein weiteres Lächeln. Strahlender. »Hübsche Sharon.«

Mein Herz tat weh. Ich zwang die Worte heraus, erstickte fast an der Gegenwartsform. »Ja, sie ist hübsch.«

»Meine Sharon ... Brief ... woll'n sehen?«

»Ja, gern.«

Sie sah auf den Schlauch hinab, schien in Gedanken versunken. »Warten.« Langsam, überlegt, ging sie rückwärts, weg von den Setzlingen und zum Wassertank. Sie brauchte lange, bis sie den Hahn abgedreht, und sogar noch länger, bis sie den Schlauch ordentlich am Boden zusammengelegt hatte. Als sie damit fertig war, sah sie mich stolz an.

»Großartig«, sagte ich. »Nette Bäume.«

»Hübsch. Apfel. Miss Leiderk mir und Jasper gegeben. Babybaum.«

»Haben Sie sie selbst gepflanzt?«

Kichern. »Nein. Gabi-el.«

»Gabriel?«

Nicken. »Wir kümmern uns richtig gut drum.«

»Dessen bin ich sicher, Shirlee.«

»Ja.«

»Kann ich den Brief von Sharon sehen?«

»Ja.«

Ich folgte ihrem Plattfußschlurfen in eine der Baracken. Die Wände waren gipsgetäfelt und mit einer Tapete beklebt, die von streifenförmigen Wasserflecken bedeckt war; der Fußboden aus Sperrholz; die Decke nackte Balken. Mittels einer Spanplatte hatte man den Raum in zwei Teile geteilt. Die eine Hälfte war die Geräteecke – kleiner Kühlschrank, elektrische Kochplatte, uralte Walzenwaschmaschine, Kartons mit Seifenpulver und Insektizid standen neben dem Kühlschrank.

Auf der anderen Seite gab es eine niedrige Decke, auf dem Boden lag ein Stück orangefarbener Teppich für innen und außen. Ein weißgestrichenes, gußeisernes Bett, auf dem eine Armeedecke in Übergröße lag, füllte fast den Raum aus. Die Decke war festgezogen, mit militärischen Ecken. An einer Wand stand ein elektrisches Heizgerät. Die Sonne schien sanft und warm durchs Wachspapierfenster herein. Ein Besen stand in einer Ecke. Er war gut genutzt worden: Der Raum war blitzblank.

Das einzige andere Möbelstück war eine kleine Kommode aus rohem Kiefernholz. Ein Karton mit Malstiften stand darauf zusammen mit Bleistiftstummeln und Packen mit einfachem Zeichenpapier, ordentlich gestapelt und mit einem Stein beschwert. Das oberste Blatt war eine Zeichnung. Äpfel. Primitiv. Kindlich.

»Haben Sie das gezeichnet, Shirlee?«

»Jasp. Er ist ein guter Zeichner.«

»Ja, stimmt. Wo ist er jetzt?«

Sie verließ die Baracke und deutete auf das Toilettenhaus. »Macht.«

»Aha.«

»Zeichnet richtig gut.«

Ich nickte Zustimmung. »Der Brief, Shirlee?«

»Oh.« Sie lächelte breiter, stupste sich mit der Faust gegen die Wange. »Ich vergessen.«

Wir gingen ins Schlafzimmer zurück. Sie zog eine der Schubladen der Kommode auf. Darin lagen präzise geordnete Häufchen mit Wäsche – mehr von dem ausgebleichten Zeug, das ich auf der Wäscheleine gesehen hatte.

Sie schob eine Hand unter die Kleider, zog einen Umschlag hervor und reichte ihn mir.

Mit schmutzigen Fingerabdrücken übersät, dünn geworden vom vielen Anfassen. Der Poststempel: Long Island, New York 1971. Die Adresse war mit großen Blockbuchstaben geschrieben:

MR. UND MRS. RANSOM
RURAL ROAD 4
WILLOW GLEN, CALIFORNIA

Darin war ein einziges Blatt weißen Briefpapiers. Auf dem Briefkopf stand:

FORSYTHE TEACHERS COLLEGE FOR WOMEN
WOODBURN MANOR
LONG ISLAND, N. Y. 11946

Dieselben Blockbuchstaben hatte sie für den Text benutzt:

LIEBE MOM UND LIEBER DAD,

ICH BIN HIER IN DER SCHULE. DER FLUG WAR GUT. ALLE SIND NETT ZU MIR, ABER IHR FEHLT MIR SEHR.

BITTE DENKT DRAN, DIE FENSTER EINZUSETZEN, BEVOR DIE REGENZEIT KOMMT. SIE KOMMT VIELLEICHT SCHON FRÜH, ALSO BITTE SEID VORSICHTIG. ERINNERT EUCH, WIE NASS IHR LETZTES JAHR GEWORDEN SEID. WENN IHR HILFE BRAUCHT, WIRD MRS. LEIDECKER HELFEN. SIE SAGTE, SIE WIRD NACHGUCKEN UND SEHEN, OB IHR OKAY SEID.

DAD, DANKE FÜR DIE SCHÖNEN ZEICHNUNGEN. ICH HABE SIE MIR IM FLUGZEUG ANGESEHEN. ANDERE LEUTE HABEN SIE GESEHEN UND GESAGT, SIE WÄREN SCHÖN. GUT GENUG ZUM ESSEN. ICH BEHALTE ZEICHNUNG. SCHICK MIR MEHR. MRS. LEIDECKER HILFT EUCH, SIE MIR ZU SCHICKEN.

IHR FEHLT MIR. ES WAR SCHWER, EUCH ZU VERLASSEN. ABER ICH MÖCHTE WIRKLICH LEHRERIN WERDEN UND ICH WEISS, DASS IHR ES AUCH WOLLT. DIES IST EINE GUTE SCHULE. WENN ICH EINE LEHRERIN BIN, KOMME ICH ZURÜCK UND UNTERRICHTE IN WILLOW GLEN. ICH VERSPRECHE ZU SCHREIBEN. PASST GUT AUF EUCH AUF.

EURE SHARON
(EUER EINZIGES KLEINES MÄDCHEN)

Ich schob den Brief zurück in den Umschlag. Shirlee Ransom sah mich an und lächelte. Ich brauchte mehrere Sekunden, bis ich sprechen konnte.

»Das ist ein netter Brief, Shirlee. Ein schöner Brief.«

»Ja.«

Ich gab ihn ihr zurück. »Haben Sie noch mehr?«

Sie schüttelte den Kopf. »Wir hatten. Viele. Große Regen kamen rein und – wusch!« Sie winkte mit dem Arm. »Alles weggespült«, sagte sie. »Puppen. Spielsachen. Papiere.« Sie zeigte auf die Wachspapierfenster. »Regen kommen rein.«

»Warum setzen Sie keine Glasfenster ein?«

Sie lachte. »Miss Leiderk sagt Glas, Shirlee. Glas ist gut. Fest. Versuch. Jasp sagt nein, nein. Jasp mag Luft.«

»Mrs. Leidecker klingt nach 'ner guten Freundin.«

»Ja.«

»War ... ist sie auch Sharons Freundin?«

»Lehrerin.« Sie tippte sich auf die Stirn. »Richtig schlau.«

»Sharon wollte auch Lehrerin werden«, sagte ich. »Sie ging zur Schule nach New York, um Lehrerin zu werden.«

Nicken. »Forset College.«

»Forsythe College?«

Nicken. »Weit weg.«

»Nachdem sie Lehrerin geworden war, ist sie hierher nach Willow Glen zurückgekommen?«

»Nein. Zu schlau. Calfurna.«

»Kalifornien?«

»Ja. Weit weg.«

»Hat sie Ihnen aus Kalifornien geschrieben?«

Trauriger Blick. Ich bedauerte die Frage.

»Ja.«

»Wann haben Sie das letzte Mal von ihr gehört?«

Sie biß sich auf die Finger, verzerrte den Mund. »Crismus.«

»Letzte Weihnachten?«

»Ja.« Ohne Überzeugung.

Sie hatte über einen sechzehn Jahre alten Brief gesprochen, als wäre er heute angekommen. Dachte, Kalifornien wäre weit entfernt. Ich fragte mich, ob sie lesen konnte, fragte sie: »Weihnachten lange her?«

»Ja.«

Noch etwas anderes oben auf der Kommode fiel mir ins Auge: eine Ecke von einem blauen Lederumschlag unter den Apfelzeichnungen. Ich zog ihn heraus. Ein Sparbuch von einer Bank in Yucaipa. Sie schien nichts gegen mein Eingreifen zu haben. Ich kam mir trotzdem wie ein Einbrecher vor und öffnete das Buch.

Mehrere Jahre lang immer dieselbe Art von Eintragung: fünfhundert Dollar in bar eingezahlt am ersten jeden Monats. Gelegentliche Abhebungen. Derzeitiger Stand: 78000 Dollar und ein bißchen Kleingeld. Das Konto war in Treuhänderschaft für Jasper Ransom und Shirlee Ransom eröffnet, Treuhänderin war Helen A. Leidecker.

»Geld«, sagte Shirlee. Stolzes Lächeln.

Ich legte das Sparbuch wieder zurück, wo ich es gefunden hatte.

»Shirlee, wo ist Sharon geboren?«

Erstaunter Gesichtsausdruck.

»Haben Sie sie geboren? Ist sie aus Ihrem Bauch gekommen?«

Kichern.

Ich hörte Schritte und drehte mich um.

Ein Mann kam herein. Er sah mich, zog die Hosen hoch, hob die Augenbrauen und schlurfte an die Seite seiner Frau.

Er war nicht viel größer als sie – kaum über einen Meter dreiundfünfzig – und ungefähr ihres Alters. Kahlköpfig, mit fast keinem Kinn und sehr großen, sehr weich aussehenden Augen. Eine fleischige Nase formte einen Tunnel zwischen den Augen und überschattete eine vorragende Oberlippe. Sein Mund hing etwas offen. Er hatte nur ein paar gelbliche Zähne. Ein Gesicht wie Andy Grump, bedeckt von feinem weißem Haar, das einem Seifenfilm ähnelte. Seine Schultern waren so schmal, daß seine kurzen Arme aus dem Hals zu wachsen schienen. Die Arme baumelten an den Seiten herunter und endeten in dicklichen Händen mit auswärts gespreizten Fingern. Er trug ein weißes, viel zu großes T-Shirt, eine graue Arbeitshose, die er sich mit einer Schnur um die Taille festgebunden hatte, und hochgeschlossene Turnschuhe. Die Hose war gebügelt und sie stand vorne offen.

»Uh, Jasp«, sagte Shirlee, versteckte den Mund hinter der Hand und zeigte hin.

Er blickte erstaunt drein. Sie kicherte und zog seinen Reißverschluß hoch, tätschelte ihm spielerisch die Wange. Er wurde rot und sah zu Boden.

»Hallo«, sagte ich, streckte die Hand aus. »Ich heiße Alex.«

Er ignorierte mich. Schien mit seinen Turnschuhen beschäftigt.

»Mr. Ransom ... Jasper –«

Shirlee mischte sich ein. »Hör' nicht. Nichts. Rede' nich.«

Es gelang mir, seinen Blick zu erhaschen, und ich sagte »Hallo«.

Leerer Blick.

Ich bot ihm wieder meine Hand an.

Er warf kaninchenhafte Blicke umher.

Ich wandte mich an Shirlee. »Könnten Sie ihm sagen, daß ich ein Freund von Sharon bin?«

Sie kratzte sich das Kinn, sann nach und schrie ihn dann an: »*Er kenn' Sharon! Sha-ron! Sha-ron!*«

Die Augen des kleinen Mannes wurden groß, sprangen von mir weg.

»Bitte sagen Sie ihm, ich mag seine Zeichnungen, Shirlee.«

»*Zeichnungen!*« schrie Shirlee. Sie führte eine rohe Pantomime vor – wie man einen Zeichenstift bewegt. »*Er ma' Zeich-nungen! Zeich-nun-gen!*«

Jasper verzog das Gesicht.

»*Zeich-nun-gen! Dummer Jasp!*« Mehr Stiftbewegungen. Sie nahm ihn bei der Hand und zeigte auf den Papierstapel auf der Kommode, drehte Jasper herum und zeigte auf mich.

»Zeichnungen!«

Ich lächelte und sagte: »Sie sind schön.«

»Uhh.« Der Ton war tief, guttural, angestrengt. Ich erinnerte mich, wo ich so etwas gehört hatte. Resthaven.

»*Zeich-nun-gen!*« schrie Shirlee immer noch.

»Es ist gut«, sagte ich. »Danke, Shirlee.«

Aber inzwischen war sie nicht mehr zu bremsen. »*Zeichnungen! Geh! Geh!*« Sie gab seinen flachen Hinterbacken einen Schubs. Er trottete aus der Baracke.

»Jasp' hol' Zeichnung«, sagte Shirlee.

»Großartig. Shirlee, wir redeten gerade darüber, wann Sharon geboren ist. Ich habe Sie gefragt, ob sie aus Ihrem eigenen Bauch kam.«

»Albern!« Sie sah nach unten und strich den Stoff des Kleides über ihrem Bauch glatt. Streichelte auch die weiche Vorwölbung. »Kein Baby.«

»Wie ist sie denn Ihr kleines Mädchen geworden?«

Das teigige Gesicht leuchtete auf, die Augen voll Tücke.

»Ein Geschenk.«

»Sharon war ein Geschenk?«

»Ja.«

»Von wem?«

Sie schüttelte den Kopf.

»Wer hat sie Ihnen zum Geschenk gemacht?«

Das Kopfschütteln wurde stärker.

»Warum können Sie es mir nicht sagen?«

»*Kannich!*«

»Warum, Shirlee?«

»*Kann nicht! Geheim!*«

»Wer hat Ihnen gesagt, daß Sie es geheimhalten sollen?«

»*Kannicht!* Geheim. *Geheim-nüs!*«

»Ich verstehe, Shirlee.«

Ihr stand Schaum vorm Mund, und sie sah aus, als ob sie jeden Augenblick losweinen könnte.

»Okay«, sagte ich. »Es ist gut, ein Geheimnis für sich zu behalten, wenn du das versprochen hast.«

»Geheim.«

»Ich verstehe, Shirlee.«

Sie schniefte, lächelte, sagte: »Uh-oh, Wasserzeit«, und ging hinaus. Ich folgte ihr in den Hof. Jasper war gerade aus der anderen Baracke heraus und kam uns mit mehreren Blättern Papier in den Händen entgegen. Er sah mich und winkte damit in der Luft herum. Ich ging hinüber, und er schob sie mir zu. Mehr Äpfel.

»Großartig, Jasper. Schön.«

Shirlee sagte: »Wasserzeit«, und sah den Schlauch an.

Jasper hatte die Tür der anderen Baracke offengelassen, und ich ging hinein. Ein kleiner, nicht aufgeteilter Raum. Roter Teppich. Ein Himmelbett stand in der Mitte, eine mit Litzen umrandete Steppdecke lag darauf. Der Stoff war von grünschwarzen Schimmelflekken bedeckt und vermodert. Ich berührte ein Stück der Litze, es verwandelte sich zu Staub zwischen meinen Fingern. Das Kopfbrett und der Himmelrahmen waren schmutzig vor Oxidation und gaben einen bitteren Geruch ab. Über dem Bett hing von einem krumm in die Gipswand geschlagenen Nagel ein gerahmtes Beatles-Plakat – eine Vergrößerung des »Rubber-Soul«-Albums. Das Glas war von Schlieren bedeckt und zerbrochen und mit Fliegendreck gepunktet. An der gegenüberliegenden Wand stand eine Kommode mit Schubladen, auf der noch mehr zerfallene Litzen und Parfümfläschchen und Glasfiguren waren. Ich versuchte, eine Flasche aufzuheben, aber sie hing an der Litze fest. Eine Ameisenstraße lief über die Kommode. Mehrere tote Silberfische lagen zwischen den Flaschen verstreut.

Die Schubladen hatten sich verzogen und waren schwer aufzubekommen. Die obere war leer, von den Käfern abgesehen. Dasselbe mit allen anderen.

Ein Laut kam von der Türöffnung. Shirlee und Jasper standen da, hielten einander fest wie verängstigte Kinder, die einen Gewittersturm erleben.

»Ihr Zimmer«, sagte ich. »Genauso, wie sie es verlassen hat.«

Shirlee nickte. Jasper sah sie an und ahmte sie nach.

Ich versuchte mir Sharons Leben mit ihnen vorzustellen. Daß sie sie aufgezogen hatten. *Martinis im Sonnenzimmer* …

Ich lächelte, um meine Traurigkeit zu überspielen. Sie lächelten zurück, auch um etwas zu überspielen – eine servile Ängstlichkeit. Warteten auf meinen nächsten Befehl. Es gab soviel, das ich sie fragen wollte, aber ich wußte, daß sie mir alles gesagt hatten, was sie sagen durften. Ich sah die Angst in ihren Augen und suchte nach den richtigen Worten.

Bevor sie mir einfielen, füllte sich die Türöffnung mit Fleisch.

Er war nicht viel mehr als ein Kind – siebzehn oder achtzehn, immer noch mit Pfirsichflaum und Babygesicht. Aber riesig groß. Ein Meter fünfundneunzig. 280 Pfund, vielleicht dreißig davon Babyspeck. Mit rosa Haut und einem kurzen Hals, der breiter als sein Mondgesicht war. Er trug einen Kurzhaarschnitt und versuchte, ohne viel Erfolg, sich einen Schnurrbart stehen zu lassen. Sein Mund wirkte winzig und verächtlich, seine Augen lagen halb verborgen zwischen rosigen Wangen, die so groß und rund wie Softbälle waren. Er trug ausgewaschene Jeans und ein extra-extragroßes schwarzes Cowboyhemd mit weißen Paspeln und Perlenknöpfen. Die Ärmel hatte er so weit hochgerollt wie möglich – halb die rosa Unterarme herauf, die so dick wie meine Schenkel waren. Er stand hinter den Ransoms, schwitzte, strömte Hitze und einen Umkleideraumgeruch aus.

»Wer sind Sie?« Seine Stimme war nasal, und der Stimmbruch lag noch nicht ganz hinter ihm.

»Ich heiße Alex Delaware. Ich bin ein Freund von Sharon Ransom.«

»Sie lebt nicht mehr hier.«

»Ich weiß. Ich komme herauf von –«

»Ärgert er euch?« fragte er Shirlee.

Sie verzog das Gesicht. »Hullo, Gabi-el.«

Der Junge milderte seinen Ton und wiederholte seine Frage, als wäre er es so gewöhnt.

Shirlee sagte: »Er mag Jasps Zeichnungen.«

»Gabriel«, sagte ich. »Ich bin nicht hier, um irgendwelche Schwierigkeiten –«

»Es ist mir egal, wozu Sie hier sind. Diese Leute sind ... besonders. Man muß sie besonders behandeln.«

Er legte zwei riesige Hände auf die Schultern der Ransoms.

Ich fragte: »Ihre Mutter ist Mrs. Leidecker?«

»Warum?«

»Ich würde gern mit ihr reden.« Er rundete die Schultern, und seine Augen wurden Schlitze. Wenn er nicht so groß gewesen wäre, hätte er komisch gewirkt – ein kleiner Junge, der den Macho spielte. »Was hat meine Mutter damit zu tun?«

»Sie war Sharons Lehrerin. Ich war Sharons Freund. Es gibt Dinge, über die ich gern mit ihr reden würde. Dinge, über die man nicht in Gegenwart der jetzt hier anwesenden Personen sprechen sollte. Ich bin sicher, Sie wissen, was ich meine.«

Der Ausdruck in seinem Gesicht sagte, daß er genau wußte, was ich meinte.

Er ging etwas von der Türöffnung weg. Das Sonnenlicht kam wieder.

»Kommt, Leute«, sagte er zu Jasper und Shirlee. »Ihr solltet wieder zu den Bäumen gehen und aufpassen, daß jeder schön viel Wasser bekommt.«

Sie sahen zu ihm auf. Jasper reichte ihm eine Zeichnung.

Er sagte: »Großartig, Jasp. Ich tue sie zu meiner Sammlung.« Er sprach alle Silben überdeutlich aus. Dann beugte sich das Mannkind herunter und tätschelte den Kopf des kindischen Mannes. Shirlee nahm seine Hand, und er küßte sie leicht auf die Stirn.

»Ihr paßt auf euch auf, hört ihr mich? Bewässert weiter diese Bäume, und bald haben wir Äpfel, die wir zusammen pflücken können, okay? Und redet nicht mit fremden Leuten.«

Shirlee nickte ernst, dann klatschte sie in die Hände und kicherte. Jasper lächelte und gab ihm noch eine Zeichnung.

»Nochmals danke. Mach weiter so mit der guten Arbeit, Rembrandt.« Zu mir: »Kommen Sie.«

Wir gingen los. Jasper lief uns nach und machte grunzende Geräusche. Wir blieben stehen. Er gab mir eine Zeichnung, drehte sich weg, es war ihm peinlich.

Ich berührte sein schwaches Kinn mit der Hand und sagte: »Danke«, und sprach die Silben so überdeutlich aus, wie es der Junge gerade getan hatte. Jaspers Lächeln sagte mir, daß er verstanden hatte. Ich streckte die Hand hin. Diesmal schüttelte er sie schwach und hielt sie fest.

»Kommen Sie, Mister«, sagte Gabriel. »Lassen Sie sie.«

Ich tätschelte die Hand des kleinen Mannes und machte sie los, folgte Gabriel zu den Weiden hin, joggte, um ihn einzuholen. Bevor ich unter die grünen Zweige der Trauerweide trat, blickte ich zurück und sah die beiden Hand in Hand mitten auf ihrem Dreckplatz stehen. Starrten uns nach, als wären wir Weltreisende – Konquistadoren, die in eine schöne neue Welt hinausziehen, die sie nie sehen würden.

29

Er hatte ein großes, generalüberholtes Triumph-Motorrad hinter dem Seville geparkt.

Zwei Helme, einer zuckerapfelrot, der andere mit Sternen und Streifen, baumelten an den Lenkstangenenden. Er setzte den roten auf, schwang das Bein hinüber und ließ den Motor mit dem Kickstarter an.

»Wer hat Ihnen gesagt, daß ich hier war?« fragte ich ihn.

Er strich sich mit der Hand über das Stachelhaar und starrte mich an.

»Wir kümmern uns umeinander, Mister.«

Er gab dem Motorrad Gas, setzte einen Staubsturm unter den toten Blättern in Gang, stand einen Augenblick mit hochgerecktem Motorrad nur auf dem Hinterreifen da und rollte heraus. Ich sprang in den Seville, folgte ihm, so schnell ich konnte, verlor ihn hinter der verlassenen Presse aus den Augen, aber fand ihn eine Sekunde später wieder, wie er zum Dorf zurückfuhr. Ich fuhr schneller und holte ihn ein. Wir kamen an dem Briefkasten vorbei, auf dem sein Familienname stand, fuhren weiter bis zum Schulhaus, wo er noch langsamer wurde und nach rechts winkte. Er schoß die Einfahrt hinauf, beschrieb auf dem Spielplatz einen Kreis und hielt vor der Schulhaustreppe.

Er sprang die Stufen hinauf, nahm immer drei auf einmal. Ich folgte ihm und sah ein Holzschild neben dem Eingang.

WILLOW GLEN SCHULE
EINGERICHTET 1938
EINST TEIL DER BLALOCK-RANCH

Die Buchstaben waren rustikal und ins Holz eingebrannt. Derselbe Stil wie auf dem Schild, auf dem La Mar Road gestanden hatte – die

Privatstraße in den Holmby Hills. Als ich anhielt, um es mir anzusehen, stand Gabriel schon oben auf dem Treppenabsatz, riß die Tür auf und ließ sie hinter sich zufallen. Ich rannte hinauf, fing sie auf und kam in ein großes, luftiges Schulzimmer, das nach Fingerfarben und gespitzten Bleistiften roch. Auf den hell gemalten Wänden hingen Gesundheits- und Sicherheitsplakate, Buntstiftzeichnungen. Keine Äpfel. An drei Wänden unter Schönschriftanleitungen von Palmer waren Tafeln befestigt. Eine amerikanische Flagge baumelte über einer großen, runden Uhr, die vier Uhr vierzig anzeigte. Gegenüber jeder Wandtafel standen zehn hölzerne Schulbänke – die altmodische Sorte mit schmalen Deckeln und Tintenfässern.

Ein Lehrerpult stand allen drei Sitzgruppen gegenüber. Eine blonde Frau, die einen Stift hielt, saß dahinter. Gabriel stand über sie gebeugt und flüsterte. Als er mich sah, richtete er sich auf und räusperte sich.

Die Frau legte den Stift hin und sah hoch.

Sie mochte Anfang Vierzig sein, mit kurzem, welligem Haar und breiten, eckigen Schultern. Sie trug eine kurzärmelige weiße Bluse. Ihre Arme waren braungebrannt, mollig, und endeten in feingliedrigen Händen mit langen Fingernägeln.

Gabriel flüsterte ihr etwas zu.

Ich sagte »Hallo« und kam näher.

Sie stand auf. Ein Meter achtzig, und älter, als mein erster Eindruck gewesen war – Ende Vierzig oder Anfang Fünfzig. Die weiße Bluse war in einen knielangen braunen Leinenrock gesteckt. Sie hatte schwere Brüste, eine schmale Taille, die die Breite ihrer Schultern betonte. Unter der Sonnenbräune lag ein rötlicher Ton – eine Andeutung derselben Korallenfarbe, die ihren Sohn wie ein ewiger Sonnenbrand bedeckte. Sie hatte ein langes, angenehmes Gesicht, das durch ein sorgfältig aufgetragenes Make-up, volle Lippen und große, leuchtende bernsteinfarbene Augen noch vorteilhafter zur Geltung kam. Ihre Nase war kräftig und ragte hervor, ihr Kinn war gespalten und fest. Ein offenes Gesicht, stark und sturmerprobt.

»Hallo«, sagte sie ohne Wärme. »Was kann ich für Sie tun, Sir?«

»Ich wollte über Sharon Ransom reden. Ich bin Alex Delaware.«

Als sie meinen Namen hörte, veränderte sich ihr Ton. »Oh«, sagte sie mit schwächerer Stimme.

»Mutter«, sagte Gabriel und nahm ihren Arm.

»Es ist in Ordnung, Gabey. Geh zurück nach Haus, und laß mich mit diesem Mann reden.«

»Kommt nicht in Frage, Mom. Wir kennen ihn nicht.«

»Es ist in Ordnung, Gabey.«

»*Mutter.*«

»Gabriel, wenn ich dir sage, daß es okay ist, dann ist es okay. Nun geh bitte zurück nach Haus, und mach deine Arbeiten. Die alten Spartaner hinter dem Kürbisfeld müssen beschnitten werden. Es ist immer noch 'ne Menge Mais zu schälen, und die Kürbisranken müssen festgebunden werden.«

Er grunzte und sah mich böse an.

»Geh, Gabey«, sagte sie.

Er nahm die Hand von ihrem Arm, warf mir noch einen wütenden Blick zu, zog sein Schlüsselbund hervor und stampfte dann murmelnd hinaus.

»Danke, mein Lieber«, rief sie ihm nach, kurz bevor die Tür sich schloß.

Als er weg war, sagte sie: »Wir haben Mr. Leidecker letztes Frühjahr verloren. Seitdem versucht Gabriel seinen Vater zu ersetzen, und ich fürchte, er übertreibt es manchmal.«

»Ein guter Sohn«, sagte ich.

»Ein wundervoller. Aber er ist immer noch ein Kind. Zuerst, wenn Leute ihn kennenlernen, sind sie von seiner Größe überwältigt. Sie begreifen nicht, daß er erst achtzehn ist. Ich habe sein Motorrad nicht starten hören. Sie?«

»Nein.«

Sie ging zu einem Fenster und schrie hinunter: »Ich habe gesagt, *nach Haus,* Gabriel Leidecker. Hänge die Ranken auf, bis ich zu Haus bin, oder es ist dein Ende, Junge.«

Protestlaute kamen von unten herauf. Sie stand am Fenster, die Hände in die Hüften gestemmt. »So ein Baby«, sagte sie zärtlich. »Wahrscheinlich mein Fehler – es war viel härter für seine Brüder.«

»Wie viele Kinder haben Sie?«

»Fünf. Fünf Jungen. Alle verheiratet und fort außer Gabey. Unterbewußt will ich wahrscheinlich gar nicht, daß er erwachsen wird.«

Sie rief: »Hau ab!« und winkte aus dem Fenster. Das Rattern des Triumph-Motors drang zu uns herauf.

Als es wieder still war, schüttelte sie mir die Hand und sagte: »Ich bin Helen Leidecker. Verzeihen Sie mir, daß ich Sie nicht begrüßt habe, wie es sich gehört. Gabey hat mir nicht gesagt, wer Sie sind oder was Sie wollen. Nur daß ein Fremder aus der Stadt bei den Ransoms herumschnüffelte und mit mir reden wollte.« Sie zeigte auf die Schülerpulte. »Wenn Sie nichts gegen eins von denen haben, setzen Sie sich bitte.«

»Bringt Erinnerungen zurück«, meinte ich und quetschte mich in eine Bank in der ersten Reihe.

»Oh, wirklich? Haben Sie so eine Schule besucht?«

»Wir hatten mehr als einen Raum, aber die Einrichtung war ähnlich.«

»Wo war das, Dr. Delaware?«

Dr. Delaware. Ich hatte ihr meinen Titel nicht verraten. »Missouri.«

»Sie sind aus dem Mittelwesten«, sagte sie. »Ich bin ursprünglich aus New York. Wenn jemand mir gesagt hätte, ich würde in einem schläfrigen Dörfchen wie Willow Glen enden, hätte ich das für lachhaft gehalten.«

»Wo in New York?«

»Long Island. The Hamptons – nicht die Wohngegend der Reichen. Meine Familie hat die faulen, reichen Leute bedient.«

Sie ging zurück hinter ihr Pult und setzte sich.

»Wenn Sie durstig sind«, sagte sie, »da hinten ist ein Kühlschrank voller Getränke, aber ich fürchte, wir haben nur Milch, Kakao oder Orangendrink.« Sie lächelte, wurde jünger. »Ich habe es so oft wiederholt, es ist unauslöschlich in mein Gehirn geätzt.«

»Nein, danke«, sagte ich. »Ich hatte ein reichliches Mittagessen.«

»Wendy ist eine wundervolle Köchin, nicht?«

»Wundervolles Frühwarnsystem auch.«

»Wie ich sagte, Dr. Delaware, dies ist ein verschlafenes Dörfchen. Jeder weiß etwas über jeden.«

»Gehört dazu auch Wissen über Shirlee und Jasper Ransom?«

»Sicher. Sie brauchen eine besondere Freundlichkeit.«

»Besonders jetzt«, sagte ich.

Ihr Gesicht fiel zusammen, als ob es plötzlich zerschnitten worden wäre. »O Gott«, sagte sie und öffnete eine Schublade in ihrem Pult. Sie zog ein besticktes Taschentuch heraus und tupfte sich die Augen ab. Als sie sich mir wieder zuwandte, waren sie durch die Trauer noch größer geworden.

»Sie lesen keine Zeitung, können kaum die Fibel entziffern. Wie soll ich's ihnen sagen?«

Ich wußte keine Antwort darauf. Ich war es müde, nach Antworten zu suchen. »Haben sie noch andere Angehörige?«

Sie schüttelte den Kopf. »Sie war alles, was sie hatten. Und mich. Ich bin ihre Mutter geworden. Ich weiß, ich werde es irgendwie schaffen müssen.«

Sie preßte das Taschentuch wie einen Breiumschlag aufs Gesicht. »Bitte entschuldigen Sie mich«, sagte sie. »Ich bin so erschüttert wie an dem Tag, als ich davon las – *das* war ein Horror. Ich kann's einfach nicht glauben. Sie war so schön, so lebendig.«

»Ja, das war sie.«

»Ich habe sie praktisch aufgezogen. Und jetzt ist sie weg, ausgelöscht. Als hätte sie nie gelebt. So eine verdammte, häßliche Verschwendung ... Wenn ich daran denke, werde ich *wütend* auf sie. Was unfair ist. Es war *ihr* Leben. Sie hat mich nie um das gebeten, was ich ihr gab, nie ... Oh, ich weiß nicht!«

Sie wandte das Gesicht ab. Ihr Make-up fing an zu zerlaufen. Sie erinnerte mich an einen Festwagen am Morgen danach.

Ich sagte: »Es *war* ihr Leben. Aber sie hat viele Leute hinterlassen, die ihren Tod betrauern.«

»Es ist mehr als Trauer«, entgegnete sie. »Ich habe das gerade durchgemacht. Dies ist schlimmer. Ich dachte, ich kannte sie ein bißchen wie eine Tochter, aber all diese Jahre muß sie soviel Schmerz mit sich herumgetragen haben. Ich hatte keine Ahnung – sie hat es nie ausgedrückt.«

»Niemand wußte es«, sagte ich. »Sie hat sich nie richtig gezeigt.«

Sie warf die Hände empor und ließ sie fallen wie tote Gewichte. »Was konnte so schlimm sein, daß sie alle Hoffnung verlor?«

»Ich weiß es nicht. Darum bin ich hier oben, Mrs. Leidecker.«

»Helen.«

»Alex.«

»Alex«, sagte sie. »Alex Delaware. Wie seltsam, Sie nach all den Jahren kennenzulernen. Irgendwie habe ich das Gefühl, Sie zu kennen. Sie hat mir alles von Ihnen erzählt – wie sehr sie Sie geliebt hat. Sie betrachtete Sie als einzige wahre Liebe ihres Lebens, obwohl sie wußte, daß es nie etwas werden konnte wegen Ihrer Schwester. Trotzdem bewunderte sie Sie so sehr dafür, wie Sie sich Joan widmeten.«

Sie muß den Schock in meinem Gesicht als Schmerz mißverstanden haben und sah mich voll Mitgefühl an.

»Joan«, sagte ich.

»Das arme Ding. Wie geht's ihr?«

»Ungefähr wie früher.«

Sie nickte traurig. »Sharon wußte, daß ihr Zustand sich nicht mehr wirklich verbessern konnte. Aber obwohl Ihre Hingabe an Joan bedeutete, daß Sie sich niemals völlig jemand anderem widmen konnten, bewunderte sie Sie deshalb. Wenn überhaupt, dann verstärkte es meiner Meinung nach ihre Liebe für Sie. Sie sprach von Ihnen, als ob Sie ein Heiliger wären. Sie fand, diese Art von Familienloyalität sei heute so selten.«

»Ich bin kaum ein Heiliger.«

»Aber Sie sind ein guter Mann. Und das alte Klischee bleibt wahr wie eh und je: Die sind schwer zu finden.« Ein ferner Blick kam in ihr Gesicht. »Mr. Leidecker war einer. Schweigsam, ein störrischer Holländer, aber ein Herz aus Gold. Gabriel hat etwas von seiner Güte geerbt. Er ist ein lieber Junge. Ich hoffe nur, daß es ihn nicht verhärten wird, seinen Dad so jung zu verlieren.«

Sie stand auf, ging zu einer der Tafeln hinüber und wischte ein paarmal mit einem Lappen darüber hin. Die Anstrengung schien sie zu erschöpfen. Sie kehrte zu ihrem Sitz zurück, ordnete Papiere und sagte: »Es war ein Jahr der Verluste. Arme Shirlee und armer Jasper. Ich fürchte mich so, es ihnen zu sagen. Es ist meine Schuld. Ich habe ihr Leben verändert; jetzt hat die Veränderung eine Tragödie hervorgerufen.«

»Es gibt keinen Grund, Ihnen Vorwürfe zu machen.«

»Bitte«, sagte sie leise. »Ich weiß, es ist dumm von mir, aber ich komme nicht gegen das Gefühl an. Wenn ich mich nicht in ihr Leben eingemischt hätte, wäre es anders verlaufen.«

»Aber nicht notwendigerweise besser.«

»Wer weiß«, sagte sie. Ihre Augen hatten sich mit Tränen gefüllt. »Wer weiß.«

Sie sah auf die Wanduhr. »Ich habe den ganzen Nachmittag hier drin gesessen und Arbeiten korrigiert. Ich müßte mir wirklich mal etwas die Beine vertreten.«

»Ich auch.«

Als wir die Schulhaustreppe hinunterkamen, deutete ich auf das Holzschild.

»Die Blalock-Ranch. Haben die nicht was mit Schiffahrt zu tun?«

»Stahl und Eisenbahnen. Es war nie wirklich eine Ranch. In den zwanziger Jahren konkurrierten sie mit Southern Pacific um die Strecken, die Kalifornien mit dem Rest des Landes verbanden. Sie überprüften die Counties San Bernadino und Riverside wegen einer Inlandlinie und kauften einen großen Brocken Land auf – manchmal ganze Dörfer. Sie bezahlten einen Spitzenpreis, um Willow Glen von den Apfelfarmern zu kaufen, die seit dem Bürgerkrieg hier ihre Heimstätten hatten. Heraus kam dabei ein großes Gebiet, das sie eine Ranch nannten. Aber sie bauten nie irgend etwas darauf an, züchteten auch kein Vieh, errichteten nur Zäune drum herum und stellten Wachen auf. Und die Eisenbahn wurde nie gebaut – die Depression. Nach dem Zweiten Weltkrieg fingen sie an, einige der kleineren Parzellen an Privatleute zu verkaufen. Aber mehrere der großen Flächen wurden von einer anderen Corporation weggeschnappt.«

»Welcher?«

Sie betastete ihr Haar. »Irgendein Flugzeugkonzern – der, der dem verrückten Milliardär gehörte, Belding.« Sie lächelte. »Und das, Mr. Delaware, ist Ihre Geschichtsstunde für heute.«

Wir kamen auf den Spielplatz, schlenderten an Schaukeln und Rutschen vorbei und gingen auf den Wald zu, der den Fuß des Berges mit seinem Teppich bedeckte.

»Gehört Magna immer noch Land hier?« fragte ich.

»Eine Menge. Aber *sie* verkaufen nicht. Die Leute haben es versucht. Praktisch bleibt Willow Glen deshalb ein unbedeutender Fleck. Die meisten alten Familien haben aufgegeben und verkauft an reiche Ärzte und Anwälte, die die Obstgärten zur Steuerabschreibung erwerben und verkommen lassen – gekappte Bewässerungsanlagen, kein Beschneiden, kein Düngen mehr. Die meisten machen sich nicht mal die Mühe, heraufzukommen und zu ernten. An manchen Stellen ist die Erde hart und trocken wie Zement. Die wenigen Pflanzer, die geblieben sind, sind mißtrauisch geworden – sie glauben, es sei alles Teil einer Verschwörung, die Sachen verfallen zu lassen, so daß die Leute aus der Stadt das, was übrig ist, billig aufkaufen und Ferienhaussiedlungen oder so etwas errichten können.«

»Das dachte Wendy auch.«

»Ihre Familie ist neu hier und wirklich ganz schön naiv. Aber man muß sie bewundern dafür, daß sie's versucht.«

»Wem gehört das Land, auf dem Jasper und Shirlee leben?«

»Das ist Magnas Land.«

»Ist das allgemein bekannt?«

»Mr. Leidecker hat es mir gesagt, und er war kein Schwätzer.«

»Wie sind sie hergekommen?«

»Niemand weiß das. Mr. Leidecker zufolge – ich habe damals nicht hier gelebt – sind sie 1956 im General Store aufgetaucht, um Lebensmittel zu kaufen – damals war's ein General Store. Als die Leute mit ihnen zu reden versuchten, winkte Jasper mit den Händen herum und grunzte, und sie kicherte. Es war offenbar, daß es sich um Zurückgebliebene handelte – Kinder, die nie erwachsen werden. Die am häufigsten gehörte Theorie lautete, sie seien irgendeiner Institution entflohen, vielleicht aus einem Bus getürmt und dann zufällig hier oben gelandet. Die Leute helfen ihnen, wenn es nötig ist, aber im allgemeinen kümmert sich kaum jemand um sie. Sie sind harmlos.«

»Jemand überweist ihnen aber 500 Dollar im Monat«, sagte ich.

Sie sah mich an, als hätte ich sie mit der Hand in der Keksdose erwischt. »Wie bitte?«

»Habe ihr Sparbuch gesehen. Liegt oben auf der Kommode.«

»Auf der Kommode? Was soll ich mit den beiden tun? Ich habe ihnen so oft gesagt, sie sollen das Buch verstecken, sie zu überreden versucht, daß sie mich das Buch aufbewahren lassen. Aber sie denken, daß ist so eine Art Symbol für Freiheit und wollen es nicht hergeben. Sie können ganz schön stur sein, wenn sie es sich so in den Kopf setzen. Haben Sie diese Wachspapierfenster an ihren Baracken gesehen? Nach all den Jahren weigert er sich immer noch, Glas einsetzen zu lassen. Die arme Shirlee friert im Winter. Gabriel und ich müssen ihnen bergeweise Decken herunterbringen, und gegen Ende der Regenzeit sind sie rettungslos verschimmelt. Die Kälte scheint Jasper nichts auszumachen. Dem armen Kerl muß man sagen, er soll hereinkommen, wenn es regnet.«

Sie schüttelte den Kopf. »Oben auf der Kommode. Nicht, daß irgendwer von hier aus der Gegend ihnen weh tun würde, aber das ist eine Menge Geld. Vor allem, wenn die Besitzer sich nicht wehren können.«

»Wer schickt es?« fragte ich.

»Das hab' ich nie herauskriegen können. Es kommt wie bei einem Uhrwerk am ersten eines jeden Monats per Post vom Zentraldepot in Los Angeles. Einfacher weißer Umschlag, eine getippte Anschrift, kein Absender. Shirlee hat keinen klaren Zeitbegriff, also weiß sie nicht, seit wann sie es bekommt, nur, daß es schon seit sehr langer Zeit ist. Da war ein Mann – Ernest Halverson –, trug hier früher die Post aus, bis er 1964 pensioniert wurde. Er glaubte sich an das Eintreffen von Umschlägen ab 1956 oder 1957 zu erinnern, aber er hatte schon ein paar Schlaganfälle hinter sich, als ich mit ihm sprach, und sein Gedächtnis war nicht perfekt. Die anderen alten Leute sind längst alle weg.«

»Waren es immer fünfhundert?«

»Nein. Es waren früher drei-, dann vier- und wurden fünfhundert, als Sharon zum College wegging.«

»Aufmerksamer Wohltäter«, sagte ich. »Aber wie konnte man von ihnen annehmen, daß sie mit solchen Summen umgehen können?«

»Das konnten sie nicht. Sie lebten wie die Tiere, bis wir uns um sie zu kümmern anfingen. Wanderten alle paar Wochen mit zwei oder drei Zwanzigdollarscheinen ins Dorf und versuchten Lebensmittel zu kaufen – sie hatten keine Ahnung, wie man wechselt oder was die Dinge wert waren. Die Leute hier sind ehrlich; sie haben sie nie übervorteilt.«

»Gab es keine Neugier, woher sie Geld bekamen?«

»Doch, dessen bin ich sicher, Dr. Delaware, aber die Leute in Willow Glen stecken ihre Nase nicht in anderer Leute Angelegenheiten.

Und niemand hat geahnt, wieviel sie gespart hatten. Bis Sharon es entdeckte – Tausende von Dollars als Polster unter der Matratze oder einfach lose in der Schublade. Jasper hatte mehrere Scheine für Kunstprojekte benutzt – Bärte auf die Gesichter gemalt, sie zu Papierflugzeugen gefaltet.«

»Wie alt war Sharon, als sie das entdeckte?«

»Beinah sieben. Es war 1960. Ich erinnere mich an das Jahr, weil wir ungewöhnlich starke Winterregenfälle gehabt hatten. Die Baracken waren ursprünglich als Lager gedacht mit nur einem dünnen Zementboden darunter, und ich wußte, daß es für sie sehr schwer wurde, also gingen wir hinüber – Mr. Leidecker und ich. Also wirklich, es war furchtbar. Das Grundstück stand halb unter Wasser, war total verschlammt wie geschmolzene Schokolade. Das Regenwasser war durchs Wachspapier hereingekommen. Shirlee und Jasper standen kniehoch im Dreck, erschreckt und völlig hilflos. Ich habe Sharon nicht gesehen, bis ich sie suchen ging und in ihrem Schuppen fand, sie stand in eine Decke gewickelt auf dem Bett und zitterte und schrie etwas über grüne Suppe. Ich hatte keine Ahnung, wovon sie redete. Ich nahm sie in die Arme, um sie zu wärmen, aber sie rief weiter etwas über Suppe.

Als wir herauskamen, deutete Mr. Leidecker mit aufgerissenen Augen auf kleine Stücke grünen Papiers, die im Schlamm steckten und weggespült wurden: Geld, eine Menge. Zuerst dachte ich, es wäre Spielgeld – ich hatte Sharon ein paar Gesellschaftsspiele gegeben –, aber es war keins. Es war echt. Mr. Leidecker und mir gelang es, das meiste davon zu retten – wir hingen die nassen Scheine über unseren Herd, um sie zu trocknen, taten sie in eine Zigarrenschachtel und bewahrten sie auf. Als erstes, nachdem die Regenzeit aufhörte, fuhr ich Shirlee und Jasper runter nach Yucaipa und richtete das Bankkonto ein. Ich unterschrieb alles für sie, nahm etwas heraus für meine Ausgaben, achtete darauf, daß sie den Rest sparten. Ich brachte ihnen ein bißchen elementare Mathematik bei, wie man rechnet, wie man wechselt. Sobald sie etwas erst einmal begriffen haben, behalten sie es gewöhnlich auch. Aber sie werden nie richtig begreifen, was sie da haben – einen netten, kleinen Notgroschen. Mit Kranken- und Sozialversicherung haben die für den Rest ihrer Tage ausgesorgt.«

»Wie alt sind sie?«

»Ich habe keine Ahnung, weil *sie* keine haben. Sie besitzen keine Papiere, wußten nicht mal, an welchem Tag sie geboren waren. Als wir Kranken- und Sozialversicherungsanträge stellten, schätzten wir ihr Alter, erfanden ihnen Geburtstage.«

Mrs. Weihnachten und Mr. Neujahr.

»Haben Sie den Antrag für Sharon zum College gestellt?«

»Ja. Ich wollte auf Nummer Sicher gehen.«

»Was haben Sie bei Sharons Geburtsdatum getan?«

»Sie und ich, wir beschlossen es gemeinsam, als sie zehn war.« Sie lächelte. »Vierter Juli. Ihre Unabhängigkeitserklärung. Ich setzte 1953 ein, ich bekam ziemlich genaue Angaben von der Ärztin, zu der ich sie brachte – Knochenalter geröntgt, Zähne, Größe und Gewicht. Sie war zwischen vier und fünf.«

Sharon und ich hatten einen anderen Geburtstag gefeiert, den 15. Mai, den 15. Mai 1957. Ein seltenes Geprasse – essen und tanzen und lieben. Eine andere Geschichte. Ich fragte mich, wofür *dieses* Datum wohl stehen mochte.

»Gibt es irgendeine Möglichkeit, daß sie biologisch das Kind der beiden gewesen sein könnte?«

»Unwahrscheinlich. Der Arzt hat sie alle untersucht und sagte, Shirlee sei fast mit Sicherheit steril. Also, woher ist sie wirklich gekommen? Eine Zeitlang lebten wir mit dem Alptraum, sie wäre das gekidnappte Baby von jemandem. Ich fuhr hinunter nach San Bernadino und sah sechs Jahrgänge von Zeitungen überall im Land durch, fand ein, zwei Fälle, die möglich klangen, aber als ich sie nachprüfte, erfuhr ich, daß beide Kinder ermordet worden waren. Ihre Herkunft blieb also ungewiß. Wenn Sie Shirlee danach fragen, kichert sie nur und sagt, Sharon wäre ihnen gegeben worden.«

»Sie hat mir gesagt, es sei ein Geheimnis.«

»Das ist eins ihrer Spiele – Geheimnis spielen. Sie sind wirklich wie Kinder.«

»Was ist Ihre Meinung, wie sie hergekommen sind?«

»Die gibt es nicht. Sehen Sie, der Arzt war nicht absolut sicher, daß Shirlee nicht gebären konnte – ›höchst unwahrscheinlich‹, hat er sich ausgedrückt. Also nehme ich an, alles ist möglich. Obwohl die Vorstellung, daß zwei so arme Seelen so etwas Erlesenes hervorbringen ...« Ihre Stimme verlor sich. »Nein, Alex, ich habe keine Ahnung.«

»Sharon muß neugierig gewesen sein, woher sie kam, was ihre Wurzeln waren.«

»Das sollte man meinen, wie? Aber sie hat nie wirklich eine Identitätssuche durchgemacht. Nicht in ihrer Jugend. Sie wußte, daß sie anders als Shirlee und Jasper war, aber sie mochte die beiden gern, akzeptierte die Dinge so, wie sie waren. Der einzige Konflikt, den ich je gesehen habe, kam in dem Sommer, bevor sie zum College abflog. Das war sehr schwer für sie – sie war aufgeregt und hatte Angst und machte sich fürchterliche Vorwürfe, daß sie die beiden verließ. Sie wußte, daß sie einen Riesenschritt machte und daß das Leben nie mehr so wie früher sein würde.«

Sie blieb stehen, bückte sich, hob ein Eichenblatt auf und zwirbelte es zwischen den Fingern. Der Himmel zwischen den Bäumen wurde dunkler. Nicht eingeschüchtert von Stadtlichtern, brannten die Sterne Nadellöcher durch die Schwärze.

»Wann ist Sharon das letztemal zu Besuch hiergewesen?«

»Das ist lange her«, sagte sie und ließ es wie ein Geständnis klingen. »Sobald sie einmal fort war, fand sie es sehr schmerzhaft, hierher zurückzukommen. Das mag hartherzig klingen, aber ihre Situation war besonders.«

Wir gingen weiter. Die Fenster des Schulraums leuchteten in der Dunkelheit: butterfarbene Rechtecke. Wir waren nicht weit gegangen, hatten uns in einem Kreis bewegt.

»Ihr letzter Besuch«, sagte sie, »war 1974. Sie hatte gerade ihren Abschluß beim College gemacht, sie war zur Fortbildung angenommen worden und zog herunter nach L. A. Ich habe ihr zu Ehren bei mir zu Haus eine kleine Party gegeben. Mr. Leidecker und die Jungen hatten gestärkte weiße Hemden an und die passenden Krawatten, und ich kaufte Shirlee und Jasper neue Kleidung. Sharon kam an und sah entzückend aus, bildhübsch. Sie brachte Geschenke für uns alle mit, ein handgemachtes Damespiel für Shirlee und eine Blechkiste mit schick aussehenden Buntstiften aus England für Jasper. Sie gab ihnen auch ein Promotionsfoto – wo sie voll mit Robe und Mütze und Ehrentroddeln drauf war.«

»Ich habe es in der Baracke nicht gesehen.«

»Nein, jemand hat es geschafft, das zu verlieren. Genau wie beim Geld. Sie haben nie gewußt, was sie hatten, wissen es immer noch nicht. Nun können Sie verstehen, warum Sharon hier nicht leben wollte. Es ist ein Wunder, daß sie überlebt hat, bevor ich sie gefunden habe.«

»Shirlee hat mir einen Brief gezeigt. Wie oft hat sie geschrieben?«

»Nicht regelmäßig – wozu auch? Sie können fast nicht lesen. Aber sie hat mich regelmäßig angerufen, um zu hören, wie es ihnen ging. Sie kümmerte sich wirklich um sie.«

Sie warf das Blatt fort. »Es war so hart für sie – bitte verstehen Sie das. Sie hat erst einen Kampf ausgefochten, bevor sie von hier fortkam; ihr schlechtes Gewissen hat sie fast überwältigt. Ich sagte ihr, sie täte genau das Richtige. Was blieb ihr sonst? Ewig als Pflegerin festzusitzen?« Sie blieb stehen. »Oh, das tut mir leid. Das war gedankenlos.«

Einen Augenblick wunderte mich ihre Verlegenheit.

»Joan«, sagte ich.

»Ich glaube, ihre Hingabe ist wundervoll.«

Ich zuckte die Achseln. Dr. Nobel. »Ich fühle mich wohl bei meiner Wahl.«

»Ja, Sharon hat davon erzählt. Und das meine ich ja. Sie mußte *ihre* eigenen Entscheidungen treffen. Sie konnte nicht an irgendeine Laune des Schicksals gebunden sein.«

»Wann hat sie Ihnen von Joan erzählt?«

»Ungefähr sechs Monate nach der Graduierungsparty – ihrem ersten Jahr in der Ausbildung. Sie rief an und fragte nach Shirlee und Jasper. Aber sie schien Kummer zu haben. Ich merkte, daß irgend etwas sie beschäftigte. Ich fragte sie, ob wir uns treffen wollten, und zu meiner Überraschung sagte sie ja. Wir trafen uns zum Lunch in Redlands. Sie sah wie eine richtige Karrierefrau aus, perfekt zurechtgemacht, reif. Aber traurig – ein blauer Engel. Ich fragte sie, warum. Sie sagte, sie hätte den Mann ihrer Träume getroffen, verbrachte viel Zeit damit, Ihre Tugenden zu beschreiben. Ich sagte: ›Klingt, als ob's perfekt ist – warum das lange Gesicht?‹ Dann erzählte sie mir von Joan, daß es ihretwegen nie etwas werden würde.«

»Hat Sie Ihnen erzählt, wodurch Joans Probleme hervorgerufen wurden?«

»Das mit dem Ertrinken? O ja. Wie furchtbar, und Sie als kleiner Junge sehen zu.«

Sie berührte meinen Arm mit einer Geste des Tröstens. »Sie hat es verstanden, Alex. Sie war nicht bitter oder böse.«

»War das alles, was ihr Sorgen machte?«

»Das ist alles, wovon sie geredet hat.«

»Wann haben Sie sie danach gesehen?«

Sie biß sich auf die Lippe. »Nie mehr. Das war das letzte Mal. Sie rief weiterhin an. Aber immer seltener. Ein halbes Jahr später hörten die Anrufe auf. Aber wir bekamen Karten zu Weihnachten, Frucht-des-Monats-Packungen.« Sie brachte ein Lächeln zustande. »Alles außer den Äpfeln.«

Mehrere Meter weiter sagte sie: »Ich habe das verstanden. Obwohl ich ihr geholfen habe, ihr altes Leben abzuwerfen, war ich immer noch ein Teil davon. Sie mußte einen vollkommenen Bruch vollziehen. Jahre später, als sie ihren Doktor in Psychologie bekam, schickte sie mir eine Einladung zu ihrer Promotionsfeier. Sie hatte es bis oben hinauf geschafft, endlich fühlte sie sich sicher genug, um den alten Kontakt wiederherzustellen.«

»Waren Sie dabei?«

»Nein. Ich kam zu spät – am Tag nach der Zeremonie. Postverwechslung, passiert alle Augenblicke auf dem Land.«

Keine Postverwechslung hatte die monatlichen Überweisungen an die Ransoms verhindert. Ich sagte nichts.

»All die Jahre«, sagte sie, »hatte ich das Gefühl, ich verstände sie. Jetzt wird mir klar, daß ich mir etwas vorgegaukelt habe. Ich kannte sie fast gar nicht.«

Wir gingen auf die gelben Fenster zu. Ich fragte: »Wie haben Sie und Sharon sich kennengelernt?«

»Mein alter Hang zu guten Taten hat sich da bemerkbar gemacht. Es war kurz nach meiner Hochzeit, 1957. Mr. Leidecker hatte mich gerade hergebracht.«

Sie schüttelte den Kopf, sagte: »Dreißig Jahre«, dann nichts mehr.

Ich sagte: »Aus der großen Stadt nach Willow Glen zu ziehen muß Ihnen ganz schön auf die Nerven gegangen sein.«

»Oh, das tat es. Nach dem College bekam ich eine Lehrtätigkeit bei einer Privatschule in der Upper East Side von Manhattan – Kinder der Reichen. Nachts arbeitete ich freiwillig bei der USO – und da traf ich Mr. Leidecker. Er war in der Army, nahm Kurse im City College auf Kosten von Uncle Sam. Er kam eines Abends in die Halle herein und sah absolut verzweifelt aus. Wir fingen eine Unterhaltung an. Er war sehr hübsch, sehr lieb. Ganz anders als die schnellen, oberflächlichen Männer, die ich in der Stadt kennengelernt hatte. Als er von Willow Glen sprach, klang es wie das Paradies. Er liebte das Land – seine Wurzeln hier reichen tief. Seine Familie kam aus Pennsylvania zum Goldrausch nach Kalifornien. Kam bis Willow Glen und gab sich mit Golden Delicious zufrieden – das hat er immer gesagt. Zwei Monate später war ich verheiratet, eine Lehrerin in einer einklassigen Schule.«

Wir erreichten das Steingebäude. Sie sah zum Himmel auf. »Mein Mann war schweigsam, aber er wußte, wie man eine Geschichte erzählt. Er spielte schön Gitarre und sang wie ein Traum. Wir haben ein gutes Leben zusammen gehabt.«

»Klingt wundervoll«, sagte ich.

»Oh, das war es. Ich liebte schließlich diesen Ort. Die Leute hier sind solide und anständig; die Kinder sind fast rührend unschuldig – dammals noch mehr, bevor wir Kabelfernsehen kriegten. Aber es gibt überall Nachteile. Einstmals stellte ich mir vor, eine Intellektuelle zu sein – nicht, daß ich's war, aber ich ging furchtbar gern zu Gedichtvorträgen ins Greenwich Village, besuchte Kunstgalerien und hörte mir die Musiker im Central Park an. Ich mochte die Stadtszene. New York war damals eine zauberhafte Stadt. Sauberer und sicherer als heute. Die Ideen schienen aus den Bürgersteigen zu sprießen.«

Wir standen am Fuß der Schultreppe. Das Licht von oben fiel ihr über das Gesicht, entzündete Flammen in ihren Augen. Ihre Hüfte streifte meine. Sie ging schnell weiter und schüttelte ihr Haar.

»Willow Glen ist eine kulturelle Wüste«, sagte sie und stieg hinauf. »Ich gehöre vier Buchklubs an, habe zwanzig Monatshefte abonniert, aber glauben Sie mir, daß ist kein Ersatz. Am Anfang brachte ich Mr. Leidecker dazu, daß er mich nach L. A. zum Philharmonischen Orchester, nach San Diego zum Shakespearefestival im Old Globe fuhr. Er tat es, ohne zu klagen, gute Seele, die er war. Aber ich wußte, er verabscheute es – er blieb nie während einer Veranstaltung wach – und schließlich hörte ich auf, ihn diesen Strapazen auszusetzen. Das einzige Stück, das ich seit Jahren gesehen habe, ist das Stück, das ich selbst schreibe – das Weihnachtsspiel, das die Kinder aufführen. ›God Rest Ye Merry Gentlemen‹ begleitet von meinem Gehämmer auf dem verstimmten Klavier.«

Sie lachte. »Wenigstens den Kindern macht's Spaß – sie sind hier in der Gegend nicht verwöhnt. Zu Hause liegt die Betonung auf arbeiten, sich einen Lebensunterhalt verdienen. Sharon war anders. Sie war lernbegierig, hungrig nach geistiger Nahrung.«

»Unglaublich«, sagte ich. »Wenn man *ihr* Zuhause bedenkt.«

»Ja, wirklich unglaublich. Vor allem, wenn man den Zustand berücksichtigt, in dem sie sich befand, als ich sie zum erstenmal erblickte. Es war ein Wunder, wie sie aufblühte. Ich kam mir privilegiert vor, daran teilzuhaben. Ganz gleich, wie sich dann alles entwickelt hat.«

Sie würgte Tränen herunter, stieß die Tür auf und ging schnell zu ihrem Pult. Ich sah ihr beim Aufräumen zu.

»Wie«, so wiederholte ich, »haben Sie beide sich eigentlich kennengelernt?«

»Gleich nachdem ich hergekommen war, hörte ich meine Schüler immer wieder von ›Idioten‹ reden – ihr Ausdruck, nicht meiner –, die hinter der alten verlassenen Ciderpresse lebten. Zwei Erwachsene und ein kleines Mädchen, das nackt herumlief und wie ein Affe schnatterte. Zuerst dachte ich, es sei nur eine Schulhofphantasie, etwas, das sich die Kinder gern ausdenken. Aber als ich es Mr. Leidecker gegenüber erwähnte, sagte er: ›O ja, klar. Das sind Jasper und Shirlee Ransom. Sie sind schwachsinnig, aber harmlos.‹ Zuckte einfach die Achseln, die Dorfidioten und so. ›Was ist mit dem Kind?‹ fragte ich. ›Ist es auch schwachsinnig? Warum ist es nicht in der Schulliste eingetragen? Hat man sie geimpft? Hat sich irgend jemand mal die Mühe gemacht, sie zu untersuchen, oder darauf geachtet, daß sie die richtige Ernährung bekommt?‹ Da fing er an nachzudenken, und er bekam einen besorgten Gesichtsausdruck. ›Weißt du, Helen‹, sagte er. ›Ich habe nie viel darüber nachgedacht.‹ Er schämte sich – so ein Mann war das.

Gleich am nächsten Nachmittag nach der Schule fuhr ich die

Straße hinunter, fand die Presse und ging los, um sie zu suchen. Es war genauso, wie die Kinder es beschrieben hatten: Tobacco Road. Diese armseligen Baracken – und sie waren viel schlimmer, bevor wir sie zurechtmachten. Keine Installationen, kein Strom oder Gas, Wasser aus einer alten Handpumpe mit Gott weiß was für Bakterien darin. Bevor wir ihnen die Bäume brachten, ein Fleck Erde ohne etwas. Shirlee und Jasper standen da und lächelten mich an, folgten mir überallhin, aber protestierten nicht im geringsten, als ich in ihre Hütte ging. Im Innern erlebte ich meine erste Überraschung. Ich hatte ein Chaos erwartet, aber alles war ordentlich mit Seifenlauge geschrubbt, außerordentlich gut gepflegt – alle Kleidungsstücke anständig gefaltet, und auf den Betten konnte man Kopf oder Zahl werfen. Die beiden sind sehr sorgfältig, was ihre Hygiene angeht, obwohl sie ihre Zähne wirklich vernachlässigen.«

»Gut trainiert«, sagte ich.

»Ja. Als ob ihnen irgend jemand die wichtigsten Dinge beigebracht hätte – das spricht für die Theorie, daß sie aus einer Institution sind. Leider erstreckte sich ihr Training nicht bis auf die Kinderpflege. Sharon war schmutzig, ihr prächtiges schwarzes Haar so voll Dreck, daß es braun aussah, völlig verfilzt und voller Kletten. Das erstemal, als ich sie sah, saß sie oben in einer der Weiden, da hockte sie auf einem Schenkel, nackt wie eine Wilde und mit etwas Glänzendem in der Hand. Starrte mit diesen großen blauen Augen herunter. Sie sah wirklich wie ein kleiner Affe aus. Ich bat Shirlee, sie herunterzuholen. Shirlee rief zu ihr hinauf –«

»Rief sie beim Namen?«

»Ja, Sharon. Das brauchten wir nicht zu improvisieren. Shirlee rief sie immerzu, bat sie herunterzukommen, aber Sharon hörte nicht hin. Es war klar, daß es keine elterliche Autorität gab, sie gehorchte ihnen nicht. Schließlich, nachdem ich so getan hatte, als ignorierte ich sie, kletterte sie herunter, sie behielt einen Abstand zu mir und starrte mich an. Aber nicht furchtsam – im Gegenteil, sie schien glücklich zu sein, ein neues Gesicht zu sehen. Dann tat sie etwas, das mich überraschte. Das glänzende Ding, das sie in der Hand hatte, war ein offenes Majonäseglas. Sie steckte eine Hand hinein, holte einen großen Klacks heraus und begann, ihn zu essen. Fliegen rochen es und fingen an, auf ihr herumzukrabbeln. Ich nahm das

Glas weg. Sie zeterte, aber nicht zu laut – sie sehnte sich nach Disziplin. Ich legte den Arm um sie. Sie schien das zu mögen. Aber sie roch übel, sah aus wie eins von diesen wildlebenden Kindern, von denen man manchmal hört. Aber trotzdem war sie ein großartiges Kind – mit diesem wunderbaren Gesicht, diesen herrlichen Augen.

Ich setzte sie auf einen Baumstumpf, hielt das Majonäseglas hoch und sagte: ›Dazu ißt man Thunfisch oder Schinken. Das ißt man nicht so ohne was.‹ Shirlee hörte zu. Sie fing an zu kichern. Sharon griff es auf und lachte und strich sich mit ihren fettigen Händen durchs Haar. Dann sagte sie: ›Ich mag es so.‹ Glockenklar. Das schockierte mich. Ich hatte gedacht, sie wäre auch zurückgeblieben, könnte wenig oder gar nicht sprechen. Ich sah sie mir genau an und entdeckte etwas – eine Lebendigkeit in ihren Augen, wie sie auf meine Bewegungen reagierte. Sehr hoch entwickelt. Ihre Bewegungen waren auch gut koordiniert. Als ich erklärte, was für ein guter Kletterer sie sei, gab sie meinetwegen an, kraxelte den Baum hinauf, schlug Rad und machte einen Handstand. Shirlee und Jasper sahen zu und klatschten. Für sie war Sharon ein Spielzeug.

Ich fragte sie, ob ich das Kind ein paar Stunden mitnehmen dürfte. Sie waren, ohne zu zögern, einverstanden, obwohl sie mich noch nie vorher gesehen hatten. Keine Eltern-Kind-Bindung, obwohl sie deutlich über sie entzückt waren, sie vor mir sehr viel küßten und herzten.«

»Wie reagierte Sharon darauf, daß sie mitgehen sollte?«

»Sie war nicht glücklich, aber sie wehrte sich nicht dagegen. Sie mochte es vor allem nicht, als ich ihr eine Decke umzuhängen versuchte, um ihre Blöße zu bedecken. Seltsam, als sie sich erst einmal an Kleider gewöhnt hatte, wollte sie sie gar nicht mehr ausziehen, als ob das Nacktsein sie daran erinnerte, wer sie gewesen war.«

»Ich bin sicher, daß es so war«, sagte ich und dachte an die Liebe auf dem Rücksitz.

»Schließlich wurde sie eine ziemliche Modenärrin – sie saß dann da über meinen Zeitschriften und schnitt sich aus, was ihr gefiel. Sie mochte niemals Hosen, nur Kleider.«

Kleider aus den Fünfzigern.

Ich fragte: »Wie war es, als Sie sie zum erstenmal zu sich nach Haus mitgenommen haben?«

»Sie erlaubte mir, sie bei der Hand zu nehmen, und kletterte hinauf in den Wagen, als hätte sie schon einmal in einem gesessen. Während der Fahrt versuchte ich, mit ihr zu reden, aber sie saß nur da und starrte aus dem Fenster. Als wir bei uns zu Haus ankamen, stieg sie aus, hockte sich auf die Einfahrt und hinterließ einen Haufen. Als ich mein Erstaunen äußerte, war sie echt überrascht, als ob es völlig normal wäre, so etwas zu tun. Es war offenbar, daß man ihr keinerlei Grenzen gesetzt hatte. Ich brachte sie ins Haus, setzte sie auf die Kommode, wusch sie, kämmte ihr die Kletten heraus – in dem Augenblick fing sie an zu schreien wie am Spieß. Dann zog ich ihr eines von Mr. Leideckers alten Hemden an, setzte sie hin und gab ihr ein richtiges warmes Essen. Sie aß wie ein Holzfäller. Stand vom Stuhl auf und fing wieder an, sich hinzuhocken. Ich beförderte sie ins Badezimmer, auf die Toilette und brachte ihr bei, daß man auf Reinlichkeit achten muß. Das war der Anfang. Sie wußte, daß mir an ihr lag.«

»Aber sie hat fließend gesprochen?«

»Unregelmäßig, es war seltsam. Manchmal fließend ganze Sätze, und dann wußte sie wieder nicht, wie sie etwas Einfaches beschreiben sollte. Wenn sie müde oder ärgerlich war, fing sie an zu grunzen und zu gestikulieren wie Jasper. Aber nicht irgendeine Zeichensprache – ich habe American Sign gelernt, weder sie noch Jasper kannten sie, wenn ich sie ihm inzwischen auch ein bißchen beigebracht habe. Er hat seine eigene primitive Sprache – wenn er sich überhaupt die Mühe macht zu kommunizieren. Das ist die Umgebung, in der sie gelebt hat, bevor ich sie fand.«

»Von da zum Doktor der Psychologie«, sagte ich.

»Ich sagte Ihnen ja, daß es ein Wunder war. Sie lernte erstaunlich schnell. Vier Monate ständigen Drills, damit sie richtig sprechen lernte, noch einmal drei, in denen ich ihr das Lesen beibrachte. Sie war dafür prädestiniert: ein leeres Glas, das darauf wartete, daß jemand es füllte. Je mehr Zeit ich mit ihr verbrachte, um so klarer wurde es, daß sie nicht nur nicht zurückgeblieben, sondern im Gegenteil außerordentlich begabt war. Hoch begabt.«

Und vorher erzogen. Von jemandem, der ihr etwas über Wagen beigebracht hatte und ganze Sätze ... dann Löcher in ihr Wissen von der Welt stanzte.

Helen hatte aufgehört zu sprechen, sie hielt die Hand an den Mund, atmete tief. »Alles umsonst.«

Sie sah auf die Wanduhr. »Es tut mir leid, ich muß jetzt gehen. Ich habe eine Mitfahrt bei Gabriel auf dem Rücksitz gebucht. Er hat mir einen Helm von seinem eigenen Geld gekauft – wie konnte ich es ihm abschlagen? Der arme Junge ist wahrscheinlich außer sich, denkt Gott weiß was.«

»Ich nehme Sie gern mit.«

Sie zögerte und sagte dann: »In Ordnung. Geben Sie mir ein paar Minuten zum Abschließen.«

30

Ihr Haus war groß, mit einem Giebeldach und Flutlicht und reichlich kitschigen weißen Verschnörkelungen und lag hinter einem großen, prächtigen Obstgarten in der Nähe der Straße. Gabriels Maschine war an der vorderen Veranda geparkt, neben einem alten Chevrolet-Lastwagen und einem Honda Accord. Sie führte mich zum Seiteneingang herum, und wir betraten das Haus durch die Küche. Gabriel saß am Tisch, wandte uns den Rücken zu, schälte Mais und hörte laute Rapmusik aus einem Ghettoblaster, der nicht viel kleiner als die Honda war. Maiskolben lagen hoch aufgestapelt. Er arbeitete langsam, aber stetig und nickte mit dem Kopf im Takt zur Musik.

Sie küßte ihn auf den Kopf. Er warf ihr einen Mitleid heischenden Elendsblick zu. Als er mich sah, wurde aus seinem Elend Wut.

Sie drehte die Musik leiser, die aus dem Gerät kam.

»Was ist mit *ihm?*« fragte er.

»Sei nicht rüde, Gabriel! Daddy hat dir etwas Besseres beigebracht.«

Die Erwähnung seines Vaters ließ ihn wie ein kleines, verlorenes Kind aussehen. Er zog einen Schmollmund, hob einen Maiskolben hoch, riß die Hülse ab und zerfetzte träge das Häutchen.

Seine Mutter sagte: »Dr. Delaware ist unser Gast. Bleiben Sie zum Abendessen, Doktor?«

Ich war nicht auf Essen, sondern auf Fakten hungrig. »Sehr gern«, sagte ich. »Vielen Dank.«

Gabriel murmelte etwas Feindseliges. Die Musik war immer noch laut genug, um seine Worte zu übertönen, aber der Inhalt war deutlich.

»Räum auf und deck den Tisch, Gabriel. Vielleicht findest du beim Essen deine Manieren wieder.«

»Ich habe gegessen, Mutter.«

»Was denn?«

»Hühnerpastete, den Rest von den Kartoffeln, die grünen Bohnen und das Kürbisbrot.«

»Das ganze Kürbisbrot?«

Kindergrinsen. »Ja.«

»Und zum Nachtisch?«

»Eiskrem.«

»Hast du was für deine süße Mutti übriggelassen?«

Das Grinsen verschwand. »Sorry.«

»Schon gut, Liebling«, sagte sie und zerzauste ihm das Haar. »Ich darf ohnehin nicht soviel essen. Du hast mir einen Gefallen getan.«

Er breitete die Hände über dem Maisberg aus und sah sie flehentlich an. »Sieh mal, wieviel ich getan habe. Kann ich für heute abend Schluß machen?«

Sie verschränkte die Arme und versuchte streng auszusehen. »Also gut. Du machst den Rest morgen. Wie sieht's mit den Hausaufgaben aus?«

»Hab' ich fertig.«

»Alles?«

»Ja, Mutti.«

»Fein. Du bist auf Kaution entlassen.«

Er stand auf, sah mich mit einem Gesichtsausdruck an, der besagte: ›Laß dich von mir bloß nicht allein erwischen!‹ und machte eine Schau daraus, seine Fingergelenke knacken zu lassen.

»Ich habe dir gesagt, du sollst das nicht tun, Gabriel. Du machst dir die Hände kaputt.«

»Sorry.«

Sie küßte ihn wieder. »Nun, ab mit dir.« Er ging zur Tür, sagte: »Uh, Mom?«

»Was ist?«

»Kann ich in die Stadt?«

»Das kommt darauf an, was du da tun willst.«

»Russell und Brad haben angerufen. Da läuft ein Film im Sixplex in Redlands.«

»Welcher?«

»*Top Gun.*«

»Wer fährt?«

»Brad.«

»Na gut, solange es nicht Russell mit seinem frisierten Jeep ist – einmal haarscharf dran vorbei genügt. Hast du mich verstanden, junger Mann?«

»Ja, Mutti.«

»Gut. Mißbrauche mein Vertrauen nicht, Gabriel. Und sei bis elf wieder zu Haus.«

»Danke.« Er stampfte hinaus, so glücklich, frei zu sein, daß er mich anzustarren vergaß.

Das Eßzimmer war groß und dunkel, und der Lavendelgeruch drang durch die tapezierten Wände. Die Möbel waren alt und aus schwarzem Walnußholz geschnitzt. Schwere Vorhänge vor den Fenstern und verblaßte Familienporträts in antiken Rahmen hingen an den freien Flächen – eine Bildergeschichte des Leidecker-Clans in verschiedenen Entwicklungsphasen. Helen war einmal schön gewesen, ihr Aussehen kam durch ein großzügiges Lächeln noch mehr zur Geltung, das vielleicht nicht wiederzubeleben war. Ihre vier älteren Söhne waren Bohnenstangen mit struppigem Haar, die ihr ähnelten. Der Vater ein blondbärtiger Vorläufer Gabriels mit mächtigem Brustkorb – Gabriel hatte sein Leben als kahlköpfiger, schielender rosa Fettkloß begonnen. Sharon war auf keinem der Bilder zu sehen.

Ich half, den Tisch mit Porzellan und Silber und Leinenservietten zu decken, sah auf dem Fußboden neben dem Porzellanschrank einen Gitarrenkasten liegen.

»Mr. Leideckers«, sagte sie. »Ganz gleich, wie oft ich ihm gesagt habe, daß er ihn weglegen solle, schließlich lag er doch immer wieder da. Er spielte so gut, daß es mir im Grunde egal war. Nun lasse ich ihn einfach dort. Manchmal habe ich das Gefühl, daß die Musik mir am meisten fehlt.«

Sie sah so traurig aus, daß ich sagte: »Ich spiele.«

»Tatsächlich? Dann unbedingt.«

Ich öffnete den Kasten. Darin lag eine alte Gibson L-5 aus den dreißiger Jahren in blauem Plüsch. Makellos, die Einlegearbeit unversehrt, das Holz frisch poliert, die Goldauflage auf dem Saitenhalter und den Mechaniken glänzte wie neu. Sie roch nach nasser Katze wie alle alten Instrumente. Ich hob sie heraus, strich über die losen Saiten und fing an zu stimmen.

Sie war in die Küche zurückgegangen und rief: »Kommen Sie hier herein, damit ich zuhören kann.«

Ich brachte die Gitarre hin, setzte mich an den Tisch und fingerte ein paar Jazzakkorde, während sie Huhn, Kartoffelbrei, Mais, Bohnen und frische Limonade zubereitete. Die Gitarre hatte einen vollen, schönen Klang, und ich spielte »La Mer«, wobei ich Djangos flüssiges Zigeunerarrangement benutzte.

»Sehr hübsch«, sagte sie, aber ich merkte, daß Jazz – selbst *warm jazz* – nicht nach ihrem Geschmack war. Ich zupfte eine Melodie, etwas Countryartiges in C-Dur, und ihr Gesicht wurde jung.

Sie brachte das Essen zum Tisch – riesige Mengen. Ich legte die Gitarre weg. Sie ließ mich ans Kopfende der Tafel und setzte sich selbst zu meiner Rechten und lächelte nervös.

Ich nahm den Platz eines Toten ein, hatte das Gefühl, daß etwas von mir erwartet wurde, ein Protokoll, das ich nie würde meistern können. Das und die zeremonielle Art, wie sie meinen Teller füllte, versetzte mich in eine melancholische Stimmung.

Sie spielte mit ihrem Essen herum und beobachtete mich, während ich mich zum Essen zwang. Ich aß, soviel ich herunterbringen konnte, machte ihr zwischendurch Komplimente und wartete, bis sie die Teller weggeräumt und Apfelkuchen gebracht hatte, bevor ich sagte:

»Das Examensfoto, das die Ransoms verloren haben. Hat Sharon Ihnen eins gegeben?«

»Oh, das.« Ihre Schultern fielen herab und ihre Augen wurden feucht. Ich kam mir vor, als hätte ich eine ertrinkende Überlebende ins eiskalte Wasser zurückgeworfen. Bevor ich etwas sagen konnte, sprang sie auf und verschwand in der Diele.

Sie kam mit einem Foto im Format von zwanzig mal fünfundzwanzig Zentimetern in einem kastanienbraunen, samtenen Stehrahmen zurück, reichte es mir, als teile sie das Sakrament aus, und sah mir zu, wie ich es betrachtete.

Sharon strahlend mit karmesinroter Mütze und einem Talar mit Goldtroddel und Schultertresse, ihr schwarzes Haar länger, fließend über den Schultern, das Gesicht leuchtend und makellos. Der Inbegriff der amerikanischen Collegeabsolventin, die mit jugendlichem Optimismus in die Ferne sah.

Stellte sie sich gerade eine rosige Zukunft vor? Oder war es nur die Idee eines Campusfotografen von dem, was stolze Eltern für den Kaminsims mochten?

In der linken unteren Ecke stand in Goldbuchstaben:

EPHEGIANS, ABSOLVENTEN VON 1974
FORSYTHE LEHRERINNENCOLLEGE
LONG ISLAND, N.Y.

»Ihre Alma mater?« fragte ich.

»Ja.« Sie setzte sich, hielt das Bild an den Busen. »Sie wollte immer Lehrerin werden. Ich wußte, Forsythe war die richtige Ausbildungsstätte für sie. Streng und Schutz gewährend genug, um den Schock abzufangen, den es für sie bedeutete, in die Welt hinauszugehen – die siebziger Jahre waren eine schwierige Zeit, und sie hatte ein behütetes Leben geführt. Es gefiel ihr gut dort, sie bekam lauter glatte Sehr Gut und absolvierte die Anstalt *summa cum laude.*«

Besser als Leland Belding ... »Sie war sehr intelligent«, sagte ich.

»Sie war glänzend begabt, Alex. Obwohl ihr manche Dinge zuerst schwerfielen – die Sauberkeit und alles Gesellschaftliche. Aber ich gab einfach nicht nach und hielt durch – gute Vorbereitung für mich auf meine Jungens später. Aber alles, was mit Intelligenz zu tun hatte, sog sie auf wie ein Schwamm.«

»Wie sind Ihre Jungen mit ihr zurechtgekommen?«

»Keine Geschwisterrivalität, wenn Sie das meinen. Sie war sanft zu ihnen, liebevoll wie eine ganz tolle ältere Schwester. Und sie stellte für die Jungen keine Bedrohung dar, weil sie jeden Abend nach Haus ging – am Anfang war *das* schwer für mich. Ich hätte sie so gern ganz zu mir genommen und ein normales Leben führen lassen. Aber auf ihre Art liebten Shirlee und Jasper sie auch, und sie hing an ihnen. Es wäre nicht richtig gewesen, das zu zerstören und den beiden das einzig Wertvolle zu nehmen, das sie besaßen. Irgendwie hatte man ihnen ein Juwel überlassen. Mein Job war es, ihr den nötigen Schliff zu geben und sie zu beschützen. Ich brachte ihr bei, wie eine Dame sich benimmt, schenkte ihr hübsche Sachen – ein hübsches Himmelbett, aber ich ließ es dort, bei ihnen.«

»Sie hat nie eine Nacht bei Ihnen verbracht?«

Sie schüttelte den Kopf. »Ich habe sie nach Haus geschickt. Das war am besten.«

Jahre später, mit mir, schickte sie sich selbst nach Hause. Frühe Angewohnheiten ... frühe Traumata ...

»Sie war glücklich, so wie die Dinge waren, Alex. Sie gedieh prächtig. Darum habe ich nie die Behörden benachrichtigt. Dann wäre doch nur ein Sozialarbeiter aus der Stadt heruntergekommen, hätte Shirlee und Jasper einmal angesehen, sie für den Rest ihres Lebens in ein Heim gesteckt und Sharon zu Pflegeeltern gegeben. Papierkrieg und Bürokratie – sie wäre unter die Räder gekommen. Meine Methode war am besten.«

»*Summa cum laude*«, sagte ich und tippte auf das Foto. »So sieht es auch bestimmt aus.«

»Es war ein Vergnügen, sie zu unterrichten. Ich förderte sie intensiv, bis sie elf war, dann nahm ich sie in meiner Schule auf. Sie hatte sich so gut entwickelt, daß sie ihren Mitschülern tatsächlich voraus war – so gut, daß sie den Stoff der dritten Klasse durchnehmen konnte. Aber ihre gesellschaftlichen Fähigkeiten waren noch schwach – sie war schüchtern in Gegenwart von Kindern ihres Alters, gewohnt, mit Eric und Michael zu spielen, die noch in den Windeln lagen.«

»Wie haben sich die anderen Kinder ihr gegenüber verhalten?«

»Zuerst eher ablehnend. Es fielen grausame Bemerkungen, weil sie anders war, aber ich setzte dem sofort ein Ende. Richtig gesellig wurde sie auch später nie, sie war nicht das, was man ›allgemein beliebt‹ nennt, aber sie lernte es dann mit der Zeit doch, sich unter anderen Kindern zu bewegen, wenn es notwendig war. Als sie älter wurde, fingen die Jungen an, ihr Aussehen zu bemerken. Aber mit Jungen ließ sie sich nicht ein, sie war hauptsächlich daran interessiert, sich gute Noten zu verdienen. Sie wollte Lehrerin werden und etwas aus sich machen. Und sie war immer die Klassenerste – das hatte nicht nur etwas mit meiner Voreingenommenheit für sie zu tun, denn als sie nach Yucaipa kam und in die Junior High und die High School ging, erhielt sie immer nur die Note Sehr Gut, auch in den Nebenfächern, und beim Stipendientest gehörte sie zu den Besten in der Schule. Sie hätte sich überall immatrikulieren können, brauchte mich nicht, um in Forsythe aufgenommen zu werden. Sie gaben ihr eine volle Befreiung von den Studiengebühren und dazu ein Stipendium.«

»Wann hat sie ihren Entschluß, Lehrerin werden zu wollen, geändert?«

»Am Anfang ihres letzten Jahres im College. Sie hatte als Hauptfach Psychologie gewählt. Wenn man an ihre Herkunft dachte, konnte man sich vorstellen, warum sie sich für die menschliche Natur interessierte – und das ist nicht abwertend gemeint. Aber sie sagte nie etwas darüber, daß sie tatsächlich Psychologin *werden* wollte, bis sie zu einer Beratung in die Long Island Universität ging. Da saßen die Vertreter mehrerer Berufe an verschiedenen Tischen, gaben Literatur aus und berieten die Studentinnen. Sie lernte dort einen Psychologen kennen, einen Professor, der sie sehr beeindruckte. Und offenbar beeindruckte sie ihn ebenfalls. Er sagte ihr, sie würde eine hervorragende Psychologin abgeben, er blieb dabei und bot ihr sogar an, sie zu fördern. Er zog gerade nach Los Angeles und garantierte ihr die Aufnahme in die psychologische Fakultät, wenn sie es wollte. Es war ein mächtiger Auftrieb für sie – daß sie nun sogar ihren Doktor machen könnte.«

»Wie hieß dieser Professor?«

»Das hat sie mir nie gesagt.«

»Sie haben sie nie gefragt?«

»Sie war immer ein geheimnisvoller Mensch, sie sagte mir das, was ich wissen sollte. Ich stellte fest, daß es die falscheste Methode war, sie zu fragen, wenn man etwas von ihr erfahren wollte. Wie wär's mit noch einem Stück Apfelkuchen?«

»Vielen Dank, aber ich bin wirklich satt.«

»Na, ich nehme mir mal ein Stück. Ich bin süchtig nach etwas Süßem.«

Ich erfuhr in einer weiteren halben Stunde des Fotoalbumblätterns und Familienanekdotenerzählens nichts mehr. Ein paar Schnappschüsse zeigten Sharon – geschmeidig, lächelnd, schön als Kind, bezaubernd als Teenager, wie sie die Jungen bemutterte. Als ich mich darüber äußerte, sagte Helen Leidecker nichts.

Gegen neun waren wir beide in Verlegenheit. Wie zwei junge Leute, die bei ihrer ersten Verabredung weiter gegangen sind, als sie sollten, zogen wir uns voneinander zurück. Als ich ihr für ihre Mühe dankte, war sie darauf aus, mich herauszukomplimentieren. Ich verließ Willow Glen fünf Minuten darauf und war eine Dreiviertelstunde später wieder auf der Route 10.

Ich fand mich in Gesellschaft von Sattelschleppern, die landwirtschaftliche Produkte auslieferten, und von Tiefladeanhängern, die Baumstämme und Heu transportierten. Ich war müde und schlapp von zuviel Essen und versuchte, mich auf die Musik zu konzentrieren. Das machte mich noch schläfriger, und ich fuhr in der Nähe von Fontana auf einen Parkplatz, an dem eine Shell-Tankstelle und eine rund um die Uhr geöffnete Raststätte lagen.

Drinnen waren abgestoßene graue Tresen, rote, mit Isolierband geklebte Vinylsitzecken, rotierende Ständer mit Krimskrams – und eine harte, lastende Stille. Ein paar Lastwagenfahrer mit breiten Rücken und ein hohläugiger Herumtreiber saßen am Tresen. Ich kümmerte mich nicht um die Blicke, die sie mir über die Schulter zuwarfen und setzte mich in eine Ecke, in der man die Illusion hatte, unbeobachtet zu sein. Eine magere Serviererin mit einem Portweinfleck auf der linken Wange füllte meine Tasse mit heißem Kaffee, und ich füllte meinen Kopf bis oben hin mit Fragen.

Sharon, Königin der Irreführung, des Betrugs – ein Trugbild? Sie war buchstäblich aus dem Dreck hochgekommen, hatte »etwas aus sich gemacht« in Erfüllung von Helen Leideckers Pygmalion-Traum.

Diesem Traum haftete etwas Egoistisches an – Helens Wunsch, ihre urbanen intellektuellen Phantasien durch Sharon wiederaufleben zu lassen. Deshalb war er nicht weniger echt. Und sie hatte eine bemerkenswerte Umwandlung vollbracht: ein wildes Kind gezähmt. Geschliffen und gefeilt, bis ein Ausbund an Bildung und guter Erziehung daraus geworden war. Klassenerste. *Summa cum laude.*

Aber man hatte Helen nie alle Teile des Puzzles gegeben, sie hatte keine Ahnung davon, was in den ersten vier Lebensjahren Sharons gewesen war. In den Jahren, in denen der Mörtel der Identität gemischt, das Fundament des Charakters gelegt und gehärtet wird.

Ich dachte noch einmal an die Nacht, in der ich sie mit dem Foto mit der stillen Partnerin gefunden hatte. Nackt. Regrediert zu der Zeit, als Helen sie entdeckt hatte.

Der Wutanfall des zweijährigen Jungen fiel mir wieder ein.

Frühes Trauma. Sich gegen den Horror abschotten.

Welchen Horror?

Wer hatte sie während der ersten drei Jahre ihres Lebens aufgezogen, die Lücke ausgefüllt zwischen Linda Lanier und Helen Leidecker?

Nicht die Ransoms – sie waren zu dumpf, als daß sie ihr etwas über Wagen hätten beibringen können. Oder sprechen.

Ich erinnerte mich der beiden, wie sie Gabriel und mir nachsahen, als wir ihren Dreckplatz verließen. Ihre einzige Erinnerung an die Elternschaft: ein Brief.

Euer einziges kleines Mädchen.

Sie hatte den gleichen Ausdruck benutzt, als sie von *anderen* Eltern erzählte. Bonvivants aus einem Stück von Noel Coward – Leuten, die nie existiert hatten – nicht in Manhattan, Palm Beach, Long Island oder L. A.

Martinis im Sonnenzimmer.

Wachspapierfenster.

Die beiden Welten trennte ein galaktischer Abgrund – der unmögliche Sprung zwischen Wunschdenken und trostloser Realität.

Sie hatte den Abgrund mit Lügen und Halbwahrheiten zu überbrücken, eine Identität aus den Fragmenten des Lebens anderer Leute zu fabrizieren versucht.

Sich schließlich selbst in diesem Prozeß verloren?

Ihr Schmerz und ihre Scham müssen schrecklich gewesen sein. Zum erstenmal seit ihrem Tod ließ ich es zu, wirkliches Mitleid für sie zu empfinden.

Bruchstücke.

Ein Park-Avenue-Schnipsel von einem hochwohlgeborenen Kruse.

Eine Geschichte über den Verlust beider Eltern bei einem Autounfall aus der Biographie von Leland Belding.

Damenhaftes Benehmen und Liebe zur Gelehrsamkeit von Helen Leidecker.

Kein Zweifel, daß sie Helen zu Füßen gesessen und sich Geschichten darüber angehört hatte, wie die »faulen Reichen« sich draußen in den Hamptons benahmen. Hatte als Studentin in Forsythe Anschauungsunterricht genossen, indem sie an den Toren der ausgedehnten Strandbesitzungen vorbeigeschlendert war. Hatte Eindrücke gesammelt wie zerbrochene Meeresmuscheln, die es ihr erlaubten, mir ein allzu lebendiges Bild von Chauffeuren und Austernspritzern und zwei kleinen Kindern in einem Badehaus zu malen.

Shirlee. *Joan*.

Sharon Jean.

Sie hatte die Geschichte von den ertrunkenen Zwillingen einmal so herum – Helen – erzählt und einmal anders mir, hatte die belogen, die sie angeblich so sehr liebte – mit derselben Leichtigkeit, wie sie sich das Haar bürstete.

Pseudozwilling. Identitätsprobleme. Zwei kleine Mädchen, die Eis essen. Spiegelverkehrte Zwillinge.

Pseudomultiple Persönlichkeit.

Elmo Castlemaine war sicher, daß »Shirlee« verkrüppelt zur Welt gekommen war, was hieß, daß sie keines der Kinder sein konnte, die ich auf dem Foto mit dem gezackten Rand gesehen hatte. Aber er verließ sich dabei auf eine Information, die von Sharon stammte.

Oder hatte er selbst gelogen? Nicht, daß es einen Grund gab, seine Aufrichtigkeit zu bezweifeln, aber ich hatte eine Abneigung gegen jede Art von Vertrauen entwickelt.

Und was hieß es schon, wenn die verkrüppelte Frau tatsächlich ein Zwilling war? Eine Verwandte? Sie und Sharon ähnelten einander in gewissen körperlichen Merkmalen – Haar- und Augenfarbe –, die ich als Beweis akzeptiert hatte, daß sie ihre Schwester war. Ich hatte akzeptiert, was Sharon mir über Shirlee erzählt hatte, weil es damals für mich keinen Grund gab, es nicht zu tun.

Shirlee. Wenn das überhaupt ihr Name war.

Shirlee mit Doppel-e. Sharon hatte auf das Doppel-e hingewiesen. Genannt nach ihrer Adoptivmutter.

Noch mehr Symbolik.

Joan.

Wieder ein Gedankenspiel.

All die Jahre, hatte Helen gesagt, *hatte ich das Gefühl, ich verstände sie. Jetzt wird mir klar, daß ich mir etwas vorgegaukelt habe. Ich kannte sie fast gar nicht.*

Willkommen im Klub, Mrs. Leidecker.

Ich wußte, daß Sharons Leben und Tod von etwas programmiert worden war, das stattgefunden hatte, bevor Helen sie Majonäse aus dem Glas essen sah.

Die frühen Jahre …

Ich trank Kaffee, erforschte Sackgassen. Meine Gedanken schweiften zu Darren Burkhalter ab und dem Kopf seines Vaters, der auf dem Rücksitz gelandet war wie ein blutiger Ball am Strand …

Die frühen Jahre.

Vorgänge, die weiterwirkten.

Mal hatte wieder einen Fall gewonnen: Er würde sich einen neuen Mercedes zulegen, und Darren würde als reiches Kind aufwachsen. Aber alles Geld der Welt konnte dieses Bild aus dem Bewußtsein des Zweijährigen nicht auslöschen.

Ich dachte an all die unglücklich zur Welt gekommenen, kranken Kinder, die ich behandelt hatte. Winzige Körper, die mit der Zufälligkeit von Löwenzahnsamen in die Welt hinausgeschleudert wurden.

Etwas fiel mir ein, das ein Patient zu mir gesagt hatte. Der bittere Abschiedskommentar eines einst selbstbewußten Mannes, der gerade sein einziges Kind beerdigt hatte:

Wenn Gott existiert, Doktor, hat er jedenfalls eine verdammt eklige Art von Humor.

Hatte ein gemeiner Witz Sharons Entwicklungsjahre bestimmt? Wenn ja, wer war der Komiker?

Ein Kleinstadtmädchen namens Linda Lanier war die eine Hälfte der biologischen Gleichung, wer hatte die anderen dreiundzwanzig Chromosomen beigesteuert?

Ein Hollywoodhabitué oder der Matratzenjockey einer einzigen

Nacht? Ein Geburtshelfer mit heimlichen Überstunden, in denen er Leben wegkratzte? Ein Milliardär?

Ich saß lange in dem Rasthaus und dachte nach. Und kam immer wieder auf Leland Belding zurück. Sharon war auf Magna-Land aufgewachsen, hatte in einem Magna-Haus gewohnt. Ihre Mutter hatte Belding geliebt – *Bürojungen* wußten das.

Martinis in *seinem* Sonnenzimmer?

Aber wenn Belding sie gezeugt hatte, warum hatte er sie im Stich gelassen? Sie an die Ransoms abgeschoben im Austausch gegen das Recht, auf dem Stück Land zu leben und Papiergeld in einem Umschlag ohne Absender zu erhalten.

Zwanzig Jahre später das Haus, der Wagen.

Wiederversöhnung?

Hatte er sie schließlich anerkannt? Eine Erbin geschaffen? Aber er war doch angeblich schon sechs Jahre zuvor gestorben.

Was war mit seiner anderen Erbin – der anderen kleinen Eisesserin? Doppeltes Im-Stich-Lassen? Zwei Dreckplätze?

Ich dachte über das wenige nach, was ich über Belding wußte: besessen von Maschinen und Präzision. Ein Einsiedler. Kalt.

Kalt und herzlos genug, um die Mutter liquidieren zu lassen.

Hypothetisch. Häßlich. Ich ließ den Löffel fallen. Das Klirren unterbrach die Stille im Fernfahrercafé.

»Sind Sie okay?« fragte die Serviererin und stand vor mir, die Kaffeekanne in der Hand.

Ich sah hoch. »Ja. Klar, mir geht's großartig.«

Ihr Gesichtsausdruck sagte, daß sie das schon öfter gehört hatte. »Mehr?« Sie hob die Kanne.

»Nein, danke.« Ich schob ihr Geld zu, stand auf und verließ die Raststätte. Hatte keine Mühe, den ganzen Weg bis L. A. wachzubleiben.

31

Ich kam nach Mitternacht heim, von Adrenalin aufgeputscht und von Rätseln trunken. Milo ging selten vor eins zu Bett. Ich rief bei ihm zu Haus an.

Rick hob den Hörer ab und zeigte die alte Mischung aus Müdigkeit und Wachsamkeit, die Wachhunde nach jahrelangem Grenzdienst erwerben.

»Dr. Silverman.«

»Rick. Ich bin's, Alex.«

»Alex. Oh.«

»Tut mir leid, dich aufzuwecken.«

»Ist schon okay, keine Angst.« Gähnen. »Alex. Wie spät ist es überhaupt?«

»Zehn nach zwölf, Rick.«

Ausatmen. »Oh. Ja. Ich sehe schon. Die Leuchtziffern bestätigen es.« Noch ein Gähnen. »Bin gerade vor einer Stunde reingekommen, Alex. Muß eingepennt sein.«

»Scheint 'ne logische Reaktion auf Übermüdung zu sein, Rick. Schlaf weiter.«

»Nein. Muß duschen, etwas Essen runterkriegen. Milo ist nicht hier. Nachtschicht.«

»Nachtschicht? Das hat er lange nicht gemacht.«

»Mußte eine Zeitlang nicht sein. Altersprivileg. Gestern hat Trapp die Regeln geändert. Schwein.«

»Das ist ja schlimm.«

»Keine Sorge, Alex, der große Junge schafft's schon. Er ist viel auf und ab gelaufen und hat diesen Ausdruck im Gesicht gehabt – halb Stier in der Manege, halb Dolch im Gewande.«

»Ich kenne den Blick. Okay, ich versuche, ihn auf der Wache zu erwischen. Nur für den Fall, daß es nicht klappt, sag ihm bitte, daß ich angerufen habe.«

»Mach' ich.«

»Gute Nacht, Rick.«

»Guten Morgen, Alex.«

Ich rief die West L. A. Detectives an. Der Bulle, der abnahm, klang noch müder als Rick. Er sagte mir, Detective Sturgis sei draußen, und er hätte keine Ahnung, wann er wiederkäme.

Ich ging zu Bett und schlief schließlich ein. Ich wachte um sieben Uhr auf, fragte mich, was Trapp aus den Kruse-Morden gemacht hatte. Als ich auf die Terrasse hinausging, um die Zeitungen zu holen, war Milo draußen, lag in einem Liegestuhl und las die Sportberichte.

»Wie machen sich die Dodgers, alter Knabee?« fragte ich an. Meine Stimme war die eines anderen, heiser und belegt.

Er ließ die Zeitung sinken, sah mich an, dann hinaus über die Schlucht. »Was für eine Armee hat in deinem Mund kampiert?«

Ich zuckte die Achseln.

Er holte tief Luft, genoß immer noch den Blick. »Ach ja, das gute Leben. Ich habe deine Fische gefüttert – könnte schwören, daß der große Schwarzgoldene da sich Zähne wachsen läßt.«

»Ich habe ihn mit Haifischmehl gefüttert. Wie ist das Leben im Nachtdienst?«

»Klasse.« Er stand auf und streckte sich. »Wer hat dir das erzählt?«

»Rick. Ich habe gestern abend bei dir angerufen und ihn aufgeweckt. Klingt, als ob Trapp wieder auf dem Kriegspfad ist.«

Er grunzte. Wir gingen hinein. Er machte sich eine Schale Cornflakes und Milch, stand am Tresen und löffelte das Zeug, ohne anzuhalten, hinunter, bevor er eine Pause einlegte, um Atem zu holen.

»Gib mir eine Serviette. Ja, das ist ein richtiges Fest, in der Grauzone zu arbeiten. Papierkram von den Fällen, die die Jungs vom Police Magistrate bequemerweise unbearbeitet liegenlassen, und eine Menge Unidentifizierte und Überdosen. Gegen Ende der Schicht sind die meisten Anrufe Quatsch, alle reden und bewegen sich *echt* langsam, die Guten wie die Bösen. Als ob die ganze verdammte Stadt mit Drogen voll ist. Ich habe zwei Abhängige gefunden, die sich beide als Notfälle herausstellten. Aber wenigstens komme ich dazu, ein paar heterosexuelle Leichen auszuchecken.« Er lächelte. »Wir verfaulen alle auf dieselbe Art.«

Er ging zum Kühlschrank, nahm eine Tüte mit Orangensaft heraus, goß mir ein Glas voll ein und behielt die Tüte für sich selbst.

»Wem oder was verdanke ich das Vergnügen?« wollte ich wissen.

»Ich hab' mein Plauderstündchen. Ich fuhr gerade nach Haus und hörte den Funk ab, als etwas Interessantes auf der Frequenz von Beverly Hills kam – Einbruchanruf vom North Crescent Drive.«

Er nannte die Adresse.

»Das Haus der Fontaines«, sagte ich.

»Das grüne Herrenhaus selbst. Ich bin einen Umweg gefahren,

um es mir anzusehen. Stell dir vor, wer der Detective war. Unser alter Freund Dickie Cash – schätze, er hat sein Drehbuch noch nicht verkauft. Ich erzählte ihm so ein Garn, daß dieser Fall vielleicht mit einem Einbruch und Mord in Brentwood draußen was zu tun hätte, und bekam die wichtigsten Details: Einbruch erfolgte irgendwann in den frühen Morgenstunden. Raffiniert vorgegangen – es gab da eine hochkomplizierte Sicherungsanlage, aber jemand hatte die richtigen Drähte gekappt, und der Alarm war nicht losgegangen. Es fiel überhaupt nur auf, weil ein Nachbar früh am Morgen eine offene Tür zum rückwärtigen Weg entdeckte – unser kleiner Freund zweifellos, der Sherlock spielte. Cash ließ mich ins Haus. Wirklich guten Geschmack haben diese beiden – Schlafzimmer ziert ein Wandgemälde mit großen, rosa sabbelnden Lippen. Die Liste der fehlenden Gegenstände ist ziemlich typisch für die Gegend – etwas Porzellan und Silber, ein paar Fernseher mit großem Bildschirm, Stereogeräte. Aber vieles von dem wirklich teuren Zeugs dagelassen: noch drei Fernseher, Schmuck, Pelze, bessere Bestecke, alles, was man leicht beim Hehler loswird. Keine große Beute nach all dem Drähteschneiden. Dickie fand's auch seltsam, aber war nicht geneigt, viel zu tun in Anbetracht der abwesenden Opfer und der Tatsache, daß sie nicht höflich genug gewesen waren, bei ihm auf der Wache eine Nachsendeadresse zu hinterlassen.«

»Was ist mit dem Kellermuseum?«

Er fuhr sich mit der Hand über das Gesicht. »Dickie weiß von keinem Museum, und obwohl ich deshalb ein schlechtes Gewissen habe: Ich habe ihn nicht aufgeklärt. Er hat mir zwar den Fahrstuhl gezeigt, aber es war kein Schlüssel oder Zugangskode da, um ihn zu öffnen – ist auch nicht bei der Company registriert, die die Sicherungsanlagen eingebaut hat. Aber wenn sie je da unten runterkommen, wette ich zehn zu eins, daß der Keller wie Pompeji nach der großen Lavaparty aussieht.«

»Da wollte jemand Spuren verwischen«, sagte ich.

Er nickte. »Frage ist, wer?«

»Irgendeine Idee, wo die Fontaines sind?«

»Bahamas. Bijams Vater hat nicht helfen können. Beverly Hills Taxi hatten nur eine Notiz, daß sie sie zum Flugplatz gebracht hatten. Aber es ist mir gelungen, die Firma zu finden, die die Wagen aufbewahrt, und durch sie bin ich an das Reisebüro herangekommen. Erster-Klasse-Flug von L. A. nach Miami, dito nach Nassau. Sie sind danach noch weiter, aber in dem Reisebüro konnten oder wollten sie nicht sagen, wohin. Es gab keine Möglichkeit, sie zu überreden oder zu zwingen. Ich schätze, sie sind auf einer der abgelegeneren Inseln – schlechte Telefonverbindung, Rumdrinks mit Vogel- und Affennamen, Banken, gegen die die Schweizer indiskret sind. Eine Art Umgebung, in der jemand mit Geld es lange aushält.«

Er trank den Rest des Saftes aus, dann aß er, was noch von den Cornflakes da war, hob die Schale an den Mund und trank die Milch.

»Wo bist du gewesen?« fragte er. »Und weshalb hast du mich gestern abend angerufen?«

Ich erzählte ihm, was ich in Willow Glen erfahren hatte.

»Unheimlich«, sagte er. »Irre. Aber ich höre nichts Verbrecherisches, außer man hat sie als Kind entführt. Habe ich irgendwas übersehen?«

Ich schüttelte den Kopf. »Ich möchte dir ein paar Ideen vortragen.«

Er goß sich wieder die Schale voll. »Schieß los.«

»Nehmen wir mal an, Sharon und ihre Zwillingsschwester waren das Ergebnis einer Affäre zwischen Leland Belding und Linda Lanier – eine Partymädchensache, die weiter als üblich ging. Crotty zufolge hat er sie von den anderen ausgewählt; sie pflegte zu ihm ins Büro zu kommen. Linda hielt die Schwangerschaft geheim, weil sie fürchtete, daß Belding sie zum Abbruch zwingen würde.«

»Wie konnte sie das wissen?«

»Vielleicht wußte sie, daß er keine Kinder mochte, oder vielleicht hat sie das auch nur angenommen – Belding war ein kalter, gefühlloser Mann, ging Beziehungen aus dem Weg. Das letzte, was er gewollt hätte, wäre ein Erbe – oder eine Erbin –, die er nicht geplant hatte. Klingt das soweit logisch?«

»Rede weiter.«

»Crotty sah Lanier und Donald Neurath zusammen – sie spielten Bauchtanz. Was ist, wenn er ihr Arzt *und* ihr Liebhaber war – sie lernten sich als Arzt und Patientin kennen, und es ging dann weiter.«

»Thema des Videos.«

»Das Video war eine Zusammenfassung ihrer Beziehung, zusammengefaßt für die Nachwelt.«

Er lehnte sich zurück, legte den Löffel hin. »Sie fängt als Partymädchen bei Belding an, treibt es weiter. Wird Patientin bei Neurath, treibt es weiter.«

»Sie war schön. Aber nicht nur das. Sie war eine Expertin, was das Verführen von Männern anging – es muß etwas Besonderes an ihr gewesen sein, daß Belding sie sich aus allen anderen Mädchen aussuchte. Als ihr Gynäkologe muß Neurath als einer der ersten von ihrer Schwangerschaft erfahren haben – vielleicht war er *der* erste. Wenn er eine tiefere emotionale Beziehung zu ihr hatte, könnte es ihn wütend, eifersüchtig gemacht haben, daß sie das Kind eines anderen trug. Wie wäre es, wenn er ihr anbot, es wegzumachen, und sie weigerte sich? Dann drohte er ihr, er würde es Belding erzählen. Linda stand mit dem Rücken zur Wand. Sie sagte es ihrem Bruder, und sein Erpressergehirn dachte sich eine Falle aus: Sie sollte Neurath im Film verführen, um etwas gegen ihn in die Hand zu bekommen. Cable arbeitete im Studio, hatte Zugang zu den Geräten. Es dürfte ihm nicht schwergefallen sein, diese Idee in die Tat umzusetzen.«

Milo kaute darauf lange herum, dann sagte er: »Und der Bruder, der ein Schlitzohr ist, denkt, er kann noch ein bißchen Extrageld damit verdienen – und verkauft eine Kopie des Videos an einen Sammler.«

Ich nickte. »An Gordon Fontaine oder irgendwen anders, der sie ihm schließlich verkauft. Jahre später sieht Kruse das Ding, die Ähnlichkeit mit Sharon fällt ihm auf, er wird neugierig.

Aber das ist zu weit vorgegriffen. Bleiben wir noch einen Augenblick bei Linda. Als ihre Schwangerschaft sichtbar wird, verläßt sie die Stadt und bringt irgendwann zwischen dem Frühling und dem Sommer 1953 Zwillinge zur Welt. Nun denkt sie, kann sie es Belding endlich sagen: Die Abtreibung des Fötus ist eine Sache, die Ablehnung von zwei entzückenden Babymädchen etwas anderes. Vielleicht baut Bruder Cable ihr Selbstbewußtsein auf – Visionen von Dollarzeichen sind *ihm* wohl vor den Augen herumgetanzt. Linda besucht Belding, zeigt ihm die Mädchen, stellt ihre Forderung auf: Mach eine ehrliche Frau aus mir, oder gib genug Geld heraus, daß die Kinder, Onkel Cable und ich bis ans Ende unserer Tage glücklich leben können.«

Milo warf mir einen sauren Blick zu. »Klingt genau wie die Art von Schwindel, den geborene Verlierer immer wieder abzuziehen versuchen. Die dumme Geschichte, die man hinterher zusammenpuzzelt, nachdem sie im Leichenschauhaus geendet sind.«

»Es *war* dumm. Die Johnsons waren dumme, arme kleine Leute. Sie unterschätzten gewaltig die Bedrohung, die sie für Belding darstellten – und seinen Mangel an Mitgefühl. Die Zwillinge wären seine einzigen Erben gewesen. Sein ganzes Vermögen stand auf dem Spiel – monströser Verlust der Kontrolle für einen Mann, der es gewöhnt war, Herr seines Schicksals zu sein. Das ist ein Mann, der nicht daran glaubte, daß man den Wohlstand mit jemandem teilen sollte, ging nie mit seinem Geschäft an die Börse. Er hätte es nicht geduldet, daß ein einziger unvorsichtiger Nachmittag ihm später Schwierigkeiten machen könnte. Als Linda mit ihm sprach, setzten sich die Räder in Bewegung. Aber er zeigte es nicht – trug ein freudestrahlendes Lächeln zur Schau, spielte den glücklichen Papa. Zeigte seinen guten Willen, indem er sie alle in dem Penthouse in der Fountain Avenue unterbrachte. Kaufte ihnen einen Wagen, Pelze, Juwelen, sofortigen Eintritt ins gute Leben. Und alles, worum er im Gegenzug bat, war, daß man die Babies geheimhielte bis zu dem richtigen Augenblick, in dem man es dann der Öffentlichkeit mitteilen würde – kaufte sich ein bißchen Zeit. Die Johnsons taten, was er ihnen sagte, ein paar Hinterweltler im Schweinehimmel. Bis zu dem Tag, an dem sie starben. Und die Zwillinge blieben ein Geheimnis.«

»Alles Theorie«, sagte Milo.

»Aber es ergibt einen Sinn, nicht wahr? Hummel und DeGranzfeld waren Beldings Leute. Rauschgiftfahnder, in einer perfekten Position, um einen Drogenfall zu fingieren. Von Belding bezahlt, konnten sie eine Menge ranschaffen. Sie ließen die Uniformierten draußen, gingen allein in das Apartment, um die beiden zu erschießen und das Szenenbild zu arrangieren, so daß es nach was anderem aussah. Aber als er Linda und Cable los war, hatte Belding erst die Hälfte des Problems gelöst. Er hatte immer noch die beiden Babies am Hals, die er nicht wollte. Unter den *besten* Verhältnissen ist das

Aufziehen von Zwillingen eine anstrengende Sache. Für jemanden wie Belding mußte diese Aussicht unerträglich sein – viel schrecklicher als das Entwerfen von Hüftgürteln oder das Aufkaufen von Companies. Also tat er, was er immer tat – er *kaufte* sich jemanden. Und sein Deal mit den Ransoms war viel billiger, als einer mit Linda und Cable gewesen wäre. Dasselbe Arrangement mit Sharons Zwillingsschwester und einem anderen Paar.«

Irgendwo ein anderer Dreckplatz. Keine Helen Leidecker. Das andere Mädchen wurde verkrüppelt oder ...

»Ließ die Mutter seiner eigenen Kinder erschießen und verkaufte sie. Was für ein Mann!«

»Er war ein kalter Mann, Milo, ein Misanthrop, der Maschinen Menschen vorzog. Er hat nie geheiratet, nie normale Beziehungen entwickelt, endete als Einsiedler.«

»Wenn man dem Schwindelbuch glauben will.«

»Alle haben das erklärt. Cross hat nur die Wirklichkeit ausgeschmückt. Und du weißt besser als die meisten, Milo, daß laufend Babys ausgesetzt werden. Aus weniger gewichtigen Gründen. Casa de los Niños war voll davon.«

»Warum die Ransoms?« fragte er. »Was für eine Verbindung könnte ein Milliardär mit solchen Leuten haben?«

»Vielleicht keine. Wenn ich sage, Belding hat das gemacht, meine ich das nicht wörtlich. Er hat sich wahrscheinlich nie die Hände schmutzig gemacht, hatte einen Mittelsmann wie Billy Vidal, der sich dieser Sachen annahm – das war seine Spezialität: Leute für Belding zu besorgen, die seine Wünsche erfüllten. Wo der Mittelsmann sie fand, wer weiß? Aber daß die Ransoms geistig zurückgeblieben waren, stellte einen Vorteil und keinen Nachteil dar. Sie würden passiv und gehorsam sein, unwahrscheinlich, daß sie geldgierig wurden oder Fragen stellten. Sie denken konkret, sind halsstarrig – gut, um Geheimnisse für sich zu behalten. Oder zu vergessen. Ich habe gestern selber ein Beispiel davon erlebt. Außerdem waren sie anonym – keiner von beiden kannte auch nur seinen Geburtstag, kein Amt der Regierung besaß irgendwelche Akten über sie. Nicht bis 1971, als Sharon zum College wegging und Helen Leidecker fand, daß die beiden eine Zusatzsicherung brauchten, und es selbst übernahm, sie bei der Kranken- und Sozialversicherung anzumelden. Wenn das nicht geschehen wäre, hätte ich sie niemals gefunden.«

»Und wenn Sharon das verkrüppelte Mädchen nicht nach Shirlee genannt hätte«, ergänzte Milo.

»Ja. Und ich behaupte nicht, daß ich das verstehe – sie war voll unverständlicher Symbole. Aber wie dem auch sei: Shirlee und Jasper ein Kind zu geben war gleichbedeutend damit, die Identität dieses Kindes auszulöschen. Vielleicht erwartete Belding nicht, daß sie es überleben würde. Aber Helen Leidecker fand sie, brachte ihr was bei und schickte sie in die Welt hinaus.«

»Hinaus zu Kruse.«

»Kruse ging zu der Beratung in der University of Long Island unter dem Deckmantel des Altruismus – als ob er helfen wollte. Aber er war ein Raubtier – ein Wüstling und ein Machtmensch –, immer auf der Suche nach neuen Schülerinnen. Vielleicht zog ihn Sharons Aussehen an oder vielleicht hatte er das Video mit Linda Lanier gesehen und war von der Ähnlichkeit überrascht. Auf jeden Fall knipste er sein Charisma an, ließ sie von sich selbst erzählen, sah, wie sie auswich, wenn es um ihre Herkunft ging, und fand sie immer interessanter. Die beiden waren dann ein perfektes Paar bei der Bewußtseinskontrolle: Sie, von Helen geformt, besaß keine richtigen Wurzeln. Er war gierig darauf, Svengali zu spielen.«

»Jim Jones und die Kool-Aid-Gang.« Milos großes Gesicht hatte sich vor Zorn verdunkelt.

»Auf einer Ebene eins zu eins«, sagte ich. Milo stand auf und brachte ein Bier mit.

Als er trank, sagte ich: »Er hat sie unter seine Fittiche genommen, Milo, und sie überzeugt, daß sie eine großartige Psychologin abgeben würde. Ihre Zensuren waren vielversprechend. Er brachte sie nach Kalifornien in die Psycho-Fakultät, übernahm die Rolle ihres Studienberaters und Doktorvaters. Er überwachte die Fälle, die sie zugeteilt bekam, wozu immer auch etwas Therapie gehört. Er machte eine intensive Therapie daraus. Bei Kruse hieß das: absurde Kommunikation, hypnotische Manipulation. Wie viele Leute mit verwirrter Identität war auch sie ein hervorragendes Hypnosesubjekt. Seine Machtrolle in ihrem Verhältnis verstärkte ihre Empfänglichkeit. Er ließ sie regredieren, legte ihre frühen Kindheitserinnerungen frei, die ihn noch mehr faszinierten. Irgendeine Art von frühem Trauma, dessen sie sich auf der bewußten Ebene nicht gewahr war – vielleicht sogar etwas über Belding. Kruse fing an herumzuschnüffeln.«

»Und Filme zu drehen.«

Ich nickte. »Eine zeitgemäße Wiederholung des Videos ihrer Mutter – Teil der ›Therapie‹. Kruse zeigte sie ihr wahrscheinlich, um sie ihren ›Wurzeln‹ näherzubringen – der Mutterliebe. Sein Spiel war es, sie zu beherrschen – einen Teil von ihr aufzubauen, einen anderen niederzureißen. Mittels Hypnose konnte er ihr vorschlagen, Dinge zu vergessen, so konnte er sie bewußtlos halten. Schließlich wußte er mehr über sie als sie selbst. Er fütterte sie mit kleinen Häppchen ihres eigenen Unterbewußten, hielt sie abhängig, unsicher. Psychologische Kriegsführung. Was du in Vietnam gesehen hast, darin war er ein Experte. Dann, als die Zeit reif war, ließ er sie auf Belding los.«

»Dickes Geld. Macht über ihn.«

»Und ich glaube, ich weiß genau, was geschah, Milo. Im Sommer 1975. Sie verschwand ohne eine Erklärung für zwei Monate. Als ich sie das nächstemal sah, hatte sie einen Sportwagen, ein Haus, einen verdammt komfortablen Lebensstil für eine Studentin ohne einen Job. Mein erster Gedanke war, daß Kruse sie aushielt. Sie wußte das, machte sogar einen Witz darüber, erzählte mir die Erbschaftsgeschichte – die, wie wir jetzt wissen, Nonsens war. Aber vielleicht steckte ein Körnchen Wahrheit darin. Sie hatte ihre Ansprüche bei Belding angemeldet. Aber das brachte sie zugleich furchtbar durcheinander, zerstörte ihr Bewußtsein, verstärkte ihre Identitätsprobleme. Als ich sie fand, wie sie das Foto mit den Zwillingen anstarrte, war sie in einer Art Trance, fast katatonisch. Als sie merkte, daß ich dastand, wurde sie verrückt. Ich hatte den sicheren Eindruck, daß es mit uns aus war. Da rief sie mich an und bat mich, zu ihr zu kommen, und ging wie eine Nymphomanin auf mich los. Jahre später machte sie dasselbe mit ihren Patienten – Patienten, mit denen Kruse sie zusammengebracht hatte. Sie erhielt nie eine Lizenz, blieb seine Assistentin, arbeitete in einer Praxis, für die er die Miete bezahlte.«

Ich fühlte meine Wut zunehmen. »Kruse war in einer Situation, in der er ihr helfen konnte, aber alles, was der Bastard tat, war, mit ihrem Schicksal zu spielen. Statt sie zu behandeln, ließ er sie ihren eigenen Fall als angebliche Fallgeschichte einer Patientin aufschreiben und für ihre Dissertation benutzen. Wahrscheinlich seine Art von Witz – daß er sich über die Regeln hinwegsetzte.«

»Ein Problem«, sagte Milo. »1975 war Belding lange tot.«

»Vielleicht nicht.«

»Cross hat zugegeben, daß er gelogen hat.«

»Milo, ich weiß nicht, was wahr ist und was nicht. Aber sogar wenn Belding tot war, Magna lebte weiter. Eine Menge Geld und Macht für einen Blutsauger. Sagen wir mal, Kruse stützte sich auf die Corporation. Auf Billy Vidal.«

»Wieso ließen sie ihn zwölf Jahre lang damit durchkommen? Warum ließen sie ihn leben?«

»Ich habe das in meinem Kopf herumgewälzt und weiß darauf noch immer keine Antwort. Das einzige, was ich sagen kann, ist, daß Kruse auch etwas über Vidals Schwester wußte, etwas, das nicht herauskommen durfte. Sie finanzierte seine Professur und setzte ihn als Dekan ein. Man hat mir erzählt, sie habe es aus Dankbarkeit getan, weil er ein Kind von ihr behandelt hatte, aber in der Todesanzeige ihres Mannes war nicht von Kindern die Rede. Vielleicht hat sie wieder geheiratet und dann welche bekommen – ich wollte das nachprüfen, bevor ich die Sache mit Willow Glen herausbekam.«

»Vielleicht«, sagte Milo, »ist diese Blalock-Sache nur vorgeschoben – Vidal schiebt seine Schwester nur vor, und in Wirklichkeit kommt das Geld von Magna.«

»Vielleicht, aber das erklärt immer noch nicht, warum sie ihn solange damit haben durchkommen lassen.«

Milo stand auf, ging auf und ab, trank Bier, nahm sich noch eins.

»So«, sagte ich. »Was denkst du?«

»Was ich denke, ist, daß du eine Menge herausgekriegt hast. Außerdem denke ich, daß wir der Sache vielleicht nie auf den Grund kommen werden. Leute, die dreißig Jahre im Grab liegen. Und es hängt alles davon ab, daß Belding der Daddy ist. Wie zum Teufel willst du das nachprüfen?«

»Ich weiß es nicht.«

Er ging weiter auf und ab und sagte: »Laß uns mal für eine Sekunde in die Gegenwart zurückkehren. Warum hat sich Ransom umgebracht?«

»Vielleicht aus Trauer über Kruses Tod. Oder vielleicht war es kein Selbstmord. Ich weiß, es gibt keine Beweise – ich theoretisiere nur.«

»Was ist mit den Kruse-Morden? Wie wir schon früher gesagt haben, Rasmussen ist nicht so richtig unser Killertyp.«

»Wir sind nur deshalb auf Rasmussen gekommen, weil er ungefähr zu der Zeit, als Kruse ermordet wurde, davon gesprochen hat, daß er schreckliche Dinge getan hätte.«

»Nicht nur dann. Der Armleuchter hatte eine lange Latte von Gewalttaten, seinen eigenen Vater umgebracht. Außerdem hat mir das Psychozeugs gefallen, daß du mir aufgetischt hast – daß er seinen Vater ›noch einmal getötet‹ hätte.«

»Mit den Worten eines Experten: Das sind keine Beweise, mein Freund. Bei Rasmussens Vorgeschichte konnten *schreckliche Dinge* alles bedeuten.«

»Verdammte Brezel«, sagte er. »Immer rund und rund – im Kreis herum.«

»Es gibt jemanden, der es für uns aufklären könnte.«

»Vidal?«

»Am Leben und gut beieinander in El Segundo.«

»Richtig«, sagte Milo. »Laß uns einfach bei ihm ins Büro walzen und dem Laufboten des Assistenten seiner Sekretärin sagen, daß wir eine Audienz bei dem großen Boß wollen – freundliche, kleine Plauderei über das Aussetzen von Kindern, Erpressung, Erbschaftsansprüche, mehrfachen Mord.«

Ich warf die Hände hoch und ging mir selbst ein Bier holen.

»Sei nicht sauer«, rief er mir nach. »Ich versuche nicht, deine Gangsterparade anzupinkeln, bin nur bemüht, der Logik zu ihrem Recht zu verhelfen.«

»Ich weiß, ich weiß. Es ist nur verdammt frustrierend.«

»Wie sie gestorben ist, oder was sie getan hat, als sie noch lebte?«

»Beides, Sergeant Freud.«

Er zeichnete mit dem Finger ein lachendes Gesicht in den Frosthauch an seinem Glas. »Noch etwas anderes. Das Foto mit den Zwillingen – wie alt waren die Mädchen darauf?«

»Etwa drei.«

»Also können sie nicht von Geburt an getrennt gewesen sein, Alex. Entweder hat sich jemand anders um die beiden gekümmert, oder man hat sie beide den Ransoms gegeben. Also, was, zum Teufel, ist mit der Schwester passiert?«

»Helen Leidecker hat nie erwähnt, daß ein zweites Mädchen in Willow Glen gelebt hätte.«

»Hast du sie gefragt?«

»Nein.«

»Hast du nicht das Foto erwähnt?«

»Nein, sie schien ...«

»Ehrlich?«

»Nein. Es kam einfach nicht zur Sprache.«

Er schwieg.

»Okay«, sagte ich. »Drei Minuspunkte für mich in Verhörtechnik für Anfänger.«

»Langsam«, entgegnete er. »Ich versuche nur, ein klares Bild zu bekommen.«

»Wenn du's schaffst, teile es mir mit. Verdammt, Milo, vielleicht war das Bild gar nicht von Sharon und ihrer Schwester. Ich weiß zum Teufel nicht mehr, was wirklich war.«

Er ließ mich schmoren, dann sagte er: »Vorzuschlagen, du sollst alles sein lassen, wäre dumm, nehme ich an.«

Ich antwortete nicht.

»Bevor du dich der Selbstverachtung hingibst, Alex, warum rufst du nicht Mrs. Leidecker an? Frag sie nach dem Foto, und wenn du eine seltsame Reaktion bekommst, dann weißt du, daß sie nicht die ehrliche Haut ist. Was heißen würde, noch mehr Vertuschung – zum Beispiel: Der Zwilling kam unter mysteriösen Umständen zu Schaden, und sie versucht, jemanden zu decken.«

»Wen? Die Ransoms? Ich sehe sie nicht als Kindesmißhandler.«

»Nicht Mißhandler – Vernachlässiger. Du selbst hast gesagt, daß sie keine Eltern waren, kaum mit einem Kind allein umgehen konnten. Zwei wären unmöglich gewesen. Was war, wenn sie ihnen im falschen Augenblick den Rücken zugekehrt hatten und eins von den Zwillingsmädchen einen Unfall hatte?«

»Und ertrank, zum Beispiel.«

»Zum Beispiel.«

In meinem Kopf drehte es sich. Ich hatte mir die ganze Nacht den Kopf zerbrochen, wußte noch immer nicht weiter ...

Milo beugte sich über mich und klopfte mir auf die Schulter. »Sei nicht sauer. Selbst wenn wir's bei Gericht nicht loswerden, beim Film nehmen sie's uns immer noch ab. Dann zeigen wir Dickie Cash mal, wie man's macht.«

»Ruf meinen Agenten an«, sagte ich.

»Laß deine Leute meine Leute anrufen, und nehmen wir uns eine Vollkornsemmel.«

Ich zwang mich zu einem Lächeln. »Hast du schon die Geburten in Port Wallace überprüft?«

»Noch nicht. Wenn du recht hast damit, daß die Lanier nach Haus gefahren ist, um ihr Baby zu kriegen, wäre ihre Heimatstadt der sicherste Ort – angenommen, sie hat Thomas Wolfe nicht gelesen. Wie wär's, wenn du mal da unten anrufst und zusiehst, was du herausbekommen kannst? Fang mit der Handelskammer an und finde die Namen aller Krankenhäuser heraus, die dort 1953 im Geschäft waren. Wenn du Glück hast und sie bewahren ihre Akten auf, holst du es mit ein paar Lügen aus ihnen heraus – sag, du bist irgendein Bürokrat. Sie werden alles tun, um dich loszuwerden. Wenn's nicht klappt, versuchst du es beim Registrator des County.«

»Ruf Helen an, ruf Port Wallace an. Noch irgendwelche Aufträge, Sir?«

»Hey, du willst Spürhund spielen, dann mußt du auch an langweiligen Arbeiten Geschmack finden.«

»Auf Nummer Sicher gehen?«

Er sah mich finster an. »Verdammt *richtig*, Alex. Denk mal dran, wie die Kruses und das Escobar-Mädchen aussahen. Und wie schnell die Fontaines ins Kokosland verduftet sind. Wenn du auch nur mit einem Zehntel recht hast, handelt es sich hier um Leute mit sehr langen Armen.«

Er bildete mit Daumen und Zeigefinger einen Kreis und ließ den Finger los, als ob er ein Staubkorn wegschnippte. »Puff. Das Leben ist eine zerbrechliche Angelegenheit – wie ich im College im Philosophiekurs gehört habe. Bleib zu Haus; halte die Türen verschlossen. Nimm keine Süßigkeiten von fremden Leuten an.«

Er spülte seine Schale aus, stellte sie in den Ausguß. Salutierte und ging hinaus.

»Wo willst *du* denn jetzt hin?«

»Muß was nachprüfen.«

»Etwas, das dich daran gehindert hat, Port Wallace anzurufen? Pirscht du dich wieder an den wilden Trapp heran?«

Er warf mir einen finsteren Blick zu.

»Rick hat mir versichert, du würdest ihn schnappen.«

»Rick sollte dabeibleiben, die Leute zu zerschnipseln und Spaß daran zu haben und sein Geld damit zu verdienen. Ja, ich bin hinter dem Sack her, habe einen wunden Punkt entdeckt. Außer seinen anderen Qualitäten hat er auch eine Vorliebe für weibliche Personen zu geringen Alters.«

»Wie gering?«

»Teenager-Knastköder. Damals in der Hollywood Division war er schwer bei den Polizei-Scouts engagiert – hat sich eine Belobigung für außerdienstliches Bemühen blablabla verdient. Zu diesem Bemühen gehörte auch die Anleitung einiger der hübscheren Scouts.«

»Wie hast du das herausbekommen?«

»Klassische Quelle. Verärgerte frühere Untergebene. Ehemalige Polizeibeamtin, Spanierin, ein paar Jahre nach mir in der Akademie. Sie hat früher in der Hollywood Division in der Asservatenkammer gearbeitet, nahm Urlaub, um ein Baby zu bekommen. Als sie zurückkam, machte ihr Trapp das Leben so zur Hölle, daß sie einen Antrag auf Entlassung wegen Überbeanspruchung durch Streß stellte und ausschied. Vor ein paar Jahren traf ich sie zufällig in der City, am Tag ihrer endgültigen Anhörung. Da ich mir den Kopf so sehr zermarterte, wie ich Trapp beim Kanthaken kriegen könnte, erinnerte ich mich dran. Sie hatte einen richtigen Haß auf ihn. Da habe ich nachgeguckt, wo sie wohnt, und ihr einen Besuch abgestattet. Sie ist mit einem Buchhalter verheiratet, hat ein dickes, kleines Kind, nettes Halbgeschoßhaus in Simi Valley. Aber obwohl das schon einige Jahre zurückliegt – beim Reden über Trapp bekam sie Glubschaugen. Er hat früher immer an ihr herumgegrabscht, rassistische Bemerkungen gemacht – mexikanische Mädchen verlören ihre Jungfräulichkeit ja schon vor den Milchzähnen und was Arschkriechen eigentlich hieße –, all das mit einem Tio-Taco-Akzent.«

»Warum hat sie ihn damals nicht angezeigt?«

»Warum haben all diese Kinder in der Casa de los Niños nicht gesagt, was mit *ihnen* passierte? Angst. Einschüchterung. Damals glaubte die Stadt nicht an sexuelle Belästigung. Wenn sie eine Klage eingereicht hätte, hätte sie dem Büro für Innere Angelegenheiten und der Presse ihre ganze sexuelle Geschichte offenbaren müssen, und es wäre bekanntgeworden, daß sie zu Parties ging. Heute hat sie mehr Selbstvertrauen. Es wird ihr klar, wie man sie hereingelegt hat, und sie hat eine Riesenwut im Bauch. Aber geredet hat sie noch mit niemandem darüber – bestimmt nicht mit ihrem Alten. Nachem sie sich ausgekotzt hatte, mußte ich ihr schwören, daß ich sie in nichts hineinziehen würde, also hab' ich Kenntnisse, die ich nicht verwerten kann. Aber wenn ich noch solche Fälle finde, ist der Kerl so gut wie geliefert.«

Er ging zur Tür. »Und darauf, mein Freund, werde ich meine außerdienstlichen Ermittlungen konzentrieren.«

»Viel Glück.«

»Ja. Ich arbeite von meinem Ende aus dran; vielleicht fügt sich alles, und wir treffen uns in Gloccamorra. Einstweilen paß auf deine Rückendeckung auf.«

»Du auch, Sturgis. Dein Hintern ist nicht feuerfest.«

Ich bekam Helen Leideckers Nummer von der Information in San Bernadino. Keiner ging bei ihr dran. Frustriert, aber erleichtert – ich hatte mich nicht darauf gefreut, ihre Integrität zu testen – nahm ich mir einen Atlas und fand Port Wallace, Texas, in der südlichsten Ecke des Staates, genau westlich von Laredo. Ein kleiner schwarzer Punkt auf der texanischen Seite des Rio Grande.

Ich rief die Auskunft für Südtexas an und bat um die Nummer der Handelskammer von Port Wallace.

»Eine Sekunde, Sir«, kam die Antwort im gedehnten Texasakzent, gefolgt von Klicks und allerlei Computergequieke. »Keine solche Eintragung, Sir.«

»Sind irgendwelche Regierungsämter in Port Wallace eingetragen?«

»Ich sehe nach, Sir.« Klick. »Ein Postamt, Sir.«

»Ich nehme das.«

»Warten Sie, ich sage Ihnen die Nummer, Sir.«

Ich rief das Postamt an. Dort auch keine Antwort. Sah auf die Armbanduhr. Acht Uhr früh hier, dort zwei Stunden später. Vielleicht glaubten sie an ein Leben im Müßiggang.

Ich rief wieder an. Nichts. Soviel zu meinen Aufträgen. Aber es war noch eine Menge zu tun.

In der Forschungsbibliothek gab es eine einzige Eintragung über Neurath, Donald. Ein 1951 erschienenes Buch über Fruchtbarkeit, veröffentlicht von der University Press und zu finden auf dem Campus in der biomedizinischen Bibliothek. Datum und Thema paßten, aber es fiel mir schwer, einen Abtreiber mit dem Autor eines so wissenschaftlichen Buches in Einklang zu bringen. Trotzdem machte ich mich auf den Weg zu Biomed, zog den Index Medicus zu Rate und fand zwei Artikel über Fruchtbarkeit von 1951 und 1952, Autor Donald Neurath mit einer Adresse in Los Angeles. Im Adreßbuch der Medical Association des County L. A. sind die Mitglieder mit Fotos abgebildet. Ich fand den Band von 1950 und blätterte durch den Buchstaben N.

Sein Gesicht sprang heraus – mich an, glattes, pomadisiertes Haar, Bleistiftoberlippenbart und Zitronenlutschgesicht, als hätte ihn das Leben schlecht behandelt. Oder vielleicht lebte er nahe am Abgrund.

Seine Praxis war auf dem Wilshire Boulevard, genau wie Crotty behauptet hatte. Mitglied der American Medical Association, Ausbildung an einer erstklassigen medizinischen Fakultät, ausgezeichnete Leistungen als Assistenzarzt, eine akademische Beschäftigung an der Fakultät, bei der auch ich von Zeit zu Zeit tätig war.

Die beiden Gesichter des Dr. N.

Noch eine gespaltene Identität.

Ich eilte zu den Bio-Med-Buchreihen, fand seinen Band und die beiden Artikel. Ersteres war ein editiertes Kompendium des damaligen Wissensstandes auf dem Gebiet der Fertilität. Acht Kapitel von anderen Doktoren, das letzte von Neurath.

Seine Forschung hatte mit der Behandlung unfruchtbarer Frauen durch Injektion von Sexualhormonen zu tun, um die Ovulation – den Follikelsprung – zu stimulieren – revolutionäres Zeugs in einer Zeit, als die Fruchtbarkeit beim Menschen noch ein medizinisches Geheimnis war. Neurath betonte das und führte frühere Behandlungen an, die keinen Erfolg gezeitigt hätten: Biopsien des Endometriums, chirurgische Erweiterung der Beckenvenen, Implantation eines radioaktiven Metalls in den Uterus, sogar langdauernde Psychoanalyse in Verbindung mit Beruhigungsmitteln, um »ovulationsblockierende Ängste« zu überwinden, »die aus einer feindseligen Mutter-Tochter-Identifikation herrühren«.

Obwohl die Forscher schon in den dreißiger Jahren einen Zusammenhang zwischen Sexualhormonen und der Ovulation festgestellt hatten, waren Experimente auf Tiere beschränkt geblieben.

Neurath war einen Schritt weitergegangen und hatte ein halbes Dutzend unfruchtbarer Frauen mit Hormonen geimpft, die er aus den Ovarien und Hypophysen weiblicher Leichen gewonnen hatte. Die Impfungen waren mit einer strikten Kontrolle der Körpertemperatur und Blutuntersuchungen verbunden gewesen, um die genaue Zeit des Eisprungs zu ermitteln.

Nach mehreren Monaten wiederholter Behandlung wurden drei der Frauen schwanger. Zwei erlitten Fehlgeburten, aber eine brachte ein gesundes Kind zur Welt.

Neurath betonte, daß seine Ergebnisse vorläufiger Art wären und noch in Kontrollstudien wiederholt werden müßten, erklärte jedoch, eine Hormonbehandlung böte kinderlosen Paaren gewisse Aussichten auf Erfolg und sollte im großen Maßstab wiederholt werden. Er war seiner Zeit weit voraus.

Der Artikel von 1951 war eine kürzere Version des Buchkapitels. 1952 folgte ein Brief an den Herausgeber und eine Antwort auf den Artikel von 1951: Eine Gruppe von Ärzten beklagte sich, Neuraths Behandlung von Menschen sei voreilig, beruhe auf unzureichenden Daten, und das Ziel seiner Forschungen sei unklar. Die medizinische Wissenschaft, so betonte der Brief, wisse wenig über die Wirkung gonadotroper Hormone auf den allgemeinen Gesundheitszustand. Neurath helfe seinen Patientinnen nicht, er setze sie vielleicht sogar Gefahren aus.

Er antwortete mit einer vier Absätze langen Erwiderung, die herauslief auf: Der Zweck heiligt die Mittel. Aber er hatte nichts mehr veröffentlicht.

Fruchtbarkeit und Abtreibung.

Herr Neurath gibt. Herr Neurath nimmt.

Macht auf einer berauschenden Ebene. Machtgier lauerte hinter der motivierenden Kraft so vieler Menschenleben, die mit Sharon in Berührung gekommen waren.

Ich wünschte mir sehr, mit Dr. Donald Neurath zu sprechen. Sah im neuesten Adreßbuch nach und fand nichts. Ich ging alle Adreßbücher rückwärts durch. Seine letzte Eintragung war 1953.

Ein Jahr, in dem sehr viel geschehen war.

Ich blätterte das *Journal of the American Medical Association* auf der Suche nach Todesanzeigen durch. Neurath fand sich in der Ausgabe vom 1. Juni 1954. Er war im August des Jahres davor im Alter von fünfundvierzig Jahren aus nicht erklärtem Grund während eines Urlaubs in Mexiko verstorben.

Im selben Monat und im selben Jahr wie Linda Lanier und Bruder Cable.

Die Wirkungen der gonadotropen Hormone …

Seiner Zeit weit voraus.

Die Puzzlestücke fügten sich zusammen. Ein neuer Gesichtspunkt vis-à-vis einem alten Problem – unwahrscheinlich, aber er erklärte so viele andere Dinge.

Ich dachte an noch etwas – ein Puzzlestück, das seinen Ort suchte, eine Frage, die nach einer Lösung schrie. Verließ Bio-Med und lief zur Nordseite des Campus. Rannte, fühlte mich leichtfüßig, zum erstenmal nach langer Zeit.

Der Raum mit den Spezialsammlungen befand sich im Kellergeschoß der Forschungsbibliothek, eine stille Halle unten, die zufällige Besucher abschreckte. Eher klein, kühl, Feuchtigkeitskontrolle, ausgestattet mit dunklen, eichenen Lesetischen, die zu der hohen Täfelung an den Wänden paßten. Ich zeigte meine Fakultätskarte und meinen Bestellzettel dem Bibliothekar. Er ging los, um die Sachen zu suchen, kam bald mit allem, was ich wollte, wieder, gab mir zwei Bleistifte, einen Block mit liniertem Papier und kehrte zu seiner Lektüre, einem Chemiebuch, zurück.

Es hockten noch zwei Leute zum ersten Studium da: eine Frau in einem Batikkleid, die mit einer Lupe eine alte Landkarte betrachtete, und ein dicker Mann in blauem Blazer, grauen Hosen und einem Halstuch à la Ascot, der abwechselnd einen Folianten mit Audubons Vogelbildern betrachtete und einen Laptop-Computer zu Rate zog.

Im Vergleich war mein eigenes Lesematerial wenig beeindrukkend. Ein Stapel kleiner, unscheinbarer, in blaues Leinen gebundener Bücher. Eine Menge an Daten und Fakten über die prominenten Leute von L. A. Dünnes Papier und kleiner Druck. Präzis geordnete Listen von Country Clubs, Wohltätigkeitsorganisationen, Stiftungen und genealogischen Gesellschaften, aber hauptsächlich eine Namensliste der *wichtigen Leute:* Adressen, Telefonnummern, Einzelheiten über Vorfahren. Selbstbeglückwünschung derer, bei denen die Faszination vom Wir-gegen-sie-Spiel mit dem Abschluß der High School nicht geendet hatte.

Ich fand bald genug von dem, was ich suchte, schrieb Namen ab, verband die Punkte miteinander, bis die Wahrheit oder etwas, das ihr verdammt nahe kam, Gestalt anzunehmen begann.

Näher und näher. Aber immer noch Theorie.

Ich verließ den Raum, fand ein Telefon. Bei Helen Leidecker nahm noch immer niemand ab. Aber eine schläfrige Männerstimme antwortete in Port Wallace, Texas.

»Brotherton's.«

»Ist dort das Postamt?«

»Postamt, Angelzeug, eingelegte Eier, eisgekühltes Bier. Sagen Sie, was Sie wollen, wir haben es.«

»Hier ist Baxter, Bureau of Records, Staat Kalifornien, Amt Los Angeles.«

»L. A.? Wie sieht's jetzt nach dem Erdbeben bei euch aus?«

»Wacklig.«

Phlegmatisches Lachen. »Was kann ich für Sie alle tun, Kalifornien?«

»Wir haben eine Bewerbung von jemandem für einen gewissen Job im Staatsdienst vorliegen, es handelt sich um eine Position, die eine eingehende Überprüfung der Person nötig macht, die sich um diese Stellung bemüht – einschließlich Staatsbürgerschaft und Geburtsurkunde. Die betreffende Person hat ihre Geburtsurkunde verloren und behauptet, sie wäre in Port Wallace geboren.«

»Überprüfung, hä? Klingt ziemlich nach verdeckter Aktion.«

»Tut mir leid, Mr. Brotherton –«

»Deeb. Lyle Deeb. Brotherton ist tot.« Kichern. »Hat seinen Stall hier auf mich abgeladen, weil er seine Pokerschulden nicht bezahlen konnte, drei Monate bevor er verschied. Hat zuletzt gelacht.«

»Ich darf Ihnen nicht mehr über die Einzelheiten der Position verraten, Mr. Deeb.«

»Kein Problem, Kollege, helfe auch Beamten gern, nur kann ich's nicht. Weil wir keine Geburtsurkunden in Port Wallace haben – hier gibt's nicht viel außer Garnelenbooten, schwarzen Stechfliegen und illegalen mexikanischen Einwanderern, und der Zoll versucht sie flußauf, flußab am Arsch zu packen. Die Urkunden sind in San Antonio – am besten prüfen Sie da mal nach.«

»Wie sieht's mit Krankenhäusern aus?«

»Nur eins, Kollege. Wir sind hier nicht in Houston. Kleines Haus von den baptistischen Heilpraktikern – bin nicht mal sicher, ob sie legal sind. Die bedienen hauptsächlich die Mexikaner.«

»Waren die schon 1953 da?«

»Ja, klar.«

»Dann versuche ich es dort zuerst. Haben Sie die Nummer?«

»Klar.« Er gab sie mir und sagte: »Die betreffende Person ist hier unten geboren, hä? Das ist hier ein echt kleiner Klub. Wie heißt sie denn?«

»Der Familienname ist Johnson; Vorname der Mutter: Eulalee. Sie könnte auch unter dem Namen Linda Lanier bekannt sein.«

Er lachte. »Eula Johnson? Geboren 1953? Ist das ein Heuler, und da macht ihr Leute eine verdeckte Aktion draus und alles? Inzwischen weiß es jeder. Zum Teufel, Kollege, ihr braucht keine offiziellen Urkunden dafür – die ist berühmt.«

»Wieso denn das?«

Er lachte wieder und erklärte es mir, und dann sagte er: »Die Frage ist nur, von *was* für einer Person Sie reden?«

»Ich weiß es nicht«, sagte ich und legte auf. Aber ich wußte, wo ich es herauskriegen konnte.

32 Dieselben von Ranken bedeckten Feldsteinmauern in der mentholgeschwängerten Luft, dieselbe lange, schattige Passage am rustikalen Holzschild vorbei. Diesmal *fuhr* ich – ganz legitim. Aber in der Stille und Einsamkeit und mit dem Wissen von dem, was ich zu tun beabsichtigte, kam ich mir wie ein Rechtsverletzer vor.

Ich hielt vor dem Tor und benutzte das Telefon auf dem Ständer, um das Haus anzurufen. Keine Antwort. Ich versuchte es wieder. Eine männliche Stimme mittelatlantischen Ursprungs antwortete: »Blalock-Residenz.«

»Mrs. Blalock, bitte.«

»Wer, soll ich sagen, ist dran, Sir?«

»Dr. Alex Delaware.«

Pause. »Erwartet sie Sie, Dr. Delaware?«

»Nein, aber sie wird mich sprechen wollen, Ramey.«

»Es tut mir leid, Sir, sie ist nicht –«

»Sagen Sie ihr, es betrifft die Untaten der Marchesa di Orano.«

Schweigen.

»Möchten Sie, daß ich es buchstabiere, Ramey?«

Keine Antwort.

»Sind Sie noch da, Ramey?«

»Ja, Sir.«

»Natürlich könnte ich mich statt dessen auch an die Presse wenden. Die hören immer gern eine Geschichte von menschlichem Interesse. Vor allem, wenn eine feine Ironie drinsteckt.«

»Das wird nicht nötig sein, Sir. Einen Augenblick, Sir.«

Augenblicke später glitten die Torflügel beiseite. Ich stieg wieder in den Wagen und fuhr die Fischschuppeneinfahrt hinauf.

Die Grünspandächer strahlten golden an den Spitzen, wo das Sonnenlicht sie traf. Von Zelten geleert, sah das Grundstück noch größer aus. Die Springbrunnen warfen einen schillernden Sprühregen hoch, der sich mitten im Bogen verdünnte und verschwand. Die Teiche darunter waren schimmernde Ellipsen aus flüssigem Quecksilber.

Ich parkte vor der Kalksteintreppe und stieg zu einem riesigen Treppenabsatz hinauf, der von ruhenden, aber die Zähne fletschenden Löwenstandbildern bewacht wurde. Eine Seite der Doppeltür war offen. Ramey stand da und hielt die Tür auf, ganz rosiges Gesicht, schwarzer Serge und weißes Leinen.

»Hier entlang, Sir.« Keine Emotion, kein Zeichen eines Erkennens. Ich ging hinter ihm her und hinein.

Larry hatte gesagt, die Eingangshalle wäre groß genug zum Schlittschuhlaufen. Sie hätte ein Hockeystadion aufnehmen können: drei Stockwerke weißen Marmors, reich geschmückt mit Formen, Arabesken und Emblemen, dahinter eine doppelt geschwungene weiße Marmortreppe, die Scarlett O'Haras Tara beschämt hätte. Ein konzerthallengroßer Kronleuchter hing von der blattvergoldeten Kassettendecke. Die Fußböden waren wieder aus Marmor, eingelegt mit Rauten aus schwarzem und zu Glas poliertem Granit. Goldgerahmte Porträts von mißgestimmten Kolonialtypen hingen zwischen Säulen aus penibel gefalteten rubinroten Samtvorhängen, die mit kräftigen Goldkordeln zurückgebunden waren.

Ramey schwenkte rechts um mit der Glätte einer Limousine auf Beinen und führte mich eine lange, dämmrige Porträtgalerie hinunter, öffnete dann ein anderes Paar Doppeltüren und ließ mich in ein heißes, helles Sonnenzimmer eintreten – Tiffany-Glasdach, ein facettierter Spiegel bildete die eine Wand, die drei anderen waren aus Glas, und hindurch sah man auf endlose Rasenflächen und knorrige Bäume. Der Fußboden war aus Malachit und Granit in einem Muster, das Escher hätte innehalten lassen. Gesund aussehende Palmen und Bromelien standen in chinesischen Porzellantöpfen. Die Möbel waren aus salbeifarbenem und kastanienbraunem Korbgeflecht mit dunkelgrünen Kissen und Glastischplatten.

Hope Blalock saß auf einem Korbdiwan. In ihrer Reichweite eine Bar auf Rädern, die ein Sortiment Karaffen und einen undurchsichtig gefrosteten Kristallkrug enthielt.

Sie sah nicht entfernt so robust wie ihre Pflanzen aus, trug ein schwarzes Seidenkleid und schwarze Schuhe, ohne Make-up und Schmuck. Sie hatte ihr Haar in einem kastanienbraunen Knoten zurückgerafft, der wie poliertes Hartholz schimmerte, und sie streichelte es gedankenverloren, als sie auf der Kante des Diwans saß – kaum den Rumpf auf den Stoff herabsenkte, als fürchte sie die Anziehungskraft der Erde.

Sie ignorierte mein Eintreten und starrte weiter hinaus durch die Glaswände. Die Fußknöchel über Kreuz, eine Hand im Schoß, die andere ein Cocktailglas umklammert haltend, das mit etwas Klarem gefüllt war, in dem eine Olive schwamm.

»Madam«, sagte der Butler.

»Danke Ihnen, Ramey.« Ihre Stimme war guttural mit einem metallischen Ton darin. Sie winkte den Butler weg, winkte *mich* zu einem Stuhl.

Ich setzte mich ihr gegenüber. Sie sah mich an. Ihre Hautfarbe war die von zu lange gekochten Spaghetti, darüber lag ein feines Netz aus Fältchen. Ihre meerblauen Augen hätten schön sein können, wenn mehr Wimpern dagewesen wären und die tiefen grauen Höhlen gefehlt hätten, die sie wie Edelsteine in schmutzigem Silber hervortreten ließen. Runzeln zerrten an ihrem Mund. Ein Heiligenschein aus postmenopausalen Härchen umrahmte ihr ungepudertes Gesicht.

Ich starrte ihr Glas an. »Martini?«

»Möchten Sie so etwas, Doktor?«

»Danke.«

Die falsche Antwort. Sie runzelte die Stirn, tippte mit einem Finger an den Krug und punktete das beschlagene Glas. »Das sind Wodka-Martinis«, sagte sie.

»Das wird gut sein.«

Der Drink war stark und sehr trocken und tat meinem Gaumen weh. Sie wartete, bis ich geschluckt hatte, bevor sie nippte, aber lange und ausführlich.

Ich sagte: »Nettes Sonnenzimmer. Haben Sie es in all Ihren Häusern?«

»Was für eine Art Doktor sind Sie?«

»Psychologe.«

Ich hätte auch Zauberdoktor sagen können. »Aber natürlich. Und was möchten Sie?«

»Ich möchte, daß Sie ein paar Theorien bestätigen, die ich über Ihre Familiengeschichte habe.«

Die Haut um ihre Lippen herum wurde weiß. »Meine Familiengeschichte? Was haben Sie damit zu tun?«

»Ich bin gerade aus Willow Glen gekommen.«

Sie stellte ihr Glas weg. Ihre Unstetigkeit ließ es gegen die Tischplatte klappern.

»Willow Glen«, sagte sie. »Ich glaube, es gehörte uns Land dort, aber jetzt nicht mehr. Ich sehe nicht –«

»Während ich da war, traf ich Shirlee und Jasper Ransom.«

Ihre Augen weiteten sich, dann kniff sie sie zu und öffnete sie wieder. Ein hartes, erzwungenes Blinzeln, als hoffte sie, mich verschwinden lassen zu können. »Ich bin sicher, ich weiß nicht, wovon Sie sprechen.«

»Warum waren Sie dann bereit, mich zu empfangen?«

»Das geringere von zwei Übeln. Sie erwähnen meine Tochter, stoßen vulgäre Drohungen aus, Sie würden sich an die Presse wenden. Leute unseres Standes werden ständig belästigt. Wir müssen wissen, welche grundlosen Gerüchte in die Welt gesetzt werden.«

»Grundlos?« fragte ich.

»Und vulgär.«

Ich lehnte mich zurück, schlug die Beine übereinander und nippte.

»Es muß schwer für Sie gewesen sein«, sagte ich. »Sie all die Jahre zu decken. Palm Beach. Rom. Hier.«

Ihre Lippen formten ein O. Sie setzte an, um etwas zu sagen, schüttelte den Kopf, bestätigte meine Aussage mit einem weiteren Winken ihrer Hand und sah mich mit einem Blick an, der sagte, ich sei etwas, das ihr Mädchen aufzufegen vergessen hätte. »Psychologen. Geheimnisbewahrer.« Metallisches Lachen. »Wieviel wollen Sie? *Doktor.*«

»Ich bin nicht an Ihrem Geld interessiert.«

Ein lautes Lachen. »Oh, *alle* sind an meinem Geld interessiert. Ich bin wie ein von Blutegeln verkrusteter Blutbeutel. Die einzige Frage ist, *wieviel* Blut jeder von ihnen bekommt.«

»Schwer, sich Shirlee und Jasper als Blutegel vorzustellen«, erwiderte ich. »Obwohl ich annehme, daß es Ihnen mit der Zeit gelungen ist, die Dinge umzudrehen und sich als Opfer zu sehen.«

Ich stand auf, betrachtete eine der Bromelien. Graugrün gestreifte Blätter. Rosa Blüten. Ich berührte ein Blütenblatt. Seide. Ich begriff, daß alle Pflanzen aus diesem Material waren.

»Eigentlich«, sagte ich, »sind die beiden ganz gut zurechtgekommen. Viel besser, als Sie es wahrscheinlich je erwartet hätten. Wie lange, meinten Sie, würden sie da draußen im Dreck überleben?«

Sie antwortete nicht.

Ich sagte: »Bargeld in einem Umschlag für Leute, die nicht wußten, wie man Geld wechselt. Ein Dreckplatz, zwei Baracken und Laßt-uns-das-Beste-hoffen? Sehr großzügig. Genau wie das andere Geschenk, daß Sie ihnen gaben. Obwohl Sie's damals, nehme ich an, nicht als Geschenk betrachtet haben. Mehr als Wegwerfding. Wie alte Kleider, die Sie Ihrer Lieblingsorganisation für wohltätige Zwecke spenden?«

Sie erhob sich abrupt und schüttelte eine Faust, die so gewaltig zitterte, daß sie sie mit der anderen Hand bändigen mußte. »Wer sind Sie, zum Teufel? Und was wollen Sie?«

»Ich bin ein alter Freund von Sharon Ransom. Auch als Jewel Rae Johnson bekannt. Sharon Jean Blalock. Suchen Sie sich was aus.«

Sie sank wieder herab. »O Gott.«

»Ein guter Freund«, sagte ich. »Gut genug, daß mir an ihr liegt, daß ich verstehen möchte, wie und warum.«

Sie ließ den Kopf hängen. »Das kann nicht wahr sein. Nicht noch einmal.«

»Ist es auch nicht. Ich bin nicht Kruse. Ich bin nicht daran interessiert, Ihr Problem auszuschlachten, Mrs. Blalock. Alles, was ich will, ist die Wahrheit. Von Anfang an.«

Ein Schütteln des schimmernden Kopfes. »Nein. Ich ... Es ist unmöglich ...«

Ich stand auf, nahm den Krug und füllte ihr Glas.

»Ich fange an«, sagte ich. »Sie füllen die leeren Stellen aus.«

»Bitte«, sagte sie, sah auf, plötzlich nur noch eine blasse alte Frau. »Es ist vorbei. Erledigt. Sie wissen offenbar genug, um zu verstehen, wie ich gelitten habe.«

»Sie haben kein Patent aufs Leiden. Sogar Kruse hat gelitten –«

»Oh, verschonen Sie mich! Manche Menschen ernten, was sie säen!«

Haß wanderte über ihr Gesicht und blieb dann stehen, veränderte, beschädigte es wie eine Lähmung des Geistes.

»Was ist mit Lourdes Escobar, Mrs. Blalock? Was hat sie gesät?«

»Ich bin nicht mit diesem Namen vertraut.«

»Das hätte ich auch nicht von Ihnen erwartet. Sie war Kruses Dienstmädchen. Zweiundzwanzig Jahre alt. Sie war nur zufällig am falschen Ort zur falschen Zeit und sah am Ende wie Hundefutter aus.«

»Das ist ekelhaft! Ich habe nichts mit dem Tod irgendeines Menschen zu tun.«

»Sie haben die Räder in Gang gesetzt. Sie wollten Ihr kleines Problem lösen. Nun ist es endlich gelöst. Dreißig Jahre zu spät.«

»Hören Sie auf!« Sie keuchte, die Hände auf die Brust gepreßt.

Ich sah in die andere Richtung. Nahm einen seidenen Palmwedel zwischen die Fingerspitzen. Sie atmete eine Weile theatralisch, sah, daß es nichts nützte, und entschied sich dann für eine schwelende Feindschaft.

»Sie haben kein Recht«, sagte sie. »Ich bin nicht so kräftig.«

»Die Wahrheit.«

»Die Wahrheit? Die Wahrheit und was *dann*?«

»Und dann nichts. Dann bin ich weg.«

»O ja«, sagte sie. »O ja, natürlich, genau wie Ihr ... Ausbilder. Mit leeren Taschen. Und Märchen werden wahr.«

Ich ging näher auf sie zu, starrte auf sie hinunter: »Niemand hat mich ausgebildet«, sagte ich. »Weder Kruse noch sonstwer. Und lassen Sie mich Ihnen ein Märchen erzählen:

Es war einmal, da lebte eine junge Frau, schön und reich – eine richtige Königin. Und wie die Königin im Märchen hatte sie alles außer dem, was sie sich am meisten wünschte.«

Noch ein hartes, erzwungenes Blinzeln. Als ihre Augen sich öffneten, war etwas hinter ihnen gestorben. Sie brauchte beide Hände, um das Glas an die Lippen zu bringen, setzte es leer hin. Noch eine Füllung. Hinunter damit in die Ladeluke.

Ich fuhr fort: »Die Königin betete und betete, aber nichts half. Schließlich, eines Tages, wurden ihre Gebete erhört. Ganz wie durch Zauberei. Aber die Dinge entwickelten sich nicht so, wie sie es gedacht hatte. Sie konnte mit ihrem Glück nicht umgehen. Mußte *Arrangements* treffen.«

»Er hat Ihnen alles erzählt, das Monster ... Er hatte mir versprochen ... Er soll in der Hölle ...«

Ich schüttelte den Kopf. »Niemand hat mir irgend etwas erzählt.

Die Information lag frei zugänglich herum. In der Todesanzeige Ihres Mannes 1953 stand nichts von Kindern. Ebensowenig in Eintragungen im Blauen Buch – bis zum folgenden Jahr. Da fanden sich zwei neue Namen: Sharon Jean. Sherry Marie.«

Die Hände wieder auf der Brust. »O mein Gott.«

Ich sagte: »Es muß einen Mann wie ihn frustriert haben, daß er keine Erben hatte.«

»*Ihn!* Er sah *aus* wie ein Mann, aber sein Same war nichts als Wasser!« Sie nahm einen langen Schluck Martini. »Nicht, daß es ihn daran gehindert hätte, mir Vorwürfe zu machen.«

»Warum haben Sie keine Kinder adoptiert?«

»Davon wollte Henry nichts hören! ›Echtes Blalock-Blut muß es sein, mein Mädel!‹ Unter dem tat er's nicht!«

»Sein Tod schuf eine Gelegenheit«, sagte ich. »Bruder Billy sah das und packte sie beim Schopf. Als er ein paar Monate nach der Beerdigung aufkreuzte und Ihnen sagte, was er für Sie hatte, dachten Sie, Ihre Gebete wären erhört worden. Das Timing war perfekt. Sollten alle denken, der alte Henry hätte es schließlich doch noch gebracht – mit Zins und Zinseszins. Ihnen nicht ein, sondern zwei schöne Babymädchen vermacht.«

»Sie *waren* schön«, sagte sie. »So winzig, aber bereits schön. Meine eigenen kleinen Mädchen.«

»Sie gaben ihnen neue Namen.«

»Schöne neue Namen«, sagte sie. »Für ein neues Leben.«

»Woher hatte sie Ihr Bruder? Was hat er Ihnen gesagt?«

»Er hat es mir nicht gesagt. Nur, daß die Mutter in Not geraten wäre und sich nicht mehr um sie kümmern könnte.«

In Not geraten. In große Not. »Waren Sie nicht neugierig?«

»Überhaupt nicht. Billy sagte, je weniger ich wüßte – je weniger wir alle wüßten –, um so besser. Wenn sie dann älter würden und anfingen, Fragen zu stellen, könnte ich ihnen ehrlich sagen, daß ich nichts wüßte. Ich bin sicher, Sie finden das falsch, Doktor. Ihr Psychologen predigt ja das Evangelium der offenen Kommunikation – daß jeder jeden anderen ununterbrochen mit all seinen Geheimnissen vollquatschen soll. Ich sehe nicht, daß die Gesellschaft durch Ihr scheußliches Sicheinmischen irgendwie besser geworden wäre.«

Sie leerte ihr Glas wieder. Ich stand mit dem Krug bereit.

Als sie den größten Teil des Nachgefüllten getrunken hatte, fragte ich: »Wann fing das Ganze denn an schiefzugehen?«

»Schiefzugehen?«

»Zwischen den beiden Mädchen.«

Sie schloß die Augen, legte den Kopf zurück gegen das Kissen. »Am Anfang war es wunderschön – genau wie in einem Traum, der wahr geworden ist. Sie waren wie zwei *Bücherstützen,* so perfekt, harmonisch. Vollkommen blaue Augen, schwarzes Haar, rosige Wangen – ein Paar kleine Porzellanpuppen. Ich ließ ihnen von meiner Schneiderin Dutzende von Outfits machen: winzige Kleidchen und Häubchen, Hemdchen und Stiefelchen – ihre Füße waren so klein, daß ihre Stiefelchen nicht größer als ein Däumchen waren. Ich fuhr einkaufen nach Europa und kam mit den hübschesten Sachen für das Kinderzimmer zurück: einer ganzen Sammlung von *richtigen* Porzellanpuppen, handgedruckten Wandbehängen, zwei exquisiten Louis-Quatorze-Wiegen. Ihr Schlafzimmer roch immer süß nach frisch geschnittenen Blumen und Duftkissen, die ich selbst herstellte.«

Sie senkte die Arme herab und ließ zu, daß das Glas sich neigte. Ein Bächlein ergoß sich seitlich herab und befleckte den Steinfußboden. Sie rührte sich nicht.

Ich unterbrach ihre Träumerei. »Wann fing der Ärger an, Mrs. Blalock?«

»Hacken Sie nicht auf mir herum, junger Mann.«

»Wie alt waren sie, als der Konflikt offenbar wurde?«

»Früh ... ich erinnere mich nicht genau.«

Ich blickte sie an und wartete.

»Oh!« Sie schüttelte die Faust und drohte mir. »Es ist so lange her! Wie, um Himmels willen, soll ich mich denn daran erinnern? Sieben, acht Monate alt – ich weiß es nicht! Sie hatten gerade herumzukriechen und überall hinzugehen angefangen – wie alt sind Babys, wenn sie das tun?«

»Sieben, acht Monate klingt richtig. Erzählen Sie mir davon.«

»Was gibt es da zu erzählen? Sie waren eineiig, aber so verschieden, der Konflikt war unvermeidlich.«

»Wieso verschieden?«

»Sherry war aktiv, dominant – körperlich und geistig. Sie

wußte, was sie wollte, und sie nahm es sich einfach, Verbote beachtete sie nicht.« Sie lächelte. Zufrieden. Seltsam.

»Wie war Sharon?«

»Eine welke Blume – flüchtig, kurzlebig, eine Eintagsfliege, kühl und distanziert. Sie saß da und spielte unablässig mit demselben Gegenstand. Verlangte nie etwas. Man wußte nie, was sie gerade dachte. Die beiden entwickelten ihre gegensätzlichen Rollen und spielten sie bis zum letzten aus – die eine bestimmte, die andere folgte ihr, Haupt- und Nebenrolle wie in einem kleinen Theaterstück. Wenn ein Stückchen Süßigkeit oder ein Spielzeug da war, das sie beide wollten, ging Sherry einfach hin, warf Sharon um und holte es sich. Zuerst leistete Sharon ein bißchen Widerstand, aber sie gewann nie, und bald lernte sie, daß so oder so Sherry triumphieren würde.«

Wieder dieses seltsame Lächeln. Beifall für den Triumph.

Das Lächeln, das ich so oft auf den Gesichtern von unfähigen Eltern gesehen hatte, die mit extrem gestörten, aggressiven Jugendlichen belastet waren.

Er ist so aggressiv, ein solcher Tiger. Lächeln.

Sie hat das kleine Mädchen von nebenan geschlagen, hat sie richtig demoliert, das arme Ding. Lächeln.

Er ist ein richtiger Arschtreter, mein Junge. Wird mal eines Tages ernsthaft Schwierigkeiten bekommen. Lächeln.

Das Tu-was-du-willst,-nicht-wie-ich-will-Lächeln. Als Legitimierung, daß das eigene Kind die anderen mißhandelt. Es darf niederschlagen, würgen, kratzen, mit den Fäusten draufloshämmern und vor allen Dingen *gewinnen*.

Die Art von elterlichem Fehlverhalten, bei der der Therapeut »hm« zu sagen anfängt und »unangemessener Affekt« auf die Karte schreibt. Und weiß, daß eine Behandlung nicht leicht ist.

»Die arme Sharon wurde wirklich herumgestoßen«, sagte Mrs. Blalock.

»Was haben Sie dagegen getan?«

»Was *konnte* ich tun? Ich habe versucht, mit ihnen vernünftig zu sprechen – ich sagte zu Sharon, sie müsse sich gegen Sherry zur Wehr setzen, mehr Selbstvertrauen entwickeln. Ich teilte Sherry in recht bestimmten Worten mit, daß es keine Art für eine junge Dame war, sich so zu benehmen. Aber kaum war ich weg, da fielen die beiden wieder in ihre alten Verhaltensweisen zurück. Ich glaube, es war eine Art Spiel zwischen ihnen. Eine stille Übereinkunft.«

Sie hatte recht damit, aber sie hatte die Spieler verwechselt.

Sie fuhr fort: »Ich habe die Zeit der Selbstvorwürfe längst hinter mir. Die Natur hat sie so programmiert. Am Ende triumphiert die Natur. Deshalb wird *Ihr* Fachgebiet nie viel bedeuten.«

»Gab es irgend etwas Positives an ihrer Beziehung?«

»Oh, ich nehme an, sie liebten einander. Wenn sie nicht gerade miteinander kämpften, umarmten und küßten sie sich. Und sie hatten ihre eigene kleine Nonsenssprache, die niemand sonst verstand. Und trotz ihrer Rivalität waren sie unzertrennlich – Sherry als Anführerin, Sharon als Anhängsel, *sie* steckte alles ein. Aber immer der Kampf. Wettstreit um alles.«

Seltsames Phänomen, spiegelverkehrte eineiige Zwillinge ... bei einer identischen genetischen Struktur sollte es überhaupt keine Unterschiede geben ...

»Sherry gewann immer«, sagte sie. Lächeln. »Im Alter von zwei Jahren war sie eine richtige Leuteschinderin und Zuchtmeisterin, eine kleine Theaterdirektorin geworden: Sie sagte Sharon, wo sie zu stehen hatte, was sie zu sagen hatte und wann sie es zu sagen hatte. Wenn Sharon es wagte, nicht zuzuhören, schlug Sherry sie und trat und biß sie. Ich versuchte, sie zu trennen, verbot ihnen, miteinander zu spielen, besorgte ihnen sogar getrennte Nannies.«

»Wie reagierten sie auf die Trennung voneinander?«

»Sherry bekam Wutanfälle, zerbrach Sachen. Sharon hockte sich nur in eine Ecke, als ob sie in Trance wäre. Schließlich gelang es ihnen immer, wieder zusammenzukommen. Weil sie einander brauchten. Sie waren nicht vollständig ohne einander.«

»Stille Partnerinnen«, sagte ich.

Keine Reaktion.

»Ich war immer die Außenseiterin«, sagte sie. »Es war keine gute Situation, für keinen von uns. Sie trieben mich in den Wahnsinn. Daß sie ihre Schwester schlug und damit durchkam, war nicht gut für Sherry – es schadete ihr auch. Vielleicht sogar noch mehr als Sharon – Knochen heilen wieder, aber wenn der Geist einmal verletzt ist, scheint er sich nie mehr richtig zu entwickeln.«

»Wurden Sharons Knochen jemals tatsächlich gebrochen?«

»Natürlich nicht«, sagte sie, als spräche sie mit einem Idioten. »Ich meinte das im übertragenen Sinne.«

»Wie ernst waren ihre Verletzungen?«

»Es war keine Kindesmißhandlung, wenn Sie darauf hinauswollen. Nichts, weswegen wir einen Arzt rufen mußten – Haarbüschel ausgerissen, Bisse, Kratzer. Als Sherry zwei war, wußte sie, wie sie eine häßliche Beule schlagen konnte, aber nichts Ernstes.«

»Bis zum Ertrinken.«

Das Glas in ihrer Hand fing an zu zittern. Ich füllte es, wartete, bis sie es ausgetrunken hatte, hielt den Krug bereit. »Wie alt waren die beiden, als es passierte?«

»Etwas über drei. Der erste Sommer, den wir zusammen anderswo verbrachten.«

»Wo?«

»In meinem Haus in Southampton.«

»Die Klippen.« Nummer eins auf der Liste, die ich gerade im Blauen Buch gelesen hatte. ›Himmelsschwalbe‹ in den Holmby Hills. ›Le Dauphin‹ in Palm Beach. Eine Etagenwohnung in Rom. Ihre richtigen Kinder. »Ein anderes Sonnenzimmer«, sagte ich. »Ein Badehaus mit Gitterwerk.«

Daß ich es kannte, erschütterte sie noch mehr. Sie schluckte schwer. »Sie scheinen alles zu wissen. Ich sehe wirklich nicht die Notwendigkeit –«

»Längst nicht alles.« Nachfüllen. Ich lächelte. Sie sah mich dankbar an, solidarisierte sich mit mir, Trinkerversion des Stockholm-Syndroms: »Austrinken.«

Sie trank, erschauerte, trank noch etwas und sagte: »Auf die glorreiche, glorreiche Wahrheit.«

»Das Ertrinken«, sagte ich. »Wie kam es dazu?«

»Es war an unserem letzten Tag da draußen. Anfang Herbst, ich befand mich oben in meinem Sonnenzimmer – ich liebe Sonnenzimmer –, verschmolz mit der Natur. Ich habe Sonnenzimmer in all meinen Häusern gehabt. Das in den Klippen war das schönste, eigentlich mehr ein Pavillon, so ein altes, englisches Aussehen, gemütlich und warm. Ich saß da und sah auf den Atlantik hinaus – er ist ein intimer Ozean, der Atlantik, finden Sie nicht?«

»Definitiv.«

»Verglichen mit dem Pazifik, der so ... anspruchslos ist. Das habe ich jedenfalls immer gefunden.«

Sie hielt ihr Glas hoch, kniff die Augen zusammen, schwenkte den Wodka im Glas herum.

»Wo waren die Mädchen?« fragte ich.

Sie faßte das Glas fester, hob die Stimme: »Ah, *wo* waren die Mädchen! Sie spielten, was tun kleine Mädchen sonst! Spielten unten am Strand! Mit einer Nanny – einem plattgesichtigen englischen Pudding! Ich hatte ihr die Passage von Liverpool bezahlt, ihr meine besten alten Kleider geschenkt, sie hatte eine entzückende Wohnung von mir bekommen. Sie kam mit Empfehlungen, die Schlampe. Flirtete mit Ramey, mit den angemieteten Helfern – mit allem, was Hosen trug.

An dem Tag ließ sie ihre Wimpern für den Platzwart flattern und achtete nicht auf die Mädchen. Sie schlichen sich ins Badehaus – das Badehaus mit dem *Gitterwerk* –, das verschlossen sein sollte und es nicht war. An dem Tag sind Köpfe gerollt. Sie sind gerollt.«

Sie leerte das Glas, rülpste leise und sah entsetzt aus.

Ich tat, als hätte ich es nicht gehört, und fragte: »Was geschah dann?«

»Dann – *schließlich* – begriff es der *Pudding*, daß sie weg waren. Ging sie suchen, hörte Gelächter aus dem Badehaus. Als sie ankam, stand Sherry neben dem Becken, schlug sich auf die Knie. Lachte. Die Idiotin fragte, wo Sharon sei. Sherry zeigte zum Schwimmbekken. Der dumme Pudding sah hin und erblickte einen Arm, der aus dem Wasser ragte. Sie sprang hinein, es gelang ihr, Sharon herauszuziehen. Das Wasser war schmutzig – es sollte bis zum Frühling abgelassen werden. Beide wurden schleimig, das geschah der Schlampe ganz recht.«

»Und Sherry lachte immer weiter«, sagte ich.

Sie ließ das Glas los. Es rollte ihren Schoß hinunter, schlug auf dem Steinboden auf und zersplitterte. Die Scherben bildeten ein nasses, edelsteinartiges Mosaik, das sie verzauberte.

»Ja, sie lachte«, sagte sie. »So ein Spaß. Sie hat immer nur gelacht.«

»Wie ernsthaft war Sharon verletzt?«

»Gar nicht ernsthaft. Nur ihr Stolz. Sie schluckte etwas Wasser, die dumme Glucke fummelte an ihr herum, und sie erbrach alles. Ich kam gerade rechtzeitig an, um das zu sehen – all das braune Wasser, das aus ihr herausschoß. Widerlich.«

»Wann stellten Sie fest, daß es kein Unfall war?«

»Sherry kam zu uns gerannt, schlug sich mit der Faust an die kleine Brust und sagte: ›Ich habe sie gestoßen.‹ Ganz einfach so. ›Ich habe sie gestoßen.‹ Als ob sie stolz darauf wäre. Ich dachte, sie mache Witze, um ihre Angst loszuwerden, ich sagte Ramey, er solle sie wegbringen, ihr etwas warme Milch und weiche Biskuits geben. Aber sie sträubte sich und fing an zu schreien: ›Ich habe sie gestoßen! Ich habe sie gestoßen!‹ Beanspruchte Lob dafür. Sie war stolz darauf. Dann riß sie sich von ihm los, lief dahin, wo Sharon lag, und versuchte, sie zu treten – sie zu rollen – wieder in das Becken hinein.«

Kopfschütteln.

Lächeln.

»Später, als es Sharon besserging, bestätigte sie es: ›Sherry mich geschubst.‹ Und es war eine Abschürfung an ihrem Rücken. Markierungen von winzigen Knöcheln.«

Sie starrte sehnsüchtig die Flüssigkeit auf dem Fußboden an. Ich tröpfelte etwas Martini in ein anderes Glas und reichte es ihr. Sie beäugte die kümmerliche Portion, runzelte die Stirn, aber trank, dann leckte sie den Rand mit dem Blick eines Kindes ab, das sich über Tischsitten hinwegsetzt.

»Sie wollte es wieder tun, vor meinen Augen. Wollte, daß ich es *sah.* Da wußte ich, daß es ... ernst war. Sie konnten nicht ... mußten ... getrennt werden. Konnten nicht mehr zusammensein, nie mehr.«

»Auftritt Bruder Billy.«

»Billy hat immer gut für mich gesorgt.«

»Warum die Ransoms?«

»Sie arbeiteten für uns – für Billy.«

»Wo?«

»In Palm Beach. Machten Betten, putzten.«

»Woher kamen sie? Ursprünglich?«

»Aus einem Ort nahe den Everglades. Einer unserer Bekannten – ein sehr feiner Doktor – nahm die Schwachsinnigen auf, brachte ihnen ehrliche Arbeit bei, und wie sie sich als gute Bürger zu verhalten hatten. Anständig ausgebildet, wissen Sie, sind es die besten Arbeiter.«

Alles mit Seifenlauge abgeschrubbt … alle Kleidungsstücke ordentlich gefaltet, die Betten so, daß man Kopf oder Zahl darauf werfen konnte … als hätte jemand ihnen vor langer Zeit die wichtigsten Dinge beigebracht.

Lebten nahe den Sümpfen. Mit all dem Schlamm. Haben sich richtig heimisch gefühlt auf ihrem Dreckplatz. Grüne Suppe …

»Der Doktor und Henry waren gute Freunde«, sagte sie. »Henry mietete sich für die Landarbeit, Obstpflücken und andere monotone Tätigkeiten, prinzipiell immer Schwachsinnige von Teddy – dem Doktor. Er sah es als unsere Bürgerpflicht an zu helfen.«

»Und Sie halfen ihnen noch weiter, indem Sie ihnen Sharon gaben.«

Sie merkte den Sarkasmus nicht und bestätigte: »Ja! Ich wußte, daß sie keine Kinder haben konnten. Shirlee war … sterilisiert. Freddy hatte sie alle sterilisiert, zu ihrem eigenen Guten. Billy sagte, wir würden ihr – ihnen – das größte Geschenk geben, das irgendwer ihnen geben könnte, während wir gleichzeitig unser Problem lösten.«

»Am Ende hat jeder etwas dabei gewonnen.«

»Ja. Genauso ist es.«

»*Warum* mußte es geschehen?« fragte ich. »Warum nicht Sharon zu Hause behalten und Sherry zu einer Art Behandlung wegschikken?«

Ihre Antwort klang einstudiert: »Sherry brauchte mich mehr. Sie brauchte wirklich jemanden – die Zeit hat das bewiesen.«

Zwei Nachkommen im Blauen Buch von 1954 bis 1957, danach nur noch einer.

Meine Vermutungen hatten sich in Tatsachen verwandelt, die Stücke paßten endlich zusammen. Aber mir war schlecht davon wie bei einer schlimmen Diagnose. Ich lockerte die Krawatte, lockerte den Unterkiefer.

»Was haben Sie Ihren Freunden erzählt?«

Keine Antwort.

»Daß sie gestorben war?«

»Lungenentzündung.«

»Gab es ein Begräbnis?«

Sie schüttelte den Kopf. »Wir gaben bekannt, daß wir es im privaten Rahmen lassen wollten. Man respektierte unsere Wünsche. Statt Blumen wurden Spenden an den Fonds für Geplante Elternschaft – Tausende von Dollars – eingezahlt.«

»Noch mehr Gewinner«, sagte ich. Ich hatte Lust, ein bißchen Einsicht in sie hineinzuwürgen. Statt dessen schlüpfte ich unter die Therapeutenmaske, tat so, als wäre sie eine Patientin. Sagte mir, ich müsse sie verstehen, über sie nicht urteilen …

Aber sogar als ich lächelte, war der Horror in mir. Am Ende nur wieder so ein ekelerregender, schmutziger Fall von Kindesmißbrauch, Grausamkeit aus psychopathologischer Veranlagung: Eine schwache, abhängige Frau verachtet ihre eigene Schwäche, projiziert diese Verachtung auf das Kind, das sie als schwach ansieht. Sieht die Bösartigkeit eines anderen Kindes als Stärke an. Beneidet es darum, und fördert sie:

Sherry würde so oder so triumphieren.

Sie bog den Kopf zurück und setzte an, aus dem leeren Glas zu trinken. Ich war kalt vor Wut, spürte etwas Eisiges in meinen Knochen.

Sie wurde es gewahr, sogar durch den Nebel ihrer Trunkenheit hindurch. Ihr Lächeln verschwand. Ich nahm eine Karaffe. Sie hielt den Arm hoch, bereit, einen Schlag abzuwehren.

Ich schüttelte den Kopf, schenkte mehr Martini ein. »Was hofften Sie zu erreichen?«

»Frieden«, sagte sie, kaum hörbar. »Stabilität. Für alle.«

»Haben Sie ihn bekommen?«

Sie antwortete nicht.

»Kein Wunder«, sagte ich. »Die Mädchen liebten einander, brauchten einander. Sie teilten miteinander eine private Welt, die sie sich selbst geschaffen hatten. Indem Sie sie trennten, zerstörten Sie diese Welt. Mit Sherry mußte es noch schlimmer, viel schlimmer werden.«

Sie sah zu Boden, sagte: »Sie hatte alles schnell vergessen.«

»Wie haben Sie es angestellt?«

»Was meinen Sie?«

»Die Trennung der Zwillinge. Wie sind Sie genau vorgegangen?«

»Sharon kannte Shirlee und Jasper – sie hatten mit ihr gespielt, waren freundlich und nett zu ihr gewesen. Sie mochte sie. Sie ging gern zu ihnen.«

»Zu ihnen wohin?«

»Auf eine Einkaufsfahrt.«

»Die nie endete?«

Der Arm hob sich wieder abwehrend. »Sie war glücklich! Es ging ihr besser, sie wurde nicht mehr mit den Fäusten bearbeitet.«

»Was war mit Sherry? Was gaben Sie ihr für eine Erklärung?«

»Ich ... ich sagte ihr, Sharon wäre ...« Sie ertränkte den Rest ihres Satzes im Wodka.

»Sie sagten ihr, Sharon sei gestorben?«

»Daß sie einen *Unfall* erlitten hätte und nicht wiederkäme.«

»Was für einen Unfall?«

»Einfach einen Unfall.«

»Sherry in ihrem Alter mußte annehmen, daß Sharon ertrunken war – daß sie ihre Schwester getötet hatte.«

»Nein, unmöglich – lächerlich. Sie hatte Sharon überleben sehen – das war Tage danach!«

»In dem Alter ändert das alles nichts daran.«

»O nein. Sie können mich nicht anklagen ... Nein! Ich habe nicht – ich hätte Sherry niemals so etwas Grausames angetan!«

»Sie fragte immer wieder nach Sharon, nicht wahr?«

»Eine Zeitlang. Dann hörte sie auf, und alles war vergessen.«

»Hörte sie auf, an Alpträumen zu leiden?«

Ihr Gesichtsausdruck zeigte mir, daß all die Jahre meiner Ausbildung nicht vergeudet waren. »Nein, diese ... Wenn Sie alles wissen, warum muß ich das denn alles durchmachen?«

»Hier ist noch etwas, das ich weiß: Nachdem Sharon fort war, hatte Sherry schreckliche Angst – Trennungsangst ist die beherrschende Angst mit drei. Und ihre Angst wurde immer größer. Sie fing an, um sich zu schlagen, noch gewalttätiger zu werden. Fing an, auf Sie loszugehen.«

Wieder gut geraten. »Ja!« sagte sie, bereit, das Opfer zu sein. »Sie bekam die fürchterlichsten Wutanfälle, die ich je gesehen hatte. Mehr als Wutanfälle – tierische Anfälle. Ließ es nicht zu, daß ich sie in den Arm nahm, trat mich, biß mich, spuckte mich an und machte Dinge kaputt – eines Tages ging sie in mein Schlafzimmer und zerbrach meine Lieblings-Tang-Vase. Vor meinen Augen. Als ich sie ausschimpfte, packte sie eine Nagelschere und stürzte sich auf meinen Arm. Er mußte genäht werden!«

»Was haben Sie dann unternommen?«

»Ich fing an, ernsthafter über ihre Herkunft nachzudenken, ihre ... Biologie. Ich fragte Bill. Er sagte mir, ihre Abkunft sei nicht ... die beste. Aber ich wollte mich nicht entmutigen lassen und wollte sie unbedingt bessern. Ich dachte, ein Ortswechsel könnte dabei helfen. Ich schloß dieses Haus ab und nahm sie mit mir zurück nach Palm Beach. Mein Haus dort ist ... ruhig. Seltene Palmen, liebliche große Fenster zur Bucht – eins von Addison Mizners besten Häusern. Ich dachte, die Atmosphäre, der Rhythmus der Wellen würden sie beruhigen.«

»Ein paar tausend Meilen zwischen ihr und Willow Glen«, bemerkte ich.

»Nein! Das hatte damit nichts zu tun. Sharon war aus ihrem Leben heraus.«

»War sie das?«

Sie starrte mich an. Fing an zu weinen, aber ohne Tränen, als ob sie ein trockener Brunnen wäre und keine Reserven mehr hätte.

»Ich habe mein Bestes getan«, sagte sie, und schließlich mit würgender Stimme: »Habe sie in den besten Kindergarten geschickt – den *allerbesten*. Ich hatte ihn selbst besucht. Sie bekam Tanzstunden, Reitunterricht, Sozialerziehung, Bootsfahrten, Juniorkotillontanzen. Aber alles umsonst. Sie konnte nicht mit anderen Kindern zusammensein; die Leute fingen an zu reden. Ich fand, ich müßte mich persönlich mehr um sie kümmern, und widmete mich ihr fortan völlig. Wir gingen nach Europa.«

Noch ein paar tausend Meilen. »Ihre Etagenwohnung in Rom.«

»Mein Atelier«, sagte sie. »Henry schenkte es mir, als ich Kunst studierte. Um dorthin zu kommen, machten wir die Grand Tour – London, Paris, Monte Carlo, Gstaad, Wien. Ich kaufte ihr einen entzückenden Satz Miniaturgepäck passend zu meinem – sogar einen kleinen Pelzmantel mit passendem Hut. Sie war ganz verrückt darauf, sich fein anzuziehen. Sie konnte so lieb und charmant sein, wenn sie wollte. Schön und mit einer Haltung wie eine königliche Hoheit. Ich wollte sie mit den feinen Dingen des Lebens vertraut machen.«

»Um sie für ihre *Herkunft* zu entschädigen?«

»Ja! Ich weigerte mich, sie als unverbesserlich anzusehen. Ich liebte sie!«

»Wie verlief die Reise?«

Sie antwortete nicht.

»In all der Zeit haben Sie nie daran gedacht, sie und Sharon wieder zusammenzubringen?«

»Es ... ging mir durch den Kopf. Aber ich wußte nicht, wie. Ich dachte nicht, daß es gut war ... Sehen Sie mich nicht so an! Ich tat das, was ich für am besten hielt!«

»Haben Sie je an Sharon gedacht – wie es ihr ging?«

»Billy berichtete mir über sie. Ihr ging's gut, einfach gut. Es waren liebe Leute.«

»Sie *sind* es. Und sie haben einen verdammt guten Job getan, sie aufzuziehen, wenn man bedenkt, welche Mittel ihnen zur Verfügung standen. Aber haben Sie wirklich gedacht, daß die beiden es schaffen würden?«

»Ja, das tat ich! Natürlich tat ich das. Wofür halten Sie mich! Sie gedieh *prächtig*. Es war das beste für sie.«

Majonäse aus dem Glas. Wachspapierfenster. Ich sagte: »Bis letzte Woche.«

»Wie? Ich weiß nichts.«

»Nein, ich bin sicher, daß Sie nichts wissen. Kehren wir zu Sherry zurück. Zu ihrem Sozialverhalten – wie kam sie in der Schule zurecht?«

»Sie besuchte zehn Schulen in drei Jahren. Danach nahmen wir Hauslehrer.«

»Wann haben Sie sie zum erstenmal zu Kruse gebracht?«

Sie sah hinab auf das leere Glas. Ich gestand ihr noch zweieinhalb Zentimeter zu. Sie putzte es weg. Ich fragte: »Wie alt war sie, als er sie zu behandeln anfing?«

»Zehn.«

»Warum haben Sie nicht schon früher Hilfe gesucht?«

»Ich dachte, ich könnte es selbst schaffen.«

»Wieso haben Sie es sich anders überlegt?«

»Sie … hat einem anderen Kind weh getan, bei einer Geburtstagsparty.«

»Wie weh getan?«

»Warum müssen Sie das wissen? Oh, also gut, was spielt es für eine Rolle! Ich habe Ihnen ja ohnehin schon fast alles gesagt … Sie spielten Blindekuh. Sherry konnte niemanden finden und wurde wütend. Riß sich die Augenbinde ab und stach einem kleinen Jungen mit einer Nadel in den Po – dem Geburtstagskind. Der Junge war ein verzogener Balg; die Eltern, Neureiche, Aufsteiger, völlig ohne eine Verhältnismäßigkeit der Mittel. Sie machten aus einer Mücke einen Elefanten, drohten die Polizei zu rufen, wenn ich sie nicht zu jemandem brächte.«

»Wie kamen Sie auf Kruse?«

»Ich kannte ihn gesellschaftlich. Meine Familie kannte seine seit Generationen. Er hatte ein hübsches Haus nicht weit von meinem mit einer schönen Praxis im Erdgeschoß. Komplett mit eigenem Eingang. Ich hielt ihn für diskret.«

Sie lachte. Ein betrunkenes, schrilles Lachen. »Das war ziemlich … naiv, nicht wahr?«

»Erzählen Sie mir von der Behandlung.«

»Vier Sitzungen die Woche. Hundertfünfundzwanzig Dollar die Sitzung. Zahlbar für zehn Sitzungen im voraus.«

»Welche Diagnose hat er Ihnen genannt?«

»Er hat mir nie eine genannt.«

»Welche Behandlungsziele hatte er? Welche Methoden?«

»Nein, nichts dergleichen. Alles, was er sagte, war, sie hätte ernsthafte Probleme – Charakterprobleme – und brauchte eine intensive Therapie. Als ich ihm Fragen stellte, erklärte er mehr als deutlich, daß alles, was zwischen ihnen geschah, *vertraulich* war. Ich durfte überhaupt nichts damit zu tun haben. Es gefiel mir nicht, aber er war der Psychologe. Ich nahm an, er wüßte, was er tat. Ich habe mich *völlig* herausgehalten, ließ sie von Ramey zu ihren Terminen hinfahren.«

»Hat Kruse ihr helfen können?«

»Am Anfang. Sie kam von ihm nach Hause und war still – fast zu still.«

»Was meinen Sie?«

»Schläfrig. Müde. Ich weiß jetzt, daß er sie hypnotisiert hat. Aber was für Vorteile das auch bringen mochte, es hielt nicht an. Innerhalb von ein oder zwei Stunden war sie wieder dieselbe alte Sherry.«

»Das heißt?«

»Trotz und Schimpfwörter. Diese furchtbaren Wutanfälle – immer noch machte sie mir Sachen kaputt. Außer wenn sie etwas wollte – dann konnte sie das charmanteste kleine Püppchen auf der Welt sein. Süß wie Zucker, eine richtige Schauspielerin. Sie wußte, wie sie die Leute herumkriegen konnte, damit sie ihr ihre Wünsche erfüllten. *Er* brachte ihr bei, wie sie das noch besser tun konnte. Die ganze Zeit, während ich dachte, er hülfe ihr, brachte er ihr bei, wie man die Menschen manipuliert.«

»Haben Sie ihm je von Sharon erzählt?«

»Er wollte nicht, daß ich ihm irgendwas sagte.«

»Wenn er es gewollt hätte, hätten Sie es ihm dann erzählt?«

»Nein. Das war ... vorbei.«

»Aber schließlich haben Sie es ihm erzählt.«

»Erst später.«

»Wieviel später?«

»Jahre. Sie war ein Teenager – vierzehn oder fünfzehn. Er überraschte mich spätabends mit einem Anruf. Das machte er gern. Auf einmal wollte er seine Methode völlig ändern. Nun war es unbedingt erforderlich, daß ich mich beteiligte. Daß ich mit hinzukäme, um mich bewerten und analysieren zu lassen. Fünf Jahre ohne Erfolg, und nun wollte er mich auf der Couch haben! Ich weigerte mich – inzwischen hatte ich begriffen, daß es sinnlos war, ihre Persönlichkeit würde sich nicht ändern. Sie war eine Gefangene ihrer ... Gene. Aber er gab nicht nach, rief mich an, hämmerte auf mich ein. Kam vorbei zum Plaudern, wenn ich Gäste hatte. Zog mich beiseite bei Parties und sagte mir, sie und ich wären – wie war das Wort, das er benutzte? Eine Art Zweiklang, eine *Dyade*. Eine *destruktive Dyade*. Zwei Menschen auf einer psychologischen Wippe, die sich gegenseitig auszuschalten versuchten. Ihr Verhalten beeinflusse meines, meines beeinflusse ihres. Damit sie aufhöre, diese schrecklichen Dinge zu tun, müßten wir unsere Kommunikation *egalisieren,* eine emotionale Homöostase finden oder so einen Unsinn. Ich hatte das

Gefühl, daß er mich einfach kontrollieren wollte, aber ich machte nicht mit. Doch er war penetrant. Immer wieder dasselbe, er ließ nicht locker. Trotzdem gelang es mir, ihm Widerstand zu leisten.« Stolzes Lächeln. »Dann aber wurde es viel schlimmer, und ich gab nach.«

»Schlimmer inwiefern?«

»Sie fing an ... Teenagerstreiche zu spielen.«

»Wegzulaufen?«

»Zu verschwinden. Manchmal für mehrere Tage – völlig ohne Warnung. Ich schickte Ramey hinter ihr her, aber er fand sie selten. Dann irgendwann kam sie wieder angekrochen, gewöhnlich mitten in der Nacht, mit wirrem Haar, schmutzig, heulend und versprach, es nie wieder zu tun. Aber sie tat es immer wieder.«

»Sprach sie darüber, wo sie gewesen war?«

»Oh, am nächsten Morgen prahlte sie und erzählte mir furchtbare Geschichten, um mich zu quälen – über die Brücke sei sie gewesen im Farbigenviertel, solche Geschichten. Ich wußte nie, wieviel ich ihr glauben sollte – wollte überhaupt nichts davon glauben. Später, als sie alt genug zum Autofahren war, fuhr sie in einem meiner Wagen los und – verschwand. Wochen später trafen dann die Rechnungen per Kreditkarten ein und die Strafzettel, und ich stellte fest, wo sie überall herumgereist war – Georgia, Louisiana, langweilige Kleinstädte, von denen ich noch nie gehört hatte. Was sie dort tat, weiß Gott allein. Einmal fuhr sie zum Mardi Gras und kam grün angemalt wieder zurück. Ich nahm ihr schließlich ihre Fahrprivilegien weg, als sie meinen Lieblingswagen ruinierte – einen entzükkenden, alten lila Bentley mit verzierten Fenstern. Henrys Geschenk zu unserem zehnten Hochzeitstag. Sie fuhr ihn ans Meer, ließ ihn einfach da und ging zu Fuß weiter. Aber sie fand immer wieder einen Weg, um abzuhauen.«

So oder so. Sherry triumphierte immer.

Kein Lächeln jetzt.

Ich erinnerte mich, was Del mir über die Einstiche gesagt hatte. »Wann bekam sie mit den Drogen zu tun?«

»Als sie dreizehn war, hatte Paul ihr Beruhigungsmittel verschrieben.«

»Er war kein Arzt, durfte gar nichts verschreiben.«

Sie zuckte die Achseln. »Er hat ihr diese Mittel besorgt. Verschreibungspflichtige Beruhigungsmittel.«

»Was ist mit Straßendrogen?«

»Ich weiß es nicht, aber ich kann es mir vorstellen. Nichts konnte sie von dem abhalten, was sie tun wollte.«

»Wie oft ging sie in dieser Zeit zu Kruse?«

»Wann sie wollte. Ich mußte sogar zahlen, wenn sie nicht hinging.«

»Was war offiziell verabredet?«

»Unverändert – vier Sitzungen in der Woche.«

»Haben Sie ihn je gefragt? Gefragt, warum die jahrelange Behandlung bei ihr nichts gebessert hatte?«

»Er – er war schwer zugänglich. Als ich das Thema schließlich anschnitt, wurde er sehr zornig, sagte, sie sei unheilbar gestört, würde niemals normal sein, würde ihr ganzes Leben lang die Behandlung brauchen, nur um nicht *noch* weiter abzurutschen. Und daß es mein Fehler sei – ich hätte zu lange damit gewartet, sie zu ihm zu bringen, könnte nicht annehmen, einen Schrotthaufen in die Reparaturwerkstatt zu fahren und dann einen Rolls-Royce wieder herauszukriegen. Dann fing er wieder an, mich unter Druck zu setzen, ich solle selbst zur Analyse kommen. Sherry war immer schlimmer geworden. Schließlich brach mein Widerstand – ich erklärte mich einverstanden, mit ihm zu reden.«

»Worüber?«

»Den üblichen Unsinn. Er wollte von meiner Kindheit hören, ob ich nachts träumte, warum ich Henry geheiratet hatte. Was ich für *Gefühle* hätte. Er sprach immer mit einer leisen, eintönigen Stimme, hatte glänzende Dinge in seiner Praxis – kleine Spielzeuge, die sich hin- und herbewegten. Ich wußte, was er tat – er versuchte, mich zu hypnotisieren. Jeder in Palm Beach wußte, daß er so was machte. Er tat es bei Parties, beim Ball der Gesellschaft für Geplante Elternschaft – ließ zum Spaß Leute wie Enten quaken. Ich beschloß, nicht nachzugeben. Es war schwierig – seine Stimme war wie warme Milch. Aber ich kämpfte dagegen an, sagte ihm, ich sähe nicht, was das alles mit Sherry zu tun hätte. Er drängte mich unablässig. Schließlich platzte ich heraus damit, daß er seine Zeit verschwendete, sie wäre nicht mal meine, sie sei das Produkt der schlechten

Gene irgendeiner Schlampe. Da hörte er auf mit seiner ewigen Litanei und sah mich seltsam an.«

Sie seufzte und schloß die Augen. »Ich bekam Angst. Während ich ihm Widerstand zu leisten versuchte, hatte ich zuviel geredet und ihm gerade das verraten, was er brauchte, um mich auszubluten.«

»Sie hatten ihm nie gesagt, daß sie adoptiert war?«

»Ich hatte es *keinem Menschen* gesagt – von dem Tag an, an dem ich ... sie bekam.«

»Wie reagierte er darauf, als er das hörte?«

»Zerbrach seine Pfeife. Haute mit der Hand auf den Schreibtisch. Nahm mich bei den Schultern und schüttelte mich. Sagte mir, ich hätte all diese Jahre seine Zeit vergeudet und Sherry schwer geschadet. Sagte, mir läge nichts an ihr, ich sei eine schreckliche Mutter, eine egoistische Person – mein Verhalten sei *pervers*. Mein Schweigen machte er dafür verantwortlich, daß sie so geworden sei! Er redete immer so weiter, attackierte mich! Ich war in Tränen aufgelöst, versuchte die Praxis zu verlassen, aber er stand im Eingang und versperrte mir den Weg, beschimpfte mich unablässig. Ich drohte ihm, ich würde schreien. Er lächelte und sagte: ›Na los, morgen weiß es dann ganz Palm Beach. Sherry auch.‹ Im gleichen Augenblick, in dem ich aus der Tür ginge, würde er sie anrufen und ihr sagen, wie ich sie angelogen hätte. Damit brach er meinen Widerstand. Ich wußte: Wenn sie das erfuhr, war alles zu Ende. Ich bettelte ihn an, es ihr nicht zu sagen, er möge doch Mitleid haben. Er lächelte, ging hinter seinen Schreibtisch und steckte sich die Pfeife an. Saß einfach da und paffte und sah mich an, als ob ich ein Dreck wäre. Ich wimmerte wie ein Baby. Schließlich sagte er, er würde es sich noch einmal überlegen unter der Bedingung, daß ich von nun an ehrlich wäre – völlig *offen*. Ja, ich erzählte ihm alles.«

»Was genau haben Sie ihm erzählt?«

»Daß der Vater unbekannt war, die Mutter eine Hure, die sich als Schauspielerin ausgegeben hatte. Daß sie bald nach der Geburt des Babys gestorben war.«

»Sie haben ihm immer noch nichts von Sharon erzählt?«

»Nein, nein.«

»Sie hatten keine Angst, daß Sherry es ihm sagen würde?«

»Wie konnte sie ihm etwas sagen, was sie nicht wußte? Es war aus ihrem Kopf heraus – sie hatte es vergessen. Ich bin dessen sicher, weil sie es nie erwähnt hat, und wenn sie wütend war, warf sie mir alles an den Kopf.«

»Was wäre, wenn sie zufällig ein altes Blaues Buch aufgeschlagen hätte?«

Sie schüttelte den Kopf. »Sie mochte keine Bücher, las nicht – lernte nie, gut zu lesen. Irgendeine Blockierung, die die Hauslehrer nicht durchbrechen konnten.«

»Aber Kruse fand es trotzdem heraus. Wie geschah das?«

»Ich habe keine Ahnung.«

Aber ich wußte, wie: bei einem Beratungstag für Collegestudenten auf Long Island, als er seine frühere Patientin traf. Und feststellte, daß sie überhaupt nicht seine frühere Patientin war, sondern eine spiegelverkehrte Kopie ...

Sie sagte: »Er hat mich jahrelang bluten lassen, das Monster. Ich hoffe, er krümmt sich im ewigen Höllenfeuer.«

»Warum hat ihr Bruder Billy das nicht für Sie gelöst?«

»Ich ... ich weiß es nicht. Ich hab's Billy erzählt. Er sagte mir immer, ich solle Geduld haben.«

Sie wandte das Gesicht von mir ab.

Ich goß ihr mehr Martini ein, aber sie trank ihn nicht, hielt nur ihr Glas in der Hand und drückte das Kreuz durch. Ihre Augen fielen zu, und ihr Atem wurde flach. Sie war das Trinken gewöhnt, aber es würde nicht lange dauern, bis sie einschlief. Ich überlegte mir meine nächste Frage genau, damit sie die größte Wirkung hätte. Doch plötzlich ging die Tür auf.

Zwei Männer betraten das Sonnenzimmer. Der erste war Cyril Trapp in einem weißen Polohemd, gebügelten Designerjeans, Topsider-Turnschuhen und einer schwarzen Members-only-Jacke. Kalifornisch lässig, aber die Spannung zeichnete sich in seinem weißgefleckten Gesicht ab – und dem blauen Stahlrevolver in der rechten Hand.

Der zweite Mann ließ die Hände in den Taschen, als er das Zimmer mit dem erfahrenen Auge eines Spielcasinoleiters prüfte. Älter, Mitte Sechzig, groß und breit – grobe Knochen, gepolstert mit hartem Fett. Er trug einen hirschlederfarbenen Westernanzug, braunes

Seidenhemd, Schnurkrawatte, zusammengehalten von einer großen Klammer aus Rauchtopas, erdnußbutterfarbene Schuhe aus Eidechsenleder und einen Cowboystrohhut. Seine Hautfarbe entsprach der der Schuhe. Rund zwanzig Kilo schwerer als Trapp, aber dieselbe Hakenform des Kinns und dieselben schmalen Lippen. Seine Augen fixierten mich. Sein Blick war der eines Naturfreunds, der ein seltenes, aber ekelhaftes Exemplar betrachtet.

»Mr. Hummel«, sagte ich. »Wie geht's in Vegas?«

»Halt's Maul«, befahl Trapp und richtete die Waffe auf mein Gesicht. »Die Hände hinter den Kopf und keine Bewegung.«

»Freunde von Ihnen?« fragte ich Hope Blalock. Sie schüttelte den Kopf. Ihre Augen waren voller Angst.

»Wir sind hier, um Ihnen zu helfen, Ma'am«, sagte Hummel. Seine Stimme war ein Ödlandbaß-Profundo, aufgerauht durch Rauch und Trunk und Wüstenluft.

Ramey kam herein, ganz in fleckenlosem schwarzem Serge und gestärktem Weiß. »Es ist in Ordnung, Ma'am. Alles bestens.« Er sah mich mit verbissener Wut an, und ich wußte, daß er die Schläger gerufen hatte.

Trapp trat vor, winkte mit dem Revolver. »Die Hände auf den Rücken.«

Ich bewegte mich ihm nicht schnell genug, und er drückte mir die Waffe hart unter die Nase.

Hope Blalock riß entsetzt den Mund auf. Ramey trat an ihre Seite.

Trapp drückte mir die Kanone noch ein bißchen fester unter die Nase. Als ich das Metall ansah, fingen meine Augen an zu schielen. Ich richtete mich im Reflex darauf hoch. Trapp drückte stärker.

»Immer mit der Ruhe.« Royal Hummel kam herum und trat hinter mich. Ich hörte eine Sperrklinke gleiten, fühlte kaltes Metall um meine Handgelenke herum.

»Nicht zu eng, mein Sohn?«

»Perfekt. *Onkel* Roy.«

»Halt die Klappe, du Sau«, sagte Trapp.

Hope Blalock verzog schmerzhaft das Gesicht.

Hummel sagte: »Ruhig, C. T.«, und klopfte mir auf den Nacken. Die Berührung war unangenehmer als die Kanone. »Mach die Augen zu, mein Sohn«, sagte er, und ich gehorchte. Der Druck des Revolvers wurde durch etwas Enges und Elastisches um meinen Kopf herum ersetzt. Ein Band, das so fest über meinen Augen lag, daß ich sie nicht mehr öffnen konnte. Starke Hände packten mich unter den Armen. Ich wurde hochgehoben, so daß nur meine Schuhspitzen den Boden berührten, und vorwärts gestoßen wie ein Drachen im Spiel des Gegenwindes.

Es war ein sehr großes Haus. Sie schleppten mich lange dahin, bis ich eine Tür aufgehen hörte und heiße Luft auf dem Gesicht spürte.

Trapp fing an zu lachen.

»Waas?« fragte sein Onkel, und er dehnte das Wort in zwei Silben aus.

»Wie wir diesen Witzbold geschnappt haben. Durch den verdammten Butler.«

33

Sie durchsuchten mich, kassierten meine Uhr, Schlüssel und Brieftasche ein und steckten mich in einen Wagen, der nagelneu roch.

»Setz dich, mein Sohn«, sagte Hummel, schob mich auf den Rücksitz und nahm mir die Handschellen ab. Er schlug die Tür krachend zu. Ich hörte ihn herum nach vorn gehen, und dann startete der Motor – gedämpft, als wären mir die Ohren verstopft.

Ich pellte die Augenbinde zwei, drei Zentimeter zurück und sah mir das Innere des Wagens an: geschwärzte Fenster, die nur Andeutungen von Licht durchließen. Eine schwarze Glasscheibe trennte den Fond des Wagens ab. Eine mit grauem Vinyl ausgekleidete Zelle – steinharte Rücksitze, Nylonteppich, Stoffdach. Keine Deckenbeleuchtung. Überhaupt nichts Besonderes, keinerlei Anzeichen, was für eine Automarke oder was für ein Modell es sein könnte. Das schlichte Styling eines preiswerten amerikanischen Mittelklassewagens. Ein billiger Dodge, Ford oder Olds, aber doch mit einer Besonderheit: keine Türgriffe. Keine Aschenbecher oder Sicherheitsgurte. Überhaupt kein Metall.

Ich strich mit den Händen über die Türen und versuchte, eine versteckte Klinke zu finden. Nichts. Ein hartes Klopfen an die Trennscheibe brachte keine Antwort. San Quentin auf Rädern.

Wir fuhren los. Ich pellte die Binde herunter. Dickes schwarzes Elastikzeugs, kein Markenzeichen. Es stank schon von meinem Angstschweiß. Ich hörte das Prasseln von Kies, gedämpft wie das Motorgeräusch. Schallisolierung.

Ich preßte das Gesicht ans Fenster, sah nur mein eigenes Spiegelbild in dem dunklen Glas. Es gefiel mir nicht, wie ich aussah.

Wir fuhren schneller. Ich spürte es, wie man die Beschleunigung in einem Fahrstuhl spürt – ein Schlingern in der Magengrube. Abgeschnitten von der Welt, hörte ich nur meine Angst hämmern, ich hätte mich ebensogut in einer Gruft befinden können.

Eine plötzliche Kurve ließ mich den Sitz hinunterrutschen. Als der Wagen wieder geradeaus fuhr, trat ich gegen die Tür, dann trat ich noch einmal fest mit einem Karatekick dagegen. Sie gab nicht nach. Ich schlug ans Fenster, und die Hände schmerzten mir, dann rüttelte ich an der Trennscheibe. Nicht mal die Andeutung einer Vibration.

Nun wußte ich, daß ich da drin bleiben würde, so lange, wie sie es wollten. Die Brust wurde mir eng. Jegliches Straßengeräusch, das durch die Schallisolierung eindrang, wurde vom Pochen meines Herzens übertönt.

Sie beraubten mich der sinnlichen Eindrücke; ich mußte die Orientierung wiedergewinnen. Ich suchte nach geistigen Hinweisschildern; das einzige, was noch blieb, war die Zeit. Aber ohne Uhr.

Ich fing an zu zählen. Tausendundeins. Tausendundzwei. Lehnte mich zurück auf den Sitz.

Nach ungefähr fünfundvierzig Minuten hielt der Wagen. Die linke hintere Tür wurde geöffnet. Hummel bückte sich hinunter und sah hinein. Er trug eine verspiegelte Sonnenbrille und hielt einen langnasigen verchromten 45er Colt parallel zu seinem Bein.

Hinter ihm war ein Zementboden. Sepiagetönte Dunkelheit. Ich roch Autoabgase.

Er hob die andere Hand an seinen Schritt und löste seine Shorts. »Zeit zum Umsteigen, mein Junge. Muß dir wieder Handschellen anlegen. Bück dich her.«

Keine Erwähnung der Tatsache, daß ich die Augenbinde entfernt hatte. Ich stopfte sie hinter den Sitz und tat, was er verlangte – ein guter, kleiner Gefangener. Hoffte, mir durch meinen Gehorsam das Recht auf Befreiung von der Augenbinde zu erkaufen. Aber sobald die Hände gefesselt waren, kam die Binde wieder über meinen Kopf.

Ich fragte: »Wohin fahren wir?« Dumme Frage. Die Hilflosigkeit macht das aus einem.

»Eine Spazierfahrt. Komm, C. T., laß uns loszittern.«

Eine Tür wurde zugeknallt. Trapps Stimme sagte: »Ab mit dem Truthahn.« Amüsiert. Einen Augenblick darauf roch ich Aramis, hörte das Summen seines Flüsterns im Ohr: »Der verdammte Butler hat's gemacht. Ist das nich' 'n Heuler, Schwuliboy?«

»Ts, ts«, sagte ich. »Kaum die richtige Sprache für einen Wiedergeborenen.«

Plötzlicher Bienenstichschmerz hinter dem Ohr: ein Fingerschnippen. »Halt die Klappe –«

»C. T.«, sagte Hummel.

»Na gut.«

Doppelter Armgriff. Hallende Schritte. Die Autoabgase stärker. Ein unterirdischer Parkplatz.

Zweiundzwanzig Schritte. Stopp. Warten. Mechanisches Brummen. Mahlendes Geräusch, etwas Gleitendes, endete mit einem Glockenton.

Fahrstuhltür.

Ein Stoß vorwärts. Schnelles Schließen. Klick. Schnelles Hochsteigen. Wieder ein Stoß. Hinaus in die Hitze, Benzingestank so stark, daß ich ihn schmecken konnte.

Mehr Zement. Ein lautes Sausen und Zischen, Surren, das lauter wurde. Das Benzin ... Nein, etwas Stärkeres. Ein Flughafengeruch. Kerosin. Stoßweise kühle Luft, die durch die Hitze schnitt.

Propeller. Ein langsames Tuckern, das schneller wurde. Hubschrauberdrehflügel.

Sie zerrten mich vorwärts. Ich dachte an Seaman Cross, den man mit einer Binde vor den Augen zu einem Landeplatz weniger als eine Stunde von L. A. gefahren und dann zu Leland Beldings Haus geflogen hatte. Irgendwo draußen in der Wüste.

Das Rotorgeräusch wurde ohrenbetäubend, verwirrte meine Gedanken. Wind schlug mir ins Gesicht, klatschte mir die Kleidung an den Körper.

»Hier ist eine Stufe«, schrie Hummel, drückte unter meinen Ellbogen, schob mich und hob mich hoch. »Die Stufe hochsteigen, mein Sohn. So ist's richtig. Gut.«

Klettern. Eine Stufe, zweite Stufe. Mutter, darf ich ... ein halbes Dutzend, immer noch mehr.

»Immer weiter so«, sagte Hummel. »Jetzt stopp. Vorwärts geradeaus mit dem Fuß. Na bitte! Guter Junge.« Hand auf meinem Rükken, drückte herunter. »Setz dich, mein Sohn.«

Er brachte mich in einem Schalensitz unter und gurtete mich fest. Eine Tür krachte zu. Auf meinen Ohren lag plötzlich ein Druck. Die Lautstärke ließ ein bißchen nach, war aber immer noch beträchtlich. Ich hörte Funkgerätgestotter, eine neue Stimme von vorne: Männlich, militärisch-emotionslos, sagte etwas zu Hummel. Hummel antwortete. Planung. Ihre Worte wurden vom Rotor übertönt.

Einen Augenblick darauf hoben wir mit einem Schwung ab, der mich durchrüttelte wie eine Flipperkugel. Der Hubschrauber neigte sich, schwankte, schaukelte, stieg wieder, gewann an Stabilität.

Stand in der Luft.

Ich dachte wieder an Cross' Kopfsprung von der Berühmtheit in den Tod. Fehlende Aufzeichnungen in einem öffentlichen Tresor. Bücher vom Verlag zurückgezogen. Eingelocht. Vergewaltigt. Kopf in den Gasofen.

Wenn du auch nur mit der Hälfte von dem recht hast, haben wir es mit Leuten zu tun, die sehr lange Arme haben ...

Der Hubschrauber stieg immer höher. Ich kämpfte gegen das Zittern an, gab mir irre Mühe, so zu tun, als ob's sich um einen Ausflug nach Disneyland handelte.

Hoch und höher und weg.

Wir waren meiner langsamen Zählweise nach mehr als zwei Stunden geflogen, als weitere Funkgerätgeräusche von vorn aus der Kabine herüberdrangen, und ich merkte, daß der Hubschrauber an Höhe verlor.

Mehr Funkgerätgestotter. Ein entzifferbares Wort: »Roger.«

Wir sackten hinunter zur Landung. Ich erinnerte mich, irgendwo gelesen zu haben, daß ein Hubschrauber zwischen neunzig und hundertfünfundzwanzig Knoten fliegt. Wenn meine Zählung ungefähr richtig war, bedeutete das einen Flug von zweihundert bis zweihundertfünfzig Meilen. Ich zog im Geist einen Kreis mit L. A. als Mittelpunkt. Der Länge nach Fresno bis Mexiko. Auf der Ostwestachse von der Wüste von Colorado bis irgendwo über dem Pazifik.

Kein Mangel an Wüste in allen drei Richtungen.

Ein weiterer starker Fall. Augenblicke später trafen wir auf festen Boden.

»Glatt«, sagte Hummel. Sekunden später roch ich seinen Atem, heiß und nach Pfefferminz riechend, auf meinem Gesicht, hörte ihn grunzen, als er den Gurt löste.

»Spaß gehabt am Flug, mein Junge?«

»Nicht schlecht«, sagte ich – lieh mir die Stimme eines anderen, den tremolierenden Tenor eines schüchternen Bewunderers. »Aber der Film war nichts.«

Er kicherte, nahm mich beim Arm, führte mich aus dem Hubschrauber und hinunter.

Ich stolperte ein paarmal. Hummel hielt mich aufrecht und in Trab, war nicht einen Moment unaufmerksam. Tempo.

Der alte schwungvolle Abmarsch – er hatte ihn wahrscheinlich bei tausend Betrunkenen in Vegas praktiziert.

Wir gingen ungefähr vierhundert Schritte. Die Luft war sehr heiß und sehr trocken. Still.

»Bleib hier«, sagte er, und ich hörte das pferdehufartige Klacken seiner verschwindenden Stiefelschritte, dann nichts mehr.

Ich stand unbewacht da und zählte bis dreihundert. Noch dreihundert.

Zehn Minuten. Mir selbst überlassen.

Noch fünf Minuten, und ich fing an mich zu fragen, ob er wiederkommen würde. Noch drei, und ich hoffte, daß er käme.

Daß er wegging, hieß: Flucht wäre Wahnsinn. Ich versuchte, mir vorzustellen, wo ich mich befand – am Rand eines Abgrunds? Zielscheibe am Ende eines Schießstands?

Oder einfach in der Mitte von nirgendwo ausgesetzt, ein Geschenk für Skorpione und Bussarde.

Donald Neuraths Todesanzeige fiel mir ein ... nicht angegebene Todesursache, auf Ferienreise in Mexiko.

Vielleicht bluffte Hummel. Ich überlegte, ob ich mich bewegen sollte. In meiner Ungewißheit war ich wie erstarrt. Ich stand mit einem Fuß auf einer Landmine, zu lebenslänglicher Regungslosigkeit verurteilt.

Ich stand da, zählte, schwitzte und versuchte, mich aufrecht zu halten. Meine Angst ließ Minuten zu Stunden werden. Schließlich zwang ich mich zu einem einzigen Schritt vorwärts – einem Babyschritt. Mutter, darf ich? Bitte?

Fester Boden. Kein Feuerwerk.

Noch einen Schritt. Ich schwang mit dem Fuß in einem niedrigen Kreis herum – keine Stolperdrähte –, bewegte mich zentimeterweise vorwärts, als hinter mir ein elektrisches Surren ertönte.

Ruckweiser Ton – Surren. Stop. Surren.

Ein Golfkarren oder so etwas. Kam näher. Schritte.

»Hübscher kleiner Tanz, mein Junge«, sagte Hummel. »Wir könnten Regen brauchen.«

Er setzte mich in einen Karren mit niedrigen Sitzen und ohne Dach. Wir fuhren in brennender Sonne ungefähr fünfzehn Minuten, dann zog er mich heraus und führte mich durch Drehtüren in ein durch Klimatisierung eisiges Gebäude. Wir kamen durch drei weitere Türen, von denen jede sich nach einer Reihe von Klicks öffnete, wandten uns dann jäh nach rechts, gingen noch dreißig Schritte und betraten einen Raum, der nach Desinfektionsmittel roch.

»Schön ruhig bleiben, und keiner tut dir was«, sagte er.

Zahlreiche Füße schlurften vorwärts. Die Handschellen wurden weggenommen. Mehrere Händepaare hielten meine Arme und Beine fest und den Kopf, kippten ihn nach hinten. Finger waren in meinem Mund, hoben die Zunge hoch. Ich würgte.

Ich wurde ausgezogen. Hände liefen einen Marathon über meinen Körper, wuschelten mir im Haar herum, tasteten meine Achselhöhlen ab, meine Öffnungen – gewandt, schnell, ohne Anzeichen eines lüsternen Interesses. Dann war ich wieder angekleidet, zugeknöpft und mein Reißverschluß zugezogen, alles innerhalb von wenigen Minuten.

Man führte mich durch zwei weitere klickende Türen und setzte mich in einen großen, tiefen Sessel – Leder, das nach Gerbsäure roch.

Die Tür schloß sich.

Als ich endlich die Augenbinde abriß, waren sie fort.

Der Raum war groß, dunkel, in einem Neo-Jagdhüttenstil eingerichtet – Holzplankenwände, Navajoteppiche, künstlich gealterter Kiefernfußboden, Wagenradkronleuchter, der von einer Balkendecke herabhing, ein paar mit Rindsleder bezogene Armlehnensessel aus Hirschgeweih, wandgroße Ölbilder mit müde aussehenden Cowboys drauf, Bronzestatuen von bockenden wilden Pferden.

In der Mitte des Raums stand ein großer, klauenfüßiger Schreibtisch mit Lederauflage. Dahinter eine Wand voll Steinschloßgewehren und mit Gravuren versehenen, antiken Flinten vom Fußboden bis zur Decke.

Hinter dem Schreibtisch saß Billy Vidal mit strahlenden Augen und Bürstenhaarschnitt, quadratischer Kinnlade und perfekt angezogen. Seine teerähnliche Hautfarbe kontrastierte mit einem elfenbeinfarbenen Rollkragenpullover unter einem weißen Kaschmirpullover mit V-Ausschnitt. Kein Cowboyanzug für den Vorsitzenden von Magna, er war elegant à la Palm Beach, als würde er zum Golfen gehen. Seine Hände lagen flach auf der Schreibtischplatte, manikürt und babyweich.

»Dr. Delaware, danke, daß Sie gekommen sind.«

Seine Stimme paßte nicht zu dem Übrigen – ein heiseres, dünnes Krächzen, das zwischen den Worten aussetzte.

Ich sagte nichts.

Er sah mir gerade in die Augen, seine waren hell. Er hielt meinen Blick eine Weile aus und sagte dann: »Der Eisbrecher ist steckengeblieben.« Seine letzten Worte kamen lippensynchron heraus. Er räusperte sich und produzierte weiteres Kehlkopfgeflüster. »Tut mir leid wegen der Unannehmlichkeit, die Sie hatten. Es gab keine andere Möglichkeit.«

»Keine andere Möglichkeit wofür?«

»Eine Plauderei zwischen uns zu arrangieren.«

»Sie hätten doch nur zu fragen brauchen.«

Er schüttelte den Kopf. »Das Problem war das Timing. Bis vor kurzem wußte ich nicht, ob es klug sein würde, daß wir uns träfen.

Ich habe über das Thema nachgedacht, seit Sie angefangen haben, Fragen zu stellen.«

Er hustete, klopfte auf seinen Adamsapfel. »Aber heute, als Sie meine Schwester besuchten, haben Sie mir die Entscheidung abgenommen. Die Dinge mußten rasch und sorgfältig erledigt werden. Also bitte ich Sie noch einmal für die *Art,* wie Sie hergebracht wurden, um Verzeihung und hoffe, daß wir das auf sich beruhen lassen können. Um weiterzukommen.«

Ich konnte immer noch die Abdrücke der Handschellen an meinen Gelenken spüren, dachte an den Hubschrauberflug, den Angstdruck während des Wartens auf Hummel und seinen Golfkarren, Finger in meinem Arsch.

Hübscher kleiner Tanz, mein Junge. Ich wußte, daß Wut mir nur schaden würde, wenn ich mich von ihr übermannen ließ.

»Um weiterzukommen wohin?« fragte ich lächelnd.

»Zu unserer Diskussion.«

»Worüber?«

»Bitte, Doktor«, krächzte er. »Verschwenden Sie doch keine kostbare Zeit mit Formalitäten.«

»Ihre Zeit ist knapp, wie?«

»Sehr.«

Wir starrten uns an. Sein Blick wich nicht von meinen Augen, aber ich spürte, daß er in Gedanken anderswo war.

»Vor dreißig Jahren«, sagte er, »hatte ich Gelegenheit, Zeuge eines Atomtests zu werden, der gemeinsam von der Magna Corporation und der U.S. Army veranstaltet wurde. Ein festliches Ereignis, nur für geladene Gäste, draußen in der Wüste von Nevada. Wir verbrachten die Nacht in Las Vegas, hatten eine wundervolle Party und fuhren vor Sonnenaufgang hinaus. Die Bombe ging los, gerade als der Himmel hell wurde – ein überbelichteter Sonnenaufgang. Aber etwas lief nicht so, wie es sollte – der Wind schlug plötzlich um, und wir wurden alle radioaktivem Staub ausgesetzt. Die Army sagte, die Gefahr der Kontaminierung wäre gering – niemand dachte viel darüber nach bis vor fünfzehn Jahren, als die Krebserkrankungen aufzutreten anfingen. Drei Viertel von denen, die an dem Morgen dabei waren, sind tot. Mehrere andere sind todkrank. Es ist nur eine Frage der Zeit für mich.«

Ich betrachtete sein wohlgenährtes Gesicht, die strahlende, gebräunte Haut: »Sie sehen gesünder aus als ich.«

»*Höre* ich mich auch gesund an?«

Ich antwortete nicht.

»Tatsächlich«, sagte er, »*bin* ich gesund. Im Augenblick. Niedrige Cholesterinwerte, hervorragende Lipide, ein Herz so stark wie ein Hochofen. Ein paar Knoten wurden letztes Jahr aus meiner Speiseröhre entfernt, keine Anzeichen für weitere Verbreitung.« Er zog den Rollkragen herunter und zeigte eine feurig rosafarbene, gerunzelte Narbe.

»Empfindliche Haut – ich entwickle Keloidnarben. Meinen Sie, ich sollte mir die Mühe machen mit plastischer Chirurgie?«

»Das bleibt Ihnen überlassen.«

»Ich habe es mir überlegt, aber es scheint so ein albernes Versteckspiel. Der Krebs wird wiederkommen. Die Ironie bei der Sache ist, daß auch Bestrahlung zur Behandlung gehört. Nicht, daß die Behandlung viel geändert hätte.«

Er schob den Rollkragen zurück, wohin er gehörte. Tippte an seinen Adamsapfel.

»Was ist mit Belding?« fragte ich. »War er der Strahlung ausgesetzt?«

Er lächelte und schüttelte den Kopf. »Leland war geschützt. Wie immer.«

Immer noch lächelnd, öffnete er eine Schreibtischschublade, nahm eine kleine Plastiksprayflasche heraus und sprühte sich etwas in den Hals. Er schluckte ein paarmal tief, stellte die Flasche zurück, lehnte sich in seinem Sessel nach hinten und lächelte breiter.

»Worüber möchten Sie mit mir diskutieren?« fragte ich ihn.

»Über Dinge, die Sie zu interessieren scheinen. Ich bin bereit, Ihre Neugier unter der Bedingung zu befriedigen, daß Sie aufhören, überall herumzuschnüffeln. Ich weiß, daß Ihre Absichten ehrenwert sind, aber Sie ahnen nicht, wie zerstörerisch sie wirken könnten.«

»Ich sehe nicht, wie ich noch zu der Zerstörung beitragen könnte, die schon stattgefunden hat.«

»Dr. Delaware. Ich möchte diese Erde mit dem Bewußtsein verlassen, daß alles getan worden ist, um gewisse Personen zu … beruhigen.«

»Wie Ihre Schwester? Ist das alles geschehen, um sie zu beruhigen, Mr. Vidal?«

»Nein, das stimmt nicht – aber Sie haben nur einen Teil des Bildes gesehen.«

»Und Sie werden mir das ganze zeigen?«

»Ja.« Husten. »Aber Sie müssen mir Ihr Wort geben, daß Sie aufhören nachzuforschen und die Dinge endlich ruhen lassen.«

»Warum so tun, als ob ich die Wahl hätte?« fragte ich. »Wenn ich Ihnen gebe, was Sie verlangen, können Sie mich jederzeit zerquetschen. So wie Sie Seaman Cross, Eulalee und Cable Johnson, Donald Neurath und die Kruses zerquetscht haben.«

Er war amüsiert. »Sie glauben, *ich* habe all diese Leute vernichtet?«

»Sie, Magna, was ist der Unterschied?«

»Ah. Das Amerika der Corporations als der leibhaftige Satan?«

»Nur diese spezielle Corporation.«

Sein Lachen war kläglich und voller Atemgeräusche. »Doktor, sogar wenn ich ein Interesse daran hätte, Sie zu ... *zerquetschen,* würde ich es nicht tun. Sie haben sich eine gewisse ... Gnadenaura erworben.«

»Oh?«

»O ja. Jemandem lag sehr an Ihnen. Einem schönen und liebenswerten Wesen – das uns beiden sehr am Herzen liegt.«

Nicht genug am Herzen, daß es ihn gehindert hätte, ihre Identität auszulöschen.

»Ich sah dieses Wesen mit Ihnen bei der Party reden. Sie wollte etwas von Ihnen. Was?« wollte ich wissen.

Seine hellen Augen schlossen sich. Er preßte die Finger an die Schläfen.

Ich fuhr fort: »Von den Holmby Hills nach Willow Glen. Fünfhundert Dollar im Monat in einem Umschlag ohne Absender. Klingt nicht, als ob sie Ihnen so sehr am *Herzen* gelegen hätte.«

Er schlug die Augen auf. »Fünfhundert? Hat Helen Ihnen das gesagt?«

Er brachte noch ein pfeifendes Lachen hervor, rollte seinen Sessel zurück, legte die Füße auf den Schreibtisch. Er trug schwarze Seidenkordhosen, braune Schafleder-Kilties und Argyle-Socken.

Die Schuhsohlen waren poliert, ohne Abdrücke, als hätten sie nie den Boden berührt.

»Nun«, sagte er. »Genug mit dem Hin und Her. Sagen Sie mir, was Sie zu wissen glauben – ich korrigiere Ihre falschen Vorstellungen.«

»Das heißt, Sie erfahren dadurch, wieviel Ärger ich Ihnen bereiten könnte, und handeln dementsprechend.«

»Ich verstehe, daß Sie das so sehen können, Doktor. Aber worauf ich wirklich aus bin, ist Aufklärung – ich gebe Ihnen das ganze Bild, so daß Sie es nicht mehr *nötig* haben, Ärger zu machen.«

Schweigen.

»Wenn mein Angebot Ihnen nicht zusagt, lasse ich Sie sofort nach Haus fliegen.«

»Wie sind meine Chancen, lebend dort anzukommen?«

»Hundert Prozent. Höhere Gewalt ausgenommen.«

»Oder eine höhere Gewalt, die so tut, als sei sie die Magna Corporation.«

Er lachte. »Das werde ich mir merken. Was möchten Sie also, Doktor. Die Wahl liegt bei Ihnen.«

Ich war ihm ausgeliefert. Wenn ich mich einverstanden erklärte, erfuhr ich mehr. Und gewann Zeit. Ich sagte: »Schießen Sie los, klären Sie mich auf, Mr. Vidal.«

»Ausgezeichnet. Lassen Sie es uns wie Gentlemen tun, bei einem Abendessen.« Er drückte auf etwas, das vor ihm auf dem Schreibtisch lag. Die Wand mit der Waffensammlung drehte sich halb um ihre Achse, und ein wandschrankgroßer Durchgang mit einer Fliegendrahttür wurde sichtbar, die er öffnete und so frische Luft hereinließ.

Wir traten auf einen langen überdachten Innenhof, das Dach ruhte auf gedrechselten Säulen aus graubraunem Holz, den Boden bedeckten staubfarbene mexikanische Kacheln. Dickstämmige, in Tontöpfen wurzelnde Bougainvilleen wanden sich ihren Weg um die Säulen herum und hinauf zum Dach, wo sie sich ausbreiteten. Strohkörbe voll Eselsschwanz und Crassula argentes hingen von den Dachsparren. Ein weißer, runder Tisch war von himmelblauem Damast bedeckt und mit zwei Gedecken versehen: irdene Teller, Bestecke aus getriebenem Silber, Kristallpokale, in der Mitte ein Tafelschmuck aus getrockneten Kräutern und Blumen. Er war sich meiner »Wahl« sicher gewesen.

Von irgendwoher erschien ein mexikanischer Diener und zog meinen Stuhl vom Tisch zurück. Ich ging an ihm vorbei, überquerte den Innenhof und trat ins Freie hinaus. Die Sonne stand kurz vor dem Untergehen, aber die Hitze war so stark, als ob es Mittag wäre.

Ich betrachtete das Gebäude aus genügend großem Abstand, daß ich es ganz übersehen konnte: lang, niedrig, einstöckig, die Mauern so verputzt, daß es wie ein Lehmziegelhaus aussah, die Fenster mit Leisten aus dem gleichen graubraunen Holz umrahmt, aus dem die Säulen waren. Geflieste Gehwege schnitten einen meterbreiten Streifen durch ein oder zwei Morgen Rasen, der von gelben Gazaneen umrandet war, daneben trockener Wüstenstaub und ein leerer Pferdepferch, dann wieder Staub und Sand, meilenweit, die biskuitfarbene Einöde nur unterbrochen von Gruppen von Aloen, Yucca brevifolia oder Joshua-Bäumen sowie verschiedenfarbigen Flecken aschener Schatten.

Und hinter allem die Ursache der Schatten: Granitberge. Majestätisch, mit schwarzen Spitzen, messerkantenscharf gegen den saphirblauen Himmel. Postkartenberge, so perfekt, daß sie einem Fotografen als Hintergrund dienen könnten.

Meine Augen schweiften hinunter zu einem bestimmten Fleck auf dem Rasen, suchten dort eine hölzerne Gartenbank. Nichts. Aber meine Erinnerung stellte dort trotzdem eine hin.

Ein Fleck zum Posieren.

Zwei kleine Mädchen in Cowgirlanzügen, die Eis aßen.

Ich sah zurück zu Vidal. Er setzte sich, entfaltete die Serviette, sagte etwas zu dem Diener, als der sein Weinglas füllte.

Der Diener lachte, füllte mein Glas und ging.

Der ehemalige Billy-the-Kuppler zeigte auf meinen Stuhl.

Ich warf noch einen Blick auf die Berge, sah jetzt nur noch Stein und Sand. Das Spiel von Licht und Schatten auf einer leblosen Oberfläche.

Alle Erinnerungen ausgelöscht.

Vidal winkte.

Ich ging zum Innenhof zurück.

34

Vidal aß gierig, zwanghaft, eine Kobra mit tadellosen Manieren. Hieb ein auf sein Essen, schnitt es in winzige Stücke und stippte es in Püree, bevor er es zu sich nahm. Guacamole-Avocadosoße, die der Diener am Tisch mit einem Stößel in einem rohen Steinmörser zubereitete. Ein Salat aus wilden Kräutern und marinierten Zwiebeln. Hausgemachte Maistortillas, frische Butter, am Spieß gebratene Schwertfischsteaks, sechs Arten Salsasoße, gebratene Schweinelende in einer süßen, pikanten Soße. Ein Chardonnay und ein Pinot Noir, die, wie er mir erklärte, in der Magna-eigenen Kelterei auf Flaschen gezogen und nur für den eigenen Verbrauch bestimmt waren.

Ein paarmal sah ich Vidal das Gesicht verzerren, nachdem er geschluckt hatte, und fragte mich, wieviel von seinem Vergnügen geschmacklicher Art war und wieviel Zufriedenheit, daß sein Mund noch funktionierte.

Er akzeptierte eine zweite Portion Schwein, bevor er mein unberührtes Essen sah.

»Nicht nach Ihrem Geschmack, Doktor?«

»Ich würde lieber aufgeklärt als abgefüttert werden.«

Lächeln. Fleischstücke in Würfeln. Püree.

»Wo sind wir?« fragte ich. »Mexiko?«

»Mexiko«, sagte er, »ist ein Geisteszustand. Jemand, der originell war, hat das mal gesagt, obwohl ich mich beim besten Willen nicht daran erinnern kann, wer es war – wahrscheinlich Dorothy Parker. Sie hat solche originellen Sachen gesagt, nicht wahr?«

Schnitt. Kauen. Schlucken.

»Warum hat Sharon sich umgebracht?« fragte ich.

Er ließ die Gabel sinken. »Das ist ein Endpunkt, Doktor. Lassen Sie uns chronologisch vorgehen.«

»Gehen Sie vor.«

Er trank Wein, verzog schmerzhaft das Gesicht, hustete, aß weiter, trank noch etwas. Ich sah hinaus in die Wüste, während es dunkelte – zu einem verrückten Braun. Kein Laut, nicht ein Vogel am Himmel. Vielleicht wußten die Tiere etwas.

Schließlich schob er den Teller weg und klopfte mit der Gabel auf den Tisch. Der mexikanische Diener erschien wieder, zusammen mit zwei dicken schwarzhaarigen Frauen in langen braunen Kleidern. Vidal sagte etwas in schnellem Spanisch. Der Tisch wurde abgeräumt, und jedem von uns servierte man eine Zinnschale mit grüner Eiskrem. Ich probierte. Widerlich süß.

»Kaktus«, sagte Vidal. »Sehr wohltuend.«

Er brauchte lange für das Dessert. Der Diener brachte Kaffee, der mit Anis gewürzt war. Vidal dankte ihm, entließ ihn und tupfte sich die Lippen.

»Chronologische Reihenfolge«, sagte ich. »Wie wäre es, wenn Sie mit Eulalee und Cable Johnson anfingen?«

Er nickte. »Was wissen Sie über die beiden?«

»Sie war eines von Beldings Partymädchen; er war ein kleiner Gauner. Zwei Kleinstadtganoven, die es in Hollywood zu was bringen wollten. Nicht gerade Rauschgifthändler der Spitzenklasse.«

»Linda – ich kannte sie immer als Linda – war ein außergewöhnlicher Mensch. Ein Rohdiamant und dazu körperlich magnetisch – das gewisse Etwas, das man zu keinem Preis kaufen kann. Damals waren wir von Schönheiten umringt, aber sie stach heraus, weil sie anders als die übrigen war – weniger zynisch, mit einer gewissen Formbarkeit.«

»Passivität?«

»Ich nehme an, jemand in Ihrer Branche würde es als einen Fehler ansehen. Ich sah darin eine natürliche Ungezwungenheit und hatte das Gefühl, sie sei die richtige Frau, um Leland zu helfen.«

»Ihm wobei zu helfen?«

»Ein Mann zu werden. Leland verstand Frauen nicht. Er erstarrte, wenn er in ihrer Nähe war, konnte nicht … funktionieren. Er war viel zu intelligent, als daß ihm die Ironie der Sache nicht aufgegangen wäre – all das Geld und all die Macht, begehrenswerteste Partie des Landes und immer noch unerfahren mit Vierzig. Er war kein körperlich interessierter Mensch, aber jeder Kessel hat seinen Siedepunkt, und die Frustration fing an, sich bei der Arbeit störend bemerkbar zu machen. Ich wußte, er würde das Problem nie selbst lösen können. Es fiel auf meine Schultern, eine … Lehrerin für ihn zu finden. Ich erklärte Linda die Situation. Sie war zugänglich, so arrangierte ich für die beiden eine Zusammenkunft. Sie war mehr als ein *Partymädchen,* Dr. Delaware.«

»Sexuelle Gunst gegen Gebühr. Klingt schon etwas anders.«

Er weigerte sich, es beleidigend zu werten. »Alles hat seinen Preis, Doktor. Sie hat vor dreißig Jahren einfach das getan, was auch heute eine Liebesdienerin tun würde.«

»Sie haben sie nicht ihrer Persönlichkeit wegen ausgesucht«, meinte ich.

»Sie war schön«, sagte er. »Wahrscheinlich konnte sie ihn stimulieren.«

»Das war nicht, was ich meinte.«

»Oh?« Er nippte an seinem Kaffee, sagte »Lauwarm« und klopfte mit dem Löffel dreimal auf den Tisch. Der Diener kam aus der Dunkelheit mit einer frischen Kanne. Ich fragte mich, was wohl noch da draußen versteckt sein mochte.

Er trank die dampfende Flüssigkeit, sah aus, als hätte ihm jemand Säure in den Hals geschüttet. Er brauchte eine Weile, bevor er zu sprechen versuchte, und als er es tat, mußte ich mich vorbeugen, um es zu hören: »Warum sagen Sie mir nicht, worauf Sie hinauswollen?«

»Ihre Sterilität«, sagte ich. »Sie suchten sie aus, weil Sie dachten, sie könne keine Kinder kriegen.«

»Sie sind ein kluges Bürschchen.« Er hob seine Tasse wieder zu den Lippen und versteckte sich hinter einer Dampfwolke. »Leland war ein sehr heikler Mann – das war ein Teil seines Problems. Daß er sich nicht um Vorsichtsmaßnahmen zu kümmern brauchte, war ein Punkt, der zu ihren Gunsten sprach. Aber ein weniger wichtiger Faktor, eine Kleinigkeit, mit der man fertig geworden wäre.«

»Ich dachte an eine noch ein bißchen größere Schweinerei«, sagte ich. »An einen unehelich geborenen Erben.«

Er trank mehr Kaffee.

Ich fragte: »Warum dachten Sie, sie könne keine Kinder kriegen?«

»Wir überprüften die Vorgeschichte aller Mädchen und ließen sie gründlich medizinisch untersuchen. Unsere Nachforschungen ergaben, daß Linda in ihrer Jugend mehrmals schwanger geworden war, aber fast sofort nach der Empfängnis Fehlgeburten gehabt hatte. Unsere Ärzte sagten, es sei eine Art hormonelles Ungleichgewicht. Sie erklärten sie für unfähig, Kinder in die Welt zu setzen.«

Haustierzucht umgekehrt. »Wie kam sie mit dem alten Leland klar?«

»Sie war wundervoll. Nach ein paar Begegnungen war er ein neuer Mann.«

»Was empfand er ihr gegenüber?«

Er stellte die Tasse hin. »Leland Belding empfand nicht, Doktor. Er war so roboterähnlich und mechanisch, wie ein Mensch nur sein kann.«

Ellston Crottys Worte fielen mir ein: *Wie eine fickrige Kamera auf Beinen. Ich weiß noch, wie ich dachte, was für ein kalter Bastard er war.*

»Trotzdem«, sagte ich. »Patienten und Surrogate entwickeln gewöhnlich eine Art von emotionaler Bindung. Wollen Sie sagen, daß sich zwischen ihnen keine entwickelt hat?«

»Genau das. Es war wie französischer Sprachunterricht. Leland empfing sie in seinem Büro; wenn sie fertig waren, duschte er, zog sich an und ging wieder seinen Geschäften nach und sie den ihren. Ich kannte ihn besser als jeder andere, doch das war nicht viel – ich hatte nie das Gefühl, Zugang zu seinen Gedanken zu haben. Aber ich nahm an, er sah in ihr eine weitere seiner Maschinen – eine der effizienteren. Was nicht heißt, daß er sie verachtete. Maschinen waren das, was er am meisten bewunderte.«

»Was empfand sie ihm gegenüber?«

Ein Augenblick Pause. Ein vorübergehender schmerzhafter Gesichtsausdruck. »Zweifellos bewunderte sie sein Geld und seine Macht. Frauen werden von der Macht angezogen – sie verzeihen einem Mann alles außer Hilflosigkeit. Und sie sah auch seine hilflose Seite. Also stellte ich mir vor, daß sie ihn mit einer Mischung aus Hochachtung und Mitleid ansah, so wie ein Arzt vielleicht einen Patienten mit einer seltenen Krankheit betrachtet.«

Er hatte theoretisch gesprochen. Aber der schmerzerfüllte Blick stieß immer wieder durch die aufgebaute Fassade.

Da wußte ich, daß Linda Lanier für ihn mehr gewesen war als ein Haremsmädchen mit Spezialauftrag. Wußte, daß ich das Thema nicht berühren konnte.

»Ihre Beziehung war rein geschäftlicher Art«, sagte er.

»Akzeptiert. Bis Bruder Cable auftrat.«

Die Fassade bröckelte weiter. »Cable Johnson war verachtenswert. Als er und Linda Jugendliche waren, verkaufte er sie gegen Geld an die Jungen am Ort – sie war vierzehn oder fünfzehn. Deshalb wurde sie so oft schwanger. Er war ein Dreck.«

Ein Kuppler, der einen anderen verdammte.

»Warum betrachteten Sie ihn nicht als einen Risikofaktor, als Sie Linda als Liebesdienerin aufbauten?« wollte ich wissen.

»Oh, das tat ich, aber ich dachte, das Risiko wäre behoben. Als ich Linda engagierte, war Johnson im Gefängnis wegen Diebstahls eingesperrt – aufgrund seiner Vorstrafen stand ihm ein Aufenthalt in der Strafanstalt bevor. Er war völlig pleite, hatte keine zehn Dollar für eine Kaution von hundert Dollar. Ich erreichte seine Freilassung, besorgte ihm einen Job bei Magnafilm zu einem überhöhten Lohn. Der Idiot brauchte nicht mal zur Arbeit zu erscheinen – der Scheck wurde ihm per Post in sein Fremdenheim geschickt. Alles, was von ihm verlangt wurde, war, sich von ihr fernzuhalten. Ein sehr großzügiges Arrangement, würden Sie nicht auch sagen?«

»Nicht verglichen mit einem Stück von Beldings Vermögen.«

»Der Narr«, sagte er. »Er hatte nicht die geringste Chance, einen roten Cent zu bekommen, aber er war ein zwanghafter Krimineller, konnte es nicht lassen, Übeltaten auszuhecken.«

»Auftritt Dr. med. Donald Neurath. Fruchtbarkeitsforscher und Zauberkünstler.«

»Kompliment«, sagte Vidal. »Sie sind selbst ein gründlicher Forscher.«

»War Neurath am Erpressungsvorhaben beteiligt?«

»Er behauptete, es nicht zu sein, sagte, sie hätten sich bei ihm als ein verheiratetes Paar vorgestellt – die armen kinderlosen Mr. und Mrs. Johnson. Er betonte immer wieder, sie hätten ihn nicht täuschen können, denn er hätte gespürt, daß etwas mit ihnen nicht stimmte, und sich geweigert, sie zu behandeln. Aber Johnson überzeugte ihn irgendwie.«

»Sie wissen, wie«, entgegnete ich. »Durch einen Handel. Filmvideo gegen Hormonbehandlung von Linda.«

»Noch mehr Schmutz«, sagte er.

Ich sagte: »Trotzdem wußte Neurath zuviel. Sie mußten ihn irgendwo draußen in Mexiko abservieren – nicht weit von hier, möchte ich wetten.«

»Doktor, Doktor, Sie trauen mir zuviel zu. Ich habe nie irgendwen *abserviert*. Donald Neurath fuhr freiwillig hier herunter, um Informationen anzubieten. Er schuldete Kredithaien Geld, hoffte auf Bezahlung. Ich weigerte mich. Auf dem Rückweg hatte sein Wagen eine Panne – oder so wurde mir erzählt. Er starb an Entkräftung – die Wüste fordert rasch Opfer. Als Arzt hätte er besser darauf vorbereitet sein sollen.«

»Haben Sie ihn mit Cables Plan in Verbindung gebracht?« fragte ich.

»Nein. Linda kam zu mir und sagte, sie könne nicht länger Leland besuchen. Brachte eine auf Neuraths Briefpapier geschriebene Nachricht mit: ›An alle, die es angeht.‹ Darin stand, sie hätte sich eine Art vaginale Infektion zugezogen. Zuerst hegte ich keinen Verdacht. Alles sah echt und ehrlich aus. Ich gab ihr zehntausend Dollar Entlassungsabfindung und wünschte ihr Glück. Später natürlich wurde mir alles klar.«

»Wie reagierte Belding darauf, daß sie ihn verließ?«

»Gar nicht. Inzwischen stach ihn der Hafer, er war groß in Form und probierte sein neugefundenes Selbstvertrauen an anderen Frauen aus. An so vielen, wie er kriegen konnte. Schließlich fing er an, damit zu protzen.«

Beldings Verwandlung – vom Einsiedler zum Playboy. Das Timing paßte.

»Was geschah als nächstes?«

»Fast ein Jahr später rief Cable Johnson mich an. Informierte mich, ich sollte mich lieber mit ihm treffen, wenn ich wüßte, was gut für Leland wäre. Wir trafen uns in einem billigen Hotel in der City, Johnson betrunken und schadenfroh wie ein Weltmeister, stolzierte herum, sehr eingebildet und selbstzufrieden. Er sagte mir, Linda hätte Beldings Babys geboren. Er hatte sie deswegen nach Texas gebracht, nun wären sie wieder da, um ›Druck zu machen‹.«

Vidal hob die Kaffeetasse, überlegte es sich anders und stellte sie wieder hin. »Oh, er hielt sich für intelligent. Hätte alles genau ausgetüftelt. Schlug mir auf die Schulter, als wären wir alte Freunde, bot mir billigen Gin aus einer schmutzigen Flasche an. Sang rüde Limericks und sagte, nun wären die Johnsons und die Beldings *Verwandte*. Dann bat er mich zu warten, verließ das Zimmer und kam ein paar Minuten später mit Linda und seinen *kleinen Geschenken* wieder.«

»Mit *drei* Geschenken.«

Er nickte.

Drillinge. Das hormonelle Herumgepfusche hatte seltsame Veränderungen am Ei bewirkt und die Chance einer Mehrfachgeburt vergrößert. Heute eine allgemein bekannte medizinische Tatsache, aber Neurath war seiner Zeit voraus gewesen.

»Port Wallaces einziger Anspruch auf Ruhm«, sagte ich. »Jewel Rae, Jana Sue. Und die arme blind, taub und gelähmt geborene Joan Dixie.«

»Das arme Ding. Es war schrecklich. Irgendeine Art von Gehirnschaden – der Ort, wo er Linda hingeschleppt hatte, war primitiv. Sie starb fast bei der Geburt.« Er schüttelte den Kopf, schloß die Augen. »Sie war so winzig – nicht viel größer als eine Faust. Ein Wunder, daß sie überhaupt überlebte. Linda trug sie in einem Korb herum, sprach sie immer an, massierte ihr die Glieder. Tat so, als wären ihre Zuckungen freiwillige, spontane Bewegungen. Tat so, als wäre sie normal.«

»So etwas mußte für einen heiklen Mann unerträglich sein.«

»*Alle drei* widerten ihn an. Er hatte immer Kinder verachtet; der Gedanke an die Drillinge machte ihn krank. Er war nur Ingenieur, sonst gar nichts – gewöhnt an Spezifikationen, Präzisionsmaschinen. Hatte absolut kein Verständnis für alles, was von seinen Erwartungen abwich. Natürlich, Joans Deformationen waren eine zusätzliche Beleidigung – bedeuteten, daß er an der Erschaffung von etwas Fehlerhaftem beteiligt gewesen war. Ich kannte ihn, wußte, wie er reagieren würde. Ich wollte alles von ihm fernhalten, die Dinge auf meine Art regeln. Aber Cable wollte alles sofort auf einmal. *Verwandtschaft* – Linda hatte einen Schlüssel von Lelands Büro behalten. Eines Abends, als er länger arbeitete, ging sie hin und brachte ihm die Babys.«

Er schüttelte den Kopf. »Das arme, dumme Mädchen dachte, der Anblick würde bei ihm einen väterlichen Stolz auslösen. Er hörte ihr zu, sagte ihr, was sie hören wollte. Sobald sie weg war, rief er mich an und befahl mich zu ihm zu einer ›Problemlösungssitzung‹. Nicht, daß er meinen Rat wollte – er war zu einer Entscheidung gekommen: Sie alle müßten eliminiert werden. Für immer. Ich sollte der Todesengel sein.«

»Die Babys sollten getötet werden?«

Er nickte.

»Alle Schurkerei ist nun einem Toten in die Schuhe geschoben«, sagte ich. »Irgendein guter Sturmtruppler führte den Befehl aus.«

Er trank, hustete trocken, stoßweise, zog eine Sprühflasche aus der Tasche und sprühte seinen Hals.

»Ich habe die Babys gerettet«, sagte er. »Nur ich konnte es tun; nur ich genoß genug von Lelands Vertrauen, um ihm zu widersprechen und damit durchzukommen. Ich sagte ihm, Kindermord sei absolut ausgeschlossen. Wenn es je bekannt würde, wäre er ruiniert. Magna wäre ruiniert.«

»Ein pragmatischer Ansatz.«

»Das einzige, was er verstand. Ich wies darauf hin, daß die Babys so zur Adoption gegeben werden könnten, daß jede Verbindung mit ihm dauerhaft verborgen bliebe. Er könnte ja ein neues Testament aufsetzen, das ausdrücklich jegliche Blutsverwandte, ob bekannt oder unbekannt, vom Erbe ausschloß, so daß sie keinen Cent davon bekämen. Zuerst wollte er nichts davon wissen, sagte immer wieder, der einzige Ausweg sei die ›unzweideutige Lösung‹. Ich antwortete ihm, ich hätte seine Aufträge stets, ohne zu fragen, ausgeführt, aber ich würde bei ihm eher aufhören, als daß ich das täte. Und wenn die Babys stürben, könnte ich nicht garantieren, daß ich den Mund hielte. Ob er auch bereit sei, mich zu eliminieren.

Das ärgerte und schockierte ihn. Seit seiner Kindheit hatte ihm niemand mehr widersprochen. Aber er respektierte mich und erklärte sich schließlich mit meinem Plan einverstanden.«

»Sauberer Plan«, sagte ich. »Einschließlich Trostpreis für Ihre Schwester.«

»Es war kurz nach Henrys Tod. Sie war einer tiefen Depression verfallen – Witwenschaft, Kinderlosigkeit. Lebte seit der Beerdigung in völliger Zurückgezogenheit. Ich dachte, wenn sie die Kinder hätte, würde es bei ihr Wunder wirken. Und sie ist keine mißtrauische Frau. Sie würde nie fragen, woher sie kämen, würde es nie wissen wollen.«

»War Joan in dem Deal drin?«

»Nein. *Das* hätte Hope nicht geschafft. Die Corporation kaufte ein Sanatorium in Connecticut, und Joan wurde dort untergebracht. Sie erhielt ausgezeichnete Pflege. Im Laufe der Zeit lernten wir auf diese Weise etwas über Krankenhausmanagement und kauften schließlich noch mehrere andere Hospitäler.«

»Neue Namen, neues Leben«, sagte ich. »Außer für die Johnsons. Haben Sie oder Belding sich das mit dem Rauschgiftfund ausgedacht?«

»Das ... es sollte nicht so laufen, wie es gelaufen ist.«

»Ich bin sicher, für Linda und Cable wäre es ein Trost, das zu wissen.«

Er versuchte zu sprechen. Nichts kam heraus. Er sprühte den Hals, wartete und brachte leise Töne, trocken wie ein Todesröcheln, heraus.

»Es war nie geplant, daß Linda ... dabei war. Sie sollte nicht dort sein, sollte weg sein, einkaufen. Sie stellte keine Bedrohung dar. Wenn ihr Bruder aus dem Weg war, wäre man mit ihr zurecht gekommen. Aber ihr Wagen sprang nicht an; sie telefonierte nach einem Taxi, als die Dinge über sie hereinbrachen. Cable, dieser Dreckskerl, packte sie und benutzte sie als *Schild*. Sie wurde zufällig erschossen, es war ein Unfall.«

»Stimmt nicht«, sagte ich. »Sie hätte sich die Kinder nicht wegnehmen lassen, ohne ein Riesengeschrei zu machen. Sie mußte sterben. Sie wußten das entweder von Anfang an, oder Sie entschieden sich dafür, es nicht zu sehen, als Sie die Razzia planten. Die elegante Suite in der Fontaine Street – all die Juwelen, Pelze, Autos – waren dazu da, sie und Cable einzulullen, damit sie glaubten, Belding sei mit ihren Bedingungen einverstanden. Aber beide waren sie in dem Augenblick tot und erledigt, in dem sie mit den Babys sein Büro betrat.«

»Sie irren sich, Mr. Delaware. Ich hatte alles arrangiert.«

»Nehmen wir an, das stimmt. Sagen wir: Jemand anders hat Ihr Arrangement rearrangiert.«

Er packte den Tischrand mit beiden Händen. Der Blick in seinen Augen war stärker als die Bräune der Haut, die Kleidung, der kultivierte Charme.

»Nein«, krächzte er. »Es war ein Fehler. Ihr idiotischer Bruder, dieser Abschaum, hat sie umgebracht – sie in der Weise benutzt, wie er's immer getan hat.«

»Vielleicht hat er das getan. Aber Hummel und DeGranzfeld hätten sie sowieso getötet auf Beldings Befehl. Er war zufrieden mit dem, was sie getan hatten, und belohnte sie mit Jobs in Vegas.«

Er sagte eine Zeitlang nichts.

Konnte das so gewesen sein? Es schien an ihm zu nagen, ihn von innen heraus zu zerfressen. Er sah durch mich hindurch. Zurück in eine andere Zeit.

»Unsinn, das glaube ich nicht«, sagte er.

»Sind Sie der Vater?« fragte ich.

Noch ein langes Schweigen. »Ich weiß es nicht.« Dann: »Leland und ich haben dieselbe Blutgruppe: 0 positiv. Zusammen mit dreiundvierzig Prozent der Bevölkerung.«

»Heute gibt es präzise Tests.«

»Wozu wäre das gut?« Seine Stimme erhob sich, brach ab und erstarb. »Ich rettete sie. Brachte sie in ein gutes Zuhause. Das war genug.«

»Nicht für Sharon. Sie endete nackt, aß Majonäse aus dem Glas. Wieder ein Plan schiefgegangen?«

Er schloß die Augen, zog eine Grimasse, wurde von Sekunde zu Sekunde älter. »Es war für sie beide am besten.«

»Das habe ich schon einmal gehört.«

»Sherry war ein beängstigendes Kind. Ich hatte die Anzeichen von Gewalttätigkeit bei ihr bemerkt von dem Augenblick an, als sie laufen lernte. Es machte mir angst. Ich dachte nach über den schlechten Samen – die Johnsons stammten von Generationen von Übeltätern ab. Schließlich wurde es klar, daß Hope mit beiden zugleich nicht fertig werden konnte. Sharon wurde verfolgt und verprügelt. Es eskalierte stetig. Etwas mußte geschehen. Als Sherry sie zu ertränken versuchte, wußte ich, daß es Zeit war. Aber Leland durfte nichts davon erfahren. Er hatte sie vollkommen vergessen, sie seit dem Transfer nicht mehr erwähnt. Aber ich wußte: Jede Veränderung der Pläne wäre in seinen Augen ein Beweis, daß meine Art, mit der Situation umzugehen, nicht zum Erfolg führte. Und dann würde er verlangen, daß es so gemacht würde, wie er es wollte.«

»Was haben Sie ihm gesagt?«

»Daß Sharon durch einen unglücklichen Zufall ertrunken sei. *Das* paßte ihm sehr.«

Seine Lippen fingen an zu zittern. Er legte eine manikürte Hand auf den Mund, um den Verlust seiner Selbstbeherrschung zu verbergen.

»Warum wurde Sharon verbannt?« fragte ich. »Warum nicht Sherry?«

»Weil Sherry diejenige war, auf die man *aufpassen* mußte – sie war instabil, eine geladene Kanone. Sie dort draußen unbeobachtet zu lassen war zu gefährlich – für beide.«

»Das ist nicht der einzige Grund«, sagte ich.

»Nein. Hope wollte es so. Sie fühlte sich Sherry näher und fand, Sherry brauche sie mehr.«

»Bestrafung des Opfers«, sagte ich. »Vom herrschaftlichen Haus zu einem Dreckplatz. Zwei geistig Zurückgebliebene als Aufpasser.«

»Es *waren* gute Leute«, sagte er. Er fing an zu husten und schüttelte, als er nicht aufhören konnte, den Kopf hin und her, japste nach Luft. Seine Augen füllten sich mit Tränen, und er mußte sich am Tisch festhalten.

Schließlich konnte er sprechen, aber so leise, daß ich mich vorbeugen mußte, um ihn zu verstehen: »Gute Leute. Sie hatten schon für mich gearbeitet. Ich wußte, daß man ihnen vertrauen konnte. Das Arrangement sollte auch nur vorübergehend sein – um Zeit für Sharon zu gewinnen, bis ich etwas Besseres für sie hatte.«

»Um ihre Identität auszulöschen.«

»Um *ihretwillen!*« Sein Flüstern war scharf und beharrlich. Er legte ein Seidentaschentuch an die Lippen, spuckte etwas hinein.

»Entschuldigen Sie«, sagte er. Dann: »Sie hatte das Gesicht ihrer Mutter.«

»Sherry auch.«

»Nein, nein. Sherry hatte dieselben Züge. Aber nicht das Gesicht.«

Wir sagten lange Zeit nichts. Dann plötzlich, als zwänge er sich aus seiner sentimentalen Erstarrung heraus, richtete er sich auf und schnipste mit dem Finger. Der Diener brachte ihm ein Glas Eiswasser und war fort. Er trank, räusperte sich, berührte seinen Adamsapfel, schluckte heftig. Zwang sich zu einem Lächeln, aber sah ausgepumpt, besiegt aus. Ein Mann, der in der ersten Klasse durchs Leben gesegelt war und nun merkte, daß die Fahrt nirgendwohin geführt hatte.

Ich war mit einem Haß auf ihn angekommen und bereit gewesen, ihn weiter zu schüren. Aber mir war jetzt, als müßte ich den Arm um ihn legen.

Dann dachte ich an die Toten, an die vielen Leichen und sagte: »Aus etwas Vorübergehendem wurde ein Dauerzustand.«

Er nickte. »Ich suchte immer noch nach einer anderen Möglichkeit, einem anderen Arrangement. Inzwischen bewährten sich Shirlee und Jasper als Gutsbesitzer – erstaunlich. Dann entdeckte Helen die kleine Sharon, machte sie zu ihrem Schützling, fing an, sie zu erziehen, wunderbar zu formen. Ich kam zu dem Ergebnis, daß es nichts Besseres für sie geben konnte. Ich setzte mich mit Helen in Verbindung; wir trafen eine Übereinkunft.«

»Helen wurde bezahlt?«

»Nicht mit Geld – sie und ihr Mann waren zu stolz dafür. Aber es gab andere Dinge, die ich für sie tun konnte. Stipendien für ihre Kinder, Aufgabe eines Plans, das Land in Willow Glen an eine Baugesellschaft zu verkaufen. Seit über dreißig Jahren kauft Magna alle landwirtschaftlichen Überschüsse von Willow Glen – nicht nur diejenigen Helens – auf und entschädigt die Leute für Verluste bis zu einer gewissen Grenze.«

»Man bezahlt sie dafür, daß sie keine Äpfel ernten.«

»Eine amerikanische Tradition«, sagte er. »Sie sollten Wendys Honig und Cider probieren. Unsere Angestellten sind davon begeistert.«

Ich erinnerte mich an Helens Klage:

Sie wollen nicht verkaufen ... Deshalb kann Willow Glen sich nicht entwickeln.

Um Shirlee und Jasper und ihren kleinen Schützling vor neugierigen Augen zu verbergen.

»Wieviel weiß Helen?« fragte ich.

»Ihr Wissen ist sehr beschränkt. Zu ihrem eigenen Vorteil.«

»Was wird aus den Ransoms werden?«

»Nichts wird sich ändern«, sagte er. »Sie werden weiter ein wundervolles, einfaches Leben führen. Haben Sie irgendwelche Anzeichen von Leiden in ihren Gesichtern gesehen, Doktor? Es fehlt ihnen an nichts, nach den Maßstäben der meisten Leute würde man sie als wohlhabend betrachten. Helen kümmert sich um sie. Bevor sie dazukam, habe ich es getan.«

Er gestattete sich ein selbstzufriedenes Lächeln.

»Na gut«, sagte ich. »Sie sind Mutter Teresa. Wie kommt es dann, daß Leute sterben?«

»Manche Leute«, erwiderte er, »verdienen es zu sterben.«

»Klingt wie ein Zitat vom Vorsitzenden Belding.«

Keine Antwort.

»Was ist mit Sharon?« fragte ich. »Verdiente sie den Tod, weil sie zu erfahren versuchte, wer sie war?«

Er stand auf, starrte auf mich herab. Alle Selbstzweifel waren fort, wieder war er der Generalbevollmächtigte.

»Worte können nicht alles ausdrücken«, sagte er. »Kommen Sie mit.«

Wir gingen hinaus in Richtung Wüste. Er richtete den Lichtstrahl einer Taschenlampe auf den Boden, der die löchrige Erde, tierähnliche Gebüschgruppen und hoch aufragende Saguaro-Kakteen beleuchtete.

Nach ungefähr einer halben Meile traf der Strahl ein kleines, stromlinienförmiges Fiberglasvehikel – den Golfkarren, den ich mir während der Fahrt mit Hummel vorgestellt hatte. Dunkle Farbe, Rennwagendesign, dicke Reifen für Geländefahrten. Ein vorwärts geneigtes *M* auf der Tür.

Er setzte sich hinters Steuer und winkte mir einzusteigen. Keine Augenbinde für diese Fahrt. Entweder er vertraute mir, oder ich war zum Tode verurteilt. Er knipste zahlreiche Schalter an. Scheinwerfer. Das Surren eines Elektromotors. Noch ein Knipser, und die Frequenz des Summens erhöhte sich. Wir bewegten uns mit überraschender Geschwindigkeit vorwärts, doppelt so schnell, wie ich auf meiner Holpertour mit Hummel gefahren war – dem Sadisten. Schneller als ich es bei einem Elektrofahrzeug für möglich gehalten hätte. Aber schließlich befand ich mich auf High-Tech-Gelände. Auf der Patente-Ranch.

Wir fuhren über eine Stunde, ohne ein Wort miteinander zu wechseln, segelten über Flächen kalkigen Wüstenlandes. Die Luft war immer noch heiß und wurde würziger, ein milder Duft nach Kräutern.

Vidal hustete viel, als das Fahrzeug Wolken feinen Kalkstaubs aufwirbelte, aber er steuerte lässig weiter. Die Granitberge waren schwache Markierungen auf einer schwarzen Konstruktionszeichnung.

Er knipste noch einen Schalter an und ließ den Mond erscheinen, gigantisch, milchig weiß und erdgebunden.

Gar nicht der Mond, sondern ein riesiger, von innen erleuchteter Golfball.

Eine geodätische Kuppel von vielleicht zehn Meter Durchmesser.

Vidal fuhr darauf zu und parkte. Die Oberfläche der Kuppel bestand aus sechseckigen weißen Plastikflächen, die von weißen Metallröhren umrahmt waren. Ich suchte nach der Zelle, die Seaman Cross beschrieben hatte – in der er gesessen hatte, als er mit Belding kommunizierte. Aber der einzige Zugang zu dem Gebäude war eine weiße Tür.

»*Der amputierte Milliardär*«, sagte ich.

»Ein dummes kleines Buch«, meinte Vidal. »Leland setzte es sich in den Kopf, daß jemand eine Chronik über ihn schreiben müsse.«

»Wie kam er auf Cross?«

Wir stiegen aus dem Karren. »Ich habe nicht die leiseste Ahnung. Ich sagte ihnen ja schon, daß er mir seine Gedanken nie mitgeteilt hat. Ich war auch nicht im Lande, als er den Deal mit ihm auskochte. Später änderte er seine Meinung und verlangte, daß Cross gegen eine Geldzahlung von dem Projekt Abstand nahm. Cross steckte das Geld ein, schrieb das Buch aber weiter. Leland war sehr verärgert.«

»Wieder ein Auftrag: Cross finden und vernichten.«

»Alles wurde legal gehandhabt – über die Gerichte.«

»Der Einbruch in seinen Tresor war nicht gerade legal. Haben Sie dieselben Leute für den Einbruch bei den Fontaines eingesetzt?«

Sein Gesichtsausdruck sagte, daß es sich nicht lohnte, darauf zu antworten. Wir gingen los.

Ich fragte: »Was ist mit Cross' Selbstmord?«

»Cross war willensschwach, wurde mit dem Leben nicht fertig.«

»Sie sagen, es wäre ein echter Selbstmord gewesen?«

»Absolut.«

»Wenn er sich nicht selbst erledigt hätte, hätten Sie ihn dann am Leben gelassen?«

Er lächelte und schüttelte den Kopf. »Wie ich Ihnen schon erklärt habe, Doktor: Ich zerquetsche keine Leute. Außerdem stellte Cross keine Bedrohung dar. Niemand glaubte ihm.«

Die Tür war weiß und nahtlos. Er legte die Hand auf den Türknopf, sah mich an und ließ seine Botschaft auf mich wirken.

Cross hatte die Quelle vergiftet, was Nachrichten über Leland Belding anging. Keiner würde mir glauben. Diesen Tag hatte es nie gegeben.

Ich sah zur Kuppel hoch. Sternenlicht ließ sie schimmern wie eine gigantische Qualle. Die Plastikhülle gab einen Geruch nach neuem Auto ab. Vidal drehte den Knopf herum.

Ich trat ein. Die Tür schloß sich hinter mir. Einen Augenblick später hörte ich den Buggy wegfahren.

Ich sah mich um, erwartete Perlleinwände, Schaltpulte, Regler, einen Wirrwarr aus elektronischer Pasta à la Flash Gordon.

Aber es war nur ein großer Raum, die Innenwände mit Tüchern aus weißem Plastik bedeckt. Der Rest hätte aus jeder modernen Vorstadtwohnung stammen können. Eisblauer Teppich. Eichenmöbel. Fernsehtruhe. Stereokomponenten über einem Schallplattenschrank. Vorgefertigtes Buchregal und passender Zeitschriftenkorb. Eine kleine, feine Küche auf der einen Seite. Topfpflanzen. Gerahmte Schallplattencover. Apfelzeichnungen.

Und drei Betten, die parallel nebeneinander standen wie in einer Schlafkabine. Oder einer Krankenstation: Die ersten beiden waren Hospitalbetten mit Hebeln zum Verstellen und schwenkbaren Chromtischchen.

Das nächststehende war leer bis auf etwas, das auf dem Kopfkissen lag. Ich sah näher hin. Es war ein Spielzeugflugzeug – ein Bomber, dunkel angemalt und mit vorwärts geneigtem *M* auf der Tür.

Im zweiten lag eine verkrüppelte junge Frau unter einer farbenfrohen Steppdecke. Unbeweglich, mit offenem Mund, ein paar grauen Strähnen im schwarzen Haar, aber sonst völlig unverändert in den sechs Jahren, seit ich sie kennengelernt hatte. Als hätte das Gebrechen ihren Körper so beherrscht, daß es sie alterslos gemacht hatte. Sie holte tief saugend Luft, und Luft kam mit einem Quieken heraus.

In der Atmosphäre, die nach neuem Auto roch, war ein Hauch von Parfüm. Es duftete nach Seife und Wasser und frischem Gras.

35

Sharon saß auf der Kante des dritten Betts, die Hände im Schoß gefaltet. Ein seidenpapierdünnes Lächeln zierte ihre Lippen.

Sie trug ein langes, weißes, vorn durchgeknöpftes Kleid. Ihr Haar war glattgekämmt und in der Mitte gescheitelt. Kein Make-up, keine Juwelen. Ihre Augen purpurn im Licht der Kuppel.

Sie zappelte nervös, als ich sie anstarrte. Lange Finger. Arme weich wie Butter. Ihre Brüste spannten sich unter dem Kleid. Seide. Teuer, aber es ähnelte einem Schwesternkittel.

»Hallo, Alex.«

Auf Shirlee Ransoms Schwenktisch befanden sich Taschentücher, eine Wärmflasche, ein Schleimabsaugegerät, ein Wasserkrug und ein leeres Trinkglas. Ich nahm das Glas, rollte es zwischen den Handflächen und stellte es wieder hin.

»Komm«, sagte sie.

Ich setzte mich neben sie, sagte: »Auferstanden wie Lazarus.«

»Niemals gestorben.«

»Es war jemand anders.«

Sie nickte.

Ich fragte: »Das rote Kleid? Erdbeerdaiquiris?«

»*Sie.*«

»Schlief mit deinen Patienten?«

Sie rutschte zu mir herüber, so daß unsere Schenkel sich berührten. »*Sie.* Sie wollte mir schaden, es war ihr gleich, ob sie anderen dabei auch weh tat. Ich habe nichts begriffen, bis es Absagen hagelte. Ich konnte es nicht verstehen. Alles hatte sich so gut entwickelt – die meisten Fälle nur mit kurzer Behandlungszeit, aber alle mochten mich. Ich rief sie an. Fast alle weigerten sich, mit mir zu reden. Ein paar Ehefrauen fingen an zu schimpfen, voller Wut, drohten mir. Es war wie ein schlechter Traum. Dann sagte mir Sherry, was sie getan hatte. Sie lachte. Sie hatte bei mir gewohnt, meinen Praxisschlüssel an sich gebracht und eine Kopie anfertigen lassen. Damit kam sie auch an meine Patientenkartei, suchte sich die aus, die sie *süß* fand, bot ihnen eine kostenlose Weiterbehandlung an und ... *legte sie um* und dann *legte sie* sie *ab.* So drückte sie es aus. Als ich mich beruhigt hatte, fragte ich sie, *warum.* Sie sagte, sie wollte verdammt sein, wenn sie mich Doktor spielen und sich von mir etwas sagen ließe.«

Sie legte eine Hand auf meinen Schenkel. Ihre Handfläche war feucht. »Ich wußte, daß sie mir grollte, aber ich hatte mir nie vorgestellt, daß sie es so weit treiben würde. Als wir zusammenzogen, tat sie erst so, als ob sie mich sehr gern mochte.«

»Wann war das?«

»In meinem letzten Jahr vor dem Examen. Im Herbst.«

Überrascht fragte ich: »Nicht im Sommer?«

»Nein. Im Herbst. Oktober.«

»Was war das für eine Familienangelegenheit, die dich hinderte, mit nach San Francisco zu kommen?«

»Therapie.«

»Behandeltest du jemanden, oder wurdest du behandelt?«

»Ich wurde behandelt.«

»Von Kruse?«

Nicken. »Es war ein entscheidender Zeitpunkt. Ich konnte nicht weg. Wir arbeiteten an den wichtigen Themen ... Es waren wirklich Familienangelegenheiten.«

»Wo wohntest du?«

»Bei ihm zu Haus.«

Ich war dorthin gefahren und hatte sie gesucht, hatte Kruses zwei Gesichter gesehen ...

Guten Tag ...

»Es war ziemlich intensiv«, sagte sie. »Er wollte alle Variablen überprüfen.«

»Es fiel dir nicht schwer, dort zu schlafen?«

»Ich ... Nein, er half mir. Entspannte mich.«

»Hypnose.«

»Ja. Er bereitete mich vor – auf die Begegnung mit ihr. Er dachte, es würde sich daraus ein Heilungsprozeß entwickeln. Für uns beide. Aber er unterschätzte, wieviel Haß noch da war.«

Sie blieb ruhig, aber der Druck ihrer Hand nahm zu. »Sie spielte mir etwas vor, Alex. Es war leicht für sie – sie hatte Schauspielunterricht gehabt.«

Manche zieht es zur Bühne und zum Film ... »Interessante Berufswahl«, sagte ich.

»Es war kein Beruf, nur eine Laune. Wie alles andere. Zuerst benutzte sie es, um sich an mich heranzupirschen, dann, um sich auf den zu stürzen, den ich, wie sie wußte, am meisten liebhatte – auf dich; dann, Jahre später, war's meine Arbeit. Sie wußte, wieviel mir meine Arbeit bedeutete.«

»Warum hast du dir keine Lizenz besorgt?«

Sie zog an ihrem Ohrläppchen. »Zu viele ... Ablenkungen. Ich war nicht soweit.«

»Pauls Meinung?«

»Und meine.«

Sie drängte sich an mich. Ihre Berührung war mir unangenehm. »Du bist der einzige Mann, den ich je geliebt habe, Alex.«

»Was ist mit Jasper? Und Paul?«

Die Erwähnung von Kruses Namen ließ sie zurückzucken.

»Ich meine romantische Liebe. *Körperliche* Liebe. Du bist der einzige, der je in mir *drin* gewesen ist.«

Ich sagte nichts.

»Alex, es ist wahr. Ich weiß, du hast etwas anderes vermutet, aber Paul und ich haben nie zusammen geschlafen. Ich war seine Patientin – mit einem Patienten zu schlafen ist wie Inzest. Selbst nach dem Ende der Therapie.«

Etwas in ihrer Stimme ließ mich zurückweichen. »Okay. Aber laß uns nicht Mickey Starbuck vergessen.«

»Wen?«

»Deinen Co-Star. In *Check-up*.«

»Wie hieß er? Mickey? Alles, was ich wußte, war, daß es ein Strichjunge war, den Paul wegen einer Kokainabhängigkeit behandelt hatte. Damals in Florida. Ich bin nie in Florida gewesen.«

»*Sie?*«

Sie nickte.

»Wer hat die Rolle besetzt?« fragte ich.

»Ich weiß, wie es aussieht, aber Paul dachte, es könnte helfen.«

»Radikale Therapie. Es durcharbeiten.«

»Du mußt es im Zusammenhang sehen, Alex. Er hatte jahrelang mit ihr gearbeitet, ohne großen Erfolg. Er mußte alles versuchen.«

Ich sah weg, nahm die Umgebung in mich auf. Auf dem blauen Teppichboden lag ein handgeknüpfter Läufer. Die Plattenhüllen verkündeten Binsenwahrheiten: Zu Hause ist's am schönsten. Raumschiffgemütlichkeit. Als wären Außerirdische mal eben auf einer Main Street gelandet und hätten die USA ihrer Klischees beraubt.

Als ich mich ihr wieder zuwandte, lächelte sie. Ein strahlendes Lächeln. Zu strahlend. Wie eine Glasur vor dem Platzen.

»Alex, ich verstehe sehr wohl, wie seltsam das alles in deinen Ohren klingen muß. Es ist schwer, so viele Jahre in ein paar Minuten zusammenzufassen.«

Ich lächelte zurück und zeigte meine Verwirrung. »Es ist überwältigend – diese Dynamik –, wie alles zusammenpaßt.«

»Ich will mein Bestes tun, um es dir zu erklären.«

»Das wäre nicht schlecht.«

»Wo möchtest du, daß ich anfange?«

»Ganz von Anfang an scheint mir ein guter Beginn zu sein.«

Sie legte den Kopf auf meine Schulter. »Das ist das Problem. Es gibt im Grunde keinen Anfang«, sagte sie mit derselben körperlosen Stimme, mit der sie vor Jahren vom Tod ihrer ›Eltern‹ gesprochen hatte. »Meine ersten Jahre sind ganz verschwommen. Man hat mir zwar davon erzählt, aber es ist, als ob man eine Geschichte über jemand anderen hört. Darum ging es in der Therapie damals im Sommer. Paul versuchte, mich von der Selbstblockade zu befreien.«

»Temporäre Verdrängung?«

»Temporäre Verdrängung, freie Assoziation, Gestalt-Übungen – all die Standardtechniken. Methoden, die ich selbst bei meinen Patienten benutzt habe. Aber nichts funktionierte. Ich konnte mich an gar nichts erinnern. Intellektuell *verstand* ich meine Abwehr ja, wußte, daß ich verdrängte, aber das half mir nicht *hier* drin.« Sie legte meine Hand auf ihren Bauch.

»Wie weit zurück konntest du dich erinnern?«

»An glückliche Zeiten. Shirlee und Jasper. Und Helen. Onkel Billy sagte mir, du hättest sie gestern kennengelernt. Ist sie nicht eine außergewöhnliche Persönlichkeit?«

»Ja, das ist sie.« *Gestern.* Es kam mir vor, als wäre es Jahrhunderte her. »Weiß sie, daß du lebst?«

Sie verzog das Gesicht, als ob sie etwas gestochen hätte. Hartes Zupfen am Ohrläppchen. »Onkel Billy sagte, er würde sich darum kümmern.«

»Ich bin sicher, daß er das tun wird. Worüber hast du mit ihm bei der Party gesprochen?«

»Über *sie.* Sie zwang sich mir wieder auf – kam zu jeder Tages- und Nachtzeit vorbei, weckte mich auf, schrie und fluchte oder kroch zu mir ins Bett und mißhandelte mich, versuchte an meinen Brüsten zu saugen. Einmal erwischte ich sie mit einer Schere, wie sie mir das Haar abzuschnipseln versuchte. Zu anderen Zeiten kam sie von Drogen betäubt oder von ihren Daiquiris betrunken an, erbrach sich überall in der Wohnung, verlor auf dem Teppich die Kontrolle über ihre Blase. Ich ließ andauernd neue Schlösser einsetzen; sie fand immer irgendeinen Weg hinein. Sie aß Tabletten wie Konfekt.«

Alte Einstiche zwischen den Zehen. »Spritzte sie Drogen?«

»Das hat sie vor Jahren getan. Ich weiß nicht, vielleicht hatte sie wieder angefangen – Kokain, Speed. Mit den Jahren muß sie mindestens ein dutzendmal eine Überdosis eingenommen haben. Ich hatte einen von Onkel Billys Ärzten vierundzwanzig Stunden in Bereitschaft, nur um ihr den Magen auszupumpen. Am Tag der Party wurde es noch schlimmer mit ihr, und sie versuchte, mich mit herunterzuziehen, sagte immerzu, wir wären *ewige* Zimmergenossinnen. Ich hatte Angst, hielt's einfach nicht mehr aus. Da bat ich Onkel Billy, sich darum zu kümmern. Sogar nach allem, was ich mit ihr durchgemacht hatte, fiel es mir schwer, ich wußte, daß man sie wegbringen würde. Daß ich dich bei der Party sah, gab mir also wirklich neuen Mut. Eine Woche davor war ich bei Paul zu Haus gewesen, und Suzanne schrieb die Einladungen mit ihrer Schönschrift. Ich sah deinen Namen auf der Liste und spürte so eine Sehnsucht nach dir.«

Sie nahm meine Hand und führte sie zu ihrem Unterleib hinab. Ich fühlte Hitze, Schwere und das weiche Netz des Schamhaars unter der Seide.

»Ich hoffte, daß du kommen würdest«, sagte sie. »Ich sah ein paarmal bei den Antworten nach, ob du zugesagt hattest, aber das hattest du nicht. Als unsere Augen sich dann begegneten, konnte ich's nicht glauben. Schicksal. Ich wollte unbedingt einen Kontakt herstellen.« Sie küßte mich auf die Wange. »Und jetzt bist du hier. Hallo, Fremdling.«

»Hallo.« Ich saß da und erlaubte es ihr, mich noch ein paarmal zu küssen, ihre Finger durch mein Haar streichen zu lassen, mich zu berühren. Ich ertrug es und küßte sie wieder und wußte, was Prostituierte empfinden. Auf der Stirn brach mir der Schweiß aus, und ich wischte ihn mit dem Ärmel ab.

»Möchtest du Wasser?« Sie stand auf und goß mir etwas aus Shirlees Krug ein.

Ich benutzte die Zeit, um einen klaren Kopf zu bekommen. Als sie zurückkehrte, fragte ich: »Hat Paul dich wegen irgend etwas anderem behandelt als wegen der Blockierung deiner Vergangenheit?«

»Eigentlich begann es nicht als richtige Therapie – nur als klinische Beaufsichtigung, die übliche Geschichte: wie meine Gefühle und mein Kommunikationsstil meine Arbeit beeinflußten. Aber als wir da hineinkamen, konnte er sehen, daß ich ... Identitätsprobleme hatte, ein geringes Selbstbewußtsein, wenig Selbstachtung. Ich kam mir unvollständig vor. Und litt an Schuldgefühlen.«

»An Schuldgefühlen, weshalb?«

»Aus allen möglichen Gründen. Daß ich Shirlee und Jasper verlassen hatte – ihr *Liebling*. Ich mochte sie wirklich gern, und es lag mir sehr an ihnen, aber ich hatte nie das Gefühl, zu ihnen zu *gehören*. Und Helen. Obwohl sie mich im Grunde aufgezogen hat, war sie nicht meine Mutter – es gab immer eine Wand zwischen uns. Es war verwirrend.«

Ich nickte.

»Im ersten Jahr der Ausbildung«, sagte sie, »stand ich ziemlich unter Druck. Es wurde tatsächlich erwartet, daß man *anderen* Leuten half. Das erschreckte mich – darum bin ich aus dem Praktikum weggelaufen. Ich glaube, im Grunde stimmte ich dem zu, was die anderen sagten: Ich kam mir wie eine Schwindlerin, wie eine Hochstaplerin vor.«

»Das geht zuerst jedem so.«

Sie lächelte. »Immer der Therapeut. Das warst du an dem Abend. Mein Fels. Als ich deinen Namen auf der Partyliste sah, ich glaube, da dachte ich, die Geschichte ginge vielleicht noch einmal von vorn los.«

»Bevor du Sherry trafst – bevor du von ihr wußtest –, hast du dir da je vorgestellt, eine Zwillingsschwester zu haben?«

»Ja, die ganze Zeit, als ich Kind war. Aber ich habe nie sehr daran geglaubt. Ich war die Art Kind, das sich *alles* mögliche vorstellt.«

»Gab es da ein Zwillingsbild, das immer wiederkehrte?«

Nicken. »Ein Mädchen in meinem Alter, das genauso wie ich aussah, aber das selbstbewußt, beliebt, anspruchsvoll war. Ich nannte sie die ›große Sharon‹, obwohl sie nicht größer als ich war, weil sie so eine große, starke Persönlichkeit besaß. Paul sagte, ich sähe mich selbst als winzig und kümmerlich. Als unbedeutend. Die ›große Sharon‹ blieb im Hintergrund, hinter den Kulissen, aber ich konnte mit ihrer Hilfe rechnen, wenn ich in Schwierigkeiten geriet. Jahre später, in meinem ersten Psychologiekurs, erfuhr ich, daß das normal war – Kinder tun es die ganze Zeit. Aber ich tat es sogar noch als Jugendliche, sogar noch im *College*. Es war mir peinlich, ich hatte Angst, ich könnte im Schlaf darüber reden und die anderen Mädchen im Zimmer würden annehmen, mit mir wäre etwas nicht in Ordnung. Also strengte ich mich bewußt an, von der ›großen Sharon‹ loszukommen und endlich erwachsen zu werden. Schließlich gelang es mir, sie so weit zu unterdrücken, daß sie nicht mehr da war. Aber sie kam in der Hypnose heraus, als Paul mich untersuchte. Ich fing an, über sie zu reden. Dann mit ihr. Paul sagte, sie sei meine Partnerin. Meine stille Partnerin, die irgendwo in der Vergangenheit herumschwebte. Er sagte, jeder hätte so einen stillen Partner – darauf wolle Freud mit seinem Ich, Es und Über-Ich hinaus. Daß es okay wäre, sie zu haben – sie sei nichts anderes als ein anderer Teil von mir. Das war eine sehr affirmative Botschaft.«

»Und im Herbst beschloß er, dich mit deinen richtigen stillen Teilhaberinnen bekannt zu machen.«

Sie spannte sich. Das glasige Lächeln lag wieder auf ihrem Gesicht.

»Ja, denn inzwischen war ich soweit.«

»Wie hat er es arrangiert?«

»Er rief mich zu sich in die Praxis und sagte, er hätte mir etwas zu erzählen. Ich solle mich lieber hinsetzen – es könnte traumatisch sein. Aber es wäre bestimmt von großer Bedeutung, eine Erfahrung, die für meine Weiterentwicklung wichtig sei. Dann hypnotisierte er mich, versetzte mich in eine Phase tiefer Muskelentspannung und transzendentaler Heiterkeit. Als ich richtig entspannt war, sagte er mir, ich wäre einer der glücklichsten Menschen auf der Welt, weil ich eine richtige stille Partnerin – zwei Partnerinnen sogar – hätte. Daß ich eine von dreien wäre. *Drillingen.*«

Sie sah mich an und nahm meine beiden Hände zwischen ihre. »Alex, all diese Gefühle, unvollständig zu sein – und daher der Versuch, das Loch mit der ›großen Sharon‹ zu füllen, waren in meinem Unterbewußtsein gewesen, das mir nicht erlaubte zu vergessen, trotz der Unterdrückung. Daß ich in der Therapie mit der ›großen Sharon‹ hatte sprechen können, hieß in seinen Augen: Ich hatte eine höhere Ebene erreicht und war bereit, mit meiner Identität – daß ich ein Drittel eines Ganzen war – in Berührung zu kommen.«

»Was war das für ein Gefühl für dich, als du es erfuhrst?«

»Zuerst war es wundervoll. Eine Welle der Glückseligkeit rollte über mich hinweg – ich war freude*trunken.* Dann plötzlich wurde alles kalt und dunkel, und die Wände kamen auf mich zu.«

Sie schlang die Arme um mich, hielt mich fest.

»Es war unglaublich, Alex – unglaublich schrecklich. Als träte mir jemand auf die Brust, um mich zu erdrücken. Ich dachte, ich müßte sterben. Ich versuchte zu schreien, aber kein Ton kam heraus. Versuchte aufzustehen, und fiel hin, fing an, auf die Tür zuzukriechen. Paul hob mich auf, hielt mich fest, redete mir unaufhörlich ins Ohr, sagte, es wäre alles gut, ich solle langsam und tief atmen, rhythmisch, es sei nur ein Angstanfall. Schließlich gelang es mir, aber ich fühlte mich nicht normal. All meine Sinne waren wie *verstopft,* und ich hatte das Gefühl zu *bersten.* Dann kam etwas tief aus meinem Innern heraus – ein fürchterlicher Schrei, lauter, als ich je zuvor geschrien hatte. Der Schrei von jemand anderem – er klang nicht, als ob er von mir stammte. Ich wollte mich davon distanzieren, mich in den Sessel des Therapeuten setzen und jemand anderen schreien hören. Aber ich *war* es selbst, und ich konnte nicht aufhören. Paul drückte mir die Hand auf den Mund. Als das nichts half, schlug er mir ins Gesicht. Hart. Es tat weh, aber es war ein gutes Gefühl, wenn du das verstehen kannst. Daß sich jemand um dich kümmert.«

»Ich verstehe.«

Sie sagte: »Danke«, und küßte mich wieder.

»Was dann?«

»Dann hielt er mich fest, bis ich ruhig war. Streckte mich auf dem Boden aus, ließ mich dort liegen und versetzte mich in tiefere Hypnose. Dann sagte er mir, ich solle die Augen aufschlagen, griff in seine Hemdtasche – ich sehe es noch vor mir, er trug ein rotes Seidenhemd – und gab mir ein Foto. Zwei kleine Mädchen. Ich und ein anderes Ich. Er sagte, ich solle auf die Rückseite sehen, er hätte etwas daraufgeschrieben. Ich sah nach: *S und S. Stille Partnerinnen.* Er sagte, das sei mein Katechismus, meine heilende Mantra. Und das Foto sei meine Ikone – er hätte es für mich besorgt, und ich solle es gut aufbewahren. Wenn Zweifel oder Ängste mich überkämen, solle ich es hervorholen und mich hineinversenken. Dann sagte er, ich solle es sofort tun, und er fing an, mir von dem anderen Mädchen zu erzählen. Daß sie Sherry heiße. Sie war seit Jahren bei ihm in Behandlung, schon bevor er mich kennengelernt hatte. Als er mich zum erstenmal erblickte, dachte er, *sie* sei es. Daß er uns beiden begegnet war, sei ein Wunder – wunderbares Karma –, und das Ziel seines Lebens sei seither unsere Wiedervereinigung zu einem funktionierenden Ganzen. Zu einer Familie.«

»Wie lange hatte er dir ihre Existenz verheimlicht?«

»Nur kurze Zeit. Er konnte mir nicht von ihr erzählen, bevor sie nicht damit einverstanden war. Sie war doch seine Patientin, und er unterlag der Schweigepflicht.«

»Aber damit sie einverstanden war, muß er *ihr* von dir erzählt haben.«

Sie runzelte die Stirn, als müßte sie ein schwieriges Problem lösen. »Das war etwas anderes. Unsere Therapie war nur ein Teil der Überwachung meiner klinischen Arbeit – er sah mich als Kollegin und nahm an, daß ich damit umgehen könnte. Irgendwo mußte er doch anfangen, Alex, und den Kreislauf unterbrechen.«

»Natürlich. Wie reagierte sie darauf, als sie von dir erfuhr?«

»Zuerst weigerte sie sich, ihm zu glauben, sogar noch, als er ihr einen Abzug des Fotos gezeigt hatte. Sie behauptete, es wäre eine Fotomontage, und brauchte lange, bis sie die Tatsache anerkannte, daß es mich gab. Paul sagte mir, sie sei ohne Liebe aufgewachsen und es fiele ihr schwer, eine Beziehung zu knüpfen. Wenn ich jetzt zurückdenke, wird mir klar, daß er mich von Anfang an vor ihr gewarnt hat. Aber in meinem damaligen Zustand akzeptierte ich nichts Negatives. Alles, was ich wußte, war: Mein Leben hatte sich auf magische Weise verändert. *Drillinge,* das leere Gefäß *gefüllt.*«

»Zwei von den dreien«, sagte ich.

»Ja, einen Augenblick darauf wurde mir das klar, und ich fragte ihn nach meiner anderen Partnerin. Er sagte, wir hätten für diesmal genug erreicht, beendete die Sitzung, brauchte lange dazu. Dann reichte er mir einen Kräutertee und ein leichtes Abendessen, ließ mir von Suzanne eine Massage geben, fuhr mich zu meinem Haus und sagte mir, ich solle nun meine Identität ausprobieren.«

»Haus?« fragte ich. »Woher hattest du das Haus?«

»Von Paul. Er erklärte mir, es gehöre ihm, er hätte es sonst vermietet, aber nun stehe es leer, und er wolle, daß ich darin wohnte – ich brauchte eine neue Wohnung für mein neues Leben. Das Haus war perfekt für mich, harmonisch, wie geschaffen für meine Bedürfnisse.«

»Dasselbe mit dem Wagen?«

»Mein kleiner Alfa – war das nicht ein hübsches Auto? Es gab letztes Jahr schließlich seinen Geist auf. Paul sagte, er hätte ihn für Suzanne gekauft, aber sie käme mit der Knüppelschaltung nicht zurecht. Er sagte, nach allem, was ich durchgemacht hätte, verdiente ich ein bißchen Spaß in meinem Leben, also schenkte er es mir. Ich habe natürlich erst später erfahren, daß er im Auftrag handelte – aber er hat alles vermittelt, also stammte in gewissem Sinn alles von ihm.«

»Ich verstehe«, sagte ich. »Was geschah, als du nach Hause kamst?«

»Ich war erschöpft. Die Sitzungen hatten mich ganz schön ausgepumpt. Ich ging ins Bett und schlief wie ein Baby. Aber nachts wachte ich in kalten Schweiß gebadet auf, in Panik, hatte wieder so einen Angstanfall. Ich wollte Paul anrufen, aber ich zitterte zu sehr, als daß ich seine Nummer hätte wählen können. Schließlich gelang es mir, durch tiefes Atmen ruhiger zu werden, aber dann schlug meine Stimmung um – nun war ich wirklich deprimiert, ich wollte mit niemandem mehr sprechen. Es war, als stürzte ich kopfüber in einen bodenlosen Schacht – ein endloses Fallen. Ich kroch unter die Bettdecke, um diesem Gefühl zu entkommen. Ich habe drei Tage lang im Bett gelegen, mich weder angezogen noch etwas gegessen. Ich habe nur immer das Foto angestarrt. Am dritten Tag kamst du und fandest mich. Als ich dich sah, bin ich durchgedreht. Es tut mir leid, Alex, ich habe die Beherrschung verloren.«

Sie berührte meine Wange.

»Mach dir keine Sorgen deswegen«, sagte ich. »Längst vergessen. Was geschah, nachdem ich fort war?«

»Ich blieb eine Weile in diesem Zustand. Irgendwann später – ich weiß wirklich nicht, wie lange danach – kam Paul vorbei, um nachzusehen, wie es mir ging. Er machte mich sauber, zog mich an und nahm mich wieder mit zu sich nach Haus. Eine Woche lang habe ich mich nur ausgeruht, oben in meinem ... in einem Zimmer dort. Dann haben wir noch eine Sitzung gemacht, eine noch tiefere Hypnose, und er erzählte mir von der Trennung.«

»Was hat er dir erzählt?«

»Daß wir mit drei Jahren zur Adoption weggegeben und auseinandergerissen worden wären, weil Sherry immer wieder versucht hätte, mir weh zu tun. Er sagte, die Adoption sei zwar richtig gewesen, aber unsere Adoptivmutter habe selbst Probleme gehabt, und beide zusammen wären wir ihr zuviel geworden. Sie mochte Sherry lieber, also hatte man mich weggegeben.«

Es war ihr schwergefallen, das mit gleichmütiger Stimme vorzutragen, etwas Rohes und Kaltes war in ihren Augen erschienen.

»Was ist?« fragte ich.

»Nichts. Nur die Ironie. Sie hat ihr Leben lang wie eine Prinzessin gelebt, aber ihre Seele war verarmt und verkümmert. Schließlich wurde ich doch die Glücklichere von uns beiden.«

»Hast du je Mrs. Blalock wiedergesehen?«

»Nein. Nicht einmal bei der Party. Worüber hätte ich mit ihr reden sollen? Sie war nur ein Name für mich – nicht mal mehr ein Gesicht. Die Mutter eines anderen Mädchens.«

Ich betrachtete die Plastikwände der Kuppel und sagte nichts. Richtete den Blick auf den Körper im nächsten Bett.

»Wann hat dir Kruse von Partnerin Nummer zwei erzählt?«

»In der dritten Sitzung, aber da gab's nicht viel zu erzählen. Alles, was er wußte, war: Sie war verkrüppelt zur Welt gekommen und in irgendeinem Heim untergebracht.«

»Jemand hat dir dann den Rest erzählt. Onkel Billy?«

»Ja.«

»Der gutaussehende väterliche Anwalt?«

»Nach all den Jahren erinnerst du dich noch daran? Erstaunlich.« Sie wollte angenehm überrascht klingen, aber es schwang eine gewisse Gereiztheit mit. »Tatsache ist: Onkel Billy wollte immer Anwalt werden. Er hatte sich sogar schon erfolgreich um einen Studienplatz beworben, aber dann blieb er an anderen Geschäften hängen.«

»Wann trat er auf den Plan?«

»Als Paul mich ein zweites Mal nach Haus schickte. Vielleicht eine Woche, nachdem wir ... uns getrennt hatten. Es ging mir viel besser, ich brachte die Dinge in die richtige Perspektive. Es läutete an der Tür. Ein älterer Mann mit einem wunderschönen Lächeln stand da. Mit Konfekt und Blumen und einer Flasche Wein. Er sagte, er sei der Bruder der Frau, die mich weggegeben hätte – er bat dafür um Entschuldigung und sagte, ich solle sie nicht hassen, obwohl er es verstehen könnte, wenn ich es täte. Er sagte, sie sei eine hilflose Person, aber er hätte sich immer um mich gekümmert. Sowohl als mein Onkel als auch als Vertreter meines Vaters.«

Sie sah zu dem leeren Bett hin. »Dann sagte er mir, wer mein Vater war.«

Ich fragte: »Was war es für dich für ein Gefühl, als du erfuhrst, daß du Leland Beldings Erbin hättest sein können?«

»Kein so seltsames Gefühl, wie du vielleicht denkst. Natürlich hatte ich von ihm gehört, wußte, daß er ein Genie war und reich, aber es *war* ein merkwürdiges Gefühl zu erfahren, daß wir miteinander verwandt waren. Aber er war tot, verstorben, keine Chance zu irgendeiner Beziehung mehr. Ich interessiere mich mehr für lebendige Menschen.«

Sie hatte meine Frage nicht beantwortet. Ich ließ es durchgehen. »Wie hat dich denn Onkel Billy entdeckt?«

»Paul hatte Nachforschungen angestellt, woher ich kam, und war auf *ihn* gestoßen. Er sagte, er hätte mich schon seit Jahren kennenlernen wollen, aber nicht so recht gewußt, was er dann sagen oder tun sollte, und wäre weggeblieben aus Angst, etwas Falsches zu tun. Nun, da alles ans Licht gekommen sei, wolle er, daß ich alles aus erster Hand erführe.

Ich sagte ihm, ich wüßte von Sherry, und wir redeten ein bißchen über sie – ich merkte, daß er sie nicht mochte, aber er sprach nicht darüber, und ich drängte ihn auch nicht. Ich wollte von meiner anderen Schwester hören und wissen, woher ich kam – von meinen Wurzeln erfahren. Wir saßen da und tranken Wein, und er erzählte mir alles – wir drei seien die Liebeskinder von Mr. Belding und einer Schauspielerin, die er sehr geliebt hatte, aber aus gesellschaftlichen Rücksichten nicht hatte heiraten können. Sie hatte Linda geheißen und sei an Komplikationen im Kindbett gestorben. Er zeigte mir ein Foto von ihr. Sie war sehr schön.«

»Eine Schauspielerin«, sagte ich. Als sie nicht reagierte, fuhr ich fort: »Du siehst so aus wie sie.«

»Das ist ein tolles Kompliment. Wir waren auch ›Wunderkinder‹ gewesen – Frühgeburten, winzig, und niemand dachte, daß wir überleben würden. Linda wurde krank, bekam eine Blutvergiftung, aber sie dachte bis zuletzt an uns und betete für uns. Sie gab uns Namen, wenige Minuten bevor sie starb. Jana, Joan und Jewel Rae – das bin ich. Zwar sind wir alle drei durchgekommen, aber Joan war vielfach behindert. Obwohl Mr. Belding reich und mächtig war, konnte er sie – oder irgendeine von uns – unmöglich aufziehen. Er war sehr scheu – litt an richtigen Phobien Menschen gegenüber, vor allem gegenüber Kindern. Nach dem, was Onkel Billy berichtete, war auch ein wenig Platzangst im Spiel. Deshalb hatte Onkel Billy uns von seiner Schwester adoptieren lassen. Er hatte gedacht, sie würde eine bessere Mutter sein, als sie es dann wirklich war. All die Jahre lang hätten er und Mr. Belding ein ganz schlechtes Gewissen gehabt, daß sie uns hatten gehen lassen.

Ich sagte ihm, Paul wolle ein Meeting mit Sherry arrangieren, und er sagte, ja, das wisse er. Dann fragte ich ihn, ob er eins mit Joan arrangieren könne.«

»Also arbeiteten er und Paul zusammen?«

»Sie kooperierten. Was Joan anging, wich er mir immer aus, aber ich ließ nicht locker, und schließlich erzählte er mir, sie befinde sich irgendwo in Connecticut. Ich sagte ihm, daß ich sie sehen wollte. Er sagte, dafür gebe es keinen Grund – sie sei schwerbehindert und nicht bei Bewußtsein. Ich sagte, ich wollte sie nicht nur sehen, sondern auch mit ihr zusammenleben und mich um sie kümmern. Er sagte, daß sei unmöglich – sie brauche eine Pflege rund um die Uhr, und ich solle mich doch lieber auf mein Studium konzentrieren. Ich sagte, sie sei ein Teil von mir. Ich könnte mich niemals mehr auf irgend etwas konzentrieren, wenn ich sie nicht bei mir hätte. Er dachte darüber nach, fragte, ob ich mir ein paar Tage vom Studium freinehmen könne, und ich sagte: ›Na klar.‹ Wir fuhren schnurstracks zu einem privaten Flugplatz, flogen in einem Firmenjet nach New York und nahmen dann eine Limousine nach Connecticut. Ich weiß, er dachte, wenn ich sie sähe, würde ich es mir anders überlegen. Aber es bestärkte mich nur noch in meinem Entschluß. Ich legte mich zu ihr ins Bett, umarmte sie und küßte sie. Spürte ihre Schwingungen. Als er das sah, war er einverstanden, sie mit nach Kalifornien zu nehmen. Die Corporation kaufte Resthaven und richtete einen privaten Flügel für sie ein. Ich begutachtete das Personal und suchte mir Elmo heraus. Sie wurde ein Teil meines Lebens. Ich entwickelte eine richtige Liebesbeziehung zu ihr. Auch zu den anderen Patienten – ich habe mich immer bei den Verkrüppelten und Schwachsinnigen zu Haus gefühlt. Wenn ich noch einmal zu entscheiden hätte, würde ich mein Leben ihnen widmen.«

Zu Haus. Das einzige richtige Zuhause, das sie je gekannt hatte, hatte sie mit zwei geistig Zurückgebliebenen geteilt. Ein Fall wie im Lehrbuch, aber ihr war's nicht klar.

»Und du hast ihren Namen geändert«, sagte ich.

»Ja. Ein neuer Name symbolisiert ein neues Leben. Sowohl Jana als auch mir hatte man einen neuen Namen gegeben, der mit einem S anfing; also dachte ich, daß Joan auch einen brauche. Um zu uns zu passen.«

Sie stand auf, setzte sich zu ihrer Schwester aufs Bett und berührte die eingefallenen Wangen.

»Sie wird ewig dasein«, sagte sie. »Sie ist eine Konstante in meinem Leben. Ein wirklicher Trost.«

»Anders als deine andere Partnerin.«

Wieder der kalte Blick. »Ja, anders als sie.« Dann ein Lächeln. »Nun, Alex, ich bin fix und fertig. Wir haben soviel geredet.«

»Es gibt noch ein paar Dinge, wenn du nichts dagegen hast.«

Pause. Zum erstenmal, seit ich sie kannte, sah sie verhärmt aus. »Nein, natürlich nicht. Was möchtest du sonst noch wissen?«

Das war eine Menge, aber ich sah mir ihr Lächeln an: Es saß auf ihrem Gesicht, ohne wirklich dazuzugehören – wie das Make-up eines Clowns. Zu breit, zu strahlend: Eine Prodromalerscheinung, Frühwarnung vor irgend etwas. Ich ordnete meine Gedanken und sagte: »Die Geschichte, die du mir über den Tod deiner Eltern auf Mallorca erzählt hast. Woher hattest du die?«

»Eine Phantasievorstellung«, sagte sie. »Wunschdenken, nehme ich an.«

»Was wünschtest du dir?«

»Romantik.«

»Aber wie du sie so erzähltest, ist die Geschichte deiner wirklichen Eltern doch sehr romantisch. Warum das noch ausschmükken?«

Die Farbe verschwand aus ihrem Gesicht. »Ich ... ich weiß nicht, was ich dir sagen soll, Alex. Als du mich fragtest, woher ich das Haus hätte, kam die Geschichte einfach so heraus – spielt das nach all den Jahren noch eine Rolle?«

»Du hast wirklich keine Ahnung, woher die Geschichte stammte?«

»Was meinst du?«

»Genauso sind Leland Beldings Eltern ums Leben gekommen.«

Sie wurde kalkbleich. »Nein, das konnte nicht ...« Dann wieder das strahlende Lächeln. »Wie merkwürdig. Ja, ich kann mir vorstellen, daß dich das interessiert.«

Sie überlegte, zupfte sich am Ohr. »Vielleicht hatte Jung recht. Das kollektive Unbewußte – daß das genetische Material nicht nur körperliche Anzeichen, sondern auch Bilder übermittelt. Erinnerungen. Womöglich hat sich mein Unbewußtes eingeschaltet, als du mich fragtest, und ich erinnerte mich an ihn. Hielt eine Art Nachruf auf ihn.«

»Vielleicht«, sagte ich. »Aber mir fällt noch was dazu ein.«

»Was?«

»Etwas, das Paul dir in der Hypnose sagte und dir dann vorschlug, es wieder zu vergessen. Etwas, das von selbst auftauchte.«

»Nein. Ich … es gab keine Aufforderungen, etwas zu vergessen.«

»Würdest du dich daran erinnern, wenn es sie gegeben hätte?«

Sie stand auf, ballte die Fäuste und hielt sie steif an ihren beiden Seiten.

»Nein, Alex. Er hätte das nicht getan.« Pause. »Und wenn ja, was dann? Es wäre nur geschehen, um mich zu schützen.«

»Ich bin sicher, du hast recht. Entschuldige bitte die Armsessel-analyse. Berufsrisiko.«

Sie sah auf mich herab. Ich nahm ihre Hand, und sie entspannte sich.

»Schließlich hat er dir aber doch von dem Ertrinken erzählt – was emotional hart war.«

»Das Ertrinken«, sagte sie. »Ja. Er hat es mir erzählt. Ich erinnere mich noch genau.«

»Und du hast es mir erzählt. Und Helen.« Und dabei die Wahrheit verdreht wie Holz auf einer Drechselbank.

»Ja, natürlich, das habe ich. Ihr wart Menschen, denen ich mich nah fühlte. Ich wollte, daß ihr es beide wußtet.«

Sie wich zurück, setzte sich auf das andere Ende des Bettes. Verwirrt.

»Es muß ein fürchterliches Erlebnis gewesen sein«, sagte ich, »ins Wasser gestoßen zu werden und unterzugehen. Der Gedanke, daß jemand dich töten wollte. Vor allem in so einem Alter. Der frühen Kindheit.«

Sie wandte mir den Rücken zu. Ich lauschte der Stille, dem rhythmischen Zischen und Quieken von Shirlees Atem.

»Alex?«

»Ja.«

»Meinst du, daß Lügen … eine Kombination von Elementen sind?« Ihre Stimme war leer, tot wie die eines Folteropfers. »Fiktion kombiniert mit unterdrückter Wahrheit? Daß wir, wenn wir lügen, in Wirklichkeit die Wahrheit nehmen und ihren zeitlichen Kontext verändern – sie aus der Vergangenheit vorwärts in die Gegenwart bringen?«

Ich sagte: »Das ist eine interessante Theorie.« Dann: »Wenn du dich dazu fähig fühlst, würde ich gern hören, wie ihr, Sherry und du, euch schließlich kennengelernt habt.«

»Ein paar Tage nachdem Onkel Billy mich besucht hatte, kam Paul vorbei und sagte mir, sie sei bereit.«

»Zurück zu ihm.«

»Ja. Er brachte mich in meinem Zimmer unter und sagte, ich solle meditieren und mich auf alle Fälle richtig gut ausschlafen. Am nächsten Morgen führte er mich hinunter ins Wohnzimmer. Alles war vorbereitet mit großen, weichen Polstern und Kissen und dämmriger Beleuchtung. Er sagte mir, ich solle warten, und ging weg. Einen Augenblick darauf kam er zurück. Mit ihr.

Als ich sie sah, zuckte es mir wie ein elektrischer Schlag das Rückgrat hoch. Ich war unfähig, mich zu bewegen. Sie muß dasselbe durchgemacht haben, weil wir beide einfach nur so dastanden und uns lange, lange anstarrten. Sie sah *genau* wie ich aus, nur hatte sie sich das Haar platinblond gefärbt und war sexy gekleidet. Wir fingen an zu lächeln – genau im gleichen Augenblick. Dann fingen wir an zu kichern, dann laut zu lachen, streckten die Arme aus und liefen aufeinander zu, es war, als liefen wir in einen Spiegel hinein. Ein paar Minuten darauf redeten wir schon miteinander, als wären wir unser ganzes Leben lang die besten Freundinnen gewesen.

Sie war komisch und süß – überhaupt nicht so, wie Paul sie beschrieben hatte. Keine schmutzigen Redensarten oder Verwöhntheit, wie Onkel Billy angedeutet hatte. Man merkte natürlich sofort, daß sie keine besondere Erziehung genossen hatte, was mich überraschte, weil ich ja wußte, daß sie im Reichtum aufgewachsen war. Aber sie war intelligent. Und gute Manieren besaß sie – ihre Haltung, wie sie die Beine übereinanderschlug. Sie erzählte mir, sie nähme Schauspielunterricht und hätte schon in einem Film mitgespielt. Ich fragte sie nach dem Titel, aber sie lachte nur und wechselte das Thema. Sie wollte alles über mein Studium und meine Ausbildung hören und über Psychologie, sagte, sie wäre so stolz, daß ich den Doktortitel bekommen würde. Wir verstanden uns wirklich blendend, stellten fest, daß wir dasselbe Essen mochten, dieselbe Zahnpasta und dasselbe Mundwasser benutzten und dieselben Deodorants. Stellten kleine Angewohnheiten fest, die wir beide hatten.«

»Wie diese?« Ich zog an meinem Ohrläppchen.

»Nein.« Sie lachte. »Ich fürchte, das mache nur ich.«

»Hat sie über ihr Leben zu Haus gesprochen?«

»Beim erstenmal nicht viel – wir interessierten uns wirklich in erster Linie für *uns* selbst. Und sie wußte auch nicht von Joan – Paul sagte, sie sei dafür noch nicht weit genug. Also konzentrierten wir uns allein auf uns. Wir blieben den ganzen Tag in dem Zimmer. Das erste Mal, daß mir irgend etwas Negatives an ihr auffiel, war, als wir von den Männern sprachen. Sie sagte mir, sie hätte eine Menge Männer *flachgelegt,* so viele, daß sie aufgehört hätte zu zählen. Sie horchte mich aus – wollte sehen, ob ich das gut fand oder nicht. Ich wollte kein Urteil über sie fällen, aber ich sagte ihr, für mich gäbe es nur einen einzigen Mann. Sie weigerte sich zuerst, mir zu glauben, dann sagte sie, sie hoffe, das sei denn aber auch wirklich ein toller Mann. Da habe ich ihr von dir erzählt. Alles. Ein Augenblick lang kam ein unheimlicher Blick in ihre Augen – raubtierhaft. Hungrig. Als *haßte* sie mich, weil ich liebte. Aber dann verschwand er so schnell, daß ich dachte, ich hätte es mir eingebildet. Wenn ich es besser gewußt hätte, dann hätte ich dich vor ihr geschützt, glaub mir, Alex. Dann hätte ich uns beschützt.«

»Wann fing es an, schlimm zu werden?«

Ihre Augen wurden feucht. »Bald darauf, obwohl ich es damals noch nicht begriff. Wir sollten zusammen einkaufen. Aber sie kam nicht. Als ich wieder bei Paul zu Haus war, sagte er mir, sie hätte ihre Taschen gepackt und wäre, ohne irgendwem etwas zu sagen, abgereist. Daß sie es immer so machte – daß sie so impulsiv war und sich nicht beherrschen konnte. Ich solle mir keine Vorwürfe machen, es sei nicht meine Schuld. Sie kam schließlich zurück, zwei Wochen später, in einem fürchterlichen Zustand – mit einer Prellung, groggy, konnte sich an nichts mehr erinnern, nur daß sie in einer Bar in Reno gelandet war. Von dem Augenblick an ging das immer so weiter – kommen und gehen. Fugues, Drogenmißbrauch.«

»Jana. Deine Dissertation.«

Da zuckte sie hoch.

»Ich habe sie gelesen«, sagte ich. »Ich fand sie interessant. Wessen Idee war es?«

»Es fing wie ein Witz an. Ich hatte gerade einen harten Monat mit ihr hinter mir – ein paarmal Überdosis und eine Menge unflätiger Redensarten. Und ich stand unter Druck, mußte ein Thema für die Dissertation finden oder noch einmal beim Fachbereich eine Verlängerung erbitten, ein zweitesmal. Ich erzählte Paul alles – wie sie mich frustrierte, wie sehr sie mir das Leben schwermachte. Daß es leichter wäre, ihre Therapeutin als ihre Schwester zu sein. Er lachte darüber, sagte, ein Therapeut zu sein sei auch kein Picknick. Wir sprachen über den Verlust an Kontrolle, der sich aus dem Umgang mit solchen Leuten ergibt. Dann fragte er mich, warum ich mich nicht in die Rolle einer Therapeutin versetzte – um ein Gefühl zu entwickeln, daß ich diese Beziehung beherrschte – und alles aufzuschreiben.«

»Es durchzuarbeiten.«

»Paul sagte, sie schulde mir das.«

»Klingt, als ob Paul auch wütend auf sie war.«

»Er war frustriert – all die langen Jahre, und sie wurde immer schlimmer. Schrecklich. Gegen Ende war sie richtiggehend paranoid, nahezu psychotisch.«

»Paranoid wieso?«

»In jeder Beziehung. Das letztemal, als sie zurückkam – als sie mir die Praxis zerstörte, war sie überzeugt, ich wäre hinter ihr her, um sie zu erledigen; daß ich meinen Patienten ihre Geheimnisse erzählte und sie demütige. Es kam von ihrem eigenen Schmerz her, aber sie projizierte es auf mich – mir warf sie es vor, so wie sie's seit Jahren schon getan hatte.«

»Erzähl mir davon.«

»Es ist lange her, Alex.«

»Ich würde es trotzdem gern hören.«

Sie dachte eine Weile darüber nach, zuckte die Achseln und lächelte. »Wenn es dir so wichtig ist.«

Ich erwiderte ihr Lächeln.

Sie begann: »Es passierte nach ihrer Heirat – mit einem italienischen Adligen, einem Marchese, Benito di Orano, mit dem ihre Mutter sie bekannt gemacht hatte. Zehn Jahre jünger als sie, höflich, hübsch, Erbe irgendeines Schuhkonzerns – wieder so eine impulsive Handlung –, sie kannten sich gerade eine Woche, flogen nach Liechtenstein und ließen sich trauen. Er kaufte ihr einen Lamborghini, holte sie in seine Villa mit Aussicht auf die Spanische Treppe. Paul und ich hofften, sie würde nun endlich zur Ruhe kommen. Aber Benito war, wie sich herausstellte, ein Sadist und ein Drogenfreak. Er schlug sie, nahm sie mit in seinen Familienpalast in Venedig, pumpte sie mit Rauschgift voll und lieh sie seinen Freunden aus – als Partygefälligkeit. Als sie aufwachte, sagte er, er hätte die Heirat annulliert, weil sie Dreck wäre, und dann warf er sie raus. Mit einem Tritt, buchstäblich.

Sie kam wie ein Wurm zurück in die Staaten gekrochen, platzte bei mir mitten in eine Therapie herein, kreischte herum und lärmte und bat mich, ihr zu helfen. Ich rief Paul an. Zusammen versuchten wir, sie zu beruhigen, zu überreden, daß sie sich selbst akzeptierte. Aber sie wollte nicht mitmachen, und sie war, soweit zu erkennen, in keiner akuten Gefahr, also gab es nichts, was wir tun konnten. Sie stampfte wütend fort und verfluchte uns beide. Ein paar Tage später war sie wieder die alte Sherry – übelste Redensarten, Tablettenschlucken, wieder unterwegs auf der Landstraße, permanent auf Achse. Von Zeit zu Zeit hörten wir von ihr – Anrufe mitten in der Nacht, Postkarten, auf denen sie freundlich zu sein versuchte. Ein-, zweimal fuhr ich sogar zum Flughafen raus, um sie zwischen zwei Flügen zu sehen. Wir plauschten, tranken, taten so, als wäre alles in Ordnung. Aber ihre Wut war nicht verraucht. Das nächstemal, als sie wieder nach L. A. kam, um länger zu bleiben, knüpfte sie eine engere Beziehung zu mir an, dann begann sie mit ihren *Weiterbehandlungen*. Gott, ich hing so an meiner Arbeit, Alex. Sie fehlt mir immer noch.«

Ich nahm sie in die Arme. »Wie kam es zur Zuspitzung?«

»Wegen der Party. Sie war ebenso verrückt nach Parties, wie ich sie haßte. Aber Paul wollte, daß ich bei dieser zugegen war – befahl *ihr,* sich dort nicht sehen zu lassen. Sie stritt herum, bekam einen Wutanfall. Er sagte ihr, beide könnten wir nicht hingehen, und ich wäre diejenige, die gehen müsse. Es sei etwas für Psychologen, nur für sie. Für ihn ein besonders wichtiges Ereignis, und er wolle es sich nicht durch ihre *Auftritte* ruinieren lassen. Ihre Auftritte seien dort nicht angebracht. Das löste es bei ihr aus – sie griff ihn an, wollte ihn mit einer Schere erstechen. Das erstemal, daß sie ihm gegenüber je gewalttätig geworden war. Er überwältigte sie, gab ihr eine hohe Dosis Barbiturate und schloß sie in ihr Zimmer ein. Samstagabend, gleich nach der Party, ließ er sie raus. Er sagte mir, sie hätte ruhig ausgesehen, sei richtig nett gewesen – hätte es bereut. Vergeben und vergessen.«

»Wie hast du dich auf der Party verhalten?« fragte ich. »Als du Mrs. Beldings Freunde kennenlerntest.«

»Für sie war ich Sherry – lächelte und sah sexy aus. Es war nicht so schwer – sie besaß nicht viel Substanz. Die Psychologen kannten mich ja als Kollegin. Die beiden Gruppen mischten sich überhaupt nicht, und meistens war ich mit Onkel Billy zusammen.«

Die geschwätzigen Elstern und die Schwäne ...

»Vergeben und vergessen«, sagte ich. »Aber sie hat keins von beidem getan.«

Sie starrte mich an. »Müssen wir noch weiter darüber reden, Alex? Es ist so häßlich. Sie ist jetzt nicht mehr da, fort aus meinem Leben – aus unser aller Leben. Und ich kann noch einmal neu anfangen.«

Sie hob meine Hand an die Lippen. Leckte die Knöchel.

»Schwer anzufangen ohne das Ende der Geschichte«, sagte ich. »Erzähl auch den Schluß. Für uns beide.«

Sie seufzte. »Für dich«, sagte sie. »Nur für dich. Weil du mir soviel bedeutest.«

»Danke. Ich weiß, es ist schwer, aber ich glaube, es ist wirklich am besten.«

Sie drückte meine Hand. »Ich habe deine Nachricht am Sonntag erhalten. Ich war enttäuscht, aber ich habe an deiner Stimme gehört, daß es kein Lebwohl war. Du warst nervös, ließest es noch offen.«

Ich stritt es nicht ab.

»Also hab' ich überlegt, ob ich dich anrufen oder lieber warten sollte, bis du mich anriefst, um eine andere Verabredung zu treffen. Ich beschloß zu warten, du selbst solltest darauf kommen. Ich hatte den ganzen Tag an dich gedacht, als es klopfte. Ich dachte, *du* wärst es. Aber sie war's. Blutverschmiert am ganzen Körper. Und lachte. Ich habe sie gefragt, was geschehen wäre – ob sie einen Unfall gehabt hätte. Ob sie okay wäre. Und dann sagte sie es mir. Lachend. Was sie getan hatte – ein solcher Horror, und sie lachte!«

Sharon brach in Tränen aus, fing an, heftig zu zittern und sich zu schütteln, krümmte sich und hielt sich den Kopf.

»Sie hat es nicht selbst getan«, sagte ich. »Wer hat ihr geholfen?«

Sie zuckte heftig.

»War es D. J. Rasmussen?«

Sie sah auf, tränenüberströmt und mit offenem Mund. »Du kanntest D. J.?«

»Ich habe ihn kennengelernt.«

»Kennengelernt? Wo?«

»An deinem Haus. Beide dachten wir, du wärest tot. Wir kamen, um dir die letzten Ehren zu erweisen.«

Sie zerrte an ihrem Gesicht. »O Gott, armer D. J. Bis sie mir sagte, was sie ... mit ihm gemacht hatte, hatte ich nicht geahnt, daß auch er zu ihren ... Eroberungen gehörte.«

»Sie hat von allen nur ihn behalten«, sagte ich. »Den Verwundbarsten. Den Gewalttätigsten.«

Sie stöhnte und straffte sich, kam auf die Füße hoch und fing an, im Kreis im Raum herumzugehen, langsam, wie eine Schlafwandlerin, dann schneller, immer schneller und zog dabei so fest an ihrem Ohrläppchen, daß ich dachte, sie würde es abreißen.

»Ja, es war D. J. Sie lachte, als sie es mir erzählte, lachte darüber, wie sie ihn so weit gebracht hatte – mit Drogen und Schnaps. Mit ihrem Körper. Hauptsächlich mit ihrem Körper. Ich werde ihr nie vergeben, wie sie es ausgedrückt hat: ›Ich habe *ihn* umgelegt, damit er *sie* kaltmacht.‹ Und immerzu hat sie gelacht, über all das *Blut* und wie Paul und Suzanne gebettelt hätten. Und die arme Lourdes, so süß, wollte gerade weggehen, und sie hätten sie erwischt, als sie die Treppe herunterkam. Am Sonntag war ihr freier Tag – sie war abends noch lange aufgewesen und hatte geholfen, das Haus zu putzen. Und sie lachte darüber, wie *sie* sie gefesselt hatte und zusah, wie D. J. sie *kalt*machte – mit einem Baseballschläger und einer Kanone. Und er hätte die ganze Zeit gedacht, er tät' es für mich – *ich* wäre es, die sich seiner bediente.«

Sie kam herüber zu mir und fiel auf die Knie. »Das hat sie am meisten amüsiert, Alex! Daß er nie die Wahrheit erfahren hat – daß er immer der Meinung war, daß er es für *mich* täte.«

Sie packte mich beim Hemd und zog mich an sich, an die Brust. »Sie sagte, das mache *mich* auch zur Mörderin. Wenn man der Sache auf den Grund ginge, wären wir eins!«

Ich half ihr auf, dann vorsichtig aufs Bett. Sie legte sich hin, gekrümmt wie ein Fötus, die Augen weit offen, die Arme wie eine Zwangsjacke um den Körper geschlungen.

Ich tätschelte sie, streichelte sie, sagte: »Sie war nicht du. Du warst nicht sie.«

Sie lockerte ihre Arme und streckte sie nach mir aus, umschlang mich. Zog mich herunter und bedeckte mein Gesicht mit Küssen. »Danke dir, Alex. Danke, daß du das gesagt hast.«

Langsam, sanft entzog ich mich ihr, während ich sie weiter streichelte. Und sagte: »Komm. Heraus damit.« Das Stichwort des Therapeuten …

»Da wurde ihr Lachen verrückt – unheimlich, hysterisch. Ganz plötzlich hörte sie völlig auf zu lachen, sah mich an, dann sich selbst, all das Blut, und fing an, sich die Kleider vom Leib zu reißen. Mit einemmal begriff sie, was sie getan hatte: Indem sie Paul vernichtete, vernichtete sie sich selbst. Er war alles für sie, der vertraute Nächste, beinahe so etwas wie ein Vater. Sie brauchte ihn, hing von ihm ab, und jetzt war er nicht mehr da, und es war ihre Schuld. Sie brach zusammen, vor meinen Augen. Sie zerfiel. Schluchzte – jetzt war's keine Schauspielerei mehr, es waren richtige Tränen –, sie heulte wie ein hilfloses Baby. Bettelte mich an, ich solle ihn ihr zurückbringen, ich wäre doch so klug, ich hätte doch einen Doktor, ich könnte das bestimmt.

Ich hätte sie beschwichtigen können. Wie ich es schon so oft zuvor getan hatte. Statt dessen sagte ich ihr, Paul käme nicht wieder, es sei ihr Fehler, sie müsse dafür zahlen, niemand könne sie davor bewahren, diesmal nicht, auch nicht Onkel Billy. Sie sah mich an, wie ich sie noch nie zuvor erblickt hatte – zu Tode erschrocken. Wie eine verurteilte Frau. Fing wieder damit an, bettelte, ich solle Paul zurückholen.

Ich wiederholte, daß er tot sei. Wiederholte das Wort immer wieder. Tot. Tot. Tot. Sie versuchte, zu mir zu kommen, damit ich sie tröste. Ich stieß sie weg, schlug sie hart, einmal, zweimal. Sie wich zurück vor mir, stolperte, fiel hin, griff in die Handtasche und zog ihre Daiquiriflasche heraus. Trank, sabberte und weinte, und es rann ihr am Kinn herunter. Dann kamen die Pillen heraus. Sie nahm ganze Hände voll davon, fing an, sie herunterzuschlingen. Hielt alle paar Sekunden ein und starrte mich an – ich sollte sie an dem hindern, was sie tat, so wie ich es schon so oft zuvor getan hatte. Aber ich tat es nicht. Sie stürzte sich in mein Schlafzimmer, immer noch mit der

Handtasche in der Hand – splitternackt, aber mit der Handtasche, sie sah so ... jämmerlich aus.

Ich folgte ihr. Sie nahm noch etwas anderes aus ihrer Handtasche. Eine Waffe. Eine kleine vergoldete Pistole, die ich noch nie zuvor gesehen hatte. *Mein neues Spielzeug,* sagte sie. *Gefällt's dir? Hab' sie bei einem verdammten Rodeodrive gewonnen. Hab sie heute eingeweiht.* Dann zielte sie auf mich, krümmte den Finger überm Abzug. Ich war sicher, daß ich sterben würde, aber ich bettelte sie nicht an, ich blieb ganz ruhig, sah ihr genau in die Augen und sagte: ›Dann tu's, vergieße noch mehr unschuldiges Blut. Werde noch dreckiger, du wertloses Miststück!‹

Dann kam ein ganz seltsamer Ausdruck in ihr Gesicht. Sie sagte: ›Tut mir leid, Partnerin‹, und sie setzte die Waffe an die Schläfe und drückte ab.«

Schweigen.

»Ich saß eine Zeitlang nur da und sah sie an. Sah sie bluten und die Seele aushauchen. Fragte mich, ob sie tot wäre. Dann rief ich Onkel Billy an. Er kümmerte sich um den Rest.«

Die Brust tat mir weh. Ich merkte, daß ich die Luft angehalten hatte, und ließ sie raus.

Sie lag da, allmählich entspannte sie sich, und ihre Augen nahmen einen träumerischen Ausdruck an. »Und das ist alles, mein Liebling. Ein Ende. Und ein Anfang. Für uns.«

Sie setzte sich auf, glättete das Haar, knöpfte den obersten Knopf ihres Kleides auf und beugte sich vor. »Ich bin es los. Frei. Für dich bereit, Alex – bereit, dir alles zu geben, so wie ich's noch nie irgendjemandem gegenüber getan habe. Ich warte schon so lange auf diesen Augenblick, Alex. Hatte nie gedacht, daß er kommen würde.« Sie streckte die Arme nach mir aus.

Nun mußte ich aufstehen und auf und ab gehen.

»Puh!« sagte ich. »Es ist verdammt schwer.«

»Ich weiß das, Liebling, aber wir haben Zeit. Soviel wir wollen. Ich bin endlich frei.«

»Frei«, sagte ich. »Und reich. Ich hatte mir nie ein Leben als ausgehaltener Mann vorgestellt.«

»Aber das wärest du doch nicht. Ich bin keine wirkliche Erbin. Mr. Beldings Testament sagt, das Geld bleibt in der Corporation.«

»Trotzdem«, erwiderte ich. »Da Onkel Billy alles verwaltet – bei seinem guten Verhältnis zu dir dürfte dein Leben sehr luxuriös werden.«

»Nein, das muß es nicht sein. Ich brauche das nicht. Geld ist mir nie wichtig gewesen – nicht um seiner selbst willen oder wegen der Dinge, die man dafür kaufen könnte. Das war *ihre* Art. Als sie herausfand, wer sie war, machte sie eine irre Szene, schrie Onkel Billy an, warf ihm vor, er haue sie übers Ohr, und drohte ihm, vor Gericht zu gehen. So eine Gier – sie hatte schon mehr, als sie brauchte. Sie wollte sogar mich anstiften, ich solle mich mit ihr zusammentun, aber ich weigerte mich. Da wurde sie richtig bösartig.«

»Wie weit ist sie mit ihrer Drohung gegangen?«

»Nicht weit. Es gelang Onkel Billy, sie zu beruhigen.«

»Wie?«

»Ich habe keine Ahnung. Aber laß uns nicht mehr von ihr reden. Oder vom Geld oder irgend etwas Negativem. Ich bin hier, mit dir. An diesem wunderbaren Ort, an dem niemand uns finden oder besudeln kann. Du und ich und Shirlee. Wir werden eine Familie sein und immer zusammenbleiben.«

Sie kam auf mich zu, den Mund zu einem Kuß geöffnet.

Ich hielt sie auf Armlänge entfernt.

»Es ist nicht so einfach, Sharon.«

Sie bekam große Augen. »Ich … ich verstehe nicht.«

»Es gibt Probleme. Dinge, die keinen Sinn ergeben.«

»Alex.« Tränen. »Bitte, spiele nicht mit mir. Ich möchte dich berühren, möchte, daß du mich umarmst und festhältst.«

»Als Sherry Kruse umbrachte«, sagte ich, »geschah es nicht wegen der Party – das mag der letzte Anstoß gewesen sein, aber sie hatte es geplant, D. J. Rasmussen schon mindestens zwei Wochen lang Geld bezahlt. Tausende von Dollar. Ihn für den großen Job scharfgemacht.«

Sie schnappte nach Luft, kehrte ihre Bewegungen um, versuchte, sich aus meinem Griff zu befreien.

Trotzdem hielt ich sie fest.

»Nein«, sagte sie. »Nein, ich glaube das nicht! So schlecht sie war, das ist nicht wahr!«

»Es ist wahr. Und du weißt es besser als irgendwer sonst.«

»Was meinst du?« Und ganz plötzlich war ihr Gesicht – das makellose Gesicht – häßlich.

Häßlich vor Wut. *Mangelndes Einfühlungsvermögen* ...

»Ich meine, du hast es eingefädelt. Den Samen gesät. Ihr eine sechs Jahre alte Dissertation geschickt und ihre schlimmsten Ängste bestätigt.«

In ihre Augen kam ein wilder Ausdruck: »Geh zur Hölle.«

Sie wand sich und versuchte, sich zu befreien.

»Du weißt, daß es stimmt, Sharon.«

»Natürlich ist es nicht wahr. Sie hat überhaupt nichts gelesen. Sie war ein dummes, dumpfes Mädchen, *mochte* keine Bücher! Und du bist dumm, daß du so etwas Hirnverbranntes sagst.«

»Durch dieses Buch hat sie sich vielleicht durchgequält. Weil du es für sie als Zeitzünder geschrieben hast – mit genau den Techniken, die Kruse bei dir benutzt hat. Verbale Manipulation, Suggestionen unter Hypnose. Du suggeriertest ihr Dinge, wenn du sie hypnotisiert hattest, und befahlst ihr dann, es wieder zu vergessen – etwas mit Kruse und dir und daß er dich lieber mochte. Sie war von Anfang an ein Grenzfall, am Rand einer Psychose, und du stießest sie hinüber über diesen Rand. Das Traurige ist, daß du die Grenze überquert hattest.«

Sie fletschte die Zähne, verwandelte die Finger in Klauen und wollte die Nägel in meine Hände bohren. Wir rangen miteinander, keuchten. Es gelang mir, ihre beiden Handgelenke mit einer Hand zu umfassen, mit der anderen hielt ich sie fest.

»Laß mich los, du Bastard! Au, du tust mir weh! Du Idiot, laß mich los!«

»Wie lange hast du dazu gebraucht, Sharon? Sie zu brechen und auf Paul zu hetzen?«

»Ich hab' das nicht getan! Du bist verrückt! Warum sollte ich das tun?«

»Um aufzuräumen. Frei zu werden. Jemanden loszuwerden, der dir, wie du allmählich einsahst, nicht geholfen, sondern der dich manipuliert hatte. Wann bist *du* zerbrochen? Als du die beiden erwischt hast? Oben in ihrem Zimmer, als sie das taten, was sie wahrscheinlich seit Jahren getan hatten. Oder vielleicht hat sie dir davon erzählt, als du sie hypnotisiertest. Inzest. Die schlimmste Art. Daddy fickt sie. Er war auch dein Daddy. Und indem er es tat, betrog er dich.«

»Nein! Nein, nein, nein, nein! Du schleimiger, verlogener Bastard! Nein! Hör auf! Raus, du Scheißkerl, du Stück Dreck.«

Die Beschimpfungen flossen aus ihr heraus, so wie sie sie von ihrer Schwester gehört hatte. Der Ausdruck in ihrem Gesicht war der des Mädchens im flammenroten Kleid, derselbe mörderische Haß.

Ich sagte: »Zwei auf einen Streich, Sharon. Sie auf ihn hetzen, dann warten, bis sie zu dir zurückkommt. Du hattest es seit Monaten geplant – mindestens seit einem halben Jahr. Als du Elmo sagtest, er solle sich einen anderen Job besorgen, stand es für dich schon fest. Du wußtest, daß Resthaven zumachte, weil Resthaven etwas war, das Onkel Billy für Shirlee eingerichtet hatte, und du wolltest Shirlee da herausholen. In dein neues Zuhause bringen. Du und ich und Shirlee sind drei. Eine neue Partnerschaft.«

»Nein, nein! Das ist gelogen – du bist ja wahnsinnig! Sie hatte D.J. – gefährlich, gewalttätig, das hast du selbst gesagt. Zwei gegen einen! Ich müßte verrückt gewesen sein, mich in so eine Gefahr zu begeben!«

Sie riß ihre eine Hand los, krallte sich mit den Nägeln in meine Haut fest und ratschte tiefer. Ich spürte den Schmerz, die Nässe und schubste sie heftig weg. Sie flog rückwärts, die Rückseiten ihrer Beine trafen das Bett, sie fiel darauf und streckte alle viere von sich. Keuchte. Schluchzte. Flüsterte kaum hörbar obszöne Wörter.

»D.J. stellte für dich keine Bedrohung dar«, sagte ich. »Weil er die ganze Zeit dachte, du hättest es mit ihm getrieben, du hättest ihn bezahlt, Kruse umzubringen. Sherry konnte es nicht riskieren, ihm das zu verraten – daß man ihn betrogen hatte, dann hätte er sich gegen sie gewandt. Sie mußte sich selbst um dich kümmern. Die Chancen standen fifty-fifty. Und du hattest den Vorteil. Sie dachte, sie könnte dich überraschen. Sie lief genau in deine Falle, und du warst vorbereitet. Mit deiner vergoldeten Zweiundzwanziger.«

Sie strampelte mit den Füßen in der Luft herum, fuchtelte mit den Armen. Wutanfall. Frühes Trauma. Schlechte Gene …

»*Idiot … Scheißkerl … Bastard … Schleimschwanz …*«

»Zuerst hast du sie erschossen«, sagte ich. »Dann hast du ihr Dope und Schnaps in den Hals gegossen. Eine gute gerichtliche Untersuchung würde ergeben, daß sie alles erst geschluckt hat, nachdem sie schon tot war, aber es wird nie eine forensische Untersuchung geben, weil Onkel Billy sich darum gekümmert hat. Wie um alles andere auch.«

»Lügen, alles Lügen, du Scheißkerl!«

»Ich glaube nicht, Sharon. Und jetzt hast du alles. Genieße es.«

Ein gurgelnder, brüllender Ton – das einzige, woran ich denken konnte, war eine Senkgrube, die überfloß – kam von tief unten aus ihr heraus. Sie hob das Wasserglas auf, das sie mir gebracht hatte, riß den Arm zurück und warf es nach mir.

Wenn es getroffen hätte, hätte es Schaden angerichtet. Ich duckte mich. Es sprang von der Plastikwand ab und landete mit einem dumpfen Aufprall.

»Mit der rechten Hand«, sagte ich. »Wenigstens bin ich endlich sicher, welche Seite des Spiegels ich gesehen habe.«

Sie schlug die Augen nieder und starrte ihre Hand an, als ob sie sie verraten hätte.

Ich ging. Mußte lange durch die Dunkelheit laufen, bis ich ihre Schreie nicht mehr hörte.

36

Ich hörte den Buggy, bevor ich ihn sah, das Summen eines Nachtfalters, das von irgendwo links von mir kam. Dann kroch das Scheinwerferlicht über die Wüste wie das Suchlicht eines Gefängnisses, erfaßte mich, blieb auf mir haften, fing mich ein wie ein Insekt in einen Bernsteintropfen.

Kursänderung. Holprige Fahrt. In kurzer Zeit war er an meiner Seite.

»Steigen Sie ein, Doktor.« Vidals Krächzen. Nur er, auf dem Fahrersitz.

Als ich mich auf meinen Platz setzte, ließ er das Licht seiner Taschenlampe über das Blut an meiner Hand gleiten. Die Wüstenluft hatte es zu einer kastanienbraunen Grütze getrocknet.

»Nichts Schlimmes«, sagte ich.

»Wir kümmern uns darum, wenn wir zurück sind.«

Gelassen.

»Sie haben alles gehört«, stellte ich fest.

»Ständige Aufsicht ist notwendig«, erklärte er. »Sie braucht Pflege und Überwachung. Sie haben das selbst gesehen.«

»Sie sind ein großer Freund des Demonstrierens und Erklärens«, sagte ich. »Sie bringen Sharon zu Joan, hoffen, sie dadurch umstimmen zu können. Sie konfrontieren mich mit Sharon in der Hoffnung, mir den Mund zu schließen.«

Er fuhr los.

»Wie kommen Sie darauf«, fragte ich, »daß Sie mehr Glück haben werden?«

»Man kann es nur versuchen«, sagte er.

Wir durchquerten die Wüste. Mehr Sterne waren herausgekommen, strahlten die Erde mit eisigem Licht an, lasierten sie.

»Wann ist Belding gestorben?« fragte ich.

»Vor Jahren.«

»Vor wie vielen Jahren?«

»Bevor die Mädchen wieder zusammenkamen. Ist das genaue Datum wichtig?«

»Das war es für Seaman Cross.«

»Es geht hier jetzt nicht um Cross, oder?«

»Wie lautete die Diagnose?« fragte ich.

»Alzheimersche Krankheit. Bevor die Ärzte uns diesen Ausdruck bescherten, nannten wir es Senilität. Ein allmähliches, ekelhaftes Verdämmern.«

»Muß für die Corporation eine Belastung gewesen sein.«

»Ja«, sagte er. »Aber andererseits hatten wir Zeit zur Vorbereitung. Es gab frühe Anzeichen – Vergeßlichkeit, Konzentrationsunfähigkeit – aber er war immer ein Exzentriker. Seine Ticks verbargen es eine Weile. Daß er sich mit Cross in Verbindung setzte, war das erste, was mich aufhorchen ließ – es widersprach völlig seinem Charakter. Leland war immer peinlich auf den Schutz seiner Intimsphäre bedacht gewesen, verabscheute Journalisten jedweden Schlages. Eine Veränderung seines Verhaltens, die anzeigte, daß etwas nicht mit ihm stimmte.«

»Wie in der Playboyphase, die seinem Zusammenbruch vorausging.«

»Ernster. Das da war permanent. Organisch. Ich begreife jetzt: Er merkte, daß sein Bewußtsein allmählich erlosch, und er wollte, daß man ihn verewigte.«

»Die Dinge, die Cross beschrieb – das lange Haar und die langen Nägel, der Altar, der offen demonstrierte Stuhlgang – es gab das alles wirklich, diese Symptome.«

»Das Buch war ein Schwindel«, sagte er. »Fiktiver Dreck.«

Wir fuhren weiter.

Ich sagte: »Wie praktisch von Belding, in dem Augenblick zu sterben. Es ersparte ihm – und Ihnen – die Konfrontation mit Sharon und Sherry.«

»Ganz selten meint es die Natur auch einmal gut mit uns.«

»Wenn sie es nicht so gut gemeint hätte, wäre Ihnen, dessen bin ich sicher, etwas eingefallen. So kann er für sie eine wohlwollende Figur bleiben. Sie wird nie erfahren, daß er sie töten wollte.«

»Meinen Sie, daß es aus therapeutischer Sicht für sie gut wäre, das zu wissen?«

Ich antwortete nicht.

»Meine Rolle im Leben«, sagte er, »ist es, Probleme zu lösen, und nicht, welche zu schaffen. In dem Sinn bin ich ein Heiler. Genau wie Sie.«

Die Analogie beleidigte mich weniger, als ich es mir vorgestellt hätte. Ich fragte: »Sich um andere zu kümmern ist wirklich Ihr Beruf gewesen, nicht wahr? Belding – alles von seinem Geschlechtsleben bis zu seinem Bild in der Öffentlichkeit, und als das schwer wurde, als er ein Nachtleben wollte, waren Sie da, um als leitender Angestellter die Verantwortung zu übernehmen. Ihre Schwester, Sherry, Sharon, Willow Glen, die Corporation – wird Ihnen das alles nicht manchmal lästig?«

Ich meinte ihn in der Dunkelheit lächeln zu sehen, war sicher, daß er sich an die Kehle tippte und eine Grimasse schnitt, als ob es zu schwer wäre zu reden.

Mehrere Meilen später fragte er. »Haben Sie sich entschieden, Doktor?«

»Inwiefern?«

»Ob Sie noch weiter herumsuchen wollen.«

»Meine Fragen sind beantwortet. Wenn Sie das meinen.«

»Was ich meine, ist: Werden Sie weiter Staub aufwirbeln und das ruinieren, was vom Leben einer sehr kranken jungen Frau noch übrig ist?«

»Nicht viel von einem Leben«, sagte ich.

»Besser das als jede Alternative. Man wird sich sehr gut um sie kümmern«, sagte er. »Sie abschirmen. Und die Welt wird vor ihr geschützt sein.«

»Was geschieht, wenn Sie tot sind?«

»Es gibt da Nachfolger. Kompetente Leute. Einen Führungsstab. Alles ist vorbereitet.«

»Führungsstab«, wiederholte ich. »Belding war ein Cowboy, hatte nie einen. Aber sobald er tot war, wurde das anders. Als es niemanden mehr gab, der am laufenden Band Patente hervorbrachte, mußten Sie kreative Leute hinzuholen, die Struktur des Unternehmens ändern. Damit wurde Magna leichter verletzlich gegenüber Angriffen von außen – Sie mußten Ihre Machtbasis konsolidieren. Alle drei Belding-Töchter unter den Daumen zu bekommen war ein großer Schritt in diese Richtung. Wie haben Sie es geschafft, daß Sherry von ihren Drohungen mit den Gerichten Abstand nahm?«

»Ganz einfach«, erklärte er. »Ich lud sie zu einer Besichtigungstour durch die wichtigsten Abteilungen des Unternehmens ein – durch unser Forschungs- und Entwicklungszentrum mit dem Neuesten, was es auf dem Gebiet der High Technology gab. Ich sagte, ich würde liebend gern von meinem Posten zurücktreten und ihr die Leitung übergeben – sie könne die neue Vorsitzende von Magna sein, die Verantwortung für fünfzigtausend Mitarbeiter und Tausende von Projekten übernehmen. Der bloße Gedanke machte ihr schon angst, sie war keine Intellektuelle, konnte nicht mal richtig einen Scheck ausfüllen. Sie rannte aus dem Haus. Ich holte sie ein und schlug ihr etwas anderes vor.«

»Geld.«

»Mehr als sie in mehreren Lebenszeiten hätte ausgeben können.«

»Jetzt ist sie tot«, sagte ich. »Da brauchen Sie nicht mehr zu zahlen.«

»Doktor, Sie haben eine äußerst naive Ansicht vom Leben. Geld ist nur ein Mittel, nicht das Ziel. Und die Corporation hätte es überlebt – *wird* es überleben, mit mir oder ohne mich, sie kann jeden entbehren. Wenn erst einmal eine gewisse Größe erreicht ist, wird etwas dauerhaft. Sie können einen See trockenlegen, aber nicht einen Ozean.«

»Was ist der Zweck?«

»Rhythmus. Gleichgewicht. Alles in *Gang* zu halten – eine gewisse *Ökologie*, wenn Sie so wollen.«

Ein paar Minuten später: »Sie haben immer noch nicht meine Frage beantwortet, Doktor.«

»Ich werde keinen Staub aufwirbeln. Wozu wäre das noch gut?«

»Gut. Was ist mit Ihrem Freund, dem Detektiv?«

»Er ist Realist.«

»Gut für ihn.«

»Werden Sie mich trotzdem töten? Lassen Sie das von Royal Hummel machen?«

Er lachte. »Natürlich nicht. Wie amüsant, daß Sie in mir immer noch Attila den Hunnen sehen. Nein, Doktor, Sie sind in keiner Gefahr. Wozu sollte *das* gut sein?«

»Erstens kenne ich Ihre Familiengeheimnisse.«

»Seaman Cross noch einmal? Noch ein *Buch?*«

Mehr Lachen. Es wurde zu einem Husten. Mehrere Meilen später kam die Ranch in Sicht, perfekt und unwirklich wie eine Filmkulisse.

Er sagte: »Weil wir gerade von Royal Hummel sprechen, es gab da noch etwas, das Sie wissen sollten. Er wird nicht länger im Sicherheitsbereich tätig sein. Ihre Bemerkungen zu Lindas Tod haben mir doch ziemlich zu denken gegeben – erstaunlich, was eine frische Perspektive ausmachen kann. Royal und Victor waren Profis. Unfälle dürfen nicht vorkommen mit Profis. Bestenfalls waren sie schlampig. Schlimmstenfalls ... Sie haben mir eine Einsicht vermittelt, spät im Leben, Doktor. Dafür schulde ich Ihnen sehr viel.«

»Es war zunächst nur eine Theorie. Ich will keines Menschen Blut auf dem Gewissen haben, nicht einmal Hummels.«

»Oh, um Gottes willen, würden Sie bitte mit Ihrem Melodram aufhören, junger Mann! Niemandes *Blut* steht auf dem Spiel. Royal hat einfach einen neuen Job. Hühnerställe müssen gesäubert werden. Mehrere Tonnen Guano sind jeden Tag zu schaufeln. Er wird älter, sein Blutdruck ist zu hoch, aber er wird's schon schaffen.«

»Was ist, wenn er sich weigert?«

»Oh, das wird er nicht.«

Er fuhr das Fahrzeug auf den leeren Pferch zu.

»Sie haben Kruse das Foto von den stillen Partnerinnen gegeben«, sagte ich. »Die Mädchen wurden dort drüben aufgenommen.«

»Faszinierend, was man auf alten Dachböden findet.«

»Warum?« fragte ich. »Warum haben Sie es Kruse so lange gelassen?«

»Bis vor kurzem dachte ich, er könnte Sharon helfen – ihnen beiden. Er war ein charismatischer Mann, sehr guter Redner.«

»Aber er hat Ihre Schwester bluten lassen, lange bevor er Sharon kennenlernte. Zwanzig Jahre Erpressung – Psychospiele.«

Er schaltete den Buggy in den Leerlauf und sah mich an. Der ganze Charme war weg, und ich sah dieselbe kalte Rohheit in seinen Augen, die ich gerade in Sharons gesehen hatte. Gene ... Das kollektive Unbewußte ...

»Sei es, wie es sei, Doktor. Wie auch immer.«

Er fuhr rasch los, stoppte den Buggy und parkte.

Wir stiegen aus und gingen in den Innenhof. Zwei Männer in dunklen Anzügen und mit Skimasken standen da und warteten. Einer hielt ein dunkles Stück Gummi.

»Bitte erschrecken Sie nicht«, sagte Vidal. »Die Augenbinde kommt weg, sobald es für Sie und mich sicher ist. Man wird Sie heil wieder abliefern. Versuchen Sie, die Reise zu genießen.«

»Warum glaube ich Ihnen nur nicht?«

Mehr Lachen, trocken und gezwungen. »Doktor, wir haben uns sehr anregend unterhalten. Wer weiß, vielleicht begegnen wir einander eines Tages wieder – auf einer anderen Party.«

»Ich glaube nicht. Ich hasse Parties.«

»Um die Wahrheit zu sagen«, sagte er. »Ich bin sie selbst müde.« Er wurde ernst. »Aber sollte es der Zufall trotzdem so wollen, daß wir einander noch einmal Angesicht zu Angesicht gegenüberstehen, wäre ich Ihnen dankbar, wenn Sie mich nicht wiedererkennen würden. Nehmen Sie eine berufliche Schweigepflicht an, und tun Sie so, als wären wir einander nie begegnet.«

»Das ist kein Problem.«

»Danke, Doktor. Sie haben sich wie ein Gentleman benommen. Gibt es da noch etwas, was ich für Sie tun kann?«

»Lourdes Escobar, das Dienstmädchen. Ein wirklich unschuldiges Opfer.«

»Eine Entschädigung in dieser Hinsicht ist erfolgt.«

»Verdammt, Vidal, mit Geld kann man nicht alles glattbügeln!«

»Ich kann da überhaupt nichts mehr glattbügeln«, sagte er. »Wenn Ihnen das hilft und wenn Sie sich dann besser fühlen – während sie in den Staaten lebte, wurde ihre halbe Familie von den Guerillas umgelegt. Derselbe Tod, ohne Entschädigung. Die, die überlebten, wurden gefoltert, ihre Häuser niedergebrannt. Wir haben ihnen Papiere besorgt, daß sie einwandern konnten, wir haben sie hierhergebracht, ihnen ein Geschäft gegeben, Land gegeben. Verglichen mit dem Leben selbst zugegeben ein schwacher Ersatz, aber es ist das Beste, was ich anbieten kann. Oder haben Sie weitere Vorschläge?«

»Gerechtigkeit wäre besser.«

»Irgendwelche Vorschläge, wie die Gerechtigkeit verbessert werden kann in diesem Fall?«

Ich hatte nichts zu sagen.

»Nun, denn«, sagte er. »Kann ich noch irgend etwas für *Sie* tun?«

»In der Tat, einen kleinen Gefallen. Ein kleines Arrangement könnten Sie treffen.«

Als ich ihm sagte, was es war, und ihm genau erklärte, wie es ausgeführt werden sollte, lachte er so sehr, daß er einen Hustenanfall bekam, bei dem er sich zusammenkrümmte. Er zog ein Taschentuch heraus und wischte sich den Mund, spie aus, lachte noch etwas. Als er das Taschentuch wegzog, war das Leinen mit etwas Dunklem befleckt.

Er versuchte zu sprechen. Nichts kam heraus. Die Männer in Schwarz sahen einander an.

Er fand schließlich seine Stimme wieder.

»Ausgezeichnet, Doktor«, sagte er. »Große Geister bewegen sich in derselben Richtung. Nun, dann kümmern wir uns mal um den Mann.«

37

Sie setzten mich im Campus ab. Nachdem ich die Augenbinde abgenommen hatte, lief ich zu Fuß nach Haus. Kaum war ich in meinen vier Wänden, als ich feststellte, daß ich es dort nicht aushielt, warf ein paar Sachen in eine Reisetasche und rief den Auftragsdienst an, um mitzuteilen, daß ich für ein paar Tage wegfuhr und daß sie meine Anrufe aufzeichnen sollten.

»Irgendeine Nummer, unter der Sie zu erreichen sind, Doktor?«

Derzeit keine Patienten, keine Notfälle. Ich sagte: »Nein, ich spanne aus.«

»Ein richtiger Urlaub, wie?«

»So etwas in der Art. Gute Nacht.«

»Möchten Sie nicht die Nachrichten hören, die ich für Sie habe?«

»Eigentlich nicht.«

»Okay, aber da ist dieser Typ, der mich schon verrückt gemacht hat. Hat dreimal angerufen und ist grob geworden, als ich ihm nicht Ihre Privatnummer geben konnte.«

»Wie heißt er?«

»Sanford Moretti. Klingt wie ein Anwalt – sagt, er möchte, daß Sie für ihn an einem Fall arbeiten oder so etwas. Hat mir in den Ohren gelegen, Sie würden unbedingt von ihm hören wollen.«

Meine Antwort brachte sie zum Lachen. »*Doktor* Delaware. Ich wußte nicht, daß Sie solche Ausdrücke benutzen.«

Ich stieg ins Auto, fuhr los und fand mich unterwegs in Richtung Westen, endete an der Ocean Avenue, nahe Pico. Nicht weit von Santa Monica Pier, der zur Nacht geschlossen war und mit seinem Buckel von Dächern über einem Bündel von krummen Pfählen im Dunkeln lag. Nicht weit davon der Pazifik, aber kein Blick aufs Meer von diesem Block. Die Seebrise hatte Abschied genommen; das Meer roch wie Müll. In der Straße gab es Bars mit polynesischen Namen für Bier-mit-Schuß und Motels mit dem Schild »Tag-Woche-Monat«, um die der Autoclub einen weiten Bogen machte.

Ich quartierte mich in einem Etablissement namens Blue Dreams ein – zwölf braune, salzfleckige Türen um einen Parkplatz herum, der dringend einer Reparatur bedurfte, die Neonröhren der Reklameschrift VACANCY, Zimmer frei, zerbrochen und das Gas ausgeströmt. Ein käsebleicher Möchtegern-Biker mit einem baumelnden

Kruzifixohrring saß am Empfangstisch und tat mir den Gefallen, mein Geld anzunehmen, während er verliebt an einem gebratenen Stück Wels knabberte und sich im Fernsehen eine Werbesendung über kalifornische Rosinen ansah. Im handtuchbreiten Korridor hingen Schokoladen- und Kondomautomaten nebeneinander, zusammen mit einem Taschenkammspender und den Betrachtungen des kalifornischen Strafgesetzes über Diebstahl und das Betrügen eines Gastwirts.

Ich nahm mir ein Zimmer auf der Südseite, zahlte für eine Woche im voraus. Drei Meter mal drei Meter, Insektizidgestank – keine Schnaken hier –, ein einziges schmales, von einem Grauschleier bedecktes Fenster mit Aussicht auf ein Stück Ziegelsteinmauer, malvenfarben von dem reflektierten Straßenlicht, schlecht zusammenpassende unlackierte Holzmöbel, mickriges Bett unter einer Decke, die zu einem spülwasserfarbenen Fusselzeug ausgewaschen war, am Boden ein festmontierter Münzfernseher. Ein Vierteldollar in den Schlitz ergab eine Stunde zischelnden Ton und gelbsüchtige Hautfarben. Es waren drei Vierteldollars in meiner Tasche. Ich warf zwei aus dem Fenster.

Ich legte mich ins Bett, ließ den Fernseher auslaufen und horchte auf Geräusche. Dumpfer Baß von der Jukebox aus der Bar nebenan, so laut, daß es schien, als würde jemand im Zweivierteltakt gegen die Wand geschleudert; nerviges Gelächter und verstümmelter Street talk auf Englisch, Spanisch und in tausend nicht zu entziffernden Sprachen, eingespieltes Zuschauerlachen vom Fernseher aus dem Zimmer nebenan, Toilettenspülungen. Wasserhahnkreischen, Krachen und Knacken von Bewegungen, zugeschlagene Türen, Autohupen, ein Geknatter, das Gewehr- oder Pistolenschüsse oder Autostottern oder Händeklatschen sein konnte. Und hinter alledem das Freeway-Dröhnen mit dem Dopplereffekt.

Eine Überland-Symphonie. Innerhalb weniger Augenblicke war ich um zwölf Jahre beraubt.

Das Zimmer war ein Schwitzkasten. Ich blieb drei Tage lang drin, nährte mich von Pizza und Cola aus einem Laden, der kalt und heiß zu servieren versprach und in beiden Fällen log. Die meiste Zeit tat ich das, was ich so lange vermieden hatte. War hinter den Unzulänglichkeiten anderer hergewesen, hatte Deckmäntel über Sündenpfuhle gebreitet. Introspektion. So ein großes Wort für eine Schöpfkelle voll aus dem Springquell der Seele. Die Schöpfkelle scharf und zackig geschliffen.

Drei Tage machte ich alles durch: Wut, Tränen, eine so eingeweidetiefe Spannung, daß die Zähne klapperten und meine Muskeln im Starrkrampf zu verharren drohten. Eine Einsamkeit, die ich gern mit Schmerzen betäubt hätte.

Am vierten Tag fühlte ich mich ausgepumpt, aber meine Seelenruhe war fürs erste wiederhergestellt, und ich war stolz, das nicht mit einer Heilung zu verwechseln.

Nachmittags verließ ich das Motel, um meine Verabredung einzuhalten: einen Sprung den Block hinunter zum Zeitungsautomaten am Straßenrand. Den restlichen Dollar in die Ladeluke, und die Abendausgabe war mein, klemmte sie fest unter den Arm, als wäre es Pornographie.

Unten links auf Seite eins, vollständig mit Fotografie:

ANKLAGE WEGEN SEXUELLEN FEHLVERHALTENS:
L. A.-POLIZEIHAUPTMANN TRITT ZURÜCK
von Maura Bannon, eig. Bericht

Ein Hauptmann der Los Angeles Police, dem man sexuelle Beziehungen zu mehreren minderjährigen Polizeipfadfinderinnen während der Dienstzeit vorgeworfen hatte, trat heute zurück, nachdem eine Untersuchungskommission der Polizei seine Entlassung vorgeschlagen hatte.

Der dreiköpfige Untersuchungsausschuß empfahl die sofortige Entfernung von Cyril Leon Trapp, 45, aus dem aktiven Dienst und die rückwirkende Aberkennung aller Pensionsansprüche, Zuschüsse und Privilegien. In Übereinstimmung mit dem, was Trapps Anwalt und ein Polizeisprecher als Vereinbarung bezeichneten, erklärte sich Trapp mit seiner Registrierung als Sexualstraftäter und dem Verzicht auf Berufung bei der Kommission einverstanden, unterzeichnete außerdem eine eidesstattliche Erklärung, daß er nie wieder eine Tätigkeit als Polizist aufnehmen und einen »beträchtlichen finanziellen Schadensersatz, einschließlich aller Kosten für eine medizinische und therapeutische Behandlung seiner Opfer«

zahlen würde, die auf über ein Dutzend geschätzt wurden. Im Austausch dafür wird man ihn nicht unter Anklage stellen, was eine Verurteilung wegen Unzucht mit Minderjährigen, Drogenmißbrauchs, sexuellen Mißbrauchs von Minderjährigen und zahlreicher anderer Vergehen hätte bedeuten können.

Die Straftaten, die Trapp nicht bestritt, fanden über einen Zeitraum von fünf Jahren statt, während seines Dienstes als Sergeant in der Hollywood Division, und wurden möglicherweise während seiner Dienstzeit als Lieutnant in der Ramparts Division und der West Los Angeles Division fortgesetzt, wo man ihn letztes Jahr, nach dem plötzlichen Herzanfall und Tod des vorherigen Captain, Robert L. Rogers, zum Hauptmann befördert hatte.

Während seiner Dienstzeit in Hollywood wurde Trapps Name 1984 im Zusammenhang mit dem Einbruchsserienskandal genannt, als Polizeibeamte auf ihren Patrouillenfahrten die rückwärtigen Fenster von Läden und Lagerhäusern aufgebrochen, die Alarmanlagen ausgelöst und dann der Polizeibereitschaft gemeldet hatten, sie kümmerten sich um den Fall. Die Beamten plünderten die Räume, benutzten Polizeiwagen zum Wegschaffen des Diebesguts und fertigten dann falsche Einbruchsberichte an. Obwohl in diesem Fall ein halbes Dutzend Beamte unter Verdacht standen, wurden damals nur zwei von ihnen unter Anklage gestellt, verurteilt und in die Strafanstalt für Männer in Chino gebracht. Keine Anklagen wurden gegen Trapp erhoben, den die Strafverfolgungsbehörden damals einen »kooperativen Zeugen« nannten.

In dem vorliegenden Fall wurde Trapp beschuldigt, Pfadfinderinnen unter dem Vorwand einer »Karriereförderung« in sein Büro gelockt, sie mit Bier, Wein, »vorgemixten, fertigen Cocktails« und Marihuana bewirtet zu haben, bevor er sexuelle Annäherungsversuche unternahm. Anschuldigungen wegen »Streichelns« wurden in dreizehn Fällen erhoben, tatsächlich zu geschlechtlichem Verkehr soll es mit wenigstens sieben Mädchen im Alter von fünfzehn bis siebzehn Jahren gekommen sein. Obwohl die Kommission es ablehnte anzugeben, was die Untersuchung gegen Trapp ausgelöst hat, berichtet eine Polizeiquelle, eines der Opfer hätte infolge der Belästigung emotionale Probleme bekommen, sei zur Beratung gebracht worden und hätte ihrer Therapeutin von den Vorfällen erzählt. Sie hätte dann die Abteilung Sozialwesen informiert, und diese hätte die L. A.-Polizeiführung benachrichtigt.

Die Beschuldigungen wurden von zahlreichen anderen Opfern, so hieß es, bestätigt. Jedoch sei keines der Mädchen bereit, vor Gericht auszusagen, woraus die Staatsanwaltschaft den Schluß zog, eine erfolgreiche Strafverfolgung Trapps sei »unwahrscheinlich«.

Auf den Vorwurf, eine so glimpfliche Behandlung stelle ja fast eine Ermutigung für jeden Täter dar, der eine beträchtliche Gefängnisstrafe zu erwarten hätte, erklärte der Vorsitzende der Kommission, Polizeikommandant Walter D. Smith: »Die Polizeiführung möchte sehr deutlich machen, daß sie ein sexuelles Fehlverhalten ihrer Beamten, so hoch deren Stellung auch sein mag, nicht hinnehmen wird. Dennoch verstehen wir auch die emotionalen Bedürfnisse der Opfer und könnten diese Mädchen nicht zu dem psychologischen Trauma einer Zeugenaussage zwingen. Die Entscheidung der Kommission von heute garantiert, daß dieser Beamte nie wieder als Polizist arbeiten und jeden Cent verlieren wird, den er als Polizist verdient hat. Das scheint mir ein ganz gutes Ergebnis zu sein.«

Trapps Anwalt, Thatcher Friston, weigerte sich, Aussagen über die künftigen Pläne seines Mandanten zu treffen bis auf die Tatsache, daß der unehrenhaft entlassene Beamte »wahrscheinlich den Staat, vielleicht sogar das Land verlassen wird, um in der Landwirtschaft zu arbeiten. Mr. Trapp hat sich schon immer für Hühnerfarmen interessiert. Jetzt wird er vielleicht Gelegenheit haben, es auszuprobieren.«

Ich las es noch einmal, riß es aus der Zeitung und faltete es zu einer Papierschwalbe. Als ich es endlich in der Toilette gelandet hatte, verließ ich das Motel.

Ich fuhr nach Hause und fühlte mich wie ein neuer Mieter, wenn nicht ein neuer Mensch. Setzte mich an meinen Schreibtisch, bereit, die angehäuften Papiere durchzuackern, als es an der Wohnungstür klopfte.

Ich öffnete sie. Milo kam herein, trug sein Identitätsabzeichen am Revers eines braunen Anzugs, der nach verqualmter Polizeiwache stank, glotzte mich unter schwarzen Brauen hervor an, das große Gesicht umwölkt.

»Wo zum Teufel bist du gewesen?«

»Weg.«

»Wo?«

»Ich möchte jetzt nicht darüber reden.«

»Tu's trotzdem.«

Ich sagte nichts.

Er sagte: »Jesus! Du solltest telefonieren, auf Nummer Sicher gehen, erinnerst du dich? Statt dessen verschwindest du. Hast du denn noch immer nichts dazugelernt, verdammt noch mal?«

»Tut mir leid, Mami.« Dann, als ich den Ausdruck in seinem Gesicht sah: »Ich bin auf Nummer Sicher gegangen, Milo. *Dann* bin ich verschwunden. Ich habe eine Nachricht beim Auftragsdienst hinterlassen.«

»Richtig. Sehr beruhigend.« Er kniff sich in die Nase. »›Dr. Delaware wird ein paar Tage *verrei-st* sein.‹« Loslassen der Nase. »›Wohin, Liebling?‹« Kniff. »›Das hat er nicht *gesa-agt.*‹«

»Ich mußte mal weg. Es geht mir gut. Ich war nie in Gefahr.«

Er fluchte, hieb sich mit der Faust in die Handfläche und nutzte seine körperliche Größe, indem er von oben auf mich herunterstarrte. Ich ging in die Bibliothek zurück, und er folgte mir, griff tief in seine Hemdtasche und zog ein zerknittertes Stück Zeitung heraus.

Als er es entfaltete, sagte ich: »Habe ich schon gelesen.«

»Das möchte ich wetten, daß du das hast.« Er lehnte sich gegen den Schreibtisch. »Wie, Alex? Wie zum *Donner?*«

»Nicht jetzt«, sagte ich.

»Was, ganz plötzlich diese Versteckspielerei?«

»Ich möchte jetzt nicht davon reden.«

»Bye-bye, Cyril«, sagte er zur Decke. »Zum erstenmal in meinem Leben werden Wünsche wahr – es ist, als ob ich diesen verdammten dienstbaren Geist, diesen Dschinn besäße. Problem ist, ich weiß nicht, wie er aussieht und auf wen oder was ich klopfen soll.«

»Kannst du nicht einfach einen glücklichen Zufall akzeptieren? Dich entspannen und es genießen?«

»Ich sorge gern selbst für mein Glück.«

»Mach mal 'ne Ausnahme.«

»Könntest du das?«

»Das hoffe ich.«

»Komm, Alex, was zum Teufel ist los? Eben reden wir noch von der Theorie, und schon steckt Trapp bis zum Hals im Dreck, und die Schnellboote laufen auf Hochtouren.«

»Trapp ist nur ein sehr kleiner Teil davon«, sagte ich. »Ich möchte jetzt im Augenblick gerade nicht das ganze Bild malen.«

Er starrte mich an, ging in die Küche, kam mit einer Packung Milch zurück und einer vertrockneten Brezel. Brach ein Stück ab, spülte es hinunter und sagte schließlich: »Vorläufige Gnadenfrist, mein Freund. Aber eines Tages – bald – müssen wir beide uns mal hinsetzen.«

»Da gibt es nichts zum Hinsetzen, Milo. Es ist so, wie es mir mal ein Experte erklärt hat: keine Beweise, keine Realität.«

Er starrte mich noch eine Weile an, bevor sein Gesicht sich entspannte.

»Okay«, sagte er. »Ich kapier's. Keine große Schlußvorstellung. Typische Polizistenstory: Du hast 'ne Liebesaffäre mit Miss Justitia anfangen wollen und gemerkt, du kommst nicht ganz durch bei ihr. Aber, zum Teufel, das hast du doch schon in der High School durchgenommen, da sollte es dir ja wohl jetzt nicht so schwerfallen, wo du erwachsen bist.«

»Ich werde es dich wissen lassen, wenn ich ganz erwachsen bin.«

»Geh zum Teufel, Peter Pan.« Dann: »Was machst du so? Wie geht's dir wirklich, Alex?«

»Gut.«

»Ernsthaft.«

Ich nickte.

»Du siehst aus«, sagte er, »als hättest du viel nachgedacht.«

»Nur mal wieder alles durchgecheckt. Milo, ich bin dir wirklich dankbar, daß du dich um mich sorgst und für alles, was du für mich getan hast. Jetzt im Augenblick könnte ich es mal wirklich gut gebrauchen, allein zu sein.«

»Ja, richtig«, sagte er.

»Bis ein andermal.«

Er ging ohne ein Wort.

Robin kam am nächsten Tag nach Haus, trug ein Kleid, das ich noch nie gesehen hatte, und sah wie eine Erstklässlerin aus, die vor der Klasse ein Gedicht aufsagen will. Ich nahm ihre Umarmung hin, dann fragte ich sie, weshalb sie zurückgekommen sei.

»Freust du dich nicht, mich zu sehen?« fragte sie.

»Doch. Du kommst ganz überraschend.« Ich trug ihren Koffer ins Wohnzimmer.

»Ich wollte so oder so kommen.« Sie hakte mich unter. »Du hast mir gefehlt, ich wollte gestern abend wirklich mit dir reden und habe angerufen. Das Mädchen vom Auftragsdienst sagte, du wärest weg, ohne irgend jemandem zu sagen, wohin oder für wie lange. Sie sagte, du hättest anders geklungen, müde und wütend und hättest ›geflucht wie ’n Lastwagenfahrer‹. Ich habe mir Sorgen gemacht.«

»Zeit für Mitleid«, sagte ich und trat einen Schritt zurück.

Sie sah mich an, als sähe sie mich zum ersten Mal.

Ich sagte: »Es tut mir leid, aber jetzt in diesem Augenblick bin ich nicht der Mann, den du suchst.«

»Ich habe es zu weit getrieben«, sagte sie.

»Nein. Ich hab nur über sehr vieles nachdenken müssen. War schon lange fällig.«

Sie zwinkerte heftig, ihre Augen wurden feucht, und sie wandte sich ab. »Mist.«

Ich sagte: »Manches davon hat mit dir zu tun; eine Menge davon nicht. Ich weiß, du willst dich um mich kümmern – weiß, daß das wichtig für dich ist. Aber jetzt in diesem Augenblick bin ich nicht dazu bereit, könnte dir nicht das geben, was du willst.«

Sie sackte zusammen, setzte sich auf die Couch.

Ich setzte mich ihr gegenüber, sagte: »Aus mir spricht keine Wut. Vielleicht ein *bißchen,* aber es ist nicht so einfach. Es gibt da ein paar Dinge, die ich selbst bewältigen muß. Ich brauche dafür Zeit.«

Sie zwinkerte noch etwas, setzte ein Lächeln auf, das so schmerzlich aussah, als hätte sie sich gerade ins Fleisch geschnitten. »Wie könnte ich mich darüber beklagen?«

»Nein«, erwiderte ich. »Es hat nichts mit Rache zu tun. Es gibt nichts, wofür ich mich rächen müßte – letztlich hast du mir einen Gefallen getan.«

»Gern geschehen«, sagte sie. Die Tränen fingen an zu fließen, aber sie unterdrückte sie standhaft. »Nein, so nicht«, sagte sie. »Du verdienst etwas Besseres als das. Begehe das Verbrechen nicht, wenn du nicht bereit bist, dafür zu zahlen, richtig?«

Ich streckte die Hand aus. Sie schüttelte den Kopf, biß sich auf die Lippe.

»Es war da ein anderer Mann«, begann sie. »Nichts Ernstes – alte Flamme vom College, Kaffee und Kuchen. Ich hab's gleich am Anfang abgewürgt. Aber es kam so nahe. Ich hab' immer noch das Gefühl, dich betrogen zu haben.«

»Ich habe dich auch betrogen.«

Sie seufzte leise und schloß die Augen. »Mit wem?«

»Alte Flamme vom College.«

»Ist sie ... Seid ihr noch ...«

»Nein, es ist nicht so, war nie so. Sie hat meinen Kopf eingefangen, nicht meinen Körper. Jetzt ist sie für immer fort. Aber sie hat mich verändert.«

Sie ging zum Ende des Zimmers, verschränkte die Arme über der Brust und sagte eine Weile nichts. Dann: »Alex, was wird aus uns werden?«

»Ich weiß es nicht. Ein glückliches Ende wäre am besten. Aber ich werde noch allerhand Zeit brauchen, bis ich für dich von großem Nutzen bin – oder für irgendwen.«

»Ich mag dich genauso, wie du bist.«

»Ich mag dich auch«, sagte ich, so automatisch, daß wir beide lachen mußten.

Sie sah mich an. Ich streckte die Hand aus. Sie kam zurück, sah zu mir auf. Wir berührten uns, verschmolzen, fingen an, einander wortlos auszuziehen, fielen zurück auf die Couch und liebten uns dort. Sex, kompetent, nahtlose Vereinigung, geboren aus der Praxis und dem Ritual, so nahtlos, daß es an Inzest grenzte.

Als es vorbei war, setzte sie sich auf und sagte: »Es wird nicht so leicht sein, oder?«

Ich schüttelte den Kopf. »Wofür lohnt es sich sonst zu leben?«

Sie löste sich von mir, stand auf, stand vor meinem Fenster mit der atemberaubenden Aussicht. Im Gegenlicht, nackt, Locken hingen wie Weintrauben an ihrem Rücken herunter.

»Die Werkstatt ist wahrscheinlich in einem fürchterlichen

Durcheinander«, sagte sie. »Unter der Tür durchgeschobene Zettel und all die unerledigten Aufträge.«

»Dann los«, sagte ich. »Tu, was du tun mußt.«

Sie wandte sich um, lief zu mir zurück, legte sich auf mich, schluchzte auf meiner Brust. Wir blieben zusammen, Wange an Wange, bis die Ruhelosigkeit einsetzte, dann gingen wir unsere getrennten Wege.

Sharon. Kruse. Der Rattenmann. Sogar Larry. Genug Probleme zwischen uns, um ein Lehrbuch zu füllen.

Wieder allein, dachte ich an meine eigenen, all diese unerledigten Sachen. Ich bewältigte es, indem ich den leichten Weg ging: fand eine Nummer in meiner Rollkartei und wählte.

Viertes Läuten: »Hallo?«

»Mrs. Burkhalter? Denise? Hier spricht Dr. Delaware.«

»Oh. Hallo.«

»Wenn es jetzt nicht die richtige Zeit ist –«

»Nein, nein, es ist ... Ich bin ... Es ist komisch, ich dachte gerade an Sie. Darren weint ... immer noch sehr viel.«

»Mit so etwas muß man rechnen.«

»Tatsächlich«, sagte sie, »weint er mehr. Viel mehr. Seit dem letztenmal, als er bei Ihnen war. Und ißt nicht richtig und schläft nicht.«

»Hat sich was geändert, seit ich Sie letztesmal gesehen habe?«

»Nur das Geld – obwohl ich davon noch nichts merke. Es ist noch nicht da. Ich meine, Mr. Worthy sagte, das könnte monatelang dauern, bis es kommt. Inzwischen kriegen wir immer noch Zahlungsbefehle von den Banken, und die Versicherung meines Mannes zieht ihre verdammte ... Warum erzähle ich Ihnen das alles? Das wollen Sie doch nicht hören.«

»Ich möchte alles hören, was Sie mir darüber erzählen wollen.«

Pause. »Es tut mir wirklich leid. Was ich da zu Ihnen gesagt habe.«

»Das ist okay. Sie haben eine Menge durchgemacht.«

Eine weitere Pause, diesmal meine. Therapeutisch.

Sie schneuzte sich hindurch.

Ich sagte: »Tut mir leid, Denise. Ich wollte, ich könnte Ihnen den Schmerz abnehmen.«

»Nehmen Sie ihn, und stopfen Sie ihn in einen Sack, und werfen Sie ihn in die Kanalisation«, sagte sie. »Nehmen Sie den von allen Menschen.«

»Das wäre was.«

»Ja.« Leichtes Lachen. »Was soll ich tun, Doktor? Mit Darren.«

»Hat er gespielt – so wie er bei mir in der Praxis gespielt hat?«

»Das ist es ja«, antwortete sie. »Er will nicht. Ich gebe ihm die Autos und sage ihm, was er tun soll, aber er sieht mich nur an und fängt an zu schreien.«

»Wenn Sie ihn hierherbringen wollen, würde mich das freuen«, sagte ich. »Oder wenn Ihnen die Fahrt zu weit ist, kann ich Sie auch an jemanden verweisen, der näher bei Ihnen praktiziert.«

»Nein, nein, das war alles … Es ist nicht so weit. Was habe ich schließlich sonst zu tun, als den ganzen Tag herumzufahren?«

»Dann kommen Sie unbedingt«, sagte ich. »Ich hätte morgen für Sie Zeit, gleich früh am Morgen als erste.«

»Ja, das ist großartig.«

Wir vereinbarten einen Termin.

Das gab mir genug Selbstbewußtsein für meinen zweiten Anruf.

Fünf Minuten vor zwölf. Lunchpause.

»Dr. Small.«

»Hallo, Ada. Ich bin's, Alex. Packst du gerade deine Einkäufe aus?«

»Hüttenkäse und Obst«, sagte sie. »Kampf gegen die Fettschwarte. Hör mal, ich bin froh, daß du anrufst. Ich habe versucht, Carmen Seeber zu erreichen, aber ihr Anschluß ist abgeschaltet, und es gibt keine Auskunft über einen neuen von ihr.«

»Ich rufe dich nicht ihretwegen an, sondern meinetwegen.«

Ihre therapeutische Pause.

Diese verdammten Sachen funktionierten. Ich fuhr fort: »Eine Menge ist zusammengekommen. Ich dachte, wenn du es für angebracht hieltest, daß ich bei dir vorbeikäme …«

»Ich freue mich immer, dich zu sehen, Alex«, sagte sie. »Hast du irgendwelche Sorgen, ob es paßt?«

»Überhaupt nicht. Nein, das stimmt nicht. Ich glaube doch, ja. Zwischen uns hat sich etwas verändert. Es ist schwer, aus der Kollegenrolle herauszuschlüpfen und Hilflosigkeit zuzugeben.«

»Du bist weit davon entfernt, hilflos zu sein, Alex. Nur einsichtig genug zu wissen, daß du nicht unverwundbar bist.«

»Einsichtig.« Ich lachte. »Weit davon entfernt.«

»Du hast doch angerufen, oder? Aber ich verstehe, was du sagst: Der Rollenwechsel muß dir wie ein Schritt zurück vorkommen. Aber ich sehe es bestimmt nicht so.«

»Ich bin dir dankbar, daß du das sagst.«

»Ich sage es, weil es stimmt. Trotzdem, wenn du Zweifel hast, kann ich dich an jemand anderen überweisen.«

»Noch mal von vorn anfangen? Nein, das würde ich nicht wollen.«

»Möchtest du ein bißchen Zeit zum Nachdenken?«

»Nein, nein. Ich könnte ebensogut kopfüber hineinspringen, bevor ich mir irgendwas ausdenke, wie ich wieder meine Abwehr aufbauen kann.«

»Also gut, dann bleibt es dabei. Laß mich in meinem Terminkalender nachsehen.« Geräusch von umgeblätterten Seiten. »Wie wär's mit morgen abend um sechs? Die Praxis ist dann still – du wirst niemandem begegnen, den du überwiesen hast.«

»Sechs Uhr wäre toll, Ada. Bis dann.«

»Ich freue mich drauf, Alex.«

»Ich auch. Bye.«

»Alex?«

»Ja?«

»Was du tust, ist ganz genau richtig.«